달려라, 토끼

세계문학전집
0 7 7

John Updike : Rabbit, Run

달려라, 토끼

존 업다이크 장편소설

정영목 옮김

문학동네

일러두기

1. 번역 대본으로는 *Rabbit, Run* (John Updike, Ballantine Books, 1996)을 사용했다.
2. 주석은 모두 옮긴이주다.
3. 본문 중 고딕체는 원서에서 이탤릭체로, 볼드체는 대문자로 강조한 부분이다.

은총의 움직임, 마음의 완악함. 외적 환경.

—파스칼, 『팡세』 507

남자아이들이 백보드를 나사로 박아놓은 전신주 주변에서 농구를 하고 있다. 다리들, 외침들. 케즈 운동화가 골목에 느슨하게 박힌 자갈들을 긁고 튀기며 아이들의 목소리를 전깃줄들 위로 파랗게 보이는 축축한 3월의 하늘로 쏘아올리는 것 같다. 양복 차림으로 골목에 들어선 래빗* 앵스트롬은 이미 나이가 스물여섯에 키도 188센티미터나 되지만, 발을 멈추고 지켜본다. 너무 키가 커서 토끼 같아 보이지 않지만, 하얀 얼굴의 폭, 파란 홍채의 창백함, 입에 담배를 찔러넣을 때 짧은 코 밑이 신경질적으로 파닥거리는 모습은 왜 그런 별명이 붙었는지 어느 정도 설명을 해준다. 그 별명은 그가 농구하는 아이들처럼 어

_____

* 래빗(Rabbit)은 토끼라는 뜻의 별명.

렸을 때 붙은 것이다. 래빗은 거기 선 채로 생각한다. 아이들은 계속 생겨나는구나, 계속 모여들어 밀고 올라오는구나.

래빗이 거기 서 있으니, 진짜 아이들은 거북하다. 눈알들이 옆으로 미끄러진다. 아이들은 자기들끼리 농구를 하는 것이지 코코아색 더블버튼 양복을 입고 시내를 돌아다니는 어른에게 보여주려고 하는 것이 아니다. 어른이 골목으로 걸어온다는 것 자체가 그들에게는 웃기는 일인 듯하다. 차는 어디 두고? 담배 때문에 더 불길한 느낌이다. 이 사람은 담배나 돈을 줄 테니 얼음 공장 뒤로 함께 가자고 하는 그런 사람인가? 그런 이야기를 들어보긴 했지만 별로 겁은 안 난다. 그들은 여섯이고 어른은 하나니까.

공이 링과 백보드가 만나는 곳을 맞고 빠르게 튀더니, 여섯의 머리 위를 홀쩍 넘어 하나의 발치에 떨어진다. 어른이 공이 낮게 튈 때 얼른 잡자, 그 빠른 속도에 아이들은 깜짝 놀란다. 아이들은 입을 다물고 물끄러미 바라보고, 어른은 뭉게뭉게 피어오르는 파란 담배연기 사이로 눈을 가늘게 뜨고 조준을 한다. 갑자기 봄날 오후의 하늘을 배경으로 서 있는 굴뚝처럼 어두운 실루엣이 되어버린다. 남자는 조심스럽게 발의 위치를 잡으며 신경을 곤두세우고 가슴 앞에서 공을 흔든다. 흰 손 하나를 쫙 펴 공의 위쪽을 잡고 다른 손으로 밑을 받치고는, 공기 자체를 조절하려는 듯 끈질기게 흔든다. 손톱 상피의 반달이 크다. 이윽고 공이 그의 상의 오른쪽 깃을 따라 올라가는 것 같더니, 그가 무릎을 살짝 구부리자 어깨를 떠난다. 공은 빗나갈 것 같다. 모서리 쪽에서 던졌지만 백보드를 향해 날아가지 않기 때문이다. 그러나 백보드를 겨냥한 것이 아니다. 공은 곧바로 링 안으로 떨어져, 여자가 소곤거리는 듯한 소리를 내며 그물을 흔든다. "이야!" 그가 자랑스러워 소리친다.

"운이네." 한 아이가 말한다.

"기술이지." 그가 응수하고 나서 묻는다. "야, 나도 껴도 돼?"

아무런 대답이 없다. 그냥 어리둥절하고 멍한 표정들만 교환할 뿐이다. 래빗은 상의를 벗어 단정하게 개서 깨끗한 쓰레기통 뚜껑 위에 올려놓는다. 그의 뒤에서 무명천 바지들이 다시 빠르게 움직이기 시작한다. 래빗은 아이들이 공을 잡으려고 모인 곳으로 들어가, 관절에 때가 끼고 힘이 없는 아이의 두 손에서 공을 톡 쳐내 자기 손으로 넘겨받는다. 팽팽하게 당겨진 가죽의, 그 익숙한 느낌이 그의 온몸을 긴장시키고, 두 팔에 날개를 달아준다. 오랜 세월을 헤치고 내려가 그 팽팽한 긴장에 다시 닿은 느낌이다. 두 팔이 저절로 올라가더니 고무공이 머리 꼭대기에서 바스켓을 향해 날아간다. 딱 맞았다는 느낌이었기 때문에 공이 바스켓에 못 미치고 떨어지자 그는 눈을 깜빡인다. 순간적으로 의아해한다. 혹시 그물을 조금도 건드리지 않고 링을 통과한 건가? 래빗이 묻는다. "야, 나는 어느 편이야?"

말없이 팀을 다시 짠 결과 소년 둘이 그에게 파견된다. 셋이 다른 넷과 맞서는 것이다. 봐주면서 하려고 래빗은 처음부터 바스켓으로부터 열 걸음 떨어진 곳에서 안으로는 들어가지 않았으나 그래도 불공평하다. 아무도 점수를 계산하려 하지 않는다. 래빗은 이 뚱한 침묵에 신경이 쓰인다. 아이들은 단음절로 서로를 부르지만 그에게는 감히 말을 걸지 못한다. 게임이 진행되면서 아이들이 그의 다리에 다가오는 것이 느껴진다. 아이들은 몸이 뜨거워지고 약이 바짝 오른다. 그의 다리를 걸려 한다. 하지만 혀는 여전히 굳어 있다. 래빗은 이런 존경을 원치 않는다. 나이를 먹는 것은 아무것도 아니라고 말해주고 싶다. 가만히 있어도 나이는 먹는다고. 10분 뒤에 아이 하나가 상대편으로 옮겨가 이제 래빗 앵스트롬과 한 아이가 다섯과 맞서야 한다. 아직 키는 작지만 벌써 팔다리가 껑충하여 여유 있게 움직이는 느낌을 주면서도 태도는 조심스러운 이 아이는 여섯 아이 가운데 최고다. 녹색 방울이 달린 털모자가 눈썹까지 내려오고 귀도 덮고 있어 크레틴병에 걸린 듯한 모습이다. 하지만 농구는 타고났다. 스텝도 밟지 않고 옆으로 움직이는 모습, 축복 위에 올라탄 듯 미끄러지는 모습을 보면 알 수 있다. 움직이기 전에 기다리는 것을 봐도 그렇다. 운이 좋으면 시간이 지나 고등학교에서 일류 운동선수가 될 것이다. 래빗은 그 과정을 잘 안다. 조금씩 올라가다가 꼭대기에 닿으면 모두 환호한다. 눈에 땀이 들어가 앞은 잘 보이지 않고, 주위에서 소용돌이치는 소음에 몸이 위로 올라가는 듯한 기분이다. 그러다 퇴장한다. 처음에는 다들 기억해준다. 그냥 퇴장이다. 기분이 좋다. 시원하고 자유롭다. 퇴장을 하여 녹아버린 것 같지만, 그래도 계속 위로 올라간다. 그러다 마침내 이런 아이들에게 그들 머리 위에 걸린 어른들이라는 하늘 한 조각, 어떤 묘한 이유로 어둡게 흐려지면서 그들을 찾아온 하늘 한 조각에 불과한 존재가 되고 만다. 아이들은 그를 잊은 것이 아니다. 더 나쁘다. 들어본 적도 없는 것이다. 하지만 래빗도 잘나갈 때는 카운티 내에서 유명했다. 2학년 때 B리그 최고 기록을 내고, 3학년 때 다시 자신의 기록을 깼다. 그의 기록은 그로부터 4년 뒤에나 깨졌는데, 그것이 4년 전 일이다.

그는 한 손으로, 두 손으로, 언더핸드로, 두 발을 땅에 붙이고 슛을 한다. 회전을 하면서, 점프를 하면서, 가만히 서서 슛을 한다. 납작하고 부드럽게 공이 위로 올라간다. 아직도 손에 감각이 살아 있다는 느낌에 마음이 들뜬다. 오랜 우울에서 해방되는 느낌이다. 그러나 몸이 무거워 곧 숨을 헐떡거린다. 짜증이 난다, 숨을 헐떡이다니. 그의 편이 아닌 다섯 아이가 신음을 토하며 움직임이 둔해진 차에 한 아이가 실수로 넘어져 더러워진 얼굴로 일어나 걸어나가자, 래빗은 순순히 그만둔다. "좋아, 아저씨는 갈게. 자, 뛰어. 얘들아."

래빗은 그의 편이었던 아이, 방울 털모자에게 한마디 덧붙인다. "잘 있어, 에이스." 래빗은 그 아이에게 고마움을 느낀다. 다른 아이들은 뚱해졌어도 그 아이는 사심 없이 감탄하는 표정으로 계속 그를 지켜보았다. 타고난 녀석들은 알지. 그냥 느낌으로 다 아는 거야.

래빗은 접어둔 상의를 집어 편지처럼 한 손에 들고 달린다. 골목을 따라 올라간다. 무너진 하역장 포치 위로 목제 스키드*가 썩어가는, 버려진 얼음 공장을 지나간다. 쓰레기통, 차고 문, 죽은 꽃이 달린 줄기가 얽혀 있는 닭장용 철망 담장. 3월이다. 사랑이 공기를 가볍게 만든다. 모든 것이 새 출발을 하고 있다. 래빗은 담배를 피우고 난 뒤의 텁텁한 입으로 공기에서 새로운 가능성을 맛본다. 들썩이는 셔츠 호주머니에서 담뱃갑을 빼내, 걸음걸이를 흐트러뜨리지 않고 뚜껑이 열린 어느 집 쓰레기통에 버린다. 자족감에 윗입술이 이齒 위로 야금야금 올라간다. 그의 커다란 스웨이드 구두가 빠르고 어지럽게 흩어지는

---

* 물건을 수하할 때 사용하는, 다리가 달린 짐받이대.

골목의 자갈들 위를 쿵쿵거리며 넘어간다.

달린다. 골목 한 블록을 다 지나자 큰길이 나온다. 펜실베이니아에서 다섯번째로 큰 도시인 브루어 교외에 있는 소도시 마운트저지의 윌버 스트리트다. 그는 비탈을 달려올라간다. 커다란 집들이 모여 있는 한 블록을 지난다. 시멘트와 벽돌로 지은 작은 요새들이다. 문에는 테두리가 각진 스테인드글라스가 박혀 있고 창턱에는 화분이 있다. 이어 다른 블록을 반쯤 올라간다. 여기에는 30년대에 한꺼번에 조성된 단지가 있다. 목조 가옥들이 마치 계단처럼 한 줄로 언덕을 올라간다. 한 층에 두 가구씩 살도록 구성된 연립주택은 각각 앞집보다 2미터 정도 높이 솟아 있는데, 그 공간에 동물의 눈처럼 사이가 뜬 음침한 창문 두 개가 달려 있고, 지붕에는 멍 색깔에서 똥 색깔에 이르기까지 다양한 인조 지붕널이 덮여 있다. 전면에는 한때는 흰색이었지만 이제는 지저분해진 물막이 판자가 덮여 있다. 3층짜리 주택은 열두 채이고, 각각 현관문이 두 개씩 달려 있다. 일곱번째 문이 그의 문이다. 현관문으로 올라가는 나무 계단은 닳아 반질반질하다. 계단 밑에는 흙이 덮인 작은 공간이 있고, 거기에 누군가 잃어버린 장난감이 누워 있다. 플라스틱 어릿광대다. 겨우내 그것을 보았지만 볼 때마다 잃어버린 아이가 찾으러 오겠지 하고 생각했다.

래빗은 해가 들지 않는 현관에서 발을 멈추고 숨을 헐떡인다. 머리 위에서 낮 동안 켜놓는 전구가 먼지에 덮인 채 빛나고 있다. 갈색 라디에이터 위로 텅 빈 함석 우편함 세 개가 걸려 있다. 복도 건너 그의 아래층 이웃의 문은 상처 입은 얼굴처럼 닫혀 있다. 늘 똑같지만 도대체 무슨 냄새인지 알 수 없는 냄새가 떠돈다. 어느 때는 양배추를 삶는 냄새 같고, 어느 때는 용광로의 녹슨 숨결 같고, 어느 때는 벽 안에서 뭔가 부드러운 것이 썩고 있는 것 같다. 래빗은 층계를 올라가 꼭대기 층 그의 집으로 간다.

문은 잠겨 있다. 평소에 안 하던 운동을 했더니 맥박이 날뛰어, 작은 열쇠를 자물쇠에 끼우려는 손이 떨리는 바람에 금속이 긁힌다. 문을 열자 올드패션드 칵테일을 든 채 안락의자에 앉아 소리를 낮춘 텔레비전을 보고 있는 아내의 모습이 눈에 들어온다.

"집에 있었네." 래빗이 말한다. "그런데 왜 문은 잠가놨어?"

그녀는 텔레비전을 하도 봐서 화면의 빛과 마찰이라도 일으켰는지 충혈이 된 흐릿하고 거무스름한 눈으로 래빗의 옆모습을 흘끗 돌아본다. "그냥 저절로 잠겼어."

"그냥 저절로 잠겼다." 래빗은 그렇게 따라 말하고는, 허리를 굽혀 아내의 번들거리는 이마에 입을 맞춘다. 그녀는 작은 여자로, 피부는 올리브빛에 가깝게 그을렸으며, 마치 무언가가 내부에서 부풀어올라 그녀의 작은 체구에 맞서 잔뜩 힘을 주고 있는 듯 팽팽해 보인다. 래빗이 보기에 그녀는 바로 어제부터 예쁘기를 그만두어버린 것 같다. 입꼬리 쪽에 짧은 주름 두 개가 보태지면서 입은 탐욕스러워졌다. 머리카락은 숱이 줄어, 볼 때마다 늘 그 밑의 두개골을 생각하게 된다. 이렇게 미세하게 나이를 먹는 과정은 눈에 띄지 않게 이루어져, 내일이면 그런 흔적들이 갑자기 사라지고 다시 그의 애인으로 돌아오는 일도 가능할 것 같다. 혹시 농담을 해보면 그렇게 만들 수 있을까 싶어 한번 시도해본다. "뭐가 무서워? 저 문으로 누가 들어온다고 그래? 에롤 플린*이라도 들어올까봐?"

대답이 없다. 래빗은 상의를 조심스럽게 펼치고 옷장으로 가 옷걸이를 꺼낸다. 옷장은 거실에 있고, 텔레비전이 그 앞에 있어 문은 반밖에 안 열린다. 래빗은 문 건너편 소켓에 꽂혀 있는 전선에 발이 걸리지 않도록 주의한다. 임신을 했을 때나 술에 취했을 때는 특히 몸을 잘 가누지 못하는 재니스의 발에 전선이 감기는 바람에 149달러짜리 텔레비전이 바닥에 떨어져 쾅 부서질 뻔한 적도 있다. 다행히도 재니스가 공황에 빠져 발길질을 시작하기 전, 즉 텔레비전이 아직 금속 받침대에서 흔들리고 있을 때, 그가 달려갔다. 재니스가 무엇 때문에 저렇게 되었을까? 무엇을 무서워할까? 질서를 사랑하는 래빗은 상의 팔을 능숙하게 옷걸이 끝에 끼우고는 긴 팔을 뻗어 다른 옷들과 함께 페인트칠을 한 봉에 건다. 옷깃에서 시연 직원용 배지를 뗄까 하다가 내일도 그냥 같은 옷을 입기로 결정한다. 이맘때 입기에는 너무 더운 짙은 파란색 양복을 빼면, 양복은 두 벌밖에 없다. 래빗이 옷장 문을 닫자 딸깍 소리가 나지만, 곧 다시 몇 센티미터 열린다. 잠긴 문. 짜증이 난다. 자물쇠 앞에서 그의 손이 늙고 병든 사람의 손처럼 떨리고 있는데, 그녀는 안에 앉아 열쇠가 금속을 긁는 소리에 귀를 기울이고 있었다니.

래빗은 고개를 돌려 그녀에게 묻는다. "집에 있는데 차는 어디에 뒀어? 앞에 없던데."

"우리 어머니 집 앞에 있어. 비켜, 안 보이잖아."

"당신 어머니 집 앞에? 훌륭하군. 그 차를 갖다 두기에 빌어먹을 딱

---

* 1930년대 후반부터 1940년대 초반까지 활동한 할리우드의 영화배우. 주로 액션 배우로 활약했고 여성 편력으로 유명했다.

좋은 곳이야."

"왜 이러는 거야?"

"뭘 이러는데?" 래빗은 그녀의 시선에서 물러나 한쪽 옆에 선다.

그녀는 마우스키티어*라고 불리는 아이들이 나오는 뮤지컬을 보고
있다. 다를렌은 파리의 꽃 파는 소녀이고 커비는 경찰이며, 저 능글맞
게 웃는 키 큰 아이는 로맨틱한 화가다. 화가와 다를렌과 커비와 캐런
(프랑스 노부인 차림으로 경찰관인 커비의 도움을 받아 길을 건넌다)
은 춤을 춘다. 이윽고 광고가 시작되어 사탕껍질에서 튀어나온 툿시
롤 일곱 알이 '툿시Tootsie'의 알파벳 일곱 글자로 바뀌는 모습을 보여
준다. 이 글자들도 노래를 하고 춤을 춘다. 계속 노래를 하면서 다시
사탕껍질 안으로 들어간다. 그러자 반향실反響室 안에 들어간 것처럼
노랫소리가 울린다. 젠장맞을. 귀엽게 노네. 래빗은 지금까지 이것을
쉰 번은 봤지만, 이번에는 속이 울렁거린다. 가슴은 여전히 빠르게 뛴
다. 목구멍이 좁아진 느낌이다.

재니스가 묻는다. "해리, 담배 있어? 난 다 떨어졌어."

"그래? 집에 오는 길에 담뱃갑을 쓰레기통에 버렸는데. 끊으려고."
내 뱃속이 이렇게 뒤집힐 것 같은데 어떻게 담배 피울 생각을 할 수
있을까.

마침내 재니스가 그를 본다. "쓰레기통에 버렸다고! 맙소사. 술도
안 마시면서, 이제는 담배도 안 피운다니. 뭐하는 거야? 성자가 되겠
다는 거야?"

---

* TV쇼프로그램인 〈미키마우스 클럽〉에 나오는 십대 아이들의 별명으로, 미키마우스처
럼 커다란 귀가 달린 머리띠를 하고 나와서 춤을 추고 노래를 한다.

"쉿."

커다란 마우스키티어가 나타났다. 지미다. 둥그런 검은 귀를 달고 나온 어른이다. 래빗은 그를 주의깊게 지켜본다. 그를 존경하기 때문이다. 래빗은 자신이 일하는 계통에서 도움이 될 만한 것을 그에게서 배우기를 기대하고 있다. 래빗이 하는 일은 브루어 주위의 싸구려 잡화점 몇 군데서 주방용품을 선전하는 것이다. 4주째 그 일을 하고 있다. "속담, 속담, 속담은 진실을 말하지." 지미가 미키마우스가 그려진 기타를 치며 노래를 부른다. "속담은 우리에게 할일을 말해주지. 속담은 우리 모두가 더어어 훌륭한 마우스으키이티어스가 되도록 도와주지."

지미는 웃음을 거두고 기타를 치우더니 텔레비전 유리를 똑바로 보며 말한다. "너 자신을 알라. 옛날 그리스의 지혜로운 사람이 말한 적이 있지. 너 자신을 알라. 자, 그것이 무슨 뜻이지, 소년 소녀 여러분? 그것은 생긴 대로 살라는 뜻이야. 옆집의 샐리나 조나나 프레드가 되려고 하지 말라는 거야. 그냥 너 자신으로 살라는 거야. 하느님은 나무가 폭포가 되는 것을 원치 않고, 꽃이 돌이 되는 것을 원치 않아. 하느님은 우리 모두에게 특별한 재능을 주셨어." 재니스와 래빗은 부자연스러울 정도로 잠잠해진다. 둘 다 기독교인이기 때문이다. 하느님이라는 말이 나오자 죄책감을 느낀다. "하느님은 우리 몇 사람은 과학자가 되기를, 우리 몇 사람은 화가가 되기를, 우리 몇 사람은 소방관이, 의사가, 곡예사가 되기를 원하셔. 그래서 우리가 그런 사람이 될 수 있도록 특별한 재능을 주신 거야. 우리는 그 재능을 계발하기 위해 노력만 하면 되는 거야. 우리는 노력을 해야 돼, 소년 소녀 여러분. 그러니 너 자신을 알라. 너희 재능을 알라. 그리고 그것을 계발하려고 노력하라. 그것이 행복해지는 길이야." 그는 입을 오므려 꼭 다물더니 윙크를 한다.

저거 멋진데. 래빗은 한번 해본다. 입을 오므려 꼭 다물고 윙크를 한다. 앞에 있는 관객이 너에게 주목하게 하여, 월트 디즈니든 매지필 필러MagiPeel Peeler 회사든 뒤에 있는 적은 보지 못하게 한다. 그래, 다 사기다. 하지만, 뭐 어떠냐, 좋아하게 만들면 되지. 우리 모두 그 안에 들어가 있다. 사기가 세상을 돌아가게 만든다. 우리 경제의 기초다. 바이타코노미Vitaconomy, 현대 주부의 암호, '매지필 메소드'로 비타민 파괴를 줄이는 것을 한마디로 압축한 표현.

재니스가 일어나 여섯시 뉴스가 나오기 시작하는 텔레비전을 끈다. 전류가 천천히 끊기면서 작고 단단한 별을 남긴다.

래빗이 묻는다. "애는 어디 있어?"

"당신 어머니 집에."

"우리 어머니 집에? 차는 당신 어머니 집에 있고 애는 우리 어머니 집에 있다고. 맙소사. 엉망이군."

그녀가 일어서자 임신한 배가 고집스럽게 불거진 모습으로 그의 화를 돋운다. 그녀는 배가 U자로 재단된 임신부 치마를 입고 있다. 블라우스의 아랫단 밑으로 삐져나온 슬립이 하얀 초승달 모양으로 빛난다. "피곤했어."

"당연하지. 저걸 얼마나 마신 거야?" 래빗은 올드패션드 잔을 가리킨다. 그녀가 입을 댄 쪽이 설탕으로 지저분하다.

재니스는 설명을 하려고 한다. "우리집에 가는 길에 당신 집에 들러

당신 어머니한테 넬슨을 맡긴 거야. 우리 어머니하고 같이 시내에 갈 생각이었거든. 어머니 차를 타고 시내로 들어가, 진열장의 봄옷을 구경하며 돌아다녔어. 크롤스에서 어머니가 세일하는 멋진 리버티 스카프를 사줬어. 자줏빛이 도는 페이즐리 천이야." 그녀는 우물거린다. 벌어진 입술 사이로 작고 좁은 혀가 쏙 나온다.

래빗은 두려움을 느낀다. 재니스는 혼란에 빠지면 두려운 사람이 된다. 찌푸린 눈구멍 속의 눈은 작아지고 작은 입은 헤벌어져 소리가 나지 않는 구멍이 된다. 반짝거리는 이마에서부터 머리숱이 적어지기 시작한 이후로, 그는 계속 그녀가 바스러질 것 같다는 느낌, 붙박이가 되어간다는 느낌을 받는다. 그녀가 오직 한쪽 방향으로, 주름은 더 깊어지고 머리숱은 더 빈약해지는 쪽으로 갈 것만 같다. 래빗은 비교적 늦게, 스물세 살에 결혼했다. 재니스는 고등학교를 졸업한 지 2년밖에 안 되어 아직 어른이라고 할 수도 없는 나이였다. 수줍어하는 듯한 작은 젖가슴은 누우면 납작하게 퍼져 한쪽으로 기운 보드라운 살덩이로만 보였다. 성공회 교회에서 결혼식을 올린 지 일곱 달 뒤, 오랜 진통 끝에 넬슨이 태어났다. 그때 래빗이 느꼈던 두려움이 섞여들며 지금 느끼는 두려움을 부드럽게 누그러뜨린다. "뭘 샀어?"

"수영복."

"수영복! 허. 3월에?"

재니스는 잠깐 눈을 감는다. 래빗은 술의 저류低流가 그녀를 휩쓸고 있음을 느끼며 역겨워한다. "그걸 보고 있으면 내가 그걸 입을 수 있을 때가 더 가까워진 것 같은 느낌이 든단 말이야."

"도대체 뭐가 문제야? 다른 여자들은 임신하는 걸 좋아해. 당신은 염병할 뭐가 그렇게 별난 거야? 말해봐. 빌어먹을 대체 뭐가 그렇게 별난데?"

재니스가 갈색 눈을 뜨자 눈물이 그곳을 가득 채우더니 아래 눈까 풀을 넘어 뺨을 타고 흘러내린다. 상처를 받아 뺨이 분홍빛이다. 그녀는 그를 보며 "나쁜 새끼"라고 또박또박 말한다.

래빗은 아내에게 다가가 두 팔로 안고 그녀를 생생하게 경험한다. 눈물로 뜨거운 숨결, 핏빛이 번지는 눈의 흰자위. 애정어린 조건반사로 무릎을 구부리고 사타구니를 갖다댄다. 그러나 그녀의 견고한 배가 가로막는다. 그는 허리를 펴 그녀 위로 몸을 우뚝 세우며 말한다. "그래, 당신은 수영복을 샀어."

그의 가슴과 두 팔 안에 들어온 그녀가 간절함을 담아 불쑥 내뱉는다. "나한테서 도망가지 마, 해리. 당신을 사랑해." 그는 그녀에게 아직도 이런 간절함이 남아 있는지 몰랐다.

"당신을 사랑해. 자, 그래, 당신은 수영복을 샀어."

"빨간색이야." 그녀가 그의 몸에 기대 애처롭게 몸을 흔들며 말한다. 그러나 술에 취한 그녀의 몸은 곧 바스러질 것 같고, 전부 따로 노는 것 같다. 그것이 그의 품안에서 불쾌하게 느껴진다. "목 뒤에서 묶는 끈이 있는 거야. 주름치마는 물에 들어갈 때는 벗는 거고. 근데 하지정맥이 너무 아파서 어머니하고 크롤스 지하에서 초콜릿 소다를 마셨어. 식당 구역을 새단장했던데. 이제 카운터는 없어. 그래도 다리가 계속 아파서 어머니가 나를 집에 데려다줬어. 당신이 차하고 넬슨을 챙기면 된다면서. 한잔하면 통증이 좀 가라앉을 것 같았어."

"이런."

"당신이 더 일찍 올 줄 알았어. 어디 갔었어?"

"아, 바보짓 좀 하고 돌아다녔지. 골목에서 아이들하고 농구를 했어." 두 사람은 몸을 뗐다.

"낮잠을 자려고 했는데 못 잤어. 어머니는 내가 피곤해 보인대."

"당신은 피곤해 보여야 해. 현대의 주부니까."

"그러는 동안 당신은 열두 살짜리처럼 골목에서 농구를 했다고?"

래빗은 그녀가 주부에 관한 농담을 못 알아듣는 것에 짜증이 난다. 그것은 매지필의 독려를 받은 영업사원들이 물건을 팔려고 찾아다니는 고객들의 '이미지'를 비꼰 것이었지만, 그래도 밑바닥에는 동정과 애정이 깔려 있었다. 도저히 어쩔 도리가 없는 것 같다. 그녀는 멍청하다. 래빗이 말한다. "당신이 여기 앉아서 2세 이하 아이들을 위한 프로그램을 보고 있는 거하고 뭐가 다른데?"

"조금 전 텔레비전 볼 때 쉿 하던 사람은 누군데?"

"아, 재니스." 래빗은 한숨을 쉰다. "좆같은 소리 하지 마. 좆같은 소리 좀 하지 말라고."

재니스는 또렷한 눈으로 오랫동안 그를 본다. "저녁 준비할게." 그녀가 마침내 결정을 내린다.

래빗은 강렬한 후회에 사로잡힌다. "얼른 가서 차를 찾고 애를 데려올게. 애가 가엾게도 자기는 집도 없다고 생각할 거야. 도대체 당신 어머니는 어떻게 우리 어머니가 다른 사람 애를 보는 것 외에는 할일도 없는 사람이라고 생각하는 거야?" 자신이 텔레비전에서 지미를 보고 싶어하는 이유를 재니스가 모른다는 것에 래빗은 다시 화가 치밀어오른다. 직업적인 이유인데. 생계를 유지하기 위해서이고 그녀의 썩어빠진 올드패션드에 집어넣을 설탕을 사기 위해서인데.

재니스는 부엌으로 간다. 화는 났지만, 그다지 많이 나지는 않았다. 정말 상처를 받기는 했을 것이다. 아니, 전혀 상처를 받지 않았을 수도 있다. 그가 한 말은 지금까지 200번은 한 말이기 때문이다. 보자, 3년 동안 평균 사흘에 한 번씩은 한 말이니까, 얼마야? 300번이네. 그렇게 많이? 그런데 왜 늘 싸움이 벌어질까? 그녀는 결혼하기 전에는 그를 편하게 해주었다. 그때 그녀는 변화무쌍하다는 느낌을 주곤 했다. 그냥 앳된 아가씨였다. 신경은 갓 뽑아낸 실 같았다. 피부에서는 산뜻한 면 냄새가 났다. 그녀와 친한 여자 동료가 브루어에 아파트를 갖고 있었고, 그들은 그 아파트를 이용했다. 파이프로 틀을 짠 침대, 벽지의 은색 원형무늬, 서쪽으로 보이던 강변의 크고 파란 가스탱크들. 그들은 근무가 끝나고 만났다. 그때는 둘 다 크롤스에서 일했는데, 그녀는 호주머니 위에 '잰'이라고 수를 놓은 하얀 작업복을 입고 캔디와 캐슈를 팔았고 그는 위층에서 아홉시부터 다섯시까지 안락의자와 단풍나무로 만든 작은 탁자를 나르고, 포장용 상자를 망치로 부수었다. 깔깔한 대팻밥이 코와 눈에 들어가서 따가웠다. 엘리베이터 뒤에 놓인 더러운 검은 초승달 모양의 궤들, 휘어진 못으로 덮인 바닥, 시커먼 손바닥. 호모인 챈들러는 매시간 가구가 더러워지니까 손을 씻으라고 점잔을 빼며 말하곤 했다. 라바 비누. 거품은 잿빛이었다. 쇠지레를 자주 쓰자 두 손에 노랗게 못이 박였다. 다섯시 삼십분이 지나 지저분한 하루가 끝나면, 그들은 손님들의 출입을 막기 위해 사슬을 걸어놓은 문 옆에서 만났다. 두 개의 문 사이에는 녹색 유리를 깔아놓은 고요한 방이 있었다. 야트막한 측면 창문에는 깃털 모자를 쓰고 분홍색 진주 목걸이를 건 몸 없는 마네킹 머리들이 방안에 울려퍼지는 소리, 작별을 하면서 수다를 떠는 소리를 엿듣고 있었다. 모든 직원이 크롤스를 싫어하면서도 헤엄을 치듯이 느릿느릿 떠났다. 재니스와 래빗은 그 방에서, 침침한 불빛과 녹색 바닥 때문에 해저에 있는 듯한 느낌을 주는 방에서 만나, 사슬이 걸리지 않은 유일한 문을 밀고 빛 속으로 올라갔다. 두 사람은 은색 원형무늬들을 향해 걸어가면서도, 절대 그곳으로 간다는 것을 인정하지 않았다. 그들은 집으로 가는 사람들의 흐름에 가볍게 몸을 부딪히며 지친 손을 맞잡고 걸어가, 창문에 수평으로 들어오는 늦은 햇빛을 받으며 사랑을 나누었다. 그녀는 그가 자신을 보는 것을 수줍어했다. 그가 눈을 감고 있게 했다. 그러다가 그가 안에 들어가자마자 몸을 부르르 떨며 절정에 올랐다. 그녀의 안에서는 비단 슬리퍼처럼 부드러운 결이 느껴졌다. 두 사람은 마지막 일을 끝내 놓고 정신을 놓은 채 다른 여자의 침대에 나란히 누워 있었다. 벽은 은빛이었고 저물어가는 날은 금빛이었다.

부엌은 거실 옆의 작은 공간으로, 5년 전에는 최신식이었던 기계들 사이에 난 좁은 통로에 불과하다. 재니스는 금속으로 만들어진 것을 떨어뜨린다. 팬이나 컵이다. "불에 데지 않고 잘할 수 있을 것 같아?" 래빗이 부엌 쪽에 대고 소리친다.

"아직 안 갔어?" 그것이 답이다.

래빗은 옷장으로 가 단정하게 걸어놓은 상의를 꺼낸다. 그가 보기에 이곳에서 단정함에 관심을 가지는 사람은 자기뿐인 듯하다. 그의 뒤쪽 방의 온갖 잡동사니―부패한 찌꺼기가 남은 올드패션드 잔, 안락의자 팔걸이 위에 위태롭게 놓인 꽉 찬 재떨이, 주름진 바닥깔개, 되는대로 쌓여 곧 미끄러질 듯한 신문지, 여기저기 부서지거나 움직이지 않거나 망가진 아이 장난감, 인형 다리 한 짝과 어떤 시리얼 상자에서 오려낸 구부러진 판지 그림 조각, 라디에이터 밑에 잔뜩 쌓인 보풀, 종횡으로 이어지는 지저분한 것들—가 죄어오는 그물처럼 그의 등에 달라붙어 있다. 그는 차를 찾고 그다음에 아이를 찾는 것으로 순서를 정한다. 아니, 애를 먼저 찾아올까? 아이가 더 보고 싶다. 물론 걸어가기에는 스프링어 부인 집 쪽이 더 빠를 것이다. 더 가까운 데 사니까. 하지만 창문에서 그가 오는지 지켜보고 있다가 머리를 내밀고 재니스가 무척 피곤해 보이더라는 소리를 하면? 너하고 같이 뭘 사려고 쿵쿵거리며 돌아다니고 나면 누군들 피곤하지 않겠어, 이 야비한 구두쇠야? 이 뚱뚱한 노파야. 늙은 집시야. 그러나 그가 아이를 데리고 나타나면 그런 일은 벌어지지 않을지도 모른다. 래빗은 자신의 어머니 집에서 아이와 함께 걸어가는 계획이 마음에 든다. 두 살 반인 넬슨은 고르지는 못하지만 고집스러운 걸음걸이로 경찰처럼 걷는다. 둘이 나무 밑을 따라 걷다보면, 짠, 마법을 부린 것처럼 갓돌 옆에 아빠 차가 서 있는 게 보일 것이다. 하지만 그렇게 하면 더 오래 걸린다. 게다가 그의 어머니는 비열하게 에둘러서 재니스가 얼마나 무능한지 모른다고 이야기할 것이다. 어머니가 그런 식으로 나올 때는 정말 싫었다. 그냥 그에게 농담을 하고 싶어 그러는지도 모르지만, 그는 어머니의 말을 가볍게 받아들일 수가 없었다. 어떻게 된 일인지 어머니는 너무 강력했다. 적어도 그에게는 그랬다. 따라서 차를 먼저 찾고 그다음에 아이를 데리러 가는 쪽이 좋을 것 같다. 하지만 그런 순서로 하고 싶지는 않다. 그냥 그러고 싶지 않다. 눈앞에서 문제가 꼬여간다. 그 복잡함에 구역질이 나려 한다.

재니스가 부엌에서 소리친다. "그리고 여보, 담배도 한 갑 사다줄래?" 모든 것이 용서되었고, 모든 것이 전과 다름없다고 말하는 정상적인 목소리다.

래빗은 그 자리에 얼어붙는다. 복도로 나가는 하얀 문에 비친 자신의 흐릿한 노란 그림자를 보며 자신이 덫에 걸렸다고 느낀다. 확실히 그런 것 같다. 그는 밖으로 나간다.

바깥은 어둡고 쌀쌀하다. 노르웨이 단풍나무는 끈적끈적한 새 봉오리들의 향기를 내뿜고, 윌버 스트리트를 따라 늘어선 널찍한 거실 창문들은 텔레비전의 은빛 어른거림 위로 부엌에서 타오르는 따뜻한 전구를 보여준다. 동굴 안쪽에 피워놓은 불 같다. 그는 내리막길을 걷는다. 하루가 자신을 거두어들이고 있다. 래빗은 이따금 손으로 나무의 거친 껍질이나 산울타리의 마른 잔가지를 만져, 나뭇결이라는 작은 답을 얻는다. 윌버 스트리트와 포터 애비뉴가 만나는 모퉁이에서 우편함이 어스름녘의 빛을 받으며 콘크리트 기둥에 몸을 기대고 있다. 꽃잎 두 개가 달린 듯한 키 큰 거리 표지판, 하늘을 배경으로 애자_{碍子}를 지탱하고 있는 쇠막대가 박힌 전신주, 황금 덤불 같은 소화전. 가로수가 늘어선 길. 예전에 래빗은 전신주를 타고 올라가는 것을 좋아했다. 친구의 어깨 위에서 두 팔을 뻗어 쇠막대 사다리를 잡은 다음 전선이 노래를 부르는 소리가 들릴 때까지 올라가는 것. 전선의 노래는 움직임 없는 무시무시한 소곤거림이었다. 늘 떨어져보라고, 손바닥에 잡힌 단단한 쇠막대를 놓고 등뒤의 허공을 느껴보라고, 떨어지면서 허공이 발을 잡고 척추를 타고 오르는 것을 느껴보라고 유혹했다. 꼭대기에 이르렀을 때 두 손이 얼마나 뜨거웠는지 기억이 난다. 쇠막대가 시작되는 곳까지 올라가느라 나무를 한참 비벼대는 바람에 손바닥에는 지저깨비가 가득했다. 그 위에서 마치 사람들이 하고 있는 말, 어른의 세계를 이루는 그 모든 비밀을 들을 수 있기라도 한 것처럼 전선에 귀를 기울였다. 애자는 바람 부는 둥지 안의 거대한 파란 알들 같았다.

포터 애비뉴를 걷자니 소리가 들리지 않는 높이의 전선들이 숨을 쉬는 단풍나무들의 우듬지 속으로 들어갔다가 빠져나온다. 다음 모퉁이, 얼음 공장의 물이 흘러나와 흐느끼며 배수관으로 들어갔다가 거리 건너편에서 다시 나타나는 곳에서 래빗은 길을 건너 전에는 물이 흐르던 배수로를 따라 걸어간다. 그때는 배수로의 물이 얕은 곳을 따라 리본처럼 녹색 진흙의 띠를 덮어놓았다. 진흙은 감히 자기 위에 발을 디디면 미끄러뜨려 쓰러뜨리겠다는 듯이 물살을 살살 흔들며 기다리고 있었다. 래빗은 배수로에 빠진 일은 기억하지만, 애초에 왜 그 미끄러운 가장자리를 따라 걷게 되었는지는 기억이 나지 않는다. 그러다 문득 기억이 살아난다. 여자애들한테 멋지게 보이려던 것이었다. 로티 빙거면, 마거릿 숄코프, 또 가끔은 바버라 코브와 메리 호이어. 초등학교 때 함께 하교하던 아이들이다. 마거릿은 종종 이유도 없이 코피를 흘리곤 했다. 그애는 생기가 흘러넘쳤다. 그러나 그애 아버지는 술꾼이었고, 그애는 부모의 강요 때문에 다른 애들은 안 신은 지 오래된, 발목까지 끈이 올라오는 신을 신고 다녔다.

래빗은 방향을 틀어 케거라이즈 스트리트를 따라 내려간다. 구불구불 이어지는, 자갈이 깔린 좁은 골목길을 따라가다보면 주로 중년 여성이 일하는 조그만 상자 공장의 텅 빈 뒷모습이 눈에 들어오고, 시멘트블록을 쌓아올린 맥주 도매점의 정면과 마주치고, 진짜 오래된 석조 농가를 만난다. 지금은 판자로 창문을 다 덮어놓았지만, 인디언스킨 사암으로 지은 투박하고 두터운 느낌의 이 석조건물은 시내에서 가장 오래된 건물로 꼽힌다. 한때는 지금의 마운트저지가 차지하고 있는 땅의 절반을 굽어보던 이 농가의 부서지고 망가진 담장 뒤에는 지금도 마당이 있다. 갈색 줄기와 부식된 목재가 쌓인 고물 수집장인 이 마당에서는 여름이면 원치도 않는 잡초들이 피어난다. 왁스를 바른 듯한 녹색 지팡이들, 비단 같은 씨앗이 담긴 우윳빛 꼬투리들, 꽃가루 때문에 거의 액체가 되어버린 가벼운 노란 머리들.

따라서 돌로 지은 오래된 집과 선샤인 체육협회 사이에는 약간의 공간이 있는 셈이다. 체육협회는 도시의 공동주택처럼 생긴 키가 크고 앙상한 벽돌 건물로, 자리를 잘못 잡은 듯 건물의 뒤통수와 찌꺼기들로 이루어진 이 무질서한 골목에 우두커니 서 있다. 입구는 추운 날씨로부터 바를 보호하기 위해 겨울마다 문 앞에 세우는 변소 크기의 이상한 헛간 탓에 불길해 보인다. 래빗도 건물에 몇 번 들어가보았다. 안에는 햇빛이 들지 않았다. 1층에는 바가 있고, 2층에는 이 마을의 나이든 멋쟁이들이 무슨 전략이라도 짜듯이 중얼거리며 모여 앉은 카드 테이블이 가득했다. 그러잖아도 래빗은 알코올과 카드, 이 두 가지로 인해 우울한 죄, 악취가 나는 죄가 떠오르는 판에 이곳의 정치적인 분위기 때문에 더 우울해졌다. 스캔들 때문에 고등학교에서 쫓겨나기 전에는 동네 일을 꽤나 주무르던 그의 옛날 농구팀 감독 마티 토세로가 이 건물에 산다는 소문이 있었다. 사람들은 그가 여전히 뒤에서 조종을 한다고들 했다. 래빗은 뒤에서 조종하는 것은 싫어하지만, 그래도 토세로는 좋아했다. 그에게는 어머니 다음으로 토세로가 가장 **힘**이 셌다.

옛날 감독이 거기 웅크리고 있다고 생각하자 겁이 난다. 래빗은 계속 걸어 자동차 정비소와 사용되지 않는 양계장을 지난다. 그가 전진하는 방향은 늘 아래쪽이다. 마운트저지는 저지산의 동쪽 비탈에 자리잡고 있기 때문이다. 산의 서쪽면은 마운트저지보다 훨씬 큰 도시 브루어를 굽어보고 있다. 남쪽에서 산을 에둘러 80킬로미터 떨어진 필라델피아까지 이어지는 간선도로를 따라가면 마운트저지와 브루어를 둘 다 만나게 되지만 이 둘이 합쳐지는 일은 절대 없을 것이다. 그 둘 사이로 산이 남북 3킬로미터 길이의 널찍한 녹색 등뼈를 들어 올리고 있기 때문이다. 이 산은 자갈 채취장과 공동묘지와 신개발지구의 공격을 받았지만 어느 선 위로는 보존이 되어, 마운트저지의 남자아이들도 이 수백 에이커의 숲을 절대로 속속들이 완벽하게 탐험하지는 못한다. 경치 좋은 드라이브길을 2단 기어로 오르는 자동차 소리가 그 숲의 깊은 곳까지 파고들기는 한다. 그러나 사람들의 기억에서 사라진 기다란 소나무 조림지 안에 들어서면, 죽은 녹색의 끝없는 동굴들 속에서 솔잎이 소리를 삼키는 땅바닥이 위로, 계속 위로 비탈을 이루며 올라가, 마치 정적을 통과하여 더 무서운 어떤 것으로 들어가는 듯한 느낌이 든다. 그러다가 나뭇가지들이 미처 막아내지 못한 햇빛 한 조각을 만나거나, 수백 년 전 어떤 용감한 괴물 같은 정착민이 파놓은, 돌이 가득한 땅광을 만나면 정말 겁이 난다는 것이 무엇인지 실감하게 된다. 그런 다른 생명체의 흔적 때문에 새삼 나 자신을 의식하게 되면 나무들의 위협이 현실로 다가오는 것 같다. 공포는 끌 수 없는 자명종처럼 몸을 떨어댄다. 등을 구부리고 빨리 달릴수록 소리는 더 커진다. 마침내 클러치가 헐떡거리는 소리와 더불어 차가 기어를 바꾸는 소리가 근처에서 또렷하게 들리고, 소나무 줄기들 뒤로 가드레일이 나타난다. 그러면 단단한 아스팔트 위에 올라서서 안도감을 느끼며, 다시 집으로 걸어 내려갈지 아니면 피너클호텔까지 내처 올라가 초코바를 먹으며 양탄자처럼 아래에 펼쳐진 빨간 도시 브루어를 구경할지 결정할 수 있다. 브루어는 나무, 함석, 심지어 빨간 벽돌까지 빨갛게 칠해놓았다. 주황색 장미 화분도 빨갛게 칠해놓았다. 이 빨강은 세상 다른 어떤 도시의 색깔과도 다르지만, 그럼에도 이 카운티에 사는 아이들에게는 도시 하면 떠오르는 유일한 색깔, 모든 도시의 색깔이다.

산 때문에 마운트저지에는 일찍 어스름이 깔린다. 춘분 하루 전인 오늘도 여섯시를 불과 몇 분 넘긴 시간인데, 집과 자갈지붕이 덮인 공장과 대각선으로 보이는 언덕 중턱의 거리가 모두 산 동쪽 골짜기의 농지 속으로 깊이 스며든 어스름에 덮여 있다. 어스름의 가장자리에 있는 작은 집들, 두 줄로 늘어선 랜치하우스*들은 전망창으로 석양을 강하게 반사하고 있다. 그러나 햇빛이 썰물처럼 밀려나가면서 이 창문들은 가로등만큼이나 갑작스럽게 하나둘 침침해진다. 햇빛은 개발지구와 황갈색 담장에 둘러싸여 경작을 기다리는 땅과 골프장을 가로질러 물러난다. 군데군데 함정으로 파놓은 노란 모래만 아니면, 멀리

---

* 미국 교외에 많은, 폭은 별로 넓지 않으나 옆으로 길쭉한 단층집.

서 보는 골프장은 꼭 긴 목초지 같다. 래빗은 시야가 확 트이는 골목 길 끝에서 발을 멈춘다. 그는 예전에 그 골프장에서 캐디를 했다.

어떤 알 수 없는 다급함 때문에 마음이 급해진 래빗은 몸을 왼쪽으로 돌려 그가 20년 동안 살았던 잭슨 로드로 접어든다. 모퉁이에 있는 두 가구용 벽돌집에 그의 부모가 산다. 그 집의 모퉁이 쪽 반은 이웃인 볼저네로, 그곳에는 앵스트롬 부인이 늘 부러워하던 폭이 좁은 옆마당이 있다. 빛은 볼저네 창으로 다 들어가고 우리는 여기 쐐기처럼 콕 박혀 있어.

래빗은 잔디를 살금살금 걸어 옛집에 다가가, 아이들이 들어오지 못하게 보도에 설치해놓은 매자나무 산울타리와 전선을 훌쩍 뛰어넘는다. 두 벽돌담과 나란히 달리는 두 시멘트 길 사이의 긴 풀밭을 조심조심 걷는다. 한 벽돌담 뒤에 그가 살았고, 다른 벽돌담 뒤에는 짐 가족이 살았다. 갑상선 이상으로 인한 커다란 눈에 푸르스름한 피부가 축 늘어진 못생긴 짐 부인은 하루종일 딸 캐럴린에게 소리를 질러 댔다. 캐럴린은 다섯 살 난 여자아이에게는 그럴 권리가 없다 싶을 만큼 예뻤다. 짐 씨는 입술이 두툼하고 머리가 붉었다. 캐럴린에게는 두 꺼움과 얇음, 빨강과 파랑, 건강과 극도의 긴장 상태가 절묘하게 섞여 있었다. 그애의 조숙한 아름다움은 여기 아닌 다른 곳, 프랑스나 페르시아나 천국에서 벌어진 사건 같았다. 그애보다 여섯 살 많지만 여자애들에게 무감각한 해리조차 그것을 볼 수 있을 정도였다. 짐 부인은 하루종일 캐럴린에게 소리를 질러댔고, 짐 씨가 퇴근을 하면 그때 부터는 둘이서 몇 시간 동안 악을 썼다. 부부싸움은 짐 씨가 어린 딸을 옹호하면서 시작되곤 했으며, 그러면 이웃들은 밤사이 오밀조밀한 꽃봉오리들이 열리듯이 옛 상처들이 열리는 소리를 들었다. 가끔 엄마는 짐 씨가 부인을 죽일 것이라고 말했고, 가끔은 부모가 잘 때 어린 딸이 부모를 죽일 것이라고 말했다. 캐럴린에게서 차가운 피가 흐르는 듯한 느낌이 나는 것은 사실이었다. 캐럴린은 학교에 다닐 나이가 되자 영리해 보이는 작은 얼굴에 미소를 머금고 집을 나서서 마치 세상을 소유한 듯이 몸을 흔들며 걸어갔다. 조금 전까지만 해도 앵스트롬이 그 집과 채 여섯 걸음도 안 떨어진 부엌 창문으로, 그애 어머니가 아침을 먹는 내내 그애한테 히스테리를 부리는 것을 들었는데도 말이다. 저 가엾은 남자는 대체 어떻게 견딜까? 캐럴린하고 그애 어머니가 화해를 하지 않으면 어느 맑은 날 아침에 눈을 떴을 때 집안의 보호자가 사라져 보이지 않을 거야. 그러나 엄마의 예언은 하나도 들어맞지 않았다. 짐 씨는 그 집을 떠났지만 아내와 캐럴린과 함께였다. 그들은 이삿짐 트럭 옆 보도에 가구의 절반을 그대로 놓아둔 채 스테이션왜건을 타고 사라졌다. 짐 씨가 오하이오주 클리블랜드에서 새로운 일자리를 얻은 것이다. 가엾은 영혼들, 조금도 보고 싶지 않을 거야. 그러나 보고 싶었다. 그들은 그 반쪽짜리 집을 엄격한 감리교도인 늙은 부부에게 팔고 갔다. 늙은 남자는 그의 집과 앵스트롬네 집 사이의 잔디를 제대로 깎지 않았다. 주말이면 비가 오나 해가 뜨나 바깥에서 일을 하던 짐 씨는, 마치 그게 그 사람 인생의 유일한 즐거움인 양, 아닌 게 아니라 사실이 그렇겠지, 늘 그 잔디를 깎았다. 그러나 늙은 감리교도는 딱 자기네 쪽 반만 깎았다. 잔디 깎는 기계를 밀고 나갔다가 다시 갔던 길을 되짚어 왔다. 그냥 나머지 반을 따라 밀고 오기만 하면 그런 우스꽝스러운 꼴을 남기지 않아도 되는데. 그 늙은 멍청이의 바퀴가 그렇게 독선적으로 그쪽 길만 따라서 덜거덕거리는 소리가 들리면, 혈압이 올라 귓속에서 뭐가 터지는 것 같아. 어머니는 여름 한철 동안 래빗이나 아버지가 나머지 반을 깎지 못하게 했다. 그러자 그 햇볕도 안 드는 작은 공간의 풀이 무릎 높이로 자라더니, 밀 줄기 같은 것이 올라오고 미역취도 한두 포기 자랐다. 마침내 8월에 시에서 나온 사람이 들르더니 조례에 따라 풀을 깎아야 한다고 말했다. 그는 안쓰러워하는 표정이었다. 해리가 문으로 가서, 그럼요, 알았습니다, 라고 말하는데 어머니가 등뒤로 다가오더니, 뭐라는 소리냐? 하고 끼어들었다. 저것은 내 꽃밭이에요. 누구도 내 꽃밭은 건드리지 못해요. 그녀의 아들 래빗은 엄청나게 창피했다. 남자는 물끄러미 어머니를 보더니 자주 들춰 더러워진 작은 책을 뒤쪽 호주머니에서 꺼내 조례를 보여주었다. 그래도 어머니는 그것이 자신의 꽃밭이라고 말했다. 남자는 어머니한테 벌금이 얼마인지 읽어주고 포치를 떠났다. 어머니가 브루어로 장을 보러 간 토요일, 아빠는 차고에서 낫을 가져와 잡초를 모두 벴다. 해리가 잔디 깎는 기계를 몰고 그루터기들 위를 왔다갔다한 끝에, 비록 갈색이 더 짙기는 했지만 마침내 이쪽 반도 감리교도의 반쪽과 마찬가지로 깔끔해졌다. 해리는 잔디를 깎으면서 죄책감을 느꼈다. 어머니가 돌아와 아버지와 싸울 것을 생각하니 겁도 났다. 그는 부모의 싸움이 무서웠다. 그들의 얼굴이 분노로 단호해지고 말들이 허공을 날아다니면, 마치 유리가 앞에 놓여 공기를 차단하는 느낌이 들었다. 힘이 쪽 빠져 집 한쪽 구석에 처박혀 있을 수밖에 없었다. 그러나 이번에는 싸움이 없었다. 아버지는 그냥 거짓말을 하여 그에게 충격을 주었고, 거짓말을 하면서 윙크까지 해 그 충격을 두 배로 늘렸다. 감리교도가 마침내 굴복하여 직접 잔디를 깎았다고 말한 것이다. 어머니는 그 말을 믿었지만 만족하지는 않았다. 그날 하루종일, 그리고 그주 내내 간헐적으로 그 늙은 광신자를 고소해야 한다는 이야기를 했다. 어떤 면에서 어머니는 그것이 정말로 자신의 꽃밭이라고 생각하게 된 것이다. 시멘트에서 시멘트까지 잔디밭의 폭은 50센티미터 정도밖에 안 될 것이다. 해리는 그 띠를 따라 걷는 것이 약간 아슬아슬하다고 느낀다. 마치 담 위를 걷는 것처럼.

그는 불 켜진 부엌 창까지 돌아가 신발 바닥이 시멘트를 긁지 않도록 조심하며 시멘트에 올라서서 까치발을 하고 한쪽 밝은 구석을 들여다본다. 그 자신이 높은 의자에 앉아 있는 모습이 보이자, 묘한 질투심이 빠르게 찾아왔다 사라진다. 사실은 그의 아들이다. 컵과 접시와 크롬 손잡이와 광택이 나는 유포油布가 부채 모양으로 덮인 선반 위 케이크 만드는 알루미늄 그릇들 사이에서 아이의 작은 목이 깨끗한 식기처럼 은은하게 빛난다. 어머니가 몸을 식탁 앞으로 기울이자 안경이 반짝거린다. 구부린 오동통한 팔 끝에 김이 피어오르는 콩이 담긴 숟가락이 보인다. 어머니의 얼굴에서는 왜 아무도 아이를 찾으러 오지 않나 하는 걱정이라고는 찾아볼 수 없다. 깎아낸 부리 같은 코가 달린 그 얼굴은 한 가지 소망에 집중해 있다. 아이에게 콩을 먹이는 것. 어머니의 입은 긴장으로 하얗게 오글쪼글해진다. 이윽고 그 주름들이 펴지며 미소가 나타난다. 래빗이 선 곳에서는 보이지 않는 넬슨의 입이 콩을 받아먹은 것이 틀림없다. 식탁에 앉은 사람들이 칭찬을 한다. 아버지에게서는 불분명한 음절들이, 여동생에게서는 꿰뚫는 듯 날카로운 음절들이 나오지만, 왠지 모두 엷게 느껴진다. 래빗은 그들과의 사이에 놓인 유리와 머리에 몰린 피 때문에 그들이 하는 말을 들을 수 없다. 갓 퇴근한 아버지는 잉크가 묻은 파란 셔츠를 입고 있다. 아버지의 얼굴이 손자를 칭찬하는 표정에서 원래의 표정으로 돌아오자 늙고 지쳐 보인다. 회색으로 보인다. 목은 노끈을 모아 느슨하게 둘러놓은 것 같다. 1년 전에 새로 한 의치 때문에 얼굴이 변했다. 아주 약간이긴 해도 무너져버렸다. 금요일 밤이라 금색과 새까만 색으로 한껏 치장을 한 미리엄은 식욕이 없는 듯 음식을 깨작거리다 아이에게 한 숟갈을 내민다. 팔찌를 낀 늘씬한 흰 팔이 김이 피어오르는 탁자를 가로지르자 이 장면에 어울리지 않는 야한 느낌이 묻어난다. 화장을 너무 진하게 했다. 열아홉이면 녹색 눈까풀 없이도 예쁠 텐데. 미리엄은 약간 뻐드렁니라서 웃지 않으려 한다. 가마를 중심으로 뱅글뱅글 도는 듯한 넬슨의 커다란 머리가 밝은 목 아래로 살짝 내려오더니, 원근법 때문에 줄어들어 보이는 손, 분홍색 점들이 숟가락을 향해 철벅거리며 움직인다. 미리엄에게서 숟가락을 빼앗고 싶은 것이다. 아버지의 얼굴이 접시 위에서 한쪽으로 기울며 웃음이 터진다. 밈의 입술이 위로 풀쩍 뛰며 싱긋 웃는 모양을 그려낸다. 다 안다는 듯이 경계하며 가늘게 뜬 눈이 웃음 때문에 갈라지다 완전히 부서져, 래빗이 자전거 핸들에 태우고 다니던 어린 소녀가 나타난다. 두 발을 들어올리고 마운트저지의 가파른 거리를 내려가면 밈의 물결치는 머리카락이 그의 눈을 간질였다. 밈은 넬슨이 숟가락을 가져가게 놓아두지만 넬슨은 숟가락을 떨어뜨린다. 아이가 "필! 필!" 하고 소리친다. 래빗은 무슨 말인지 이해한다. '흘렸다spill'는 것이다. 아빠와 밈은 미소를 지으며 한마디 하지만, 엄마는 입을 꾹 다문 채 숟갈을 무자비하게 들이

민다. 해리의 아들이 배를 채우고 있다. 이 집이 그의 집보다 행복하다. 그는 한 걸음 뒤로 물러나와 시멘트를 건너 고요하고 긴 잔디밭을 다시 걷는다.

단호한 나머지 그의 행동이 급해진다. 그는 어둠 속에서 잭슨 로드를 한 블록 더 내려간다. 거기서 조지프 스트리트를 타고 올라가, 한 블록을 달리고, 빠른 걸음으로 한 블록을 더 간다. 마침내 그의 차가 보인다. 그가 있는 쪽 갓돌 옆에 반대 방향으로 세워져 있는 차의 그릴이 그를 보고 싱긋 웃는다. 그는 호주머니를 두드리다가 두려움에 사로잡힌다. 열쇠가 없다. 생각이 한군데로 집중된다. 모든 것은 재니스가 어느 쪽으로 칠칠치 못했느냐에 달려 있다. 그가 나올 때 재니스가 그에게 열쇠를 주는 것을 잊었거나, 아니면 아예 차에서 열쇠를 뽑지를 않았거나 둘 중 하나인 것이다. 어느 쪽이 더 그럴듯한지 상상해보려 하지만 판단이 안 선다. 그럴 만큼 그녀를 잘 알지 못하기 때문이다. 재니스가 도대체 무슨 짓을 할지 도무지 알 수가 없다. 그녀 자신도 모른다. 멍청해.

스프링어의 커다란 집 뒤쪽에는 불이 밝혀져 있지만 앞쪽은 어둡다. 그는 들큼한 냄새가 나는 나무 밑 그늘 속을 조심스럽게 움직인다. 혹시 장모가 어두운 거실 안에서 기다리고 있다가 자기 생각은 이러저러하다고 말할지 몰라서다. 차 앞쪽을 빙 돌아간다. 모랫빛 히틀러식 콧수염을 짧게 기른 장인 스프링어가 1957년에 우수리 없이 딱 1000달러를 받고 판 55년형 포드다. 그 겁 많은 새끼는 창피했던 것이다. 명색이 자동차업계에 있는데 자기 딸이, 1953년에 텍사스에서 군대에 복무할 때 125달러를 주고 산 39년형 내시밖에 없는 자와 결혼을 한다는 것이 창피했던 것이다. 그래서 내시를 아직 80달러어치밖에 부려먹지 못했는데도, 수중에도 없는 1000달러를 토해내게 만들었던 것이다. 늘 그런 식이었다. 스프링어 사람들은 다른 사람을 들볶았다. 그는 조수석 쪽에서 차문을 열다가 과민한 문 스프링이 텅 하는 소리에 움찔하여 얼른 고개를 숙이고 차 안으로 들어간다. 찬양할지어다. 라이트와 와이퍼를 조종하는 손잡이들 밑에 자동차 키의 팔각형이 실루엣으로 또렷이 드러나 있다. 그 멍청이에게 축복이 있을지어다. 래빗은 안으로 주르르 미끄러져, 금속이 금속과 닿지만 쾅 소리는 나지 않을 때까지 문을 닫는다. 치장벽토를 바른 스프링어 집의 앞면은 아직도 컴컴하다. 그것을 보자 까닭 없이 버려진 아이스크림 가판대가 떠오른다. 열쇠를 끝까지 돌렸지만 모터가 돌아가다 멈춰버린다. 몰래 움직이고자 하는 불안한 마음에 가속페달과 모터를 너무 살살 다루고 있다. 겨울의 마지막날 한데서 몇 시간 동안 늘어져 있던 모터는 차갑고, 끈끈하고, 굼뜨다. 래빗의 심장이 부풀어오르고 목구멍으로 밀짚 맛이 넘어온다. 하지만, 당연한 이야기지만, 장모가 **실제로** 나온다 한들 뭐가 대수인가? 수상쩍은 것이라면 그에게 아이가 없다는 것 하나뿐인데, 거기에 대해서도 아이를 데리러 가는 길이라고 말할 수 있다. 어차피 이 순서로 가는 것이 논리적인 방법이었으니까. 그럼에도, 아무리 그럴듯하게 들린다 해도, 거짓말을 하는 불편한 상황에 놓이고 싶지는 않다. 그는 핸드 초크를 약간, 손톱이 들어갈 정도만 빼낸 다음 다시 시동을 건다. 가속페달을 한 번 밟아주고 옆을 흘끗 보는데 스프링어의 거실에 불이 번쩍 들어오는 것이 보인다. 클러치를 풀어주자 포드가 덜커덕 움직이며 갓돌을 떠난다.

래빗은 지나치게 빠른 속도로 조지프 스트리트를 따라 내려가다가, **멈춤**이라고 적힌 표지판을 무시하고 좌회전을 한다. 잭슨을 따라 내려가 비스듬하게 센트럴로 들어서는 곳까지 간다. 센트럴은 필라델피아로 가는 422번 도로이기도 하다. **멈춤**. 래빗은 필라델피아로 가고 싶지 않지만, 마운트저지 가장자리의 발전소를 넘어서자 길이 넓어진다. 이제 유일한 다른 선택은 마운트저지를 다시 통과하여 산을 빙 돌아 브루어 한가운데로 들어가 저녁시간의 교통체증에 걸리는 것이다. 그는 두 번 다시 브루어, 그 화분의 도시를 보지 않을 생각이다. 간선도로가 3차선에서 4차선으로 바뀌어 다른 차와 부딪칠 위험은 없다. 냇물의 막대기들처럼 모두가 나란히 달려간다. 래빗은 라디오를 켠다. 잠깐 웅 하는 소리가 나더니 아름다운 니그로 여자가 노래한다. "노래가 없으면, 하아루는 겨얼코 끝나지 않으리, 노래가 없으면." 속이 깨끗하게 씻겨나간 듯한 느낌이 들자 갑자기 담배를 한 대 피우고 싶다. 하지만 담배를 끊었다는 것을 기억하고, 더 깨끗해진 느낌을 받는다. 그는 몸을 푹 낮추고 한 팔을 의자 등받이 위에 걸치고 왼손으로 차를 몰아 어스름한 턴파이크*를 따라 미끄러져내려간다. "옥수수밭" 니그로 여자의 목소리가 첼로 내부처럼 어둡고 따뜻하게 구부러진다 "풀들이 자라" 시골 땅은 몸이 아주 긴 검은 새처럼 도로 주위를 물결치듯 오르내린다 "마음이 생기지 않는다, 아무리" 그의 두피가 환희에 차 수축된다 "없으면." 바싹 마른 고무 냄새는 히터가 가동되고 있음을 말해준다. 그는 작은 레버를 **중간**으로 돌린다.

---

* 유료 고속도로.

〈Secret Love〉, 〈Autumn Leaves〉, 또 제목을 놓친 어떤 노래. 저녁 식사 음악. 음식을 만들 때 듣는 음악. 그의 마음은 무심결에 머릿속에 떠오른 재니스의 음식으로부터 안달을 하며 달아난다. 팬에서 지글거리는 것은 아마 두툼한 고기 조각들일 것이다. 기름이 동동 떠 있는 물이 쓸쓸하게 보글거리고, 해동한 콩들은 비타민을 김으로 날려보내고 있다. 뭔가 유쾌한 것을 생각해보려 한다. 한 손으로 장거리 슛을 할 참이라고 상상한다. 그러나 절벽 끝에 서 있는 느낌이다. 공이 그의 손을 떠나고 나면 심연으로 추락하게 될 것 같다. 어머니와 누이가 그의 아들에게 저녁을 먹이는 모습을 다시 그려보려 한다. 하지만 거꾸로 돌아간 그 장면 속에서 아이는 울고 있다. 이마는 빨갛고 입은 크게 벌어져 있고 무력하게 뿜어내는 숨은 뜨겁다. 무슨 일이 있는 것이 틀림없다. 도랑을 흐르는 얼음 공장의 물, 노르스름한 물, 자갈들 위를 구불구불 기다 사선으로 주름져 달리면서 가장자리에 달라붙은 진흙에서 삐져나온 약한 실들을 흔들던 물. 갑자기 기억 속의 재니스가 저무는 날빛을 받으며 다른 여자의 침대에서 떨고 있다. 그는 미리엄으로 이 느낌을 지워버리려 한다. 자전거 핸들 위의 밈, 시커멓게 내리는 눈을 맞으며 잭슨 스트리트를 따라 끌고 올라가던 썰매에 탄 밈. 후드를 머리에 쓴 꼬마 밈이 웃음을 터뜨린다. 그는 믿음직한 오빠다. 내리는 눈 속의 빨간 불빛들은 시 공무원들이 썰매타기를 위해 도로를 차단할 때 사용한 가대架臺의 표시다. 아래로, 아래로. 썰매의 날이 휘파람소리를 내며 다져진 검은 눈 위를 달려내려간다. **꼭 잡아줘 해리.** 안전을 위해 아래쪽에 펼쳐놓은 재와 날이 부딪치며 불꽃이 튄다. 어둠 속에서 커다란 심장이 쿵 하고 내려앉듯이 바닥을 긁으며 멈춘다. 한 번만 더, 해리, 그럼 집에 갈 거야, 약속할게 해리, 제발, 아, 사랑해. 거무스름한 후드를 쓴 겨우 일곱 살 무렵의 어린 밈. 여전히 눈이 내리는 밀랍 같은 거리. 가엾은 재니스는 아마 지금쯤 낌새를 챘을 것이다. 왜 저녁이 식고 있는지 궁금해하며 자신의 어머니나 그의 어머니나 다른 누군가와 통화중일 것이다. 정말 멍청해. 나를 용서해줘.

가속페달을 밟는다. 불빛들이 점점 복잡해지며 그를 위협한다. 그는 지금 필라델피아로 끌려들어가고 있다. 필라델피아를 싫어하는데도. 세상에서 가장 더러운 도시. 그들은 독에 오염된 물을 마시며 산다. 물에서 화학물질 맛이 난다. 남쪽으로 가고 싶다. 지도 아래로, 아래로 내려가 오렌지 과수원과 김이 피어오르는 강과 맨발의 여자들이 있는 곳으로 가고 싶다. 아주 간단해 보인다. 밤을 새워 새벽까지 아침까지 정오까지 운전을 하고 해변에 차를 세우고 신발을 벗고 멕시코만 옆에서 자면 된다. 머리 위에 별들이 완벽하게 자리잡은 곳에서 완벽하게 건강한 몸으로 잠을 깨면 된다. 그러나 그는 지금 동쪽으로, 최악의 방향으로, 불건강, 매연, 악취 속으로 가고 있다. 다른 사람을 죽이지 않고는 움직일 수 없는 숨막히는 구멍이다. 그럼에도 간선도로가 그를 빨아들인다. 표지판에 **포츠타운 2**라고 적혀 있다. 브레이크로 발이 간다. 그러나 다시 생각한다.

동쪽으로 가고 있다면 남쪽은 오른쪽이다. 그 순간 마치 세상이 그의 생각을 도와주기 위해 옆에 서서 기다리고 있었던 것처럼, 오른쪽으로 넓은 길이 나타나며 **루트 100 웨스트 체스터 윌밍턴**이라고 알린다. 루트 100이란 말이 궁극적으로, 멋지게 들린다. 윌밍턴에 가고 싶지는 않지만 그곳이 맞는 방향이다. 그는 윌밍턴에 가본 적이 없다. 듀폰* 집안이 그곳을 소유하고 있다. 듀폰 같은 재벌이 된다면 기분이 어떨까.

10킬로미터도 채 가지 않아 이 길 또한 똑같은 덫의 일부라는 느낌이 들기 시작한다. 첫번째 도로가 나타나자 바로 우회전을 해버린다. 전조등에 비친 종석宗石 모양의 도로 표지판에 23이라고 적혀 있다. 좋은 숫자다. 고등학교 대표팀 첫 경기 때 23점을 기록했다. 2학년이고 동정이었다. 좁아진 길에는 나무들이 그림자를 드리우고 있다.

맨발의 듀폰. 아마 다리는 갈색이겠지. 거기에 조그만 새 같은 젖가슴. 프랑스의 어느 수영장 옆. 벌거벗은 여자의 돈 같은 어떤 것. 깊은 곳에, 수백만. 수백만이라고 하면 왠지 하얄 것 같다. 끝까지 부드럽게 푹 가라앉아도 여전히 많이 남아. 부잣집 딸들은 불감증일까? 색정광일까? 사람마다 다르겠지. 다른 사람들보다 운좋게 인디언을 등쳐먹은 늙은이의 후손이라도 결국은 여자일 뿐이야. 슬럼에서 산다 해도 타고나는 건 똑같아. 거기에서는, 우중충한 매트리스 위에서는 오히려 더 하얗게 빛나겠지. 그 여자들은 그것을 원할 때는 아주 멋진 모습으로 다가와. 그렇지 않을 때는 그냥 무거운 지방일 뿐이야. 정열적인 여자들이 종종 빡빡하고 건조한 반면, 느린 여자들이 축축한 것을 보면 재미있어. 여자들은 남자가 자기들의 작게 튀어나온 곳에서 단단하게 바짝 서 있기를 바라지. 핵심은 건드리면 터지기 직전까지 놀아주는 거야. 그게 언제인지 알 수 있어. 더북한 거웃 밑의 피부가 강아지 목

---

* 미국 최대의 화학제품 제조기업 듀폰(Du Pont)의 창업자 이름이자 기업 이름.

처럼 축 늘어지니까.

23번 도로는 작고 유순한 시골 소도시들을 통과하며 서쪽으로 간다. 코번트리빌, 엘버슨, 모건타운. 래빗은 이곳들을 좋아한다. 사각형의 높은 농가들이 도로에 코를 들이밀고 있다. 부드러운 흰 벽들. 한 소도시에서 선술집이 불을 밝히고 있다. 래빗은 맞은편, 주유기가 두 대 있는 철물점에 차를 세운다. 라디오를 들어서 일곱시 삼십분쯤 되었다고 알고 있는데, 철물점은 아직도 문을 열었다. 진열장에 삽과 파종기와 말뚝 구멍 파는 연장과 파란색 주황색 노란색 도끼가 있다. 그 옆에 낚싯대 몇 개와 야구 글러브들도 한 줄로 놓여 있다. 장화에 펑퍼짐한 담갈색 군복, 플란넬 셔츠 두 장을 껴입은 중년 남자가 나온다. "네, 손님." 절름발이가 스텝을 밟듯이 두번째 단어에 억지로 힘을 준다.

"보통으로 채워주실래요?"

남자가 기름을 넣기 시작한다. 래빗은 차에서 내려 뒤쪽으로 돌아가며 묻는다. "여기서 브루어까지 얼마나 되죠?"

농부는 기름이 꾸르륵거리는 소리에 귀를 기울이다가 수상쩍다는 듯 퉁명스러운 표정으로 고개를 든다. 손가락을 하나 들어올린다. "뒤로 가서 저 도로를 타면 다리까지 25킬로요."

25킬로미터. 60킬로미터를 달려왔는데 25킬로미터를 벗어났다니.

그래도 꽤 멀리 왔다. 이곳은 다른 세계였다. 냄새가 다르다. 더 오래된 냄새다. 아직 아무도 쑤시고 들어가지 않은 땅의 오목한 구석의 냄새다. "곧장 가면요?"

"그럼 처치타운이 나올 거요."

"처치타운 다음에는요?"

"뉴홀랜드. 랭커스터."

"지도 있나요?"

"보쇼, 젊은이, 어디를 가려고?"

"네? 나도 잘 모릅니다."

"어느 방향으로 가는데?" 남자는 참을성이 있다. 그의 얼굴은 아버지 같은 동시에 교활한 동시에 멍청해 보인다.

처음으로 해리는 자신이 범죄자임을 깨닫는다. 휘발유가 탱크의 목까지 올라오는 소리가 들린다. 휘발유가 주유구에서 튀든 말든 상관 않고 거들먹거리는 도시의 주유원들과는 달리 이 농부는 한 방울 한 방울을 조심스럽게 짜내듯이 탱크에 집어넣는다. 여기에서는 기름 한 방울도 밖으로 새서는 안 되는구나. 저 사람은 밤에 저 일을 하고 있구나. 이 시골에서는 법이 유령이 아니다, 흙냄새를 풍기며 돌아다닌다. 종잡을 수 없는 두려움이 래빗의 몸 위로 덕지덕지 달라붙는다.

"엔진오일 확인하겠소?" 남자가 녹슨 주유기 옆면에 호스를 걸고 나서 묻는다. 구식 주유기에는 페인트를 칠한 공 같은 머리가 달려 있다.

"아뇨. 아, 잠깐. 그러죠. 확인해주십시오. 고맙습니다." 진정해라. 네가 한 짓은 지도를 달라고 한 것뿐이다. 염병할 흙이나 파는 인간―그게 뭐가 그렇게 의심스러웠을까? 누군가는 늘 어딘가로 간다. 여기에서 조지아까지 가는 길에 중간쯤 되는 곳에서나 다시 멈출 테니 아무래도 엔진오일을 확인하는 것이 나을 것이다. "보세요, 랭커스터가 여기서 남쪽으로 얼마나 되나요?"

"정남쪽으로? 모르겠는걸. 도로로는 40킬로미터쯤 되지. 엔진오일은 괜찮은데. 지금 랭커스터로 가려는 거요?"

"네, 그럴 것 같은데요."

"냉각수도 확인할까?"

"아뇨. 괜찮습니다."

"배터리는?"

"괜찮습니다. 가보죠."

남자는 후드를 쾅 닫더니 해리를 건너다보며 웃음을 짓는다. "기름은 3달러 90센트요, 젊은이." 묵직하고 조심스럽게 절름거리는 듯한 발음이다.

래빗은 1달러짜리 지폐 네 장을 그의 손에 건넨다. 더께가 앉은 뻣뻣한 손이다. 손톱은 닳고 닳아 모양이 이상해진 낡은 삽 같다. 농부는 철물점 안으로 사라진다. 주州 경찰에 전화를 거는 것인지도 모른다. 그는 뭔가 아는 것처럼 행동한다. 하지만 어떻게 알까? 래빗은 고개를 숙이고 차 안으로 들어가 얼른 떠나버리고 싶어 몸이 근질거린다. 그는 마음을 가라앉히려고 지갑에 남은 돈을 센다. 73달러. 오늘이 봉급날이었다. 두툼한 양배추를 만지작거리자 배짱도 두둑해진다. 농부는 철물점의 불을 끄고 나와 10센트 은화를 들고 다가온다. 그러나 지도는 없다. 해리는 돈을 받으려고 손을 우묵하게 내밀고, 남자는 널찍한 엄지로 돈을 밀어넣으며 말한다. "안을 둘러봤지만 지도라고는 뉴욕주 것뿐이더군. 그쪽으로 가고 싶은 건 아니잖소."

"아니죠." 래빗은 대답을 하고 차문 쪽으로 걸어간다. 목덜미의 머리카락들 사이로 뒤를 따라오는 남자가 느껴진다. 차에 들어가 문을 쾅 닫자 농부가 바로 거기에 있다. 고깃덩어리 같은 그의 얼굴이 열린 창문에 매달려 있다. 농부는 허리를 굽히더니 얼굴을 쑤셔넣다시피 한다. 코 쪽으로 기울어진 흉터가 박힌, 갈라진 얇은 입술이 생각에 잠겨 움직인다. 안경을 쓰고 있다. 학자다. "어딘가에 갈 수 있는 유일한 방법은, 알다시피, 가기 전에 어디에 갈지 미리 생각하는 거요."

래빗은 위스키 냄새를 맡는다. 침착하게 대꾸한다. "그런 것 같지 않은데요." 입술과 안경과 눈물 모양의 콧구멍에서 삐져나온 검은 털에는 놀란 기색이 없다. 래빗은 차를 움직여 곧장 앞으로 나아간다. 이래라저래라 하는 인간들은 모두 입에서 위스키 냄새를 풍기더라.

래빗은 랭커스터로 차를 몬다. 오는 길 내내 가볍고 좋았던 기분을 망쳤다. 그자가 술에 취했을 뿐 아는 것이 하나도 없었다는 것 때문에 이 지역 전체가 불길해 보인다. 처치타운 외곽의 어둠 속에서 아만파*의 이륜마차가 지나가며, 말이 끄는 그림자 속에서 검은 옷에 턱수염을 기른 남자와 그 옆의 여자가 악마처럼 노려보는 모습이 흘끗 스친다. 마차 속의 턱수염이 콧구멍에서 삐져나온 코털 같다. 래빗은 이 사람들이 영위하는 선한 삶을, 그들이 이 모든 엉터리 같은 사업, 이 20세기 비타민 소동을 멀리한다는 사실을 생각하려 한다. 그러나 그의 머릿속에서 그들은 늘 악마다. 차에 치여 죽을 각오를 하고 침침한 분홍색 반사경 하나만을 뒤에 달고 마차를 모는 악마들, 크고 무시무시한 미등을 달고 다니는 래빗이나 래빗 같은 사람들을 혐오하는 악마들이다. 자기들이 뭐라고 생각하는가? 그는 그들을 머릿속에서 떨쳐

---

* 문명을 거부하는 보수적인 기독교 종파. 아미시.

버릴 수가 없다. 백미러로는 그들의 모습을 볼 수 없었다. 그는 그들을 지나쳤고, 이제 아무것도 없었다. 곁눈질로 잠깐 본 것, 딱 그것 한 번 뿐이었다. 여자의 얼굴은 그 사각형의 어둠 속에서 손도끼 모양의 연기 같았다. 죽어가는 말의 곡조에 맞추어 다가닥다가닥 소리를 내는, 안에 털을 댄 긴 관權. 아만파 사람들이 동물을 혹사한다는 것을 그는 알고 있었다. 광신자들. 여자를 세워놓고 그 짓을 한다. 들판에서, 옷을 입은 채. 그냥 검은 치마만 들어올리면 되니까. 안에 아무것도 없으니까. 속옷을 안 입으니까. 광신자들. 거름을 숭배하다니.

비옥한 땅이 위쪽 허공으로 어둠을 뿌리는 것 같다. 농장으로 덮인 시골은 밤에 어두침침하다. 랭커스터의 불빛이 그의 침침한 전조등 빛과 합쳐지자 고마운 마음이 든다. 그는 식당에 차를 세운다. 식당 시계가 여덟시 사분을 가리킨다. 주를 벗어나기 전에는 먹지 않을 생각이었다. 그러나 문 옆의 선반에서 지도를 하나 집어들고 카운터에서 햄버거 두 개를 먹으며 자신의 위치를 살핀다. 그는 랭커스터에 있다. 우스꽝스러운 이름들에 둘러싸여 있다. 버드인핸드, 파라다이스, 인터코스, 마운트에어리, 매스컷.* 아마 거기 살면 웃기지 않을 것이다. 마운트저지**처럼. 익숙해진다. 어쨌든 뭐라고 부르기는 해야 하니까.

버드인핸드, 파라다이스. 그의 눈이 계속 지도 위 이 앙증맞은 글자들로 돌아간다. 기름막에 덮여 반짝거리는 인공적이고 산만한 식당에 들어와 있자니, 지도에 적힌 곳으로 차를 몰고 가고 싶은 충동을 느끼게 된다. 작고 통통한 여자들, 거리의 아주 작은 개들, 레몬빛 햇살을

---

* 각각 손안의 새, 낙원, 교류, 하늘 높이 솟은 산, 행운의 물건이라는 의미.
** 판사 산이라는 의미.

받는 과자점.

하지만 안 돼. 그의 목표는 하늘에 크고 멋진 베개처럼 떠 있는 남쪽의 하얀 태양이다. 지도를 보니 그는 남쪽이라기보다는 서쪽으로 움직여왔다. 아까 그 땅이나 파는 인간이 지도를 갖고 있었다면 10번을 타고 남쪽으로 갈 수도 있었을 것이다. 지금 택할 수 있는 유일한 방법은 랭커스터 중심부로 들어가 222번을 타고 메릴랜드까지 가서 1번을 타는 것뿐이다. 〈새터데이 이브닝 포스트〉에서 1번이 플로리다에서 메인까지 세상에서 가장 아름다운 풍경을 통과한다고 읽은 기억이 난다. 그는 우유 한 잔을 주문하고, 함께 먹을 애플파이도 주문한다. 껍질은 바삭바삭하게 부풀어 있고, 뭘 좀 아는지 계피를 사용했다. 그의 어머니가 만든 파이에는 늘 계피가 들어갔다. 그는 10달러짜리를 헐어 값을 치르고 흡족한 마음으로 주차장에 들어선다. 햄버거는 브루어에서 먹던 것보다 두툼하고 따뜻했으며, 롤빵은 찐 것 같았다. 벌써 뭔가 나아지고 있지 않은가.

랭커스터를 통과하는 데 30분이 걸린다. 222번에 올라타 레프턴, 헤스데일, 뉴프로비던스, 쿼리빌을 통과하고, 메커닉스그로브와 유니콘을 통과하고, 이어 긴 거리를 또 달린다. 아무런 특색도 없고 너무 지루하여, 오크우드에 도착하고 나서야 메릴랜드에 들어온 것을 깨닫는다. 라디오를 듣는다. 〈No Other Arms, No Other Lips〉, 〈Stagger Lee〉, 레이코사의 투명 비닐 시트커버 광고, 코니 프랜시스의 〈If I Didn't Care〉, 무선제어 차고 문 개폐기 광고, 〈I Ran All the Way Home Just to Say I'm Sorry〉, 멜 토메의 〈That Old Feeling〉, 한 번 누르면 자동으로 주파수를 맞추는 웨스팅하우스사의 빅 스크린 텔레비전 광고, '화면 바로 앞에서도 바늘 끝처럼 선명한 화질', 〈The Italian Cowboy Song〉, 두에인 에디의 〈Yep〉, 페이퍼메이트 펜 광고, 〈Almost Grown〉, 테임사의 크림 린스 광고, 〈Let's Stroll〉, 뉴스(아이젠하워 대통령과 해럴드 맥밀런 총리가 게티즈버그에서 연쇄 회담을 시작했다, 라사에서 티베트인이 중국 공산주의자들과 싸웠다, 이 멀고 낙후된 땅의 영적 지도자인 달라이라마의 소재는 파악되지 않는다, 파크 애비뉴의 한 하녀가 25만 달러의 신탁기금을 유산으로 받았다, 내일은 봄이 올 예정이다), 스포츠 뉴스(마이애미에서 양키스가 브레이브스를 이겼다, 세인트피터즈버그 오픈에서 누가 누구와 무승부를 기록했다, 지역 농구 시합 결과), 날씨(맑고 계절에 어울리게 따뜻하다), 〈The Happy Organ〉, 〈Turn Me Loose〉, 스퀄킬 생명보험 광고, 〈Rocksville, P-A〉(래빗은 이 노래를 아주 좋아한다), 〈A Picture No Artist Could Paint〉, 바바솔사의 새로 나온 면도 크림 프레스토라더 광고, 매일 이것을 사용하면 피부가 보호되고 유화乳化 작용이 일어난다, 도디 스티븐스의 〈Pink Shoe Laces〉, 빌리 테스먼이라는 어린 소년이 교통사고를 당했으니 카드나 편지를 보내주면 감사할 거라는 짤막한 말, 〈Petit Fleur〉, 〈Fungo〉(훌륭하다), 올 텍스 올 울 양복 광고, 헨리 맨시니의 〈Fall Out〉, 〈Everybody Like to Cha Cha Cha〉, 로드즈 그레이스 테이블 냅킨과 화려한 래스트 서퍼 식탁보 광고, 〈The Beat of My Heart〉, 스피드샤인 왁스와 라놀린 클레이 광고, 〈Venus〉, 그리고 다시 똑같은 뉴스. 달라이라마는 도대체 어디 있을까?

오크우드를 벗어나자마자 1번과 만난다. 핫도그 노점과 캘소 광고판과 통나무 오두막을 흉내낸 선술집이 있는 이 도로는 뜻밖에도 실망스럽다. 멀리 차를 몰고 갈수록 혼란에 빠진 어떤 커다란 체제가 강하게 느껴진다. 이제 필라델피아가 아니라 볼티모어가 그를 향해 다가오고 있다. 그는 주유소에 차를 멈추고 보통으로 2달러어치를 넣는다. 그에게 진짜로 필요한 것은 다른 지도다. 그는 코카콜라 기계 옆에 서서 지도를 펼치고, 잔뜩 쌓인 액체왁스 통 때문에 녹색으로 물든 창문에서 나오는 빛에 의지해 살펴본다.

그의 문제는 서쪽으로 가서 볼티모어와 워싱턴에서 벗어나야 한다는 것이다. 볼티모어와 워싱턴은 남쪽으로 가는 해안도로를 지키는 머리가 둘 달린 개와 같다. 그는 물을 따라 내려가고 싶지는 않다. 그는 중앙으로 바로 내려가, 땅의 넓고 부드러운 뱃속으로 바로 들어가 그의 북쪽 번호판으로 새벽의 목화밭을 놀라게 하는 광경을 그리고 있다.

지금 그는 이쯤에 있다. 따라서 더 가면 23번 도로가 왼쪽으로 뻗어나갈 것이다. 아니, 오른쪽으로. 이 도로는 위로 올라가 다시 펜실베이니아로 돌아간다. 그러나 여기 이곳, 쇼즈빌에서 번호가 없는 좁고 파란 도로를 탈 수 있다. 그것을 타고 조금 내려가면 다시 137번을 타게 된다. 이 도로는 482번, 이어 31번과 만나면서 꼬불꼬불한 곡선을 만든다. 래빗은 몸이 좌우로 흔들리는 것을 느낄 수 있다. 그 곡선을 통과하여 26번이라고 부르는 빨간 선, 그리고 그 선을 따라가다가 340번이라고 적힌 또다른 선으로 들어간다. 이것도 빨간 선이다. 그 선을 따라 미끄러지듯 나아가자 갑자기 그가 가고 싶어하는 곳이 눈에 띈다. 왼쪽 저 너머로 빨간 도로 셋이 평행선을 그리며 북동에서 북서로 흐르고 있다. 래빗은 그 세 도로가 애팔래치아산맥의 골짜기들을 따라 달리고 있음을 바로 느낄 수 있다. 그 가운데 하나를 타면 마치 활강로를 타고 떨어지듯이 아침에 아름다운 저지대 목화밭으로 떨어지겠지. 그래. 일단 그것을 타면 뒤에 두고 온 어지러운 것들에 대한 생각을 모두 떨쳐버릴 수 있어.

그는 직원에게 기름값으로 2달러를 준다. 어리지만 키가 큰 유색인 소년이다. 유연하고 게으른 몸은 큼직한 아모코 작업복 안에 푹 꺼져 있다. 래빗은 그 몸을 끌어안고 싶은 묘한 충동을 느낀다. 남쪽으로 이 정도만 와도 벌써 공기가 따뜻하게 느껴진다. 주유소의 불빛과 달 사이의 갈색과 자주색 호濉 안에서 온기가 진동한다. 액체왁스가 담긴 녹색 통들 위로 창 너머 시계가 아홉시 십분을 가리킨다. 가늘고 빨간 초침이 숫자들 위를 차분히 쓸고 가는 것을 보니 래빗의 길도 평탄할 것 같다. 그는 포드로 몸을 숙여 들어가며 그 곰팡내나는 뜨거운 실내에서 흥얼거리기 시작한다. "모, 두들 사랑해, 차 차 차."

처음에는 용감하게 운전을 한다. 검은 아스팔트가 깔린 도로를 따라 하얀 시멘트가 깔린 도로를 따라, 시市와 들판을 통과해, 사이렌의 목소리가 잘못된 길로 유도하는 교차로를 지나, 지도를 옆자리에 놓고, 남쪽으로 방향을 틀고 싶은 맹목적인 충동에 저항하면서 곧이곧대로 번호만 따라서. 그러나 그의 내부의 어떤 동물적인 것이 서쪽으로 가고 있음을 알아차린다.

땅이 거칠어진다. 도로는 커다란 호수를 피하고 솔숲을 굴처럼 뚫고 들어간다. 앞유리 위쪽으로 보이는 전화선들이 계속 별에 채찍질을 한다. 라디오의 음악이 천천히 얼어붙는다. 어린애들을 위한 로큰롤이 식으면서 올드 스탠더드와 뮤지컬 음악과 편안한 40년대 노래로 바뀐다. 래빗은 외식을 하고 영화를 본 뒤 보모가 있는 집으로 차를 몰고 오는 부부를 떠올린다. 그러나 이런 멜로디들이 얼어붙으면서 정말로 밤에 어울리는 음악이 나타난다. 피아노와 비브라폰이 높고 깨지기 쉬운 옥타브들을 다발로 묶어놓고, 클라리넷은 갈라지는 금처럼 웅덩이 위를 배회한다. 색소폰은 되풀이하여 8자를 그린다. 웨스트민스터를 통과한다. 프레더릭까지 가는 데 끝도 없는 시간이 걸리는 것 같다. 340번을 타고 포토맥강을 건넌다.

졸음이 찾아오자 래빗은 커피를 마시려고 자정 직전에 도로변 카페에 차를 세운다. 차이를 딱 집어서 말할 수는 없지만, 왠지 그는 다른 손님들과 다르다. 그들도 그것을 느끼는지 눈에 힘을 주고 그를 본다. 그 눈들은 지퍼가 달린 재킷 차림으로 칸막이 좌석에 앉아 있는 젊은 남자들의 하얀 얼굴에 작은 금속 장식처럼 박혀 있다. 남자 셋에 여자 하나꼴이다. 여자들은 주황색 머리카락을 꿈틀거리는 해초처럼 늘어뜨리거나, 해적의 보물 같은 금색 머리끈으로 헐렁하게 묶었다. 카운터에는 외투를 입은 중년 부부들이 회색 아이스크림소다 빨대를 향해 얼굴을 앞으로 모으고 있다. 그의 등장으로 생겨난 정적 속에서 카운터를 담당하는 지친 여자가 지나치게 예의를 차리는 바람에 낯선 그의 모습이 더욱 부각된다. 그는 조용히 커피를 주문하고 컵 테두리를 살피며 뱃속에서 미끄러지는 것이 진정되기를 기다린다. 그는 이쪽 해안에서 저쪽 해안까지 미국은 다 똑같다고 생각했고, 또 그렇게 읽었다. 그러나 이제 궁금하다. 내가 이 사람들한테만 외부인인 걸까 아니면 모든 미국에도 외부인인 걸까?

바깥으로 나갔을 때 얼얼한 공기 속에서 등뒤로 발소리가 쿵쿵거리는 바람에 움찔한다. 그러나 서로 손을 잡고 서둘러 차로 향하는 연인일 뿐이다. 맞잡은 두 손이 어둠을 가로질러 뛰는 불가사리 같다. 웨스트버지니아 번호판이다. 그의 것을 제외한 모든 번호판이 그렇다. 도로 건너편의 숲은 내리막이라 산중턱의 나무 우듬지들이 보인다. 약간 빛이 바랜 파란 종이 위에 빳빳한 종이를 오려서 세워놓은 것 같다. 그는 포드 안에 올라타며 불쾌함을 느끼지만, 그 곰팡내나는 공기가 그에게 유일한 안식처다.

그는 짙어지는 밤을 뚫고 차를 몬다. 도로는 약이 오를 정도로 천천히 펼쳐진다. 꼬불꼬불 아무리 나아가도 도로는 지칠 줄 모르고 계속 검은 벽처럼 전조등 앞에서 솟아오른다. 타르가 타이어를 빨아들인다. 그는 뺨의 열기가 분노임을 깨닫는다. 인어들이 가득한 식당을 나선 이후로 계속 분노에 사로잡혀 있었다. 너무 화가 나서 입 안쪽 뺨이 있는 곳이 바싹 타버리고 콧구멍에서 콧물이 느껴진다. 그는 뱀 같은 도로를 짓밟으려는 듯이 발로 가속페달을 짓이기다 커브에서 제어력을 잃을 뻔한다. 오른쪽 바퀴 두 개가 흙이 덮인 갓길로 빠져나간다. 그는 바퀴들을 제자리로 가져오지만 속도계 바늘은 제한속도의 오른쪽에 그대로 놓아둔다.

라디오를 끈다. 이제는 라디오의 음악이 그가 타고 흘러가는 강처럼 느껴지는 것이 아니라, 도시들의 목소리로 말하면서 미끄러운 손으로 그의 머리를 문지르기 때문이다. 그러나 그는 소리가 사라진 정적 속으로 생각이 들어오는 것을 막는다. 생각하고 싶지 않다. 잠이 들었다가 모래를 베개 삼아 깨어나고 싶다. 여기까지밖에 못 오다니 얼마나 어리석은지, 얼마나 엿같이, 좆같이 어리석은지. 자정인데, 밤이 반은 지났는데.

땅은 바뀌지 않는다. 아무리 차를 몰아도 바깥은 마운트저지 주위의 시골을 닮아만 간다. 똑같은 제방의 덜미, 도대체 누가 사고 싶어할까 궁금해지는 똑같은 제품을 광고하는, 비바람에 낡은 똑같은 간판. 전조등 빛의 위쪽 가장자리로는 벌거벗은 작은 나뭇가지들이 똑같은 그물을 만든다. 아니, 그물이 촘촘해진 것 같기는 하다.

그의 내부에 있는 동물이 그가 서쪽으로 가는 것에 점점 거세게 항의를 한다. 그의 마음은 고집스럽게 저항한다. 그의 계획은 프레더릭을 지난 다음 왼쪽으로 45킬로미터를 갈 것을 요구했고, 이제 그 45킬로미터는 다 왔다. 그곳에서 왼쪽으로 빠지는 넓은 길이 나오자, 그의 본능이 소리를 지르며 반대하지만, 그는 아무런 표시도 없는 그 길로 들어선다. 지도에 나온 두께를 볼 때 그 도로에 표시가 있을 가능성은 적다. 하지만 이것이 지름길이다. 그는 그것을 알고 있다. 마티 토세로가 그를 가르치기 시작했을 때 그는 언더핸드로 자유투를 쏘고 싶지 않았지만 결국 그것이 올바른 길이었음을 알게 되었던 일이 떠오른다. 이렇듯 옳은 길이 처음에는 그른 길로 보이곤 한다. 세상은 그런 것이다.

도로는 넓고 몇 킬로미터 동안 자신만만하다. 그러나 갑자기 때운 곳이 나온다. 그 너머부터는 위로 경사를 그리며 점점 좁아진다. 계획에 의해 좁아진다기보다는 자연스럽게 좁아진다. 가장자리가 무너지며 안으로 들어오고 양쪽의 숲이 빽빽하게 밀고 내려온다. 길은 위로 올라가려고 애쓰며 점점 미친듯이 구불거린다. 그러다가 예고도 없이 아스팔트 껍질을 허물처럼 벗어버리고 흙길로 꿈틀꿈틀 나아간다.

이제 래빗도 이것이 그가 가야 하는 도로가 아니라는 것을 알고 있다. 하지만 차를 멈추고 돌리기가 두렵다. 집의 불빛을 본 것이 몇 킬로미터 전이다. 갈기 같은 잡초들 위에 걸터앉아 달리던 곳을 벗어나자, 가시나무가 차 옆면의 페인트를 긁어낸다. 전조등이 잡아내는 것은 나무줄기와 야트막한 가지뿐이다. 혜적이는 그림자들이 거미처럼 광야의 거미줄을 타고 뒤로 물러나 검은 핵 안으로 들어간다. 그가 비추는 빛의 탐침이 그곳을 헤집으면 짐승이나 유령이 나올까 두렵다. 그는 도로가 멈추지 않게 해달라고 기도한다. 마운트저지에서는 사람들의 기억에서 사라져 덤불투성이가 된 벌목 길이라도 결국에는 골짜기로 내려오게 된다는 사실을 기억한다. 귀가 간지럽다. 높이가 귀를 압박한다.

기도의 응답에 눈이 멀 것 같다. 저멀리 굽이의 나무들이 불길처럼 솟아오르더니 차 한 대가 그곳을 돌아 상향등을 높이 세우고 그에게 날아온다. 래빗은 거의 도랑까지 미끄러진다. 죽음처럼 얼굴이 없는 밝은 차는 그보다 두 배는 빠른 속도로 재빠르게 스쳐간다. 래빗은 1분이 넘게 그 새끼가 모욕처럼 남긴 먼지 속을 운전한다. 그러나 좋은 소식 때문에 온순해진다. 이 도로가 양방향이라는 소식이다. 얼마 지나지 않아 공원에 들어선 듯한 느낌이 든다. 전조등 불빛에 **바랍니다**라고 스텐실로 찍힌 녹색의 작은 통이 걸려든다. 양쪽의 나무도 듬성듬성해지면서, 나무들 사이로 피크닉 탁자와 정자와 옥외변소가 반듯한 모서리를 드러낸다. 차의 곡선들도 드러난다. 몇 대는 도로에 가깝게 주차되어 있다. 승객들은 차 안에서 아래로 몸을 낮추고 있어 눈에 보이지 않는다. 이 공포의 도로는 연인들의 길인 것이다. 100미터쯤 가자 길은 끝이 난다.

길은 산마루의 검은 구름을 머리에 인 평탄하고 넓은 간선도로와 직각으로 만난다. 차 한 대가 핑 소리를 내며 북쪽으로 질주한다. 또 한 대는 핑 소리를 내며 남쪽으로 질주한다. 표지판은 없다. 래빗은 기어를 중립으로 놓고 비상 브레이크를 당긴 다음 실내등을 켜고 지도를 살핀다. 손과 정강이가 후들거린다. 모래가 낀 듯한 눈까풀 뒤에서 뇌가 피로로 퍼덕거린다. 열두시 삼십분, 또는 그보다 늦은 시간일 것이다. 앞의 간선도로는 텅 비어 있다. 지금까지 타고 온 길의 번호나 통과해 온 작은 도시들의 이름은 잊어버렸다. 프레더릭은 기억나지만 찾을 수가 없다. 이윽고 가본 적도 없는 워싱턴 서쪽 지역을 살피고 있음을 깨닫는다. 빨간 선과 파란 선, 긴 이름, 작은 도시, 사각형과 원과 별이 가득하다. 눈을 북쪽으로 옮겨보지만 알아볼 수 있는 유일한 선은 펜실베이니아와 메릴랜드의 경계가 되는 곧게 뻗은 점선뿐이다. 메이슨-딕슨선.* 그것을 배운 교실이 떠오른다. 바닥에 고정되어 줄지어 있는 책상들, 흠터가 잔뜩 덮인 니스, 흑판의 뿌연 검은색, 알파벳 순서에 따라 통로 아래위를 빽빽하게 채운 소녀들의 단단한 엉덩이. 그의 눈이 표정을 잃고 침몰한다. 머릿속에서 시계가 맥박처럼 움직이는 소리가 들린다. 끔찍할 정도로 느리다. 부드러운 재깍 소리는 그가 가고자 하는 해안의 파도 소리만큼이나 멀리 떨어져 있다. 래빗은 다시 주의력에 불을 붙여 안개처럼 눈을 내리덮는 막을 태우고 지도를 들여다본다. 바로 '프레더릭'이 튀어나온다. 그러나

---

* 미국의 남부와 북부의 경계로 여겨진다.

그 위치를 잡아두려고 애를 쓰다가 다시 놓치고 만다. 약이 바싹 올라 콧마루가 아프다. 이름들이 녹아 사라지고, 눈에 지도 전체가 들어온다. 그물. 그 모든 빨간 선과 파란 선과 별들. 그가 어딘가에서 걸려든 그물. 그는 손톱을 세워 그것을 찢어발긴다. 화가 나 숨을 헐떡거리며 삼각형 조각을 뜯어내고, 남은 커다란 종이를 둘로 찢어버린다. 그러다가 조금 차분해져서 이 세 조각을 서로 겹쳐놓고 반으로 찢는다. 그 여섯 조각을 다시 반으로 찢고, 계속 그렇게 하자 마침내 손에 공처럼 꽉 잡을 수 있는 종이 뭉치가 생긴다. 창문을 내리고 공을 밖으로 던진다. 공이 폭발한다. 구겨진 조각들이 몸에서 떨어져나온 날개처럼 파닥거리며 돌아와 차 지붕 위로 날아간다. 그는 얼른 손잡이를 돌려 창문을 올린다. 이 모든 일이 안경을 쓰고 셔츠를 두 장 껴입은 그 농부 탓이다. 그 남자가 이렇게 목에 딱 걸려 있다니 웃긴다. 어떻게 된 일인지 래빗의 생각은 그를, 그 으스대는 모습, 그 **견고함**을 지나 나아갈 수가 없다. 래빗은 신발끈이 너무 길거나 두 발 사이에 작대기가 낀 것처럼 아까 거기서 그에게 걸려 넘어졌고, 지금도 계속 넘어지고 있지만, 발에서 그를 떼어낼 수가 없다. 그 남자는 조롱했다. 입으로 건, 일로 험해진 두 손의 꾸준한 움직임으로건, 털이 많은 귀로건, 그의 몸 어딘가로, 이따금 해리에게 다 왔다는 느낌을 주던 그 은밀하고 말없는 희망을 조롱했다. **가기 전에 어디에 갈지 미리 생각하는 거요.** 이 말은 핵심을 놓치고 있다. 그러나 별것 아닌 말이라 해도 뭔가를 말하고 있을 가능성은 늘 있다. 어쨌거나 래빗이 본능을 신뢰하기만 했다면 지금쯤 사우스캐롤라이나에 있을 것이다. 담배가 있었으면 좋겠다는 생각이 든다. 자신의 본능이 무엇을 말해주는지 판단하는 데 도움을 얻기 위해서. 그는 차에서 몇 시간 정도 자는 것이 좋겠다고 판단한다.

그러나 뒤에 있는 애무의 숲에서 차 한 대가 시동을 건다. 전조등이 한 바퀴 원을 그리더니 래빗의 목을 누른다. 지도를 보려고 차를 길 한가운데 세웠던 것이다. 이제 비켜주어야 한다. 갑자기 추월을 당하고 있다는 터무니없는 공포에 사로잡힌다. 다른 차의 전조등이 백미러에서 부풀어오르며 백미러가 컵처럼 확 타올랐기 때문이다. 래빗은 클러치를 힘껏 밟고 기어를 1단에 넣고 핸드브레이크를 푼다. 간선도로로 뛰어든다. 본능적으로 오른쪽, 북쪽으로 방향을 튼다.

집으로 가는 길은 한결 편하다. 지도도 없고 기름도 거의 바닥이 났지만, 마치 마법사가 지팡이를 흔든 것처럼 해거스타운 근처에서 심야 모빌가스 주유소가 나타나고 녹색 표지판들이 펜실베이니아 턴파이크를 가리키기 시작한다. 이제 라디오의 음악이 마음을 다독여준다. 서정적이고 광고도 없다. 처음에는 해리스버그의 전파가 잡히고, 이어 필라델피아의 전파가 잡혀 그가 확실하게 따라갈 수 있는 방향 지시등 역할을 해준다. 피로의 장벽을 돌파해 모든 일이 대수롭지 않게 여겨지는 차분하고 평탄한 세계로 들어섰다. 농구 시합의 마지막 쿼터가 되면 이런 세계로 진입하곤 했다. 그때는 관중이 생각하는 것과는 달리 점수를 위해 뛰는 것이 아니라 너 자신을 위해 뛰게 되지. 갑자기 느긋해지는 기분이었어. 네가 있고 가끔 공이 있고, 그리고 구멍, 예쁜 그물 치마를 걸친 높고 완벽한 구멍이 있었지. 너, 바로 너와 그 술 장식이 달린 링뿐이었어. 가끔 그 링이 네 입술까지 바싹 다가오는 것 같기도 하고, 가끔은 거리를 두고 떨어져 있는 것 같기도 했는데 그럴 때면 단단하고 멀고 작게 느껴졌지. 슛을 하려고 자세를 잡는 순간 네가 이미 손가락에서, 심지어 팔에서, 또 눈에서도 느낀 것을 두고 관중이 갈채를 보내거나 신음을 토하는 것이 어리석어 보였어. 뜨겁게 달아올랐을 때는 링을 두르고 있는 끈의 실이 한 올 한 올 보이기도 했어. 하지만 경기 초반 몸을 풀러 나왔을 때, 관중석 뒤쪽에 앉아 서로 팔꿈치로 밀치는 시시껄렁한 인간들과 음탕한 남자 선생들과 재치 있는 농담을 하는 치어리더들이 다 보일 때는 관중이 바로 네 안에, 네 간과 허파와 위 안에 들어와 있는 것 같았지. 한 뚱뚱한 남자는 래빗의 위 바닥까지 내려와 정말로 위를 흔들기도 했다. 야, 사수射手! 야, 잘난 척하는 놈, 슛! 슛! 래빗은 이제 그를 따뜻하게 기억한다. 그 사람에게 래빗은 일종의 영웅이었던 것이다.

새벽 내내, 검디검은 그 이른 시간 내내, 음악은 계속 나오고 표지판은 계속 가리킨다. 그의 뇌는, 쇠약한 상태에서도 정신만은 바짝 긴장한 환자가 된 느낌이다. 전령이 긴 복도를 따라 계속 그 모든 음악과 지리 정보를 가져온다. 동시에 몸의 표면은 비정상적으로 민감하다. 피부가 생각을 하는 것 같다. 손에 잡힌 운전대는 채찍처럼 가늘다. 운전대를 살짝 돌리자 차축이 뻣뻣하게 회전하고, 차동기어가 풀리고, 윤활유가 채워진 밀봉된 터널 안에서 베어링이 도는 것이 느껴진다. 길가에서 인광을 내는 방향지시등에 현혹되어 듀폰 집안의 젊은 여자들을 생각한다. 구불구불 줄을 지어 거대한 유리 같은 파티장을 통과하는 여자들. 몸에 딱 달라붙는 스팽글 장식 드레스 속에는 아마 아무것도 안 입었겠지. 부잣집 딸들은 불감증일까? 그는 절대 알 수 없을 것이다.

돌아갈 때는 표지판이 이렇게 많은데 내려갈 때는 왜 그렇게 없었는지 궁금하다. 물론 그는 내려갈 때는 어디를 향해 가는지 몰랐다. 턴파이크에서 브루어 분기점으로 빠져나가자 길이 시내를 통과하여 처음 기름을 넣었던 곳으로 데려다준다. **브루어 16**이라고 적힌 도로를 타자 큰길 대각선 건너로 땅 파먹고 사는 인간의 주유기와 더불어 반짝거리는 삽과 낚싯대로 꽉 찬 어두운 창이 보인다. 창문은 흡족해하는 것 같다. 공기에 라벤더빛이 약간 감돌고 있다. 라디오에서 긴 부빙浮氷 같은 음악이 깨지면서 따뜻한 일기에 대한 예보와 농산물 가격이 나온다.

그는 남쪽에서부터 브루어에 진입한다. 동트기 전 뿌연 어둠 속의 브루어를 본다. 도로 옆의 나무들 사이로 집이 많아지더니, 이윽고 나무 없는 황량한 공업지대가 나타난다. 구두 공장, 보틀링 공장, 회사 주차장, 전자부품 공장으로 바뀐 편물 공장, 쓰레기로 가득한 습지 위로 우뚝 선 코끼리 같은 가스탱크들. 그러나 산의 파란 윤곽보다는 낮다. 산꼭대기에 서면 브루어는 하나의 벽돌 주위에 짜놓은 따뜻한 양탄자처럼 보였다. 산 위로 별들이 희미해진다.

그는 러닝호스 다리를 건너 잘 아는 거리로 들어선다. 워런 애비뉴를 타고 시의 남쪽을 통과하여 시티파크 근처에서 422번에 올라탄다. 쉭쉭 소리를 내는 트레일러트럭 몇 대를 벗삼아 산을 휘돈다. 먼 산에 짓눌린 주황색 띠처럼 떠오르는 해가 트럭의 바퀴들 사이에서 너울거리며 타오른다. 센트럴에서 좌회전을 하여 잭슨으로 들어서다가 갓돌에서 몇 미터나 떨어진 채 공회전을 하고 있는 우유 트럭 옆구리를 긁을 뻔한다. 잭슨을 계속 따라 올라가 부모의 집을 지나쳐 케거라이즈

앨리로 들어선다. 갑자기 서늘하고 옅은 분홍빛이 건물들을 물들인다. 오래된 양계장을 지나, 고요한 자동차 정비소를 미끄러지듯이 지나, 선샤인 체육협회 앞에 차를 세운다. 가건물을 세운 입구에서 몇 걸음 떨어진 곳이다. 밖으로 나오는 사람은 그의 차를 볼 수밖에 없다. 래빗은 기대를 하며 3층 창문을 올려다보지만 불빛은 보이지 않는다. 토세로가 안에 있다 해도, 아직 자고 있는 것이다.

래빗은 눈을 붙이기로 한다. 양복 상의를 벗어 담요를 덮듯이 가슴 위에 올려놓는다. 하지만 날은 점점 환해지고 앞좌석 공간은 너무 비좁다. 운전대가 어깨에 닿을 것 같다. 뒷자리로 옮기지는 않는다. 그러면 불리해지므로. 필요하면 즉시 차를 몰고 떠날 수 있어야 하니까. 게다가 너무 깊이 잠들어 토세로가 나올 때 그를 놓치는 일은 없어야 한다.

그래서 앞자리에 그냥 쓰러져 긴 다리를 접는다. 발을 둘 곳이 없다. 껍질이 덮인 듯한 눈으로 운전대 건너 앞유리를 통해 하늘에 새로 나타난 평평하고 상쾌한 파란색을 본다. 토요일이다. 래빗이 어린 시절부터 기억하는 토요일의 하늘답게 넓고 환하고 둔감하다. 토요일 아침의 하늘은 막 시작하려는 긴 시합의 텅 빈 점수판이었다. 루프볼,* 박스 하키,** 테더볼,*** 다트……

눈이 감겼다. 차 한 대가 가르랑 소리를 내며 지나가더니 골목을 올

---

* 두 사람이 지붕으로 공을 쳐서 주고받는 테니스와 비슷한 경기.
** 세 개의 칸막이가 있는 박스에서 칸막이의 구멍 사이로 퍽(puck)을 이동해 상대방 쪽 바깥으로 빠져나오는 2인용 경기.
*** 기둥에 매단 공을 라켓으로 치고받는 게임.

라간다. 눈꺼풀 뒤의 어둠이 간밤의 끊이지 않는 자동차 소음들로 진동한다. 다시 숲, 좁은 도로, 소리 없는 남녀들로 채워진 차들이 가득한 어두운 빈터가 보인다. 다시 목표, 새벽에 멕시코만 옆의 모래밭에 누워 있는 것을 생각한다. 모래 같은 그의 차 의자가 모래밭인 것 같기도 하고, 깨어나는 마운트저지의 바스락거림이 바다의 바스락거림 같기도 하다.

토세로를 놓치면 안 된다. 눈을 뜨고 뻣뻣한 수의에서 몸을 일으키려 한다. 깜빡 잠이 들었던 것인지 아닌지 모르겠다. 하늘은 똑같다.

차창이 걱정되기 시작한다. 한쪽 팔꿈치로 지탱하고 가슴을 일으켜다 확인해본다. 머리 위의 창이 약간 열려 있다. 손잡이를 돌려 꽉 닫고 모든 잠금 버튼을 눌러둔다. 안전하다는 생각이 들자 대책 없이 긴장이 풀린다. 의자와 등받이 사이의 틈 안으로 얼굴을 돌린다. 그렇게 몸을 비틀자 무릎이 팽팽한 수직 쿠션을 파고든다. 짜증이 나는 바람에 잠시 잠이 달아난다. 아들은 어디서 잤을지, 재니스는 무엇을 했을지, 그의 부모와 그녀의 부모는 어디를 찾아다녔을지 궁금하다. 경찰은 알고 있을지. 경찰 생각을 하자 잠시 그의 마음이 파란색으로 덮이기 시작한다. 그가 이곳에 두고 떠났던 빛바랜 밤이 전화 통화와 성급한 오감, 눈물의 흔적과 일련의 단어들로 엮인 그물처럼 느껴진다. 하얀 걱정의 실들이 밤새도록 베틀에 북 나들듯 오갔으며, 지금은 희미해졌을지라도 여전히 존재하고 있을 것이다. 눈에 보이지 않는 그물이 비탈진 거리들을 덮고 있고 그 중심에서 그는 자물쇠를 채운, 속이 빈 상자 안에 안전하게 누워 있다.

어스름 속의 솜과 갈매기. 다른 여자의 침대에서 그녀가 절정에 오르던 모습. 그들의 침대에서는 한 번도 그만큼 좋았던 적이 없다. 하지만 좋은 것들도 있었다. 재니스는 결혼하고 나서 몇 주가 지나도 자기 몸을 보여주는 것을 몹시 수줍어했는데, 어느 날 밤 아무런 기대 없이 욕실에 들어갔더니 거울에는 김이 뽀얗게 덮여 있고 막 샤워를 마치고 나온 재니스가 조그만 파란 수건을 들고 약에 취한 듯이 흡족한 표정으로 부끄러움 없이 느긋하게 서 있었다 뜨거운 물 때문에 밝은 분홍색이던 엉덩이 재니스는 마치 그동안 전혀 다른 반쪽을 감추고 있었던 여자처럼 허리를 구부리고 몸을 돌리더니 그의 표정이 어땠는지 몰라도 웃음을 터뜨리면서 두 팔을 들어올려 그에게 입을 맞추었다. 김 때문에 발그레하던 그녀의 몸, 미끈거리던 부드러운 목덜미. 래빗은 자세를 고치고 다시 마음의 어두운 구멍으로 돌아간다. 미끈거리던 부드러운 목덜미, 나긋나긋하고 잘록한 허리. 둘 다 무릎을 꿇고 있다. 전에는 본 적이 없는 형태로 구부러진 몸들. 정강이가 문손잡이에 부딪힌다. 통증이 저 아래 자동차 정비소에서 들려오는, 금속과 금속이 부딪치는 소리와 묘하게 섞인다. 하루 일이 시작되었다. 여덟시인가? 그는 입술이 바싹 말라 부풀어오른 느낌에서 시간의 경과를 인식한다. 몸부림을 치며 허리를 세운다. 몸을 덮었던 상의가 차 바닥으로 떨어진다. 아니나다를까 얼룩이 묻은 앞유리 너머로 정말 토세로가 보인다. 골목을 따라 내려가다가 오래된 농가 너머로 올라간다. 래빗은 차에서 뛰어내려 상의를 걸치며 그를 쫓아 달려간다. "토세로 감독님! 여기요, 토세로 감독님!" 몇 시간 동안 사용하지 않은 목소리는 박편이 생기고 녹이 슨 것 같다.

남자가 돌아본다. 래빗이 예상했던 것보다 낯설어 보인다. 지친 난쟁이를 크게 확대해놓은 것 같다. 몸이 줄어든 것 같다. 벗어지고 있는 커다란 머리와 큼지막한 바둑판무늬가 박힌 스포츠 코트. 땅딸막한 다리를 둘러싼 파란 바지는 너무 길어서 구두 위로 지그재그로 주름이 접혀 있다. 래빗은 달리기를 멈추고 얼마 남지 않은 거리를 성큼성큼 걸어가면서 자신이 실수나 하지 않았는지 걱정한다.

그러나 토세로의 반응은 완벽하다. "해리," 그가 말한다. "훌륭한 해리 앵스트롬." 그는 해리에게 손을 내밀면서, 다른 손으로 소년의 팔을 아프도록 꽉 움켜쥔다. 그러자 래빗은 그가 몸에 손을 대는 버릇이 있었다는 사실을 떠올린다. 토세로는 그냥 계속 그렇게 그의 팔을 붙들고 서서 그를 보며 비뚜름한 웃음을 짓는다. 코는 굽었고, 한쪽 눈은 크게 떴지만 다른 쪽 눈은 눈까풀이 무겁게 내리누르고 있다. 세월이 흐르면서 얼굴이 한쪽으로 더 기울었다. 머리조차 고르게 벗어지지 않았다. 빗으로 빗은 흰머리와 옅은 갈색 머리 몇 올이 정수리를 덮고 있다.

"선생님 조언이 필요합니다." 래빗은 그렇게 말해놓고, 다시 고쳐 말한다. "사실 당장 필요한 것은 잠을 잘 곳이에요."

토세로는 대답을 하기 전에 잠시 입을 꾹 다문다. 그의 큰 힘은 이런 침묵에 있다. 그는 훈련을 시키는 사람으로서 자기 말이 무게를 얻을 때까지 끈덕지게 기다리는 요령을 알고 있다. 마침내 그가 묻는다. "너희 집에 무슨 일이 생긴 건데?"

"어, 뭐 사라진 셈입니다."

"무슨 뜻이지?"

"소용이 없다는 거죠. 뛰쳐나왔습니다. 정말로요."

다시 침묵. 래빗은 아스팔트에 부딪혀 튀어오르는 햇빛 때문에 눈을 가늘게 뜬다. 왼쪽 귀가 아프다. 같은 쪽 이도 아파올 것 같은 느낌이다.

"별로 성숙한 행동 같지는 않은데." 토세로가 말한다.

"사실 엉망이었습니다."

"어떻게 엉망이었는데?"

"모르겠어요. 집사람이 알코올중독입니다."

"도와주려고 해봤어?"

"그럼요. 그런데 어떻게 도와주나요?"

"함께 마셨어?"

"아니요, 선생님, 절대로요. 저는 그걸 견딜 수가 없어요. 그냥 그 맛이 싫어요." 그는 준비했다는 듯이 그렇게 말한다. 옛 감독에게 몸을 망치지 않았다고 보고할 수 있다는 것이 자랑스러워서다.

"어쩌면 같이 마시는 게 좋았을지도 몰라." 토세로는 잠깐 뜸을 들였다가 그렇게 말한다. "네가 부인과 그 기쁨을 함께 나누었다면, 부인이 제어를 할 수 있었을지도 모르지."

래빗은 햇빛 때문에 눈이 부시고 피로 때문에 정신이 멍하여 그 말을 이해할 수가 없다.

"부인이 재니스 스프링어지, 맞지?" 토세로가 묻는다.

"네. 맙소사, 멍청한 여자예요. 정말 멍청해요."

"해리, 그건 가혹한 말이야. 인간을 두고 하기에는."

래빗은 토세로 자신이 그 점을 확신하고 있는 것 같아 고개를 끄덕인다. 이 남자의 침묵의 무게에 눌려 몸에서 힘이 빠져나가는 것을 느낀다. 침묵이 래빗이 기억하는 것보다 길어진 듯하다. 토세로 자신도 그 무게를 느끼는 것 같다. 다시 두려움이 래빗을 건드린다. 늙은 감독이 머리가 어수선한 것인지도 모른다는 생각이 들어 처음부터 다시 시작한다. "선샤인 어디에서 두어 시간 눈 좀 붙일 수 있으면 좋을 것 같아서요. 아니면 집에 가는 게 좋을지도 모르고요. 완전히 지쳤습니다."

다행스럽게도 토세로가 갑자기 부산스러워지더니 그의 팔꿈치를 잡고 다시 골목 쪽으로 방향을 틀며 말한다. "그럼, 물론이지, 해리. 끔찍해 보이는구나, 해리. 끔찍해 보여." 그의 손이 쇠붙이처럼 단단하게 래빗의 팔을 잡고 있다. 토세로가 래빗을 밀고 가자, 잡힌 곳이 꽉 눌려 래빗의 뼈들이 덜걱거린다. 그 꽉 잡은 손아귀에서 나오는 왠지 모를 광적인 느낌 때문에 단단함이 주는 편안함은 맛보기 힘들다. 토세로의 목소리 또한 빠르고 정확하게 바뀌어, 래빗의 흐릿한 정신을 지나치게 예리하게 파고든다. "너는 나한테 두 가지를 부탁했어." 토세로가 말한다. "두 가지를. 잘 곳, 그리고 조언. 자, 해리, 너한테 잘 곳을 주지. 단, 단, 해리, 일어났을 때 우리 둘이 네 결혼의 위기에 관해서 진지한, 길고 진지한 이야기를 나누어야 한다는 조건이 있어. 일단 이 얘기는 해두겠어. 내가 걱정하는 건 네가 아니야. 너는 내가 잘 알지. 너는 언제라도 네 두 발로 설 수 있어, 해리. 내가 걱정하는 건 너보다는 재니스야. 그애는 너 같은 균형 감각이 없어. 약속할거지?"

"그럼요. 그런데 뭘 약속해요?"

"약속해, 해리, 우리 둘이서 그애를 도울 방법을 이야기해보기로."

"그럼요, 그런데 저는 돕지 못할 것 같은데요. 그러니까 저는 재니스한테 그럴 만큼 관심이 있는 게 아니어서요. 전에는 있었지만, 지금은 없어요."

그들은 시멘트 층계와 입구를 가린 방한용 목조 가건물에 이른다. 토세로가 열쇠로 문을 연다. 안은 비어 있다. 조용한 바는 어둑어둑하고, 작고 둥근 탁자들은 사람이 가서 앉지 않아도 곧 쓰러질 것처럼 약해 보인다. 바 뒤에 놓인 튜브와 금속조각으로 이루어진 전기 광고판은 플러그를 뽑아 죽어 있다. 토세로가 지나치게 큰 목소리로 말한다. "그 말은 믿지 않아. 내 가장 훌륭한 아이가 그렇게 몰인정한 사람이 되었다고는 믿을 수 없어."

몰인정하다. 2층으로 가는 층계를 올라가는데 그 말이 덜거덕거리며 그들을 따라오는 것 같다. 래빗이 사과한다. "잠을 좀 자고 생각을 해보도록 노력하겠습니다."

"착한 아이로군. 우리한테 필요한 건 그것뿐이야. 우리가 요구할 수 있는 건 노력하는 것뿐이라고." 무슨 소리지, 우리라니? 탁자들은 모두 비어 있다. 먼지로 검게 염색된 낮은 라디에이터 위의 일그러진 황갈색 그늘 안에 햇빛이 황금색 사각형을 때려넣는다. 아무것도 깔지 않은 좁은 바닥판들은 사람의 발에 닳고 닳아 길이 났다.

토세로는 눈에 띄지 않도록 벽과 똑같이 페인트를 칠한 문으로 래빗을 데려간다. 그들은 가파른 다락방 층계를 올라간다. 층계는 못으로 박아놓은 나무판으로, 단 사이로 목공품의 깔쭉깔쭉한 틈과 절연선이 보인다. 그들은 빛 속으로 들어선다. "여기가 나의 저택이야." 토세로가 그렇게 말하며 상의 호주머니 덮개를 만지작거린다.

자그마한 방은 동향이다. 창에 설치된 블라인드의 갈라진 틈이 옆쪽 벽, 정리하지 않은 군용 간이침대의 위쪽 벽에 긴 칼 같은 해를 꽂는다. 다른 블라인드는 올라가 있다. 두 창문 사이에는 맥주 여섯 개들이 상자들을 줄로 묶어서 만든 기발한 옷장이 서 있다. 세로로 세 개, 가로로 두 개를 쌓았다. 여섯 개의 상자에는 세탁소 비닐로 싼 셔츠, 접은 속옷 상하의, 한 켤레씩 공 모양으로 만 양말, 손수건, 반짝거리는 구두, 등에 가죽을 댄 브러시와 브러시의 뻣뻣한 털에 꽂혀 있는 빗 등이 가지런히 담겨 있다. 굵은 못 두 개에는 거슬릴 정도로 야한 무늬의 스포츠 코트 몇 벌을 걸친 옷걸이들이 걸려 있다. 그러나 토세로는 옷가지를 돌보는 데서 집안일을 멈춘 듯하다. 바닥에는 돌돌 말린 보풀들이 점점이 박혀 있다. 〈내셔널 지오그래픽〉부터 십대범죄고백과 만화책에 이르기까지 온갖 잡지와 신문들이 여기저기 쌓여 있다. 토세로가 사는 공간은 다락의 나머지 부분과 잘 어울린다. 다락은 창고로, 낡은 피너클* 시합표, 당구대, 목재, 금속 통, 앉는 자리가 등나무로 만들어진 부서진 의자들, 둘둘 말린 닭장용 철망, 소프트볼 유니폼 걸이가 널려 있다. 유니폼 걸이는 비스듬한 두 들보 사이의 고정된 파이프에 걸려 있어 맞은편 창문에서 들어오는 빛을 막고 있다.

"화장실이 있나요?" 래빗이 묻는다.

"아래층에, 해리." 토세로의 열의는 시들었다. 창피한 것 같다. 화장실에 들어가자 노인이 위층에서 부산스럽게 돌아다니는 소리가 들린

* 카드놀이의 한 종류.

다. 그러나 돌아와 보니 변한 것은 없다. 침대도 여전히 그대로다.

토세로는 기다리고 래빗도 기다린다. 이윽고 래빗은 자신이 옷을 벗는 모습을 토세로가 보고 싶어한다는 것을 깨닫고, 옷을 벗은 다음 티셔츠와 자키* 차림으로 헝클어진 미지근한 침대 속으로 미끄러져들어간다. 노인의 공동空洞으로 들어간다고 생각하니 찜찜하지만, 마침내 몸을 뻗을 수 있고, 가까이에서 단단하고 서늘한 벽을 느낄 수 있고, 저 아래 자신을 쫓아다닐지도 모르는 자동차 소리를 들을 수 있어 기분은 좋다. 래빗은 토세로에게 무슨 말을 하려고 목을 비틀다가 혼자 남았다는 사실에 깜짝 놀란다. 다락방 층계 발치의 문이 닫히고 두 번째 층계를 내려가는 발소리가 희미해진다. 바깥의 문이 닫히고 새 한 마리가 창가에서 울고 자동차 정비소에서 쨍그랑거리는 소리가 은은하게 올라온다. 노인이 거기 서 있었던 것이 불편했지만, 래빗은 그것은 신경쓸 문제가 아니라고 확신한다. 토세로가 호색가라는 것이야 모르는 사람이 없었지만 절대 동성애자는 아니었다. 그런데 왜 지켜봤을까? 갑자기 래빗은 깨닫는다. 그를 보며 토세로는 시간을 거슬러올라간 것이다. 늘 라커룸에 서서 자신이 가르치는 아이들이 옷을 갈아입는 것을 지켜보던 시절로 돌아간 것이다. 문제를 풀자 근육의 긴장이 풀린다. 웨스트버지니아에서 한 쌍의 연인이 손을 잡고 식당 밖 주차장으로 달려가던 것이 기억난다. 그녀, 머리카락이 해초처럼 뻗어나가던 그녀를 찍어누를 사람이 자신이 아니었던 것이 몹시 아쉽게 느껴진다. 머리카락이 빨간색이었던가? 그럼 거기는? 그는 웨스

---

* 자키(Jockey)는 미국 쿠퍼사의 남성 속옷 브랜드명으로, 남성용 팬티를 뜻하는 대명사로도 쓰인다.

트버지니아 여자들이 텍사스의 젊은 창녀들처럼 상스럽고 체격이 좋고 웃음이 헤프다고 상상한다. 텍사스 창녀들의 들척지근한 느린 말투는 늘 자극적이고 재미있었지만, 그때 그는 열아홉에 불과했다. 핸리와 자질로와 섐버거와 함께 거리를 따라 내려갈 때면 꼭 끼는 카키색 군복 때문에 신경이 곤두섰고 무릎보다 높지 않아 보이는 지평선까지 사방으로 평야가 펼쳐져 있었으며 집 안쪽으로는 횃대에 앉은 닭처럼 소파에 앉아 텔레비전을 마주보고 있는 가족이 보였다. 미치광이 자질로는 닭처럼 꽥꽥거렸다. 래빗은 그 집이 자신이 찾던 집이라고 믿을 수가 없었다. 그 집의 창에는 꽃이 있었다. 창에는 진짜 살아 있는 꽃이 순수하게 자리잡고 있었고, 그는 몸을 돌려 달아나고 싶은 유혹을 느꼈다. 아니나다를까, 문을 열어준 여자는 텔레비전에 나와 케이크 믹스를 팔아도 될 것 같았다. 그러나 그녀는 말했다. "들어와아, 애들아, 수줍어하지 말고오, 들어와서 조오은 시간을 보내애." 꼭 어머니처럼 그렇게 말했다. 안에 그들이 있었다. 창녀들. 그가 상상했던 것만큼 많지는 않았지만, 응접실에, 소용돌이 장식과 손잡이가 달린 구식 의자 위에 앉아 있었다. 여자들이 아주 수수해 보였기 때문에 그의 소심함이 약간 누그러졌다. 그냥 공장에서 일하는 보통 여자들 같았다. 젊다고 할 수도 없는 여자들이었다. 마치 형광등 불빛 아래 있는 것처럼 얼굴이 번들거렸다. 여자들은 흙덩어리를 던지듯이 군인들에게 말을 던졌으며, 남자들은 놀라고 정신이 멍해져서 콧소리가 섞인 웃음을 터뜨리면서 함께 몸을 웅크렸다. 그가 찍은 여자, 사실 그녀가 그를 찍었지만, 그 여자가 다가와 그의 몸에 손을 댔다. 블라우스의 마지막 단추 말고는 단추를 하나도 안 채웠다. 위층으로 올라가서는 꺼끌꺼끌하고 들척지근한 목소리로 불을 켜놓고 싶은지 끄고 싶은지 물었고, 그가 목이 멘 소리로 "꺼요" 하고 대답하자 웃음을 터뜨렸다. 그녀는 이따금 그의 밑에서 웃음을 지으며 그가 제대로 하게 해주려고 노력했고, 심지어 친절한 말을 건네기도 했다. "잘하고 있어, 자기. 잘해나가고 있어. 그래, 거기야아. 이제 좀 아는구나." 그래서 일이 끝났을 때 그는, 마무리를 알리는 그녀의 양쪽 입꼬리의 주름과 그의 옆에 누워 있으려 하지 않고 한사코 철제 침대 가장자리에 일어나 앉아 어두운 창밖 텍사스의 녹색 밤을 바라보던 모습에서, 그녀가 그녀의 반쪽을 거짓으로 꾸며냈다는 것을 알고 상처를 받았다. 노르스름한 수영복 끈자국만 보여주는 말없는 등 때문에 그는 화가 났다. 그는 그녀의 어깻죽지를 잡아 거칠게 몸을 돌렸다. 그러나 그녀 앞쪽의 묵직한 그림자들이 너무 부주의하게 무방비 상태로 늘어져 있어 그는 고개를 돌리고 말았다. 그녀는 허리를 굽혀 그의 귀에 입을 대고 말했다. "자기야, 두 번 할 돈은 안 냈잖아." 달큼한 여자, 그녀는 돈이었다. 자동차 정비소에서 쨍그랑거리는 소리가 은은하게 올라온다. 그 소음이 그를 위로하며, 그가 안전하게 숨어 있다고 말해준다. 그가 숨어 있는 동안 남자들은 세상을 찍어누르느라 바쁘다. 실체가 사라진 그 소리에 맞추어 그의 심장은 어둠 속에서 사랑의 몸짓을 하고 있다.

그의 꿈은 얕고 은밀하다. 두 다리가 꿈틀거린다. 베개에 닿은 입술이 약간 움직인다. 눈알이 시야의 안쪽 벽을 훑으며 구르자 눈까풀의 피부가 바르르 떤다. 그런 것이 아니라면 죽은 것이나 다름없다. 해를 입을 수 없는 상태다. 그의 몸 위쪽 벽에 있던, 해가 베어낸 자국이 천천히 아래로 내려와 칼이 그의 가슴을 가른다. 그러나 바닥에 닿자 동전이 되어 이내 사라진다. 어둠 속에서 그는 갑자기 잠을 깬다. 유령같이 파란 홍채가 익숙하지 않은 평면에서 남자들의 목소리가 들린 곳을 찾는다. 아래층에서 나는 목소리다. 시끄러운 소리로 보아 가구를 움직이고 쿵쾅쿵쾅 맴을 돌면서 그를 찾고 있는 것 같다. 그러나 귀에 익은, 구근球根 같은 저음이 울린다. 토세로다. 그의 목소리가 단단한 중심으로 자리를 잡자 아래층 소음들은 카드를 치는 소리, 술 마시는 소리, 법석을 떠는 소리, 친구와 이야기하는 소리로 분리된다. 래빗은 뜨거운 공동 안에서 몸을 굴려 차가운 벗, 벽을 향해 얼굴을 돌린다. 그리고 빨간 원뿔 같은 의식意識을 통과하여 다시 잠이 든다.

"해리! 해리!" 목소리가 어깨를 잡아 뽑고, 머리카락을 헝클어뜨린다. 그는 벽에서 반대 방향으로 몸을 굴리며 사라진 햇빛을 향해 눈을 가늘게 위로 뜬다. 토세로가 어둠 속에 앉아 있다. 어떤 불안이 짙게 깔린 어두운 폐선. 지저분한 우윳빛 얼굴이 앞으로 기울며 다가온다. 비뚤름한 미소가 상처처럼 찢어져 있다. 위스키 냄새가 난다. "해리, 너한테 줄 여자가 있어!"

"좋아요. 들어오게 하세요."

노인이 웃음을 터뜨린다. 불안해서 그런가? 이 노인네 말이 무슨 뜻이지?

"재니스 얘기예요?"

"여섯시가 넘었어. 일어나, 일어나, 해리. 아름다운 아기처럼 자더구나. 우린 나갈 거야."

"왜요?" 원래는 "어디로요?"라고 물어보려던 것이었다.

"먹으러, 해리, 저녁을 먹으러. 저, 녁, 식, 사. 일어나. 배 안 고파? 배고파. 배고파." 완전히 미친 사람이다. "오, 해리, 너는 노인의 배고픔을 이해 못해. 먹고 또 먹어도 절대 이거다 하는 음식이 없어. 너는 그걸 이해 못해." 그는 창가로 가더니 골목을 내려다본다. 흐린 빛 속에 그의 땅딸막한 옆모습이 납처럼 묵직해 보인다.

래빗은 이불을 걷어내고 벗은 두 다리를 침대 가장자리 너머로 내려놓아 앉은 자세를 유지한다. 허벅지, 평행을 이루는 순수한 두 허벅지가 비틀거리는 그의 뇌를 정렬시킨다. 한때 숱이 적은 금색 모피 같았던 다리털은 이제 색이 짙어지며 구레나룻처럼 변해간다. 잠에 찌든 몸 냄새가 위로 올라온다. "여자 얘긴 뭐예요?" 그가 묻는다.

"뭐냐고, 응, 뭐냐고? 씨발년이지." 토세로는 한 줄기로 내뱉는다. 창가의 회색빛 속에서 그의 얼굴이 침울해진다. 자신이 그런 추한 말을 느닷없이 내뱉은 것에 놀란 것 같다. 그러나 그는 또 이것이 일종의 시험이기나 한 것처럼 지켜보고 있다. 결과는 나왔다. 그는 자신이 한 말을 고친다. "아니. 나한테 아는 사람이 있어. 브루어에 아는 사람이 있지. 뭐 애인이라고 해도 좋아. 아주 가끔씩 식사를 하지. 하지만 그 이상은 없어, 없다고 봐야지. 해리, 너는 아주 순수해."

래빗은 토세로가 무서워지기 시작한다. 말이 앞뒤가 맞지 않는다. 그는 속옷 차림으로 일어선다. "저는 그만 가보는 게 좋겠습니다." 바닥의 보풀 때문에 맨발바닥이 따끔거린다.

"오 해리, 해리." 토세로는 고통과 애정이 뒤섞인, 성량이 풍부한 목소리로 외치더니 다가와 한 팔로 그를 끌어안는다. "너하고 나는 똑같은 종류의 인간이야." 크고 비뚜름한 얼굴이 뜨거운 확신을 품고 그의 얼굴을 쳐다보지만 래빗은 이해하지 못한다. 그러나 이 사람이 그의 감독이었다는 기억 때문에 여전히 귀를 기울여준다. "너하고 나는 점수가 뭔지 아는 사람들이야, 우리는 알지." 바로 여기에서, 그의 교훈의 핵심에 이르러서, 토세로는 멈춘다. 어리둥절한 표정을 짓는다. 토세로는 되풀이한다. "우리는 알아." 그러더니 팔을 푼다.

래빗이 말한다. "잠에서 깨면 재니스 이야기를 할 줄 알았는데요." 그는 바닥에서 바지를 챙겨 입는다. 꾸깃꾸깃한 것이 마음에 걸린다. 크게 한 걸음 내디뎠다는 사실이 떠오른다. 배와 목구멍에 신경에 거슬리는 주름이 생긴다.

"해야지, 우리는 할 거야." 토세로가 말한다. "우리의 사회적 의무가 충족되는 순간 할 거야." 침묵. "지금 돌아가고 싶어? 그러면 그렇다고 해."

래빗은 멍청한 동전 구멍 같은 그녀의 입, 텔레비전에 부딪치는 옷장 문이 떠오른다. "아뇨. 맙소사."

토세로는 무척 기뻐한다. 그가 그렇게 말이 많은 것은 행복 때문이다. "그래, 그럼. 그래, 그럼. 옷 입어. 옷도 안 입고 브루어에 갈 수는 없잖아. 새 셔츠 필요해?"

"감독님 건 저한테 안 맞을 텐데요, 안 그래요?"

"안 맞아, 해리, 안 맞아? 사이즈가 얼만데?"

"15.3*이요."

"나도 그래! 나랑 똑같네. 키에 비해 팔이 짧은 편이군. 오, 이건 멋진 일이야, 해리. 네가 도움이 필요할 때 나를 찾아왔다는 게 나한테 얼마나 큰 의미가 있는지 말로 할 수가 없어. 그 긴 세월," 토세로는 맥주 상자로 만든 옷장에서 셔츠를 꺼내 비닐을 벗기며 말한다. "그 긴 세월, 그 많은 아이들, 그 아이들이 다 내 손을 통과해서 아득히 사라져버렸어. 다시 돌아온 적이 없어, 해리. 절대 다시 오지 않아."

래빗은 셔츠가 맞는다는 느낌에, 또 토세로의 굴곡진 거울로 그것이 확인되는 것에 깜짝 놀란다. 두 사람의 차이는 전부 다리에 있는 것이 틀림없다. 토세로는 아들을 자랑스러워하는 어머니처럼 재잘거리며 그가 옷을 입는 것을 지켜본다. 이제 그들이 하려고 하는 일을 설명하는 당혹스러움이 지나갔기 때문에 말에 조리가 좀 선다. "내 심장에 좋은 일이야. 거울 앞에 선 젊은이라. 얼마나 됐지, 해리. 솔직하게 말해줘. 좋은 시간을 보낸 지 말이야? 오래됐지?"

"어제 좋은 시간을 보냈는데요." 래빗이 말한다. "웨스트버지니아까지 갔다가 왔어요."

"너도 내 애인이 마음에 들 거야, 틀림없이 그럴 거야, 도시의 피튜니아 꽃이야." 토세로는 계속 말한다. "내 애인이 데려오는 여자애는 나도 만난 적이 없어. 뚱뚱하다고 하던데. 내 애인 눈에는 온 세상이 뚱뚱해 보여. 하지만 내 애인도 잘 먹지, 해리. 젊은 사람 식욕이야. 그거 멋진 매듭인데. 역시 젊은 사람들은 나는 배우지도 못한 비결을 많

---

* 목둘레 인치(inch)로 재는 미국 옷 사이즈로, 15.3은 한국 남성의 M사이즈 정도.

이 안다니까."

"그냥 윈저 매듭*인데요." 옷을 입자 차분한 마음이 돌아온다. 잠이 깨자 어떤 면에서는 그가 버렸던 세상으로 돌아온 셈이 되었다. 재니스의 부담스러운 존재감, 아이와 그 빽빽대는 요구, 그의 집의 벽들을 그리워하고 있었다. 자신이 무엇을 하고 있는 것인지 의문이 들었다. 그러나 이제 이런 조건반사, 살짝 긁힌 자국 같은 반사들은 소진되어 버리고, 더 깊은 본능이 홍수처럼 앞으로 밀려와 그가 옳다고 말한다. 주위 모든 곳에서 산소 같은 자유를 느낀다. 토세로는 공기의 소용돌이이며, 그가 있는 건물, 이 소도시의 거리는 허공에 걸린 층계와 골목에 불과하다. 그는 아주 세심하게 넥타이를 매만진다. 윈저 매듭의 이쪽 이음매, 토세로의 셔츠 칼라, 그 자신의 목 아랫부분의 작은 선들이 별 모양을 이루고, 넥타이를 다 매고 나면 그 별의 빛이 우주의 테두리까지 뻗어나가기라도 할 것처럼. 그가 바로 달라이라마다. 토세로가 그의 시야의 한쪽 구석에서 부서지는 구름처럼 창으로 떠내려간다. "제 차가 거기 그대로 있나요?" 래빗이 묻는다.

"네 차가 파란색이지? 그래. 구두나 신어."

"혹시 그 차가 거기 있는 걸 누가 봤는지 모르겠네요. 제가 자는 동안 무슨 얘기 못 들으셨어요?" 그의 방대하고 텅 빈 자유 속에는 몇 가지 불완전한 곳이 그대로 있다. 그의 아내, 그들의 아파트, 그들의 자식—걱정의 작은 덩어리들. 시간의 흐름이 이렇게 빨리 그것들을 녹여버렸을 가능성은 없어 보이지만, 토세로의 답은 그 가능성을 암시

---

* 느슨하고 넓게 맨 넥타이 매듭.

한다.

"아니." 토세로는 그렇게 말하더니 덧붙인다. "하지만 물론 내가 네 이야기가 나올 만한 곳에 간 것은 아니지."

토세로가 즐기러 가는 드라이브의 동반자로만 자신을 보는 것에 래빗은 짜증이 난다. "저는 오늘 출근해야 했어요." 그는 마치 노인을 비난하듯이 날이 선 목소리로 말한다. "토요일은 중요한 날이거든요."

"무슨 일을 하는데?"

"잡화점에서 매지필 필러라고 부르는 주방용품을 시연해요."

"고귀한 소명이군." 토세로가 창에서 몸을 돌린다. "훌륭하구나, 해리. 마침내 옷을 다 입었네."

"빗 좀 있나요, 토세로 감독님? 그리고 화장실 좀 가야 돼요."

그들의 발밑에서 선샤인 체육협회 남자들이 어떤 어리석은 행동을 향해 웃음을 터뜨리며 야유를 한다. 래빗은 그들 사이를 지나가야 할 상황을 상상하며 묻는다. "그런데 저 사람들 눈에 안 띄게 나갈 수는 없나요?"

토세로는 분개한다. 연습할 때 가끔 모두 골대 주위에서 얼쩡거리기만 하고 훈련은 하지 않을 때 화를 내곤 하던 것처럼. "뭘 두려워하는 거냐, 해리? 가엾은 재니스 스프링어냐? 너는 사람들을 과대평가하고 있어. 아무도 그애한테는 관심을 안 가져. 자, 우리는 그냥 저 아래로 내려가는 거야. 화장실에 너무 오래 있지 마. 그리고 내가 너한테 해준 모든 일에 대해, 또 내가 **지금** 해주고 있는 모든 일에 대해 아직 고맙다는 말을 못 들은 것 같은데." 그는 브러시의 **빳빳한** 털에 끼워

두었던 빗을 꺼내 해리에게 준다.

자유를 훼손할지도 모른다는 두려움에 감사를 표현하는 간단한 행동이 잘 나오지 않는다. 래빗은 얇은 입술로 말한다. "고맙습니다."

그들은 아래층으로 내려간다. 토세로가 장담한 것과는 달리, 모든 남자들―대부분 노인이지만 그렇게 늙지는 않았으며, 따라서 일그러진 몸에는 심술궂은 활력이 있다―이 고개를 들고 관심 있게 바라본다. 토세로는 제정신이 아닌 사람처럼 래빗을 연거푸 소개한다. "프레드, 여기는 내가 데리고 있던 가장 훌륭한 아이, 멋진 농구선수, 해리 앵스트롬이야, 아마 신문에서 이름을 봤을 거야. 카운티 기록을 두 번이나 세웠으니까. 1950년에. 그리고 그걸 1951년에 자기가 다시 깼지. 굉장한 업적이야."

"정말이야, 마티?"

"해리, 만나서 영광일세."

그들의 경계심어린 색깔 없는 눈, 입과 마찬가지로 작고 거무스름한 얼룩 같은 눈이 낯선 그의 모습을 열심히 삼켜, 언짢은 인상들을 맥주로 단련된 크고 역겨운 뱃속으로 내려보내 소화시키려 한다. 래빗은 토세로가 그들에게는 바보에 불과하다는 것을 눈치채고, 토세로와 자신이 창피해진다. 그는 화장실에 숨는다. 변기 앉는 곳의 페인트는 낡아서 벗겨졌고, 세면대는 온수 수도꼭지에서 똑똑 떨어진 녹물로 더럽다. 벽은 미끌미끌하고 수건걸이는 비어 있다. 아주 작은 천장의 높은 곳에는 무시무시한 것이 있다. 우아한 금속 무늬에 가로세로 1미터 크기로 거미줄이 덮여 있고, 거기에 벌레의 하얀 껍질 몇 개가 걸려 있는 것이다. 래빗의 우울이 깊어져, 일종의 마비 같은 것으로 바

뛴다. 래빗은 밖으로 나가, 절뚝거리며 얼굴을 뻣뻣하게 찌푸리고 있는 토세로에게 다가간다. 그들은 꿈을 꾸는 것처럼 그곳을 떠난다. 토세로가 그의 차에 타자 래빗은 모욕을 당한 느낌이다. 막연하지만, 침입을 당한 듯한 느낌이다. 그러나 여전히 꿈속인 것처럼 동작을 멈추고 질문하지는 않는다. 그냥 운전대 앞에 앉는다. 팔다리가 각종 스위치나 페달과 새로 관계를 맺자 힘이 생긴다. 물을 묻혀 빗은 머리카락 때문에 머리가 써늘하다.

래빗이 날카롭게 말한다. "그러니까 감독님은 제가 재니스와 술을 마셨어야 한다는 거죠."

"심장이 명령하는 일을 하라는 거지." 토세로가 말한다. "심장이 우리의 유일한 안내자야." 지치고 망연한 목소리다.

"브루어로 갈까요?"

대답이 없다.

래빗은 골목을 따라 올라가다 포터 애비뉴와 만난다. 얼음 공장에서 물이 흘러내리던 곳이다. 그곳에서 우회전을 하여 그의 아파트가 있는 윌버 스트리트에서 멀어진다. 두 번을 더 꺾고 산을 에둘러 브루어로 가는 센트럴 스트리트로 들어선다. 왼쪽으로 땅이 밑으로 꺼지며 아래로 깊이 내려간다. 그 바닥에는 매끄럽고 고요하게 흐르는 러닝호스강이 있다. 오른쪽에서는 주유소가 빛을 발하고, 줄에 걸린 회전 장식물이 흔들거리고, 조사등照射燈은 강하게 자기주장을 한다.

마운트저지 변두리에 이르자 토세로의 혀가 풀린다. "우리가 만나게 될 숙녀들 말이야. 이봐, 해리, 나도 또 한 숙녀가 어떻게 생겼는지는 전혀 몰라. 하지만 네가 신사답게 굴 거라는 건 알아. 그리고 장담하는데 너는 내 친구가 마음에 들 거야. 남다른 여자지, 해리, 태어날 때부터 스트라이크를 일곱 개나 빼앗기고 시작한 거나 다름없지만, 남다른 일을 해냈어."

"뭔데요?"

"꾸준히 노력을 했어. 그게 비결 아니냐, 해리? 꾸준히 노력하는 거? 그래서 나는 행복해. 행복하고 겸손해져. 그 사람과 지금처럼 이런 아주 미약한 관계나마 맺고 있다는 게 말이야. 해리?"

"네?"

"젊은 여자는 온몸에 털이 있다는 걸 알고 있냐, 해리?"

"그런 생각은 해본 적이 없는데요." 혐오감이 목구멍을 더럽힌다.

"해봐." 토세로가 말한다. "꼭 생각해봐. 완전히 원숭이야, 해리. 여자들은 원숭이야."

하도 엄숙하게 말하는 바람에 래빗은 웃음을 터뜨리지 않을 수 없다.

토세로도 웃음을 터뜨리더니 의자에 앉은 채로 몸을 가까이 붙여온다. "그래도 우리는 여자들을 사랑하지 않냐, 해리, 안 그래? 해리, 우리가 왜 여자들을 사랑할까? 대답해봐라. 그러면 인생의 수수께끼를 풀게 될 거야." 토세로는 연신 꿈틀거리고 있다. 다리를 꼬았다 풀고, 몸을 기울여 래빗의 어깨를 두들겼다가 몸을 뒤로 휙 잡아빼면서 옆쪽 창을 바라보고는 다시 고개를 돌려 어깨를 두드린다. "나는 가증스러운 사람이야, 해리. 혐오할 만한 사람이지. 해리, 내가 한마디 할게." 그는 감독으로서 늘 한마디 했다. "마누라는 나를 혐오할 만한 사람이라고 불러. 하지만 그게 언제부터 시작된 건지 알아? 마누라 피부와 함께 시작됐어. 1943년인가 44년 봄의 어느 날이었어. 전쟁중이었는데, 갑자기 마누라 피부가 징그러워졌지. 꼭 도마뱀 가죽 천 개를 한데 꿰매놓은 것 같았어. 그것도 서툴게 말이야. 상상할 수 있어? 그런 게 조각조각 붙어 있다는 느낌 때문에 나는 겁에 질렸어, 해리. 듣고 있어? 안 듣고 있구나. 왜 나를 찾아왔는지 모르겠다고 생각하고 있구나."

"오늘 아침에 재니스에 관해서 하신 말씀 때문에 걱정이 좀 돼요."

"재니스! 재니스 스프링어 같은 얼간이 이야기는 하지 말자, 해리. 지금은 밤이야. 동정심을 품을 시간이 아니야. 진짜 여자들이 나무에서 떨어지고 있어." 토세로는 손으로 물건들이 나무에서 떨어지는 흉내를 낸다. "뚝, 뚝, 뚜둑!"

래빗은 이 사람이 미쳤다고 평가절하하면서도 은근히 기대하는 마음이 된다. 그들은 와이저 애비뉴 근처에 차를 세우고, 중국 음식점 앞에서 여자들을 만난다.

심홍색 네온 밑에서 기다리는 여자들은 꽃처럼 우아하지만, 빨간 불빛으로 테를 두른 보풀 같은 머리카락 때문에 약간 시든 느낌을 준다. 래빗의 심장이 그의 몸보다 앞서 보도에 쿵 떨어진다. 모두 한데 모이자 토세로가 마거릿을 소개한다. "이쪽은 마거릿 코스코, 이쪽은 나의 가장 위대한 선수 해리 앵스트롬. 이렇게 훌륭한 젊은이 두 명을 소개할 수 있어 정말 기쁘군." 노인의 태도가 묘하게 수줍음을 드러낸다. 목소리 안에서 기침이 기다리고 있다.

래빗은 토세로가 그렇게 포장을 했음에도 마거릿 또한 재니스와 다름없음을 알고 놀란다. 그 똑같은 누르스름한 아둔함, 그 고집스러운 편협함. 그녀는 입술을 거의 움직이지 않고 말한다. "이쪽은 루스 레너드예요. 이쪽은 마티 토세로, 그리고 거기, 이름이 뭔지 몰라도."

"해리." 래빗이 말한다. "래빗이라고도 부릅니다."

"맞아!" 토세로가 소리친다. "다른 애들이 너를 래빗이라고 불렀지. 깜빡 잊고 있었어." 그는 기침을 한다.

"그러니까 크고 귀여운 토끼로군요." 루스가 한마디 한다. 마거릿 옆에 있으니 뚱뚱해 보이지만, 사실 그렇게 뚱뚱하지는 않다. 덩치가 있는 쪽에 가깝다. 키는 크다. 170이나 172센티미터 정도. 네모나게 파인 구멍 안에 광택 없는 파란 눈이 담겨 있다. 허벅지가 비단 느낌을 주는 연녹색 드레스를 꽉 채우는 바람에 서 있는데도 무릎 위가 달라붙어 넓적하게 면을 이루고 있다. 지저분한 생강 빛깔이라고 할 만한 머리카락은 뒤쪽에서 동그랗게 말았다. 그녀 뒤쪽으로 붉은 혀가 달린 주차요금 미터기들이 갓돌을 따라 늘어서 있다. 라벤더빛 끈으로 꽉 조인 발 쪽에서 네모난 보도블록 네 개가 X자로 만나고 있다.

"겉만 크죠." 래빗이 말했다.

"나도 그래요." 그녀가 말한다.

"와, 배고프네요." 래빗이 그들 모두에게 말한다. 그냥 무슨 말이라도 하려는 것이다. 왜 그런지 갑자기 불안해져서 안절부절못하고 있다.

"배고프다, 배고파." 신호를 준 것이 고마운 듯이 토세로가 말한다. "내 귀여운 것들이 어디로 가야 할까?"

"여기로 갈까요?" 해리가 묻는다. 두 여자가 자신을 보는 표정으로 판단하건대 그가 앞장을 서주기를 기대하는 것 같다. 토세로는 게처럼 좌우로 왔다갔다하다가 천천히 걸어가는 중년 남녀와 부딪친다. 그가 부딪친 것에 너무 놀란 표정을 보이고, 또 너무 정성 들여 사과를 하는 바람에 루스는 웃음을 터뜨린다. 그녀의 웃음이 잔돈 한줌을 뿌린 것처럼 거리에 울려퍼진다. 그 소리에 래빗은 긴장을 풀기 시작한다. 가슴 근육들 사이의 공간에 따뜻한 공기가 채워지는 느낌이다. 토세로가 먼저 유리문을 밀고 들어가고 마거릿이 뒤를 따른다. 루스가 그의 팔을 잡으며 말한다. "나 너 알아. 나는 웨스트브루어고등학교를 다녔어. 51년에 졸업했어."

"나하고 같은 학년이었네." 팔에 닿은 그녀 손의 느낌과 마찬가지로 그녀가 동갑이라는 것도 기분이 좋다. 비록 도시의 정반대편에 있는 고등학교에 다녔다 해도, 똑같은 것을 배우고 똑같은 인생관을 갖게 되었을 것 같은 기분이다. 51년 졸업생의 인생관.

"너 때문에 우리가 졌어." 루스가 말한다.

"너희가 형편없는 팀이었지."

"아냐, 안 그래. 내가 우리 선수 세 명하고 사귀었거든."

"세 명을 동시에?"

"어떤 면에서는."

"그래. 어쩐지 걔네들이 피곤해 보이더라."

그녀는 다시 웃는다. 떨어지는 동전들. 그러나 그는 자신이 한 말이 창피하다. 그녀는 무척 선량하고, 어쩌면 그때는 예뻤을지도 모른다. 지금은 안색이 좋지 않다. 하지만 머리카락은 숱이 많다. 그것이 신호다.

기모노를 입은 미국 여자가 유리 카운터에서 너덜너덜한 지폐를 세며 앉아 있고 그 옆에서 칙칙한 아마포 상의를 입은 젊은 중국인이 길을 막는다. "잠깐만요, 몇 분이세요?"

"넷." 토세로가 입을 다물고 있기 때문에 래빗이 말한다.

루스가 신뢰의 표시로 갑자기 짧은 하얀 코트를 벗어 래빗에게 건넨다. 주름 잡힌 부드러운 천. 루스가 움직이자 그녀의 몸 주위로 향수 냄새가 흩어진다.

"넷이요? 예, 감사합니다, 이쪽으로." 웨이터는 그들을 빨간 자리로 안내한다. 이곳은 최근에 중국 음식점으로 재개장했지만, 벽에는 파리의 풍경을 그린 분홍색 그림들이 아직 남아 있다. 루스는 약간 비틀거린다. 뒤에 있던 래빗은 무게에 눌려 노래진 그녀의 뒤꿈치가, 그녀의 발을 구두의 징에 고정시키고 있는 라벤더빛 끈들의 그물 속에서 옆으로 미끄러지는 경향이 있다는 것을 눈치챈다. 그러나 비단같이 팽팽하게 펼쳐진 새 녹색 드레스 속의 널찍한 엉덩이는 상당한 안정감을 주며 천을 듬직하게 채우고 있다. 허리는 얼굴 선과 마찬가지로 단정하고 네모나게 드레스 속에 끼여들어가 있다. 드레스의 파인 부분이 커다란 V자 모양의 통통하고 흰 등을 드러내고 있다. 자리에 도착했을 때 래빗은 그녀와 부딪친다. 그녀의 정수리가 그의 코에 닿는다. 머리의 자극적인 냄새가 몸에서 흩어지는 값싼 향수 냄새와 엮인다. 그들이 부딪친 것은 토세로가 너무 격식을 갖추어 마거릿을 자리로 모시기 때문이다. 동굴 입구에 있는 늙은 난쟁이 같다. 래빗은 서서 기다리다 어젯밤 웨스트버지니아의 식당 바깥을 지나던 자신처럼 이곳의 식당 창문 밖을 지나는 나그네가 있다면 자신이 여자와 있는 모습을 보게 될 것이라는 생각이 들자 마음이 들뜬다. 그가 그 나

그네가 된 것 같은 느낌이다. 안을 들여다보며, 자신의 몸과 자신의 여자의 몸을 부러워하는 것 같다. 루스는 몸을 구부리고 안으로 미끄러져들어간다. 어깨의 피부가 빛을 발하다가 부스의 어둠 속에서 침침해진다. 래빗도 앉는다. 옆에서 그녀가 바스락거리며 자리를 잡는 것이 느껴진다. 모든 여자들이 그러듯 마치 둥지를 만드는 것처럼 깐깐하게.

래빗은 손에 그녀의 코트가 쥐여 있는 것을 본다. 창백하게 늘어진 가죽이 그의 허벅지에 잠들어 있다. 그는 일어서지도 않고 팔을 뻗어 코트를 머리 위의 걸이에 건다.

"팔이 기니 좋네." 루스가 말하며 핸드백 안을 보더니 뉴포츠 한 갑을 꺼낸다.

"토세로는 내 팔이 짧다던데."

"저 늙은 부랑자는 어디서 만났어?" 토세로가 들으려면 들어도 좋다는 식이다.

"부랑자가 아냐. 내 옛날 감독님이야."

"피울래?" 담배를 권한다.

래빗은 망설인다. "끊었어."

"그러니까 저 늙은 부랑자가 네 감독이었다는 거로군." 루스가 한숨을 쉰다. 청록색 뉴포츠 갑에서 담배를 한 개비 뽑더니 주황색 입에 끼우고 찌푸린 얼굴로 황이 달린 끝을 보며 성냥을 켠다. 묘하게 여성적인 서툰 동작으로 두 손을 멀찌감치 떼어놓고 성냥을 뉘어서 긋는 바람에 성냥이 구부러진다. 세 번 만에 불이 붙는다.

마거릿이 말한다. "루스."

"부랑자?" 토세로가 말한다. 용의주도하게 명랑한 태도를 버리지 않지만, 묵직한 얼굴이 아파 보이고 비뚜름해 보인다. 곧 녹아버릴 것 같다. "맞아, 맞아. 공주들 사이에 떨어진 하찮은 늙은 부랑자지."

마거릿은 그 말에 자신에게 거슬리는 것은 없다고 판단하고 탁자 위에 놓인 그의 손에 자신의 손을 얹었더니 생명이 없는 엄숙한 목소리로 힘주어 말한다. "당신은 전혀 부랑자 같지 않아요."

"우리의 젊은 유생儒生은 어디 있어?" 토세로가 물으며 자유로운 팔을 치켜들고 주위를 둘러본다. 웨이터가 다가오자 그가 묻는다. "여기서 알코올 음료를 마실 수 있나?"

"옆집에서 가져다드립니다." 웨이터가 말한다. 중국 사람들의 눈썹은 피부에서 튀어나온 것이 아니라 피부 안에 박혀 있는 것 같아 이상해 보인다.

"더블 스카치위스키." 토세로가 말한다. "당신은?"

"다이키리." 마거릿이 말한다. 왠지 재치 있게 들린다.

"아이들은?"

래빗은 루스를 본다. 그녀의 얼굴은 주황색 가루로 떡이 되어 있다. 그녀의 머리카락은 처음 보았을 때는 지저분한 금발이나 빛바랜 갈색 같았지만, 사실은 다채로운 색깔이다. 빨간색과 노란색과 갈색과 검은색. 머리카락 한 올 한 올이 빛을 통과하면서 개의 털처럼 여러 색조로 변한다. "젠장." 루스가 말한다. "다이키리가 좋을 것 같네요."

"셋." 래빗은 웨이터에게 말한다. 다이키리가 라임에이드 같을 것이라고 생각하고 있다.

웨이터가 "다이키리 셋, 더블 위스키스카치 온 더 록 하나" 하고 암

송하며 떠난다.

래빗이 루스에게 묻는다. "생일이 언제야?"

"8월. 왜?"

"나는 2월이야. 내가 이겼네."

"네가 이겼어." 루스는 래빗의 기분이 어떤지 아는 것처럼 맞장구를 친다. 자기보다 나이 많은 여자의 주인이 될 수는 없는 노릇이지.

"나는 알아보면서 왜 토세로 감독님은 못 알아봐? 우리 팀 감독이었는데."

"누가 감독을 봐? 감독은 아무 쓸모 없잖아, 안 그래?"

"아무 쓸모 없다고? 고등학교 팀은 감독이 다야. 안 그래요?"

토세로가 대답한다. "아이들이 다지, 해리. 납으로 금을 만들 수는 없잖냐. 납으로 금을 만들 수는 없어."

"만들 수 있고말고요." 래빗이 말한다. "저 1학년 때는 제 머리하고 제," 그는 말을 멈춘다. 어쨌든 이 사람들은 일종의 숙녀 아닌가. "팔꿈치*도 구별하지 못했어요."

"왜, 했지, 해리, 너는 구별했어. 너한텐 가르칠 게 하나도 없었어. 난 그냥 너를 뛰어다니게 했을 뿐이야." 토세로는 계속 두리번거린다. "너는 젊은 사슴이었지." 그가 말을 이어간다. "발이 큰 사슴."

루스가 묻는다. "얼마나 커?"

래빗이 대답한다. "300밀리미터 디.** 너는?"

"작아. 아주 아주 쪼그매."

---

* 보통 머리와 엉덩이라고 쓰며, '아무것도 모른다'는 뜻이다.
** 디(D)는 발의 너비 등급을 뜻한다.

"발이 꼭 구두에서 떨어질 것처럼 보이더라." 그는 머리를 뒤로 끌어당겨 약간 아래로 숙인다. 탁자 가장자리를 지나 아래쪽으로 바닷속처럼 어두컴컴한 곳의 원근법으로 줄어들어 보이는, 황갈색 물고기 같은 종아리를 내려다본다. 물고기 두 마리는 얼른 의자 밑으로 숨는다.

"너무 자세히 보지 마. 너는 의자에서 떨어질라." 루스가 성이 난 모습으로 말한다. 멋지다. 여자들은 자신을 엉망으로 만들어놓는 것을 좋아한다. 절대 좋아한다고는 말하지 않지만 좋아한다.

웨이터가 마실 것을 가지고 돌아와 종이 받침과 광택 없는 은박지로 자리를 만들기 시작한다. 마거릿의 자리를 만들고 토세로의 자리를 반쯤 만들었을 때, 토세로가 위스키 잔을 입에서 떼면서 새로 기운을 차려 강인해진 목소리로 말한다. "포크와 나이프? 동양 음식에? 젓가락 없어?"

"젓가락, 있습니다."

"다 젓가락으로." 토세로가 단정적으로 말한다. "로마에 왔으니."

"내 건 가져가지 마요!" 마거릿이 소리치다 웨이터의 손이 다가오자 손바닥으로 숟가락과 포크를 치는 바람에 쨍그랑거리는 소리가 난다. "나는 작대기 필요 없어."

"해리하고 루스는?" 토세로가 묻는다. "어느 쪽이 좋아?"

다이키리는 라임에이드 맛이다. 날것 그대로의 투명한 맛 위에 기름처럼 라임 맛이 떠 있다. "작대기." 마거릿을 약 올리는 것이 재미있어 래빗이 처음으로 말한다. "텍사스에서 치킨 후 푸이를 먹을 때는 쇠붙이를 갖다댄 적이 없죠."

"루스는?" 그녀 쪽을 향하는 토세로의 얼굴 표정은 수줍고 억지스럽다.

"아, 어디 보자. 이 바보가 할 수 있으면 나도 할 수 있지." 루스는 담배를 비벼 끄고 또 한 대를 꺼낸다.

웨이터는 원치 않는 포크를 꽃다발처럼 들고 신부처럼 떠난다. 마거릿만 다른 선택을 했고, 이것이 그녀를 괴롭힌다. 래빗은 기쁘다. 그녀는 그의 행복을 덮는 그림자이기 때문이다.

"텍사스에서 중국 음식을 먹었어?" 루스가 묻는다.

"늘. 담배 한 대 줘."

"끊었다며."

"다시 시작했어. 10센트 동전 하나만 줘."

"10센트! 절대 주나봐라."

루스가 불필요하게 강하게 거절하는 바람에 래빗은 기분이 상한다. 루스가 뭔가 챙기려는 듯한 느낌이 든다. 왜 내가 자기한테서 뭘 훔친다고 생각하는 걸까? 뭘 훔칠 수 있을까? 래빗은 상의 호주머니에 손을 넣어 동전을 몇 개 꺼낸 다음 10센트짜리를 골라 탁자 옆 벽에서 부드럽게 빛나고 있는 작은 상아색 주크박스에 집어넣는다. 그는 그녀 얼굴 가까이에 몸을 기대고 제목이 적힌 책장들을 넘기다가 마침내 단추를 누른다. B와 7. 〈Rocksville, P-A〉를 골랐다. "텍사스의 중국 요리는 보스턴을 빼면 미국에서 최고지." 그가 말한다.

"굉장한 여행자의 말씀이네." 루스가 말하며 담배를 준다. 래빗은 10센트 일은 용서한다.

토세로가 차분한 목소리로 말한다. "그러니까 감독은 아무 일도 안

한다고 생각하는군."

"쓸모가 없잖아요." 루스가 말한다.

"이봐, 왜 이래." 래빗이 말한다.

웨이터가 젓가락과 메뉴판 두 개를 들고 돌아온다. 래빗은 젓가락에 실망한다. 나무가 아니라 플라스틱 느낌이다. 담배는 맛이 거칠다. 밀짚이 코에 꽉 차는 것 같다. 담배를 끈다. 다시는 안 피워.

"각자 요리를 하나씩 시켜서 나누어 먹지." 토세로가 말한다. "특별히 좋아하는 거 있는 사람?"

"달콤새큼한 돼지고기*요." 마거릿이 말한다. 그녀에게 분명한 점 한 가지는 그녀가 매우 단호하다는 것이다.

"해리는?"

"잘 모르겠는데요."

"굉장한 중국 요리 전문가는 어디 가셨나?" 루스가 말한다.

"이건 영어잖아. 난 중국어 메뉴로 주문하는 데 익숙하단 말이야."

"어련하시려고. 어디 쓸모 있는 얘기 좀 해봐."

"야, 그만 좀 해. 정신없잖아."

"텍사스에는 가본 적도 없으면서."

래빗은 나무 한 그루 없는 이상한 주거지역에 있는 집, 대초원에서부터 점차 번져오는 녹색의 밤, 창틀의 꽃을 기억한다. "당연히 가봤지."

"거기서 뭘 했는데?"

----

* 탕수육을 가리킨다.

"엉클 샘을 도왔지."

"아, 군인이었다고. 흠, 그건 안 쳐주는데. 군인으로 텍사스에 안 가 본 사람 있나 뭐."

"감독님이 괜찮은 거 주문하세요." 래빗이 토세로에게 말한다. 루스 가 안다고 하는 그 모든 역전의 용사들에게 짜증이 난 래빗은 10센트 나 들여서 틀어놓은 노래의 마지막 부분을 들으려고 애를 쓴다. 이 중국 식당에서는 어젯밤 차에서 그의 기분을 북돋웠던 그 시끌벅적 한 소리와 비슷한 느낌만 약간 날 뿐이다. 마치 주방에서 들려오는 것 같다.

토세로는 웨이터에게 주문을 하고, 웨이터가 가자 루스에게 한 마 디 하려 한다. 노인의 얇은 입술은 위스키로 축축하다. "감독이란," 그 가 말한다. "감독이란 우리가 태어나서 얻는 세 가지 도구를 발달시키 는 일을 하지. 세 가지 도구란 머리, 몸, 심장이야."

"그리고 사타구니." 루스가 말한다. 다른 사람도 아닌 마거릿이 웃음 을 터뜨린다. 이 여자는 정말 섬뜩하다.

"아가씨, 나에게 도전을 하는군. 나는 아가씨의 존중을 받을 자격이 있는 사람이야." 토세로가 엄숙하게 힘을 주어 말한다.

"젠장," 루스가 작은 소리로 내뱉더니 아래를 내려다본다. "나한테 찔찔 짜지 마." 그는 그녀에게 상처를 주었다. 그녀의 콧구멍 양쪽 날 개가 하얘진다. 성긴 화장이 어두워진다.

"첫째, 머리. 전략이야. 아이들은 대부분 골목에서 시합을 하다가 농 구 감독한테 오기 때문에 골대가 두 개 있는 경기장에서 하는 시합의 그, 그 우아함을 알지 못해. 내 말이 맞지 않냐, 해리?"

"그럼요, 맞고말고요. 바로 어제만 해도—"

"둘째, 나 말 좀 마저 하자, 해리, 그런 다음에 네 얘기를 해. 둘째, 몸. 애들을 움직여 뛸 만한 상태를 만드는 거야. 다리를 단단하게 하는 거지." 토세로는 매끈한 탁자 위에서 주먹을 꽉 쥔다. "단단하게. 달리고, 달리고, 또 달리는 거야. 발이 바닥에 있는 매 순간 달리는 거지. 아무리 달려도 부족해. 셋째," 토세로는 검지와 엄지를 입꼬리에 갖다대 물기를 떨어낸다. "심장. 바로 여기에서 훌륭한 감독, 아가씨, 물론 내가 되고자 했고 또 어떤 사람들은 **되었다**고 말해주기도 했지만, 어쨌든 훌륭한 감독은 가장 엄숙한 기회를 찾아낼 수 있어. 아이들에게 뭔가를 이루어내고자 하는 의지를 주는 거야. 나는 늘 이게 이기려는 의지보다 좋았어. 져도 성취는 있을 수 있기 때문에. 아이들이 성취의 신성함, 그래, 나는 이 말이 좋다고 생각해, **신성함**을 느끼게 하는 거야. 온 힘을 다해서 말이야." 그는 여기서 과감하게 입을 다물고, 그 침묵을 통하여 승리를 거둔다. 한 사람 한 사람 돌아보며 혀를 꼼짝 못하게 한다. 이윽고 토세로가 말을 맺는다. "좋은 영향을 주는 감독이 심장을 넓혀놓은 아이는 인생이라는 더 큰 시합에서, 가장 깊은 의미에서, 절대 실패자가 될 수 없어." 그는 통통한 손을 들어올린다. "이제 하느님의 평화가 임하소서, 어쩌구저쩌구……" 토세로는 거의 얼음조각만 남은 잔을 들이켠다. 잔을 기울이자 얼음들이 앞으로 밀려나와 입술에 부딪히며 달가닥거린다.

루스는 래빗을 돌아보며 화제를 바꾸려는 듯 조용히 묻는다. "무슨 일을 해?"

래빗은 웃음을 터뜨린다. "이제는 나도 내가 무슨 일을 하긴 하는 건지 잘 모르겠어. 오늘 아침에 출근을 했어야 하는데. 나는, 어, 설명하기가 좀 힘든데, 매지필 키친 필러라는 걸 시연해."

"저 아이는 분명히 그 일을 잘할 거야." 토세로가 말한다. "매지필 기업 이사회의 연례회의 때 이사들이 모여 '우리의 대의를 미국인에게 가장 널리 펼친 사람이 누구인가?' 하고 물으면 해리 래빗 앵스트롬의 이름이 명단의 맨 앞에 나올 게 틀림없어."

"너는 무슨 일을 하는데?" 래빗이 그녀에게 묻는다.

"아무 일도 안 해." 루스가 대답한다. "아무 일도." 그녀가 다이키리를 홀짝이자 눈까풀에 기름이 낀 파란 장막이 덮인다. 턱이 액체의 녹색 빛 일부를 빨아들인다.

중국 음식이 나온다. 군침이 래빗의 입안을 채운다. 텍사스를 떠난 이후로 정말이지 중국 음식을 먹어본 적이 없다. 그는 도살된 동물들의 역겨운 증거가 없는, 피가 흐르는 소 허리 살점이나 닭의 힘줄이 불거진 뼈가 없는 이 음식을 정말 좋아한다. 이 유령들은 다져지고 파괴되어 고통 없이 말없는 야채, 그의 식욕을 순수하게 만족시킬 것을 권유하는 통통한 녹색 몸들과 합쳐졌다. 사탕 같다. 김이 피어오르는 젖가슴 같은 밥 위에 얹혀 있다. 모두 그런 포동포동하고 뜨거운 젖가슴을 받았다. 마거릿이 누구보다 서둘러서 매끄러운 덩어리들을 이용해 밥을 휘휘 비빈다. 모두 잘 먹는다. 거무스름한 돼지고기, 깍지완두, 닭고기, 끈끈하고 달콤한 소스, 새우, 마름, 또 뭔지 모르는 것들이 담긴 타원형 접시 덕분에 그들의 얼굴이 색깔과 힘을 얻는다. 따뜻한 이야기가 나오기 시작한다.

"감독님은 아주 훌륭했어." 래빗이 토세로 이야기를 한다. "카운티 최고의 감독이셨지. 감독님이 없었으면 나는 아무것도 아니었을 거야."

"아니야, 해리, 아니야. 내가 너한테 해준 것보다 네가 나에게 해준 게 많지. 아가씨들, 해리는 처음 뛴 시합에서 20점을 기록했어."

"23점인데요." 해리가 말한다.

"그래, 23점! 생각해봐." 여자들은 계속 먹는다. "기억나, 해리? 해리스버그에서 열린 주 선수권 대회? 데니스타운 팀이었던 그 조그만 자유투의 예술가?"

"아주 작았어." 해리는 루스에게 말한다. "155센티미터쯤 될까. 얼굴도 원숭이처럼 못생겼지. 게다가 플레이도 아주 지저분했어."

"아, 그래도 자기 할 일을 알았어." 토세로가 말한다. "자기 할 일을 알았지. 해리가 적수를 만난 거야."

"그런데 그 녀석이 제 발을 걸었어요, 기억나세요?"

"그래, 그랬지." 토세로가 말한다. "나는 잊어버리고 있었는데."

"그 꼬마가 내 발을 거는 거예요. 저는 매트에 쿵 하고 자빠졌죠. 벽에 쿠션이 없었으면 저는 죽었을 거예요."

"그래서 어떻게 됐지, 해리? 네가 그 녀석을 완전히 깨부쉈던가? 그 일 자체를 잊어버렸어." 토세로의 입에 음식이 가득하다. 복수를 향한 그의 굶주림은 추하다.

"무슨, 아니에요." 래빗이 느릿느릿 말한다. "저는 한 번도 파울을 하지 않았어요. 심판이 제가 당하는 걸 봤죠. 그게 그 녀석의 다섯번째 파울이었기 때문에 퇴장을 당했어요. 그다음부터는 우리가 걔네들을 박살냈죠."

토세로의 표정에서 뭔가가 희미해진다. 얼굴이 축 늘어진다. "맞아, 너는 파울을 절대 안 했지. 저애는 안 했어. 해리는 늘 이상주의자였지."

래빗이 어깨를 으쓱한다. "파울을 할 필요가 없었죠."

"해리한테는 이상한 점이 또 한 가지가 있어." 토세로가 두 여자에게 말한다. "절대 다치지 않는다는 거야."

"아니에요, 손목을 삔 적이 있어요." 래빗이 정정한다. "감독님이 말씀하신 것 가운데 저한테 진짜 도움이 된 건—"

"선수권 대회에서 그다음에는 어떻게 되었더라? 그걸 까맣게 잊었다니 무서울 지경이네."

"그다음이요? 펜노크였던 것 같은데요. 아무 일도 없었어요. 우리가 졌어요."

"걔네들이 이겼다고? 우리가 이긴 게 아니었어?"

"어이구, 아니에요. 걔들은 잘했어요. 훌륭한 선수가 다섯 명 있었죠. 하지만 우리는 어땠어요? 사실 저밖에 없었잖아요. 우리한테 해리슨이 있긴 했죠. 걔는 괜찮았어요. 하지만 풋볼을 하다가 부상을 당한 뒤로는 사실 솜씨가 영 예전 같지 않았어요."

"로니 해리슨?" 루스가 묻는다.

래빗은 깜짝 놀란다. "걔를 알아?" 해리슨은 악명 높은 색골이었다.

"확실치는 않아." 그녀는 그렇게 말하지만 속으로는 즐거운 듯하다.

"키가 작달막한 아이인데 곱슬머리야. 아주 약간 다리를 절고."

"아니, 모르겠어." 루스가 말한다. "모르는 아이 같아." 그녀는 보기 좋을 정도로 젓가락을 잘 다룬다. 한 손은 손바닥이 위를 보도록 허벅지에 올려놓고 있다. 그녀가 머리를 숙이는 모습이 사랑스럽다. 그 굵고 단순해 보이는 목이 앞으로 움직이는 순간 어깨의 넓은 힘줄이 툭튀어오르면서 동시에 입술이 음식을 둘러싸는 모습. 딱 적당한 압력을 넣어 두 개의 젓가락으로 음식을 집는 모습. 통통한 여자들이 그렇게 손길이 섬세한 것을 보면 흥미롭다. 마거릿은 구부러진 둔한 숟가락으로 음식을 삽처럼 퍼 넣는다.

"우리가 이기지 못했다고." 토세로가 되풀이하더니 소리친다. "웨이터." 웨이터가 오자 토세로는 똑같은 술을 한 잔씩 더 달라고 한다.

"아니, 나는 됐어요. 고맙습니다." 래빗이 말한다. "이것만으로도 벌써 술기운이 오르는데요."

"덩치만 크지 깨끗하게 살아가는 아이에 불과하군요, 안 그래요, 저기……" 마거릿이 말한다. 그녀는 아직 그의 이름도 모른다. 맙소사, 래빗은 그녀가 정말 싫다.

"그거 말이에요, 아까 하려던 말, 감독님이 말씀하신 것 가운데 저한테 진짜 도움이 된 건," 래빗이 토세로에게 말한다. "두 손으로 던질 때 양손 엄지손가락을 거의 서로 닿게 해야 한다는 거예요. 사실 그게 중요한 비결이죠. 두 손 앞에 공을 놓았을 때, 위로 올라가는 듯한 그 기분좋은 느낌이 생겨야 돼요. 그냥 쑤욱 빠져나가는 듯한." 그의 두 손이 그의 말을 따라 움직인다.

"오, 해리." 토세로가 서글픈 표정으로 말한다. "너는 나한테 왔을 때 이미 슛을 할 줄 알았어. 내가 너한테 준 건 이기겠다는 의지뿐이야. 성취하고자 하는 의지."

"말이에요, 제 최고의 밤은," 래빗이 말한다. "제 최고의 밤은 앨런빌

하고 시합할 때 48점을 넣은 그 밤이 아니었어요. 2학년 때였죠. 우리는 시즌을 시작하자마자 시합을 하러 카운티 끝자락까지 내려갔어요. 웃기는 조그만 시골 학교였죠. 6학년까지 다 해서 백 명이나 되었으려나. 이름이 뭐였죠? 버드즈 네스트*? 뭐 그런 거였는데. 감독님은 기억하시죠?"

"버드즈 네스트라." 토세로가 말한다. "아니야."

"우리가 걔네들하고 붙은 건 그때 딱 한 번뿐이었던 것 같아요. 웃기는 조그만 사각형 체육관에, 사람들이 무대에 올라가 앉아 있었는데. 학교 이름에 무슨 뜻이 있었는데."

"버드즈 네스트라." 토세로가 말한다. 신경이 쓰이나보다. 계속 귀를 만진다.

"오리올**!" 래빗이 기뻐 어쩔 줄 모르며 소리친다. "오리올고등학교. 작지만 옆으로 쫙 펼쳐진 동네였어요. 시즌 초반이었죠. 그래서 아직 좀 따뜻한 편이었어요. 버스를 타고 가는데 창밖으로 밭에 옥수수로 만든 둥그런 오두막집 같은 게 보였어요. 학교에서도 사과술 냄새가 났어요. 감독님이 그걸 가지고 무슨 농담을 하셨던 게 기억나요. 감독님은 편안하게 경기를 하라고 하셨어요. 연습을 하러 내려온 거라면서. 우리가 걔네들을 **압도**하려는 게 아니라고 하셨어요."

"네 기억이 나보다 낫구나." 웨이터가 돌아오자, 토세로가 웨이터에게 술잔을 나누어줄 기회도 주지 않고 바로 쟁반에서 술을 집어 든다.

"그래서," 래빗이 말한다. "우리는 시합에 나갔는데, 저쪽 팀에서 농

---

* Bird's Nest. 새둥지.
** Oriole. 찌르레기.

부 다섯 명이 나와 이쪽저쪽으로 쿵쿵거리며 다녔어요. 우리는 시작하자마자 15점 정도 앞서갔죠. 그래서 저는 편안하게 시합을 했어요. 무대에는 관중이 스무 명 정도밖에 없었어요. 무슨 리그 게임도 아니니까 별로 관심을 끌지 못했죠. 저는 뭐든지 할 수 있다는 이상한 느낌이 들었어요. 그냥 공을 몰고 다녀도 되고, 패스를 해도 되고 말이에요. 그걸 갑자기 깨달았어요. 그러니까 뭐든지 해도 된다는 걸 깨달았단 거예요. 후반전에는 아마 딱 열 번 슛을 했을 거예요. 모두 그대로 들어갔죠. 백보드에 맞지도 않고, 링에 맞지도 않고, 마치 우물에 돌을 던지듯이 바로 들어갔어요. 상대편 농부들은 땀을 뻘뻘 흘리며 계속 뛰어다녔어요. 교체 선수도 두 명밖에 없었죠. 하지만 우리는 걔네들 리그가 아니었어요. 따라서 걔네들한테도 별로 중요한 시합이 아니었죠. 심판 한 명은 무대 가장자리에 몸을 기대고 걔네들 감독과 이야기를 나누었어요. 오리올고등학교. 맞아요. 나중에 걔네들 감독이 두 팀이 옷을 갈아입고 있는 라커룸으로 내려왔어요. 어떤 라커에서 사과술을 한 주전자 꺼내더군요. 우리 모두 그걸 돌려가며 마셨어요. 기억안 나세요?" 래빗은 자신의 경험이 왜 그렇게 특별한 것인지 다른 사람들이 이해하지 못하는 것에 어리둥절하면서도 웃음이 터져나온다. 그는 다시 먹기 시작한다. 나머지 사람들은 이제 다 먹고 두번째 잔을 마시고 있다.

"그래요, 알아 모시겠습니다, 이름은 몰라도, 정말 착한 아이로군요." 마거릿이 그에게 말한다.

"신경쓰지 마, 해리." 토세로가 말한다. "걸레들은 다 저렇게 말해."

마거릿이 토세로를 때린다. 손이 탁자를 떠나 그녀의 몸을 지나 그의 입으로 정면으로 날아간다. 그러나 찰싹 하는 소리는 나지 않는다.

"내가 졌어." 루스가 말한다. 관심 없는 목소리다. 식당 전체가 너무 조용해서 접시를 치우는 중국인은 고개를 들지도 않는다. 아무 소리도 못 듣는 것 같다.

"우리는 갈 거야, 정말로." 토세로가 말한다. 그는 일어서려 하지만 탁자 가장자리에 허벅지를 부딪히는 바람에 꼽추 정도 높이밖에 서지 못한다. 따귀가 그의 입을 약간 비틀어놓았기 때문에 래빗은 차마 마주볼 수가 없다. 그의 얼굴은 아주 모호하고 흐릿하다. 허세와 수치, 거기에 최악인 자존심, 아니 자존심보다 못한 자만심이 역겹게 섞여 있다. 그 죽음 같은 능글맞은 웃음이 말을 발산한다. "갈 거야, 자기?"

"개새끼." 마거릿이 말한다. 그러나 그녀의 작고 단단한 견과 같은 몸은 자리에서 미끄러져나온다. 그녀는 혹시 담배나 핸드백 같은 것을 두고 가지나 않는지 흘끗 돌아본다. "개새끼." 그녀는 되풀이한다. 그 침착한 말투에는 뭔가 친근한 것이 있다. 그녀와 토세로는 이제 둘 다 한결 차분해져서 밖으로 나가려 한다.

래빗이 힘을 주어 탁자에서 일어나려 하자 토세로가 얼른 손으로 어깨를 세게 누른다. 감독의 손길이다. 래빗이 벤치에서 수도 없이 느꼈던 손길이다. 그다음에는 엉덩이를 두드려 시합에 내보냈다. "아냐, 아냐, 해리. 너는 있어. 따로 가자고. 우리의 저속한 행동에 신경쓸 필요 없어. 내가 네 차를 빌리면 안 되겠지, 그렇지?"

"네? 저는 어떻게 움직이고요?"

"맞아, 정말 맞는 얘기야. 물어봐서 미안해."

"아니, 제 말은, 원하시면 그러셔도 되는데." 사실 그는 반만 자신의 것인 차와 헤어지는 것이 영 내키지 않는다.

토세로는 그것을 눈치챈다. "아냐, 아냐. 제정신이 아닌 소리였어. 잘 가."

"이 우쭐해서 잔뜩 부풀어오른 늙은 새끼." 마거릿이 그에게 말한다. 토세로는 그녀 쪽을 흘끗 보고는 흐린 눈으로 아래를 본다. 그녀 말이 맞아, 해리는 깨닫는다, 그는 부풀어올랐다. 얼굴은 지친 풍선처럼 한쪽으로 기울었다. 그러나 이 풍선은 어떤 메시지를 전하려고 부풀어오르기라도 한 것처럼 래빗을 굽어보며 살핀다. 물처럼 무겁고 모호하다.

"어디로 갈 거야?" 토세로가 묻는다.

"괜찮아요. 돈이 있거든요. 호텔에 가죠 뭐." 래빗이 말한다. 그의 부탁을 들어주지 못했기 때문에 어서 가주기를 바란다.

"내 저택의 문은 열려 있어." 토세로가 말한다. "작은 침대 하나뿐이지만, 매트리스를 이용하면—"

"아니, 됐습니다." 래빗이 모질게 말한다. "감독님은 제 목숨을 구해주셨지만, 신세를 지고 싶지는 않아요. 괜찮아요. 어쨌든 뭐라 감사를 드려야 할지 모르겠습니다."

"나중에 이야기하자." 토세로가 말한다. 그의 손이 꿈틀거리더니 우연인 듯 마거릿의 허벅지를 두드린다.

"당신 죽여버릴 수도 있어." 마거릿이 토세로 옆에서 말한다. 이내 그들은 떠난다. 뒤에서 보니 아버지와 딸 같다. 그들은 웨이터가 미국 여자애와 소곤거리는 카운터를 지나 유리문 밖으로 나간다. 마거릿이 먼저다. 전체적으로 매우 **안정된** 것처럼 보인다. 기압계를 들락거리는 조그만 나무 인형들처럼.

"맙소사, 감독님 몰골이 말이 아니네."

"누군 안 그래?" 루스가 묻는다.

"너는 안 그런 것 같은데."

"그래, 나는 잘 먹어. 네가 하고 싶은 말이 그거지?"

"아냐, 내 말 들어봐. 너는 몸이 크다는 것에 콤플렉스 비슷한 걸 갖고 있어. 하지만 너는 뚱뚱하지 않아. 적당한 비율이야."

루스는 웃음을 터뜨리다가 갑자기 입을 다물고 그를 본다. 그러다 다시 웃음을 터뜨리며 그의 팔을 잡고 말한다. "래빗, 너는 기독교도 신사야." 그녀가 부르는 그의 별명이 그의 귀로 들어오며 불온한 온기를 전한다.

"왜 마거릿이 감독을 때린 거야?" 그가 물으며 낄낄댄다. 그의 팔뚝에 놓인 그녀의 두 손이 장난으로 그의 옆구리를 찌를까봐 걱정이 되기 때문이다. 그녀 손아귀의 긴장에서 그럴 가능성이 느껴진다.

"쟤는 사람 때리는 걸 좋아해. 나도 한 번 맞은 적이 있는걸."

"그렇군. 하지만 네가 때려달라고 했겠지."

루스는 두 손을 탁자 위에 내려놓는다. "감독도 마찬가지였어. 감독은 맞는 걸 좋아해."

그가 묻는다. "감독님을 알아?"

"쟤가 감독 얘기 하는 걸 들었어."

"흠, 그건 아는 게 아니지. 저애는 멍청해."

"그럼. 얼마나 멍청한지 네가 알 수 없을 정도지."

"야, 내가 알아. 나는 쟤랑 쌍둥이 같은 여자랑 결혼했어."

"오오오. 결혼이라."

"야, 로니 해리슨 얘기는 뭐야? 걔 알아?"

"네가 결혼했다는 얘긴 뭐야?"

"음, 결혼을 했지. 지금도 결혼한 상태고." 그는 그들이 결혼 이야기를 시작한 것이 영 마음에 들지 않는다. 커다란 거품, 엄청나게 큰 거품이 그의 심장을 꽉 채운다. 어린 시절 토요일 오후가 끝날 무렵 어딘가에서 돌아와 갑자기 이것이—이 나무, 이 포장도로가—인생이라는, 진짜이고 유일한 것이라는 생각이 들던 때와 비슷하다.

"부인은 어디 있어?"

그 질문에 재니스를 떠올리게 되자 상황은 더 심각해진다. 그녀는 어디로 갔을까? "아마 자기 부모와 함께 있겠지. 어젯밤에 내가 집을 나왔거든."

"아. 그럼 이건 그냥 휴가네. 부인과 헤어진 건 아니니까."

"너무 자신 있게 말하지 마."

웨이터가 참깨 떡을 한 접시 가져다준다. 래빗은 딱딱할 것이라고 생각하며 시험삼아 하나를 집어든다. 하지만 이가 부드러운 씨앗들의 껍질을 뚫고 들어가는 순간 입안에서 부드럽고 탄력 있는 젤리가 느껴지자 기분이 좋다. 웨이터가 묻는다. "완전히 가신 건가요, 친구분들은?"

"괜찮아요, 내가 낼 겁니다." 래빗이 말한다.

중국인은 우묵한 눈썹을 추켜세우고 주름을 잡으며 미소를 짓더니 물러난다.

"너 부자야?" 루스가 묻는다.

"아니, 가난해."

"정말 호텔에 갈 거야?" 둘 다 참깨 떡을 몇 개씩 먹는다. 접시에 스무 개쯤 있는 것 같다.

"아마도. 재니스 이야기를 해줄게. 나는 실제로 집을 나오기 전까지는 한 번도 집을 나오겠다는 생각을 하지 않았어. 그런데 갑자기 분명해진 것 같아. 재니스는 키가 165쯤 되고, 좀 까무잡잡한 편에—"

"그 얘긴 듣고 싶지 않아." 목소리가 단호하다. 그녀가 머리를 뒤로 기울이고 가늘게 뜬 눈으로 천장의 불빛을 보자 다채로운 색깔의 머리카락이 무거운 하나의 색조로 가라앉는다. 불빛은 그녀의 얼굴보다는 머리카락을 더 돋보이게 해준다. 이쪽 편 코에는 여드름이 몇 개 있다. 분粉을 뚫고 혹처럼 튀어나왔다.

"듣기 싫다 이거지." 그의 가슴에서 거품이 굴러떨어진다. 다른 사람이 걱정을 하지 않는데, 왜 내가 걱정을 해야 하나? "좋아. 무슨 얘기할까? 몸무게가 얼마야?"

"67."

"루스, 너 아주 가볍구나. 웰터급에 불과하네. 농담 아니야. 아무도 네가 뼈만 남기를 바라진 않아. 네 몸의 살은 다 값진 거야."

그는 그냥 기분좋게 해주려고 한 말인데, 그가 말한 뭔가 때문에 그녀가 긴장한다. "너 아주 영리하구나, 응?" 그녀가 물으며, 빈 잔을 자기 눈 쪽으로 기울인다. 잔은 짧은 굽이 달렸고 속이 얕다. 화려한 생일 파티의 아이스크림 접시 같다. 잔이 생각에 잠긴 그녀의 얼굴을 가로질러 빠르게 창백한 호를 그려나간다.

"몸무게 이야기도 하고 싶지 않구나. 흠." 그는 참깨 떡을 하나 더 입에 넣고, 자극적인 첫 맛, 젤리의 첫 맛이 가라앉기를 기다린다. "그럼 이건 어때. 전형적인 미국의 주부로서 너에게 필요한 건 매지필 키친 필러야. 이건 비타민을 보존해줘. 지방이 과다한 곳은 깎아내. 플라스틱 나사만 약간 조절하면 당근도 갈고 또 남편 연필도 깎을 수 있어. 용도가 엄청나게 다양하지."

"그만. 그렇게 웃기지 않아도 돼."

"알았어."

"서로 좀 잘해줘보자."

"좋아. 너 먼저."

루스는 떡을 입에 퐁당 집어넣더니, 우스꽝스럽게 입을 활짝 벌리고 웃음을 짓는다. 입꼬리가 팽팽하게 아래로 내려온다. 떡을 씹자 이목구비가 바싹 당겨져 미칠 듯 기분이 좋다는 표정으로 바뀐다. 떡을 삼킨다. 파란 눈이 둥글게 벌어진다. 잠깐 헐떡이는 소리를 낸다. 곧 말을 시작할 것 같다. 그러나 말이 아니라 웃음을 터뜨린다. 바로 그의 얼굴에 대고. "잠깐," 그녀가 말한다. "나 노력하는 중이야." 그러더니 조가비 모양의 거울을 들여다본다. 그렇게 잔뜩 뜸을 들인 뒤에 고작 한다는 소리가 "호텔에 살지 마"이다.

"어쩔 수 없어. 좋은 호텔이나 얘기해줘." 그는 본능적으로 그녀가 호텔을 잘 알 것이라고 생각한다. 목의 옆면, 목이 그늘을 이루며 어깨로 빨려들어가는 곳에 얕지만 희고 오목한 움이 있고, 그곳에 그의 눈길이 똬리를 틀며 머문다.

"다 비싸." 그녀가 말한다. "전부 다. 내 작은 아파트도 비싼걸."

"아파트가 어디 있는데?"

"아, 여기서 몇 블록 떨어진 곳이야. 서머 스트리트. 2층이야, 진료소 위."

"너 혼자 써?"

"응. 같이 살던 애가 결혼했어."

"그러니까 그 집세를 다 떠안았는데 아무 일도 안 한다는 거구나."

"그래서 뭐?"

"아무것도 아니야. 네가 방금 아무 일도 안 한다고 했잖아. 얼마나 비싼데?"

그녀는 호기심을 느끼는 표정으로 그를 본다. 주차요금 미터기 옆에서 처음 봤을 때부터 눈치챘던 그 기민함이다.

"아파트 말이야."

"한 달에 110. 전기와 가스는 별도."

"그런데 아무 일도 안 한다?"

그녀는 잔을 들여다본다. 두 손을 흔들자 반사되는 빛이 테두리를 한 바퀴 돈다.

"무슨 생각 해?" 그가 묻는다.

"그냥 궁금해서."

"뭐가 궁금해?"

"네가 얼마나 영리한지."

바로 이 대목에서, 머리를 움직이지도 않았는데, 그는 바람이 부는 것을 느낀다. 따라서 이것이 그가 따라가야 할 흐름이다. 이제 분명해진 것 같다. 그가 말한다. "어, 이럼 어떨까. 내가 네 집세를 좀 보태게 해주면 어때?"

"왜 네가 그래야 하는데?"

"나는 가슴이 넓으니까. 10?"

"15가 필요해."

"전기와 가스비로. 좋아. 좋아." 그는 이제부터 어떻게 해야 할지 잘 모른다. 그들은 참깨 떡이 피라미드 모양으로 담겨 있던 빈 접시를 보며 앉아 있다. 다 먹어치웠다. 다가온 웨이터가 그것을 보고 놀란다. 그의 눈이 접시에서 래빗에게로, 거기서 루스에게로 옮겨간다, 순식간에. 값은 9달러 60센트다. 래빗은 10달러를 꺼내고, 거기에 1달러를 얹는다. 그리고 그 지폐 외에 10달러짜리 한 장과 5달러짜리 한 장을 내놓는다. 지갑에 남은 것을 세어본다. 10달러짜리 석 장과 1달러짜리 넉 장. 고개를 들었을 때 루스에게 준 돈은 이미 반질거리는 탁자에서 사라지고 없다. 그는 일어서며 그녀의 작고 부드러운 코트를 집어 그녀를 위해 펼쳐준다. 그녀는 커다란 녹색 물고기, 상품으로 받은 물고기처럼 몸을 들어올려 앞으로 뻗었다가 다시 위로 올려 부스에서 빠져나오더니, 그가 코트를 입혀주는 동안 냉랭하게 서 있는다. 그는 계산해본다. 대략 1킬로그램에 20센트꼴이로구나.

저녁값은 빼고 그렇다는 것이다. 그는 계산서를 카운터로 가져가 여자에게 10달러를 낸다. 그녀는 얼굴을 찌푸리고 꼼꼼하게 거스름돈을 헤아린다. 자주색의 단순한 기모노는 그녀의 복잡하게 얽힌 파마 머리와 루주를 바른 달콤새큼한 미국인 얼굴과 어울리지 않는다. 그녀가 잔돈을 거스름돈 판의 분홍색 고무 위에 올려놓자, 그는 잔돈 위로 손을 휙 뻗어 거기에 1달러를 보태며, 여자 옆에 조신하게 자리잡고 있던 젊은 중국인 웨이터에게 고개를 끄덕인다. "덩말 감샤합니다,

손님. 덩말 감사합니다." 청년이 래빗에게 말한다. 그러나 그의 감사하는 마음은 그들이 시야에서 사라질 때까지도 지속되지 않는다. 그들이 유리문을 향해 움직이자 웨이터는 카운터의 아가씨를 향해 몸을 돌리더니, 완벽한 억양의 날카로운 목소리로 하던 이야기를 마무리한다. "그러자 이 다른 고양이가 이러더래. '하지만 이봐, 내 건 **헬륨**이었다니까!'"

　이 루스라는 여자와 함께 래빗은 거리에 들어선다. 오른쪽, 산에서 먼 곳에서 도심이 빛을 발하고 있다. 뒤섞인 빛들. 네온으로 그려낸 장화, 땅콩, 중절모, 거대한 해바라기. 건물의 가장자리를 따라 6층 높이로 곧추선 줄기를 가진 거대한 해바라기는 '선플라워 맥주'를 상징한다. 꽃의 노란 중심은 두번째 달이다. 한 블록 내려간 곳에서 단조롭고 급하게 종소리가 울리더니 끝이 빨간 철로 교차로 차단기가 부드러운 네온 덩어리를 가로질러 내려온다. 차들이 속도를 늦추다 멈춘다.

　루스는 왼쪽, 저지산의 그림자 쪽으로 방향을 튼다. 래빗이 그 뒤를 따른다. 그들은 발에 눌려 끽끽 소리를 내는 보도를 따라 산 쪽으로 올라간다. 시멘트 비탈은 도시 이전에 여기에 있었던 땅의 묻혀버린 주장, 예기치 않은 메아리다. 래빗에게 보도는 다이키리의 빛나는 투명함의 그림자다. 그는 마음이 가볍다. 사모하는 이 여자와 보조를 맞추려고 한 번 껑충 뛴다. 여자는 눈을 위로 들어올리고 있다. 피너클호텔이 저지산 위의 별들에 조잡한 별자리를 보태고 있는 쪽이다. 그들은 말없이 함께 걷는다. 뒤에서 화물열차가 칙칙거리며 다가오다 갑자기 비명을 지르며 건널목을 통과한다.

그는 이제 뭐가 문제인지 눈치를 챈다. 그녀는 이제 그가 싫은 것이다. 텍사스의 그 창녀처럼. "야," 그가 말한다. "저 꼭대기에 올라가본 적 있어?"

"그럼. 차 타고."

"어렸을 때 우리는 건너편에서부터 걸어올라갔지. 어두운 숲 같은 게 있었어. 오래된 집을 봤던 기억이 나. 그냥 땅에 구멍을 파놓고 돌 몇 개를 쌓은 곳이었어. 아마 개척자가 농장을 일구었던 곳인가봐."

"나는 딱 한 번 저 위에 올라갔는데, 어떤 일벌레하고 차를 타고 간 거였어."

"그래, 축하해." 그는 그녀의 강인함 속에 감추어진 자기 연민에 짜증이 나서 말한다.

그녀는 들키자 물어뜯는다. "네가 말하는 개척자에 내가 무슨 관심이 있을 거라고 생각해?"

"모르겠어. 왜 관심을 안 갖지? 너도 미국 사람이잖아."

"왜? 나는 멕시코 사람이라고 해도 상관없을 것 같은데."

"절대 그렇게는 안 될걸. 너는 멕시코 사람이라기에는 너무 커."

"있잖아, 너는 정말 돼지야."

"아, 이러지 마." 그는 그녀의 듬직한 허리에 팔을 두른다. "이만하면 나는 꽤 괜찮은 사람 같은데."

"웃기지 마."

그녀는 왼쪽으로 방향을 틀어 그의 팔에서 벗어나고 와이저에서도 벗어난다. 서머라는 이름의 거리다. 벽돌로 쌓은 집의 전면들이 잇닿아 블록 길이로 하나의 면을 이루고 있다. 집주소는 문 위의 스테인드글라스로 만든 부채꼴 채광창에 박혀 있다. 작은 식품점의 사과와 오렌지색 불빛이 모퉁이 주위에서 얼쩡거리는 아이들 몇 명을 실루엣으로 드러낸다. 이런 작은 상점들은 슈퍼마켓들로 인해 궁지에 몰리는 바람에 밤새 문을 열 수밖에 없다.

그는 다시 팔을 두르며 간청한다. "이제 그만. 명랑한 년이 좀 되어줘." 그녀가 강하게 말을 해도 그를 떼어놓을 순 없다는 것을 증명해 보이고 싶다. 그녀는 그가 그녀의 무거운 몸만으로 만족하기를 바라지만, 그는 모든 여자가 깃털처럼 가볍기를 바란다. 놀랍게도 그녀의 팔이 그의 팔을 흉내내 그의 허리를 감는다. 그러나 그렇게 얽히니 걷기가 불편하다는 것을 둘 다 알게 된다. 신호등에 이르러 그들은 떨어진다.

"식당에서 나 좀 괜찮지 않았어?" 그가 묻는다. "늙은 토세로의 비위를 맞춰주려고 노력하던 거 말이야. 토세로가 얼마나 훌륭한 사람인지 이야기하면서."

"내가 들은 건 네 입으로 네가 얼마나 훌륭한지 이야기한 것뿐인데."

"훌륭하긴 훌륭했어. 그건 사실이야. 내 말은, 지금 나는 뭐 하나 잘하는 게 없지만, 그때는 정말 그걸 잘했다는 거야."

"나는 뭘 잘했는지 알아?"

"뭔데?"

"요리."

"그럼 우리 집사람보다 낫네. 가엾은 것."

"주일학교에서 하느님이 창조한 사람은 누구나 뭐 하나는 잘한다고 말하던 거 기억나? 있잖아, 내가 잘하는 거는 그거였어, 요리 말이야. 그렇게 생각했지, 맙소사. 어쨌든 앞으로 정말 훌륭한 요리사가 될 거야."

"왜, 지금은 아니야?"

"모르겠어. 나는 외식만 하는걸."

"그럼 그걸 중단해."

"그래야 남자들을 만나지." 그녀가 말한다. 그 말에 그의 걸음이 멈춰버린다. 그녀를 그런 쪽으로 생각하니 겁이 난다. 그녀가 사랑이라는 면에서 아주 거대해 보인다.

"여기야." 그녀가 말한다. 거리의 서쪽 면에 있는 다른 집들과 마찬가지로 벽돌 건물이다. 건너편 가로등 뒤에 커다란 석회석 교회가 회색 커튼처럼 걸려 있다. 그들은 문간으로 가 스테인드글라스 밑을 지나간다. 현관에는 황동 우편함이 한 줄로 늘어서 있고, 니스를 바른 우산꽂이가 있고, 대리석 바닥에는 고무 매트가 있다. 문은 두 개다. 오른쪽에 젖빛 유리가 달린 문이 있고, 그들 앞에는 철사로 보강을 한 유리가 달린 문이 있다. 그 너머로 고무를 깐 층계가 보인다. 루스가 문에 열쇠를 끼우는 동안 그는 다른 문의 금박 글자를 읽는다. **F. X. 펠리그리니, 의학박사.** "늙은 여우야." 루스가 말하더니, 래빗을 데리고 층계를 올라간다.

루스는 2층에 산다. 그녀의 방 문은 리놀륨을 깐 복도의 맨 끝에 있다. 거리에서 가장 가까운 곳이다. 그녀가 열쇠로 자물쇠를 긁어대는 동안 그는 그녀 뒤에 다가선다. 갑자기, 그의 옆에 있는 창문의 온전치 않은 유리, 너무 얇아 손가락만 대도 금이 갈 것 같아 보이는 키 큰 유리 네 장을 통해 들어오는 가로등의 노란 불빛 속에서, 그는 몸을 떨기 시작한다. 처음에는 다리, 그다음에는 옆구리의 피부. 열쇠가 맞아 들어가고, 문이 열린다.

안에 들어간 루스가 전등 스위치로 손을 뻗자, 래빗은 그녀의 팔을 쳐서 내린 다음 그녀를 끌어안고 키스를 한다. 광기다. 그녀를 짓이기고 싶다. 그의 갈빗대 안의 작은 계기가 압력, 그냥 순수한 압력에 대한 그의 요구를 두 배로, 다시 두 배로 높인다. 여기에 사랑, 살갗을 흘끔거리고 살갗을 따라 미끄러지는 사랑은 없다. 그는 자신들의 살갗을 의식하지 못한다. 그녀의 심장을 갈아 자신의 심장 안에 넣고 싶다. 완벽하게 그녀를 위로하고 싶다. 본성에 따라 그녀는 그런 포옹에 저항을 한다. 이완 상태에서 자발적으로 그의 입술을 맞이하던 그녀 입술의 작고 촉촉한 쿠션이 물기가 마르고 단단해진다. 그녀는 머리를 뒤로 젖히고, 손을 풀 수 있게 되자 손바닥을 그의 턱에 대고 민다. 그의 두개골을 다시 복도로 내보내고 싶어하는 것 같다. 그녀의 손가락들이 구부러져 긴 손톱이 그의 한쪽 눈 밑 부드러운 피부를 스친다. 그는 그녀를 놓아준다. 긁힐 뻔한 눈을 가늘게 뜬다. 목의 힘줄이 아프다.

"나가." 그녀가 말한다. 복도에서 들어오는 불빛을 받은, 짓이겨진 뭉툭한 얼굴이 추하다.

그는 다리를 뒤로 젖혀 문을 걷어차 닫아버린다. "이러지 마." 그가 말한다. "너를 안을 수밖에 없었어." 어둠 속에서 그녀가 겁에 질린 것이 보인다. 그녀의 크고 검은 형체에는 오목한 곳이 있고, 그의 본능은 뽑힌 이를 탐사하는 혀처럼 그것을 느낀다. 분위기는 그에게 움직이지 말라고 명령한다. 그는 아무런 이유도 없이 갑자기 웃음을 터뜨리고 싶다. 그녀의 두려움과 그가 아는 그 자신은 크게 차이가 난다. 그는 자신에게 해를 끼칠 의도가 전혀 없다는 걸 안다.

"안아?" 그녀가 말한다. "죽이려는 것 같았어."

"밤 내내 네가 무척 사랑스러웠어." 그가 말한다. "그걸 내 몸안에서 밖으로 드러내야만 했어."

"너희 몸은 잘 알아. 한번 분출하면 끝이지."

"안 그래." 그가 장담한다.

"안 그렇기는 뭐가 안 그래. 나는 네가 여기서 나가기를 바라."

"아니, 너는 그걸 바라지 않아."

"너희는 모두 자기가 대단한 애인이라고 생각하지."

"맞아." 그는 장담한다. "나는 네 애인이야." 그는 알코올과 자극받은 정액의 물결을 타고 앞으로 나선다. 머리는 멍한 상태다. 그녀는 뒤로 물러나지만, 별로 빠르지 않아 그녀에게 파여 있던 두려움의 오목한 구멍이 치유되고 있음을 알 수 있다. 가로등 불빛에 비친 방은 작다. 가구는 팔걸이의자 두 개와 소파침대와 탁자 하나다. 그녀는 옆방으로 걸어간다. 더블베드가 있는 조금 더 큰 방이다. 커튼이 반쯤 드리워져 있다. 낮은 빛 때문에 침대 커버의 작게 튀어나온 곳마다 그림자가 생긴다.

"좋아." 그녀가 말한다. "너는 저기 들어가."

"너는 어디 가고?" 그녀의 손이 손잡이에 놓여 있다.

"여기에."

"거기서 옷을 벗을 거야?"

"응."

"아냐. 내가 벗기게 해줘. 제발." 그는 마음이 불안해져 그녀 옆에 다가서서 그녀의 팔에 다시 손을 댄다.

그녀는 그의 손에서 팔을 뺀다. "다 자기 맘대로 하려고 하네."

"제발. 제발."

화가 난 그녀의 목소리에서 삐걱거리는 소리가 난다. "화장실에 가야 한단 말이야."

"하지만 옷을 입고 나와."

"다른 것도 해야 한단 말이야."

"하지 마. 뭔지 나도 알아. 나 그거 싫어해."

"느끼지도 못할 거야."

"하지만 있다는 건 알아. 꼭 고무 콩팥*이나 그런 거 같아."

루스가 웃음을 터뜨린다. "흠, 꽤나 까다롭네. 그럼 너한테 대책이 있어?"

"아니. 난 그건 더 싫어해."

"야, 네가 15달러 갖고 어떤 자격을 얻었다고 생각하는지는 몰라도, 나는 나 자신을 보호해야 돼."

"안에다 장치를 잔뜩 집어넣을 거면 15달러 도로 줘."

그녀는 몸을 비틀어 빼려 하지만, 그는 손을 댔던 팔을 잡는다. 그녀

---

* 찰흙을 다듬는 도구.

가 말한다. "뭐야, 우리가 결혼이라도 한 거야? 다 네 맘대로 하려 하게?"

투명한 파도가 다시 그의 머리 위로 밀려온다. 그는 거의 들리지 않는 목소리로 그녀에게 말한다. "그래. 결혼해." 그러자 흔들리던 그녀의 두 팔이 바로 움직임을 멈춘다. 그는 그녀의 발치에 무릎을 꿇고, 결혼을 했다면 반지가 있어야 할 곳에 입을 맞춘다. 그리고 기왕 거기까지 내려간 김에 신발끈을 풀기 시작한다. "왜 여자들은 힐을 신지?" 그가 물으며 그녀의 한쪽 발을 들어올린다. 그녀는 넘어지지 않으려면 그의 머리카락을 잡을 수밖에 없다. "아프지 않나?" 그는 끈적거리는 그물 같은 구두를 문을 통해 옆방으로 집어던지고, 다른 구두도 마저 벗겨 던진다. 두 발이 평평하게 바닥에 닿자 그녀의 다리가 아래에서부터 위까지 단단해진다. 그는 손으로 그녀의 발목을 잡고 힘차게 아래위로 움직인다. 모가 난 발목뼈와 종아리의 둥글고 단단한 지방 사이를 잡고 있다. 그는 운동선수 트레이너가 되었어야 했다.

"됐어." 루스가 넘어질까 걱정이 되는지 약간 긴장된 목소리로 말한다. 그의 몸무게가 그녀의 두 다리에 실려 있기 때문이다. "침대에 들어가 있어."

그는 함정을 느낀다. "싫어." 그는 일어선다. "나 몰래 비행접시를 끼울 거잖아."

"아냐, 안 그래. 그리고 야, 내가 그러든 안 그러든 어차피 너는 알지도 못해."

"당연히 알지. 나는 아주 민감하단 말이야."

"오, 맙소사. 어쨌든 나는 오줌 좀 눠야 돼."

"어서 뉘. 나는 상관없어." 그는 그녀가 욕실 문을 닫지 못하게 한다. 그녀는 여자들이 그러듯이 새침하게 앉는다. 등을 곧추세우고 턱은 바짝 잡아당긴다. 두 무릎 사이에 팽팽하게 당겨진 팬티가 고리처럼 걸려 있다. 루스는 소곤거리는 분출물 위에서 기다린다. 집에서 그는 재니스와 함께 넬슨에게 변기를 사용하는 법을 가르치려고 했다. 그래서 지금도 문간에 부모처럼 우뚝 서 있자니 루스를 칭찬해주고 싶은 우스꽝스러운 충동이 찾아온다. 그녀는 아주 깔끔하여, 레몬색깔의 종잇조각을 들고 드레스 밑으로 손을 뻗는다. 이윽고 옷을 끌어당겨 추스른다. 아주 짧고 달콤한 한 순간, 스타킹 윗부분과 끈과 비단과 털과 부드러운 살로 이루어진 은밀하고 연약한 패치워크가 드러난다.

"착해라." 그가 말하며 그녀를 침실로 이끈다. 그들 뒤에서 배관이 진동을 하며 웅웅거린다. 그녀는 그의 의지에 당황하여, 수줍어하며 뻣뻣하게 움직인다. 그 또한 수줍어져서 다시 몸을 떨며 그녀를 침대 발치에 세우고 드레스의 잠그는 곳을 찾는다. 등에서 단추를 몇 개 찾아내지만 쉽게 풀 수가 없다. 그의 손에 잡힌 단추는 제자리에서 뒤집히기만 한다.

"내가 할게."

"서둘지 마. 내가 할 거야. 너는 이걸 즐기기만 하면 돼. 오늘은 우리의 결혼 첫날밤이라고."

"어머, 너 어디 아픈 거 같아."

래빗은 그녀를 거칠게 돌려세운다. 다시 위로를 해주고 싶은 깊은 소망에 빠져든다. 떡칠이 된 뺨을 어루만진다. 고정되어 그늘진 얼굴의 찌푸린 면들을 위에서 내려다보자 그녀가 작아 보인다. 그는 입술을 한쪽 눈구멍 안으로 밀어넣는다. 부드럽게. 오늘밤에는 급할 것이 없다고 말하려 한다. 그 입술을 통해 그녀의 불룩한 눈까풀에서 고동치는 수줍은 맥박 소리를 들으려 한다. 그녀가 웃긴다고 생각할까봐 겁나지만, 그는 공평해야 한다는 생각에 세심하게 다른 쪽 눈에도 입을 맞춘다. 그러나 자신이 부드럽게 행동하고 있다는 생각에 자극을 받아 외려 다급함이 쏟아져나온다. 그의 입이 그녀의 얼굴을 가로질러 빠르게 움직이며 씹고 핥는다. 그녀는 간지러워 웃음을 터뜨리면서 그의 몸을 밀어낸다. 그러나 그는 그녀의 몸을 자신에게 조여붙이며, 몸을 웅크리고 입을 벌려 그녀 목 옆의 통통하고 뜨겁고 오목한 곳에 강하게 갖다댄다. 그가 물 것처럼 굴자 루스는 긴장한다. 두 손으로 어깨를 밀어낸다. 그러나 그는 그녀의 목에 매달린다. 이를 드러내고 소리 없이 감탄사를 내지른다. 입을 채우고 들어오는 그녀의 목에 대고 그가 원하는 것은 그녀의 몸이 아니고, 살과 뼈가 아니고, 그녀라고, 그녀라고 소리를 지른다.

입 밖으로 나온 소리는 없었지만 그녀는 그 말을 듣고 대답한다. "네가 내 애인이란 걸 증명하려 하지 마. 그냥 왔다 가면 되는 거야."

"너는 정말 똑똑해." 그가 말하며 그녀를 때리기 시작한다. 그러나 팔을 내리더니 대신 제안한다. "나를 때려. 어서. 때리고 싶지, 안 그래? 정말로 두들겨패도 돼."

"맙소사, 밤새 이러고 있겠네." 그녀가 말한다. 그가 그녀의 늘어진 팔을 잡아 자신을 향해 들어올린다. 그러나 그녀가 손을 움직이는 바람에 구부러진 손가락 다섯 개가 아무런 통증 없이 그의 뺨에 가닿을 뿐이다. "그건 가엾은 매기가 네 늙은 친구놈한테 해야 될 일이야."

래빗이 간청한다. "그 사람들 얘기는 하지 마."

"염병할 남자들." 루스가 계속한다. "남을 해치거나 남이 자기를 해치기를 바라지."

"난 아니야, 정말이야. 둘 다 아냐."

"그럼 내 옷이나 벗겨. 방귀 뀌는 짓거리는 그만 좀 하고."

그는 코로 한숨을 쉰다. "말 한번 곱게 하네." 그가 말한다.

"충격을 받았다면 미안해." 그녀의 목소리에서 작은 금속성 움츠러듦이 느껴진다. 정말 미안한 것처럼.

"충격 안 받았어." 그가 말하며 사무적으로 허리를 굽히고 그녀의 드레스 가두리를 두 손으로 잡는다. 이제 눈이 어둠에 익숙해졌기 때문에 비단 천이 녹색으로 보인다. 그는 드레스를 그녀의 몸 위로 벗긴다. 그녀는 두 팔을 들어올린다. 머리가 잠깐 옷에 걸린다. 그녀가 찌꺼기를 문 개처럼 고개를 가로로 흔들자 옷이 빠져나온다. 그녀의 두 팔에서 미끄러져나와 펄럭이며 그의 두 손에 따뜻하게 쌓인다. 그는 드레스를 구석에 큼지막하게 자리잡고 있는 의자에 던진다. "우아," 그가 말한다. "예쁘다pretty." 은색 슬립을 입은 그녀는 유령이다. 드레스를 머리 위로 끌어내는 바람에 머리카락이 헝클어졌다. 그녀는 머리를 엄숙하게 기울이더니 얼른 핀을 뽑는다. 머리카락이 묵직한 고리에서 풀려나 밑으로 떨어진다. 슬립을 입으면 여자들은 신부처럼 보인다.

"응," 그녀가 말한다. "되게pretty 통통하지."

"아냐," 그가 말한다. "너는," 그러더니 숨 한 번 쉬는 사이에 그녀에게 다가가 안아올린다. 체 같은 결이 느껴지는 슬립을 입은, 반짝이는 커다란 사탕 같다. 그는 그녀를 침대로 안고 가 눕힌다. "정말 예뻐."

"나를 들어올렸네, 이야. 너 그러다 꼼짝도 못해."

그녀의 얼굴 위로 강하고 직접적인 빛이 비친다. 떡칠이 된 화장, 목의 주름. 그가 묻는다. "블라인드를 내릴까?"

"내려줘. 바깥은 우울해."

그는 창으로 가 그녀의 말이 무슨 뜻인지 보려고 허리를 굽힌다. 길 건너에는 교회가 하나 있을 뿐이다. 회색에 엄숙하고 말이 없다. 장미 창들 뒤의 불은 그대로 밝혀져 있다. 도시의 밤 속에서 그 빨간색과 자주색과 황금색 원은 환하게 타오르는 추상적인 찬란함을 드러내려고 그것을 덮은 현실에 뚫어놓은 구멍처럼 보인다. 그는 죄를 짓는 기분으로 블라인드를 내리고 몸을 돌린다. 루스의 눈이 그림자들 속에서 지켜보고 있다. 그 눈도 어둠의 면에 뚫린 구멍 같다. 그녀의 엉덩이 곡선이 은빛 슬립을 초승달 모양으로 지탱하고 있다. 그녀의 무게가 느껴지자 향기가 나는 듯하다.

"다음은 뭐지?" 그는 상의를 벗어던진다. 그는 이렇게 물건 던지는 것을 좋아한다. 옷은 날아가고 그는 쌓여가는 벌거벗음의 중심에 서는 느낌이다. "스타킹인가?"

"이건 까다로워." 그녀가 말한다. "올이 나가는 건 싫어."

"그럼 네가 벗어."

그녀는 앉은 자세에서 짐승이 부드러운 발을 움직이듯 예민하고 능숙하게 고무줄과 비단과 면의 그물에서 몸을 빼낸다. 그녀는 스타킹을 벗겨내 단정하게 말아 침대 발판 옆의 틈에 쑤셔넣는다. 이어 벌렁 눕더니 등을 아치 모양으로 밀어올려 가터벨트와 팬티를 밀어낸다. 그는 재빨리 양념 냄새가 나는 작은 숲 안에 얼굴을 구부린다. 그곳에서는 모든 차원이 사라진다. 부드러운 여자 전체가 바로 앞에, 모퉁이만 돌면 나올 것 같다. 그는 무릎을 꿇은 자세로 허리를 편다. 침대 옆에 무릎을 꿇고 있다. 그의 눈 밑에 있는 루스는 믿어지지 않는 대륙이다. 밀어올린 슬립은 북방의 눈 같다.

"풍만해." 그가 말한다.

"너무 풍만하지."

"아냐, 야. 너는 괜찮아." 그는 손을 그녀의 감추어진 뜨거운 목덜미에 대고 몸을 일으켜 슬립을 머리 위로 벗긴다. 슬립은 액체처럼 쉽게 빠져나온다. 벌거벗겨지고 싶은 여자에게서 그냥 떨어져나온다. 그의 손이 그녀의 허리에서 발견한 서늘하고 우묵한 곳과 어깨뼈로부터 비탈을 그리며 내려오는 피부의 얇은 그림자가 그의 마음속에서 뒤섞인다. 그는 그 넓은 곳에 입을 맞춘다. 피부가 흰 곳일수록 더 서늘하다. 그의 턱의 단단함이 브라의 단단함과 부딪친다. 브라를 벗기려고 루스의 팔 하나가 구부러지며 뒤로 돌아오자 그가 작은 소리로 말한다. "내가 할게." 그는 그녀의 뒤로 간다. 그녀는 통통한 두 다리를 잭나이프처럼 양옆으로 접은 채 등을 곧게 펴고 앉아 있다. 등은 커다란 꽃병처럼 대칭적이다. 작고 거무스름한 걸쇠는 풀기가 어렵다. 그녀가 양쪽 어깨뼈 사이를 좁혀준다. 갑작스러운 아픔과 함께 강인한 띠가 갈라진다. 그녀의 등이 넓어지면서 볼록해진다. 그녀가 어깨를 슬쩍 들어올리자 띠가 어깨에서 미끄러져내린다. 한쪽 팔이 브래지어를 침대 가장자리 너머로 던진다. 그가 있는 쪽에 있는 다른 팔은 젖가슴을 누르고 있어, 그는 보지 않으려 한다. 그러나 보고 만다. 기울어진 묵직한 것이 빠르게 흘끗 지나간다. 그는 뒤로 물러나 침대 귀퉁이에 앉아 그녀의 순수한 모습을 들이마신다. 그녀는 한쪽 젖가슴에 팔을 꼭 붙인 채 다른 손을 들어올려 나머지 젖가슴도 마저 가린다. 반지가 반짝거린다. 뭔가를 느끼고 있음을 보여주는 그녀의 수줍은 태도에 그는 기분이 좋다. 곧게 뻗은 다른 팔이 그녀의 무게를 지탱하고 있다. 배는 어두운 웅덩이다. 웅덩이는 점점 깊어지다 허벅지 안쪽의 부풀어오른 곳에 가려지며 새까매진다. 몸이 고요한 상태 그대로 방향을 틀자 빛이 그녀의 오른쪽을 움켜쥔다. 경직이 굶주린 그의 눈에 대항하는 그녀의 방어 방법이다. 그의 눈이 흰색의 메아리들로 아릴 때까지 그녀는 그 자세를 유지한다. 그녀의 목소리가 고요한 형체를 부수고 나오자 그는 깜짝 놀란다. "너는?"

그는 여전히 옷을 입고 있다. 넥타이까지 매고 있다. 그가 바지를 의자 위에 걸치고 주름이 가지 않도록 매만지는 동안 그녀는 이불 밑으로 미끄러져들어간다. 그는 속옷 차림으로 서서 그녀를 굽어보며 묻는다. "정말로 아무것도 안 끼운 거지?"

"네가 못하게 했잖아."

그는 반짝거림을 기억한다. "반지 줘."

그녀가 이불 밑에서 오른손을 꺼내자, 그는 졸업 반지처럼 보이는 굵은 황동 반지를 주름이 잡히는 관절을 거쳐 조심스럽게 빼낸다. 밑으로 내려가는 그녀의 손이 그의 자키 팬티의 비틀린 앞면을 스친다.

그는 그녀를 내려다보며 생각한다. 이불은 목까지 올라갔고, 커버

위에 놓인 창백한 팔은 뱀처럼 약간 구부러져 있다. "다른 건 없어?"

"이제 피부뿐이야." 그녀가 말한다. "자. 들어와."

"나를 원해?"

"잘난 척하지 마. 나는 어서 끝내고 싶을 뿐이야."

"얼굴이 온통 더께가 앉은 것 같네."

"맙소사, 정말 모욕적이야!"

"너를 너무 사랑할 뿐이야. 수건 어디 있어?"

"염병할 얼굴 씻고 싶지 않아!"

래빗은 욕실로 들어가 불을 켜고 수건을 찾아내 온수 쪽 수도꼭지 밑에 갖다댄다. 수건을 짜고 불을 끈다. 그가 방을 가로질러 돌아가자 루스가 침대에서 웃음을 터뜨린다. 그가 묻는다. "뭐가 웃겨?"

"그 염병할 속옷을 입고 있으니 정말 토끼처럼 보인다. 나는 애들만 그런 고무줄 팬티를 입는 줄 알았더니."

그는 티셔츠와 몸에 꼭 맞는 팬티를 내려다본다. 기분이 좋다. 더 흥분된다. 그의 별명이 그녀의 입에서 나오자 서로 몸이 닿은 느낌이다. 그녀는 그를 특별하게 보고 있다. 거친 천을 대자 그녀의 얼굴이 긴장하며 넬슨의 얼굴처럼 꿈틀대며 저항하지만, 그는 아버지의 숙련된 솜씨로 맞선다. 그는 이마를 훔쳐내고, 콧구멍을 후비고, 뺨을 문지르고, 마지막으로 그녀의 몸 전체가 버둥거리며 저항하는 동안 입술을 닦아낸다. 그녀의 말이 부서지고 막혀버린다. 마침내 그가 그녀의 두 손에 승리를 허락하고 수건을 들어올리자, 그녀는 그를 노려보다 아무 말도 하지 않고 눈을 감아버린다.

그가 그녀의 얼굴을 잡기 위해 침대 옆에 무릎을 꿇자 그의 민감한 사랑의 중심부가 매트리스 가장자리에 눌렸다. 잠시 그런 상태로 있자, 우유가 얼면서 병목 위로 크림이 넘쳐나는 것처럼 그의 의지와 상관없이 약간 넘쳐흐른다. 그는 접촉면에서 물러난다. 수줍게 펄떡대던 것이 당황하여 고동치며 천천히 멈춘다. 그는 일어서서 마치 흐느끼는 사람처럼 수건을 자신의 얼굴에 대고 누른다. 이윽고 침대 발치로 가서 수건을 욕실 쪽으로 던지고, 속옷을 벗고, 머리를 꾸벅 숙이고, 서둘러 침대 안에, 시트 사이의 길고 어두운 공간에 숨는다.

그는 아내와 사랑을 나누듯이 그녀와 사랑을 나눈다. 결혼 후 재니스는 신경이 섬세함을 잃자 자신을 살살 달래주기를 바랐고, 그는 그녀의 등을 문지르는 것에서부터 시작하곤 했다. 그가 엎드리라고 하자 루스는 방심하지 않으면서도 말을 따른다. 그는 손에 힘을 주기 위해 그녀의 푹신푹신한 엉덩이 위에 앉은 다음 뻣뻣한 두 팔을 통해 엄지와 손바닥으로 무게를 내려보낸다. 두 손이 널쩍한 근육과 고집스러운 뼈들을 주무르기 시작한다. 그녀는 한숨을 토하며 베개 위에서 머리를 움직인다. "터키탕 일을 해야 할 사람이네." 그녀가 말한다. 그는 그녀의 목으로 손을 뻗어 손가락으로 그곳을 감싼다. 피의 기둥들이 갈대처럼 붉거진 곳이다. 어깨를 엄지손가락의 도톰한 부분으로 마사지하고, 손가락 끝으로 베개 위에 올라간 젖가슴의 위쪽 흐릿한 가장자리를 정확하게 찾아낸다. 그는 다시 등으로 돌아와 손목이 아플 때까지 주무르다가, 바다의 주문에 걸려 잠이 드는 것처럼 노곤함을 느끼며 인어 위에 걸터앉은 자세를 풀고 쓰러져 이불로 두 몸을 덮는다. 얼굴 중간까지 덮는다.

재니스가 그의 시선을 수줍어했던 것처럼 루스도 그가 어둠에 들어가자 뜨거워진다. 그녀의 몸이 휘며 간절하게 그에게 와 닿지만 그의 눈까풀은 퍼덕거리다 닫혀버린다. 그녀의 손이 그를 찾아, 그의 닫힌 눈까풀이 붉게 느끼는 접촉을 찾아 열심히 일으켜세운다. 그녀가 침착한 손길로 그의 턱을 벌려 열고 그의 머리를 자신의 듬직한 가슴 쪽으로 기울이자 파란색이 보인다. 아리땁게 흔들리는 거품들, 묵직한 거품들. 그 사이의 향긋한 냄새. 짜고 시큼한 맛이 그 자신의 침과 함께 소용돌이치며 뒤로 넘어간다. 그녀가 몸을 굴려 멀리 드러눕는 바람에 소중한 붉은 접촉이 끊어진다. 그녀는 몸을 비틀어 그에게 서늘한 피부를 새로 내어준다. 거칠게 자신의 몸을 움직여 다른 쪽 마른 젖가슴을 그의 얼굴 안으로 밀어넣는다. 가슴을 막처럼 감싸고 있던 꽃가루가 녹아버린다. 그는 눈을 뜨고 그녀를 찾는다. 부드러운 가면처럼 차분하게 아래를 내려다보고 있는, 그를 사랑하는 그녀의 얼굴이 보인다. 그는 다시 눈을 감고 그녀가 주는 먹이에 달라붙는다. 그녀의 몸 위에 아무렇게나 올라가 있던 손이 팔 하나 거리에서 갈라진 꼬투리, 열린 주름, 일정한 형태도 없는 단순한 것을 발견한다. 그녀는 몸을 다시 굴려 그에게 등을 돌리더니, 엉덩이를 그의 배와 허벅지에 비빈다. 그들은 느긋한 공간으로 진입한다. 그는 이 시간이 길게 뻗어나가기를, 아주 길고 가늘어지기를 바란다. 그녀는 자신의 두 다리 사이로 손을 넣어 손가락 끝으로 그를 어루만진다. 그녀는 발 하나를 뒤로 당기고 그는 그녀의 뒤꿈치를 잡는다. 그들이 함께 깊어지자, 그는 이렇게 몸을 비틀어대는데도 자신들이 여전히 따로 떨어진 살이라는 사실에 초조함을 느낀다. 이 탐색에서 그녀가 그의 친구가 되다시피 했기 때문에 그는 마음껏 과감해질 수가 없다. 그들은 사방에서 벽을 만난다. 몸에는 자신의 노래를 부를 목소리가 없다. 그녀가 그의 피를 타고 둥둥 떠오른다. 그의 눈까풀 밑에서는 소금냄새, 축축한 압박, 그의 두 손 안의 모든 곳을 서둘러 돌아다니는 그녀의 몸이 작다는 느낌, 그녀의 숨, 침대 스프링의 삐걱거림, 실수로 찰싹 가닿은 손바닥, 그의 바싹 마른 혀뿌리에서 느껴지는 통증이 모두 색깔로 기록된다.

"지금?" 루스가 묻는다. 쉰 목소리다. 그는 어떤 욕지기 같은 것을 느끼며 그녀의 벌어진 두 다리 사이에 무릎을 꿇는다. 그녀의 도움으로 그들의 눈먼 사타구니가 합쳐진다. 그 포획에는 뭔가 슬픈 것이 있다. 포획이 커진다. 그는 그녀 위에서 두 팔로 자신의 몸을 지탱하고 있다. 두렵다. 바로 이 대목에서 재니스를 너무 자주 실망시키기 때문이다. 너무 빨리 끝내서. 그러나 알코올이 그의 몸안을 천천히 흘러다니기 때문인지, 조금 전에 약간 느꼈기 때문인지, 그의 사랑은 그녀의 온기 안에서 느릿느릿 분출된다. 그는 그녀의 목 옆에, 그녀 머리카락의 박하 냄새 안에 얼굴을 감춘다. 그녀가 가늘디가는 두 팔로 그를 끌어안고 아래로 눌러 그의 위로 올라간다. 위쪽에서 비추는 빛 속의 그녀는 높고 부드러운 어깨에서 아래에 이르기까지 그의 아랫배에서 솟은 하나의 긴 발기와 다를 것이 없다. 그는 찬사를 보내는 마음으로 작게 말한다. "야."

그녀가 대꾸한다. "야."

"예뻐."

"어서. 일해야지."

그는 자극을 받아 그녀를 통해 몸을 밀어올리고, 한술 더 떠 손을 그녀의 턱밑에 대고 그녀의 얼굴도 밀어올린다. 그의 손가락들이 그녀의 입안으로 들어가자 그녀의 미끌미끌한 목이 긴장한다. 이런 분노에 맥이 풀렸는지 그녀는 몸을 굴려 그와 자세를 바꾼다. 그는 다시 그녀의 몸 위에 엎드린다. 그들의 가슴 피부가 끈끈하게 맞붙어 있다. 그녀가 손을 아래로 내려 그들의 엉킨 털을 만진다. 그녀의 숨이 뭔가 날카로운 것에 걸린다. 그녀의 허벅지가 넓게 벌어지며 그의 옆구리를 조였다가 다시 아주 넓게 벌어진다. 그는 겁을 집어먹는다. 그녀는 불가능한 것을 원한다. 안에 있는 것을 뒤집어 밖으로 꺼내기를 원한다. 그녀의 넓게 벌어진 아래쪽 근육과 입술이 새로운 해부학적 구조로, 다른 동물의 구조로 그를 압박해온다. 그녀가 투명하게 느껴진다. 그녀의 심장이 보인다. 그렇게 그녀가 먼저 올라가 그를 기다린다. 그는 전율을 일으키는 부드러움의 극치에서 되풀이하여 엄지로 그녀의 눈썹의 호를 만진다. 그의 씨의 바다가 죄어졌다가 이내 고요한 수로로 쉭쉭 쏟아져들어간다. 몸을 떨 때마다 그녀의 입이 그의 입안에서 웃음을 짓고, 그의 등에 얽힌 다리가 아래로 내려온다.

이윽고 그녀가 묻는다. "됐어?"

"예뻐."

루스는 그의 몸에서 다리를 풀고 자신의 몸에서 그를 모래 더미처럼 쏟아낸다. 그는 그녀의 얼굴을 들여다본다. 그 그림자들 속에서 용서의 표정이 읽히는 듯하다. 방출의 순간에, 그 사랑의 뿌리에서 절망을 느낌으로써 그가 그녀를 배신했다는 것을 알기라도 하는 것처럼. 자연은 어머니처럼 너를 이끌어올리지만, 자신이 받아야 할 작은 것을 받아내는 순간 너에게는 아무것도 남기지 않고 떠나버린다. 그의 살갗에 차오른 땀이 공기에 닿아 차갑게 느껴진다. 그는 그녀의 발에서 담요를 끌어올린다.

"아름다웠어." 그가 베개를 벤 채 맥없이 말하며 그녀의 부드러운 옆구리를 어루만진다. 그녀의 살은 여전히 행위에 흠뻑 젖어 있다. 그녀에게서는 그 행위가 그보다 더 늦게 빠져나간다.

"잊고 있었어." 그녀가 말한다.

"뭘 잊어?"

"나도 그걸 느낄 수 있다는 걸."

"어땠는데?"

"아. 휙 떨어지는 것 같아."

"어디로 떨어져?"

"아무데도. 그건 말할 수 없어."

그는 그녀의 입술에 입을 맞춘다. 그녀를 탓할 수는 없다. 그녀는 께느른하게 키스를 받아들이더니, 아직 남은 애정의 흥분 속에서 혀를 파닥거려 그의 턱을 훑는다.

그는 팔을 그녀의 허리에 두른 다음 그녀의 몸에 기대고 잘 자리를 잡는다.

"잠깐. 일어나야 돼."

"그냥 있어."

"화장실에 가야 한단 말이야."

"안 돼." 그가 팔에 힘을 준다.

"야, 놔주는 게 좋을걸."

그가 웅얼거린다. "무섭게 굴지 마." 그러면서 더 단단하게 그녀 옆에 자리를 잡는다. 그의 허벅지가 그녀의 허벅지 위로 미끄러져 온기 위에 무게를 더한다. 여자들은 놀라워. 그 굶주린 자궁에서 그 상냥한 지방까지. 최고의 잠자리 친구야, 썹을 하고 난 여자는. 사발 같은 배. 아, 얼마나! 그녀가 그의 위로 몸을 일으키자 사발 같은 배가 크고 파란 백합의 종 모양 화관처럼 그의 멍한 머리 위로 미끄러져내렸다. 그가 잠결에 그녀의 턱을 밀쳐 그녀를 쓰러뜨릴 수도 있었다. 그러나 그녀가 그의 다리와 팔에서 굴러나갈 때 그는 이미 메마른 숨이 늘어진 입술을 통하여 들어오는 것을 느낄 만큼 다시 잠을 깬 상태다. "물 한 잔만 갖다줘." 그가 말한다.

그녀는 벌거벗은 채 축 늘어져 침대 가장자리에 서 있다가 의무를 이행하러 욕실로 간다. 그게 여자에게서 그가 역겨워하는 것이다. 자기 자신을 마치 낡은 봉투처럼 다루는 것. 관棺에 관을 넣고 남자의 오물을 씻어내는 것. 정말 모욕적이다. 수도꼭지가 우는 소리가 들린다. 잠이 깰수록 더 우울해진다. 그는 베개 깊은 곳에서 창문의 블라인드 밑으로 보이는, 교회의 스테인드글라스 유리창이 만드는 수평의 띠를 물끄러미 바라본다. 그 어린아이 같은 밝음은 긴 세월의 거리를 둔 곳에서 오고 있다.

문 닫힌 욕실에서 새어나오는 빛이 침실의 공기를 물들인다. 물을 튀기는 소리는 래빗이 어릴 때 부모들이 내던 소리와 같다. 그는 그 소리에 잠을 깨고 부모가 위층에 올라와 있다는 것을 알았다. 집 전체가 곧 어두워질 것이다. 감각이 다시 깨어나면 아침이 보일 것이다. 몸을 씻은 루스가 달빛을 받은 목신牧神처럼 물 한 잔을 들고 그의 옆으로 다시 기어들어오지만, 그는 이미 잠이 들었다.

래빗은 자다가 강렬한 꿈을 꾼다. 그와 어머니와 아버지와 다른 사람 몇 명이 부엌 식탁에 둘러앉아 있다. 오래된 부엌이다. 식탁에 앉은 소녀가 묵직한 팔찌를 낀 아주 긴 팔을 뻗어 나무 아이스박스의 손잡이를 돌리자 차가운 공기가 래빗의 몸을 쓸고 간다. 소녀는 얼음덩어리가 놓여 있는 네모난 동굴의 문을 열었다. 이제 해리의 눈에서 조금 떨어진 곳에 얼음덩어리가 놓여 있다. 녹아서 기울었지만 여전히 크다. 그 반투명한 덩어리 속에는 얼음 공장에서 활강로를 따라 쿵쾅거리며 내려올 때부터 품고 있던 하얀 칸막이가 그대로 남아 있다. 그는 얼음의 차가운 숨 속으로 몸을 기울인다. 냉기에서 양철 냄새가 나는 것은 동굴의 벽을 이루는 금속과 바닥의 갈빗대 모양 구조물 때문인 듯하다. 벽은 코뿔소 같은 은은한 회색으로, 리놀륨과 똑같은 병에 걸려 얼룩덜룩하다. 몸을 더 기울이자 얼음이 번들거리는 겉면 밑으로 잎의 모세관 같은 희고 선명한 잎맥이 보인다. 마치 얼음도 살아 있는 세포로 만든 것 같다. 더 안쪽에 걸려 있는 깔쭉깔쭉한 구름은 맨 마지막에 유령처럼 다가온다. 폭발하는 별 같다. 굴절 때문에 중심은 확실하게 보이지 않지만, 팔은 창백한 핵심부로부터 입방체의 모든 면을 향해 긴 지우개 자국처럼 곧게 대각선으로 뻗어 있다. 케이크가 놓인 녹슨 갈빗대 모양의 구조물이 싱긋 웃을 때의 이처럼 흔들거리며 그의 눈까지 쭉 다가온다. 두려움이 그를 파고든다. 그 차가운 덩어리는 살아 있다.

어머니가 그에게 말한다. "문 닫아."

"내가 연 게 아니에요."

"나도 알아."

"쟤가 그랬어요."

"알아. 우리 착한 아들은 아무도 해치지 않지." 식탁에 앉은 소녀가 음식 조각을 만지작거리자 어머니는 무시무시한 무게감으로 몸을 돌리더니 소녀를 꾸짖는다. 꾸짖음은 계속된다. 아무런 의미 없이. 똑같은 말이 되풀이된다. 속 깊은 곳의 출혈처럼 계속 말이 뿜어져나온다. 피를 흘리는 것은 그 자신이다. 소녀로 인한 아픈 마음 때문에 얼굴이 점점 부풀어 거대한 흰 접시처럼 느껴진다. "행실이 그 모양이니 먹는 것도 갓난애처럼 꼴사납지."

"그만, 그만, 그만." 래빗이 소리치며 일어나 여동생을 방어한다. 어머니가 뒤로 물러나며 코웃음을 친다. 그들은 두 집 사이의 좁은 공간에 있다. 그와 소녀만 있다. 소녀는 재니스 스프링어다. 그는 어머니가 왜 그랬는지 설명하려 한다. 재니스의 머리는 온화하게 그의 어깨를 물끄러미 보고 있다. 그녀를 두 팔로 안다가 그녀의 눈이 충혈되어 있다는 것을 알게 된다. 둘의 얼굴이 가깝지는 않지만, 그녀의 숨이 느껴진다. 눈물로 뜨겁다. 그들은 마운트저지 레크리에이션 홀 뒤에 나와 있다. 잡초가 우거지고, 맨땅은 밟혀 다져졌고, 깨진 병이 박혀 있다. 벽을 타고 스피커의 음악이 흐른다. 재니스는 분홍색 댄스 드레스를 입고 울고 있다. 그는 가슴이 아파 어머니가 왜 그랬는지 다시 이야기한다. 어머니는 사실 그녀가 아니라 그를 다그치려는 것이었다고. 그러나 소녀는 계속 운다. 무시무시하게도 그녀의 얼굴이 미끄러져내리기 시작한다. 피부가 뼈에서 천천히 벗겨진다. 하지만 뼈는 없다. 그 밑의 물질도 계속 녹아내린다. 그는 그것을 받아 다시 붙이려고 두 손을 모은다. 얼굴은 사슬을 이루며 그의 손바닥으로 뚝뚝 떨어지고 공기는 하얘진다. 그 자신의 비명 때문이다.

흰 것은 빛이다. 베개는 그의 눈에 강한 빛을 발산하고, 햇빛은 드리워진 블라인드에 유리창의 거품 같은 흠을 투사한다. 여자는 그와 창문 사이 담요 밑에서 몸을 말고 있다. 햇빛을 받은 머리카락이 갈색, 금색, 흰색, 검은색으로 베개 위에 뿌려져 있다. 그는 안도감에 웃음을 지으며 팔꿈치로 몸을 일으켜 늘어진 단단한 뺨에 입을 맞춘다. 땀구멍의 거친 질감에 감탄한다. 희미한 장밋빛 줄무늬를 보자 어둠 속에서 그녀의 얼굴을 얼마나 엉터리로 닦았는지 알 수 있다. 그는 자던 자세로 돌아가지만 요즘 잠을 너무 많이 잤다. 그는 또다른 꿈으로 들어가는 입구를 찾으려는 듯이 짧은 거리 건너의 벌거벗은 몸으로 손을 뻗어 널찍한 비탈들을 오르내린다. 갓 구운 케이크처럼 따뜻하다. 그에게 등을 돌리고 있어 그녀의 눈을 볼 수 없다. 그녀가 깊은 숨을 몰아쉬고 기지개를 켜며 그를 향해 몸을 돌리고 나서야 그녀가 깨어 있다는 것을 안다.

그들은 구름 같은 입들이 달린 아침 빛 속에서 다시 사랑을 나눈다. 그녀의 젖가슴은 융기한 흉곽 위에 얕게 동동 떠 있다. 젖꼭지는 가라앉은 갈색 봉오리이고, 덤불은 황동 거품이다. 지나치게 벌거벗었다는 느낌이 들 정도다. 풍요롭고 찬란한 피부와 비교할 때 그의 절정은 작게 느껴진다. 그는 그녀가 절정을 가장하는 것이 아닌가 의문을 품는다. 그녀는 아니라고 한다. 아니야, 달랐지만 괜찮았어. 정말 괜찮았어. 그는 이불 밑으로 돌아가고 그녀는 맨발로 가만히 걸어다니며 옷을 입는다. 팬티를 입기 전에 브라를 먼저 하다니 재미있다. 그녀가 팬티를 입자 비로소 그는 그녀의 두 다리가 서로 나뉜 것임을 의식하게 된다. 진한 분홍색 액체가 점점 가늘어지면서 아래로 꿈틀거리며 내려가 발목으로 들어간다. 그녀가 걸어다니자 두 다리는 서로 장밋빛을 반사하며 주고받는다. 그가 지켜보는 것을 그녀가 받아들이자 그는 기분이 좋다. 보호를 받는 느낌이다. 그들은 가족이 되었다.

교회 종소리가 크게 울린다. 그는 침대의 그녀 자리로 옮겨가 빳빳하게 차려입은 사람들이 길 건너 석회석 교회로 들어가는 것을 지켜본다. 간밤에 그 불 켜진 창이 그를 달래 잠들게 해주었다. 그는 팔을 뻗어 블라인드를 약간 걷어올린다. 장미창은 지금은 어둡다. 교회 위에서, 저지산 위에서 비추는 해가 건물의 파란 전면에 번쩍인다. 교회 첨탑에 부딪힌 해가 그림자를 아래로 끌어내려, 옷깃에 꽃을 꽂은 사람 몇 명이 서서 잡담을 나누고 일반 양 떼는 고개를 숙이고 물결을 이루어 안으로 들어가는 모습을 서늘하고 땅딸막한 음화로 찍어놓는다. 래빗은 그 사람들이 집을 나와 이곳으로 와서 기도를 하겠다는 대담한 생각을 한 것에 기분이 좋고 왠지 마음이 놓인다. 실제로 가슴이 뭉클하여 그 자신도 눈을 감고 루스가 눈치채지 못할 만큼 약간만 고개를 숙인다. 도와주소서, 그리스도여. 저를 용서하소서. 길을 인도해주소서. 루스, 재니스, 넬슨, 어머니와 아버지, 스프링어 부부, 그리고 태어나지 않은 아기를 축복하소서. 토세로와 다른 모든 사람을 용서하소서. 아멘.

그는 새로운 하루를 향해 눈을 뜨고 말한다. "신도가 아주 많네."

"일요일 아침이잖아." 루스가 말한다. "일요일 아침마다 토할 것 같아."

"왜?"

그녀는 대답을 알지 않느냐는 듯이 그냥 "후" 하고 소리를 낸다. 그녀는 잠깐 생각하더니, 누워서 진지한 표정으로 창밖을 내다보는 그를 보고 말한다. "한번은 여기에 어떤 남자가 왔는데, 아홉시 반에 주일학교에 가서 아이들을 가르쳐야 한다면서 나를 여덟시에 깨우는 거야."

"너는 아무것도 안 믿어?"

"안 믿어. 너는 믿는다는 뜻이야?"

"어, 응. 그런 것 같아." 그녀의 깔깔한 태도, 확고한 태도 때문에 그는 움찔한다. 자신이 거짓말을 하는 것이 아닌가 하는 의문이 생긴다. 만일 그렇다면 그는 어딘지도 모르는 곳의 한가운데에 매달려 있는 셈이다. 그 생각에 속이 텅 비어버린다. 길 건너에서 가장 좋은 옷을 차려입은 몇 사람이 한 줄로 늘어선 낡은 벽돌집을 지나 보도를 걷고 있다. 저 사람들은 공중에 떠서 걸어가나? 그들의 옷, 그들은 가장 좋은 옷을 입었다. 그는 머리가 아찔할 정도로 그 생각에 집착한다. 그것이 보이지 않는 세계의 시각적 증거물 같다.

"흠, 그렇다면 여기서 뭐하고 있는 거야?" 그녀가 묻는다.

"왜 안 믿어? 너는 네가 사탄이라도 된다고 생각하는 거야?"

그 말에 그녀는 빗을 들고 선 채로 잠시 동작을 멈춘다. 마침내 웃음을 터뜨린다. "뭐 그래서 네가 행복하다면 계속 믿도록 해."

그가 다그친다. "왜 아무것도 안 믿는 거야?"

"농담하는 거야?"

"아냐. 순간적으로라도 분명하게 느낀 적이 한 번도 없어?"

"맙소사, 진담이야? 없어. 그 반대로는 분명하게 느낀 것 같아. 늘."

"야, 하느님이 존재하지 않는다면 왜 모든 게 존재하겠어?"

"왜? 거기에는 왜가 없어. 그냥 존재하는 거야." 그녀는 거울 앞에 서 있다. 빗이 머리를 뒤로 잡아당기자 윗입술이 위로 올라간다. 영화에서 여자는 늘 저래 보인다.

"나는 널 그런 식으로 느끼지 않아." 그가 말한다. "네가 그냥 존재한다고 말이야."

"야, 거기 그렇게 누워서 나한테 '말씀'을 전파하는 대신 옷 좀 입는 게 어때?"

이것이, 그리고 그녀가 몸을 돌리는 순간 머리가 소용돌이치는 것이 그를 흥분시킨다. "이리 와봐." 그가 부탁한다. 교회가 사람들로 가득차 있는 동안 그것을 한다는 생각에 마음이 들뜬다.

"싫어." 루스가 말한다. 그녀는 정말로 약간 화를 내고 있다. 그가 하느님을 믿는다는 것이 그녀의 비위를 거스른 것이다.

"지금은 날 좋아하지 않아?"

"그게 너한테 뭐가 중요해?"

"중요하다는 걸 알잖아."

"내 침대에서 나와."

"너한테 15달러를 더 줘야 할 것 같은데."

"젠장 여기서 나가주기만 하면 돼."

"뭐! 너 혼자 내버려두고?" 그는 익살맞은 속도로 그 말을 한다. 그리고 그녀가 깜짝 놀라 서 있는 동안 침대에서 풀쩍 뛰어내려 옷가지 몇 개를 모은 다음 머리를 숙이고 욕실로 뛰어들어 문을 닫는다. 그는 속옷을 입고 밖에 나와서도 여전히 광대 짓을 한다. "너는 이제 나를 좋아하지 않아." 그리고 입을 삐죽거리며 바지가 단정하게 걸린 의자로 간다. 그가 욕실에 가 있는 동안 그녀는 침대를 정리해놓았다.

"너를 많이 좋아해." 그녀가 침대 커버를 잡아당겨 펴느라 여념이 없는 목소리로 말한다.

"얼마나 많이?"

"많이."

"왜 날 좋아해?"

"나보다 크니까." 그녀는 다음 모퉁이로 가서 침대 커버를 잡아당긴다. "정말이지, 끔찍하게 괴로웠어. 다들 귀여워하는 작은 여자들이 큰 남자를 모두 채가잖아."

"작은 여자애들한테는 뭔가가 있지." 그가 말한다. "꼼짝 못하게 누르기가 쉬워 보이거든."

그녀는 웃음을 터뜨리며 말한다. "꼼짝 못하게 누르는 거, 아니면 넣고 빙빙 돌리는 거?"

그는 바지를 입고 허리띠를 채운다. "그것 말고 또 왜 나를 좋아해?"

그녀는 그를 본다. "말해줄까?"

"말해줘."

"너는 포기하지 않았으니까. 네 멍청한 방식대로 지금도 싸우고 있으니까."

그 말을 듣자 기분이 좋다. 기쁨이 그의 신경을 따라 뱅글뱅글 돌며, 그가 엄청나게 크다는 느낌을 준다. 그러나 그에게는 미국식 겸손이 주입되어 있다. '성취하고자 하는 의지'가 그의 입에서 미끄러져 나온다. 그는 입을 비뚜름하게 보이게 하려고 노력한다. 그녀는 눈치를 챈다.

"그 불쌍한 늙은 새끼." 그녀가 말한다. "하지만 정말 나쁜 새끼야."

"야, 이렇게 하자." 래빗이 말한다. "내가 뛰어나가 식품점에서 뭘 좀 사올 테니까 네가 점심을 좀 해."

"어마나, 아예 터를 잡으려고 하시네, 응?"

"왜? 누구 만나러 나가?"

"아니, 오늘은 아무도 없어."

"그럼 됐네. 어젯밤에 요리를 좋아한다고 했잖아."

"전에 좋아했다고 그랬지."

"뭐 전에 그랬으면 지금도 그런 거지. 뭘 사 올까?"

"가게 문을 열었는지 어떻게 알아?"

"안 열었어? 틀림없이 열었을 거야. 그런 작은 가게들은 일요일에 돈을 다 벌거든. 슈퍼마켓 같은 것들 때문에." 그는 창으로 가서 구석쪽을 쳐다본다. 정말로 가게는 문을 열었고, 한 사람이 신문을 들고 나온다.

"셔츠가 더럽네." 그녀가 등뒤에서 말한다.

"알아." 그는 창의 빛에서 멀어진다. "토세로 셔츠야. 내 옷을 가져와야겠어. 하지만 지금은 먹을 것부터 구해 오고. 뭘 사 올까?"

"너는 뭘 좋아해?" 그녀가 묻는다.

그는 만족해서 나선다. 이 여자는 확실히 착하다. 그는 루스가 주차 요금 미터기 옆에 서 있는 것을 본 순간부터 그것을 알았다. 통통한 두 허벅지가 달라붙어 넓적한 면을 이루고 있는 모습만 보아도 알 수 있었다. 여자들하고는 계속 충돌하게 된다. 여자들은 다른 것을 원하기 때문이다. 그들은 다른 인종이다. 하지만 착한 여자들은 베푸는 면이 발달해 있다. 모든 녹색 세계에서 여자의 착한 성격만큼 좋게 느껴지는 것은 없다. 더러운 셔츠를 입고 식품점으로 달려가는 그의 발을 밑에서 보도가 걷어찬다. 너는 뭘 좋아해? 그녀는 그의 것이다. 그의 것임을 안다.

그는 셀로판지에 싸인 핫도그 여덟 개, 냉동 리마콩 한 봉지, 냉동 프렌치프라이 한 봉지, 우유 1리터, 렐리시 소스 한 단지, 건포도빵 한 덩어리, 붉은 셀로판지에 싸인 치즈 한 덩어리, 그리고 봉투의 가장 위에 마 스위처의 슈플라이 파이를 하나 얹어 돌아온다. 모두 2달러 43센트가 들었다. 루스는 작고 더러운 부엌에서 봉투의 물건들을 꺼내며 말한다. "건강에 좋은 걸 먹는 사람은 아니네."

"나는 양갈비를 먹고 싶었는데 가게에는 핫도그와 살라미와 캔에 든 해시 요리밖에 없지 뭐야."

그녀가 먹을 것을 준비하는 동안 그는 거실을 어슬렁거리다 의자 옆에 있는 탁자 밑 선반에 한 줄로 꽂힌 미스터리 문고를 발견한다. 포트 라슨에서 근무할 때 옆 침상에 있던 유대인이 늘 그런 책을 읽었다. 벤 샘버거. 똑똑한 소리를 잘했지만 새까만 눈은 슬퍼 보였다. 군대를 싫어했다. 그러다 어느 주말 미치광이 자질로의 도발에 황소를 타다 팔이 부러졌다. 루스는 창문을 열어놓았다. 그 타는 듯한 텍사스의 기억 때문에 서늘한 3월의 공기가 더 얼얼하게 느껴진다. 점이 박힌 스위스 천으로 만든 더러운 커튼이 나부낀다. 그 거즈 같은 천이 부드럽게 부풀어오른다. 커튼은 안으로 몸을 기울여 그를 향해 다가오고, 그는 다른 기억 때문에 몸이 마비된 채 서 있다. 어린 시절 그의 집. 바닥에서는 오후의 외풍에 일요판 신문이 바스락거리고, 부엌에서는 어머니가 접시를 달그락거린다. 설거지가 끝나면 어머니는 그릇을 다 정리할 것이다. 아빠와 그와 아기 미리엄은 산책을 나간다. 아기 때문에 멀리 가지는 못한다. 그저 몇 블록 떨어진 오래된 자갈 채석장 정도까지. 그곳에 가면 겨울의 얼음 웅덩이가 녹아 십몇 센티미터 깊이의 호수로 변해 있고, 그 바람에 채석장 절벽의 높이가 두 배로 늘어나 있다. 호수에 절벽이 거꾸로 비치기 때문이다. 하지만 그것은 물일 뿐이다. 그들은 호수 가장자리를 따라 몇 걸음 더 걷는다. 새로운 각도에서 보면 웅덩이가 거울처럼 해를 비춘다. 뒤집힌 절벽이라는 환영幻影은 지워진다. 빛 때문에 물은 얼음처럼 단단해 보인다. 래빗은 어린 밈의 손을 단단히 잡고 있다. "야," 그가 루스를 부른다. "아주 좋은 생각이 있어. 오늘 오후에 좀 걸으러 가자."

"걷는다고! 난 늘 걷는데."

"여기서 저지산 꼭대기까지 걸어가보자." 브루어 쪽에서 산에 올라가본 기억은 없다. 기대감이 돌풍처럼 그를 휩쓴다. 그가 들뜬 마음에 바람을 타고 뻣뻣하게 경사를 이룬 커튼에서 몸을 돌리는데, 거대한 교회 종들이 울린다. "가자," 그가 부엌에 대고 소리친다. "언제?" 거리에서는 사람들이 멍하니 녹색 가지를 들고 교회를 떠난다.

루스가 점심을 차리자 그는 그녀가 재니스보다 요리를 잘한다는 것을 알 수 있다. 어떻게 했는지 핫도그를 쪼개지 않고도 삶아놓았다. 재니스의 핫도그는 늘 고문을 당한 듯 찢어지고 뒤틀린 모습으로 식탁에 나왔다. 그와 루스는 부엌에 있는 작은 도기 식탁에서 식사를 한다. 포크를 접시에 대는 순간 꿈에서 재니스의 얼굴이 손에 떨어질 때의 차가운 느낌이 되살아난다. 그 기억 때문에 첫 입맛을 망친다. 음식을 씹는 것 자체가 무서운 일이 되어버린다. 그럼에도 그는 "굉장한데"라고 말하며 씩씩하게 계속 먹고, 그 과정에서 식욕을 되찾는다.

건너편 루스의 얼굴에 식탁 표면의 창백한 빛이 반사되고 있다. 넓은 이마의 피부는 빛을 발하고, 코 옆의 여드름 두 개는 뭔가가 엎질러지며 남긴 자국 같다. 그녀는 자신이 매력적이지 않은 존재가 되어버렸음을 느끼는 것 같다. 삼가는 듯 조금씩 베어 물고 빨리 먹는다.

"야." 그가 말한다.

"왜?"

"내 차가 아직 저기 체리 스트리트에 주차되어 있잖아."

"괜찮아. 일요일에는 주차요금을 안 받아."

"그래, 하지만 내일은 받을 거야."

"팔아."

"응?"

"차를 팔라고. 생활을 간소화해. 빨리 부자가 되라고."

"아니, 내 말은―아. 그러니까 널 위해서 그러라는 거로구나. 봐, 나한테 아직 30달러가 있어. 지금 너한테 줄까?" 그는 엉덩이 호주머니로 손을 뻗는다.

"아니, 아니, 그런 뜻이 아니었어. 아무 뜻도 없었어. 그냥 뚱뚱한 내

머릿속에 떠오른 말일 뿐이었어." 그녀는 창피해한다. 그녀의 목에 붉은 얼룩이 지며 그의 동정심을 자극한다. 그녀가 어젯밤에 얼마나 아름다워 보였는지 생각하게 한다.

그가 설명한다. "있잖아, 집사람 아버지가 중고차를 팔거든. 결혼할 때 우리한테 이 차를 아주 싸게 팔았어. 그러니까 어떤 면에서 보자면 그건 사실 집사람 차야. 어차피 애 때문에 집사람이 차를 가져야 해. 그리고 너도 말했듯이 지금 입은 셔츠가 더러우니까 가능하다면 내 옷을 가져왔으면 해. 그래서 내가 생각한 건, 점심을 먹은 다음에 살그머니 집에 가서 차를 두고 옷을 가져오면 어떨까 하는 거였어."

"부인이 집에 있으면?"

"없을 거야. 자기 어머니 집에 있을 거야."

"집에 있으면 네가 좋아할 것 같은데." 루스가 말한다.

그는 생각해본다. 문을 열었는데 재니스가 텅 빈 잔을 들고 팔걸이의자에 앉아 텔레비전을 바라보는 모습이 보인다. 그녀의 얼굴은 여전히 단단하다. 전과 마찬가지로 멍청하고 긴장된 자아를 드러내는 얼굴이다. 그러자 목에 걸린 음식 조각이 마침내 내려간 것처럼 안도감이 느껴진다. "아냐, 안 그럴 거야." 그가 루스에게 말한다. "나는 집사람이 무서워."

"어련하시겠어." 루스가 말한다.

"집사람한테는 뭔가가 있어." 그가 끈질기게 이야기한다. "정말 골칫거리야."

"네가 버린 그 가엾은 부인이? 네가 골칫거리지."

"내가?"

"아, 그럼. 너는 네가 토끼라고 생각하잖아." 그렇게 말하는 그녀의 목소리에는 희미하지만 조롱과 짜증이 담겨 있다. 그는 이유를 알지 못한다.

그녀가 묻는다. "옷은 어떻게 할 생각이야?"

그가 솔직히 말한다. "여기로 가져오려고."

그녀는 숨을 들이쉬지만 뱉어낼 때 아무 말도 하지 않는다.

"오늘밤만." 그가 애원한다. "다른 할 일 없잖아, 안 그래?"

"어쩌면. 모르겠어. 아마 없을 거야."

"그럼 됐네, 잘됐어. 야. 사랑해."

그녀는 접시를 치우려고 일어서지만, 도기에 엄지손가락을 올려놓은 채 하얀 탁자의 중심부를 물끄러미 바라본다. 그녀는 무겁게 고개를 저으며 말한다. "너는 나쁜 소식 같은 사람이야."

그의 건너편에 있는 그녀의 널찍한 골반, 꼭 끼는 올록볼록한 갈색 치마에 싸인 골반이 견고한 기둥의 밑동처럼 대칭을 이루어 단단해 보인다. 그의 심장이 그 단단한 기둥을 통해 솟아오른다. 그녀에 대한 사랑이 새롭게 자리를 잡는 느낌 때문에 황홀하지만, 감히 눈을 들어 올려 그녀의 얼굴의 검증을 받을 수가 없다. 그가 말한다. "나도 어쩔 수가 없어. 너는 너무 좋은 소식이거든."

그는 슈플라이 파이 세 조각을 먹는다. 부엌에서 그녀의 젖가슴에 작별 키스를 하자 입 가장자리의 부스러기가 그녀의 스웨터에 묻는다. 그녀는 설거지를 하고 그는 밖으로 나온다. 시원한 봄의 정오에 그의 차는 체리 스트리트에서 신비한 모습으로 그를 기다리고 있다. 마치 그가 소유한 집의 방 한 칸이 떨어져나와 이 갓돌을 따라 종종걸음을 치다가, 이제 밤의 조수가 밀려나가자 모래밭에 발을 멈추고 반짝이며 서 있는 듯하다. 약간 기울었지만 아무런 해도 입지 않았다. 열쇠만 넣고 돌리면 바다로 나갈 채비가 된 듯하다. 구겨진 더러운 옷 밑의 그의 몸은 깨끗하고, 좁고, 텅 빈 느낌이다. 여자와 잤기 때문이다. 해를 받아 뜨거운 차는 고무와 먼지와 페인트를 칠한 금속 냄새가 난다. 그는 칼이고 차는 칼집이다. 그는 멍한 일요일의 도시를, 가정의 벽돌, 난간을 두른 나무 포치가 부드럽게 줄지어 있는 곳을 가르고 나간다. 저지산의 남쪽 옆구리를 빙 돈다. 간선도로 옆 비탈에는 노르스름한 녹색을 띤 새잎들이 먼지처럼 앉아 있다. 더 높은 곳에서 상록수들은 하늘과 검은 지평선으로 만나고 있다. 지난번에 이쪽으로 왔을 때와는 풍경이 달라졌다. 어제 아침에는 얇게 뻗은 새벽 구름들이 하늘에 갈빗대처럼 걸려 있었고, 그는 완전히 지쳐서 그물의 중심으로 돌진하고 있었다. 그곳에만 휴식의 가능성이 있는 것 같았다. 그러나 지금은 또다른 날의 정오가 구름들을 태워버렸고, 앞유리 너머로 보이는 하늘은 차갑게 텅 비어 있다. 그의 앞으로는 아무것도 느껴지지 않는다. 루스의 파란 눈처럼 아무것도 느껴지지 않는다. 아무 일도 안 하고, 아무것도 안 믿는 루스. 심장이 그 텅 빈 하늘을 통해 끝없이 올라간다.

그러나 마운트저지의 눈에 익은 집들 속으로 내려가면서 평정의 분위기는 무너진다. 조심스러워지고, 신경이 예민해진다. 그는 방향을 틀며 잭슨을, 포터를, 윌버를 따라 올라간다. 바깥에 드러나는 것으로 집에 누가 있는지 확인을 해보려 한다. 판단을 쉽게 내릴 수 있는 불빛은 보이지 않는다. 대낮인 것이다. 앞에 차는 없다. 그는 그 블록을 두 번 돌며, 창문 안으로 얼굴이 보이는지 목을 뽑고 살펴본다. 유리창은 높고 불투명하다. 루스가 틀렸다. 그는 분명히 재니스를 보고 싶지 않다.

그 가능성을 생각하는 것만으로도 기운이 쭉 빠져, 차에서 내리자 밝은 해에 맞아 쓰러질 것 같다. 층계를 올라간다. 공포가 들어찬 몸은 무력하게 계속 올라가려고만 하는데, 계단들이 그런 경향을 조금씩 억제하고 조정하는 것 같다. 그는 달아날 준비를 하고 문을 두드린다. 문 너머에서는 아무런 답이 없다. 다시 두드리고, 귀를 기울이고, 호주머니에서 열쇠를 꺼낸다.

아파트는 텅 비어 있지만 그래도 재니스가 꼭 차 있기 때문에 몸이 떨린다. 텔레비전을 향해 돌려져 있는 안락의자의 모습이 그의 무릎을 공격한다. 바닥에 있는 넬슨의 부서진 장난감들이 머리를 어지럽힌다. 두개골 안에 있는 모든 것, 회색 물질, 귀의 뼈들, 눈의 기관들이 어수선하게 흩어지며 그의 자아의 관管을 막아버리는 것 같다. 공동이 막혀버린다. 재채기 때문인지 눈물 때문인지 그도 모른다. 거실에서는 방치의 냄새가 난다. 블라인드는 여전히 드리워져 있다. 재니스는 텔레비전에 강한 빛이 드는 것을 막으려고 오후에도 블라인드를 내려놓았다. 누군가 치우려는 시도를 하기는 했다. 그녀의 재떨이와 빈 잔이 치워져 있다. 래빗은 문 열쇠와 차 열쇠를 텔레비전 케이스 위에 둔다. 나뭇결을 모방하여 갈색으로 칠한 금속이다. 옷장 문을 열자 손잡이가 텔레비전 가장자리에 부딪힌다. 재니스의 옷가지 몇 개가 보이지 않는다.

그는 옷으로 손을 뻗으려다 몸을 돌려 부엌으로 가, 자신이 한 일이 무엇인지 그 핵심을 정리해보려 한다. 커튼을 통해 들어오는 햇빛을 받은 그들의 침대는 푹 꺼져 있다. 애초에 좋은 침대가 아니었다. 부모가 그들에게 준 것이다. 서랍장 위에는 네모난 유리 재떨이와 손톱깎이와 하얀 실이 감긴 실패와 바늘과 머리핀 몇 개와 전화번호부와 반짝거리는 숫자가 박힌 베이비 벤 시계와 잡지에서 뜯어냈지만 그녀가 한 번도 이용한 적이 없는 요리법과 그가 크리스마스 선물로 준, 자바에서 깎은 백단향 목걸이가 있다. 커다란 타원형 거울은 위태롭게 벽에 기대어 있다. 재니스의 부모가 욕실을 새단장했을 때 떼어 온 것이었다. 서랍장 위 석고 벽에 달아줘야겠다고 생각만 있었지 결국 여태까지 나사도 못 사고 말았다. 거품이 낀 오래된 물이 반쯤 찬 창턱의 잔은 거울을 달았어야 할 빈자리에 희석된 햇빛 조각을 둥그렇게 던지고 있다. 여기, 긴 홈 세 개가 평행으로 벽을 긁으며 달리고 있다. 도대체 무엇 때문에 긁힌 것일까? 언제? 침대 가장자리 너머로 리놀륨을 깐 욕실 바닥이 삼각형으로 보인다. 샤워를 한 뒤, 김으로 발그레해진 엉덩이, 기뻐서 그에게 키스를 하려고 들어올린 두 팔, 물에 흠뻑 젖어 뭉쳐진 겨드랑이 털. 그녀는 어떤 기쁨에 사로잡혔던 것일까, 그리고 그는? 그렇게 갑작스럽게?

그는 부엌에서 묘하게 놓치고 지나간 것들을 발견한다. 팬에서 꺼내지도 않은, 죽음처럼 차가운 돼지갈빗살들이 굳은 기름 위에서 미끄럼을 타고 있다. 그는 고기를 개수대 밑의 종이봉투에 버리고, 뒤에 남은 뻣뻣하고 얼룩덜룩한 지방 껍질을 긁어낸다. 바닥이 짙은 갈색으로 더러워진 봉투에서는 뭔가가 달콤하게 썩어가는 냄새가 난다. 그는 궁리를 한다. 쓰레기통은 아래층 뒤쪽 바깥에 있다. 두 번 걸음을 하고 싶지 않다. 그래서 그냥 내버려두기로 한다. 개수대에 펄펄 끓는 물을 붓고 거기에 푹 잠기게 팬을 넣어둔다. 김이 뿜어내는 숨은 무덤 속의 속삭임이다.

그는 갑자기 겁을 먹고 서랍에서 허둥지둥 깨끗한 자키 팬티, 티셔츠, 양말, 다른 서랍에서 셀로판과 파란 판지에 싸인 셔츠 석 장, 세번째 서랍에서 세탁을 한 밝은 갈색 여름 군복을 꺼낸다. 옷장에서는 양복 두 벌과 스포츠 셔츠를 꺼낸다. 쉽게 들고 갈 수 있도록 작은 옷가지는 양복 안에 넣어 보따리를 만든다. 그 일을 하느라 땀이 난다. 옷가지를 두 팔과 들어올린 한쪽 허벅지 사이에 끼우고 다시 아파트를 둘러본다. 그의 얼굴을 막처럼 덮고 있는 암흑이 가구, 양탄자, 벽지도 모두 어둡게 덮어버린 듯하다. 방마다 서툴게 처리한 일의 냄새가 가득하여, 밖으로 나가는 것이 반갑기 짝이 없다. 뒤에서 문이 쾅 닫힌다. 돌이킬 수 없이. 그의 열쇠는 안에 있으므로.

칫솔. 면도기. 커프스단추. 구두. 내려오는 걸음마다 잊고 온 것들이 생각난다. 그는 서둘고 있다. 발에서 타닥타닥 소리가 난다. 펄쩍 뛴다. 검은 전선 끝에 매달려 타오르는, 현관의 벌거벗은 전구에 머리가 부딪힐 뻔한다. 우편함에 적힌 그의 이름이 휙 지나가는 그를 부르는 것 같다. 파란 잉크 글자들이 외침으로 허공을 가득 채운다. 자신이 우스꽝스럽다는 생각이 들어 신문 뒤쪽 어딘가에서 읽은 괴상한 도둑처럼 고개를 숙이고 햇빛 속으로 들어간다. 돈과 은제품을 훔치는 대신 도기 세숫대야, 벽지 스무 롤, 낡은 옷 한 보따리를 들고 나갔다는 도둑.

"안녕하세요, 앵스트롬 씨."

이웃 안트 양이 지나간다. 옅은 자주색 교회 모자를 쓰고 두 손에는 종려나무 잎을 움켜쥐고 있다. "아. 오랜만입니다. 어떻게 지내세요?" 그녀는 세 집 위에 살고 있는데, 암에 걸렸다는 소문이 있다.

"환하게 빛나는 생활이에요." 그녀가 말한다. "환하게." 그녀는 햇빛 속에서, 환한 빛 때문에 어리둥절하다는 표정으로 서 있다. 발을 바닥에 딱 붙이고, 보도의 기울기에 저항하려고 무의식적으로 몸을 기울이고 있다. 회색 차 한 대가 너무 느리게 지나간다. 혼란에 빠진 상태에서도 사근사근한 안트 양은 래빗의 길을 막고 움직이지 않는다. 뭔가에 감사하고 있다. 그냥 그렇게 보도에 딱 달라붙어 있다. 마치 천장을 걷다가 자기 자신에게 놀라 걸음을 멈춘 파리 같다.

"날씨 괜찮죠?" 그가 묻는다.

"마음에 들어요. 정말 마음에 들어요. 종려주일은 늘 파랗죠. 덕분에 내 다리에서 수액이 올라와요." 그녀는 웃음을 터뜨린다. 그도 따라 웃는다. 그녀는 깃털이 무성한, 젊은 단풍나무 두 그루 그림자 사이의 뜨거운 시멘트에 뿌리를 내리고 서 있다. 이 사람은 아무것도 모르는구나, 래빗은 확신을 갖게 된다.

"네." 그가 말한다. 그녀의 눈이 그의 품에 고정되어 있었기 때문이다. "봄 청소를 좀 해야 할 것 같아서요." 그가 해명을 하듯이 보따리를 슬쩍 들어올린다.

"좋지요." 놀랍게도 그녀는 비꼬듯이 으르렁거린다. "앵스트롬 씨 같은 젊은 남편들, 그런 젊은 남자들은 정말 어떻게든 움직이고 싶어 주체를 못하지요." 그러더니 그녀는 몸을 틀며 소리를 지른다. "어머, 저기 목사님이 계시네."

회색 차가 돌아와 아까보다 훨씬 느린 속도로 거리 중앙을 지나간다. 래빗은 꼼짝 못하게 걸렸다는 것을 깨닫고 당황한다. 옷 보따리 무게가 두 배로 늘어난 느낌이다. 그는 포치에서 몸을 한쪽으로 기울인 다음 성큼 안트 양의 옆으로 빠져나가며 말한다. "가봐야겠습니다." 그 말이 "크루펜바크 목사님이 아니네"라는 그녀의 조심스러운 말 위에 포개진다.

아니다, 물론 크루펜바크가 아니다. 래빗은 이름까지는 모르지만 그가 누구인지는 안다. 성공회 사람이다. 스프링어 집안은 성공회지만, 사실 늙은 위선자의 신분 상승 노력에 가깝다. 원래는 신교도였으니까. 래빗은 뛰지 않는다. 내리막길 보도는 한 걸음 내디딜 때마다 구두 축에 충격을 준다. 들고 가는 짐 때문에 밑의 시멘트는 보이지 않는다. 골목까지 갈 수만 있다면. 그는 목사가 자신이 누구인지 잘 알아보지 못할 것이라는 데 희망을 건다. 회색 차가 뒤에서 기어오는 것이 느껴진다. 옷가지를 집어던지고 정말로 뛸까 하는 생각이 든다. 옛 얼음 공장 안으로 들어갈 수만 있다면. 하지만 공장은 한 블록이나 떨어져 있다. 루스가 느껴진다. 설거지를 끝내고 산 건너편에서 기다리고 있다.

상어가 슬쩍 움직이면 앞에 있는 물에 소리 없이 주름이 잡히듯이, 회색 차의 펜더가 공기의 물결을 만들어내고, 물결은 래빗의 오금에 부딪히며 부서진다. 빨리 걸을수록 잔물결이 더 강하게 부서진다. 귀 뒤에서 어린아이처럼 콧소리가 섞인 목소리가 빽빽거린다. "실례합니다. 해리 앵스트롬 씨인가요?"

거짓말을 하려 할 때면 늘 그렇듯이 밑으로 툭 떨어지는 느낌에 사로잡히며 래빗은 몸을 돌리지만, 결국 반쯤 소곤거리는 소리로 말한다. "네."

목을 흰색 칼라로 묶은 금발의 젊은 남자가 갓돌을 향해 차를 대각선으로 미끄러뜨리더니 핸드브레이크를 확 잡아당기고 모터를 끈다. 반대 방향으로 비스듬하게 주차를 한 셈이다. 성직자들이 작은 법들을 어기는 것을 보면 재미있다. 래빗은 크루펜바크의 아들이 오토바이를 타고 시내를 헤매고 다니던 일이 떠오른다. 어쩐지 신성모독처럼 느껴졌다. "어, 나는 잭 에클스입니다." 성직자가 말하더니, 느닷없이 한 음절짜리 웃음을 터뜨린다. 입에 걸린, 불을 붙이지 않은 담배가 만드는 하얀 줄무늬가 그 무늬를 흉내낸 듯한 하얀 칼라와 함께 차창에 희극적인 그림을 보여준다. 그는 차—옆에 경사진 지느러미와 로켓 아크가 달린 58년형 뷰익 4도어 스페셜이다—에서 내려 손을 내민다. 그 손을 잡으려면 래빗은 커다란 공 같은 옷가지를 보도와 갓돌 사이의 띠 같은 잔디에 내려놓을 수밖에 없다.

오랜 연습을 거친 간절하고 단단한 에클스의 악수는 포옹을 상징하는 듯하다. 순간적으로 래빗은 그가 절대 손을 놓아주지 않을 것이라는 공포에 사로잡힌다. 붙들린 느낌이다. 설명, 당혹, 기도, 화해가 축축한 벽처럼 솟아오르는 것이 눈에 보이는 것 같다. 절망감 때문에 살갗이 따끔거린다. 손을 잡은 사람에게서 집요함이 느껴진다.

목사는 그의 나이 또래이거나 약간 위인데 키는 그보다 상당히 작은 편이다. 그렇다고 몸집까지 작은 것은 아니다. 검은 상의 밑으로 불필요한 근육질 같은 것이 느껴진다. 그는 양어깨를 앞으로 약간 내민 자세로 불안하게 서 있다. 길고 불그스름한 눈썹이 아래를 밀어 콧마루 위쪽으로 시름에 겨운 주름이 잡힌다. 입 아래로는 뾰족하고 하얀 작은 손잡이 같은 턱이 톡 튀어나와 있다. 짜증이 난 표정에도 불구하고 왠지 친근하고 멍청한 느낌이 든다.

"어디 가세요?" 그가 묻는다.

"네? 아무데도요." 래빗은 이 남자의 양복에 정신이 팔려 있다. 검정인 척만 하는 양복이다. 사실은 파란색이다. 수수하지만 우아하고 가벼운, 짙은 감색 양복이다. 반면 작은 조끼인지 턱받이인지는 스토브처럼 새까맣다. 입에 담배를 물고 있으려고 애를 쓰는 바람에 에클스의 웃음소리가 콧소리로 틀어져버린다. 그는 상의의 가슴을 손바닥으로 친다. "그런데 혹시 성냥 있나요?"

"어이구, 미안하지만 없는데요. 담배를 끊어서요."

"저보다 나은 분이시군요." 그는 말을 끊고 생각을 하더니, 깜짝 놀란 듯 눈썹을 추켜세운 표정으로 해리를 본다. 크게 뜨는 바람에 회색 눈이 둥글어지고 유리처럼 창백해 보인다. "태워드릴까요?"

"아뇨. 젠장. 그러실 필요 없습니다."

"이야기를 좀 하고 싶어서요."

"아니, 사실은 이야기하고 싶지 않으시죠, 그렇죠?"

"아니, 하고 싶습니다. 무척."

"그래요. 알았습니다." 래빗은 옷가지를 집어들고 뷰익의 앞으로 빙 돌아가 차에 탄다. 안에서는 새 차 특유의 달콤하고 싸한 플라스틱 냄새가 난다. 그 냄새를 깊이 들이마시자 두려움이 식는다. "재니스 때문인가요?"

에클스는 고개를 끄덕이고, 뒷유리로 뒤를 살피며 차를 빼 갓돌에서 벗어난다. 윗입술이 아랫입술을 덮고 있다. 피로 때문에 눈 밑이 보라색으로 움푹 파여 있다. 일요일은 그에게 힘든 날일 것이다.

"재니스는 어떤가요? 뭘 하던가요?"

"오늘은 정신을 많이 차린 것 같더군요. 오늘 아침에 아버지와 함께 교회에 왔습니다." 그들은 거리를 따라 내려간다. 에클스는 말을 더 보태지 않고 창밖을 내다보며 눈만 껌뻑이다 대시보드의 라이터를 쿡 찔러 넣는다.

"그 사람들과 함께 있을 것이라고 **생각했습니다.**" 래빗이 말한다. 목사가 자신을 닦아세우려고 하지 않는 것에 약간 짜증이 난다. 자기 할 일을 모르는 것 같다.

라이터가 튀어나온다. 에클스는 라이터를 담배에 갖다대고 연기를 빨아들인다. 다시 초점을 맞추는 것 같다. "30분이 지나도 앵스트롬 씨가 돌아오지 않자 부인은 앵스트롬 씨 부모님에게 전화를 했고, 앵스트롬 씨 아버지가 손자를 집으로 데려온 것 같더군요. 앵스트롬 씨 아버지는 차분하게 부인을 안심시키면서, 앵스트롬 씨가 어딘가에서 옆길로 샜다고 말씀하신 것 같습니다. 그러자 부인은 앵스트롬 씨가 무슨 거리 시합 때문에 집에 늦게 온 걸 기억하고, 다시 시합을 하러 갔을지도 모른다는 생각을 했습니다. 앵스트롬 씨 아버지는 그런 시합을 하는 곳을 찾아 돌아다니시기까지 한 것 같고요."

"스프링어 영감은 어디 있었고요?"

"그쪽에는 전화를 하지 않았습니다. 새벽 두시가 되어서야 전화를 했죠. 아마 그때가 되어서야 그 가엾은 것이 모든 희망을 버렸나봅니다." '가엾은 것'이라는 말은 그의 입에서 한 단어가 되어 흘러나온다.

닳아서 반질반질해진 느낌이다.

해리가 묻는다. "두시가 되어서요?" 그는 동정심에 사로잡힌다. 재니스를 위로하듯 보따리를 쥔 손에 힘이 들어간다.

"그쯤이랍니다. 그때 부인은 알코올이나 다른 것으로 엉망이 된 상태라서 앵스트롬 씨 장모님이 나한테 전화를 했지요."

"왜 목사님한테?"

"모르겠습니다. 사람들이 자주 그래요." 에클스는 웃음을 터뜨린다. "그래야 한다고 생각하나봐요. 위로가 되는가보죠. 어쨌든 나한테는 위로가 됐습니다. 나는 늘 스프링어 부인이 나를 미워한다고 생각했거든요. 교회에 안 나오신 지 몇 달 됐어요." 그가 이 농담을 마무리하려고 래빗을 돌아보았지만, 작고 야릇한 아픔 때문에 눈썹은 위로 올라가고 넓은 입은 벌어져 있다.

"새벽 두시쯤이었다고요?"

"두시에서 세시 사이요."

"어이구, 미안합니다. 목사님을 깨울 생각은 아니었는데."

목사가 성마르게 고개를 젓는다. "그건 중요한 게 아닙니다."

"어, 이거 마음이 몹시 안 좋네요."

"그래요? 그거 희망적인데요. 음, 계획이 정확히 뭡니까?"

"사실 계획은 없어요. 악보를 안 보고 연주한다고나 할까요."

에클스의 웃음소리에 래빗은 깜짝 놀란다. 이런 일―깨진 가정, 달아나는 남편―에 전문가인 목사에게 '악보를 안 보고 연주한다'는 말이 신선하게 들렸을 것이라는 생각이 든다. 래빗은 기분이 좋다. 이 목사한테는 이런 면이 있군.

"앵스트롬 씨 어머니는 흥미로운 관점이시더군요." 목사가 말한다. "그분은 부인과 내가 가지고 있는 생각, 그러니까 앵스트롬 씨가 사라졌다는 생각이 착각이라고 보시더군요. 앵스트롬 씨가 너무 착한 아이라서 그런 짓을 할 리가 없다는 겁니다."

"이 일 때문에 아주 바쁘셨겠네요, 그렇죠?"

"이 일, 그리고 어제 돌아가신 분이 계셔서."

"어이구, 안됐네요."

그들은 느린 속도로 한가하게 익숙한 거리를 통과한다. 얼음 공장을 지나고, 얼마 가다가 골짜기 건너로 다음 산마루가 보이는 모퉁이를 돈다. "저기, 정말로 나를 태워주고 싶으면 브루어까지 가주시겠어요?"

"부인한테 데려다주는 건 싫으세요?"

"싫습니다. 맙소사. 그러니까 내 생각에는 그래 봐야 도움이 안 될 거란 얘깁니다, 안 그래요?"

한참 동안 상대방은 그의 이야기를 못 들은 것 같은 표정이다. 큰 차는 웅웅 소리를 내며 꾸준히 앞으로 나아가고, 그의 단정하고 지친 옆모습은 앞유리 너머만 보고 있다. 해리가 다시 말을 하려고 숨을 들이쉬는 순간 에클스가 말한다. "앵스트롬 씨가 좋은 게 나오기를 바라지 않는다면 도움이 안 되겠지요."

일은 이렇게 간단히 끝난 것 같다. 그들은 포터 애비뉴를 따라 간선도로를 향해 달려간다. 환한 거리에는 아이들밖에 없다. 몇 명은 여전히 주일학교 옷을 입고 있다. 어린 여자아이들의 파스텔 색조 오건디 드레스는 허리에서부터 밖으로 쭉 뻗어나왔다. 리본은 양말과 짝을 이루고 있다.

에클스가 묻는다. "부인이 어쨌기에 집을 나가신 겁니까?"

"담배를 한 갑 사오라고 했지요."

래빗의 희망과는 달리 에클스는 웃지 않는다. 뻔뻔스러운 말로, 약간 선을 넘은 말로 치부하는 것 같다. 하지만 사실이다. "사실입니다. 뭘 가져오고 날라 오는 것 말고는 하는 게 없다는 느낌이 들었습니다. 재니스가 만들어놓는 이 너저분한 것들을 늘 어떻게든 추스르고 유지해나가느라고요. 모르겠습니다. 나는 저 안에 풀로 붙어 있는 것 같았어요. 수많은 망가진 장난감이며, 빈 잔과 함께 말이에요. 텔레비전은 꺼질 줄 모르고, 먹을 것은 늦게 내오거나 아예 내오지 않고, 빠져나갈 길은 보이지 않고. 그러다 갑자기 빠져나가는 게 사실 얼마나 쉬운가 하는 생각이 들었습니다. 그냥 걸어나가면 되니까. 젠장, 과연 쉽더군요."

"이틀도 안 되었는데요, 아직."

"쉬운 것만이 아니었어요. 이상하기도 했죠." 그러나 이상한 점을 이야기하려고 애쓰는 대신 묻는다. "재니스가 어떡할 것 같나요?"

"부인도 모르던데요. 완전히 마비된 것 같더라고요. 누가 뭘 해주는 것도 바라지 않아요."

"가엾은 아이. 정말 얼간이야."

"왜 여기 계신 겁니까?"

"목사님한테 잡혔잖아요."

"왜 집 앞에 계셨던 거냐는 겁니다."

"깨끗한 옷을 가지러 왔어요."

"깨끗한 옷이 그렇게 큰 의미가 있나요? 남을 짓밟는 건 그렇게 쉽게 여기면서 왜 그런 품위에는 집착을 하죠?"

래빗은 이제 말의 위험을 느낀다. 그가 한 말이 되돌아오고 있다. 작은 갈고리와 덫이 만들어지고 있다. "그리고 재니스한테 차를 주고 가려고요."

"왜요? 차가 필요 없나요? 그걸 타고 자유를 탐험하러 돌아다녀야 하는 거 아니에요?"

"재니스가 그 차를 가져야 한다고 생각했을 뿐이에요. 장인이 우리한테 싸게 판 것이거든요. 어쨌든 나한테는 아무 도움이 안 되었고요."

"도움이 안 되었다고요?" 에클스는 차의 재떨이에 담배를 눌러끄더니 새 담배를 찾아 상의 호주머니에 손을 넣는다. 그들은 가장 높은 도로에 올라와 산을 돌고 있다. 한쪽은 비탈이 너무 가파르게 올라가고 반대쪽은 너무 가파르게 내려가 집이나 주유소를 지을 공간도 찾을 수 없는 곳이다. 저 아래 강이 어둡게 반짝인다. 에클스가 말한다. "내가 만일 내 집사람을 떠난다면, 나는 차를 타고 1000킬로미터를 달려가버리겠습니다." 그 말이 하얀 칼라 위에서 차분하게 나오니 마치 조언처럼 들린다.

"내가 바로 그랬다니까요!" 래빗은 그들에게 많은 공통점이 있다는 것이 기뻐 소리를 지른다. "웨스트버지니아까지 달렸어요. 그랬다가 젠장, 집어치우자, 하고 돌아와버렸죠." 욕을 하지 말아야 하는데. 왜 자기가 욕을 하는지 궁금하다. 아마 둘 사이를 계속 벌려놓으려는 것인지도 모른다. 위험한 줄이 자신을 이 사람 쪽으로 잡아당기고 있다고 느끼기 때문이다.

"왜냐고 물어도 될까요?"

"아, 나도 모르겠어요. 여러 가지가 합쳐졌겠죠. 내가 아는 곳에 있는 게 더 안전한 것 같았어요."

"부인을 보호하러 돌아온 게 아니었나요?"

래빗은 그 생각에 말을 잃는다.

에클스가 말을 이어간다. "앵스트롬 씨는 혼란스러운 기분 이야기를 하셨습니다. 다른 젊은 부부들은 어떻다고 생각하세요? 어떤 면에서 앵스트롬 씨네가 특별하다고 생각하십니까?"

"그 질문에는 아무런 할말이 없다고 생각하시겠지만, 사실은 할말이 있습니다. 나도 한때는 괜찮은 일을 했지요. 일류 농구 선수였습니다. 정말 그랬어요. 어떤 것에, 그게 뭐가 되었든, 어떤 분야에서 일류가 되면 이류가 되는 게 뭔지 감이 좀 잡히는 것 같아요. 그런데 재니스와 내가 해온 그 웃기는 일, 그건 정말 이류였단 말입니다."

대시보드의 라이터가 튀어나온다. 에클스는 라이터를 사용하고 얼른 다시 운전으로 눈을 돌린다. 그들은 산을 내려와 브루어 외곽으로 들어선다. 에클스가 묻는다. "하느님을 믿으세요?"

아침에 이미 연습한 것이기 때문에 래빗은 망설임 없이 대답한다. "네."

에클스는 놀라서 눈을 껌뻑인다. 한쪽 눈만 보이는 옆얼굴의 숱이 많은 눈까풀이 셔터를 내린다. 그러나 얼굴을 돌리지는 않는다. "그럼 하느님이 앵스트롬 씨가 부인에게 괴로움을 주기를 바란다고 생각하세요?"

"하나 물어봅시다. 하느님이 폭포가 나무가 되기를 바란다고 생각하세요?" 래빗은 텔레비전에서 지미가 했던 이 질문이 우스꽝스럽게 들린다는 것을 깨닫는다. 그런데도 에클스가 처연하게 담배를 빨며 그냥 그 질문을 받아들이는 데 화가 난다. 그가 무슨 말을 하든 에클스는 똑같이 피곤한 표정으로 담배를 피우며 받아들일 것임을 깨닫는다. 에클스는 이야기를 듣는 게 직업인 사람이다. 금발의 커다란 머릿속에는 모든 사람의 귀중한 비밀과 감정 섞인 질문들이 짓이겨진 회색 덩어리가 꽉 차 있을 것이 틀림없다. 에클스는 젊지만 그 덩어리의 색깔만큼은 어떻게 할 수가 없다. 처음으로 래빗은 에클스가 싫어진다.

"아뇨." 에클스가 생각 끝에 대답한다. "하지만 작은 나무가 큰 나무가 되는 것은 바라신다고 생각합니다."

"내가 성숙하지 못하다고 말씀하시는 거라면, 나는 그것 때문에 울지는 않는다고 말하고 싶습니다. 내가 이해하는 한 성숙하다는 건 죽은 것과 마찬가지니까요."

"나 자신부터가 미성숙한데요 뭐." 에클스가 비위를 맞춘다.

그러나 충분하지가 않다. 래빗이 폭발한다. "어, 목사님이 재니스 때문에 아무리 안타까워한다 해도 나는 그 멍청한 주정뱅이한테 돌아가지 않을 겁니다. 재니스가 어떤 감정인지를 모르겠어요. 모른 지 오래됐습니다. 내가 아는 건 내 안에 있는 것뿐입니다. 그게 내가 가진 전부예요. 내가 그 떼거리를 먹여 살리려고 뭘 하고 있었는지 아세요? 매크로리 잡화점에서 염병할 매지필러라고 부르는 한 푼 값어치도 없는 양철조각을 들고 시연을 했단 말입니다!"

에클스는 눈을 크게 뜨고 그를 본다. "아, 앵스트롬 씨가 웅변에 재능이 있다는 건 알겠네요."

이 귀족적인 조롱에는 진실의 울림이 있어, 그들 둘을 다 제자리에 갖다놓는다. 래빗은 아까처럼 어찌할 바를 모르지는 않는다. "보세요, 내려주시면 좋겠습니다." 그들은 와이저 스트리트에 있다. 낮이라 죽어 있는 커다란 해바라기를 향해 가고 있다.

"지금 머물고 계시는 곳까지 모셔다드리면 안 될까요?"

"나는 어디에도 머물지 않아요."

"알겠습니다." 에클스는 소년 같은 심술을 슬쩍 드러내며 차를 옆으로 대 소화전 앞에 세운다. 브레이크를 거칠게 밟는 바람에 트렁크 안에서 뭔가가 덜거덕거린다.

"뭐가 부서지네요." 래빗이 말한다.

"골프채인데요, 뭐."

"골프 치세요?"

"형편없어요. 치세요?" 에클스가 활기를 띠는 것 같다. 잊힌 담배가 손가락에서 타고 있다.

"전에 캐디를 했지요."

"한 게임 하실래요?" 아. 갈고리로구나.

래빗은 커다란 공 같은 옷가지를 끌어안고 내려 갓돌에 서서 옆으로 비켜선다. 자유 속에서 익살을 떤다. "클럽이 없어요."

"빌리면 돼요. 꼭. 진심입니다." 에클스는 몸을 완전히 기울여 문에 대고 말한다. "파트너를 구하기가 어려워요. 나 말고는 다 일을 하거든요." 그가 웃음을 터뜨린다.

래빗은 달아나야 한다는 것을 안다. 그러나 게임을 한다는 생각, 사냥꾼을 시야에 두고 있는 것이 가장 안전하다는 생각 때문에 망설인다.

에클스는 밀어붙인다. "빨리 약속을 잡지 않으면 앵스트롬 씨는 다시 필러를 시연하는 일로 돌아갈 것 같은데요. 화요일 어때요? 화요일 두시? 모시러 올까요?"

"아뇨. 목사님 집으로 가지요."

"약속하시는 겁니까?"

"그럼요. 하지만 내 약속은 믿지 마세요."

"믿을 수밖에 없습니다." 에클스는 마운트저지의 주소를 불러준다. 그들은 갓길에서 작별한다. 늙은 경찰관이 문을 닫고 어리벙벙한 표정을 짓고 있는 일요일 가게들 앞의 보도를 따라 걸어가며 교활하게 곁눈질을 한다. 그에게는 성직자가 청년회 회장과 작별을 하는 것처럼 보일 것이다. 청년회 회장은 가난한 사람들에게 줄 옷 보따리를 들고 있다. 해리는 경찰관을 향해 싱긋 웃고, 반짝이는 보도를 따라 걷는다. 배가 노래를 부른다. 웃겨, 본능을 따라가기만 하면 세상은 절대 못 건드리거든.

루스가 한 손에 미스터리 문고본을 들고 그를 안으로 들인다. 독서 때문에 눈이 졸려 보인다. 다른 스웨터로 갈아입고 있다. 풀어놓은 머리는 거무스름해 보인다. 그는 옷을 그녀의 침대에 던진다. "옷걸이 있어?"

"어머나. 정말로 말만 하면 원하는 걸 다 가질 수 있다고 생각하는 거야?"

"나는 너를 가졌지." 그가 말한다. "너하고 해하고 별을 가졌어." 두

156

팔로 그녀를 꼭 끌어안자 정말로 그렇게 된 것 같다. 그의 품에서 그녀는 시들하고 단단하다. 친근하지 않다. 아니, 친근하지 않은 것도 아니다. 비누의 막 같은 냄새가 그의 콧구멍 안으로 올라오고, 턱에 축축한 느낌이 와 닿는다. 머리를 감았다. 깨끗하다. 그녀는 깨끗하다. 크고 깨끗한 여자. 그는 새침 떠는 알싸한 향기를 마시려고 그녀의 두개골에 코를 갖다댄다. 샤워중인 벌거벗은 그녀를 생각한다. 비누거품이 줄줄 흐르는 늘어진 머리카락, 채찍질하는 물을 향해 굽힌 목. "내가 너를 피어나게 했어."

"오, 참 불가사의한 사람이야." 그녀는 그렇게 대꾸하더니 그의 가슴을 밀어낸다. 그가 양복을 단정하게 걸자 루스가 묻는다. "부인한테 차를 줬어?"

"아무도 없더라고. 살짝 들어갔다 나왔어. 열쇠를 안에 두고 왔어."

"아무한테도 안 들키고?"

"사실은 들켰어. 성공회 목사가 브루어까지 태워다줬어."

"어마나. 너 정말 종교적이네, 안 그래?"

"내가 태워달라고 한 게 아냐."

"목사가 뭐래?"

"별말 없어."

"어떤 사람인데?"

"좀 오싹해. 많이 낄낄거렸어."

"너 때문에 목사가 낄낄거렸겠지."

"화요일에 같이 골프를 치기로 했어."

"농담이겠지."

"아니, 진짜야. 어떻게 치는지 모른다고 했지만."

그녀는 웃음을 터뜨린다. 계속. 상대 때문에 흥분을 하지만 그것을 창피해하는 여자들 특유의 오래 끄는 웃음이다. "오, 래빗." 그녀는 다정한 마지막 숨에 탄성을 집어넣는다. "너는 오는 건 그냥 잡는구나, 안 그래?"

"목사가 나를 잡은 거야." 그는 고집을 부린다. 설명을 하려는 시도가 그녀를 즐겁게 한다는 것을 알기 때문이다. 아직 그 이유가 분명하게 잡히지는 않지만. "나는 아무 짓도 안 했어."

"이런 가엾은 영혼." 그녀가 말한다. "너는 거부할 수 없는 사람이야."

그는 강렬하고 은밀한 안도감을 느끼며 마침내 더러운 옷을 벗고 깨끗한 속옷, 새 양말, 여름 군복으로 갈아입는다. 면도기는 집에 두고 왔지만, 루스한테 겨드랑이 털을 깎는, 둥글게 휜 작은 여성용 면도기가 있어 그것을 사용한다. 그는 모직 스포츠 셔츠를 선택한다. 이런 봄날 오후에는 날씨가 갑자기 서늘해지기 때문이다. 그리고 스웨이드 구두를 다시 신는다. 잊어버리고 다른 구두를 훔쳐오지 않았다. "아까 말한 산책 가자." 옷을 다 입은 그가 말한다.

"책 읽는 중이야." 루스가 의자에 앉은 채 말한다. 책은 거의 끝 부분이 펼쳐져 있다. 겨우 35센트밖에 안 하는 책임에도 책등을 꺾지 않고 깨끗하게 읽는다. 머리는 빗어서 목덜미에 둥글게 말았다.

"어서. 날씨를 즐기러 나가야지." 그가 다가가서 미스터리 문고본을 그녀의 손에서 잡아 빼려 한다. '옥스퍼드의 죽음'이라는 제목이다. 그녀가 옥스퍼드의 죽음에 왜 관심을 가진단 말인가? 그가, 멋진 해리 앵스트롬이 여기 있는데.

"잠깐만." 그녀가 간청하며 책장을 넘긴다. 몇 문장을 읽는데 책이 천천히 위로 당겨져 올라간다. 그녀의 눈이 왔다갔다하다 갑자기 포기해버린다. "맙소사, 못됐어."

그는 탄 성냥으로 읽던 곳을 표시해놓고 그녀의 벗은 발을 본다. "스니커즈 같은 거 있어? 힐을 신고는 못 가."

"없어. 야, 나 졸려."

"일찍 잘 거야."

그 말에 그녀의 눈알이 구르다 그에게서 멎는다. 입을 약간 앙다문다. 그녀에게는 이런 천박함이 있다. 그런 것을 그냥 지나가지 않으려 한다.

"어서." 그가 말한다. "굽이 낮은 신을 신어. 그리고 머리 말려야지."

"힐을 신을 수밖에 없어. 내가 가진 게 그것뿐이니까." 그녀가 힐을 집으려고 고개를 숙이자 그는 그녀의 하얀 가르마를 보고 웃음을 짓는다. 완벽한 직선이다. 생일을 맞은 어린 소녀의 가르마 같다.

그들은 도시 공원을 가로질러 산에 다가간다. 아직 쓰레기통과 이동식 금속 벤치는 내놓지 않았다. 콘크리트와 판자로 만든 벤치에서는 부스스한 노인들이 다양한 회색 누더기를 깃털처럼 걸치고 커다란 비둘기처럼 해를 쬐고 있다. 잎이 얼마 달리지 않은 나무들이 반쯤 벌거벗은 땅을 그림자로 쓸고 있다. 갈퀴질을 하지 않은 자갈 산책로에 새로 씨를 뿌린 주변부를 막대와 줄이 보호하고 있다. 해에서 벗어나면 텅 빈 음악당에서 비탈을 따라 꾸준히 불어오는 바람이 서늘하다. 양모 셔츠를 입고 오기를 잘했다. 머리가 기계처럼 움직이는 비둘기들이 어기적거리며 그들의 발끝을 피해 움직이다가 그들 뒤에서 다시 자리를 잡고 구구거린다. 부랑자가 벤치 등받이에 팔을 쭉 뻗고 말리며, 끌로 도려낸 듯한 얼굴로 고양이처럼 까다롭게 재채기를 한다. 열네 살쯤이거나 그보다 어린 불량배 몇 명이 놀이터 정자의 잠겨 있는 장비 창고 옆에서 담배를 피우며 잽을 날린다. 누군가가 정자의 노란 판자에 빨간 페인트로 **텍스**와 **조시**, **리타**와 **제이**라고 써놓았다. 빨간 페인트는 어디서 났을까? 그는 루스의 손을 잡는다. 음악당 앞 장식용 웅덩이는 말라 더껑이가 앉았다. 그들은 음악당의 정적을 메아리로 돌려보내는 웅덩이의 차가운 입술이 그리는 곡선과 평행으로 나 있는 좁은 길을 따라 걸어간다. 기념물로 전시된 제2차세계대전 때의 탱크가 텅 빈 포로 멀리 떨어진 클레이 테니스 코트를 겨누고 있다. 테니스 코트는 네트를 걸어놓지도, 석회 가루로 금을 그어놓지도 않았다.

　나무들이 어두워진다. 정자들이 비탈을 따라 미끄러져내려간다. 그들은 공원 위쪽을 가로지른다. 밤이면 비행 청소년들이 모이는 곳이라 콘돔과 사탕껍질이 흩어져 있다. 첫 봉오리가 맺힌 칙칙한 호박색의 커다란 덤불이 무성하여 계단 입구가 잘 보이지 않는다. 오래전, 하이킹이 관습적인 오락이던 시절, 시에서 저지산의 브루어 쪽 비탈에 계단을 설치했다. 타르를 칠한 2미터짜리 통나무를 가로로 깔고 그 뒤에 흙을 채워 평평하게 만드는 식이었다. 그뒤에 이 강하고 둥근 층뒤판을 제자리에 잡아두려고 쇠파이프를 박았으며, 층뒤판이 댐처럼 막고 있는 흙에는 미세한 파란 자갈을 뿌려놓았다. 루스는 발을 딛기가 어렵다. 래빗은 루스가 힐을 땅에 박은 다음 거기에 의지하여 무게를 앞으로 내몰려고 애쓰는 것을 지켜본다. 그러나 힐은 땅에 박혔다가

꺾인다. 그녀의 엉덩이가 크게 흔들린다. 균형을 잡으려고 두 팔이 헤엄을 친다.

그가 말한다. "구두를 벗어."

"그래서 내 발을 작살내라고? 참 사려 깊은 새끼네."

"그럼 도로 내려가지 뭐."

"아냐, 아냐." 그녀가 말한다. "반은 왔을 텐데."

"반 근처에도 못 왔어. 구두를 벗어. 이 파란 돌들은 곧 끝날 거야. 이제 다져진 흙만 나올 거야."

"그 안에는 유릿조각이 있고."

하지만 조금 더 가다가 그녀는 구두를 벗는다. 스타킹을 신은 하얀 발이 그의 눈 밑에서 가볍게 위로 올라간다. 뒤꿈치의 노란 피부가 깜박거린다. 종아리는 부풀었지만, 그 밑의 발목은 가늘다. 애정을 보여주려고 그도 구두와 양말을 벗는다. 어떤 고통을 겪든 함께 겪으려는 것이다. 흙은 부드럽게 밟힌다. 그러나 거기 박힌 자갈은 그의 몸무게의 힘으로 그의 피부를 찌른다. 게다가 땅은 차갑다. "아야," 그가 소리친다. "아야야."

"왜 이러셔, 군인 아저씨." 그녀가 말한다. "용기를 내."

그들은 결국 통나무 끝에 난 풀을 밟고 간다. 곳곳마다 나뭇가지들이 드리워져, 마치 위로 올라가는 터널 같다. 나무가 없는 곳은 공기가 맑아 돌아보면 브루어의 지붕들 너머로 시의 유일한 마천루인 20층짜리 군청이 보인다. 맨 꼭대기 창문들 사이에 날개를 활짝 펼친 콘크리트 독수리들이 부조로 새겨져 있다. 수수한 스카프를 두른 중년 부부두 쌍이 그들을 지나 내려간다. 새를 관찰하는 사람들이다. 이 부부가 떡갈나무의 옹이가 많은 팔 뒤로 사라지자마자 래빗은 루스가 있는 계단으로 팔짝 뛰어올라가 키스를 하고, 그녀의 뜨거운 몸을 끌어안고, 그녀 얼굴에 맺힌 땀의 소금을 맛본다. 그녀의 얼굴은 반응을 보이지 않는다. 그녀는 지금 이러는 것은 멍청하다고 생각한다. 눈이 하나뿐인 여자의 마음은 산을 올라가는 것에만 열중하고 있다. 그러나 그녀의 도시 소녀다운, 종이처럼 창백한 맨발이 그를 위해 돌을 딛는다고 생각하자 운동으로 박동이 빨라진 그의 심장이 부풀어올라, 그는 그녀의 널찍한 몸에 매달린다. 비행기 한 대가 빠르게 공기를 흔들어대며 머리 위를 지나간다.

"나의 여왕." 그가 말한다. "나의 좋은 말馬."

"네 뭐?"

"말."

꼭대기 근처에서 산은 깎아지르듯 솟구쳐 절벽을 이룬다. 현대인들은 여기에 쇠난간이 달린 콘크리트 계단을 설치해놓았고, 그래서 Z자 모양으로 층계 셋을 오르면 피너클호텔의 머캐덤을 깐 주차장에 이르게 된다. 루스와 래빗은 신을 다시 신고 층계를 오르며 도시가 그들 밑에서 서서히 납작해지는 것을 지켜본다.

절벽 가장자리에는 난간이 설치되어 있다. 그는 천정天頂으로부터 멀리 떨어진 곳에서 가라앉고 있는 해가 데워놓은 하얀 난간 가로대를 하나 잡고 바로 아래, 나무들의 폭발하는 머리들 속을 본다. 어렸을 때의 기억에 남아 있는 무시무시한 광경이다. 여기서 뛰어내리면 죽을까, 아니면 저 녹색 머리들이 꿈속의 구름처럼 받쳐줄까 궁금했다. 시야의 아래쪽에서 돌벽을 두른 듯한 절벽이 원근법에 따라 칼처럼 좁아 보이는 그의 발까지 올라와 있다. 시야의 위쪽에서 산은 경사를 그리며 내려간다. 희미하게 좁은 길이 드러나 있다. 이곳저곳에 빈 터가 보이고, 그들이 올라온 계단도 보인다.

책을 읽듯 눈까풀이 반쯤 닫힌 루스의 눈길은 도시에 머물러 있다.

그래. 그는 여기까지 루스를 데리고 올라왔다. 뭘 보려고? 도시는 공원 아래쪽에 줄줄이 늘어선 인형의 집들로부터 시작하여, 타르 지붕과 반짝거리는 차들이 점점이 박힌 붉은 화분 빛깔의 널찍하고 흐릿한 배를 거쳐 뻗어나가다, 또렷한 강 위에 걸린 안개 속에서 장밋빛으로 끝이 난다. 그 연기 속에서 가스탱크들이 희미하게 빛난다. 그 속에 교외가 스카프들처럼 놓여 있다. 그러나 도시의 중간은 거대하다. 그는 입을 벌린다. 영혼의 입술을 억지로 움직여 도시의 진실의 맛을 받아들이려는 듯이. 진실은 아주 묽은 용액 상태의 비밀이라 이런 광대한 상태에서만 그 맛을 느낄 수 있다는 듯이. 공기 때문에 입이 마른다.

그의 하루는 하느님 때문에 성가셨다. 루스는 조롱을 하고, 에클스는 눈을 껌뻑였다. 아무도 믿지 않는다면 왜 그런 것들을 가르쳤을까? 여기 서보니 이런 바닥이 있으면 천장이 있다는 것, 우리가 사는 진정한 공간은 위쪽 공간이라는 것이 분명해 보인다. 누군가가 죽어가고 있다. 이 넓게 뻗은 벽돌들 안에서 누군가가 죽어가고 있다. 갑자기 튀어나온 생각이다. 단순한 비율의 문제다. 이 거리들을 따라 늘어선 어떤 집에서 누군가가, 지금 이 순간이 아니라면 다음 순간에 죽는다. 저 납작하게 엎드린 장미의 핵심이 갑자기 돌이 되어버린 가슴 안에 있는 듯한 느낌이 든다. 그는 그 자리를 찾으려고 눈을 움직인다. 혹시

암으로 시커메진 노인의 영혼이 줄을 타고 오르는 원숭이처럼 파란빛을 통과하여 올라가는 것이 보일지도 모르니까. 그는 발치에 나타난 이 불그스름한 환상이 이 현실을 포기하는 순간, 그 해방의 고통을 들으려고 귀를 기울인다. 그러나 정적이 그를 강타한다. 차들이 소리도 없이 줄을 지어 기어간다. 어떤 문에서 점이 하나 나온다. 내가 여기서 뭘 하는 걸까? 허공에 서서? 왜 집에 있지 않은 걸까? 겁에 질려 루스에게 간청한다. "나 좀 안아줘."

그녀는 별생각 없이 그의 말을 따른다. 한 걸음 떼더니 허리를 흔들며 그에게 갖다댄다. 그녀를 꽉 끌어안자 기분이 좀 나아진다. 그들 발치의 브루어는 비스듬히 기우는 해 속에서 따뜻해 보인다. 골짜기에 우묵하게 걸쳐져 있던 거대한 붉은 천이 위로 올라오며, 숨을 들이마신 젖가슴처럼 부풀어오른다. 10만 명의 어머니 브루어, 사랑의 피난처, 빛을 발하는 정교한 유물 브루어. 이윽고 안정감을 되찾은 래빗은 사랑받는 아이처럼 놀리듯이 의심을 드러낸다. "너 정말 창녀였어?"

놀랍게도 그의 팔 밑의 루스가 단단하게 굳은 몸을 돌리더니 그에게서 벗어나 위협적으로 난간 옆에 선다. 그녀의 눈이 좁아진다. 턱의 형태가 바뀐다. 그의 초조한 눈에 아스팔트 건너편에서 그들을 응시하는 보이스카우트 세 명이 눈에 들어온다. 그녀가 묻는다. "너 정말 쥐새끼 같은 놈이야?"

그는 자신의 대답에서 돌봄을 받고 싶은 욕구를 느낀다. "어떤 면에서는."

"그럼 됐어."

그들은 내려가는 버스를 탄다.

잔뜩 찌푸린 화요일 오후에 그는 마운트저지로 가는 버스를 탄다. 에클스의 집은 북쪽 끝에 있다. 그는 무사히 자신의 동네를 지나 스프루스에서 버스를 내리고, 높은 목소리로 혼자 노래를 부르며 걸어간다. "아, 나는 해리한테 **반했을 뿐이야.**" 노래의 시작 부분이 아니라, 맨 끝, 여자가 되풀이하여 목소리를 높여 '나는'이라고 노래하는 대목이다.

마음이 평안하다. 그와 루스는 이틀 동안 그의 돈으로 살았는데, 아직도 14달러가 남았다. 더욱이 오늘 아침 그녀가 장을 보러 나간 사이에 그녀의 옷장을 뒤지다가 그녀에게 엄청난 통장이 있다는 것을 알아냈다. 2월 말까지 저축한 돈이 500달러가 넘었다. 그들은 볼링을 한 번 치러 가고, 〈지지〉 〈파문〉 〈여섯번째 행복의 여관〉 〈섀기 도그〉 등 영화를 네 편 보았다. 〈섀기 도그〉는 〈미키마우스 클럽〉에서 이런저런 장면을 하도 많이 보았기 때문에, 전체 내용이 어떤지 호기심을 느껴서 본 것이다. 낯익은 얼굴이 절반쯤인 앨범을 넘겨보는 기분이었다. 로켓이 지붕을 뚫고 올라가고 프레드 맥머리가 커피포트를 들고 뛰어나가는 장면은 그 자신의 얼굴만큼 잘 알았다.

루스는 재미있는 사람이었다. 볼링 실력은 형편없었다. 그냥 선까지 아장아장 걸어가 공을 밑에 떨어뜨리는 것이나 다름없었다. 쿵. 극장에서 〈지지〉를 볼 때는 그들 뒤에 있는 스테레오 스피커가 큰 소리를 낼 때마다 고개를 돌리고 마치 크게 말하는 사람을 다루듯이 "쉬잇"

하고 말하곤 했다. 〈여섯번째 행복의 여관〉에서는 잉그리드 버그먼의 얼굴이 스크린에 나타날 때마다 래빗에게 몸을 기울이고 작은 소리로 "저 여자가 정말 창녀야?" 하고 물었다. 그는 로버트 도냇 때문에 속이 편치 않았다. 그가 끔찍해 보였기 때문이다. 로버트는 자신이 죽어간 다는 것을 알고 있었다. 자신이 죽어간다는 것을 알면서 계속 고급 관리인 척한다는 것을 상상해보라. 〈파문〉에 대한 루스의 어젯밤 논평은 "왜 이 근처에는 봉고 드럼이 보이지 않는 거지?"였다.* 그는 그녀에게 봉고 드럼을 구해주겠다고 속으로 맹세했다. 30분 전 와이저 스트리트에서 버스를 기다리다가 코드즈 앤드 레코드즈 음악가게 진열장에서 봉고 드럼 값을 보았다. 19달러 95센트. 그는 버스를 타고 가는 길 내내 봉고 드럼을 두드리듯이 무릎을 두드렸다.

"나는 해애리이한테 **반했을** 뿐이기 때문에."

61번지는 커다란 벽돌집으로 둘레는 하얀 목재로 장식을 했다. 작은 포치는 그리스 신전을 흉내냈다. 슬레이트 지붕은 커다란 물고기의 비늘처럼 빛이 난다. 뒤쪽 마당의 철망 담장 안에는 노란 그네와 모래 상자가 있다. 해리가 보도를 따라 걸어가자 울타리 안에서 강아지가 짖어댄다. 풀은 비를 예고하는, 기름이 낀 듯 강렬한 녹색이다. 컬러 스냅사진에 나오는 풀 색깔이다. 너무 쾌적해 보여 오히려 뭔가 어긋난 느낌이다. 래빗은 음울한 루터식 주택에 사는 성직자들을 생각한다. 그러나 물고기 모양의 노커 위에 달린 작은 판에는 분명히 **목사관**이라고 새겨져 있다. 그는 물고기를 두 번 두드리고, 기다린 다음

---

* 영화 〈파문〉에는 봉고 드럼을 치는 사람이 나온다.

다시 두 번 두드린다.

점이 깨알처럼 박힌 듯한 녹색 눈이 빛나는 상쾌한 느낌의 자그마한 젊은 여자가 문을 연다. "무슨 일이시죠?" 마치 '어떻게 감히?' 하고 말하는 듯한 목소리다. 그의 키에 얼굴을 맞추자 눈이 커지면서 생생하고 맑은 느낌을 주는 흰자위가 더 드러난다. 그 흰자위에 밝은 홍채가 단추처럼 달려 있다.

그 순간 터무니없게도 그는 자신이 그녀를 통제하고 있다는 느낌을 받는다. 그녀가 자신을 좋아한다는 느낌이 든다. 작고 울퉁불퉁한 코에는 주근깨가 박혀 있다. 두 손가락으로 꼬집어놓은 듯한 코는 좁고, 황갈색 주근깨들 밑은 창백하다. 살결은 희고, 아이처럼 결이 곱다. 주황색 반바지를 입고 있다. 거의 오만함이 느껴지는 유쾌한 목소리로 그가 말한다. "안녕."

"안녕하세요."

"어, 에클스 목사님 계세요?"

"자는데요."

"대낮에요?"

"밤에 제대로 못 자서."

"아, 저런. 가엾은 사람."

"들어오시겠어요?"

"음, 글쎄요, 모르겠네요. 나더러 오라고 했거든요. 정말 그랬어요."

"당연히 그랬겠죠. 어서 들어오세요."

그녀는 앞장서서 복도를 지나 층계를 올라가더니 은색 벽지를 바른, 천장이 높고 시원한 방으로 들어간다. 피아노, 풍경을 그린 수채화, 전집을 많이 꽂아놓은 벽을 판 서가와 벽난로가 있다. 벽난로의 선반에는 황금 구슬 네 개로 이루어진 진자가 달린 괘종시계가 있다. 영원히 서지 않는다는 그 시계다. 사방에 사진을 넣은 액자가 걸려 있다. 가구는 묵직한 갈색이거나 빨간색이다. 등받이와 팔걸이가 둥글게 말려들어간 모양의 긴 소파만은 예외로, 쿠션이 크림색이다. 방은 춥게 유지해온 냄새가 난다. 멀리서 케이크를 굽는 따뜻한 냄새가 풍긴다. 그녀는 바닥깔개 한가운데 발을 멈추고 말한다. "잘 들어보세요."

그도 발을 멈춘다. 그도 들었던 희미하게 쿵 하는 소리는 다시 들리지 않는다. 그녀가 설명한다. "저 녀석이 자고 있는 줄 알았더니."

"애 봐주는 분이십니까?"

"아내 되는 사람이에요." 그러더니 그것을 증명하려는 듯 하얀 소파 한가운데 앉는다.

그는 맞은편의 쿠션을 넣은 윙체어에 앉는다. 짙은 보라색 천이 팔뚝의 맨살에 약간 까끌까끌하게 닿는다. 그는 체크무늬 스포츠 셔츠를 입고, 소매는 팔꿈치까지 걷어붙이고 있다. "아, 미안합니다." 당연하지. 그녀의 꼰 맨다리에는 정맥류에 걸린 핏줄들이 파랗게 드러나 있다. 앉아 있는 그녀의 얼굴은 문간에서만큼 젊지 않다. 머리를 뒤로 기대고 긴장을 풀자 턱이 두 개다. 새침 떠는 조그만 쿠키 같은 여자. 단단하고 작은 젖가슴. 그가 묻는다. "아이는 몇 살인가요?"

"애가 둘이에요. 딸 둘. 한 살하고 세 살."

"나는 두 살짜리 사내아이 하납니다."

"나도 남자애가 좋은데." 그녀가 말한다. "딸아이들하고 나는 성격 문제가 있어요. 너무 비슷하거든요. 상대가 무슨 생각을 하는지 정확하게 알죠."

자기 자식들을 싫어하다니! 목사의 부인한테 그런 이야기를 듣자 래빗은 충격을 받는다. "남편도 그걸 눈치채고 있나요?"

"아, 잭한테는 아주 좋은 일이죠. 여자들이 자기를 두고 싸우게 하는 걸 좋아하니까요. 우리집은 그이의 조그만 후궁 같아요. 아마 아들이라면 그이는 위협을 느낄 거예요. 그쪽은 위협을 느끼시나요?"

"아이한테는 안 느끼죠. 이제 겨우 두 살인데요."

"두 살 전부터 시작돼요, 정말이에요. 성적 대립은 거의 날 때부터 시작돼요."

"나는 전혀 눈치 못 챘는데요."

"그럼 다행이고요. 그쪽은 원시적인 아버지일 거 같네요. 프로이트는 하느님 같아요. 그쪽이 그걸 증명하잖아요."

래빗은 웃음을 지으며, 프로이트가 은 벽지, 그리고 그녀의 머리 위의 궁전과 운하를 그린 수채화와 무슨 관련이 있을 것이라고 생각한다. 고급. 그녀는 손가락 끝을 관자놀이에 대고 머리를 뒤로 젖히더니 눈까풀을 내리고 도톰한 입술 사이로 한숨을 내쉰다. 그는 정신이 멍하다. 이 순간 그녀는 곱게 다듬어놓은 루스처럼 보이기 때문이다. 재니스를 넘어선 여자들의 세계가 있는 것이다.

에클스의 가느다란 목소리가 집안에서는 묘하게 증폭되어 계단을 타고 내려온다. "루시! 조이스가 내 침대로 들어오고 있어!"

루시는 눈을 뜨고 자랑스럽게 래빗에게 말한다. "봤죠?"

"당신이 괜찮다고 그랬다던데." 목소리가 애처롭게 이어지며 난간,

벽, 벽지들의 층을 뚫는다.

에클스 부인은 일어서서 아치 길로 간다. 앉아 있었기 때문에 주황색 반바지에 주름이 잡혔다. 뒷단이 추켜올라가 뒤쪽 허벅지가 타원형으로 거의 드러나 보인다. 소파보다 더 하얗다. 앉는 압력 때문에 생겼던 피부의 분홍빛 홍조가 차츰 희미해진다. "나는 그런 얘기 한 적 없어!" 그녀는 위에 대고 소리치면서 의식하는 손길로 반바지를 끌어내리고 구겨진 궁둥이를 편다. 오른쪽 엉덩이에 검은 실로 호주머니가 꿰매어져 있다. "잭," 그녀가 말을 이어나간다. "손님이 오셨어! 아주 키가 큰 젊은 분인데, 당신이 초대했대!"

자기 이야기가 나오자 래빗은 일어선다. 바로 그녀 뒤에서 그가 말한다. "골프를 치자고요."

"골프를 치자고!" 그녀가 그의 말을 받아 고함을 지른다.

"어이쿠, 이런." 위층의 목소리가 혼잣말을 하더니, 다시 외친다. "안녕하세요, 해리! 바로 내려갈게요."

위층의 아이가 소리친다. "엄마도 그랬어! 엄마도 그랬어!"

래빗이 소리쳐 응답한다. "안녕하세요!"

에클스 부인이 고개를 돌리며 마치 초대를 하듯이 몸을 비튼다. "해리?"

"앵스트롬입니다."

"무슨 일을 하세요, 앵스트롬 씨?"

"흠. 그만둔 상태라고 할 수 있죠."

"앵스트롬. 맞아. 사라진 분 아닌가요? 스프링어 집안의 사위?"

"맞습니다." 그는 날렵하게 대꾸하고, 그의 답이 떨어지는 순간 그녀가 새침하게 마음을 접는 표정으로 다시 그에게서 고개를 돌리자, 마치 자신의 말에 이어지는 의도 없는 연결 동작인 듯, 몸의 조정 작용의 과잉인 듯, 찰싹! 그녀의 건방진 엉덩이를 때린다. 강하지 않게. 엉덩이를 손으로 받아내듯 쳐올린다. 질책과 동시에 애정어린 토닥거림으로. 호주머니에 정확히 맞추어.

그녀가 몸을 홱 돌려, 엉덩이를 안전하게 뒤쪽으로 돌려놓는다. 충격을 받은 얼굴의 주근깨가 바늘 끝처럼 뾰족하게 튀어나온다. 피가 갑자기 움직이는 바람에 살갗이 표백된다. 엄격하고 차가운 눈길은 그가 그녀에게서 느끼는 생색을 내는 듯한 느긋한 따뜻함과 전혀 어울리지 않는다. 그래서 래빗은 윗입술로 아랫입술을 덮어 익살맞은 참회의 표정을 짓는다.

층계에서 혼란스럽게 쿵쾅거리는 소리가 벽을 흔든다. 에클스가 균형도 제대로 잡지 못하고 급하게 흔들리며 그들 앞에 발을 멈춘다. 더러운 하얀 셔츠를 구겨진 군복에 쑤셔넣고 있다. 숱이 많은 눈까풀들 사이에서 그늘진 눈이 울고 있다. "미안합니다," 그가 말한다. "사실 잊은 건 아니에요."

"어차피 날도 좀 흐렸는데요 뭐." 래빗이 말하며 자기도 모르게 웃음을 짓는다. 그녀의 엉덩이는 느낌이 아주 좋았다. 딱 원하는 대로였다. 밀도가 있으면서도 탄력을 갖추었다. 반동으로 엉덩이가 그의 손바닥을 마주 때린 듯한 느낌. 그녀가 말을 할 것 같다. 그것으로 그는 여기서 끝장이 날 것 같다. 뭐, 아무려나. 어차피 내가 왜 여기에 와 있는지도 모르니까.

그녀는 이야기를 할 생각이었는지 모르지만, 남편이 바로 그녀의 화를 돋우기 시작한다. "아, 비가 오기 전에 나인 홀은 돌 수 있을 겁니다." 그가 래빗에게 말한다.

"잭, **정말로** 또 골프를 치러 나가려는 건 아니겠지. 오늘 오후에 심방 갈 데가 아주 많다고 그랬잖아."

"아침에 갔다 왔어."

"둘. 두 집 갔다 왔잖아. 프레디 데이비스네하고 랜디스 부인네하고. 늘 다니던 안전한 데만. 페리네는 어쩔 거야? 여섯 달 동안 페리네 얘기를 했잖아."

"페리네를 왜 그렇게 신성시하는 거야? 그 사람들은 교회를 위해 하는 일이 전혀 없어. 그 집 부인은 크리스마스 주일에 왔다가, 나와 마주치는 것을 피하려고 성가대 문으로 빠져나가."

"당연히 그 사람들은 교회를 위해 아무 일도 안 하지. 바로 그래서 심방을 가야 한다는 걸 당신도 잘 알잖아. 나도 페리네를 신성시해야 한다고는 생각하지 않아. 다만 그 집 부인이 옆문으로 빠져나간 걸 가지고 당신이 끙끙 앓는 바람에 모든 사람의 인생이 몇 달 동안 비참했다는 건 알아. 부활절에 그 부인이 와도 똑같아질 거야. 내 의견을 솔직하게 말한다면 당신하고 페리 부인은 죽이 잘 맞을지도 모른다는 거야. 둘 다 똑같이 유치하니까."

"루시, 페리 씨가 구두 공장을 가지고 있다고 해서 그 집안 사람들이 구두 공장에서 일하는 다른 사람보다 더 중요한 기독교인이 되는 건 아니야."

"오, 잭, 정말 지겨워. 당신은 그 사람들한테 냉대를 당할까봐 두려워하고 있을 뿐이야. 자신을 합리화하기 위해 성경을 갖다붙이지 마.

나는 페리네가 교회에 오든 안 오든 여호와의증인이 되든 아무 상관 안 해."

"여호와의증인들은 자신들이 믿는다고 하는 걸 실행에 옮기기라도 하지." 에클스는 그렇게 빈정거리고 나서 공모를 한 것처럼 해리를 돌아보며 너털웃음을 터뜨린다. 그러나 신랄한 독기가 그의 웃음을 망가뜨리고 입술을 팽팽하게 비틀어 올리는 바람에 턱이 작은 그의 머리가 두개골처럼 치아를 드러낸다.

"도대체 무슨 말을 하는 건지 모르겠어." 루시가 말한다. "하지만 당신이 나한테 청혼했을 때 나는 내가 느끼는 걸 말했고, 당신은 그래도 좋다, 괜찮다 그랬잖아."

"당신 마음이 은총을 향해 열려 있는 한 그렇다고 했지." 에클스가 팽팽하게 긴장된 목소리를 터뜨리듯 그 말을 그녀에게 퍼붓는다. 그 폭발에 그의 넓은 이마가 타면서 붉은 기운으로 붉어진다.

"엄마, 다 쉬었어." 위에서 수줍게 뚫고 들어온 작은 목소리 때문에 모두 놀란다. 양탄자가 깔린 층계 꼭대기에 새까맣게 그을린 작은 소녀가 속옷만 입고 공중에 걸린 듯 매달려 있다. 래빗의 눈에는 부모에 비해 지나치게 검어 보인다. 버티고 선 두 다리의 실루엣은 또래보다 길지만 젖살이 매듭처럼 붙어 있다. 아이는 짜증이 나 두 손으로 벌거벗은 가슴을 문지르고 잡아 뜯는다. 아이는 굳이 어머니의 대답을 듣지 않아도 무슨 말이 나올지 알고 있다.

"조이스. 당장 네 침대로 돌아가서 낮잠 자."

"못 자. 너무 시끄러워."

"우린 저애 머리 바로 밑에서 소리를 지르고 있었어." 에클스가 부인한테 말한다.

"당신이 소리를 질렀지. 은총이니 뭐니."

"무서운 꿈을 꿨어." 조이스가 말하며 쾅쾅 두 계단을 내려온다.

"꿈은 무슨 꿈. 자지도 않았으면서." 에클스 부인이 어떤 감정을 가라앉히려는 듯 목을 잡고 층계 밑으로 간다.

"무슨 꿈이었니?" 에클스가 아이한테 묻는다.

"사자가 남자애를 잡아먹었어."

"그건 꿈이 아니야." 여자가 쏘아붙이고 남편을 돌아본다. "당신이 저애한테 계속 읽어주는 그 가증스러운 벨록의 시 때문이야."

"저애가 읽어달라고 하는 거야."

"가증스러운 시야. 그게 저애한테 상처를 준다고."

"조이스하고 나는 재미있어하는데."

"그거야 둘 다 도착적인 유머 감각을 갖고 있어서 그런 거고. 밤마다 저애는 나한테 그 염병할 조랑말 톰 얘기를 묻고, '죽는' 게 뭐냐고 물어봐."

"뭔지 말해주면 되잖아. 당신도 내세에 대해 벨록과 나와 같은 믿음을 갖고 있다면 그런 자연스럽기 짝이 없는 질문 때문에 당황하지는 않을 거야."

"설교하지 마, 잭. 당신은 설교할 때는 끔찍해져."

"내가 나 자신을 진지하게 생각할 때는 끔찍해진다는 얘기네."

"어라. 케이크 타는 냄새가 나는데요." 래빗이 말한다.

그녀는 그를 보고, 알아보는 순간 눈에 서리가 내린다. 그녀의 눈길에 어떤 차가운 외침이 있다는 것, 그녀가 적들 사이에서 희미하게 외치고 있다는 것을 그는 느끼지만 무시한다. 그의 눈길이 그녀의 머리 꼭대기에서 그냥 절뚝이게 놓아두고, 케이크 냄새를 맡은 예민한 콧구멍만 보여준다.

"당신이 **정말로** 당신 자신을 진지하게 생각했으면 좋겠어." 그녀는 남편에게 그렇게 말하고, 흘끗흘끗 보이는 맨다리로 목사관의 음침한 복도를 따라 빠르게 내려간다.

에클스가 소리친다. "조이스, 네 방으로 가서 셔츠를 입으면 내려와도 돼."

아이는 그 말을 따르는 대신 쿵쾅거리며 계단 세 개를 더 내려온다.

"조이스, 내 말 들었지?"

"아빠가 가져와, 아아빠아."

"왜 내가 가져와? 아빠는 여기 아래층에 내려와 있잖아."

"어디 있는지 모른단 말이야."

"모르긴 왜 몰라. 네 옷장에 있잖아."

"내 옷땅이 어디 있는지 모른단 말이야."

"네 방에 있잖아, 아가. 그게 어디 있는지 네가 왜 몰라. 셔츠를 가져오면 아래층에 내려오게 해줄게."

하지만 아이는 이미 반을 내려와 있다.

"사아자가 무서워." 아이는 작은 소리로 말하며 작게 웃음을 지어 자신이 규칙에 어긋난 행동을 하고 있음을 안다는 것을 드러낸다. 아이의 목소리는 일정한 간격을 두고 상대를 시험해보는 듯하다. 래빗은 아이의 어머니가 같은 남자를 놀릴 때도 그 목소리에서 이런 식으로 조심을 한다는 느낌을 받았다.

"그 위에는 사자가 없어. 아무도 없어. 보니만 자고 있어. 보니는 안 무서워하잖아."

"제발, 아빠. 제발 제발 제발 제발 **제발**." 아이는 층계 발치에 이르러 아버지의 무릎을 꼭 잡는다.

에클스는 웃음을 터뜨리며 아이의 머리에 의지하여 균형이 잡히지 않는 무게를 지탱한다. 아이의 머리도 아버지 머리처럼 약간 널찍하고 위가 평평하다. "알았어." 에클스가 말한다. "여기서 기다리면서 이 재미있는 아저씨하고 얘기하고 있어." 그러더니 뜻밖에도 운동선수처럼 층계를 펄쩍펄쩍 뛰어올라간다.

행동에 나서라는 요청을 받은 래빗이 말한다. "조이스, 착하지?"

아이는 배를 흔들며 양쪽 어깨를 추켜올린다. 그러자 목에서 "컥" 하는 작은 소리가 난다. 아이는 고개를 젓는다. 래빗은 아이가 보조개가 파인 막 뒤로 숨으려 한다는 인상을 받는다. 그러나 아이는 뜻밖에도 단호한 발음으로 말한다. "네."

"너희 엄마도 착해?"

"네."

"엄마가 왜 그렇게 착할까?" 그는 에클스 부인이 이 이야기를 부엌에서 듣기를 바란다. 급하게 재촉하는 듯하던 오븐 소리는 이제 들리지 않았다.

조이스는 그를 쳐다본다. 주름이 잡히는 종이처럼 얼굴 한구석이 공포에 끌려가며 구겨진다. 정말로 눈물이 곧 떨어질 것만 같다. 아이는 그를 벗어나 복도를 달려간다. 자기 어머니가 갔던 길이다. 아이에게 버림받은 래빗은 불안하게 복도를 서성거리며, 흥분한 마음을 거기 걸린 그림들에 고정시켜보려 한다. 외국 수도들의 모습들이다. 나무 밑에 하얀 옷을 입은 여자가 있다. 잎마다 금색으로 테를 둘렀다. 세인트 존 성공회 교회는 벽돌 하나하나 펜으로 꼼꼼하게 그려놓았다. 1927년이라는 연도와 함께 밀드레드 L. 크레이머라는 이름이 크게 적혀 있다. 복도를 따라 반쯤 내려간 곳에 있는 작은 탁자 위에는 스튜디오에서 찍은, 단단해 보이는 늙은 남자의 사진이 걸려 있다. 귀 위로는 머리가 하얗고 성직자 칼라를 달았으며, 사물의 핵심을 꿰뚫어보듯이 상대의 어깨 위를 노려보고 있다. 액자에는 신문에서 오려낸 빛바랜 사진이 꽂혀 있다. 성긴 점으로 이루어진 사진에서는 같은 노인이 시가를 쥐고 가운을 입은 다른 세 사람과 함께 미친 듯이 웃음을 터뜨리고 있다. 책과 조금 비슷해 보이지만, 더 뚱뚱하고 힘이 세 보인다. 시가를 주먹에 쥐고 있다. 더 걸어가자 작업장을 그린 그림을 컬러 인쇄한 것이 걸려 있다. 작업장의 목수는 '구원자'의 머리에서 발산되는 빛 속에서 일을 하고 있다. 그 인쇄물을 보호하고 있는 유리가 래빗의 머리 그림자를 반사한다. 현관 쪽에서 알싸한 냄새가 난다. 얼룩제거제? 새 광택제? 동그란 방충제? 낡은 벽지? 그는 그런 가능성들 사이를 떠돈다. '사라진 사람.' 성적 대립은 거의 날 때부터 시작돼요. 정말 못된 년이야. 그래도 그녀에게는 멋지고 낮은 불길이 있어 그녀의 다리를 밝힌다. 그 환하고 하얀 다리. 그녀는 불안하고 작은 날을 세우고 있을지도 모르며, 그녀 자신과 같은 부류를 원할지도 모른다. 쿠키 같은 여자. 알싸한 맛이 있는 작은 바닐라 쿠키. 그런 여자라 하더라도 그는 그녀를 사랑한다.

뒤쪽에 계단이 또 있는 것이 분명하다. 이번에는 에클스의 목소리가 부엌에서 들리기 때문이다. 조이스를 설득해서 스웨터를 입히고, 루시에게 케이크를 망쳤느냐고 묻고, 바로 모퉁이만 돌면 래빗의 귀가 있다는 것을 모르기 때문에 "이게 노는 거라고 생각하지 마. 이건 일이야"라고 설명한다.

"달리 이야기를 할 방법이 없어?"

"저 사람은 겁에 질려 있어."

"여보, 당신 눈에는 모든 사람이 겁에 질려 보여."

"하지만 저 사람은 심지어 나한테까지 겁을 먹고 있어."

"하지만 문으로 들어올 때는 아주 건방져 보이던데."

이제 이야기가 나올 차례다. 그리고 내 예쁜 엉덩이를 찰싹 때리기까지 했단 말이야, 내 엉덩이는 당신이 보호해줘야 하는 거야.

뭐! 당신의 예쁜 엉덩이를! 저 악당을 죽여버리겠어. 경찰에 신고해야겠어.

그러나 현실에서는 루시의 목소리가 "보이던데"에서 멈추었다. 에클스는 누가 전화를 하지 않았느냐고, 새 골프공은 어디 있느냐고 묻는다. 조이스, 너 10분 전에 쿠키 먹었잖아. 그러더니 마침내 그들 싸움의 긁힌 상처 위로 지나치다 싶을 정도로 부드럽게 움직이는 치유의 목소리로 "안녕, 여보" 하고 말한다. 래빗이 소리를 내지 않고 복도를 따라 앞쪽 라디에이터에 가서 몸을 기울이고 있을 때, 새끼 올빼미—어색하고 찌무룩한—처럼 보이는 에클스가 부엌에서 튀어나온다.

그들은 에클스의 차로 간다. 비가 올 것 같은 날씨라 뷰익 겉면의 왁스가 기름처럼 흐를 것 같다. 에클스는 담배에 불을 붙인다. 그들은

422번 도로를 가로질러 골프 코스로 통하는 골짜기로 들어간다. 에클스가 담배연기를 여러 번 깊이 빨아 가슴속에 쌓아둔 뒤에 말한다. "그러니까 해리의 문제는 사실 신앙심의 결여는 아닌 거네요."

"네?"

"지난번 대화를 떠올리는 중이었습니다. 폭포와 나무 얘기요."

"아, 네. 사실 그건 미키마우스가 한 말이었는데."

에클스는 곤혹스러운 표정으로 웃음을 터뜨린다. 래빗은 그가 웃은 뒤에도 그대로 입을 벌리고 있는 것을 본다. 안으로 굽은 작은 치아 두 열이 어떤 순간을 기다린다. 눈썹은 뭔가를 기대하며 오르내린다. "갑자기 말문이 막히네요." 그는 인정하고, 추파를 던지는 동굴을 닫는다. "전에 자기 안에 뭐가 있는지 안다고 말했지요. 주말 내내 그것이 무엇인지 궁금했습니다. 좀 말해주시겠어요?"

래빗은 그에게 어떤 이야기도 하고 싶지 않다. 말을 할수록 손해를 본다. 자기 피부 안에서 안전하기 때문에 굳이 밖으로 나가고 싶지 않다. 이 사람의 작전은 그를 조종할 수 있도록 열린 데로 끌어내는 것이다. 그러나 예의라는 사나운 관습이 래빗의 입을 벌린다. "젠장, 별 것도 아닌데." 그가 말한다. "그냥 그겁니다, 뭐. 그게 다예요. 그렇게 생각하지 않으세요?"

에클스는 고개를 끄덕이고 눈을 깜빡이더니 아무 말 없이 운전을 한다. 그는 그 나름으로 아주 자신만만하다.

"재니스는 지금 어때요?" 래빗이 묻는다.

에클스는 래빗이 방향을 트는 것을 느끼고 깜짝 놀란다. "월요일 아침에 들러서 해리가 카운티를 벗어나지 않았다는 이야기를 해주었습니다. 부인은 뒤뜰에 아들과 함께 있더군요. 오랜 친구로 보이는 사람도 있고요. 포스터 부인? 포글먼 부인?"

"어떻게 생겼는데요?"

"사실 잘 모르겠어요. 그 사람 선글라스에 정신이 팔려서요. 왜 그 거울 같은 것 있지 않습니까, 안경대가 아주 넓고."

"아, 페기 그렁. 사시가 심하죠. 재니스의 고등학교 동창인데, 그 얼간이 올리 포스나트하고 결혼했어요."

"포스나트. 맞아. 도넛 이름과 같지요. 그 이름이 이 지역과 무슨 관련이 있는 것 같던데."

"여기 오시기 전에는 '포스나트의 날'이라고 못 들어보셨나요?"

"한 번도요. 노워크에서는 못 들어봤는데요."

"내가 기억하는 건, 내가, 어디 보자, 여섯이나 일곱 살 때였을 겁니다. 할아버지는 1940년에 돌아가셨으니까. 할아버지는 내가 '포스나트'가 되지 않도록 내가 아래로 내려갈 때까지 위층에서 기다리곤 하셨죠. 그때는 할아버지와 함께 살고 있었어요." 래빗은 오랫동안 할아버지 생각을 하거나 이야기를 한 적이 없었다는 느낌이다. 입안에 부드럽고 메마른 느낌이 생긴다.

"'포스나트'가 되면 무슨 벌을 받았는데요?"

"잊어버렸습니다. 그냥 되고 싶지 않은 것이었어요. 잠깐. 기억이 나네요. 어느 해에는 내가 마지막으로 아래층에 내려갔어요. 그러자 부모님인가 누군가가 나를 놀렸고, 나는 그게 싫어서 울었던 것 같아요. 모르겠습니다. 어쨌든 그래서 할아버지가 위층에서 안 내려가고 저를 기다려주셨죠."

"친할아버지였나요?"

"외할아버지였어요. 우리하고 함께 사셨죠."

"나는 친할아버지가 기억납니다." 에클스가 말했다. "코네티컷에 와서 아버지하고 무시무시하게 싸우곤 하셨죠. 할아버지는 프로비던스의 주교였어요. 할아버지는 교회가 유니테리언파* 밑으로 들어가는 것을 막았는데 그 과정에서 당신 스스로 유니테리언 교도처럼 되어버렸지요. 할아버지는 스스로를 다원주의적 이신론자라고 부르곤 했죠. 아버지는, 아마 그 반작용이었던 것 같은데, 아주 정통파가 되었어요. 거의 영국 가톨릭교회** 쪽이었죠. 벨록과 체스터턴을 아주 좋아하셨어요. 아까 들으셨겠지만, 집사람이 반대하는 그런 시를 실제로 우리한테 읽어주곤 하셨습니다."

"사자 얘기요?"

"네. 벨록한테는 신랄하게 조롱하는 기질이 있는데, 집사람은 그걸 볼 줄 몰라요. 벨록은 아이들을 조롱하죠. 집사람은 그걸 용서 못해요. 그게 집사람의 심리학이에요. 아이들은 심리학적으로 신성시되어야 한다는 거죠. 내가 어디까지 얘기했더라? 맞아. 할아버지의 신학은 그렇게 희석되었지만, 신앙적 **실천**에는 어떤 색깔이 있었어요. 뭐랄까, 아버지한테는 없는 어떤 **엄격함**이 있었죠. 할아버지는 매일 밤 가족 예배를 드리지 않는다는 이유로 아버지가 **매우** 태만하다고 생각했어요. 하지만 아버지는 당신이 하느님한테 지루해졌던 것처럼 애들도

---

* 삼위일체론을 부정하고, 신은 하나라는 유일신 신앙을 주장한다. 즉, 예수를 비롯한 모든 것을 부정하고 하느님만을 유일한 신으로 인정한다.

** 가톨릭 전통을 따라 교회의 신적(神的) 권위를 주장하며 예배를 중시한다.

지루해지는 걸 원치 않았어요. 사실 거실에서 정글의 신을 섬기는 게 무슨 의미가 있었겠습니까? '너는 하느님이 숲속에도 계시다고 생각하지 않니?' 할아버지는 그렇게 말씀하시곤 하셨어요. '스테인드글라스 바로 뒤에만 계시다고 생각하는 거냐?' 그런 식이었죠. 저희 형제들은 부들부들 떨었어요. 그렇게 나오면 아버지는 무시무시한 우울증에 사로잡혀, 결국에는 할아버지와 싸웠거든요. 자식과 아버지의 관계란 것이 어떤지 아시잖아요. 자식은 어쩌면 결국은 아버지가 **옳을지도** 모른다는 생각에서 절대 벗어날 수가 없어요. 할아버지는 늙어서 쭈글쭈글한 노인네로, 뉴잉글랜드 억양이 있었죠. 사실 아주 소중한 분이었습니다. 할아버지가 식사 때면 뼈만 남은 갈색 손으로 우리 무릎을 잡고 격격대는 목소리로 말씀하시던 게 기억나요. '애비가 너희한테 지옥을 믿게 했니?'"

해리는 웃음을 터뜨린다. 에클스가 멋지게 흉내를 내기 때문이다. 노인 역할을 하는 것이 잘 어울린다. "그랬나요? 믿으셨어요?"

"네, 그랬던 것 같아요. 예수님이 묘사하신 지옥. 하느님과 분리된 상태라는 의미로요."

"그럼 우리 모두가 대체로 지옥에 있는 셈이네요."

"그렇게 생각하지는 않아요. 절대로 그렇게 생각하지 않아요. 나는 아무리 시커먼 무신론자라도 진짜 하느님과 분리된 상태가 어떤 건지 알지 못할 거라고 봅니다. 그건 외부의 암흑이지요. 우리가 살고 있는 상태는 말하자면," 그는 해리를 보며 웃음을 터뜨린다. "내부의 암흑이고요."

에클스가 자발적으로 그런 이야기들을 하는 바람에 래빗의 조심성이 녹아버린다. 그도 그들 사이의 공간에 자신의 뭔가를 내놓고 싶다. 우정의 흥분, 경쟁의 흥분 때문에 마치 생각이 농구공이기라도 한 것처럼 두 손을 들어올려 가볍게 흔들다가 던져야 할 것 같은 압박감을 느낀다. "어, 나야 신학 같은 것은 모르는 사람이지만, 이 말씀은 드리고 싶습니다. 이건 정말 내가 느끼는 건데, 그러니까 이 모든 것 뒤의 어딘가에," 그는 바깥 풍경을 손으로 가리킨다. 그들은 골프 코스 이쪽 편의 주택 단지를 지나고 있다. 불도저로 밀어버린 평평하고 작은 마당에 반 목조 반 벽돌 주택들이 1층 반 높이로 세워져 있다. 세발자전거와 세 살 먹은 껑충한 나무가 보인다. 세상에서 가장 웅장하지 않은 풍경이다. "내가 찾아내주기를 바라는 뭔가가 있다는 겁니다."

에클스는 차 재떨이 속에 있는 십자로 금이 간 아주 작은 구멍에 조심스럽게 담배를 누른다. "그러시겠죠. 부랑자는 모두 자기가 뭔가를 찾아 나선 거라고 생각하니까요. 적어도 처음에는요."

래빗은 이 사람에게 뭔가를 주려고 노력하고 있었기 때문에 자신이 어째서 이런 모욕을 당해야 하는지 알지 못한다. 이렇게 모든 사람을 똑같이 비참한 크기로 줄여놓는 것이 성직자들이 해야 하는 일인가 보다. 그가 말한다. "그럼 목사님의 친구 예수는 아주 어리석어 보이시겠네요."

거룩한 이름이 나오자 에클스의 뺨 윗부분에 분홍색 점들이 생긴다. "예수님은 성자는 결혼을 해서는 안 된다는 말씀을 하신 적은 있지요." 목사가 말한다.

그들은 도로에서 벗어나 클럽하우스로 가는 구불구불한 진입로를 올라간다. 두 개의 코카콜라 휘장 사이에 **체스넛 그로브 골프 코스**라고 적힌 긴 간판이 붙어 있는 커다란 콘크리트 블록 건물이다. 해리가 이곳에서 캐디를 할 때 이 건물은 미늘벽 판자 오두막으로, 안에는 나무를 때는 스토브, 옛날 경기 기록표, 팔걸이의자 두 개, 초코바를 파는 카운터, 웬리치 부인이 늪에서 건져내 다시 파는 골프공밖에 없었다. 웬리치 부인은 죽은 것 같다. 그녀는 연지를 바르고 다니는 약하고 늙은 과부로, 머리카락이 하얀 인형처럼 보였다. 그녀의 입에서 그린과 잔디 조각과 시합과 기준 타수 이야기가 나오는 것을 들으면 늘 기분이 묘했다. 에클스가 아스팔트 주차장에 긴 뷰익을 주차시키고 나서 말한다. "잊기 전에."

래빗의 손은 문손잡이에 올라가 있다. "뭔데요?"

"일자리 필요하세요?"

"어떤 건데요?"

"내 교구민 가운데 호러스 스미스 부인이란 분이 계신데, 집 주위에 정원이 8에이커 정도 있어요. 애플버러 쪽이죠. 그분 남편이 못 말릴 정도로 철쭉을 좋아했어요. 못 말린단 말은 안 하는 게 낫겠군요. 아주 소중한 노인이었으니까요."

"나는 정원 일에 관해서는 아무것도 모르는데요."

"아는 사람이 있나요 뭐. 하여간 스미스 부인은 그렇게 말합디다. 이제 정원사는 다 사라졌대요. 일주일에 40달러라니, 스미스 부인 말을 믿을 수밖에 없지요."

"한 시간에 1달러네. 정말 형편없는데요."

"40시간이나 일하는 건 아닐 겁니다. 일하는 시간은 신축성이 있을 거예요. 그게 해리가 원하는 거 아닙니까? 신축성? 그래야 사람들한테

184

자유롭게 설교를 하고 다니실 수 있을 테니까요."

에클스는 정말 야비한 데가 있다. 에클스와 벨록. 목의 칼라만 빼면 꽤 다혈질로 보인다. 래빗은 차에서 내린다. 에클스도 내린다. 차 지붕 위로 나온 그의 머리가 마치 큰 쟁반 위에 놓인 것처럼 보인다. 넓은 입이 움직인다. "한번 생각해보세요."

"안 됩니다. 카운티를 떠날 수도 있어요."

"그 여자가 해리를 쫓아내는 건가요?"

"어떤 여자요?"

"이름이 뭐더라? 레너드. 루스 레너드."

"흠. 똑똑하시네요." 누가 말을 했을까? 페기 그링? 토세로에게 듣고서? 아니, 토세로의 여자일 가능성이 더 높다. 그 여자 이름이 뭐더라? 재니스처럼 생겼는데. 상관없다. 세상은 어차피 거미줄이다. 줄이 떨리면서 그냥 모든 것이 전달된다. "처음 들어보는 이름인데요." 래빗이 말한다.

쟁반 위의 머리가 기름기를 띤 회색 금속이 반사하는 강렬한 햇빛 속에서 괴상하게 싱긋 웃는다.

그들은 시멘트블록으로 지은 클럽하우스를 향해 나란히 걷는다. 가는 길에 에클스가 말한다. "해리 같은 신비주의자들한테는 이상한 게 있어요. 그 황홀경이니 뭐니 하는 것이 꼭 치마를 두르고 나타난단 말이에요."

"어이구. 오늘은 내가 안 나타나는 게 좋을 뻔했군요."

"알아요. 미안합니다. 내가 기분이 아주 우울해서요."

그가 그런 말을 하는 것이 딱히 잘못되었다고 할 것은 없다. 하지만 해리의 내면의 털을 역방향으로 문지른다. 또 약간 들러붙는 느낌이다. 나를 동정해주세요, 나를 사랑해주세요 하고 말한다. 따끔거리는 느낌 때문에 입술이 끈끈하게 들러붙는다. 입을 열어 대꾸를 할 수가 없다. 에클스가 그의 돈도 내주지만 고맙다는 말도 제대로 할 수가 없다. 클럽을 한 세트 빌릴 때도 그가 무관심하게 말 한 마디 없자 클럽을 내주는 주근깨가 많은 아이는 마치 얼간이를 보듯이 그를 물끄러미 본다. 에클스가 동성애자로 알려져 있는데, 자신이 그의 새로운 애인이 된 것처럼 보이는 것이 아닌가 하는 생각이 갑자기 뇌리를 스친다. 에클스와 함께 첫번째 티로 걸어가는데 밑에서 뭐가 잡아당기는 듯해 발을 제대로 뻗지도 못한다.

공도 그것을 느낀다. 에클스에게 약간의 조언을 들은 뒤 그가 치는 공. 틱틱 소리를 내며 한쪽 옆으로 멀어져간다. 잘못 걸린 톱스핀 때문에 힘을 못 쓰고 날다가 진흙덩어리처럼 볼품없이 떨어진다.

에클스가 웃음을 터뜨린다. "내가 본 최고의 첫 드라이브네요."

"첫 드라이브는 아닙니다. 캐디를 할 때 공을 치곤 했으니까요. 원래 저거보다 잘 치는데."

"자신에게 너무 큰 기대를 하는군요. 나를 잘 보세요, 기분이 나아질 겁니다."

래빗은 뒤로 물러나서, 무의식적인 동작에서는 탄력을 보여주었던 에클스가 다섯 살짜리처럼 희한하고 뻣뻣하게 스윙을 하는 것을 보고 놀란다. 불룩 나온 배가 거치적거리는 것 같다. 좁은 백스윙으로 공을 때린다. 공은 높고 약하지만 그래도 직선으로 날아가고, 에클스는 그것이 기쁜 것 같다. 에클스는 의기양양하게 페어웨이로 들어간다. 해리는 무거운 걸음으로 뒤를 따른다. 얼음이 이제 막 녹아 물을 먹은, 정리되지 않은 축축한 잔디를 밟자 그의 커다란 스웨이드 구두가 밑으로 쑥쑥 빠진다. 그들은 시소를 타고 있다. 에클스가 올라가면, 그는 내려간다.

이교도의 숲과 녹색 골목으로 이루어진 골프 코스로 내려오자 에클스는 사람이 바뀐다. 아무 생각 없는 쾌활함 때문에 생기가 돈다. 웃음을 터뜨리고 스윙을 하고 꽥꽥거리고 소리를 지른다. 해리는 그를 미워하는 것을 그만둔다. 나 자신도 아주 끔찍한데. 골치 아픈 병 같은 우둔이 그를 막으로 싸고 있는 듯하다. 에클스가 그에게서 달아나지 않은 것이 고맙다. 에클스는 50미터나 앞서 나가다가―그는 흥분하면 기분이 좋아 앞으로 달려나가는 버릇이 있다―해리가 잃어버린 공을 찾으러 다시 돌아온다. 어떻게 된 일인지 래빗은 공이 **마땅히** 갔어야 할 곳에서 시선을 뗄 수가 없다. 예쁘장한 깃발이 분홍빛 점을 찍은 짧게 자른 그린이 만들어낸 이상적이고 자그마한 냅킨 같은 공간. 그의 눈은 공이 **실제로** 간 곳을 따라가지 못한다. "여기 있네요." 에클스가 말한다. "뿌리 뒤에. 운이 무지하게 안 좋군요."

"목사님한테는 악몽이겠네요."

"전혀 그렇지 않습니다. 해리는 아주 유망해요. 평소에 골프를 치지도 않는데, 공을 완전히 맞히지 못한 적은 한 번도 없지 않습니까."

그러나 말이 씨가 된다. 자세를 잡은 해리는 뿌리의 방해를 물리치고 공을 쳐내고 싶다는 욕망의 살인적인 힘 때문에 공을 완전히 헛치고 만다.

"딱 하나 잘못은 너무 세게 치려고 하는 거예요." 에클스가 말한다.

"스윙은 자연스럽고 아름다워요." 래빗은 다시 친다. 공이 툭 튀어나가 흔들리며 몇 미터 굴러간다.

"공을 향해 허리를 구부려요." 에클스가 말한다. "앉기 직전이라고 상상을 하세요."

"눕기 직전입니다." 해리가 말한다. 아프다. 머리가 어지러우면서 아프다. 소용돌이 속으로 더 깊이 빨려들고 있다. 잎이 무성한 나무의 고요하고 뾰족한 끝들이 소용돌이의 위쪽 테두리를 이루고 있다. 그 위에 올라갔던 일이 기억날 것 같다. 그의 공은 웅덩이로 미끄러져들어가고, 나무들이 삼키고, 어김없이 페어웨이 양편의 불결한 목덜미에 빠진다.

악몽이 딱 맞는 말이다. 깨어 있는 생활에서는 오직 생명이 있는 것들만 이런 식으로 미끄러지고 갑자기 방향을 튼다. 비현실적인 난도질을 하다보니 뇌가 멍한 상태에 빠진다. 반쯤 최면에 걸린 뇌는 그에게 장난을 치고, 그는 처음에는 그 장난이 이상하다는 생각을 하지 못한다. 그는 머릿속에서 마치 여자에게 말하듯이 클럽에게 말하고 있다. 가볍고 가늘지만 어쩐 일인지 손에 쥐어도 방심할 수 없는 아이언들은 재니스다. 제발, 이 멍청아, 진정해, 간다, 천천히. 갸름한 구멍이 있는 클럽의 면이 공 뒤의 흙을 파내 그 충격이 두 팔을 타고 어깨까지 올라오자, 그는 재니스가 자신을 때렸다고 생각한다. 너무 멍청해, 정말 멍청해. 좆같은 소리 하지 마. 좆같은 소리 좀 하지 마. 분노로 그의 피부가 썩고, 그래서 바깥쪽이 줄줄 샌다. 안은 긁어대는 강퍅한 가시나무의 아주 작고 마른 갈퀴들 때문에 깔쭉깔쭉해진다. 그곳에 태워 없앨 수 없는 모충毛蟲의 집들처럼 단어들이 달려 있다. 이년은 땅을 파 비계를 파 이년은 흙을 파 거친 갈색 입처럼 찢겨 열려 흙을 비계를 파. 우드를 잡을 때 '이년'은 루스다. 3번 우드를 쥐면서, 그 묵직하고 불그스름한 헤드와 풀빛에 물든 페이스와 가장자리를 따라 예쁘게 늘어선 하얀 줄무늬에 몰두하면서 그는 생각한다. 좋아, 네가 그렇게 똑똑해? 그러고는 꽉 움켜쥐고 휘두른다. 악. 그렇게 잘도 굴러다니다가 여기에서 멈추다니! 찢어진 풀의 입. 공은 굴러가다 깡충깡충 뛰다 덤불 속에 숨는다. 거기까지 걸어가자 덤불은 염병할 사람이다. 어머니다. 그는 수치심이 맹렬하게 타오르지만 거들먹거리는 가지들을 치마처럼 들어올려 하나도 부러뜨리지 않으려고 조심한다. 가지들이 다리에 성가시게 달라붙음에도 불구하고, 그는 사실 자기 자신은 아니지만 어떤 면에서는—모든 것 한가운데 흰색으로, '1번'으로 앉아 있다는 면에서는—자기 자신이기도 한, 더 줄어들 수 없는 단단한 공 안에 자신의 의지를 쏟아부으려 한다. 7번 아이언을 내려찍을 때 제발 재니스 이번 한 번만 어색함이 거미처럼 그의 팔꿈치에 달라붙어, 그가 지켜보는 가운데 공은 한쪽으로 휘다 반대쪽으로 휘더니 앞쪽의 더 애처로운 목덜미 속으로 들어간다. 텍사스 군복 색깔이다. 아 이런 얼간이 집에 좀 가. 집은 골프 코스의 홀이다. 시각적으로 여러 존재가 겹쳐지다시피 하여 그의 의식적인 주의력은 우울한 시야의 구도 속에서 바닥나버린다. 비가 올 것 같은 부드러운 잿빛 하늘은 어린 해리가 포스나트가 되지 않도록 위층에서 기다리는 할아버지다.

이 분투하는 골프 꿈의 모퉁이에서, 또 때로는 그 중심에서, 에클스가 용서의 하얀 깃발처럼 지저분한 셔츠를 입고 지나다니며 큰 소리로 응원을 한다. 그를 집으로 인도하려고 그린에서 펄럭인다.

겨울을 지나면서 아직 죽음에서 깨어나지 못한 그린에는 마른 흙이 소금처럼 뿌려져 있다. 비료인가? 공이 미끄러지다 왕모래에 걸려 톡톡 뛴다. "퍼트로 찌르지 마세요." 에클스가 말한다. "조금 편하게 스윙을 해요. 두 팔을 쭉 펴고. 첫 퍼트를 노리는 것보다는 거리가 중요해요. 다시 해보세요." 그가 공을 발로 차 보낸다. 해리는 여기 네번째 그린에 올라올 때까지 열두 번 정도를 쳐야 했다. 그러나 그가 몇 번을 쳤는지 세는 것은 아무런 의미가 없다는 에클스의 오만한 생각 때문에 짜증이 난다. 자, 여보. 그는 아내에게 하듯이 애원한다. 구멍이 있잖아. 물통만큼 커다랗잖아. 다 괜찮을 거야.

하지만 안 된다. 그녀가 겁에 질려 있기 때문에 약하게 찌를 수밖에 없다. 무엇을 두려워한 것일까? 공은 아마 2미터가 모자랄 것이다. 그는 에클스 쪽으로 걸어가면서 말한다. "재니스가 어떤지는 말해주시지 않았네요."

"재니스요?" 에클스는 힘을 들여 게임에서 관심을 떼어낸다. 그는 이기는 것을 엄청나게 사랑한다. 이 사람은 나를 잡아먹고 있어. 해리는 생각한다. "월요일에는 기분이 좋아 보이던데요. 아까 말씀드린 그 여자하고 뒤뜰에 나와 있더라고요. 내가 갔을 때는 두 사람 모두 깔깔대며 웃고 있었습니다. 해리도 알아두어야 하지만, 이제 부인도 적응이 좀 되었으니, 한동안은 아마 다시 부모와 함께 있게 된 것을 좋아할 겁니다. 해리의 무책임에 대응하는 부인 자신의 무책임인 셈이죠."

해리는 텔레비전에서 본 것처럼 퍼트의 라인을 잡기 위해 쭈그리고 앉아 삐걱거리는 소리로 말한다. "사실 재니스도 나만큼이나 자기 부모를 견디지 못해요. 부모한테서 얼른 달아나고 싶은 마음이 없었다면 아마 나하고 결혼하지도 않았을 거예요." 퍼트는 아래쪽으로 미끄러져 좆도 1미터 정도 지나가버린다. 아니, 1미터 조금 넘게. 씨발.

에클스는 자기 공을 집어넣는다. 공은 흔들흔들 나아가다 성문음^{聲門音}으로 달그락거리는 소리를 내며 쏙 들어간다. 목사는 승리로 눈을 빛내며 고개를 든다. "해리," 그가 달착지근하지만 대담한 목소리로 묻는다. "왜 부인을 떠난 겁니까? 분명히 부인과 끈끈한 관계인 것 같은데."

"이미 말했잖아요. 원래 없던 게 생겼다고."

"뭘 말하는 거예요? 그걸 보기는 했어요? 그게 있다는 게 분명해요?"

해리의 공이 1미터 조금 넘게 굴러가다 구멍 앞에서 멈춘다. 그가 성난 손으로 공을 집어든다. "글쎄요, 목사님이 그게 있다는 걸 분명히 모르신다면 나한테 묻지 마세요. 그런 거야말로 목사님 분야인데. 목사님이 모르면 아무도 모르는 거죠."

"아니죠." 에클스는 자기 부인한테 은총을 향해 마음을 열어두라고 말할 때와 똑같은 긴장된 목소리로 말한다. "기독교는 무지개를 찾는 게 아닙니다. 기독교가 해리가 생각하는 그런 거라면 우리는 아편이나 나누어주는 셈이지요. 우리는 하느님이 **되려는** 것이 아니라, 하느님을 **섬기려고** 노력하고 있습니다."

그들은 가방을 들고 나무 화살표가 가리키는 방향으로 걷는다.

에클스는 설명하는 투로 말을 이어간다. "이건 모두 수백 년 전에 정리된 겁니다. 초대교회의 이단 논쟁에서요."

"분명히 말씀드리는데, 나는 그게 뭔지 압니다."

"뭔데요? 그게 도대체 뭡니까? 딱딱한가요, 아니면 말랑말랑한가요? 해리. 파란색입니까? 빨간색이에요? 물방울무늬입니까?"

래빗은 그가 정말로 이야기를 듣고 싶어한다는 느낌을 받고 우울하다. '내가 너보다 잘 안다'느니, '초대교회의 이단 논쟁'이니 하지만 마음속으로는 정말로 그것에 관한 이야기를 듣고 싶은 것이다. 그것이 있다는 이야기, 그가 매주 일요일마다 그 모든 사람에게 거짓말을 하는 것이 아니라는 이야기를 듣고 싶은 것이다. 이 제정신이 아닌 게임을 어떻게든 좀 파악해보려고 노력하는 것만으로는 부족해서, 영혼을 삼키려는 이 미치광이와 함께 돌아다녀야 한다는 건가. 가방의 뜨거운 띠가 어깨를 아프게 파고든다.

"사실 말이죠," 에클스는 여자처럼 흥분하여, 쑥스러워하면서도 단호한 목소리로 말한다. "해리는 엄청나게 이기적이에요. 겁쟁이예요. 옳고 그른 건 관심이 없어요. 자신의 최악의 본능 외에는 숭배하는 게 없어요."

그들은 티에 이른다. 팽팽하게 긴장된, 상아 색깔의 주먹만한 봉오리들이 달린 구부정한 과실수 옆에 잔디로 단을 만들어놓았다. "내가 먼저 칠게요." 래빗이 말한다. "그동안 진정 좀 하세요." 그의 심장은 분노 때문에 뛰다 말고 정지해버렸다. 잠잠하다. 그는 이 엉킨 상황에서 벗어나는 것 외에는 어떤 것에도 관심이 없다. 비가 오기를 바란다. 에클스를 보는 것을 피하려고 공을 본다. 높은 티에 놓여 있어 벌써 땅에서 벗어난 것처럼 보인다. 그는 아주 단순하게 클럽헤드를 어깨 주위로 빙 돌렸다가 공에 갖다댄다. 텅 빈 소리가 난다. 전에 들어보지 못한 균질한 소리다. 두 팔 때문에 머리가 어쩔 수 없이 위로 올라간다. 공은 저멀리 허공에 걸려 있다. 폭풍우가 치는 구름들이 아름답고 검푸른 배경을 이루어 공은 달처럼 창백하다. 북쪽을 가로질러 그의 할아버지 색깔이 빽빽하게 펼쳐져 있다. 공은 자처럼 곧은 직선을 따라 물러난다. 제대로 맞은 것이다. 구球, 별, 점. 공이 머뭇거린다. 래빗은 공이 이제 죽을 것이라고 생각하지만 그가 속은 것이다. 공은 그 머뭇거림을 최후의 도약의 발판으로 삼아, 마치 눈에 보이는 흐느낌처럼 마지막으로 허공을 한 번 물고 나서야 추락하여 사라진다. "바로 이거야!" 그가 소리친다. 한껏 부풀어 싱글거리며 에클스를 돌아보고 되풀이한다. "바로 이거야."

해와 달, 해와 달, 시간이 간다. 스미스 부인의 땅에서 크로커스*가 땅껍질을 부수고 나온다. 수선화가 나팔을 푼다unpack. 되살아나는 풀은 제비꽃을 품고 있다. 잔디가 갑자기 민들레와 잎이 넓은 잡초들로 추잡스러워진다. 끊어지다 다시 이어지는 눈에 보이지 않는 작은 물줄기들 때문에 정원의 낮은 땅이 노래를 한다. 대각선으로 벽돌을 묻어 경계를 지어놓은 꽃밭에서는 뭉툭하고 빨간 못들이 튀어나오고 있는데, 이것은 장차 모란이 될 것이다. 색이 부드러워지는 땅은 돌이 점점이 박혀 있고, 여전히 각질이며, 축축한 곳과 마른 곳이 누더기를 기운 것처럼 엇갈리고 있다. 이 땅은 세상에서 가장 오래된 것처럼 보이

---

* 붓꽃과의 여러해살이 식물로 사프란이라고도 불린다.

194

면서도, 하늘 아래 가장 새로운 것 같은 냄새가 난다. 피어나는 개나리의 얽히고설킨 황금 거품이 안개처럼 정원을 덮은 연기를 뚫고 빛을 발한다. 래빗은 쭈글쭈글해진 줄기, 죽은 풀, 겨울의 어둡고 은밀한 곳에서 떨어진 떡갈나무 잎, 함께 모아놓으면 발목을 물어뜯는 덤불 노릇을 하여 성질을 돋우는, 가지치기한 장미 덩굴을 태우고 있다. 그는 출근하자마자 입안에서 커피 맛이 가시지 않은 채로 뻑뻑한 눈으로 거미줄 같은 이슬 사이에서 이 잡목더미에 불을 붙였다. 모닥불은 퇴근할 때가 되어도 여전히 눅눅하게 연기를 피워 올리더니, 그의 발이 스미스 부인의 집 진입로의 돌조각들을 자박자박 밟을 때는 그의 뒤에서 한밤중의 유령을 만들어낸다. 브루어로 돌아가는 버스를 탄 그의 몸에서는 계속 따뜻한 재 냄새가 난다.

지난 두 달 동안 손톱을 한 번도 깎을 필요가 없었다는 것이 신기하다. 그는 쳐내고, 들어올리고, 판다. 일년생 식물들, 늙은 부인이 주는 봉투에 담긴 것들을 심는다. 한련旱蓮, 양귀비, 스위트피, 피튜니아. 씨앗 위로 부스러기 같은 흙을 괭이로 쌓아 두둑을 만들어주는 것이 좋다. 그렇게 봉해지면 씨앗은 이제 그의 것이 아니다. 그 단순함. 뭔가를 그 자신에게 내어줌으로써 없애버리는 것. 이 작고 완강한 구조물 속으로 접혀 들어가 있는 하느님. 그 안에서 하느님은 일련의 폭발을 거치도록 스스로 운명을 정해놓았다. 물과 공기와 규소로부터 아주 느리게 모아들이는 과정. 아무 말이 필요 없이, 그의 손바닥에서 둥근 괭이 손잡이가 돌아가는 것에서 그 과정이 느껴진다.

지금, 목련이 지배력을 잃었지만 단풍나무 잎 외에는 아직 어떤 잎도 그늘을 드리울 만한 폭을 얻지 못한 지금, 벚나무와 야생능금들,

그리고 외딴 구석에 홀로 선 자두나무 한 그루가 꽃으로 공처럼 둥글다. 검은 가지들이 바람에 흐르는 구름들로부터 흰빛을 모은 뒤 곧 도로 내던지는 것 같다. 그 바람에 되살아나는 풀이 놀라운 색종이 조각들의 폭풍으로 표백된다. 전동 잔디 깎는 기계는 휘발유 냄새를 풍기며 꽃잎들을 씹는다. 잔디가 꽃잎들을 소화한다. 쓰러진 테니스 코트 담장 옆의 라일락 덤불에 꽃이 핀다. 새들이 자기들의 물통으로 다가온다. 해리는 어느 날 아침 모서리를 잘라내는 초승달 모양의 톱을 들고 바쁘게 움직이다가 향기의 물결에 사로잡힌다. 뒤에서 산들바람이 방향을 틀면서 비탈을 빽빽하게 덮은 알싸한 은방울꽃잎들을 쓸고 내려왔기 때문이다. 따뜻했던 전날 밤에 수많은 방울이 익었다. 물론 가지 높은 곳에 달린 방울은 여전히 멜론 껍질 같은 희미한 셔벗 느낌의 녹색이지만. 사과나무와 배나무. 튤립. 저 추한 자주색 누더기는 붓꽃이다. 그리고 마침내, 진달래 다음에 나선 철쭉이 5월의 마지막 주를 거치며 풍성함을 더해간다. 래빗은 봄 내내 이 영광을 기다렸다. 철쭉 덤불을 보면 난감했다. 너무 커서 덤불이 아니라 나무라 해도 좋을 것 같았다. 그의 키의 두 배가 되는 것도 있었다. 게다가 수도 아주 많은 것 같았다. 가지들을 척 늘어뜨리고 바람을 막아주는 키 큰 솔송나무들 둘레를 따라 쭉 심어놓았다. 바람으로부터 보호를 받는 넓은 땅에는 구멍이 많은 녹색 빵 덩어리 같은 직사각형 수풀들이 수십 군데 있었다. 이 수풀은 늘 푸르렀다. 지그재그로 뻗은 가지와 사방을 가리키는 긴 타원형 잎들 때문에 수풀은 다른 기후, 중력이 이곳보다 약한 다른 땅에 속한 것처럼 보였다. 첫 꽃이 필 때는 전체가 루스가 읽는 문고본 스파이 소설 표지에 나오는, 동양의 요부가 머리 옆쪽에 꽂는 커다란 꽃 한 송이 같았다. 그러나 반구半球 모양의 꽃이 무리를 지어 피자 영락없이 가난한 소녀들이 부활절에 교회에 쓰고 가는 모자를 닮은 느낌이다. 해리는 자주 그런 소녀를 원했지만 한 번도 사귀지는 못했다. 초라한 집에 살고 번지르르한 싸구려 옷을 입고 다니는 조그만 가톨릭교도. 꽃잎이 다섯 개 달린 꽃들로 이루어진 야무지고 부드러운 모자 밑의 거무스름한 잎들 속에서 그녀의 얼굴을 그려볼 수 있다. 그 아이의 향기까지 나는 듯하다. 밀집한 꽃잎들에 바싹 다가간다. 향기는 없지만 꽃마다 입천장에 주근깨가 박힌 부채 두 개를 꽂고 있다. 꽃밥이 달린 곳이다.

이곳은 고인이 된 스미스 씨의 정원에서 절정이라 할 수 있는 곳이다. 스미스 부인은 집에서 나와 래빗의 팔에 의지하여 철쭉밭 깊은 곳으로 걸어간다. 한때는 상당히 키가 컸겠지만 지금은 허리가 굽어 자그마하고, 하얀 머리카락 속에 남아 있는 몇 가닥 검은 머리는 지저분해 보인다. 지팡이를 들고 나오기는 하지만, 건망증 때문인지 그냥 팔뚝에 걸어놓고 비슬비슬 걸어간다. 지팡이는 이국적인 팔찌처럼 축 늘어진 채 따라온다. 그녀에게는 정원사의 팔을 잡는 그녀 나름의 방법이 있다. 우선 그가 오른팔을 구부려, 팔꿈치를 그녀의 어깨 쪽으로 내민다. 그러면 그녀는 부들부들 떨면서 왼손을 올려 그의 팔뚝 안쪽으로 집어넣고, 작달막하고 주근깨가 많은 손가락으로 그의 팔목을 잡으며 무겁게 몸을 기댄다. 마치 덩굴이 벽을 잡고 있는 것 같다. 한 번만 세게 잡아당겨도 죽어버리겠지만, 그러지만 않으면 어떤 날씨에도 살아남을 것이다. 그는 걸을 때마다 그녀의 몸이 심하게 흔들리는 것을 느낀다. 말을 한마디 할 때마다 머리를 잡아챈다. 말하는 것이 힘들어서 그런 것은 아니다. 강조를 하고 싶은 욕구에 사로잡혀 있기 때문이다. 그래서 콧잔등에 사납게 주름을 잡고, 뻐드렁니 위로 입술을 올려 으르렁거리는 표정, 자의식에 사로잡힌 희극적으로 과잉된 표정을 만들어낸다. 자신이 아름답지 않다는 사실을 계속 고백하는 열세 살짜리 소녀의 익살맞은 표정 같다. 그녀는 머리를 갑자기 기울이고 해리를 쳐다본다. 주머니를 졸라매는 끈 같은 주름이 뒤엉킨 아주 작은 갈색 구멍 속에서 금이 간 파란 눈이 그녀가 말을 할 때마다 매혹적인 생명력에 사로잡혀 미친 듯이 불거져 나온다. "아, 나는 R. S. 홀퍼드 부인네 철쭉은 싫어. 색이 바랠 정도로 빨아낸 것 같고 폭신폭신한 느낌이거든. 하지만 호러스는 그 연어 색깔을 아주 좋아했지. 그래서 내가 이러곤 했어. '내가 빨간색이 좋다고 하면 빨간색을 줘요. 통통하고 빨간 장미 말이에요. 내가 하얀색이 좋다고 하면 하얀색을 주고요. 키가 크고 하얀 백합 있잖아요. 그 중간 것들, 분홍색이 될 수도 있는 색이라느니 거의 자주색에 가깝다느니 하는 자기 마음이 뭔지도 모르는 것들로 귀찮게 하지 말고요. 철쭉은 말주변이 좋은 식물이에요.' 나는 호러스한테 말하곤 했어요. '얘한테는 정말 머리가 있어요. 그래서 모든 걸 조금씩만 줘요.' 감질나게 하려고 말이야. 하지만 정말이지 나는 진심을 말한 거였어." 그 말에 그녀 스스로 감명을 받은 듯하다. 풀길에서 갑자기 발을 멈춘다. 눈이, 집요한 파란 고리 안의 깨진 유리 같은 하얀색 홍채가 불안정하게 움직이며 그의 이쪽 면과 저쪽 면을 번갈아 본다. "정말이지 그 말 한마디 한마디가 모두 진심이었어. 나는 농부의 딸이거든요, 앵스트롬 씨. 차라리 이 땅에 온통 알팔파*가 자라는 걸 보는 게 나아. 나는 그이한테 이랬어. '땅을 가지고 그렇게 안달복달할 거면 차라리 그냥 메밀을 심어버리지 그래요? 그래도 그건 진짜 농작물이잖아요. 당신이 밀을 길러요. 내가 빵을 구울 테니까.' 차라리 그게 나았을지도 몰라. '꽃이 지면 1년 내내 초라한 잎만 보고 있어야 하는데 이런 옷에 다는 꽃 장식 같은 것들을 갖고 뭘 하자는 거예요?' 나는 그렇게 말하곤 했어. '이걸 길러다 어떤 예쁜 여자한테 주려고 그래요?' 그이는 나보다 나이가 아래였거든. 그래서 그걸 이용해서 내 맘대로 놀리곤 한 거지. 얼마나 아래였는지는 얘기 안 해줄 거예요. 그런데 우리가 왜 여기 서 있는 거지? 나처럼 늙은 몸뚱어리는 한 군데 가만히 서 있으면 그 자리에 딱 달라붙어 버려." 그녀는 지팡이로 풀을 쑤석인다. 팔을 내밀라는 신호다. 그들은 꽃의 골목을 따라 계속 움직인다. "내가 그이보다 오래 살 거라고는 생각도 못했어요. 그이가 약했기 때문이에요. 정원에서 나와 집안으로 들어가면 줄곧 앉아만 있었어. 농부의 딸은 앉는다는 게 무슨 뜻인지 알지도 못하는데 말이에요."

그의 손목에 닿은 그녀의 불안정한 손은 키 큰 솔송나무의 흔들리는 우듬지처럼 까닥거린다. 그는 솔송나무를 보면 접근이 금지된 땅이 떠오른다. 그 나무들의 보호를 받는 곳 안에 들어와 있다고 생각하니 흐뭇하다. "아. 여기 **식물**이 있네." 그들은 모퉁이에서 발을 멈춘다. 그녀는 대롱거리는 지팡이를 들어 뭐든지 꿰뚫을 듯 순수한 분홍색 옷을 입은 자그마한 철쭉을 가리킨다. "호러스의 비앙키예요." 스미스 부인이 말한다. "하얀 거 몇 그루 빼면 이름만 들어도 뭔지 알 수 있는

---

* 콩과의 여러해살이풀로, 자주개자리라고도 불리며 사료용으로 재배한다.

유일한 철쭉이지. 하얀 것들 이름은 잊어버렸지만. 어차피 멍청한 이름이었기는 해도. 이게 여기 있는 유일한 진짜 분홍 철쭉이에요. 호러스는 저걸 처음 구해 다른 이른바 분홍색 꽃들 사이에 갖다놓았어. 하지만 이 꽃 때문에 다른 분홍색들이 우중충해 보이지 않았겠어? 그러자 그이는 당장 그 분홍색 꽃들을 뽑아버리고, 대신 비앙키 뒤에 새로 빨간색 꽃들을 심었어. 새빨간 꽃들은 다 사라졌지, 안 그래요? 지금이 6월이죠?" 그녀의 불안한 눈이 그에게 미친 듯이 고정되고 손아귀에 힘이 들어간다.

"아직이요. 다음 토요일이 메모리얼데이*인데요."

"아, 우리가 저 멍청한 식물을 얻은 날이 똑똑히 기억나요. 더웠지! 우리는 뉴욕시로 가서 배에서 저걸 받아 패커드 자동차 뒷좌석에 실었어. 마치 좋아하는 숙모라도 태우는 것처럼 말이야. 흙이 담긴 크고 파란 나무 상자에 꽂혀 있었지. 저 품종이 있는 종묘원이 영국에 하나밖에 없었기 때문에 여기까지 실어오는 데 200달러가 들었어요. 한 사람이 매일 선창으로 내려가 물을 줬다고 하더군. 더웠지. 저지시티와 트렌턴에는 차가 엄청나게 밀렸고. 그런데 파란 상자에 담긴 이 여윈 덤불은 뒷좌석에 제후처럼 앉아 있는 거야! 그때는 그 턴파이크니 뭐니 하는 도로들이 없어서 뉴욕까지 가는 데 여섯 시간은 족히 걸렸어요. 대공황 한복판이었는데도 세상 모든 사람이 자동차 한 대씩은 갖고 있는 것 같더라고. 벌링턴에서 델라웨어강을 넘어왔어. 전쟁 전 일이었지. '전쟁'이라고만 하면 앵스트롬 씨는 어느 전쟁을 말하는 건

* 전쟁으로 사망한 병사들을 추모하는 미국의 기념일. 5월 마지막 월요일.

지 모르겠구나. 혹시 한반도 일을 전쟁이라 생각할지도 모르겠네."

"아뇨, 전쟁이라고 하면 제2차세계대전을 생각합니다."

"나도 그래요! 나도 그래! 그게 정말 기억이 나요?"

"그럼요. 저도 나이가 꽤 들었을 때니까요. 깡통을 납작하게 쭈그러뜨려서 전쟁 스탬프를 사면 초등학교에서 상도 주고 그랬어요."

"우리 아들은 전사했다우."

"어이구. 미처 몰랐습니다."

"아, 나이가 많았어요, 나이가 많았어. 거의 마흔이 다 됐지. 바로 장교를 시켜주더군."

"그래도—"

"알아요. 흔히 젊은 사람들만 전사한다고 생각하지."

"그래요, 보통 그러죠."

"훌륭한 전쟁이었어. 첫번째 전쟁과는 달랐지. 우리가 이겨야 할 전쟁이었고, 또 이겼지. 전쟁이란 게 다 가증스러운 거지만, 그 전쟁은 이겨서 만족스러운 전쟁이었어." 그녀는 다시 지팡이로 분홍색 식물을 가리킨다. "선창에서 오던 날 물론 저건 꽃이 피지 않은 상태였지. 늦여름이었으니까. 그래서 나한테는 어리석은 짓처럼 보였어. 저걸 뒷자리에 꼭," 그녀는 했던 말을 또 한다는 것을 깨닫고 멈칫거리지만 계속 이어나간다. "꼭 제후처럼 태우고 온다는 게 말이야." 그를 지켜보는 그녀의 거의 투명한 파란 눈에 작은 날카로움이 서린다. 그가 그녀의 트릿함을 비웃지나 않는지 살피는 것이다. 그런 것이 보이지 않자 그녀는 거칠게 내뱉는다. "저건 하나뿐이야."

"유일한 비앙키라고요?"

"그래요! 맞아! 미국에는 또 없어. 저렇게 훌륭한 분홍색은 또 없어. 골든게이트 다리에서부터—어디까지라더라. 브루클린 다리까지, 그렇게들 말하는 것 같더구먼. 이 나라에서 진짜 훌륭한 분홍색은 딱 하나 바로 여기 우리 눈앞에 있어요. 랭커스터의 화초 연구가가 꺾꽂이를 하려고 잘라냈지만 죽고 말았지. 아마 석회로 숨막혀 죽게 했을 거야. 멍청한 인간. 그리스 사람이었는데."

그녀는 그의 팔을 쥐어뜯더니 더 무겁고 빠르게 움직인다. 해는 높이 떠 있고 그녀는 집으로 가고 싶은 것인지도 모른다. 잎들 속에서 벌들이 헤엄친다. 숨은 새들이 꾸짖는다. 잎의 물결이 꽃의 물결을 삼켜버렸다. 싱싱한 녹색 벽에서 은근히 씁쓸한 냄새가 풍긴다. 단풍나무, 포플러, 떡갈나무, 느릅나무, 마로니에가 옅은 숲을 이루어 조금씩 짙어졌다 옅어졌다 하며 멀리 토지의 경계선을 따라 달려간다. 잔디와 잡목 숲 사이의 축축하고 그늘진 띠에서는 철쭉이 아직 머리를 내밀고 있지만, 잔디 중앙에 있는 보호받지 못하는 덤불들은 이미 잔딧길 가장자리를 따라 꽃잎을 떨어뜨려 창백하고 단정한 줄을 그어놓았다. "마음에 안 들어, 마음에 안 들어." 스미스 부인은 그렇게 말하며 한창때가 지난 꽃들을 지나 래빗과 함께 절뚝거리며 걸어간다. "아름다운 거야 고맙지만, 그래도 알팔파를 보는 게 차라리 낫겠어. 어떤 여자 하나가 있었지. 그 일이 왜 이렇게 나를 짜증나게 하는지 모르겠네. 호러스는 꽃이 필 때면 사람들한테 와서 구경을 하라고 권하곤 했어. 여러 면에서 아이 같았지. 그 여자, 포스터 부인이라는 그 여자는 언덕 아래, 셔터에 쇠붙이로 만든 고양이를 매달아놓은 작은 벽돌 오두막에 살았는데, 거의 코밑까지 립스틱을 칠한 얼굴로 나를 돌아보며 어김없이 말하곤 했어." 그녀는 심술에 받쳐 몸을 흔들며 달착지근한 목소리를 흉내낸다. "'오마나, 스미스 부인, 천국이 꼭 이럴 거예요!' 그래서 어느 해에는 내가 그 여자한테 말했어. 더는 입을 다물고 있을 수가 없었거든. 이렇게 말했지. '글쎄요, 일요일마다 세인트 존 성공회 교회까지 10킬로미터나 되는 거리를 차를 타고 왔다갔다해서 기껏 만발한 철쭉 속으로 다시 들어가게 되는 거라면, 나는 그런 천국에는 가고 싶지 않으니까 차라리 기름값을 아끼고 말겠어요.' 늙은 죄인이 말하기에는 좀 끔찍한 소리 아니었을까?"

"아, 저는 잘 모르겠……"

"그저 예의를 지키려고 했을 뿐인 그 가엾은 여자한테 말이야? 물론 머릿속에는 콩알만한 뇌도 없었지만. 젊은 광대처럼 얼굴에 색깔을 칠하고 말이야. 지금은 죽었어, 가엾은 사람. 알마 포스터는 두세 해 전 겨울에 죽었지. 그러니 이제 그 여자는 진실을 알고 있겠지. 나는 아직 모르지만."

"글쎄요, 그분한테는 철쭉처럼 보였던 것이 부인한테는 알팔파처럼 보일지도 모르죠."

"하! 아하! 그거야! 바로 그거야! 말이야, 앵스트롬 씨, 정말 기뻐요." 그녀는 발을 멈추더니 그의 팔뚝을 어색하게 쓰다듬는다. 햇빛 속에서 아주 작은 황갈색 풍경 같은 그녀의 얼굴이 그를 향해 위로 기울어 있다. 그녀의 시선에서는 소녀 같은 서툰 추파와 물기 어린 흔들림 아래로 예전의 날카로움이 반짝거린다. 래빗은 불안하게 서서 그 꿰뚫는 듯한 힘이 칼날처럼 쑤시고 들어오는 것을 느낀다. 그것이 스미스 씨를 뇌 없는 꽃으로 내몰았을 것이다. "그쪽하고 나, 우리는 생각이 비슷해. 안 그래요? 응, 안 그래?"

"정말 잘하네, 응?" 루스가 말한다. 그들은 메모리얼데이를 맞아 오후에 웨스트브루어의 수영장에 왔다. 그녀는 수영복을 입는 것을 쑥스러워했지만, 막상 탈의실에서 입고 나오니 멋져 보였다. 수영 모자 때문에 머리는 작아졌고, 어깨는 둥글고 넓었다. 물속에 서자 부서진 조각상처럼 몸이 허벅지에서 잘려나갔다. 그녀는 편안하게 헤엄을 쳤다. 커다란 두 다리는 천천히 물장구를 치고, 깨끗한 두 팔은 위로 들어올리고, 등과 엉덩이는 가볍게 흔들리는 녹색 밑에서 거무스름하게 가물거렸다. 한번은 동작을 멈추고 물에 얼굴을 박은 채 둥둥 떠 있기도 했다. 약간 위험이 느껴지는 바람에 그의 심장이 빨라졌다. 엉덩이가 자체의 부력으로 둥둥 떠올라 수면을 부수었다. 둥글고 검은 섬이 빛나고 있었다. 고장난 텔레비전처럼 흔들리는 물에 갑자기 나타난 선명한 이미지. 그 견고한 모습에 그의 마음은 자부심으로 부풀었고, 싸늘한 소유의 느낌에 사로잡혀 온몸이 단단해졌다. 그의 것, 그녀는 그의 것이었다. 그는 그녀를 물만큼, 그녀의 몸 모든 곳에 있는 물만큼 잘 알았다. 그녀가 배영을 하자 물이 거품을 일으키고 부서지며 앞쪽 젖가슴의 컵 안으로 쏟아져들어갔다. 물의 손길이 젖가슴을 완전히 감쌌다. 물에 가라앉은 몸의 아치가 팽팽해졌다. 그녀는 눈을 감고 맹목적으로 움직였다. 수영장의 얕은 쪽 끝에서 물장난을 치던 비쩍 마른 소년 둘이 그녀가 머리부터 다가오자 물을 튀기며 멀어졌다.

그녀는 팔을 뒤로 휘젓다가 한 아이를 스치자 잠을 깨고 물속에 쭈그리고 앉아 웃음을 지었다. 혼잡한 수영장을 오가는 물결 속에서 안달하며 균형을 잡느라 두 팔이 뼈가 없는 것처럼 흔들렸다. 염소 냄새로 공기가 반짝거렸다. 깨끗해, 깨끗해. 그는 깨끗한 것이 무엇인지 알 것 같았다. 자신의 원소가 아닌 어떤 것도 자신을 건드리지 않는 것. 루스는 물속에, 그는 풀과 공기 속에 있는 것. 그는 물의 동물이 아니다. 그에게 물에 젖는다는 것은 차갑다는 것이다. 한 번 몸을 잠근 뒤에는 타일이 깔린 가장자리에 앉아 발을 담그고, 뒤의 여고생들이 그의 넓은 등 근육의 움직임에 감탄하고 있다고 상상하는 것이 더 좋다. 그는 두 어깨를 돌리며 견갑골이 해를 받은 피부를 팽팽하게 펼치는 것을 느낀다. 루스는 물을 걸어 끝까지 간다. 물이 너무 얕아 수영장 바닥의 체크무늬가 수면에 굴절되어 비친다. 그녀는 커다란 연녹색 포도송이 같은 물을 떨어뜨리며 짧은 계단을 오른다. 그는 다시 그들의 담요로 기어가 눕는다. 그래서 그녀가 다가왔을 때, 그녀가 그의 위 하늘에 버티고 선 것처럼 보인다. 허벅지 안쪽 높은 곳의 검은 털은 물 때문에 소용돌이 모양으로 달라붙어 있다. 그녀는 모자를 잡아 뜯듯이 벗고 머리카락을 흔들더니 수건을 집으려고 허리를 굽힌다. 등의 물이 어깨를 통해 뚝뚝 듣는다. 그녀가 두 팔을 닦는 것을 지켜보는 동안 담요를 뚫고 풀냄새가 피어오르고 외침소리가 수정 같은 공기를 흔든다. 그녀는 그의 옆에 누워 눈을 감고 해에 몸을 맡긴다. 가까이서 보자 그녀의 얼굴은 크고 납작한 평면을 이루는 피부들로 구축되어 있다. 납작하게 눌려 노란 광택 말고는 색깔이 다 빠져버렸다. 노란 광택은 그 면적에 광물의 무게를 보탠다. 채석장에서 바로 신전으로 가져온 구멍 많은 어떤 순수한 돌의 무게. 기념비 같은 루스에게서 그 크기에 어울리는 말이 흘러나온다. 육중한 바퀴가 귀의 현관으로 굴러오는 것 같고, 소리 없는 동전들이 빛 속에서 회전하는 것 같다. "정말 잘해."

"뭘?"

"아." 그녀의 말이 입술을 통과하느라 약간 지체되는 것 같다. 입술이 움직이는 것이 보이고, 조금 있다가 말이 들린다. "네가 얻은 걸 봐. 에클스는 매주 너하고 골프를 치게 되었고, 부인이 너한테 아무 짓도 못하게 막았잖아. 또 꽃을 얻었고, 스미스 부인이 널 사랑하게 만들었잖아. 나도 얻었고."

"정말로 나를 사랑한다고 생각해? 스미스 부인이?"

"내가 아는 건 너한테 들은 것뿐이야. 네가 그렇다고 했잖아."

"아냐, 내가 그렇게 말한 적은 없어. 내가 그랬어?"

그녀의 거대한 얼굴, 그의 나른한 만족감 때문에 확대되어 보이는 얼굴은 굳이 대답을 하려 하지 않는다.

그가 되풀이한다. "내가 그랬어?" 그러면서 그녀의 팔을 꼬집는다, 세게. 사실 그렇게 세게 꼬집을 생각은 아니었다. 그러나 그녀의 살갗에 손이 닿는 순간 왠지 갑자기 화가 났다. 살갗은 침울하게 굴복했다.

"아야. 이런 개새끼."

그녀는 여전히 그대로 누워 있다. 래빗보다는 해에 더 관심을 기울인다. 그는 팔꿈치를 바닥에 대고 몸을 일으켜 그녀의 죽은 몸 건너에서 원뿔형 판지에 담긴 오렌지 크러시를 홀짝이며 서 있는 열여섯 살짜리 두 명의 한결 가벼운 몸매를 본다. 끈 없는 흰색 옷을 입은 아이가 스트로를 빨다가 고개를 들어 갈색 눈길로 그를 흘끗 본다. 비쩍 마른 두 다리가 니그로의 다리처럼 시커멓다. 궁둥이뼈는 평평한 배 양쪽으로 앙상하게 돌출해 있다.

"아, 온 세상이 너를 사랑하지." 루스가 갑자기 말한다. "내가 궁금한 건 도대체 왜 그러냐는 거야."

"내가 사랑받을 만하니까." 그가 말한다.

"내 말은 왜 도대체 너냐는 거야. 네가 뭐가 그렇게 특별해서?"

"나는 성자야." 그가 말한다. "사람들한테 믿음을 주지." 이것은 에클스가 그에게 한 말이다. 웃음을 터뜨리며 그런 말을 한 적이 있는데, 아마 비꼬는 말이었을 것이다. 에클스의 진심이 뭔지는 도대체 알 수가 없었다. 그냥 받아들이고 싶은 대로 받아들일 수밖에 없었다. 래빗은 그 말을 마음에 새겨놓았다. 그 자신은 도저히 생각해낼 수 없는 말이었다. 그는 자신이 다른 사람들에게 주는 것에 관해서는 그렇게 많이 생각하지 않는다.

"나한테는 고통만 주는데." 그녀가 말한다.

"이럴 수가." 이런 부당한 일이 있나. 수영장에 들어가 있는 그녀를 그렇게 자랑스러워했는데, 그녀를 그토록 사랑했는데.

"도대체 너는 왜 네 역할을 다하려고 하지 않아?"

"뭐가 불만이야? 내가 너를 부양하는데."

"부양은 무슨 부양. 나도 일을 하는데." 그것은 사실이다. 그가 스미스 부인네서 일을 하게 되고 나서 얼마 지나지 않아 그녀는 브루어에 지사를 둔 보험회사에 속기사 자리를 얻었다. 그가 그러기를 바랐다. 자신이 없는 오후에 그녀가 어떻게 시간을 보내느냐 하는 문제를 놓고 안달을 했던 것이다. 그녀는 남자를 후리는 것을 즐긴 적이 없다고 말했지만, 그는 그 점을 확신하지 못했다. 그와 만났을 때 그녀는 별로 괴로운 표정이 아니었기 때문이다.

"일은 그만둬." 그가 말한다. "나는 상관없어. 하루종일 앉아서 미스터리 소설이나 읽어. 내가 먹여 살릴게."

"네가 나를 먹여 살린다고. 네가 그렇게 대단하면 네 부인이나 먹여 살리지 그래?"

"내가 왜 그래야 돼? 그 여자 아버지가 엄청난 부잔데."

"너는 아주 으스대는 인간이야. 그래서 내가 열이 받아. 네가 대가를 치르게 될 거라는 생각은 해본 적 없어?" 이제 그녀는 그를 보고 있다. 물속에 있는 바람에 충혈된 눈으로 똑바로 보고 있다. 손으로 눈 위에 차양을 만들고 있다. 이것은 그가 그날 밤 주차요금 미터기 옆에서 만났던 눈, 인형에게나 달려 있을 것 같은 납작하고 창백한 원반이 아니다. 홍채의 파란빛이 안으로 깊어지고 풍부하게 짙어지면서 그의 본능에 진실의 노래를 불러주어, 그를 혼란에 빠뜨린다.

그 눈이 그녀 자신을 찌르는 바람에 그녀는 눈물을 누르려고 고개를 돌리면서 생각한다. 이것도 신호야, 쉽게 우는 거. 맙소사, 직장에서도 그녀는 설사라도 나올 것처럼 허둥지둥 타자기 앞에서 일어나 화장실로 달려가 흑, 흑, 흑, 흐느낀다. 칸 안에 들어가 서서 그녀를 비웃는 변기를 내려다보며 가슴이 아프도록 흐느낀다. 그리고 졸린 거. 맙소사, 점심을 먹고 돌아오면 릴리 오프와 리타 피오반트 사이의 리놀륨 바닥 통로에 바로 뻗어버리고 싶은 것을 참느라 안간힘을 쓴다. 거기 누워버리면 눈이 끈적끈적한 늙은 호니그는 그녀를 넘어가야 할 거다. 그리고 배고픈 거. 점심으로 아이스크림소다와 샌드위치를 먹고, 그리고 커피와 함께 도넛을 먹고, 그러고도 계산대에서 초코바를 사야 한다. 해리를 위해 날씬해지려고 노력한 뒤에 실제로 3킬로그램 정도가 빠졌다. 적어도 저울 하나에서는 그렇게 나왔다. 그를 위하여. 그게 웃기는 것이었다. 이 사람은 멍청하게도 이쪽 방향으로 나를 바꾸려고 하는데 나는 다른 방향으로 나 자신을 바꾸고 있다니. 그는 온화해 보여도 위협적이었다. 그럼에도 온화한 것은 사실이었고, 그녀로서는 온화한 남자를 만난 것은 이번이 처음이었다. 이번에는 남자의 더러운 머릿속에 붙어 있는 뭔가가 되는 것이 아니라, 적어도 그를 위해 **존재**한다는 느낌이 들었다. 맙소사, 축축한 입으로 작게 웃음을 터뜨리는 남자애들을 싫어했지만, 해리라면 그런 것들도 용서할 수 있을 것 같았다. 사실 반만 걔네들 잘못이었다. 남자애들은 그녀가 계속 두드려대는 일종의 벽, 거기 뭔가 있다는 것을 알기 때문에 두드리는 벽이었다. 그런데 갑자기 해리를 만나면서 그 뭔가가 실제로 나타났으며, 그 때문에 전에 있었던 모든 것은 아주 비현실적인 것이 되고 말았다. 사실 누가 진짜로 그녀를 해친 적은 없었다. 상처를 주고 떠나거나 한 적은 없었다. 그래서 기억을 되살려보면 가끔 모든 일이 꼭 다른 사람한테 일어난 일처럼 느껴진다. 남자애들이 좀 흐릿하게 보였다. 마치 그녀가 계속 눈을 감고 있었던 것처럼. 흐릿하고 애처롭고 간절하다. 자기 마누라는 해주려 하지 않는 어떤 것을 원한다. 지저분한 말 몇 마디나 훌쩍이는 소리나 입으로 하는 그 짓. 그래, 그거. 도대체 그 안에 뭐가 있기에? 거기만큼 깊지도 않을 텐데. 그녀는 모를 일이었다. 사실 걔네들이 내 벌bee에 하는 것보다 나쁠 것도 없는데 쩨

쩨하게 굴 필요가 뭐가 있어. 해리슨이 처음이었는데, 어차피 그때 그녀는 원숭이처럼 취한 상태였지만 다음날 아침에 일어나서는 도대체 입안에서 어떤 맛이었는지 궁금했다. 그러나 그것은 미신을 믿는 아이처럼 구는 것이었다. 사실 별맛이 없어 바닷물 같아. 다만, 아마 남자애들이 생각하는 것보다는 힘이 더 들 거야. 여자들은 늘 남자들이 생각하는 것보다 열심히 노력해. 핵심은, 남자애들은 자기들 거에 감탄해주기를 바란다는 것이었다. 정말로 그걸 원했다. 남자애들은 자기들 게 그렇게 징그럽지도 않은데 스스로 징그럽다고 생각했다. 고등학교 다닐 때는 그것 때문에 놀랐다. 남자애들이 사실은 얼마나 수치감이 많은지. 그냥 거기에 손만 대줘도 얼마나 고마워하는지. 내가 그래줄 거라는 소문이 얼마나 빨리 도는지. 걔네들은 무슨 생각을 했을까, 자기들이 괴물이라고? 남자애들이 조금만 생각이 있었다면 나도 호기심이 있다는 것, 걔네들이 내 것을 좋아하는 것처럼 나도 거기 그 낯선 것을 좋아할 수도 있다는 것을 알았을지 모르는데, 나름대로 여자보다 나쁠 것도 없는데, 온통 빨간 주름이 잡혀 있고, 맙소사. 결국 뭐가 있는 거지? 신비한 것은 없었다. 그것이 그녀가 발견한 위대한 것이었다. 신비한 것이 없다는 것. 그냥 반한 척해서 남자애들을 왕으로 만들어주면 그만이었다. 그런 식으로 박자를 맞춰주는 것은 좋을 수도 있고 그렇게 좋지 않을 수도 있었지만. 어쨌든 걔네들과 한편이 되어 다른 아이들하고는 등지게 되었다. 체육관에서 하키를 할 때 그녀를 둘러싸고 뛰어다니던 그 조그맣고 하찮은 것들하고는. 파란색의 아기 옷 같은 교복을 입으면 그녀는 암소 같았다. 그래서 12학년 때는 교복을 입지 않으려 했고 그 바람에 벌점을 받았다. 맙소사,

하청업자나 약제사를 아버지로 둔 여자아이들 몇 명을 얼마나 싫어했던지. 하지만 그녀는 밤에 앙갚음을 했다. 그런 아이들은 있는 줄도 모르던 것을 여왕처럼 손에 넣었다. 정말이지 그때는 그게 전혀 멋지지 않았어. 심지어 옷을 벗을 필요도 없었으니까. 옷 위로 조금 비벼주기만 하면 그만이었으니까. 내 입에는 방금 먹은 햄버거의 양파 맛이 남아 있었고, 차의 난방기는 식으면서 딱딱거리는 소리를 냈지. 옷을 그대로 입은 채, 모든 것 위로, 그러면 걔네들은 터져나갔지. 사실 뭘 크게 느끼기야 했을까. 그냥 내 **생각**을 하는 것만으로 그렇게 되었던 것이 틀림없어. 걔네들의 그 모든 생각들. 때로는 그냥 프렌치 키스만으로도. 그렇다고 내가 정말로 거기에 능숙해졌던 것도 아니지만. 질퍽거리는 혀 때문에 둘 다 숨도 쉬지 못했지. 그러다 갑자기 남자애들의 입술이 단단해졌다가 열렸다가 느슨하게 닫히면서 뒤로 물러나면 끝이 났다는 것을 알 수 있었어. 그러면 남자애들은 더 밀어붙이지 않았고, 나는 옷이 젖지 않도록 얼른 물러나야 했지. 그 아이들은 화장실 벽에 그녀의 이름을 썼다. 그녀는 학교에서 노래가 되어버렸다. 앨리가 그 이야기를 해주었다, 친절하게도. 하지만 앨리하고는 좋았던 일도 있었다. 한번은 방과후 해가 아직 높이 떠 있을 때 차를 타고 시골 도로를 달리다 오래된 좁은 길을 따라 올라가 마운트저지가 보이는, 잎이 무성한 곳에 멈추었다. 산을 등진 도시. 산도 도시도 멀리 침침했다. 그는 그녀의 허벅지에 머리를 뉘었다. 그녀의 스웨터는 말려 올라가고 브라는 풀려 있었다. 마치 아기처럼, 부드러웠다. 그녀의 벌(누가 그것을 벌이라고 불렀을까? 앨리는 아닌데)은 그때는 더 단단하고 둥글었고, 더 민감했다. 기다리고 있는 그의 축축한 입은 아주 행복했고,

앞을 보지 못했다. 머리 위의 햇빛 속에서 새들이 따뜻한 소리를 내고 있었다. 앨리는 소문을 냈다. 소문을 낼 수밖에 없었다. 그녀는 그를 용서했지만, 그 일로 더 지혜로워졌다. 나이든 축을 상대하기 시작했다. 잘못이 있었다면 그것이 잘못이었다. 하지만 뭐 어때? 뭐 어때? 라는 것이 의문이었고 지금도 그녀는 묻고 있다. 잘못이 있었는지 확인하려 들면 피곤해진다. 그냥 생각하는 것만으로도. 수영하고 젖은 몸으로 누워 눈까풀 너머로 붉은빛을 보면서 혹시 잘못한 것은 아닌지 의문을 품고 그 빨간 것을 통해 되짚어가보려 하는 것만으로도. 그녀는 지혜로웠다. 그들에게는 젊음이 아름다움을 대신할 수 있었다. 그들은 나이가 많았기 때문에 그렇게 서두르지 않았다. 정말이지 어떤 새끼들은 **결코** 끝나지 않을 것 같다는 생각이 들었다. 마치 그들의 작은 기부물이 세상이 얻을 수 있는 가장 위대한 것이라도 되는 것처럼. 물론 그게 나와주어야 말이지만.

하지만 이 작자. 완전히 미치광이야. 그녀는 그가 무엇을 갖고 있는지 궁금하다. 그는 남자치고는 아름답다. 할례를 하지 않은 채 부드럽게 양털 속에 옆으로 누워 있다. 그러다 천사의 뿔처럼 바뀐다. 그는 그녀에게 꼭 맞지만, 틀림없이 그 이상이 있을 것이다. 그렇게 소년 같고 봉고 드럼을 가져오고 달콤하고 고마운 말을 하는 것이 다가 아니다. 그는 그녀에게 묘한 힘도 발휘하기 때문이다. 그들이 사이가 좋을 때 그녀는 그의 옆에 없는 사람처럼 느껴진다. 바로 그것이 틀림없다. 그녀가 찾고 있던 것이 틀림없다. 어떤 남자 옆에서 없는 사람처럼 느껴지는 것. 그래, 그 첫날 밤 그가 약간 자랑스럽게 "야" 하고 말했을 때 그녀는 그에게 굴복하는 것에 별로 개의치 않았다. 그래야 할 것 같았기 때문이다. 그녀는 그때 남자아이들을 다 용서했다. 그의 얼굴과 남자아이들의 모든 얼굴이 합쳐져서 무시무시하고 흐릿한 덩어리를 이루었고, 그녀는 꼭 자기보다 더 나은 어떤 것에 굴복하는 기분이었다. 하지만 결국 그도 그렇게 다르지 않다는 것이 드러난다. 완전히 우울해져서 애인처럼 매달리고, 그러다 원하는 것을 얻으면 등을 돌리고 다른 걸 생각하고. 남자들은 여자들 같은 방식으로 그것에 의존해 살지는 않는다. 이제 그것은 점점 빨라지고 습관처럼 되어간다. 그녀가 별로 내켜하지 않는다는 것을 그가 느끼거나 그녀가 말해주면 그는 정말 서두른다. 그럴 때면 그녀는 그냥 누워 있을 수 있다. 어떤 면에서는 가만히 귀만 기울이고, 그러면 마음이 편해진다. 하지만 그런 뒤에는 잠이 오지 않는다. 어떤 밤에는 그가 그녀를 흥분시키려 하지만 그녀는 그냥 너무 졸리고 아래쪽이 너무 묵직하여 아무 소용이 없다. 가끔 그를 밀어버리고, 흔들면서 소리치고 싶다. 나는 **못해**, 이 멍청아, 네가 이제 **아버지**라는 걸 모르겠어! 하지만 안 돼. 그에게 말하면 안 된다. 말을 하면 돌이킬 수가 없다. 한 번 건너뛴 것뿐이다. 새로 시작할 날이 다가오고 있다. 어쩌면 하루만 있으면 시작할지도 모르고 그럼 그녀에게는 아무것도 없는 것이다. 지금 상황이 너무 엉망이라 그렇게 되면 정말이지 얼마나 기쁠지 모르겠다. 그래도 이런 식으로 뭔가를 하고는 있다. 초코바들을 버리고 있다. 맙소사, 내가 그것을 정말 원하지 않는 것인지도 잘 모르겠어. 그가 행동하는 것을 보면, 그 염병할 것을 끼우지 말고 그냥 멋지고 깨끗하게 하자는 것을 보면, 그는 원하고 있기 때문에. 심지어 내가 그저 이 으스대는 새끼한테 보여주려고 이 새끼의 팔 아래서 그냥 잠이 들어 의도적으로 이런 상황을 초래한 것이 아니라고 자신 있게 말하지도 못하겠어. 사실 그는 자기가 잠들었을 때는 그녀가 일어나서 차가운 욕실로 살금살금 들어가도 뭐라고 하지 않기 때문이다. 자기 눈에 보이지만 않으면, 자기 몸을 움직일 필요만 없으면 그것으로 그만이었다. 그것이 그의 문제였다. 그는 그냥 자기 속에서만 살아갔다. 어떤 일의 결과도 생각하지 않았다. 초코바와 졸음 이야기를 하면 아마 겁을 먹고 달아날 것이다. 그도, 멋지고 깨끗하게 하는 것도, 귀여운 작은 하느님도, 화요일마다 골프를 치는 그의 귀여운 작은 목사도. 그 목사도 염병할 문제야. 래빗이 전에는 그래도 자기가 틀린 행동을 한다는 생각은 했는데, 이제는 스스로 예수그리스도가 되어 자기 머릿속에 떠오르는 아무 일이나 하면 세상을 구할 수 있다고 생각을 하게 되었으니 말이야. 주교인지 뭔지를 붙들고 그의 부하인 성직자가 골칫거리라고 일러바치고 싶다. 가엾은 래빗에게 아무도 이해할 수 없는 것을 가득 채우려 한다고. 지금도 그녀의 귀를 채우고 있다고. 그의 부드럽고 자신만만한 목소리가 느긋하고 초연하고 으스대는 태도로, 너무 약이 올라 정말 눈물이 나오게 하고야 마는 목소리로 그녀의 질문에 답을 하고 있다고.

"내 말해주지." 그가 말한다. "재니스를 떠날 때 나는 흥미로운 발견을 했어." 그녀의 눈까풀 위로 눈물이 거품을 일으키고, 수영장 물의 짠맛이 입으로 들어와 입을 막아버린다. "내가 나 자신이 될 배짱이 있으면, 다른 사람들이 대신 대가를 치러준다는 거야."

어색한 심방을 하는 것은 에클스에게는 괴로운 일이다. 적어도 그런 심방을 미리 생각하는 것은 괴롭다. 보통 꿈이 현실보다 더 나쁘다. 하느님은 현실만 다스린다. 실제로 사람들이 참석한 자리는 늘 견딜 만하다. 스프링어 부인은 통통하고 거무스름하고 뼈대가 작은 여자로, 집시의 느낌을 준다. 어머니와 딸 모두 불길한 분위기를 풍기지만, 어머니의 경우 불안을 자아내는 이런 능력은 이제 안정된 재능이 되었으며, 중간계급의 생활 전략과 철저하게 결합되어 있다. 딸의 경우에는 그것이 둥둥 떠서 겉돌고 있어, 쓸모도 없고 자신에게나 다른 사람들에게나 위험하기만 하다. 에클스는 재니스가 집에 없어 안도한다. 그녀가 있으면 죄책감이 아주 강해지기 때문이다. 재니스는 포스나트 부인과 함께 브루어로 〈뜨거운 것이 좋아〉를 보러 갔다. 그녀들의 아들 둘이 스프링어 집 뒤뜰에 있다. 스프링어 부인은 에클스를 데리고 집안을 통과하여 망을 친 포치로 데려간다. 거기 있으면 아이들을 계속 지켜볼 수 있기 때문이다. 그녀의 집 내부는 돈은 많이 들였지만 혼란스러운 느낌을 준다. 방마다 안락의자가 불필요하게 하나씩 더 있다. 앞문에서 뒷문으로 가려면 빽빽하게 들어찬 방들 사이의 비뚤비뚤한 복도를 통과해야 한다. 그녀는 천천히 앞장서 간다. 양쪽 발목에는 압박붕대가 감겨 있다. 아파서 발을 조금씩밖에 떼지 못하기 때문에 그녀가 엉덩이에 깁스를 하고 있다는 그의 착각은 좀체 깨지지 않는다. 그녀가 베란다에 놓인 흔들의자의 쿠션에 살며시 앉으며 위를 걷어차듯이 두 다리를 올리는 바람에 에클스는 깜짝 놀란다. 흔들의자는 귀에 거슬리는 소리와 함께 갑자기 흔들리며 그녀의 무게를 받는다. 기쁨을 표현하는 행동 같다. 그녀의 털이 없는 창백한 종아리가 뻣뻣하게 튀어나오고, 새들 구두*가 잠시 허공에 뜬다. 구두는 마치 축축한 통에 넣고 몇 년 동안 돌린 듯 금이 가고 반질반질하게 닳았다. 그는 알루미늄과 플라스틱으로 만든, 이음새가 불안정한 잔디용 의자에 앉는다. 그의 옆 포치 망 너머로 넬슨 앵스트롬과 넬슨보다 약간 나이가 많은 포스나트네 아이가 태양 아래 그네, 미끄럼틀, 모래 상자를 하나로 합친 놀이 기구 주위에서 노는 것이 보인다. 에클스도 전에 그런 놀이 기구를 산 적이 있다. 물건은 모두 긴 판지 상자에 부품 형태로 배달되었는데, 수치스럽게도 그것을 조립할 수가 없었다. 결국 늙고 귀가 먼 교회 관리인 앵거스가 대신 조립해주었다.

"뵙게 되어 반가워요." 스프링어 부인이 말한다. "아주 오랜만에 오셨네요."

"겨우 석 주 아닌가요?" 그가 말한다. 의자가 등에 바싹 달라붙는다. 그는 의자가 접히는 것을 막으려고 바닥의 파이프에 뒤꿈치를 건다. "좀 바빴습니다. 견진성사 준비반도 있고, 청년부에서 올해에는 소프트볼 팀을 만들기로 했고, 교구에 돌아가신 분도 꽤 계셔서요." 전에 이 여자와 접촉해본 경험 때문에 어지간하면 사과를 하고 싶은 마음이 생기지를 않는다. 그녀가 이렇게 큰 집을 갖고 있다는 것이 그의 귀족적인 계급 감각에 거슬린다. 만일 집이 작으면 이 여자를 더 좋아하고, 그녀를 대하는 것도 더 편할 것이다.

"네, 저라면 세상을 준다 해도 목사는 못할 거예요."

---

* 구두끈 부근에 색이 다른 가죽을 덧댄 캐주얼한 구두.

"저야 대부분의 경우에는 기쁘게 하지요."

"그렇다고들 하더라고요. 아주 전문적인 골프선수가 되어가신다면서요?"

오, 이런. 그는 그녀가 긴장을 풀고 있다고 생각했다. 그는 잠시 그들이 칠이 벗겨지는 초라한 집의 포치에 앉아 있다고, 그녀는 오랫동안 힘들게 살아온, 공장노동자의 뚱뚱한 부인이며 닥치는 대로 인생을 받아들이는 것이 몸에 밴 사람이라고 생각했다. 실제로 그녀는 그런 여자처럼 보였다. 얼마든지 그렇게 될 수도 있었을 것이다. 프레드 스프링어는 그녀와 결혼할 때 아마 그녀의 딸과 결혼하던 때의 해리 앵스트롬보다 앞날이 어두웠을 것이다. 에클스는 4년 전의 해리를 상상해보려 한다. 그러자 멋진 그림이 떠오른다. 금발에 키가 크고, 학창 시절에는 이름을 날렸던 상당히 영리한 청년. 아침의 아들이다. 특히 그의 자신만만한 태도가 틀림없이 재니스의 마음에 들었을 것이다. 다윗과 미갈. **서로 분방分房하지 말라**……* 그는 이마를 긁으며 말한다. "어떤 사람하고 골프를 치는 건 그 사람을 아는 좋은 방법이죠. 이해하시겠지만, 제가 하려는 게 그거죠. 사람을 아는 거. 그 사람을 알지 못하면 그리스도께로 인도할 수도 없다고 생각합니다."

"그래, 그래서 내 사위에 관해 내가 모르는 걸 뭘 알고 있나요?"

"우선 사위가 좋은 분이라는 거죠."

"뭐에 좋다는 거예요?"

"꼭 뭔가에 좋아야 하나요?" 그는 생각해보려 한다. "그래요, 그래야

---

* 「고린도전서」 7:5.

하겠네요."

"넬슨! 당장 그만해!" 그녀는 흔들의자에서 뻣뻣하게 몸을 돌리지만 일어서서 아이가 뭣 때문에 울고 있는지 확인하지는 않는다. 그러나 망 옆에 앉아 있는 에클스에게는 보인다. 포스나트네 아이가 빨간 플라스틱 장난감 트럭 두 대를 들고 그네 옆에 서 있다. 꽤 키 차이가 나는 앵스트롬네 아이는 손바닥으로 큰 소년의 가슴을 두드리지만, 감히 한 걸음 더 내딛고 진짜로 때리지는 못한다. 어린 포스나트는 굳게 서서 어떻게 해도 상처를 줄 수 없는 어리석은 자들의 사람 미치게 하는 단단함을 드러낸 채, 작은 소년의 도리깨질하는 손과 일그러진 얼굴을 굽어보고 있다. 고소해하는 미소조차 없다. 감정 없이 실험 결과를 관찰하는 진정한 과학자다. 스프링어 부인의 목소리가 광기와 섞이며 단단해져 망을 가르고 도약한다. "못 들었어? 소리지르지 말라고 했잖아!"

넬슨이 베란다 쪽으로 고개를 쳐들더니 설명을 하려 한다. "필리가요, 필리가……" 그렇게 부당함을 묘사하려고 하는 것만으로도 감당할 수 없는 힘을 얻게 되었는지, 마치 뒤에서 누가 민 듯 앞으로 뒤뚱뒤뚱 걸어가더니 도둑의 가슴을 찰싹 때린다. 그러나 상대가 살짝 밀치자 땅바닥에 주저앉고 만다. 작은 아이는 몸을 굴려 엎드리더니 그 자세로 풀밭에서 맴을 돈다. 자신의 어지러운 발길질 힘으로 몸을 뱅글뱅글 돌리고 있다. 에클스는 아이의 몸 때문에 심장이 비틀리는 느낌이다. 그는 부당한 일의 추진력이 얼마나 강한지 아주 잘 알고 있다. 마음은 그 일을 연방 두들겨대지만, 소용없는 가격加擊을 할 때마다 공기를 더 빨아들여, 마침내 피와 뼈로 이루어진 몸 전체가 우주, 진공상태가 되어버린 우주에서 폭발할 것만 같다.

"저애가 트럭을 가져갔어요." 에클스가 스프링어 부인한테 말한다.

"그럼 스스로 빼앗게 해야죠." 그녀가 말한다. "그런 것도 배워야 해요. 내가 매번 이 다리로 일어서서 달려나갈 수는 없는 거니까. 두 아이가 오후 내내 저러고 있었어요."

"빌리." 소년이 에클스의 남자 목소리에 놀라서 고개를 든다. "돌려줘." 빌리는 이 새로운 상황을 검토하면서 결정을 내리지 못하고 망설인다. "어서, 착하지." 빌리는 마음을 정하고 걸어가 느릿느릿한 동작으로 흐느끼는 놀이 친구의 머리 위에 장난감을 떨어뜨린다.

새로운 아픔 때문에 넬슨의 목소리에서 새로운 슬픔이 시작된다. 그러나 얼굴 옆 풀밭에 트럭이 보이자 목이 멘다. 자신의 비참한 상황의 원인이 제거되었다는 사실을 깨닫는 데 잠시 시간이 걸리고, 몸 안의 감정을 제어하는 데 또 잠시 시간이 걸린다. 이런 과정을 거치는 동안 계속 터져나오는 크고 메마른 헐떡거림에 종잇장 같은 단정한 풀밭과 햇빛마저 들썩이는 듯하다. 말벌 한 마리가 집요하게 철망의 우묵한 곳에 머리를 들이박고, 에클스 밑의 알루미늄 의자는 당장이라도 주저앉을 것 같다. 마치 넓은 세상 전체가 넬슨의 재조정 과정에 참여하고 있는 것 같다.

"저애는 왜 저렇게 계집아이 같은지 모르겠어요." 스프링어 부인이 말한다. "아냐, 알 것도 같아."

그녀가 그렇게 교활하게 덧붙이자 에클스는 짜증이 난다. "왜죠?"

그녀 눈 밑의 납 같은 피부가 올라가고 입꼬리가 아래로 당겨지며 뭔가를 평가하는 험상궂은 얼굴이 된다. "뭐, 제 아비를 닮은 거지. 응석받이야. 너무 떠받들어주니까 세상이 자기가 원하는 건 다 해주어야 한다고 생각해."

"그건 다른 아이 얘기죠. 넬슨은 그저 자기 것을 원했을 뿐인데요."

"그래요. 그런데 목사님은 저애 아버지하고 똑같이 모든 게 재니스 잘못이라고 생각하는 것 같네요." 그녀가 '재니스'를 발음하자 그때까지 에클스의 마음속에서 애처로운 그림자에 지나지 않았던 젊은 여자가 더 분명하고, 귀하고, 중요한 존재가 되는 것 같다. 그는 궁금하다. 사실 이 여자 말이 옳은 것 아닐까? 내가 반대편으로 넘어가버린 것은 아닐까?

"아니, 그렇지 않습니다." 에클스가 말한다. "그의 행동은 정당화될 수 없다고 생각합니다. 하지만 그렇다고 해서 그의 행동에 이유가 없다는 뜻은 아닙니다. 부분적으로는 부인의 따님이 통제할 수도 있었을 만한 이유 말입니다. 나는 우리 교회와 더불어 우리 모두가 책임 있는 존재, 우리 자신을, 그리고 서로를 책임지는 존재라고 믿습니다." 아주 매끄럽게 흘러나온 그 말이 입안에 백묵 맛을 남긴다. 그녀가 마실 것을 권했으면 좋겠다. 봄 날씨가 더워지고 있다.

늙은 집시가 그의 자신 없는 태도를 간파한다. "글쎄, 말하기는 쉽지요." 그녀가 말한다. "하지만 목사님이 임신 9개월이고, 품위 있는 가정 출신이고, 남편이 얼마 떨어지지도 않은 곳에서 어떤 박쥐*하고 돌아다니고, 주위 사람들 모두가 언제부터인지 이게 세상에서 가장 재미있는 일이라고 생각한다면 아마 그렇게 쉽게 그런 생각을 할 수는

---

* 창녀를 가리킨다.

없을 거예요." '박쥐'라는 말이 빠르고 시커먼 진짜 박쥐처럼 공중으로 쏜살같이 튀어올랐다.

"아무도 재미있다고 생각하지 않습니다, 스프링어 부인."

"목사님은 내가 듣는 이야기를 못 들으시나보네요. 사람들이 비웃는 걸 못 보시고요. 참 나, 며칠 전에는 어떤 여자가 나한테 남자를 지킬 수 없으면 그 남자를 가질 권리도 없다는 식으로 말하다시피 했어요. 뻔뻔스럽게도 내 얼굴 바로 앞에서 싱글거리기까지 합디다. 목을 졸라 죽이고 싶었어요. 내가 이랬죠. '남자에게도 의무가 있어요. 전적으로 일방적인 게 아니란 말이에요.' 바로 그런 여자들 때문에 남자들이 그런 생각을 하고 다니는 거예요. 세상이 오직 자기들 쾌락을 위해 존재한다는 생각. 목사님 행동을 보니 목사님도 반쯤은 그렇게 믿으시나보네요. 말이죠, 세상이 해리 앵스트롬 같은 인간들로 가득찬다면, 그런 사람들 사이에서 목사님네 교회가 얼마나 더 오래갈 거라고 생각하세요?"

그녀는 허리를 펴고 앉아 있다. 눈물 때문에 검은 눈에 래커가 칠해진 듯하지만, 눈물이 떨어지지는 않는다. 확 올라간 그녀의 목소리가 줄칼처럼 에클스의 얼굴을 문지른다. 얼굴이 베인 상처로 뒤덮인 느낌이다. 웃음을 지으며 이 일을 두고 뒷공론하는 사람들에 관한 그녀의 이야기가 무시무시한 현실처럼 그를 에워쌌다. 일요일 아침 열한시 삼십분, 설교단에 올랐는데 텍스트는 정신에서 날아가버리고 메모는 아무런 의미 없는 말로 해체되어버리는 순간에 그 수백 명의 얼굴이 만들어내고 있는 현실 같다. 그는 기억을 더듬어 간신히 말을 꺼낸다. "해리는 몇 가지 점에서 특별한 사례라고 봅니다."

"딱 한 가지 특별한 게 있다면 누구에게 상처를 주는지, 얼마나 주는지 아무런 관심도 없다는 거겠죠. 나쁜 뜻으로 하는 말은 아니지만, 에클스 목사님, 그리고 그렇게 바쁘신 와중에 최선을 다하고 계시다는 것도 잘 알지만, 솔직히 첫날 밤에 내가 하자는 대로 경찰에 전화를 했으면 좋았을걸 하는 생각이 들어요."

이제 곧 그녀가 경찰에 전화를 해서 에클스를 체포하라는 이야기를 하겠다는 말이 나올 것 같다. 왜 아니겠는가? 그는 하얀 칼라를 달고 다니면서 모든 말에 하느님의 이름을 갖다붙인다. 가르침을 주어야 하는 아이들에게서 믿음을 훔쳐간다. 그가 주절거리는 소리에 정말로 귀를 기울이는 사람의 마음에서는 믿음을 살해한다. 학교에서 익힌 예배의 모든 운율로 사기를 친다. 입으로는 '우리 아버지'를 말하지만, 그의 마음은 자신이 기쁘게 하려는 진짜 아버지, 평생 기쁘게 하려고 노력했던 진짜 아버지를 알고 있다. 시가를 피우는 하느님. 그가 그녀에게 묻는다. "경찰이 뭘 할 수 있을까요?"

"글쎄요, 나도 모르죠. 하지만 경찰은 골프만 치고 있지는 않을 것 같네요."

"해리는 분명히 돌아올 겁니다."

"지금까지 두 달 동안 그 말씀만 하셨죠."

"여전히 그렇게 믿고 있습니다." 하지만 그렇지 않다. 그는 아무것도 믿지 않는다. 정적이 흐른다. 스프링어 부인은 그의 얼굴에서 진실을 읽고 있는 것 같다.

"혹시," 목소리가 바뀐다. 간청하는 목소리다. "저기 구석의 등받이 없는 의자 좀 가져다주실 수 있어요? 다리를 좀 올려놓아야 할 것 같아서."

눈을 깜빡이자 눈까풀이 눈알을 닦는다. 그는 어리벙벙한 상태에서 깨어나 의자를 가져온다. 아이들 양말 같은 녹색 양말을 신은 넓적한 정강이가 맥없이 올라온다. 그가 뒤꿈치 밑에 의자를 받쳐준다. 거지의 발을 씻겨주는 그리스도를 그린 종교 팸플릿의 그림처럼 그가 허리를 굽히자 그의 몸은 새로운 힘의 흐름을 받아들이기에 적당한 자세가 된다. 그는 허리를 펴고 그녀 위에 우뚝 선다. 그녀는 무릎 근처의 치마를 잡아 밑으로 내린다.

"고마워요." 그녀가 말한다. "이제 좀 살 만하네요."

"안타깝게도 제가 살 만하게 해드릴 수 있는 건 이런 것뿐이군요." 그는 담백하게 고백하면서, 그런 담백함이 감탄할 만하다고 생각하고, 또 그렇게 생각하는 자신을 조롱한다.

"아," 그녀는 한숨을 쉰다. "누가 해줄 수 있는 일이 많지 않은 것 같아요."

"아니, 여러 가지가 있죠. 어쩌면 경찰 문제는 부인 이야기가 맞을지도 모르겠습니다. 아니면 변호사라도."

"프레드가 반대했어요."

"스프링어 씨가 그러시는 것도 당연하지요. 단지 사업적인 측면만 이야기하는 건 아닙니다. 법이 해리에게서 얻어낼 수 있는 건 경제적 부양뿐입니다. 그런데 제가 보기에 이 경우는 돈이 핵심은 아닌 것 같습니다. 사실 **어떤 경우든** 돈이란 게 진짜 핵심이기는 한 건지 의문입니다만."

"늘 돈이 충분하면 그런 말이 쉽게 나오겠지요." 에클스는 괘념치 않는다. 그런 말은 그녀 입에서 자동적으로 새어나오는 것 같다. 악의라기보다는 피로의 결과에 가깝다. 그는 그녀가 이야기를 듣고 싶어 한다고 확신한다.

"그럴 수도 있죠. 모르겠습니다. 하지만 어쨌든 간에 제가 걱정하는 건—사실 모두의 걱정이겠습니다만—이 상황이 전체적으로 얼마나 건강한가 하는 것입니다. 만일 진정으로 치유가 되려면, 해리와 재니스가 나서서 행동을 해야 한다는 겁니다. 사실 우리가 아무리 돕고 싶다 해도, 우리가 주변에서 아무리 도우려고 노력을 한다 해도, 결국 우리는 **바깥**에 있는 거지요." 에클스는 아버지를 흉내내어 두 손을 등 뒤로 깍지 끼고 듣는 사람에게 등을 돌린다. 그리고 망 너머로 어쩌면 그들과는 달리 바깥에 있는 것이 아닐 수도 있는 또 한 사람, 넬슨이 이웃집 개를 쫓아 포스나트네 아이를 이끌고 잔디를 가로지르는 것을 지켜본다. 서툴게 뒤뚱거리는 걸음 때문에 몸이 흔들거리고, 웃음이 머리에서부터 쏟아져내린다. 개는 늙고, 불그스름하고, 작고, 느리다. 포스나트네 아이는 친구가 "사자! 사자!" 하고 외치는 소리에 어리둥절하면서도 기분이 좋다. 에클스는 평화적인 상황에서는 앵스트롬네 아이가 상대를 이끄는 것을 보고 흥미를 느낀다. 늘어진 망 너머로 보이는 녹색 공기는 넬슨이 지르는 소리에 진동하는 듯하다. 에클스는 이제 어떻게 돌아가는 상황인지 알 것 같다. 넬슨은 이렇게 항상 무아지경의 흥분을 반투명으로 쏟아내는데, 당연한 일이지만 이따금 이것이 그보다 무딘 아이의 좁은 통로를 막아 뚱한 역류, 고집스러운 깡패 같은 행동을 유발하는 것이 틀림없다. 넬슨이 안쓰럽다. 이 아이는 영문도 모르고 여러 번 놀라고 나서야 자기 내부에서 그런 이상한 역류의 원인을 찾아내게 될 것이다. 에클스 자신도 어렸을 때 이런 식이었다는 생각이 든다. 늘 주고 또 주고, 그러다 늘 갑자기 궁지에 몰리고. 소년들이 다가가자 늙은 개의 꼬리가 흔들린다. 그러나 아이들이 사냥꾼처럼 둘러싸며 소리를 지르자, 흔들던 것을 멈추고 몸을 움츠려 불확실한 호를 그리면서 경계한다. 넬슨이 앞으로 나아가 두 손으로 개의 등을 때린다. 에클스는 소리를 지르고 싶다. 개가 물지도 모른다. 차마 그대로 두고 볼 수가 없다.

"그래요, 하지만 해리는 점점 **멀어지고** 있어요." 스프링어 부인은 훌쩍거리고 있다. "지금 잘 지내고 있잖아요. 돌아올 이유가 없어요. 우리가 그럴 이유를 주지 않으면."

에클스는 다시 알루미늄 의자에 앉는다. "아뇨. 해리는 떠난 것과 같은 이유로 돌아올 겁니다. 해리는 꼼꼼한 사람입니다. 원을 다 그려야만 해요. 지금 해리가 있는 세상, 브루어의 그 여자의 세상이 해리의 환상을 계속 채워주지는 못할 겁니다. 매주 한 번씩만 봐도 변화가 느껴지던데요."

"참 나, 페기 포스나트가 하는 소리를 듣지만 않았어도. 페기는 해리가 잘 지낸다는 이야기가 자기 귀에 들어온다고 해요. 해리한테 여자가 몇 명이나 있는 건지 모르겠어요."

"딱 하나입니다, 분명합니다. 앵스트롬한테 묘한 점은, 그가 가정적인 사람으로 타고났다는 겁니다. 오, 저런."

멀리 떨어진 집단에서 혼란이 일어난다. 소년들은 한쪽 방향으로 달리고, 개는 다른 쪽 방향으로 달린다. 어린 포스나트는 발을 멈추지만 넬슨은 계속 달린다. 겁 때문에 얼굴이 팽팽하게 펼쳐져 있다.

스프링어 부인은 아이가 훌쩍이는 소리를 듣자 화가 나서 말한다. "저 아이들이 건드려서 엘지가 또 물었나요? 저 개는 머리가 어떻게 된 게 틀림없어요. 계속 뭘 달라고 이쪽으로 오는 걸 보면."

에클스가 벌떡 일어나—뒤에서 의자가 자빠진다—망이 쳐진 문을 열고 달려내려가 햇빛 속에서 넬슨을 만난다. 소년은 그를 보고 물러선다. 에클스는 소년을 붙든다. "개가 물었어?"

이 새로운 공포 때문에, 검은 옷을 입은 남자가 자신을 붙든 것 때문에 소년의 흐느낌이 그대로 얼어붙는다.

"엘지가 너를 문 거야?"

포스나트네 아이는 안전하게 거리를 두고 멈칫거린다.

에클스의 품에서 뜻밖에도 단단하고 축축한 넬슨은 이내 잔물결을 일으키며 크게 헐떡거리더니 목소리를 찾기 시작한다.

에클스는 아이를 흔들어 다시 터져나오려는 울부짖음을 막아버린다. 자기 말을 이해시키려고 거칠게 행동한다. 재빨리 몸을 앞으로 내밀며 아이의 뺨 앞에서 이를 딱 부딪친다. "이랬어? 개가 이랬어?"

아이의 얼굴은 그 몸짓에 정신이 팔린다. "이래써." 아이가 말한다. 작고 얇은 입술이 치열 위로 올라가고 코에 주름이 잡히면서 머리가 약간 옆으로 젖혀진다.

"물지는 않고?" 에클스가 고집스럽게 물으며 아이의 두 팔을 잡았던 손을 놓는다.

작은 입술이 다시 올라가며 조금 전의 그 작은 사나움을 재현한다. 에클스는 그 작은 얼굴의 기민함에 조롱을 당하는 느낌이다. 기울기나 생김새가 해리의 얼굴과 비슷한 느낌을 준다. 다시 흐느낌이 넬슨을 휩쓸고 지나간다. 아이는 몸을 떼어내더니 포치 계단을 달려올라가 할머니에게 간다. 에클스는 일어선다. 쭈그리고 앉아 있던 그 짧은 시간에 해는 그의 검은 등에서 땀을 뽑아냈다.

계단을 올라가다, 으르렁거림을 흉내낼 때 드러나던 작고 네모난 치아들이 다시 떠오르면서, 뭔가 애처로운 것, 뭔가 가슴을 꿰뚫는 것 때문에 괴롭다. 해롭지는 않지만 엄연히 현실인 본능. 보드라운 앞발로 실패를 붙들어 물어 죽이는 새끼고양이의 본능.

포치에 올라서니 소년은 할머니의 두 다리 사이에 들어가 배에 얼굴을 묻고 있다. 소년이 할머니의 온기에서 빠져나오려고 버둥거리는 바람에 치마가 무릎 위로 올라간다. 무방비 상태로 드러난 그 역겨운 너비와 창백함이 소년이 그에게 드러냈던 용감하게 악문 작은 치아들 위에 겹쳐진다. 미세한 망사를 비집고 나온 그 늙고 하얀 것이 우유처럼 번지고, 그것이 에클스에게는 그 자신의 피처럼 느껴진다. 강력하다. 마치 연민이, 그가 배운 것과는 달리, 무력한 부르짖음이 아니라 세상을 구원할 수도 있는 강력한 물결인 것처럼. 그는 앞으로 나서서, 숙이고 있는 두 머리에게 약속한다. "아기가 태어났는데도 돌아오지 않으면, 법이 잡아오게 해야 합니다. 세상에는 당연히 법이 있지요. 아주 많습니다."

"너하고 빌리가 약을 올리니까 엘지가 무는 거야." 스프링어 부인이 말한다.

"나쁜 엘지." 넬슨이 말한다.

"나쁜 넬슨." 스프링어 부인이 고쳐서 말한다. 그녀는 에클스를 향해 얼굴을 들어올리더니 똑같이 고쳐주는 말투로 말한다. "그래요, 우리

애는 이제 일주일이면 아이를 낳을 것 같은데 해리가 달려올 낌새는 없네요."

그가 그녀에게 공감하던 순간은 지나갔다. 그는 그녀를 포치에 두고 나온다. 사랑은 언제까지나 끝나지 아니하되.* 그는 개정표준판RSV 성서에 나오는 구절을 혼잣말로 되뇐다. 킹제임스 판본에서는 이것을 언제까지나 떨어지지 않는다고 표현한다. 스프링어 부인의 목소리가 집안까지 그를 따라온다. "다음에 엘지를 놀리다 걸리면 할머니한테 매맞을 줄 알아."

"싫어, 엄마엄마." 아이가 수줍음을 타며 애원한다. 공포는 사라졌다.

에클스는 부엌이 보이면 수도꼭지에서 물을 좀 마실 생각이었다. 하지만 뒤죽박죽인 방들 사이에서 부엌을 못 찾고 지나치고 만다. 그는 입을 움직여 침이 고이게 한 다음 삼키며 치장벽토를 바른 집을 나선다. 뷰익을 타고 조지프 스트리트를 따라 내려가다 잭슨 로드를 한 블록 달려 앵스트롬의 303번지에 이른다.

앵스트롬 부인의 콧구멍은 사각형이다. 마름모꼴 콧구멍이 크다기보다는 윤곽이 아주 분명한 코 안에 자리를 잡고 있다. 코의 근육과 연골과 뼈의 작은 조각들이 개별적으로 강조되고 있고, 강렬한 빛 속에 드러난 피부는 수많은 작은 면으로 나뉘어 있다. 그들의 면담은 전구를 몇 개 켜놓은 부엌에서 이루어진다. 대낮에 밝힌 전구. 그들의 집은 두 가구가 살도록 지은 벽돌집의 어두운 쪽이다. 그녀는 붉은 팔뚝

---

* 「고린도전서」 13:8.

에 거품을 묻힌 채 문을 열어주더니 부풀어오른 셔츠와 속옷이 가득한 개수대로 그와 함께 돌아간다. 그녀는 이야기를 하면서 빨래에 힘차게 달려든다. 기운찬 여자다. 스프링어 부인의 지방—부드럽고 마음 아픈 과잉—은 작은 뼈, 한때 재니스처럼 비쩍 말랐던 여자의 작은 뼈에서 부풀어오른 것이다. 반면 앵스트롬 부인의 지방은 크고 억센 틀에 쟁여져 있다. 해리의 큰 몸은 어머니에게서 물려받은 것이 틀림없다. 에클스는 차가운 물의 전령 노릇을 하는 긴 수도꼭지, 그녀의 당당한 몸에 가려져 있는 수도꼭지를 계속 의식한다. 그러나 물 한 잔 같은 작은 부탁을 할 기회는 결코 오지 않는다.

"왜 나한테 오셨는지 모르겠네요." 그녀가 말한다. "해럴드는 스무 살이 넘었어요. 나는 그애를 어쩌지 못해요."

"부인을 만나러 오지는 않았습니까?"

"아뇨, 목사님." 그녀는 왼쪽 어깨 위로 옆얼굴을 보여준다. "목사님이 그애를 너무 창피하게 만들어서 부끄러워 못 오는 것 같네요."

"당연히 창피해야죠, 안 그렇습니까?"

"왜 그래야 하는지 모르겠네요. 나는 처음부터 그애가 그 계집애와 다니는 걸 원한 적이 없어요. 그 계집애를 보기만 해도 3분의 2는 맛이 갔다는 걸 알 수 있잖아요."

"이런, 이런, 그건 사실이 아니죠, 안 그렇습니까?"

"사실이 아니라고요! 참 나, 그 계집애가 나한테 처음 한 말이 이거였어요. 제가 세탁기를 구해드릴까요? 내 부엌에 들어와 한 번 쓱 둘러보고는 나더러 내 인생을 이렇게 저렇게 살아야 한다고 가르치다니."

"설마 무슨 의도가 있어 그랬다고 생각하시는 건 아니겠죠?"

"아니, 아무런 의도도 없었죠. 그저 그 아이가 하고 싶었던 말은, 자기는 조지프 스트리트에 있는 치장벽토를 바른 크고 멋진 곳간 같은 집, 부엌에 온갖 신기한 살림을 다 갖추고 사는 집 출신인데, 나는 이런 다 쓰러져가는 반쪽짜리 집에 살면서 뭘 하는 거냐, 갖출 것 다 갖춘 나 같은 귀여운 아이를 감쪽같이 속여 아들을 떠넘기다니 운이 좋은 것 아니냐, 그런 거였어요. 나는 그 계집애 눈이 정말 마음에 들지 않았어요. 한 번도 똑바로 사람 얼굴을 마주보지 못하는 거예요." 그녀는 얼굴을 돌려 에클스를 본다. 그는 방금 들은 말 때문에 일부러 그녀의 응시를 맞받는다. 뿌연 안경—구석으로, 강철 테를 두른 이중 초점 둥근 유리의 초승달 부분에는 빛이 분홍 색조로 아른거린다—밑의 오만한 각도로 꺾어진 코가 살이 푸짐하고 복잡하게 얽힌 아랫면을 자랑한다. 넓은 입은 막연한 기대 때문에 약간 팽팽하다. 에클스는 이 여자가 익살꾼임을 깨닫는다. 익살꾼은 자신들이 믿는 것과 믿지 않는 것을 섞어서 이야기하기 때문에 상대하기가 어렵다. 효과를 얻기 위해 더 그럴듯해 보이는 것이면 무엇이든 섞어버린다. 그럼에도 묘한 것은 그녀가 무척 마음에 든다는 것이다. 어떤 면에서는 그녀가 빨래에 달려들듯이 거칠게 그에게 달려들고 있음에도. 하지만 바로 그것이다. 그녀에게는 빨래나 에클스나 똑같다. 스프링어 부인과는 달리 그녀는 사실 그가 전혀 안중에 없다. 그녀는 모든 사람과 맞서고 있다. 따라서 그녀의 풍자의 범위 밖으로만 나가지 않으면 안전하게 하고 싶은 말을 마음대로 할 수 있다.

그는 불쑥 재니스를 옹호한다. "그 여자는 수줍음이 많습니다."

"수줍어! 그렇게 수줍음이 많은 아이가 덜컥 임신을 해서 가엾은 해시가 아직 셔츠 뒷자락도 제대로 바지 속에 집어넣지 못하는 나이에 결혼을 하게 해?"

"해리는 아까 말씀하신 대로 스무 살이 넘었습니다."

"그래요, 그래, 나이. 어떤 이는 젊어서 죽고, 어떤 이는 늙어서 태어나지."

경구까지, 없는 게 없군. 이야, 이 여자는 재미있네. 에클스는 큰 소리로 웃음을 터뜨린다. 그녀는 들은 체도 하지 않고 다시 빨래로 돌아가 맹렬하고 진지하게 일을 한다. "뭐 뱀만큼 수줍겠지." 그녀가 말한다. "그 계집애 말이에요. 그런 작은 여자들은 독이에요. 비열하게 눈을 뜨고 맵시나게 걸어다니면서 모든 사람의 동정심을 얻지요. 하지만 내 동정심은 못 얻어. 남자들이나 울라고 해. 그 계집애 시애비가 하는 말을 들어보면 잔 다르크 이래 가장 큰 순교자가 하나 나온 것 같다니까."

그는 다시 웃음을 터뜨린다. 하지만 사실 아닌가? "어, 앵스트롬 씨는 해리가 어떻게 해야 한다고 생각하시는데요?"

"기어들어오라는 거지. 달리 뭐겠어요? 그애는 결국 그럴 거예요, 가엾은 녀석. 속은 제 아버지와 똑같으니까. 마음이 물러터져서. 아마 그래서 남자들이 세상을 다스리나봐요. 마음이 너무 약해서 말이에요."

"독특한 관점인데요."

"그래요? 교회에 가면 맨 그 소리만 하던데. 남자는 마음뿐이고 여자는 몸뿐이라고. 그럼 뇌는 누가 갖는지 모르겠어. 아마 하느님이겠지."

에클스는 웃음을 지으며, 루터파 교회에서는 모든 사람에게 그런 생각을 심어주나, 하고 생각한다. 아마 루터 자신이 약간은 그랬을 것이다. 일종의 희극적인 격분 속에서 반쪽짜리 진실을 과장했을 것이다. 신교의 음험한 역설 두드려대기는 어쩌면 거기에서 시작되는지도 모른다. 예정된 운명을 지닌 무력한 '인간'이자 '창조'의 왕. 완전한 타락. 특수한 것을 옆으로 밀쳐놓는 오만 아닌가. 어쩌면. 그는 학교에서 억지로 흡수하게 했던 신학을 대부분 잊어버렸다. 앵스트롬 가족의 목사를 만나봐야겠다는 생각이 든다.

앵스트롬 부인이 끊었던 말을 이어나간다. "봐요, 내 딸 미리엄은 산처럼 늙은 아이예요, 예전부터 그랬어요. 나는 그애 걱정은 한 적이 없어요. 지금도 기억이 나요. 오래전 일요일이면 우리는 채석장까지 산책을 가곤 했어요. 해럴드는 무척 겁을 먹었죠. 그애가 열두 살도 안되었던 때였어요. 미리엄이 벼랑 너머로 떨어질까봐 겁을 먹은 거죠. 하지만 나는 그애가 떨어질 리가 없다는 걸 알았어요. 한번 지켜보세요. 미리엄은 가엾은 해시처럼 동정심에서 결혼을 하고, 거기서 빠져나오려고 하다가 온 세상의 비난을 받는 일 따위는 하지 않을 거예요."

"온 세상이 해리를 비난했는지는 잘 모르겠네요. 해리의 장모하고 저는 방금 그 정반대인 것 같다는 이야기를 했는데요."

"그런 생각은 하지도 마세요. 물론 그 계집애는 나한테서는 아무런 동정심도 얻지 못해요. 하지만 아이젠하워*부터 시작해서 세상 모든 사람을 자기편으로 두고 있죠. 사람들이 그애 이야기를 하고 돌아다

232

닐 거예요. **목사님도 그애 이야기를 하고 돌아다닐 거예요. 그리고 또
있어요.**"

앞문이 그녀만 들을 수 있는 작은 소리를 내며 열렸다. 그녀의 남편
이 부엌에 들어온다. 하얀 셔츠에 타이 차림이지만, 손톱 테두리는 시
커멓다. 그는 인쇄공이다. 실제로는 부인만큼 키가 크지만 그렇게 커
보이지 않는다. 잘 맞지 않는 의치를 덮은 입이 자신을 비하하듯이 움
직인다. 코는 해리와 똑같다. 단정하고 반들반들한 단추 같다. "안녕하
십니까, 신부님." 그가 말한다. 가톨릭교도로 컸거나 가톨릭교도 사이
에서 자란 것 같다.

"앵스트롬 씨, 만나뵙게 되어서 반갑습니다." 남자의 손에는 단단한
능선들이 있지만, 손바닥은 부드럽고 건조하다. "아드님 이야기를 하
고 있었습니다."

"그 문제 때문에 정말 힘들어요." 에클스는 그 말을 믿는다. 얼 앵스
트롬의 잿빛 얼굴은 텁수룩하다. 이 일 때문에 마름병에 걸린 듯하다.
입술이 미끄러져나오는 의치를 가로로 가로지르며 얇게 벌어진다. 위
에 문제가 있는 사람이 이를 악물어 치밀어오르는 가스를 도로 내려
보내는 것 같은 표정이다. 안에서 뭔가가 그를 물어뜯고 있다. 머리카
락에서는 색깔이 빨려나갔고, 눈은 싸구려 잉크 같다. 곧은 사람이다.
인생을 파이카 활자 식자용 스틱으로 측정하고, 조판을 위해 판을 단
단하게 조여온 사람이다. 그런데 아침에 돌아와 보니 활자가 뒤죽박
죽이 되어버린 것이다.

---

* 이 작품이 쓰인 1960년 당시의 대통령으로, 이 시기에 미국 내 여권신장 운동이 다방
면에서 성장하게 된다.

"저이는 줄곧 그 계집애가 무슨 그리스도의 어머니라도 되는 것처럼 이야기를 해요." 앵스트롬 부인이 말한다.

"그렇지 않아." 앵스트롬이 온화하게 말하며, 하얀 셔츠 차림으로 도기 식탁에 앉는다. 오랜 세월 동안 네 사람 식기가 놓였던 곳만 에나멜이 닳아 시커멓고 뿌옇다. "어떻게 해리가 일을 그토록 엉망으로 만들 수 있는지 모르겠다는 것뿐이야. 그애는 다른 애들하고는 달랐어. 너저분하지가 않았잖아. 깔끔하게 일을 처리하는 애였어."

생살이 드러난 듯한 거품 덮인 손으로 앵스트롬 부인은 남편을 위해 커피를 끓이기 시작한다. 이 작은 섬김으로 그녀는 남편과 화해에 이르는 듯하다. 겉으로 사이가 안 좋아 보이는 늙은 부부들이 갑자기 그러듯이 그들도 하나가 되어 말하기 시작한다. "군대 때문이에요." 부인이 말한다. "텍사스에서 돌아왔을 때 애가 달라져 있었어."

"그애는 인쇄소로 들어오고 싶어하지 않았어." 앵스트롬이 말한다. "지저분한 일을 하고 싶어하지 않았지."

"에클스 목사님, 커피 좀 드시겠어요?" 앵스트롬 부인이 묻는다.

마침내 기회가 왔다. "아뇨, 괜찮습니다. 하지만, 물 한 잔만 주시면 정말 고맙겠습니다."

"그냥 물이요? 얼음 넣어서요?"

"아무렇게나요. 아무렇게나 주셔도 좋습니다."

"그래요, 얼 말이 맞아요." 그녀가 말한다. "지금 사람들은 해시가 너무 게으르다고 이야기하지만, 사실 그렇지 않아요. 한 번도 게으른 적이 없었던 아이예요. 그애가 고등학교 때 농구한 걸 자랑하면 말이에요, 사람들은 이러죠. '그래, 하지만 그애는 키가 크잖아. 그애한테는 쉬운 일이야.' 하지만 사람들은 그애가 얼마나 노력을 했는지를 몰라요. 저녁마다 뒤에 나가 어두워지고 나서도 한참 지날 때까지 공으로 쾅쾅 소리를 내며 연습을 했어요. 어두워서 뭐가 보이나 할 때에도 말이에요."

앵스트롬이 말을 받는다. "한 열두 살 때부터 밤이나 낮이나 그랬지요. 내가 뒤에 장대를 하나 세워줬어요. 차고는 낮아서요."

앵스트롬 부인이 말한다. "그애가 한번 마음을 먹으면 아무도 막을 수가 없어요." 그녀는 얼음틀의 레버를 힘차게 누른다. 그러자 으드득하는 멋진 소리가 여러 번 나며 네모난 얼음들이 떨어져 나온다. 작은 조각들이 사방으로 튀며 반짝거린다. "그애는 농구에서 최고가 되기를 원했고, 솔직히 나는 그애가 최고였다고 믿어요."

"무슨 말씀이신지 알겠습니다." 에클스가 말한다. "해리하고 골프를 좀 쳐봤는데, 해리는 벌써 저를 앞서갑니다."

부인은 네모난 얼음을 잔에 넣고 잔을 수도꼭지 밑에 갖다댔다가 그에게 준다. 에클스는 잔을 입술에 대고 기울인다. 얼 앵스트롬의 창백하면서도 간절한 목소리가 액체를 통해 흔들리며 다가온다. "그러다 군대를 갔다 오더니 여자 꽁무니만 쫓아다니더란 말입니다."

"말 좀 곱게 해요, 얼." 부인이 말하며 탁자 위 그의 두 손 사이로 커피가 담긴 꽃무늬 컵을 내려놓는다.

앵스트롬이 피어오르는 김 속을 들여다보며 말한다. "미안합니다. 그 아이가 하는 짓만 생각하면 속이 뒤틀려서 말이에요. 그애는 가장 악질의 브루어 부랑자가 됐어요. 내가 그애한테 사랑의 손을 댈 수만 있다면 말입니다, 신부님, 그러다 그애한테 죽는 한이 있어도 그애를 두들겨패겠어요." 그의 잿빛 얼굴 입가에 도전적으로 주름이 잡힌다. 색깔 없는 눈에 반짝거리는 빛이 몰려든다.

에클스는 마치 확성기를 대듯 기울인 잔에 입을 대고 "아닙니다"라고 말하고, 윗입술에 부딪히는 얼음조각들 밑으로 더 빨아낼 수 없을 때까지 물을 마신다. 그는 입에서 물기를 훔쳐내며 말한다. "아드님한테는 선한 면이 많습니다. 함께 있다보면, 사실 좀 안타까운 일이지만 너무 즐거워서 아드님을 왜 만난 건지 까맣게 잊어버립니다." 그는 처음에는 남자를 향해 웃음을 터뜨리다가, 미소도 끌어내지 못하자 여자를 향해 웃음을 터뜨린다.

"목사님이 치시는 그 골프 말입니다." 앵스트롬이 말한다. "그걸 왜 치시는 겁니까? 제가 보기에는 그 녀석한테 필요한 건 바로 엉덩이를 쾅 걷어차주는 건데 말입니다. 재니스 부모가 브루어 경찰에 신고를 한답니다. 그애가 그런 매춘부하고 죄 속에 살고 있으니 말입니다."

에클스는 앵스트롬 부인 쪽을 흘끗 본다. 자신의 눈썹의 아치가 이마에서 풀처럼 말라가는 느낌이다. 조금 전까지만 해도 그녀를 아군으로 보고, 이 지쳐버린 선한 남자를 약간 천박하고 실망스러운 적군으로 보게 될 줄은 몰랐다.

"말도 안 되는 소리 하지 마요, 얼." 앵스트롬 부인이 말한다. "스프링어가 그애 이름을 신문에 내서 뭘 얻겠어요? 당신 말하는 걸 들어보면 가엾은 해리를 당신 적이라고 생각하는 것 같아요."

"그애는 내 적이야." 앵스트롬이 말한다. 그는 시커먼 손끝으로 잔받침의 양쪽을 어루만진다. "내가 그애를 찾아 거리를 돌아다니던 밤에 그애는 내 적이 되었어. 당신은 몰라. 당신은 재니스 얼굴을 보지 못했잖아."

"내가 그 계집애 얼굴에 왜 관심을 가져야 하는데? 당신 방금 매춘부 얘기 했지? 매춘부가 결혼 증서를 가졌다고 해서 상아처럼 하얀 성자가 되는 건 아니야. 그 계집애는 해리를 원했고, 자기가 아는 유일한 꾀로 그애를 얻었고, 이제 그 꾀가 바닥이 난 것뿐이야."

"그런 식으로 말하지 마, 메리. 당신은 입으로만 그러는 것뿐이야. 내가 해리처럼 행동했다고 가정해봐."

"아," 그녀가 고개를 돌린다. 에클스는 그 얼굴이 미사일이라도 발사할 것처럼 팽팽하게 긴장되는 것을 보고 움찔한다. "내가 당신을 원한 게 아니었어. 당신이 나를 원했던 거야. 그런 게 아니었나?"

"아, 물론 그런 거였지." 앵스트롬이 중얼거린다.

"좋아, 그럼. 도대체 뭐가 비슷하다는 거지?"

앵스트롬은 커피 위에서 어깨를 움츠린다. 몸이 아주 작게 오그라든다. 마치 그녀가 그를 상자에 넣어 아주 작은 모퉁이에 처박은 것 같다. "아, 메리." 그가 한숨을 쉰다. 감히 입을 열려고 하지도 못한다.

에클스가 그를 옹호하러 나선다. 거의 자동적으로 싸움에서 약한 편에 가담하는 것이다. 그는 앵스트롬 부인에게 말한다. "재니스는 자신들의 결혼이 서로 끌렸기 때문에 이루어진 것이라고 생각했을 겁니다. 부인도 그렇지 않다고 말씀하실 수는 없죠. 만일 그 여자가 그렇게 영리하게 계획을 짜는 사람이었다면, 해리가 이렇게 쉽게 빠져나가게 놔두지도 않았을 겁니다."

앵스트롬 부인은 남편을 너무 세게 밀어붙였다는 것을 알기 때문에 이 토론에 대한 관심이 시들어버렸다. 그녀는 재니스가 상황을 장악

하고 있다는 입장을 밀고 나가는데, 이것이 오류라는 것은 너무 뻔하기 때문에 사실 양보를 하는 것이나 다름없다. "해리가 빠져나가게 놔둔 게 아니에요." 그녀는 말한다. "그 계집애는 해리가 돌아오게 만들 거예요, 두고 보세요."

에클스가 남자에게 묻는다. "앵스트롬 씨도 해리가 돌아올 거라고 생각하시나요?"

"아니요," 앵스트롬은 고개를 숙이고 말한다. "절대. 너무 멀리 가버렸어요. 그애는 이제 계속 깊이 미끄러져들어갈 겁니다. 결국은 우리가 그애를 잊는 게 낫겠죠. 스물이나 스물둘이라면 몰라도, 그애 나이에는…… 인쇄소에서 가끔 그런 젊은 브루어 부랑자들이 눈에 띄지요. 그런 애들은 붙어 있지를 못해요. 다리를 절지 않는다 뿐이지 절름발이나 다름없어요. 인간쓰레기. 사람들은 그렇게 부르죠. 나는 두 달 동안 기계 앞에 앉아 도대체 어쩌다 해리가 그런 쓰레기가 되었을까 생각했어요. 엉망이 되는 걸 그렇게 싫어하던 아이가."

에클스는 해리의 어머니를 건너다보다가, 안경 밑으로 두 뺨이 축축하게 젖어 번들거리는 모습으로 개수대에 몸을 기댄 것을 보고 충격을 받는다. 그는 놀라서 일어선다. 이 여자는 남편이 사실을 말한다고 생각하기 때문에 우는 걸까? 아니면 남편이 그냥 자신에게 상처를 주려고 그런 말을 한다고 생각하기 때문에 우는 걸까? 그가 그녀를 원했다는 사실을 인정하게 만든 것에 대한 복수로? "그 말씀이 틀리기를 바랍니다." 에클스가 말한다. "이제 가봐야겠네요. 저하고 이런 이야기를 나눠주셔서 두 분께 감사드립니다. 이게 고통스러운 일이라는 걸 잘 알고 있습니다."

앵스트롬은 그를 데리고 다시 집안을 통과한다. 식당의 어둠 속에서 그의 팔에 손을 얹는다. "그애는 깔끔하게 정돈되어 있는 걸 좋아했죠." 앵스트롬이 말한다. "그런 아이는 본 적이 없어요. 집안에서 조금만 소동이 일어나도 그걸 터무니없이 심각하게 받아들였습니다. 그러니까, 메리하고 내가 재미있게 놀 때 말이에요." 에클스는 고개를 끄덕인다. 하지만 방금 그가 본 것을 '재미있게 논다'고 말할 수 있을까 의심스럽다.

거실의 어둠 속에 팔을 드러낸 여름 드레스를 입은 늘씬한 젊은 여자가 서 있다. "밈! 방금 들어온 거니?"

"네."

"여기는 신부님, 아니, 목사님."

"에클스입니다."

"에클스 목사님이셔. 해리 이야기를 하러 오셨다. 딸 미리엄입니다."

"안녕하세요, 미리엄. 해리가 동생을 무척 아끼는 것 같더군요."

"안녕."

그녀가 그 말을 하자 그녀 뒤의 커다란 창에서 간이식당의 커다란 창 같은 친밀한 광택이 느껴지는 듯하다. 가벼운 인사가 담배연기와 잡화점 향수의 흐릿한 자취처럼 그녀 뒤를 따라다니는 것 같다. 앵스트롬 부인의 코가 이 젊은 여자의 얼굴에서는 섬세해졌다. 사라센*, 또는 훨씬 더 오래된, 야만적인 예리함이 느껴진다. 두드러진 코 때문에

---

* 시리아, 아라비아의 사막에 사는 유목민.

첫눈에 그녀의 키는 어머니의 키 정도로 보이지만, 그녀의 아버지가 옆에 서자 실제로는 에클스 자신의 키 정도 된다는 것을 알 수 있다. 그들의 몸, 아름다운 처녀와 지친 남자의 몸은 똑같다. 똑같이 폭이 좁다. 그들에게서는 왠지 불쾌감을 주는 튼실한 천박함이 느껴진다. 그들은 이겨낼 것이다. 그들은 자신이 무슨 일을 하는지 알고 있다. 그러나 자신이 무슨 일을 하는지 모르는 사람을 더 좋아하는 것이 에클스의 약점이다. 무력한 사람들. 그런 사람들, 그리고 맨 위에 있는 사람들, 도움을 필요로 하지 않는 사람들. 그의 귀족적 편견으로 볼 때는 중간에서 잘하는 사람들은 대체로 양쪽으로부터 도둑질을 하는 사람들이다. 세 사람은 이제 문간에 몰려 있다. 앵스트롬은 딸의 허리에 팔을 감고 있고, 에클스는 부엌에서 아무 소리가 없는 앵스트롬 부인의 젖은 뺨과 붉은 팔을 생각한다. 성난 포로. 그러나 보도에서 손을 흔들려고 문간의 두 사람을 향해 몸을 돌렸을 때 그는 그들의 어울리지 않는 대칭에 웃음을 지을 수밖에 없다. 그의 환관의 칼라를 아무 저의 없이 경멸하는 여자는 귀걸이를 단 아랍 소년 같고, 인쇄공은 지친 얼굴의 노파 같다. 그들은 늘씬한 몸으로 짝을 이루어 얽혀 있다.

에클스는 뷰익에 올라타며 목이 마르고 짜증이 난다. 지난 30분 동안 뭔가 유쾌한 이야기가 있었으나 그것이 무엇인지 기억이 나지 않는다. 누가 할퀴어 상처가 난 느낌이다. 덥고, 혼란스럽고, 건조하다. 가시나무 덤불에서 오후를 보낸 것 같다. 사람 대여섯 명과 개 한 마리를 보았으나, 어디에서도 자신의 의견, 해리 앵스트롬이 구원할 만한 가치가 있는 사람이고 또 구원받을 수 있다는 의견과 일치하는 의견을 만나지 못했다. 가시나무들 사이의 밑바닥에 해리는 없는 것 같았다. 답답한 공기와 지난해의 죽은 줄기밖에 없었다. 하얀 오후를 지나며 하루가 저물고, 길고 파란 봄 저녁이 다가오고 있다. 그의 차가 지나가는 모퉁이에서 누군가가 위층 창문을 열어놓고 트럼펫 연습을 하고 있다. 두 두 도 도 다 다 디. 디 디 다 다 도 도 두. 퇴근하는 차들이 속삭이며 집으로 간다. 에클스는 시내를 가로지르고 있다. 멀리 산마루와 평행한 대각선 길을 따라가고 있다. 27년 동안 마운트저지 루터파 목사를 맡고 있는 프리츠 크루펜바크는 공동묘지에서 멀지 않은 높은 벽돌집에 살고 있다. 대학생 나이인 아들의 오토바이는 약간 부서진 채 진입로에 모로 누워 있다. 공을 들여 계단식으로 만들어 물매를 줄인 비탈진 잔디밭은 부자연스러운 연둣빛에 질서가 정연하다. 비료를 많이 주고, 잡초를 자주 제거하고, 자주 깎아주어서 그렇게 된 것이다. 크루펜바크 부인—루시도 과연 보조개가 파인 저런 유순한 표정을 얻을 날이 올까?—이 계절과 타협하지 않는 거무스름한 모직 드레스를 입고 문을 열어준다. 단출하게 땋은 잿빛 머리카락이 머리를 띠 모양으로 두르고 있다. 그 머리카락을 다 풀어 내리면 틀림없이 마녀가 될 것이다. "그이는 뒤에서 잔디를 깎고 있어요." 그녀가 말한다.

"그냥 잠시 이야기를 나누고 싶어 왔습니다. 제 신도 두 명과 관련된 문제가 있어서요."

"그이 방으로 올라가시지요, 네에? 제가 불러올게요."

집—현관, 복도, 층계, 심지어 가죽이 많이 보이는 목사의 위층 서재까지—에는 쇠고기 굽는 냄새가 가득하다. 에클스는 크루펜바크의 서재 창가에 있는 떡갈나무 등받이 성가대 의자에 앉는다. 새단장을 할 때 남은 물건일 것이다. 의자에 앉자 기도를 해야 한다는 사춘기적 강박에 사로잡히지만 대신 골짜기 건너 골프 코스의 녹색 조각들을 살핀다. 저기에 가 있으면 좋겠다, 해리하고 함께. 에클스는 다른 파트너들이 자신보다 낫거나 아니면 못하다고 생각했다. 오직 해리만 둘다. 오직 해리만이 게임에 필사적이면서도 명랑한 분위기를 부여한다. 마치 자비롭지만 터무니없는 영주가 설정한 불가능한 탐구에 둘이 함께 나선 것 같다. 그 과정에서 겪는 수모에 자극을 받아 눈물이 날 지경이지만, 그럼에도 매번 티에 설 때마다 탐구는 신선한 녹색의 홍수 속에서 새로워진다. 그리고 에클스에게는 또하나의 희망이 있다. 해리를 완파하겠다는 은밀한 결심이다. 그는 해리를 불안정하게 만드는 요인, 그가 힘 하나 안 들어간 아름다운 그 스윙을 매번 반복하지 못하게 하는 요인이 지금 그의 모든 문제의 뿌리에도 자리잡고 있다고 느낀다. 따라서 그를 결정적으로 이기면 그가, 에클스가 이 약점, 결점을 지배하게 되고, 나아가 문제들을 해결하게 되는 것이다. 그러는 동안 해리가 이따금, "이봐요, 이봐." 또는 "마음에 들어, 정말 마음에 들어!" 하고 외치는 소리를 듣는 즐거움도 있다. 그들이 이따금 조화를 이룰 때면 에클스는 기쁨의 정점, 아무런 해악이 없는 환희에 이른다. 그럴 때면 그 사악한 우연성을 가진 세상이 멀어 보이고, 구球로 보이고, 녹색으로 보인다.

주인의 걸음에 집이 흔들린다. 크루펜바크는 층계를 올라와 서재로 들어온다. 잔디를 깎다 불려온 것에 화가 나 있다. 낡은 검은 바지를 입었고, 속셔츠는 땀에 흠뻑 젖었다. 어깨는 철사 같은 회색 모직물에 덮여 있다.

"여어, 책." 그가 설교단에서 이야기하는 크기로 말한다. 인사 특유의 억양은 없다. 독일 악센트 때문에 말이 돌처럼 느껴진다. 성이 난 상태에서 한 층 위에 또 한 층을 쌓는 것 같다. "무슨 일이오?"

에클스는 이 나이든 남자에게 감히 "프리츠" 하고 부르지는 못하고, 웃음을 터뜨리다가 불쑥 말한다. "안녕하세요!"

크루펜바크는 얼굴을 찌푸린다. 육중하고 네모난 머리에는 상고머리가 덮여 있다. 벽돌 같은 남자다. 말 그대로 진흙으로 빚어진 아기로 태어나, 수십 년간 햇볕에 구워지면서 벽돌의 색깔과 경도를 지니게 된 것 같다. 그가 되풀이한다. "무슨 일이오?"

"앵스트롬이라는 가족이 있지요?"

"그렇소만."

"아버지가 인쇄공이고요."

"그렇소."

"그 집안의 아들 해리가 두 달 전에 부인을 버렸습니다. 부인 집안인 스프링어 가족이 제 교회에 나옵니다."

"그래요, 흠. 그 아이. 그 아이는 슈셸*이오."

에클스는 그 말이 무슨 뜻인지 잘 모른다. 그는 크루펜바크가 앉지 않는 것은 자기 땀으로 가구를 더럽히기 싫어서라고 짐작한다. 그가 계속 서 있자 성가대 소년처럼 벤치에 앉은 에클스는 청원을 하는 듯한 자세가 된다. 고기를 요리하는 냄새가 점점 집요해지는 것을 느끼며 에클스는 그의 생각대로 사건을 설명한다. 해리가 운동선수로 성

---

* '덜렁이'라는 뜻의 독일어.

공을 거두는 바람에 어떤 의미에서는 응석받이가 되었다는 점. 부인은 공정하게 말해서 결혼생활에서 상상력을 보여주지는 못했을 것이라는 점. 자신은 성직자로서 해리의 양심이 계속 부인과 닿아 있게 하려고 노력했다는 점. 그러나 해리의 문제가 감정의 부족이라기보다는 통제되지 않는 감정 과잉이기 때문에 섣불리 재결합을 하도록 밀어붙이지는 않았다는 점. 양가 부모 네 사람이 다양한 이유로 거의 도움이 되지 않았다는 점. 조금 전에만 해도 앵스트롬 부부의 싸움을 목격했는데, 어쩌면 그것을 실마리로 그들의 아들이……

"그러니까," 크루펜바크가 마침내 말을 끊는다. "그러니까 그 사람들 인생에 개입하는 게 목사님이 할 일이라고 생각하시는 거요? 신학교에서 요새 뭘 가르치는지는 알고 있소. 이런저런 심리학을 가르친다지요. 하지만 나는 동의하지 않소. 목사님은 지금 자기 일이 보수를 받지 않는 의사 노릇을 하는 것, 뛰어다니면서 구멍을 메우고 모든 것을 매끈하게 다듬는 것이라고 생각하고 있소. 하지만 나는 그렇게 생각하지 않소. 그게 목사님 일이라고 생각하지 않는단 말이오."

"저는 그저……"

"아니, 내 말을 마저 들으시오. 나는 마운트저지에 27년을 있었고, 목사님은 2년을 계셨소. 방금 나는 목사님 이야기를 들었지만, 내가 들은 것은 사람들 이야기가 아니라, 목사님 자신에 관한 이야기였소. 내가 들은 건 이거요. 어떤 하느님의 심부름꾼이 뒷공론 몇 마디와 골프 게임 몇 번에 자신의 메시지를 팔았다는 이야기. 자, 그게 하느님한테는 어떻게 보일 거라고 생각하시오? 한 어린애 같은 남편이 한 어린애 같은 부인을 떠났다는 게. 하느님이 뭘 보시는지 지금 생각은 하고 있는 거요? 아니면 이제 그런 생각은 하지 않을 만큼 커버린 거요?"

"아니, 물론 그렇지 않습니다. 하지만 제가 보기에 이 같은 상황에서 우리의 역할은……"

"목사님이 보시기에 우리 역할은 경찰이지요. 수갑 없고, 총 없고, 오직 인간적인 선한 본성만 갖고 있는 경찰. 그렇지 않소? 대답하지 마시오. 내 말이 맞지 않으면 그냥 생각만 하고 있으시오. 어, 나는 그게 악마의 생각이라고 말하고 싶소. 내 말은, 경찰 일은 경찰이 하게 하자는 거요. 우리 성직자들과는 아무 상관 없는 법은 그들이 알아서 하게 하자는 거요."

"저도 동의합니다. 어느 선까지는……"

"어느 선까지란 건 없소! 우리가 해야 하는 일에 이유나 척도는 없소." 관절 사이에 털이 많은 그의 굵은 검지가 말을 강조하려고 가죽 의자 등받이를 두드리기 시작했다. "하느님이 비참한 상황을 끝내고 싶으시다면 지금 바로 당신의 나라를 선포하실 거요." 잭은 홍조가 밀려오면서 얼굴이 활활 타오르기 시작하는 것을 느낀다. "목사님의 조그만 친구들이 하느님이 보시는 수십억 가운데서 얼마나 커 보일 거라고 생각하시오? 지금 봄베이에서는 1분마다 거리에서 사람들이 죽어가고 있소. 목사님은 역할 이야기를 하고 있소. 나는 목사님이 자기 역할이 뭔지 모른다고 생각하오. 안다면 지금 집에서 문을 걸어 잠그고 기도하고 있겠지. 거기에 목사님의 역할이 있소. 목사님 자신을 신앙의 모범으로 만드는 데 말이오. 거기에서 위로가 나오는 거요. 신앙 말이오. 여기저기 뛰어다니며 육신이 할 수 있는 작은 야바위 같은 일, 물통을 흔들어놓는 일 말고. 목사님은 지금 뛰어다니면서 하느님이 목사님에게 준 의무에서 달아나고 있는 거요. 목사님의 신앙을 강화하라는 의무 말이오. 그렇게 강해져야 부름을 받으면 나가서 이렇게 말할 수 있을 것 아니오. '그래, 그 사람은 죽었다. 하지만 여러분은 천국에서 그를 다시 보게 될 것이다. 그래, 여러분은 괴롭다. 하지만 여러분은 여러분의 고통을 사랑해야 한다. 그것이 그리스도의 고통이기 때문이다.' 따라서 주일 아침에 우리가 그들의 얼굴 앞에 나갈 때, 우리는 슬픔에 지친 모습이 아니라 그리스도로 가득차서 뜨겁게 나가야 하는 거요." 그는 털이 많은 주먹을 꽉 쥔다. "그리스도와 함께, 불이 붙어서. 우리 믿음의 힘으로 그들을 불태워야 하는 거요. 그렇지 않다면 그 사람들이 왜 우리한테 보수를 주겠소? 그 외에 우리가 하거나 말할 수 있는 건 누구든지 하고 말할 수 있는 거요. 그래서 의사가 있고 변호사가 있는 거요. 성경에 다 적혀 있소. 믿음이 있는 도둑이 바리새인을 다 합친 것보다 낫다고 말이오. 실수하지 마시오. 지금 나는 진지하게 말하고 있소. 절대 실수하지 마시오. 우리에게는 그리스도 외에 아무것도 없소. 나머지는, 그 모든 체면을 차리는 일이나 분주하게 뛰어다니는 일은 아무것도 아니오. 악마의 일이오."

"프리츠." 크루펜바크 부인의 목소리가 조심스럽게 2층으로 올라온다. "저녁이요."

속셔츠 차림의 불그스름한 남자가 에클스를 굽어보며 묻는다. "나하고 잠깐 무릎을 꿇고 그리스도께 이 방으로 와달라고 기도하겠소?"

"아뇨. 안 할 겁니다. 너무 화가 나서요. 지금 그러는 건 위선이 될 겁니다."

평신도에게서는 생각도 할 수 없는 그런 거부에 크루펜바크는 부드러워지는 것이 아니라 고요해진다. "위선이라." 그가 온화하게 말한다. "목사님한테는 진지함이 없는 것 같소. 목사님은 저주를 믿으시오? 그 칼라를 달 때 어떤 위험을 무릅쓴 건지 알지 못하셨소?" 그의 얼굴의 벽돌 같은 피부 속에서 눈만 그나마 불완전해 보인다. 마치 강한 더위 때문에 쓰라린 것처럼 분홍빛이고, 물기로 덮여 있다.

그는 잭의 대답을 기다리지 않고 몸을 돌리더니 저녁을 먹으러 내려간다. 잭은 그의 뒤를 따라 내려가 내처 문밖으로 나간다. 야단을 맞은 아이처럼 심장이 뛰고, 무릎은 분노로 후들거린다. 정보를 교환하려고 왔는데, 말도 안 되는 연설의 매질을 당했다. 기름을 칠한 것 같은 시끄러운 늙은 훈족. 성직이 빛의 유산이라는 것은 전혀 알지도 못하다니. 아마 정육점 출신으로 간신히 목사 자리까지 기어올라갔을 것이다. 잭은 이런 것이 앙심에서 나온 무가치한 생각임을 깨닫지만, 막을 수가 없다. 너무 우울한 나머지 진줏빛을 띤 회색 운전대 앞에 앉으며 그 사람 말이 맞아, 그 말이 맞아 하고 혼잣말을 하여, 그 기분으로 더 깊이 파고들려 한다. 고개를 숙이자 이마가 완벽한 플라스틱 원의 호弧에 닿는다. 하지만 울 수가 없다. 바싹 마른 상태다. 수치와 좌절이 그의 안 저 아래까지 무겁게, 그러나 아무런 열매 없이 매달려 있다.

루시가 집에 오기를 기다린다는 것을 알지만―저녁이 준비되어 있지는 않겠지만, 어쨌든 아이들 목욕을 시키는 시간에는 맞춰야 한다―시내 중심가에 있는 잡화점으로 간다. 카운터 뒤에 있는, 머리 모양이 푸들 같은 젊은 여자는 그의 청년부 소속이다. 교구민 둘이 약이

나 피임용구나 클리넥스를 사고 있다가 명랑하게 그를 맞이한다. 사실 그들은 삶의 해독제를 찾으러 여기에 온다. 에클스는 집에 온 듯한 느낌이다. 그는 신이 없는 공공장소에서 가장 편안하다. 그는 차갑고 깨끗한 대리석 카운터에 두 손목을 얹고 메이플월넛 아이스크림을 크게 한 숟갈 넣은 바닐라 아이스크림소다를 주문한다. 그리고 주문한 것이 나오기 전에 코카콜라 잔으로 기적 같은 맑은 물을 두 잔 가득 마신다.

클럽 캐스터네츠는 전쟁중 남미가 크게 유행할 때 붙여진 이름으로, 워런 애비뉴와 러닝호스 스트리트가 예각으로 교차하는 곳의 세모꼴 건물을 차지하고 있었다. 이 클럽은 브루어의 남쪽, 이탈리아계, 니그로, 폴란드계가 사는 동네에 있는데 래빗은 이곳을 불신한다. 전면의 불룩한 곳에서 유리블록 창문들이 싱글거리는 탓에 죽음의 요새처럼 보인다. 실내는 최신 장례식장처럼 조도는 낮추고 광택은 번들거리는 스타일로 꾸며져 있으며, 녹색 식물 화분이 여기저기 있고, 마음을 달래는 듯한 음악이 흘러나온다. 또한 장례식장과 똑같이, 줄무늬 바닥깔개와 형광등과 베니션 블라인드의 좁은 널 냄새가 난다. 그리고 가장 내적이고 은밀한 알코올냄새. 그것을 마시고 나면 그 안에서 방부 처리가 된다. 아래쪽 잭슨 로드 출신의 한 남자가 장의사 조수 자리를 잃고 바텐더가 된 뒤로 래빗은 두 직업이 관계가 있다고 생각한다. 이 두 직업의 남자들은 모두 작은 소리로 말하고 늘 서 있는 모습이다. 래빗과 루스는 건물 정면 근처의 부스에 앉는다. 창문으로 들어오는 불그스름한 빛이 희미하게 오르내린다. 바깥 간판에 붙은 네온 캐스터네츠가 딱딱거리는 것을 흉내내느라 두 위치 사이를 왔다 갔다하며 깜빡이고 있기 때문이다.

이 분홍색 전율이 루스의 얼굴에서 무게를 덜어간다. 그녀는 그의 건너편에 앉아 있다. 그는 그녀가 살던 인생을 그려보려고 한다. 그녀에게는 아마 이런 오싹한 장소가 친근할 것이다. 그에게 라커룸이 그런 것처럼. 그러나 그런 식으로 생각하는 것만으로도 신경이 예민해진다. 그녀의 너저분한 생활은 그에게 가족이 있다는 사실만큼이나 그가 생각의 뒤편으로 밀어두려고 노력하는 것이다. 그는 그냥 밤에 그녀의 집에서 노는 것만으로도 행복했다. 그녀는 미스터리를 읽고 그는 진저에일을 사러 식품점에 갔다 오고. 어떤 밤에는 영화를 보고. 그러나 이런 외출은 없었다. 그 첫날 밤에 그는 정말로 다이키리를 마셨지만, 그후로 다시 마시고 싶다는 생각이 든 적은 없었으며 그녀도 똑같기를 바랐다. 한동안은 그녀도 마시지 않았다. 그러나 요즘 그녀에게는 고민이 있다. 그녀는 침대에서 활기가 없고, 가끔 그를 무슨 돼지 보듯 한다. 그가 어떤 식으로 전과 다르게 행동하는지는 모르겠지만, 어쨌든 편안함이 사라져버렸다. 오늘밤에는 그녀의 이른바 친구인 마거릿이 전화를 걸었다. 전화벨이 울렸을 때 그는 놀라서 죽을 뻔했다. 요즘에는 전화벨이 울리면 경찰이나 어머니일 것이라는 생각이 든다. 산 너머에서 뭔가가 벌어지고 있다는 느낌이다. 같이 살던 초기에 몇 번 전화벨이 울린 적이 있었다. 굵은 남자 목소리가 "루시?" 하고 말하거나, 래빗의 목소리에 그냥 전화를 끊어버렸다. 끊지 않고 버틸 경우에는 루스가 그냥 수화기에 대고 여러 번 "싫어" 하고 말하면 해결이 되는 듯했다. 그녀는 그들을 다루는 방법을 알았다. 어차피 전화를 한 사람은 겨우 다섯 명쯤이었다. 그녀의 과거는 바로 이 다섯 덩굴손으로만 버티는 덩굴이었기 때문에 쉽게 떨어져나갔고, 그녀는 깨끗하고 파랗고 텅 빈 상태를 유지할 수 있었다. 그러나 오늘밤에는 그 과거로부터 마거릿이 전화를 했다. 그녀는 그들이 캐스터네츠로 오기를 바랐고, 루스도 오고 싶어했고, 래빗은 따라왔다. 약간의 기분 전환을 위해 뭐라도 필요한 참이었다. 그는 따분했다.

그가 묻는다. "뭐로 할래?"

"다이키리."

"정말? 먹어도 정말 속이 괜찮을 것 같아?" 그는 그녀가 가끔 가벼운 구역질을 하고, 아예 안 먹다가 가끔 폭식을 한다는 것을 눈치채고 있었다.

"아니, 모르겠어. 하지만 젠장, 내가 왜 꼭 속이 좋아야 해?"

"글쎄, 왜 네가 속이 좋아야 하는지 나도 모르겠네. 왜 누가 속이 좋아야 하는지."

"아, 제발 한 번만이라도 철학자인 척 좀 하지 말자. 그냥 술이나 줘."

주황색 제복을 입은 젊은 유색인 여자가 다가온다. 제복 가두리의 주름 장식은 남미 분위기를 풍기려고 달아놓은 것 같다. 그는 그녀에게 다이키리 두 잔을 주문한다. 여종업원은 수첩을 휙 덮더니 자리를 뜬다. 그는 등뼈를 따라 반쯤 내려간 곳까지 살을 드러낸, 그래서 검은 브라가 조금 보이는 그녀의 등을 본다. 브라와 비교하니 그녀의 피부는 전혀 검지 않다. 빛이 가닿는 등의 평면 위로 부드러운 자주색 그림자들이 획획 날아다닌다. 그녀는 주황색 주름 장식을 흔들며 안짱다리로 느릿느릿 걸어간다. 그에게는 관심이 없다. 그것이 마음에 든다, 관심이 없다는 것이. 루스의 문제는 최근에 왠지는 몰라도 그의 죄책감을 자극하려 한다는 것이다.

그녀가 묻는다. "뭘 보고 있어?"

"아무것도 안 봐."

"너는 저거 못 가져, 래빗. 너는 너무 하얘."

"네가 사실은 기분이 좋다고 좀 말해줘."

그녀는 도전적으로 웃음을 짓는다. "나는 그냥 나 자신일 뿐이야."

"맙소사, 아니길 바라."

니그로 여자가 돌아와 그들 사이에 다이키리를 놓는다. 그들은 말없이 앉아 있다. 그들 뒤로 문이 열리더니 마거릿이 냉기와 함께 들어온다. 그녀와 함께 온 남자는 하필이면 로니 해리슨이다. 래빗은 그것을 보고 별로 기분이 좋지 않다. 마거릿이 래빗에게 말한다. "안녕, 너구나. 아직도 붙어 있네?"

"젠장." 해리슨이 말한다. "위대한 앵스트롬이네." 모든 면에서 토세로의 자리를 차지하려는 듯한 말투다. "네 이야기는 들었어." 그가 끈적끈적하게 덧붙인다.

"뭘 들어?"

"아. 소문."

래빗은 해리슨을 좋아한 적이 없는데, 지금 보아도 나아진 것이 없다. 라커룸에서 그는 늘 여자와 하거나 털이 무성한 그의 작은 단지 같은 배 밑의 물건을 혼자 주무른 이야기만 했는데, 그 단지는 이제 정말 커졌다. 해리슨은 뚱뚱하다. 뚱뚱하고 머리도 반쯤 벗어졌다. 곱슬곱슬한 황동색의 머리는 숱이 줄어 머리를 기울이다보면 두피가 드러나기도 한다. 그렇게 분홍색이 드러나는 것에 래빗은 혐오감을 느낀다. 그가 말을 할 때마다 늘 발랑 까진 생각이 드러나는 것과 같다. 그럼에도 래빗은 어느 날 밤 해리슨이 누군가의 팔꿈치에 이 두 개가 나간 뒤에도 게임에 복귀한 일을 기억하면서, 그를 만나서 반갑다는 마음을 가져보려고 노력한다. 그때 세상에는 딱 다섯 명뿐이었으며, 그 시간 동안 나머지 넷은 그에게 둘도 없는 존재들이었다.

하지만 오래전 일이라는 느낌이 든다. 해리슨이 서서 능글맞게 웃을 때마다 그 시간은 점점 멀어지는 것 같다. 그는 어깨가 좁은 아마포 양복을 입고 있다. 사업에 성공한 듯한 그 멋들어진 분위기에 래빗은 짜증이 난다. 갇혀버린 느낌이다. 문제는 누가 어디에 앉느냐 하는 것이다. 그와 루스는 탁자를 사이에 두고 마주보고 앉았는데 그것이 실수였다. 해리슨은 마음을 정하더니 고개를 숙이고 루스 옆에 앉는다. 동작이 약간씩 끊어지면서, 오래전 풋볼 시합에서 입은 부상으로 인해 다리를 약간 절뚝이는 것이 드러난다. 래빗은 해리슨의 불완전함을 파고드는 데 사로잡혀 있다. 그는 이탈리아계처럼 하얀 타이를 매는 바람에 아이비리그 양복의 효과를 망쳐버렸다. 입을 열면 의치 두 개가 보이는데 다른 이들과 딱 맞아떨어지지 않는다.

"그래, 인생은 우리의 대선수를 어떻게 대접하고 있나?" 해리슨이 말한다. "소문에 따르면 원하는 걸 다 가졌다고 하던데." 그의 눈이 옆에 앉은 루스 쪽으로 휙 움직여 그 말의 의미를 드러낸다. 루스는 무슨 덩어리처럼 앉아 두 손으로 다이키리를 쥐고 있다. 그를 위해 설거지를 하느라 관절이 빨갛다. 술을 마시려고 잔을 들어올리자 잔 너머로 턱이 왜곡된 형태로 보인다.

"저애는 나를 가졌지." 그녀가 말하며 잔을 내려놓는다.

"저애하고 또 누가?" 해리슨이 묻는다.

마거릿이 래빗의 옆에서 꿈틀거린다. 왠지 그녀는 재니스와 비슷한 느낌이다. 흥분을 잘한다. 그녀가 그의 시야 왼쪽 구석에 있으니, 얼굴 그쪽으로 시커멓고 축축한 천이 다가오는 느낌이다.

"토세로는 어디 있지?" 래빗이 그녀에게 묻는다.

"토세 누구?"

루스가 낄낄거린다. 염병할 년. 해리슨이 루스의 머리 쪽으로 고개를 숙인다. 분홍색 두피가 드러난다. 무슨 말을 소곤거린다. 그녀의 입술이 위로 당겨져 올라가며 웃음을 짓는다. 그날 밤 중국집과 똑같다. 그가 무슨 말을 하든 그녀는 기분이 좋을 것이다. 다만 오늘밤에는 그가 해리슨이라는 점이 다를 뿐이다. 싫어하는 이 여자와 결혼한 래빗은 그들 건너편에 앉아 있다. 래빗은 해리슨이 그녀에게 소곤거리는 것이 그 자신, '우리의 대선수' 이야기라고 확신한다. 그들 넷이 자리를 잡게 된 순간부터 그가 놀림감이 되는 것은 기정사실이었다. 그날 밤의 토세로처럼.

"누구 얘긴지 염병 잘 알잖아." 그가 마거릿에게 말한다. "마티 토세로."

"우리의 옛날 감독 말이군, 해리!" 해리슨이 소리치며, 탁자 위로 손을 뻗어 래빗의 손끝을 건드린다. "우리를 불멸의 존재로 만들어준 사람!"

래빗은 해리슨의 손이 닿지 않도록 손가락을 조금 구부린다. 해리슨은 만족스럽게 웃음을 지으며 뒤로 물러난다. 두 손바닥이 매끈한 탁자 위로 끌려가며 미끌미끌하면서도 귀에 거슬리는 마찰음을 낸다.

"불멸의 존재는 내 얘기겠지." 래빗이 말한다. "너는 아무것도 아니었어."

"아무것도 아니라. 그건 좀 빡빡한 것 같은데. 좀 빡빡한 것 같아, 우리의 토끼 해리. 한번 기억을 되살려보자고. 어떤 놈을 거칠게 다루어 줄 필요가 있을 때 토세로는 누구를 들여보냈지? 너 같은 거물을 밀착해서 멋지게 막고 싶으면 누구를 보냈냐고?" 해리슨은 자기 가슴을 두드린다. "너는 손을 더럽히기에는 너무 큰 스타였어. 그래, 너는 누구한테도 반칙을 하지 않았어, 안 그래? 너는 풋볼로 무릎을 망가뜨리지도 않았지, 안 그래? 안 하고말고요, 날개 달린 새 해리는 안 하지요. 해리는 날아다녔거든. 그에게 공을 주고 골이 들어가는 것만 구경하면 됐지."

"실제로 들어갔잖아, 너도 봤듯이."

"가끔. 가끔은 들어갔지. 해리, 코에 주름 잡지 마. 우리 모두가 네 능력을 높이 평가하지 않는다고는 생각하지 마." 그가 손을 사용하는 것을 보고, 숙달된 방식으로 찍어내리거나 들어올리는 것을 보고, 래빗은 그가 평소에 탁자 주위에서 이야기를 많이 하는 것이 틀림없다고 생각한다. 그럼에도 떨고 있다. 해리슨이 자신을 두려워하는 것이 보이자 래빗은 관심을 잃는다. 여종업원이 다가오고—해리슨은 자신

과 마거릿이 마실 보드카토닉을 주문하고, 루스를 위해 다이키리를
한 잔 더 주문한다―래빗은 여종업원의 등이 뒤로 물러나는 것을 지
켜본다. 이 세상에 진짜는 그것 하나밖에 없는 것처럼. 푸른빛을 띤 갈
색 베개 같은 두 근육과 그 밑의 검은 브라가 이루는 작은 삼각형. 자
신이 그것을 보는 것을 루스가 보기를 바란다.

해리슨이 영업사원의 침착성을 잃어버리고 있다. "토세로가 나한테
네 얘기를 한 걸 내가 너한테도 얘기했던가? 에이스, 듣고 있어?"

"토세로가 뭐라 그랬는데?" 맙소사, 이 녀석은 아직 서른도 안 됐는
데 벌써 따분한 중년이 되어버렸다.

"나한테 이랬어. '이건 비밀인데, 로니, 나는 네가 우리 팀에 스파크
를 일으켜주길 바라. 해리는 팀 플레이어가 아니거든.'"

래빗은 마거릿을 굽어보고 루스를 건너다본다. "내가 진짜로 무슨
일이 있었는지 말해주지." 그가 그들에게 말한다. "여기 우리 해리슨이
토세로한테 가서 말했어. '보세요, 내가 진짜 스파크 플러그 아닌가요,
감독님? 진짜 플레이메이커 아니냐고요? 남들한테 멋지게 보이려고
나 하는 저 변변치 못한 앵스트롬과는 다르지 않냐고요?' 그랬는데 토
세로는 잠이 들었는지 대답을 하지 않았어. 그래서 해리슨은 평생 이
렇게 생각하게 된 거야. '이야, 내가 진짜 영웅이야. 진짜 플레이메이
커라고.' 농구 팀에서는 키도 작고 서툴러서 아무것도 제대로 못하는
애가 있으면 그런 애를 플레이메이커라고 불러. 어디서 그 플레이들
을 다 메이크하는지는 모르겠지만 말이야. 아마 자기 방이겠지." 루스
는 웃음을 터뜨리지만, 그녀가 웃기를 바랐던 것인지 래빗은 자신 있
게 말할 수 없다.

"그건 사실이 아니야." 해리슨의 숙달된 손바닥이 더 급하게 나풀거린다. "토세로가 먼저 그렇게 얘기해줬어. 그렇다고 내가 그걸 모르고 있었단 얘기는 아니지만. 학교 전체가 알고 있었으니까."

그랬나? 아무도 그에게는 이야기해준 적이 없다.

루스가 말한다. "맙소사, **농구** 얘기는 하지 말자. 이 새끼는 나하고 밖에 나오기만 하면 그 얘기를 해."

래빗은 궁금하다. 내 얼굴에 의심이 드러나서 루스가 나를 안심시키려고 그런 말을 하는 건가? 나한테 조금이라도 미안한 느낌이 있는 건가?

해리슨은 영업 회의에서 숙달된 정중한 태도에 걸맞지 않은 추한 모습을 보였다고 생각하는 것 같다. 그는 담배 한 개비와 도마뱀 가죽을 씌운 론슨 라이터를 꺼낸다. 그가 멋진 모양의 불꽃을 찰칵하고 만들어내는 동안 지켜볼 수밖에 없다.

래빗은 마거릿을 돌아본다. 그 순간 그 동작으로 인해 목에서 신경이 배치되는 방식이 왠지 익숙하다는 느낌이 든다. 백만 년 전에 이와 똑같이 그녀를 돌아봤다는 생각이 든다. 그가 말한다. "아직 내 질문에 대답을 하지 않았는데."

"참 나, 어디 있는지 나는 몰라. 집에 갔겠지 뭐. 토세로는 아팠거든."

"그냥 아팠던 거야, 아니면." 해리슨의 입이 묘한 짓을 한다. 웃음을 짓는 동시에 오므려진다. 마치 맨해튼에서 배운 이 영리한 짓을 처음으로 정중하게 시골 친구들에게 소개하는 것처럼, 그들이 '알아듣도록' 자기 머리를 톡톡 두들기기까지 한다. "여기가 이상해진 거야?"

"둘 다야." 마거릿이 말한다. 심각한 그림자가 그녀의 얼굴을 가로지른다. 그녀와 그것을 본 해리는 다른 두 사람과 멀어지는 것 같다. 건너편의 루스와 해리슨은 스타카토로 깜빡이는 붉은빛 때문에 저주의 용광로에서 웃고 있는 것 같다.

"친애하는 루스." 해리슨이 말한다. "어떻게 지냈어? 네 걱정을 자주 했어."

"내 걱정은 하지 말아줘." 말은 그렇게 해도 기분이 좋은 것 같다.

"그냥 궁금했을 뿐이야." 해리슨이 말을 이어나간다. "우리의 친구가 네게 익숙한 스타일로 널 부양할 능력이 있는지."

니그로 여자가 술을 가져오자 해리슨은 신분증을 보여주듯이 손에 쥔 도마뱀 가죽 론슨을 보여준다. "진짜 가죽이야."

"음," 여종업원이 목 깊은 데서 나는 소리로 대꾸한다. "손님 가죽?"

래빗은 웃음을 터뜨린다. 이 흑인 아가씨가 사랑스럽다.

여종업원이 떠나자 해리슨은 아이들을 대할 때처럼 달콤한 웃음을 지으며 몸을 앞으로 기울인다. "알고 있었어?" 그가 해리에게 묻는다. "루스가 나하고 함께 애틀랜틱시티에 간 적이 있다는 거?"

"다른 한 쌍도 있었어." 그녀가 얼른 해리에게 말한다.

"역겨운 한 쌍이었지." 해리슨이 말한다. "바깥의 황금 햇빛보다도 자기네 초라한 방갈로에 처박혀 있는 걸 더 좋아하더군. 그 둘 가운데 남자가 나중에 나에게 자랑하는 표정을 감추지 못하고 털어놓기를, 서른여섯 시간이라는 짧은 시간에 열한 번이나 오르가슴에 올라갔다는 거야."

마거릿이 웃음을 터뜨린다. "솔직히, 로니, 가끔 너 하는 말을 들으면 꼭 하버드 나온 사람 같아."

"프린스턴." 해리슨이 고쳐준다. "내가 주고 싶은 효과는 프린스턴이야. 하버드는 여기서는 의심받아."

래빗은 루스 쪽을 본다. 두번째 다이키리를 마시고 있고, 첫번째가 이미 효과를 발휘하고 있는 것이 보인다. 그녀가 킥킥거린다. "걔네들이 끔찍했던 건 차 안에서도 그걸 했다는 거야. 여기 가엾은 로니는 일요일 밤 교통 체증을 뚫고 운전을 하느라 기를 쓰고 있는데, 빨간 불일 때 뒤를 돌아보니까 벳시의 드레스가 목까지 올라가 있더라고."

"내가 계속 운전하지는 않았어." 해리슨이 루스에게 말한다. "우리가 마침내 그 녀석한테 운전을 하게 했던 거 기억나?" 그가 확인을 받으려고 머리를 그녀 쪽으로 기울이자 분홍색 두피가 반짝인다.

"응." 루스는 잔을 들여다보며 다시 깔깔거린다. 아마 벳시의 벌거벗은 모습이 떠오르나보다.

해리슨은 그 이야기가 래빗에게 주는 효과를 꼼꼼하게 지켜본다. 그가 거래를 제안하듯이 조용히 밀어붙이는 목소리로 말한다. "그 녀석에게는 재미있는 이론이 있었지. 그 녀석은 말이야," 해리슨의 두 손이 허공을 움켜쥔다. "핵심적인—뭐라 해야 할까?—단계에서, 파트너를 찰싹 때려줘야 한다고 생각해. 있는 힘껏. 얼굴을. 물론 그럴 수 있는 자세여야겠지만. 그게 아니면 때릴 수 있는 걸 때리고."

래빗은 눈을 깜빡인다. 이 끔찍한 녀석을 어떻게 해야 할지 정말 모르겠다. 바로 그 순간, 눈을 깜빡이는 순간, 그의 갈빗대 밑에서 알코올이 증발하면서 의식을 잃을 것 같은 느낌이 든다. 그는 웃음을 터뜨린다. 정말로 웃음을 터뜨린다. 모두 함께 지옥에 가면 되지. "그놈이 무는 건 뭐래?"

해리슨의, 내가 네 코를 꿰었지, 요놈아, 하던 싱글거리는 웃음이 그 대로 고정되어버린다. 그의 반사 신경은 이런 갑작스러운 전환을 받 아들일 만큼 빠르지 않다. "무는 거? 모르겠는데."

"아, 그놈이 그쪽으로는 생각을 많이 해보지 못했을 거야. 피가 날 정도로 확실하게 물어주는 거, 그보다 좋은 건 없어. 물론 너는 좀 불 리하겠지. 의치가 두 개나 있으니."

"의치가 있어, 로니?" 마거릿이 소리친다. "우아, 재미있네! 나한테 는 얘기 안 했잖아."

"당연히 있지." 래빗이 마거릿에게 말한다. "설마 저 피아노 건반 두 개가 로니 거라고 생각한 건 아니겠지? 다른 이빨하고 전혀 어울리지 않잖아."

해리슨이 입을 앙다물지만 억지스럽게 싱글거리는 웃음을 포기할 수도 없는 처지라 얼굴이 심각하게 긴장된다. 말도 나오지 않는다.

"텍사스에서 우리가 자주 가던 곳이 있었어." 래빗이 말한다. "거기 있는 여자는 등을 하도 자주 물려서 등이 꼭 낡은 판지 같았지. 알잖 아, 비 오는 날 밖에 놔둔 판지 말이야. 그 여자 역할은 그게 다였어. 그것만 아니면 처녀였지." 그는 청중을 둘러본다. 루스가 머리를 살짝 흔든다. 짧게 한 번. 마치 안 돼, 래빗 하고 말하는 것 같다. 그 모습이 지극히 슬퍼 보인다. 너무 슬퍼서 모래의 막이 그의 정신을 덮고 그의 숨을 막는다.

해리슨이 말한다. "꼭 그 이야기 같군. 어떤 창녀가 있었는데, 그 창녀는 엄청나게 큰, 아, 이런 이야기는 듣고 싶지 않겠구나, 그렇지?"

"아냐. 해봐." 루스가 말한다. "뭔가 배울 게 있을지도 모르잖아."

"어, 어떤 남자가 있었는데, 근데, 그걸 하다가, 에헴, 도구를 잃어버린 거야." 불안정한 빛 속에서 해리슨의 얼굴이 아래위로 움직인다. 두 손이 설명을 시작한다. 래빗은 이 가엾은 녀석이 하루에 다섯 번은 물건을 파느라 떠들어대는 것이 틀림없다고 생각한다. 무엇을 파는지 궁금하다. 아마 어떤 거래일 것이다. 매지필 필러처럼 분명한 것은 아닐 것이다. "팔꿈치까지, 어깨까지, 그러다 머리가 안으로 다 들어가고, 가슴까지 들어갔지. 결국 그 굴을 따라 기어가기 시작했어……" 그리운 매지필, 래빗은 생각한다. 마치 손에 하나 쥐고 있는 듯한 느낌이다. 손잡이는 세 가지 색깔이다. 회사에서는 그것을 청록, 주홍, 황금이라고 불렀다. 재미있는 것은 그것이 실제 선전하는 대로 자기 할 일을 한다는 것이다. 정말로 순무, 당근, 감자, 무의 껍질을 깨끗하고 빠르게 벗긴다는 것이다. 가운데에 가늘고 긴 틈이 있고, 가장자리는 면도날처럼 예리했다. "그러다 다른 남자를 만난 거야. '이보쇼, 혹시 못 봤소……'" 루스는 체념한 표정으로 앉아 있다. 래빗은 그녀의 마음속에서는 모두 다 똑같다는 생각이 들면서 공포를 느낀다. 해리슨과 그 사이에 아무런 차이가 없는 것이다. 실제로 차이가 있기는 한 걸까? 실내 전체가 뒤섞여 함께 붉게 흐르고 있다. 위胃 안에서 모두 함께 소화되고 있는 것 같다. "그러자 다른 남자가 말했어. '고무장화라니, 젠장, 그까짓 걸 갖고. 나는 내 오토바이를 찾으려고 여기서 석 주나 헤매고 다녔단 말이오!'"

해리슨은 함께 웃으려고 기다리며 말없이 고개를 든다. 그러나 그것을 파는 데 실패했다. "너무 공상적이야." 마거릿이 말한다.

래빗은 옷 밑의 피부가 끈끈하다. 그래서인지 뒤에서 열리는 문으로 들어오는 바람이 싸늘하게 느껴진다. 해리슨이 말한다. "야, 저기 네 여동생 아니야?"

루스가 술에서 고개를 든다. "그래?" 그가 아무런 반응을 보이지 않자 그녀가 말한다. "둘 다 똑같이 말상이네."

래빗은 한눈에 알아보았다. 미리엄과 동행자는 다행히도 이미 그들의 탁자를 지나 실내로 조금 들어가 있다. 빈자리를 찾으려고 서 있다. 실내는 쐐기 모양으로 입구에서부터 안으로 들어갈수록 폭이 넓어진다. 중앙에 바가 있고, 양편에 부스들이 늘어서 있다. 젊은 남녀는 반대편으로 간다. 밈은 굽이 아주 높은 밝은 하얀색 구두를 신었다. 함께 있는 남자아이는 양털 같은 금발을 딱 빗이 들어갈 만큼만 남기고 바싹 깎았고, 피부는 만질만질하게 캐러멜 색조로 그을었다. 여름에 밖에서 놀기는 하지만 일은 하지 않는 사람들만이 그렇게 그을릴 수 있다.

"여동생이야?" 마거릿이 묻는다. "매력적이네. 그쪽하고는 다른 쪽 부모를 닮았나봐."

"네가 어떻게 저애를 알아?" 래빗이 해리슨에게 묻는다.

"아," 그의 손이 자신 없이 움직인다. 손끝이 공중의 기름에 닿아 미끄러지는 것 같다. "자주 눈에 띄어."

래빗은 처음에는 본능에 따라 꼼짝도 하지 않으려 했으나, 미리엄의 행실이 나쁘다는 해리슨의 암시에 자리에서 일어나 주황색 타일 바닥을 가로질러 바를 빙 돌아 걸어간다.

"밈."

"어머, 안녕."

"여기서 뭐해?"

그녀는 함께 있는 남자아이에게 말한다. "여기는 내 오빠야. 죽은 자들 가운데서 돌아왔어."

"안녕하세요, 오라버니." 래빗은 남자가 그런 식으로 말하는 것이 마음에 들지 않는다. 밈을 부스의 바깥쪽, 남자 자리에 앉히고 자기가 안에 들어가 앉은 것도 마음에 들지 않는다. 전체적인 느낌, 밈이 이 남자아이를 자랑하고 다닌다는 느낌도 마음에 들지 않는다. 아이는 파란 블레이저에 폭이 좁은 타이 차림이다. 때가 묻은 예비학교 아이처럼 너무 어려 보이는 동시에 너무 나이가 많아 보인다. 입술도 너무 두툼하다. 밈은 남자아이의 이름을 말해주지 않는다.

"오빠, 아빠하고 엄마가 오빠 때문에 늘 싸워."

"글쎄, 네가 이런 쓰레기장에 있다는 걸 아시면 그것 말고도 할 이야기가 생기겠지."

"여긴 그렇게 나쁜 데가 아니야, 이 구역치고는."

"여긴 악취가 나. 너하고 이 청소년은 그만 나가는 게 어때?"

"어라. 누가 이래라 저래라야?" 아이가 말하며 어깨를 추켜올린다. 입술이 더 두툼해진다.

해리가 팔을 뻗어 손가락으로 아이의 줄무늬 넥타이 주위에 고리를 건 다음 퉁긴다. 넥타이는 위로 날아가 아이의 두툼한 입을 때린다. 깔끔하게 다듬은 얼굴이 약간 흐릿해진다. 그가 일어서려 하자 래빗은 그 단정하게 깎은 머리에 손을 얹어 도로 앉히고 자리를 뜬다. 아이의

솔 같은 머리의 단단함이 손끝에 간질간질하게 남아 있다. 뒤에서 여동생이 약간 목소리를 높인다. "해리!"

귀가 밝은 해리는 바를 둘러 돌아올 때 청소년이 겁을 먹어 쉰 목소리로 미리엄에게 설명하는 소리를 듣는다. "네 오빠는 너를 사랑하는 거야."

해리는 자신의 탁자를 향해 말한다. "가자, 루스. 오토바이에 올라타."

그녀가 저항한다. "난 여기가 좋은데."

"어서."

그녀가 물건을 챙기려고 움직이자 해리슨은 믿어지지 않는다는 표정으로 주위를 둘러보다가 그녀가 일어설 수 있게 부스에서 나온다. 그는 래빗 옆에 선다. 래빗은 충동적으로 로니의 패드를 넣지 않은 자칭 프린스턴 어깨에 손을 올려놓는다. 밈의 남자아이와 비교하니 그가 마음에 든다. "네 말이 맞아, 로니. 너는 진짜 플레이메이커였어." 말은 심술궂게 나가지만 의도는 좋은 것이다. 옛날 팀을 생각하며 한 말이다.

너무 둔하여 그의 말이 진심임을 느끼지 못한 해리슨은 그의 손을 털어내며 말한다. "언제 어른이 될래?" 조금 전에 변변치 못한 이야기를 했기 때문에 지금 상태가 안 좋은 것이다.

빨간 칠을 한 바깥 층계에서 래빗은 웃음을 터뜨리기 시작한다. "내 **오토**바이를 찾고 있다고." 그렇게 말하더니 캐스터네츠의 네온 빛 밑에서 "화 화 **히야아아**" 하고 터뜨려버린다.

루스는 그것을 받아줄 기분이 아니다. "넌 정말 미쳤어." 그녀가 말한다.

그녀가 너무 멍청해서 사실은 자신의 마음이 아프다는 것을 보지 못한다는 생각에 그는 짜증이 난다. 그가 농담을 했을 때 '안 돼' 하고 말하듯이 그녀가 머리를 흔든 것에 짜증이 난다. 그의 마음은 계속 그 순간으로 돌아가고, 그때마다 거기에 걸려 움직이지 못한다. 아주 많은 것들 때문에 화가 나 도대체 어디에서부터 시작해야 좋을지 모른다. 한 가지 분명한 것은 그녀를 혼내줄 것이라는 사실이다.

"그래, 너하고 저 새끼가 함께 애틀랜틱시티에 갔다고."

"왜 쟤가 저 새끼야?"

"아. 쟤는 새끼가 아니고 나는 새끼다 그거야?"

"네가 그렇다고는 안 했어."

"했어. 바로 저 안에서 그랬어."

"그건 그냥 표현일 뿐이야. 애정의 표현. 왜 그런지는 설명할 수 없지만."

"없겠지."

"그래, 없어. 너는 동생이 남자친구하고 들어오는 걸 보더니 바지에 오줌을 쌀 것 같던데."

"내 동생과 함께 있는 애송이 봤어?"

"그애가 뭐가 문젠데?" 루스가 묻는다. "괜찮아 보이더구먼."

"너한테는 다 괜찮아 보이지, 안 그래?"

"글쎄, 나는 네가 그렇게 전능한 재판관처럼 돌아다니면서 뭘 하려는 건지 모르겠어."

"그러세요? 댁은 자지가 달린 거면 다 괜찮아 보이시지요?"

264

그들은 워런 애비뉴를 따라 걸어가고 있다. 그들의 집은 일곱 블록 떨어져 있다. 사람들이 층계에 나와 앉아 늦봄의 바람을 쐬고 있다. 결국 그들은 사람들이 있는 곳에서 대화를 나누는 셈이며, 그래서 목소리를 낮추려고 안간힘을 쓰고 있다.

"맙소사, 동생을 봤다고 이러는 거라면, 너하고 결혼을 안 한 게 정말 다행이야."

"왜 그 얘기가 나오는데?"

"무슨 얘기가 나와?"

"결혼."

"네가 그랬잖아. 기억 안 나? 첫날 밤에. 계속 그 얘기를 했잖아. 내 약손가락에 입까지 맞추면서."

"멋진 밤이었지."

"그때는 괜찮았어."

"그때는 괜찮긴 뭐가 괜찮아." 래빗은 구석에 몰린 느낌이다. 그녀를 혼내주려면 그녀를 완전히 포기할 수밖에 없다. 달콤한 것들을 지워버릴 수밖에 없다. 하지만 그를 악취나는 그곳에 데려감으로써 그녀가 먼저 공격을 한 셈이었다. "너 해리슨하고 잤지, 그렇지?"

"그런 것 같아. 맞아."

"그런 것 같다고? 모른다는 거야?"

"맞다고 했잖아."

"또 몇 명이나 돼?"

"몰라."

"백 명?"

"의미 없는 질문이야."

"왜 의미가 없어."

"그건 몇 번이나 똥을 누었냐고 묻는 거하고 똑같아. 그래. 난 똥을 눴어."

"그 두 가지가 너한테는 똑같은 거네, 안 그래?"

"아니, 똑같진 않아. 하지만 횟수가 왜 중요한지 모르겠다는 거야. 내가 어떤 사람이었는지 너도 알았잖아."

"알았는지 몰랐는지 모르겠어. 너 진짜 창녀였어?"

"돈을 좀 받았어. 말했잖아. 속기사로 일할 때 남자친구들이 있었고 그 친구들의 친구들이 있었고 어쩌면 그런 이야기 때문에 일자리를 잃은 것 같기도 하고 잘 모르겠어. 어쨌든 나이든 남자들이 내 전화 번호를 알았고 아마 마거릿을 통해서인 것 같은데, 나도 잘 모르겠어. 야. 지나간 일이야. 그게 더럽냐 아니냐 이런 문제라면 결혼한 많은 여자들이 나보다 더 자주 더러운 꼴을 당해야 했을 거야."

"사진을 찍으라고 포즈도 취했어?"

"지저분한 책 얘기야? 아니."

"빨아주기도 했어?"

"야, 어쩌면 우리 안녕 해야 할지도 모르겠다." 그 생각을 하자 그녀의 턱이 부드러워지고 눈이 불타오른다. 그가 너무 미워 그와 비밀을 나눈다는 생각조차 할 수가 없다. 그녀 안의 비밀은 그와는, 그녀와 함께 가로등 밑을 성큼성큼 걸어가며 유령처럼 굶주려 그 자신을 채찍질하는 말을 듣고 싶어하는 이 커다란 몸뚱어리와는 아무런 관계가 없는 것 같다. 남자들은 그것이 문제였다. 입을 너무 중요하게 생각했다. 래빗도 여느 남자와 똑같아 보인다. 한 가지만 다를 뿐. 그도 모르는 사이에 자신과 그녀를 합쳐버렸고, 그래서 그녀는 그를 보낼 수 없다는 것.

그녀는 그가 말하는 소리를 들으며 비굴하게도 고마움을 느낀다. "아니, 나는 안녕 하고 싶지 않아. 내 질문에 답을 듣고 싶을 뿐이야."

"네 질문에 대한 답은 그렇다는 거야."

"해리슨도?"

"왜 해리슨이 너한테 그렇게 큰 의미가 있는 거야?"

"그놈은 악취가 나니까. 너한테 해리슨과 내가 똑같다면 나도 악취가 나는 거야."

그 순간 그녀에게 그들은 똑같다. 사실 해리슨이 더 낫다. 그냥 뭔가 좀 바꾸어보고 싶은 마음에서라도. 그냥 해리슨은 자기가 세상에서 가장 위대하다고 고집하지 않는다는 점에서도. 하지만 그녀는 거짓말을 한다. "너희는 절대 똑같지 않아. 너희는 같은 범주에 묶을 수 없어."

"글쎄, 레스토랑에서 너희 둘 맞은편에 앉아 아주 이상한 기분이 들었어. 너는 그놈하고 어떤 짓들을 한 거야?"

"아, 모르겠어, 너는 도대체 뭘 하는데? 사랑을 나누잖아. 누군가에게 가까이 다가가려고 노력하잖아."

"음, 그놈한테 했던 걸 나한테도 다 해줄 거야?"

이 말에 그녀의 피부가 묘하게 놀란다. 피부가 수축하는 바람에 몸을 누가 쥐어짜는 느낌이 든다. 속이 느글거린다. "그럼. 네가 원하면." 아내가 된 뒤라 창녀의 피부가 너무 꼭 끼는 느낌이다.

그는 어린아이처럼 안도한다. 앞니가 행복하게 반짝인다. "딱 한 번만." 그가 약속한다. "정말야. 다시는 해달라고 하지 않을게." 그가 그녀의 몸에 팔을 두르려 하지만 그녀는 몸을 뺀다.

집에 올라가자 그가 애처롭게 묻는다. "해줄 거야?" 그녀는 그의 무력한 자세에 놀란다. 아직 눈에 익지 않은 안의 어둠 속에서 그는 널찍하고 하얀 문손잡이 같은 얼굴에 걸린 옷 한 벌 같다.

그녀가 묻는다. "지금 우리가 아까 그 얘기를 하는 게 분명해?"

"우리가 무슨 이야기를 한다고 생각해?" 그는 너무 까다로워 그 말을 입에 올리지는 못한다.

그녀가 말한다. "너 빨아주는 거."

"맞아." 그가 말한다.

"냉혹해. 그냥 그걸 원할 뿐이구나."

"흠. 그게 너한테 그렇게 끔찍한 일이야?"

상냥한 토끼의 모습이 잠깐 나타나자 그녀는 대담해진다. "그렇게 나쁘지는 않아. 내가 무슨 짓을 한 건지 물어봐도 돼?"

"오늘밤 너의 행동이 마음에 들지 않았어."

"내가 어떻게 행동했는데?"

"예전의 너처럼."

"그럴 의도는 아니었어."

"그렇다 해도. 나는 네가 오늘밤에 그런 식으로 행동하는 걸 봤고, 그게 우리 사이에 벽을 쌓았어. 이게 그 벽을 뚫는 한 가지 방법이야."

"정말 귀엽네. 너는 그냥 그걸 원할 뿐이야, 사실은." 그녀는 그를 맹렬하게 공격하고 싶은, 나가라고 말하고 싶은 갈망에 사로잡힌다. 그러나 그럴 수 있는 시간은 이미 지났다.

그가 되풀이한다. "그게 너한테 그렇게 끔찍한 일이야?"

"글쎄, 네가 그렇다고 생각하기 때문에 그런 거지."

"어쩌면 나는 그렇게 생각하지 않을지도 몰라. 멋지다고 생각할 수
도 있어."

"야, 나는 너를 사랑했어."

"그래, 나도 너를 사랑했어."

"그런데 지금은?"

"모르겠어. 지금도 사랑하고 싶어."

아, 또 염병할 눈물. 그녀는 목소리가 부서지기 전에 얼른 말을 꺼내
려고 애를 쓴다. "착하기도 해라. 그런 용기를 다 내시고."

"비꼬지 마. 잘 들어. 오늘밤 너는 나를 배신했어. 나는 네가 무릎을
꿇는 걸 봐야 돼. 나는 네가," 그는 여전히 그 말을 할 수가 없다. "그걸
하게 해야 돼."

큰 잔으로 두 잔이나 마시다니 형편없는 실험이었다. 그녀는 자고
싶다. 혀에서 시큼한 맛이 난다. 그녀는 뱃속이 느글거리는 상태로 그
를 붙잡아둘 필요를 느끼며 생각한다. 이게 이 사람한테 겁을 주게 될
까? 이 사람 안에 있는 나를 죽이게 될까?

"내가 그걸 하면 뭐가 증명되는데?"

"네가 내 거라는 게 증명되지."

"옷을 벗을까?"

"그럼." 그는 빠르고 단정하게 옷을 벗고 그 화려한 몸으로 칙칙한
벽 옆에 선다. 어색하게 몸을 기울이고 한 손을 들어올려 어깨에 걸치

고 있다. 그 손을 어떻게 해야 좋을지 모르기 때문이다. 전체적으로 수
줍은 자세에는 긴장의 날개들이 돋아 있다. 말이 떨어지기를 기다리
는 천사 같다. 그녀는 마지막 옷을 밑으로 주르르 미끄러뜨린다. 옆구
리에 닿는 자신의 두 팔이 차갑다. 지난 한 달 동안 내내 추위를 느꼈
다. 체온을 나누어 갖기라도 한 것 같다. 점점 커지는 빛 속에서 그가
약간 자세를 바꾼다. 그녀는 눈을 감고 혼잣말을 한다. 남자애들 건 징
그럽지 않아. 않아.

스프링어 부인이 여덟시가 조금 넘어 목사관으로 전화를 했다. 에
클스 부인은 잭이 청년회 소프트볼 팀을 데리고 25킬로미터 떨어진
곳으로 게임을 하러 가서 언제 올지 모르겠다고 말했다. 스프링어 부
인의 공포가 전화선을 타고 전해졌기 때문에 루시는 남편과 연락을
해보려고 거의 두 시간 동안 전화를 돌려댔다. 날이 어두워지고 있었
다. 마침내 상대 소프트볼 팀의 교회 목사와 연락이 되었고, 그 목사
는 시합이 끝난 지 한 시간도 넘었다고 말해주었다. 바깥의 어둠이 짙
어졌다. 전화가 놓여 있던 창턱 위의 창이 밀랍을 바른 줄무늬 거울이
되어 그녀의 모습을 비추었다. 그녀는 머리에 핀도 꽂지 않은 채 구부
정한 자세로 전화번호부와 전화 사이를 왔다갔다했다. 다이얼이 계속
돌아가는 소리를 듣고 조이스가 아래층으로 내려와 어머니에게 몸을
기댔다. 루시가 세 번이나 데리고 올라가 침대에 뉘었지만 두 번은 아
이가 내려와 겁을 먹은 채 입을 다물고 축축한 무게를 어머니의 두 다

리에 얹었다. 방마다 어둠에 싸여 있고 전화기 주변에만 작은 빛의 섬이 있어, 집 전체가 위협을 받는 듯한 느낌이었다. 조이스가 세번째에는 침대에서 내려오지 않자 루시는 죄책감과 동시에 버려진 느낌에 사로잡혔다. 자신의 유일한 동맹자를 어둠에 팔아먹은 느낌이었다. 그녀는 생각이 나는 대로 교구 내의 문제가 있는 집마다 전화를 하고, 교구 위원들, 교회 비서에게도 전화를 해보고, 기금 모금 운동의 3인 공동대표, 늙은 귀머거리 교회 관리인 앵거스, 심지어 브루어에 사는 피아노 교습 전문가인 오르간 반주자에게도 전화를 해보았다.

시침이 10을 지났다. 창피스러워지고 있다. 버려진 느낌이 든다. 사실 남편이 세상 어디에도 없는 것처럼 느껴진다는 것에 겁이 난다. 그녀는 커피를 만들고 부엌에서 힘없이 운다. 어쩌다 이렇게 되었을까? 무엇이 그녀를 이곳으로 끌어들였을까? 그의 쾌활함, 그는 늘 아주 쾌활했다. 옛날 신학교 다닐 때의 그를 알던 사람이라면 그가 이 모든 일을 아주 진지하게 받아들일 거라고는 생각도 못할 것이다. 멋진 주석서들이 줄지어 늘어선 가구 없는 낡은 방에 앉아 있던 그와 그의 친구들을 생각하면 이 모든 것이 우아한 농담처럼 여겨진다. 그들과 함께 소프트볼 게임을 하던 기억이 난다. 아타나시우스파 대 아리우스파의 시합이었다. 그런데 이제는 그의 쾌활함을 전혀 볼 수 없다. 모두 다른 사람들에게, 소름 끼치고 손에 잡히지도 않는 교구에, 그녀의 적에게 써버려 바닥이 났다. 그녀는 그들이, 그 들러붙고 몸을 떠는 기묘한 과부들과 그리스도 청년회 사람들이 싫다. 만일 러시아가 미국을 점령한다면 딱 하나 좋은 것은 그들이 종교를 없애버릴 것이라는 점이다. 종교는 백 년 전에 없어졌어야 했다. 어쩌면 없어져야 하는 건 아닐 수도 있다. 어쩌면 우리의 약함이 그것을 요구하는지도 모른다. 하지만 종교와 관련된 일은 다른 사람이 하게 해야 한다. 잭에게는 너무 울적한 일이다. 가끔 잭이 안쓰럽다는 생각이 들 때가 있는데, 문득, 바로 지금도 그런 때라는 생각이 든다.

열한시 십오분에 그가 돌아왔을 때 물어보니 십대 몇 명과 잡화점에 앉아 수다를 떨고 있었단다. 그 멍청한 아이들이 굴뚝처럼 담배를 피우며 그에게 온갖 이야기를 하니까, 그는 예수를 사랑하는 사람으로서 데이트에서 '얼마나 멀리 나갈' 수 있는지 이야기하다 자극을 받고 멍청해진 상태에서 집에 온 것이다.

에클스는 그녀가 격분한 상태임을 한눈에 알아본다. 그가 잡화점에서 너무 행복한 시간을 보낸 것이다. 그는 아이들을 사랑한다. 그들의 믿음은 그들에게 매우 현실적이면서도 별 부담을 주지 않는다.

루시는 전화왔던 내용을 전하면서 그것이 충분한 질책이 될 것이라고 여기지만, 통하지 않는다. 그녀가 보낸, 그랬다고 말을 하지는 않지만, 무시무시한 저녁은 한 번 뒤돌아보지도 않고 바로 전화기로 달려가버린다.

그는 지갑을 꺼내 운전면허증과 공공도서관 대출증 사이에서 그가 아껴두었던 전화번호, 딱 한 번만 자물쇠에 넣고 돌릴 수 있는 열쇠를 꺼낸다. 그는 전화를 걸면서도 과연 그 열쇠가 맞을지, 이 사건의 모든 무게를 젊은 포스나트 부인, 거울처럼 빛을 반사하는, 곧 부서질 것 같은 공허한 선글라스를 쓴 부인의 말 위에 올려놓는 것이 바보짓이 아닐지 의문을 품는다. 장거리 전화벨은 울리는 속도가 빠르다. 전기가 놀랍게 잘 훈련된 쥐처럼 몇 킬로미터에 걸친 전선을 종종

걸음으로 달려가지만 결국 심부름의 목적지에 가서는 뚫고 들어갈 수 없는 강철판을 갉고만 있는 듯한 느낌이다. 그는 기도를 하지만 이것은 나쁜 기도, 의심을 하는 기도다. 그는 전기의 복잡성 위에 하느님을 덧씌우지 못한다. 그런 복잡성에 그것 나름의 침해 불가능한 법칙들이 있다고 인정한다. 희망은 사라졌지만, 그는 필사적으로 매달리고 있다. 그때 갉아먹는 벨이 멈추고, 금속판이 위로 올라가고, 열린 곳이 드러난다. 빛과 공기의 느낌이 밀고 들어와 전선을 통해 에클스의 귀에 이른다.

"여보세요." 남자 목소리지만 해리는 아니다. 그 친구의 목소리보다 굼뜨고 모질다.

"해리 앵스트롬 있나요?" 선글라스가 그의 푹 가라앉은 심장을 조롱한다. 이것은 맞는 번호가 아닌 것이다.

"누구시죠?"

"잭 에클스입니다."

"아. 안녕하세요."

"해리예요? 목소리가 다른 것 같아서. 자고 있었나요?"

"그런 셈이죠."

"해리, 부인이 진통을 시작했어요. 당신 장모님이 여덟시쯤 여기로 전화를 했는데, 내가 지금 막 들어와서요." 에클스는 눈을 감는다. 밀려오는 어두운 침묵 속에서 자신의 목사로서의 직무, 그 핵심이 심판을 받는 느낌이다.

"네." 상대가 어둠의 한쪽 구석에서 작은 소리로 말한다. "가봐야 할 것 같군요."

"그랬으면 좋겠어요."

"그래야 할 것 같네요. 그러니까, 내 아기이기도 하니까."

"바로 그거죠. 거기서 만납시다. 브루어의 세인트조지프병원이에요. 어딘지 알죠?"

"네, 그럼요. 10분이면 걸어갈 수 있습니다."

"가다가 차로 태워갈까요?"

"아뇨, 걸어가겠습니다."

"좋아요. 그게 좋다면. 해리?"

"네?"

"해리가 정말 자랑스럽습니다."

"그래요. 알았습니다. 이따 뵙겠습니다."

꼭 에클스가 땅속에서 연락을 해온 느낌이었다. 목사의 목소리는 땅에 묻힌 양철 소리 같았다. 루스의 침실은 침침하다. 낮게 뜬 달 같은 가로등은 팔걸이의자의 안쪽 면, 사람이 누운 침대, 그가 전화벨이 절대 멈추지 않을 것임을 깨닫고 마침내 젖혀버린 뒤틀린 시트 속으로 그림자의 화인火印을 찍고 있다. 맞은편 교회의 환한 장미창에는 아직 불이 밝혀져 있다. 자주색 빨간색 파란색 황금색이 서로 다른 음의 종소리들처럼 울려퍼진다. 그의 몸, 신경과 뼈로 이루어진 틀 전체가 따끔거린다. 그의 은색 피부에 아래위로 걸린 작은 종들이 흔들리는 것 같다. 지친 사타구니도 따끔거린다. 잠이 들었나? 얼마나 잤을까?

10분? 다섯 시간? 속옷과 바지가 의자에 걸려 있는 것을 보고 손으로 더듬거린다. 하얀 셔츠가 풀밭의 개똥벌레 무리처럼 기어가는 것 같다. 그는 순간적으로 망설이다가 그 환상 속으로 손가락들을 찔러넣는다. 그러자 환상은 그의 손길 아래에서 안전한, 죽은 옷이 된다. 그는 옷을 손에 들고 소리 없는 무게를 싣고 있는 침대로 간다.

"야. 자기야."

이불 밑의 긴 덩어리는 대답하지 않는다. 머리카락 끝만 삐죽 나와 있을 뿐이다. 자는 것 같지는 않다. 잘 때는 숨소리가 더 시끄럽다.

"야. 나 나가봐야 돼."

대답이 없다. 자고 있지 않다면 그가 전화로 한 말을 다 들었을 것이다. 그런데 무슨 이야기를 했더라? 그는 자신에게 연락이 왔다는 느낌 외에는 아무것도 기억나지 않는다. 루스는 무겁고 뚱하게 누워 있다. 그녀의 몸은 감추어져 있다. 밤에도 시트 한 장만 있으면 될 만큼 덥지만, 그녀는 춥다면서 침대에 담요를 꺼내놓았다. 그것이 그녀가 한 거의 유일한 말이었다. 그 짓을 시키지 말았어야 하는 건데. 그는 자신이 왜 그랬는지 모른다. 다만 그때는 그게 옳다고 느껴졌다는 것 외에는. 그는 그것이 돌파구가 될지도 모른다고 생각했다. 그녀는 남들을 위해 그 일을 했다. 따라서 그에게 해준다고 뭐가 문제가 될까? 하고 싶지 않았다면, 그를 망치는 일이라는 생각을 했다면, 왜 싫다고 말하지 않았을까? 그녀가 그러는 동안 그는 손가락 끝으로 그녀의 뺨을 계속 어루만졌다. 내내 그녀의 몸을 들어올려 감사의 표시로 끌어안으면서 그만해도 돼, 너는 다시 내 거야 하고 말하고 싶었다. 그러나 웬일인지 멈추게 할 수가 없었다. 계속 다음 순간에 해야지, 해야지 하다가 너무 늦어 끝나버리고 말았다. 바로 그녀의 달콤한 붉은 식도를 따라 아래로. 더불어 묘하게 둥둥 떠 있는 듯한 느낌을 주던 드높은 자부심도 바로 쏠려갔다. 갑자기 수치감이 밀려왔다.

"집사람이 아기를 낳고 있어. 가서 낳을 때까지 지켜봐야 돼. 두어 시간 뒤에 돌아올게. 사랑해."

그래도 이불 밑의 몸과 담요 위쪽 가장자리로 삐죽 나온 곱슬곱슬한 초승달 모양의 머리카락은 움직이지 않는다. 그녀가 자지 않는 것이 너무나 분명했기 때문에, 내가 **죽였구나** 하는 생각이 든다. 터무니없다. 그런 일로는 죽지 않는다. 죽음과는 아무런 관계가 없다. 그럼에도 그 생각 때문에 몸이 마비되어 앞으로 걸어가서 그녀를 어루만지며 그의 이야기를 듣게 할 수가 없다.

"루스. 이번만은 가야 돼. 집사람이 낳는 건 내 아기이고, 집사람은 워낙 얼간이라서 혼자서는 낳을 수 있을 것 같지가 않아. 우리 첫째 애도 엄청나게 힘들게 나왔어. 최소한 이건 내가 해줘야 돼."

어쩌면 이것이 이 말을 하는 최선의 방법은 아닐지 모르지만, 그는 설명을 하려고 노력한다. 그러나 그녀의 고요에 겁을 먹는다. 쓰라려오기 시작한다.

"루스. 야. 아무 말도 안 하면 나 안 돌아올 거야. 루스."

그녀는 죽은 동물이나 자동차 사고 뒤에 방수포를 덮어놓은 사람처럼 누워 있다. 다가가 들어올리면 살아날 것 같지만, 이런 식으로 조종당하는 것이 마음에 들지 않아 화가 나기 시작한다. 그는 셔츠를 입는다. 상의와 넥타이는 귀찮다. 하지만 양말을 신는 데 끝도 없이 시간이 걸리는 듯하다. 발바닥이 끈적끈적하다.

문이 닫히자 걸쭉한 슬픔이 입안의 바닷물 맛을 삼켜버린다. 슬픔
이 목구멍을 꽉 채우며 밀고 올라와 숨을 쉬자면 일어나 앉아야 한다.
감은 눈에서 눈물이 미끄러져 입꼬리가 짭짤해진다. 방의 텅 빈 벽이
현실이 되고 이어 밀도를 갖춘다. 열네 살 때하고 같다. 그때는 10킬
로그램, 딱 10킬로그램만 뺄 수 있다면 온 세상 나무, 해, 별들이 흔들
리며 자리를 잡을 것 같았는데, 하느님한테, 들판의 모든 꽃을 인도하
여 모양을 갖추게 하시는 하느님한테 그게 무슨 차이가 있겠냐만. 다
만 지금 그녀는 묻지 않는다 이제 그것이 미신적임을 알고 있다 그녀
가 바라는 것은 오직 1분 전에 그녀가 가졌던 것뿐이다 방안의 그 사
람 착할 때는 그녀를 꽃으로 만들 수 있는 사람 그녀가 살을 벗어버리
고 예쁜 공기가 되게 할 수 있는 사람 그는 그녀를 '예쁜 루스'라고 불
렀다 만일 그가 방금 그녀에게 "예쁘다"는 말을 했으면 그녀는 대답을
했을지도 모르고 그는 여전히 이 벽들 사이에 있을지도 모른다. 아냐.
그녀는 첫날 밤부터 부인이 이길 것임을 알았다. 그들에게는 갈고리
가 있으니. 어쨌거나 기분은 정말 더럽다. 구토의 물결이 밀려와 그녀
를 덮으면서 도대체 뭔가에 신경을 쓸 수 없는 상태가 되고 만다. 그
녀는 화장실로 들어가 타일 바닥에 무릎을 꿇고 변기의 고요한 타원
형 물을 지켜본다. 그 물이 무슨 짓을 할 것처럼. 실제로 토하지는 않
을 것이라는 생각이 들지만 어쨌든 자리를 뜨지 않는다. 그것이, 그녀
의 맨팔이 얼음 같은 도기 아가리에 얹힌 것이 기분이 좋기 때문이다.

뱃속의 위협에는 익숙해진다. 그 위협은 해소되지 않고 그녀와 함께 머문다. 그래서 멍한 상태에서, 구역질이 치밀어오르게 하는 이것이 일종의 친구 같다는 느낌이 든다.

그는 병원까지 대부분의 길을 달려간다. 서머를 따라 한 블록 올라가고, 북쪽 와이저와 평행한 거리인 영퀴스트를 따라 내려간다. 벽돌 셋집과 오래된 사업장이 많은 곳이다. 은근한 가죽냄새를 풍기는 구석진 구두수선점, 어두컴컴한 과자 가게, 창에 토네이도 피해 사진들을 걸어놓은 보험 대행사, 금박으로 글자를 박아놓은 부동산 사무소, 서점. 영퀴스트 스트리트의 구식 나무다리는 철로를 가로지른다. 철로는 검댕이 이끼처럼 부드럽게 퍼진 거무스름한 두 돌담 사이로 미끄러지며 도시의 중심을 향한다. 강 같은 어둠 아래쪽 깊은 곳에 자리잡은 금속의 실 같다. 레일웨이 스트리트를 따라 늘어선 술집들의 분홍빛 네온을 받아 석양의 색조가 좁게 뻗어나간다. 음악소리가 그에게까지 올라온다. 기관차 연기 때문에 검은 왁스를 칠해놓은 듯 시커메진 낡은 다리의 검은 판자들이 발밑에서 덜컥거린다. 그는 소도시 출신이기 때문에 늘 대도시의 슬럼에서는 칼에 찔릴 것 같은 공포를 느낀다. 더 힘차게 달린다. 보도가 넓어지면서 주차요금 미터기가 보이기 시작한다. 새로 생긴 드라이브인 은행이 낡은 YMCA를 마주보고 있다. 그는 YMCA와 석회석 교회 건물 사이 골목으로 파고든다. 교회의 납유리가 성서의 장면들을 뒤집힌 모습으로 거리에 비추고 있다.

그림 속의 인물들이 뭘 하고 있는 것인지 알 수가 없다. YMCA의 높은 창에서는 딱딱 당구를 치는 소리가 내려온다. 그것을 제외하면 건물의 넓은 면에는 생명이 없다. 유리 옆문 너머로 늙은 니그로가 녹색 수족관 불빛을 받으며 비질을 하는 모습이 보인다. 어떤 나무의 흐늘흐늘한 씨앗들이 발에 밟힌다. 열대의 느낌을 주는 좁은 잎들은 검은 빛이 섞인 노란 하늘을 배경으로 까만 못처럼 보인다. 검댕과 매연 속에서도 살 수 있기 때문에 중국인가 브라질인가 어딘가에서 수입한 것이다. 아스팔트 광장에 줄을 그어놓은 세인트조지프병원 주차장의 둘레에도 그런 도시의 나무를 심어놓았다. 그 우듬지들 위의 넓고 단단한 공간에 달이 걸려 있다. 잠시 발을 멈추고 애처로운 얼굴과 이야기를 나눈다. 아스팔트 위에 휘갈겨놓은 듯한 자신의 작은 그림자 위에 우뚝 멈춰 서서, 그의 뜨거운 피부 안에 금속처럼 밝게 빛나며 솟아오른 돌을 하늘에서 거울처럼 비추고 있는 돌을 향해 고개를 든다. **잘되게 해주세요.** 그는 달에게 기도를 하고 뒷문으로 들어간다.

병원 불빛은 밝고 파랗고 그림자가 없다. 에테르 냄새가 강하게 나는 리놀륨 복도를 따라 접수대까지 걸어간다. "앵스트롬입니다." 그가 타자기 뒤의 수녀에게 말한다. "집사람이 여기 있는 걸로 알고 있는데요."

통통한 세탁부 같은 얼굴이 컵케이크처럼 스캘럽* 처리된 아마포에 둘러싸여 있다. 그녀는 카드를 살피더니 "네" 하고 말하며 웃음을 짓는다. 작은 철테 안경은 눈에서 멀리 떨어진 두 뺨 꼭대기의 지방 둔

---

* 천을 부채꼴이나 물결 모양으로 만들어 소맷부리나 옷자락 같은 곳에 장식하는 것.

덕에 걸터앉아 있다. "저기서 기다리시면 돼요." 수녀가 분홍색 볼펜으로 가리킨다. 다른 손은 타자기 옆의 검은 묵주 위에 놓여 있다. 예전에 재니스에게 크리스마스 선물로 주려고 샀던, 자바에서 깎은 구슬 목걸이와 비슷한 크기의 묵주다. 그는 시키는 대로 서서 물끄러미 그녀를 바라보며 수녀가, 부인이 여기 온 지 몇 시간이나 됐는데 그동안 어디 있다 온 거예요? 하고 말하기를 기다린다. 자신을 곧 아버지가 될 여느 남자와 똑같이 받아들이는 것이 믿어지지 않는다. 그가 물끄러미 지켜보는 가운데 해를 본 적이 없는, 그녀의 무기력한 하얀 손이 검은 목걸이를 책상에서 허벅지로 슬며시 끌어내린다.

대기 장소에는 다른 남자 둘이 이미 자리를 잡고 있다. 이곳은 앞쪽 현관이다. 사람들이 드나든다. 래빗은 크롬 팔걸이가 달린 인조가죽 의자에 앉는다. 그 금속의 느낌과 딱딱 소리를 내는 교활한 정적 때문에 자신이 경찰서에 와 있고 다른 두 남자는 그를 체포한 경찰이라는 생각이 든다. 그들이 일부러 그를 무시하는 느낌이다. 신경이 곤두선 그는 탁자의 잡지를 뽑아 든다. 〈리더스 다이제스트〉 크기의 가톨릭 잡지다. 그는 영국의 어떤 변호사에 관한 이야기를 읽어보려 한다. 헨리 8세가 수도원의 재산을 몰수한 것이 법적으로 부당하다는 사실에 마음이 크게 움직여 로마가톨릭으로 개종을 하고 결국 수도사까지 되었다는 이야기다. 두 남자는 서로 소곤거리고 있다. 한 사람이 다른 사람의 아버지일지도 모르겠다. 젊은 사람은 두 손을 마주잡고 주물러대며 나이든 사람이 소곤거리는 말에 고개를 주억거린다.

에클스가 들어오며 눈을 껌뻑인다. 칼라를 단 모습이 앙상해 보인다. 그는 접수대 뒤의 수녀에게 버나드 수녀님, 하고 이름을 부르며 인사한다. 래빗은 자리에서 일어서지만 발목이 공기로 이루어진 느낌이다. 에클스가 눈썹을 찌푸린 익숙한 모습으로 다가온다. 강렬한 병원 불빛 때문에 이마에 자주색 무늬가 새겨진다. 에클스는 이날 이발을 했다. 고개를 돌리자 귀 위의 면도한 면들이 비둘기의 파란 목털처럼 반짝거린다.

래빗이 묻는다. "재니스도 내가 여기 있다는 걸 알고 있나요?" 그는 자신도 소곤거릴 거라고는 생각지 못했다. 공황에 사로잡혀 목멘 소리가 나오는 것이 싫다.

"아직 의식이 있으면 이야기를 해달라고 말해두었어요." 에클스가 큰 소리로 말하는 바람에 속삭이던 두 남자가 고개를 든다. 에클스는 버나드 수녀에게 다가간다. 수녀는 잡담을 나누게 되어 행복한 표정이다. 둘은 함께 웃음을 터뜨린다. 에클스는 래빗이 이미 잘 아는, 깜짝 놀라는 듯한 너털웃음을 터뜨리고 버나드 수녀는 소녀답고 순수하지만, 뚱뚱한 여자답게 피리 소리가 섞인 웃음을 터뜨린다. 그녀의 웃음은 약간 수축된 목구멍에서 올라와 그녀 얼굴 주위의 뻣뻣한 주름 장식 틀에 막힌다. 에클스가 물러나자 그녀는 소맷자락이 늘어진 팔꿈치 옆에 있는 전화기를 든다.

에클스는 돌아와 그의 얼굴을 보며 한숨을 쉬더니 담배를 권한다. 어쩐 일인지 회개의 성체를 주는 듯한 느낌이라 래빗은 그것을 받아들인다. 아주 오랫동안 깨끗한 입으로 지내다가 첫 한 모금을 빨자 근육이 풀리는 바람에 자리에 앉을 수밖에 없다. 에클스도 근처의 단단한 의자에 앉지만 대화를 하려고 하지는 않는다. 래빗은 골프 코스에서 벗어나 있을 때면 그에게 할 말이 잘 생각나지 않아, 연기가 피어오르는 담배를 서툴게 왼손으로 옮기며 탁자에서 다른 잡지를 뽑아 든다. 이번에는 종교와 관계없는 것인지 확인한다. 〈새터데이 이브닝 포스트〉다. 그가 펼친 글에서 저자—사진을 보니 이탈리아 사람 같다—는 아내와 네 자녀, 거기에 장모까지 데리고 캐나다 로키산맥으로 3주간 캠핑 여행을 떠났는데, 처음에 파이퍼 커브 경비행기에 투자한 돈을 제하면 120달러밖에 안 들었다고 한다. 그의 정신은 단어들을 계속 쫓아가지 못하고 미끄러지며 옆으로 가지를 뻗는다. 작은 영상들이 꽃처럼 피어난다. 비명을 지르는 재니스, 핏속에서 피어나는 아기의 머리, 재니스가 의식이 있으면, 의식이 있으면이라고 에클스는 말했지, 들여다보고 있을 물결이 이는 듯한 사납고 파란 빛, 의사의 고무장갑을 낀 붉은 두 손과 마스크를 쓴 얼굴과 그도 맡고 있는 방부제 냄새를 들이마시려고 넓어지는 재니스의 아기 같은 검은 콧구멍, 냄새, 흰 벽을 따라 어디에나 돌아다니는 씻긴 냄새, 씻겨 나가는 피와 씻긴 똥과 씻긴 토사물의 냄새, 마침내 모든 표면에서 물통 속 같은 냄새가 나지만, 우리가 늘 우리의 오물로 다시 채울 것이기 때문에 결코 깨끗해지지는 않는다. 축축하고 따뜻한 천이 그의 심장을 감싸고 있는 것 같다. 그는 자신의 죄 때문에 재니스나 아기가 죽을 것이라고 확신한다. 그의 죄는 도주, 잔혹, 외설, 자만이 뭉쳐진 덩어리. 출산의 내장 속에 구현된 검게 엉긴 덩어리. 그의 창자는 이 덩어리를 내보내려고, 수축하려고, 원상태로 돌아가려고 뒤틀리지만, 그는 옆의 목사를 돌아보는 대신 맛있는 튀긴 송어에 관한 같은 문장을 계속 되풀이하여 읽는다.

그의 공포의 나무 맨 끝에는 검은 새 에클스가 앉아, 잡지를 넘기면

서 스스로를 향해 얼굴을 찌푸리고 있다. 에클스는 래빗에게 비현실
적으로 보인다. 사실 그의 감각 바깥에 있는 모든 것이 비현실적으로
보인다. 손바닥이 간지럽다. 묘한 압박감이 그의 몸 위를 빠르게 돌아
다닌다. 다리를 움켜쥐는가 했더니 어느새 목덜미를 움켜쥔다. 어렸을
때 학교에 늦어 잭슨 로드를 달릴 때처럼 겨드랑이가 간지럽다.

"재니스 부모님은 어디 계시죠?" 그가 에클스에게 묻는다.

에클스는 놀란 표정이다. "모르겠는데요. 수녀님한테 물어보지요."
에클스가 일어서려 한다.

"아니, 아닙니다, 제발 가만히 앉아 계세요." 반쯤 이곳 주인 노릇을
하는 에클스가 짜증이 난다. 해리는 눈에 띄고 싶지 않다. 하지만 에클
스가 시끄럽게 군다. 잡지를 뒤지느라 덜거덕거리는 바람에 마치 오
렌지 상자를 찢는 듯한 소리가 난다. 마치 곡예사처럼 담배를 손가락
위에서 자유자재로 움직인다.

수녀는 아니지만 하얀 옷을 입은 여자가 대기실로 들어와 버나드
수녀에게 묻는다. "제가 여기에 가구 광택제 캔을 두고 갔나요? 어디
에도 보이지 않아서. 녹색 캔인데, 뿌릴 수 있게 위쪽에 누르는 게 달
려 있는 거요."

"아니요."

여자는 그것을 찾아 밖으로 나가더니 잠시 후 다시 돌아와서 말한
다. "참, 세계적인 불가사의네요."

팬, 수레, 문이 멀리서 내는 음악에 맞추어 하루가 자정을 지나 다
른 하루로 접어든다. 버나드 수녀는 다른 수녀와 교대한다. 하늘색
옷을 입은 아주 늙은 수녀다. 마치 거룩한 곳을 향해 올라가는 중인

듯 하늘 안에 들어가 있다. 속삭이는 두 남자는 접수대로 가서 이야기를 하고 떠난다. 그들의 위기는 해소되지 않았다. 이제 에클스와 래빗만 남았다. 래빗은 숨죽인 병원의 미로 깊은 곳 어딘가에서 그의 아이가 우는 소리를 잡아내려고 귀를 쫑긋 세운다. 여러 번 그 소리가 들리는 듯하다. 신발 끄는 소리, 거리의 개가 짖는 소리, 간호사가 깔깔대는 소리, 이런 것들에 금방 속아넘어간다. 그는 재니스의 고통의 결과가 인간적인 소리를 낼 것이라고 기대하지 않는다. 그 결과가 괴물일 것이라는, 그가 만든 괴물일 것이라는 생각이 점점 커진다. 그것을 잉태시킨 그 밀어붙임이 그의 마음속에서 몇 시간 전 루스에게 강요한 도착적 진입과 섞여버린다. 순간적으로 욕정이 완전히 빠져나가면서, 기억 속의 뒤틀린 몸, 욕정에 내몰려 뒤틀었던 몸을 물끄러미 바라보게 된다. 그의 인생이 아무런 의미 없이 취했던 괴상한 자세들의 연속처럼, 믿음이 텅 비어버린 마법의 춤처럼 느껴진다. 하느님은 없어. 재니스는 죽을 수도 있어. 두 생각이 동시에, 하나의 느린 물결로 다가온다. 물밑에 있는 느낌, 투명한 오니汚泥로 이루어진 사슬에 묶인 느낌이다. 오니는 그가 부드러운 여자들의 몸속에 뱉어낸 다급한 사출의 유령이다. 무릎 위에 놓인 손가락들이 집요하게 실들을 잡아당기고 있다.

메리 앤. 시합 뒤에 지치고 뻣뻣하고 느긋하면서도 강팍해져 있을 때 그녀가 앞쪽 계단의 교훈校訓이 적힌 현판 밑에서 얼쩡거리는 모습이 눈에 띄곤 했다. 그들은 11월의 하얀 안개를 뚫고 뿌리를 덮은 축축한 낙엽을 밟으며 그의 아버지가 새로 산 파란 플리머스까지 걸어가 히터가 따뜻한 바람을 뿜을 때까지 돌아다니다가 차를 세웠다. 그녀의 몸은 따뜻한 둥지들이 자리잡은 가지 많은 나무 같았지만 늘 약간 수줍음을 탔다. 마치 자기 행동을 자신하지 못하는 것처럼. 그는 그녀보다 훨씬 컸고, 승자였다. 그는 승자로서 그녀에게 다가갔고, 그것은 그가 그후로는 가져보지 못한 느낌이었다. 마찬가지로 그녀는 모든 여자 가운데 최고였다. 그녀는 그가 그렇게 지친 상태에서 전력을 다하는 상대였기 때문이다. 가끔 땀 때문에 따끔거리는 눈 뒤로 체육관의 아우성치는 빛이 어두워지면서 푹신푹신한 회색 자동차 지붕 밑에서 다가올 조심스러운 손길에 대한 어두컴컴한 기대가 피어오르기도 했다. 한번은 차 안에서 지난 시합의 찬란한 승리가 앞유리의 빗물 그림자에 줄무늬가 지는 그녀의 고요한 피부를 가로질러 지나가기도 했다. 이렇게 그의 마음속에서는 두 종류의 승리가 통일되어 있었다. 그녀는 그가 군대에 갔을 때 결혼했다. 그의 어머니가 보낸 편지의 추신이 그를 해안에서 떠밀어냈다. 그날 그는 배를 타고 나갔다.

하지만 그는 지금 기쁨을 느낀다. 부식된 크롬 팔걸이의자에 앉아 몸이 저리고 담배 때문에 구역질이 나지만 첫 여자를 기억하며 기쁨을 느낀다. 그의 심장의 물이 얇은 기쁨의 꽃병에 쏟아져들어갔을 때 에클스의 목소리가 꽃병을 흔들어 깬다.

"재키 젠슨의 이 글을 끝까지 다 읽었는데 도무지 무슨 소리인지 모르겠네요." 에클스가 말한다.

"네?"

"야구를 그만두고 싶은 이유를 얘기한 재키 젠슨의 글 말이에요. 내가 보기에는 야구선수의 문제는 성직자의 문제와 똑같은 것 같아요."

"어이구, 집에 가고 싶지 않으세요? 몇시죠?"

"두시쯤. 그냥 있고 싶은데요, 괜찮다면."

"나 도망가지 않아요. 그걸 걱정하시는 거라면."

에클스는 웃음을 터뜨리고 계속 자리를 지킨다. 해리가 그에게서 받은 첫인상은 고집스럽다는 것이었는데, 이제 중간에 함께하던 모든 것이 지워지고 다시 그 인상으로 돌아가버렸다.

해리가 말한다. "넬슨을 낳을 때 저 가엾은 아이는 열두 시간 진통을 했어요."

에클스가 말한다. "보통 둘째는 첫째보다 쉽지요." 그는 손목시계를 보며 말을 잇는다. "아직 여섯 시간이 안 되었는데요."

사건은 사건을 만든다. 특별실에서 기다리고 있던 스프링어 부인이 지나가다 에클스를 보고 뻣뻣하게 고개를 숙인다. 시야 구석에 해리가 걸리자 아픈 두 다리가 비틀거리고 새들 구두가 제멋대로 움직인다. 에클스가 일어서서 문을 지나 그 너머까지 동행한다. 잠시 후 두 사람은 스프링어 씨와 함께 돌아온다. 스프링어 씨는 매듭이 아주 작은 넥타이에 세탁소에서 가져와 처음 입은 셔츠 차림이다. 모랫빛 작은 콧수염은 하도 자주 다듬어서 그 밑의 윗입술이 오그라든 느낌이다. 그가 말한다. "여, 해리."

에클스에게서 이야기를 들었을 텐데도 남편이 이렇게 알은체를 하자 뚱뚱한 노파는 자극을 받아 해리를 보더니 말한다. "멍청한 젊은 녀석처럼 거기 앉아 저애가 죽기나 바라고 있을 거라면, 차라리 지금 살고 있는 곳으로 돌아가. 저애는 너 없이도 잘하고 있고, 그동안도 쭉 잘해왔어."

두 남자가 그녀를 밀어서 데려가는 동안 늙은 수녀가 기묘한 미소를 띠고 접수대 너머를 살피고 있다. 귀머거리인가? 비록 해리에게 상처를 주고 싶은 간절한 마음에서 나온 것이기는 하지만 스프링어 부인의 공격은 이 일이 시작된 이후 해리가 들은 첫번째 말로, 병원의 비누 냄새 장막 뒤 어딘가에서 벌어지는 사건의 극악함과 어울리는 듯하다. 그 말을 듣기 전에 그는 재니스의 진통이라는, 가스 상태의 위대한 태양 주위를 도는 죽은 행성에 홀로 놓인 느낌이었다. 그런데 비록 증오의 외침이기는 하지만 스프링어 부인의 외침이 그의 고독을 꿰뚫은 것이다. 재니스의 죽음이라는 생각. 그 생각을 큰 목소리로 듣자 공포가 반으로 줄었다. 재니스가 들이마시던 묘한 죽음의 냄새. 스프링어 부인도 그 냄새를 맡은 것이다. 이 공유가 그가 세상에서 누군가와 맺고 있는 가장 귀중한 관련인 듯하다.

스프링어 씨가 돌아와 대기실을 통과하여 밖으로 나가며 사위에게 아주 복잡한 웃음을 던진다. 아내 대신 사과하고 싶은 마음(우리 둘다 남자 아닌가, 내 알지), 거리를 두고 싶은 마음(하지만 자네는 용서받을 수 없는 짓을 했어, 나를 건드리지 말게나), 거기에 자동차 영업사원의 예의라는 기계적인 조건반사가 뒤섞인 것이다. 해리는 생각한다. **시답잖은 놈**. 쾅 닫힌 문을 향해 그 생각을 던진다. **노예 같은 놈**. 다들 어디로 가는 걸까? 어디서 오는 걸까? 왜 아무도 쉬지 못하는 걸까? 에클스가 돌아와 담배를 하나 더 주더니 다시 가버린다. 담배를 피우자 위胃의 바닥이 떨린다. 목구멍은 밤새 입을 벌리고 자다가 일어났을 때의 느낌이다. 자신의 입냄새가 콧구멍을 스친다. 가슴이 통같은 의사가 가운 주머니 앞에 피부가 벗겨진 듯한 손을 오그리고 자신 없는 표정으로 대기실로 들어온다. 그가 해리에게 묻는다. "앵스트롬 씨? 닥터 크로입니다." 해리는 그를 만난 적이 없다. 재니스의 첫아기는 다른 의사가 받아주었는데, 그녀가 고생을 하자 장인이 이 의사로 바꾼 것이다. 재니스는 한 달에 한 번씩 의사를 찾아갔고 집에 와서는 그가 무척 상냥하다고, 손이 놀랍도록 부드럽다고, 임신한 여자가 어떤 상태인지 정확히 아는 것 같다고 이야기하곤 했다.

"어떻게?"

"축하드립니다. 어여쁜 딸입니다."

그가 갑작스럽게 손을 내미는 바람에 해리는 엉거주춤 일어설 여유밖에 없다. 그래서 굽실거리는 자세로 그 소식을 소화하는 꼴이 되고 만다. 박박 문질러대서 분홍색이 된 듯한 의사의 얼굴—마스크의 매듭이 풀려 한쪽 귀에 걸려 대롱거리면서 창백하고 통통한 입술이 드러났다—이 래빗이 예상하지 못했던 '딸'이라는 말에 형태와 색조를 부여하는 과정과 뒤섞인다.

"그래요? 괜찮은가요?"

"3킬로그램입니다. 부인은 내내 의식을 잃지 않았고, 분만 뒤에 잠깐 아기를 안아보았습니다."

"그래요? 아기를 안았어요? 그게, 애엄마가 힘들었나요?"

"아, 아니요. 정상이었습니다. 처음에는 긴장한 것 같았지만, 정상적인 분만이었습니다."

"잘됐군요. 고맙습니다. 어이구, 고맙습니다."

크로는 불안한 웃음을 띤 채 서 있다. 창조의 구덩이에서 올라와 넓게 트인 공간에서 더듬거린다. 지난 몇 시간 동안 그는 해리가 경험해

보지 못한 수준으로 재니스에게 가까이 다가가 있었다. 그의 손으로 그녀의 뿌리를 파고들었고, 지진을 일으킨 그녀의 몸에 올라탔다. 그럼에도 그는 털어놓을 이야기를 가지고 오지 않았다. 저주도 없고, 축복도 없다. 해리는 갑자기 천둥소리와 함께 의사의 눈이 그동안 빨아들인 신비를 풀어놓을까봐 겁이 난다. 하지만 크로의 눈길에는 노여움이 전혀 없다. 질책조차 없다. 그는 해리를 그런대로 의무감에 충실한 수많은 남자들 가운데 한 사람으로 보는 듯하다. 그는 그들이 아무생각 없이 뿌려놓은 씨의 결과를 수확하느라 평생을 보내고 있다.

해리가 묻는다. "봐도 될까요?"

"누구를?"

누구를? '누구'라는 말이 두 갈래로 갈라진 말이 되어 그를 놀라게 한다. 세상이 흐려지고 있다. "우리, 우리 집사람이요."

"그럼요, 되고말고요." 크로는 해리가 허락을 요청하는 것에 특유의 온화한 방식으로 혼란스러움을 드러낸다. 그는 사실들을 알고 있음이 틀림없지만, 해리와 인류를 나누고 있는 죄의 간극은 모르는 것 같다. "아기를 말씀하시는 줄 알았네요. 아기는 내일 면회 시간까지 기다리시는 게 좋을 겁니다. 지금은 아기를 보여줄 간호사가 없거든요. 하지만 부인은 말씀드린 대로 정신을 잃지 않았으니까요. 이퀴닐을 좀 드렸습니다. 그건 그냥 안정제예요. 메프로바메이트하고. 그런데," 의사가 살짝 다가오자, 분홍색 피부와 깨끗한 천도 함께 다가온다. "장모되시는 분이 부인을 잠깐 만나게 해도 괜찮을까요? 밤새 우리를 들볶던데." 의사는 그에게, 그, 도망자, 간통자, 괴물에게 묻고 있다. 의사는 눈이 먼 것이 분명하다. 아니면 그냥 아버지가 된 것으로 모든 사람에

게 용서를 받을 수 있는 것일까. 사실 그것이 우리가 여기에서 이루고
자 하는 유일하게 확실한 목표니까.

"그럼요. 들어가봐도 됩니다."

"아기 아빠보다 먼저요, 나중에요?"

해리는 망설이다가, 스프링어 부인이 그의 텅 빈 행성으로 찾아와
준 일을 기억한다. "먼저 들어가봐도 됩니다."

"감사합니다. 잘됐네요. 그런 다음 그분은 집에 가실 수 있겠네요.
그분은 곧 내보내겠습니다. 기껏해야 10분 정도 걸릴 겁니다. 부인은
지금 간호사들이 준비시키고 있습니다."

"잘됐네요." 그는 자신이 얼마나 유순한지 보여주려고 자리에 앉았
다가 다시 일어난다. "참, 그런데 고맙습니다. 정말 고맙습니다. 어떻
게 의사들이 그런 힘든 일을 하는지 모르겠습니다."

크로는 어깨를 으쓱한다. "부인이 잘해냈어요."

"전에 아이를 낳을 때는 정말 무서워 기절할 지경이었습니다. 너무
오래 걸려서요."

"어디서 낳으셨는데요?"

"저쪽 병원이요. 동종요법 병원입니다."

"아하." 구덩이에 들어갔지만 천둥은 가져오지 않은 의사는 경쟁 병
원 이야기가 나오자 악의의 불꽃을 발산하더니, 박박 문지른 머리를
강하게 흔들며 자리를 뜬다.

에클스가 초등학생처럼 싱글거리며 들어오지만 래빗은 그 멍청한
얼굴에 주의를 집중할 수가 없다. 그가 감사 기도를 제안하자 래빗은
친구의 침묵에 대고 멍한 표정으로 고개를 숙인다. 심장박동 하나하

나가 넓고 하얀 벽에 부딪혀 납작해지는 듯하다. 고개를 들자 사물들이 무한히 견고하면서도 왠지 기운 것처럼 보인다. 너무 꽉 차서 당장이라도 풀쩍 뛰어오를 것 같다. 그의 진짜 행복은 사다리다. 그는 그 맨 꼭대기 단에서 계속 더 높은 곳으로 뛰려고 한다. 그래야 한다는 것을 알기 때문이다.

간호사들이 재니스를 '준비시킨다'는 크로의 표현이 꼭 5월의 여왕을 준비시킨다는 것처럼 들려 이상하다. 안내를 받아 병실로 들어가는데, 재니스가 머리에 리본을 달고 있고 침대 기둥에는 종이꽃이 감겨 있을 것만 같다. 그러나 그냥 전에 보던 재니스일 뿐이다. 높은 금속 침대의 부드러운 시트 두 장 사이에 들어가 누워 있다. 그녀가 얼굴을 돌리더니 말한다. "어머, 이게 누구야."

"잘 있었어?" 그는 입을 맞추려고 다가간다. 아주 부드럽게 할 생각이다. 유리 꽃에 허리를 굽히듯이 허리를 굽힌다. 그녀의 입은 에테르의 달착지근한 악취 속에서 헤엄을 치고 있다. 놀랍게도 그녀는 시트에서 두 팔을 빼 그의 머리를 끌어안더니 행복하게 헤엄치는 자신의 부드러운 입 쪽으로 그의 얼굴을 잡아당긴다. "어, 조심해." 그가 말한다.

"나 다리가 없어." 그녀가 말한다. "아주 이상한 느낌이야." 위생상의 이유 때문에 머리카락을 뒤로 바짝 잡아당겨 하나로 묶어놓았다. 화장은 하지 않았다. 베개 위의 작은 두개골이 거무스름하다.

"다리가 없다고?" 아래를 보니 시트 밑에 V자 모양으로 생기 없이 뻗은 다리가 있다.

"마지막에 척수에 뭔가를 했더니 아무 느낌이 없어. 누워서 밀어내라는 얘기를 듣고 있는데 조금 있다 보니 아주 작고 동글동글한 아기가 있는 거야. 달덩이 같은 커다란 얼굴로 찌무룩하게 나를 보는 거야. 어머니한테 당신을 닮았다고 했더니 듣기 싫어하더라고."

"밖에서도 나한테 난리를 쳤어."

"어머니를 여기 들여보내지 않았으면 좋았을 텐데. 보고 싶지 않았거든. 당신을 보고 싶었어."

"그래? 맙소사. 왜, 여보? 내가 그렇게 지저분하게 굴었는데."

"아니, 지저분하게 굴지 않았어. 당신이 여기 와 있다는 얘기를 들었어. 그래서 내내 그럼 이건 당신 아기이고, 내가 당신을 낳고 있는 거나 다름없다고 생각했어. 에테르에 완전히 취해서 둥둥 떠 있는 것 같아. 다리 없이. 그냥 끝도 없이 얘기를 할 수 있을 것 같아." 그녀는 배에 두 손을 올려놓더니 눈을 감고 웃음을 짓는다. "정말 완전히 취했어. 봐, 납작해."

"이제 수영복을 입을 수 있겠다." 그는 웃음을 지으며 에테르에 취한 그녀 이야기의 흐름 속으로 들어간다. 그 역시 다리 없이 청결이라는 큰 바다 위에 등을 대고 둥둥 떠 있는 기분이다. 새벽 전의 풀을 먹인 시트와 살균된 표면 사이에서 거품처럼 가볍다. 공포와 회한은 흩어져버리고 감사하는 마음이 아주 크게 부풀어올라 끝나는 데를 찾아볼 수가 없다. "의사 말이 당신이 잘해냈대."

"어머, 말도 안 돼. 잘하지 않았어. 끔찍했어. 울고 소리를 지르고, 의사한테 내 몸에 손대지 말라고 했어. 가장 끔찍했던 건 그 무시무시한 늙은 수녀가 물도 안 묻힌 면도날로 털을 밀어버릴 때였지만."

"가엾은 재니스."

"아냐, 멋졌어. 발가락을 세어보려고 했지만 너무 어지러워서 눈만 셌어. 두 개. 우리가 딸을 원했나? 그랬다고 해줘."

"나는 그랬어." 그는 이 말이 사실임을 확인한다. 비록 말이 소망을 발견한 것이기는 하지만.

"이제 나한테도 당신과 넬슨을 상대해서 내 편을 들어줄 사람이 생겼어."

"넬슨은 어때?"

"아. 매일 '아빠 집에 오는 날?' 하고 물어서 때려주고 싶을 지경이야, 가엾은 성자 같으니라고. 그 얘기 하게 하지 마. 너무 우울해."

"이런, 젠장." 존재하지 않는 줄 알았던 그의 눈물이 콧마루를 찌른다. "내가 그랬다는 게 믿어지지 않아. 왜 떠났는지 모르겠어."

"흐으음." 그녀는 베개로 더 깊이 가라앉는다. 화려한 웃음이 두 뺨을 펼쳐 갈라놓는다. "귀여운 아기가 생겼어."

"멋진 일이야."

"당신 근사해. 아주 커 보여." 그녀는 눈을 감고 그 말을 한다. 눈을 뜨자 에테르에 취한 생각들이 그득하다. 그는 그 눈이 그렇게 반짝이는 것을 본 적이 없다. 그녀가 소곤거린다. "해리. 옆 침대에 있는 여자는 오늘 퇴원했어. 그러니까 나가서 몰래 돌아다니다가 창문으로 다시 들어와. 그럼 밤새 잠을 안 자고 서로 얘기를 해줄 수 있잖아. 당신이 군대나 어디에 갔다 돌아온 것처럼. 다른 많은 여자들하고 사랑을 나누었어?"

"이봐, 당신 이제 좀 자야 할 것 같은데."

"괜찮아, 이제부터 당신은 나에게 더 멋진 사랑을 나누어줄 테니까."

그녀는 깔깔거리며 침대 속에서 움직이려 한다. "아냐, 내 말은 그게 아냐. 당신은 이미 멋진 사랑을 해주는 사람이야. 나한테 아기를 주었 잖아."

"그런 몸인 사람치고는 당신 아주 섹시한데."

"당신 느낌이 그런 거지." 그녀가 말한다. "여기 침대로 들어오라고 하고 싶지만 이 침대는 너무 좁아. 우."

"왜?"

"갑자기 오렌지에이드가 마시고 싶어. 목이 타."

"당신 정말 재미있어."

"당신이 재미있지. 아, 아기가 너무 찌무룩해 보였어."

날개가 달린 듯한 모습의 수녀가 문간을 채운다. "앵스트롬 씨. 시간 됐습니다."

"키스해줘." 재니스가 말한다. 그가 다시 그녀의 에테르를 마시려고 허리를 굽히자 그녀가 그의 얼굴을 어루만진다. 그녀의 입은 따뜻한 구름이다. 그 구름이 갑자기 갈라지면서 그녀의 이가 그의 아랫입술 을 깨문다. "가지 마." 그녀가 말한다.

"지금은 가고. 내일 올게."

"사랑해."

"이봐. 당신을 사랑해."

대기실에서 그를 기다리던 에클스가 묻는다. "어떻던가요?"

"아주 좋은데요."

"이제 돌아갈 건가요? 아, 어디 사시더라?"

"아뇨." 래빗이 겁에 질린 표정으로 대답한다. "맙소사. 그럴 수는 없어요."

"어, 그럼, 나하고 우리집에 가실래요?"

"보세요, 이미 넘칠 만큼 해주셨어요. 나는 부모님 집에 가면 됩니다."

"그분들을 깨우기에는 너무 늦었잖아요."

"아뇨, 정말입니다. 폐를 끼칠 수는 없어요." 그러나 그는 이미 받아들이기로 마음을 먹었다. 그의 몸의 모든 뼈가 늘어진 느낌이다.

"아무 문제 없어요. 우리하고 함께 **살자**고 하는 것도 아닌데 뭐." 에클스가 말한다. 긴 밤이 그의 맨신경을 드러내고 있다. "방도 **엄청** 많아요."

"알았어요. 알았어요. 좋습니다. 고마워요."

그들은 익숙한 간선도로를 따라 마운트저지로 돌아간다. 이 시간에는 트럭도 없다. 밤의 가장 깊은 곳이지만 하늘은 묘하게도 누그러진 검은색이다. 사실 회색이다. 해리는 말없이 앞유리 너머를 물끄러미 보고 있다. 몸도 굳었고, 정신도 굳었다. 간선도로는 굽었지만 그의 앞에 넓은 직선 도로가 펼쳐진 것처럼 보인다. 그 길을 따라가는 것 외에 그가 바라는 것은 없다.

목사관은 잠들어 있다. 앞쪽 현관에서는 옷장 냄새가 난다. 에클스는 침대 커버에 술 장식이 달린 위층 방으로 그를 데려간다. 그는 몰래 욕실을 이용하고 속옷만 입은 채 바스락거리는 시트들 사이에 몸을 웅크린다. 자신의 몸에서 나는 소리를 최대한 줄이려고 애쓴다. 그렇게 한쪽 가장자리에 몸을 웅크리고 거북이 껍데기 속으로 들어가듯이 뒤로, 잠 속으로 끌려들어간다. 오늘밤의 잠은 정신이 의식적으로 작정을 하고 공격해야 하는, 유령이 나오는 어두운 나라가 아니다. 그 자신 속에 있는 동굴이다. 밖에서 곰의 발톱이 비처럼 우르르 소리를 내는 동안 그는 동굴 안으로 움츠러든다.

늙은 광대, 햇빛이 방에 테를 두른다. 분홍색 의자 두 개 옆, 얇은 천으로 채워진 창은 버터빛으로 물들어 있다. 빛은 잘라낸 봉투 귀퉁이들이 모피처럼 깔린 책상에도 스며들고 있다. 책상 위쪽에 있는 사진 안의 분홍색 옷을 입은 부인이 다가오고 있다. 여자의 목소리가 문을 두드린다. "앵스트롬 씨. 앵스트롬 씨."

"네. 안녕하세요." 그가 소리친다. 쉰 목소리다.

"열두시 이십분이에요. 잭이 병원 면회 시간이 한시에서 세시까지라고 전해주라고 했어요." 그는 에클스 부인의 조롱하는 듯한 파삭파삭한 말투를 기억한다. 그런데 도대체 내 집에서 뭘 하고 있는 거예요? 하고 덧붙이는 듯하다.

"네. 알았습니다. 바로 나갈게요." 그는 어젯밤에 입었던 코코아색 바지를 입는다. 바지가 더럽다는 느낌에 불쾌해져, 구두와 양말과 셔츠를 들고 욕실로 들어간다. 그것들이 피부에 닿는 시간을 늦추고, 1분이라도 더 바람을 맞을 시간을 주려는 것이다. 물을 잔뜩 끼얹었음에도 여전히 정신이 뿌옇지만, 그는 옷가지를 들고 욕실에서 나와 맨발에 티셔츠 차림으로 아래층으로 내려간다.

에클스의 자그마한 부인은 큰 부엌에 있다. 이번에는 카키색 반바지와 샌들 차림으로, 발톱에는 매니큐어를 칠했다. "잘 주무셨어요?" 그녀가 냉장고 문 뒤에서 묻는다.

"죽은 듯이 잤습니다. 꿈 같은 것도 안 꾸고요."

"깨끗한 양심의 효과죠." 그녀는 오렌지주스 한 잔을 탁자에 놓는다. 산뜻하게 딸깍거리는 소리가 난다. 그는 자신의 옷차림 때문에, 맨가슴에 티셔츠 한 장만 달랑 걸쳤기 때문에 그녀가 얼른 고개를 돌린다고 생각한다.

"아, 수고하실 필요 없어요. 브루어에 가면 뭘 좀 먹을 겁니다."

"달걀 같은 걸 드리려는 게 아니에요. 치리오스 시리얼 좋아하세요?"

"아주 좋아하죠."

"잘됐네요."

오렌지주스가 그의 입속 보푸라기를 좀 태워버린다. 그는 그녀의 뒷다리를 지켜본다. 그녀가 카운터에서 무언가를 모으자 오금의 하얀 힘줄이 팔짝 뛴다. "프로이트는 어때요?" 래빗이 그녀에게 묻는다. 그는 이렇게 시작하면 나빠질 수도 있다는 것을 안다. 그날 오후를 되살리면 그가 뒤에서 그녀의 엉덩이를 때린 사실도 되살아날 것이기 때문이다. 그러나 에클스 부인을 대할 때는 우스꽝스러운 느낌, 그가 그녀를 마음대로 할 수 있고 어떻게 해도 실수할 리가 없다는 느낌이 있다.

그녀는 혀를 옆쪽 치아에 대고 돌아본다. 그러자 입이 비스듬히 기울면서 생각에 잠긴 표정이 된다. 흔들리지 않는 눈으로 그를 보고 있다. 그는 웃음을 짓는다. 그녀는 자신이 말하는 것보다 많이 아는 것처

럼 보이고 싶어하는 고등학교 여자아이의 표정이다. "똑같죠 뭐. 치리
오스에 우유나 크림 넣어요?"

"우유요. 크림은 너무 끈적끈적해서. 다들 어디 있죠?"

"잭은 교회에 갔어요. 아마 비행 청소년하고 탁구를 치고 있을 거예
요. 조이스와 보니는 자고 있어요. 도대체 알다가도 모를 일이에요. 아
침 내내 손님방에 있는 못된 아저씨를 보고 싶어했는데. 아이들이 방
에 못 들어가게 하기가 정말 힘들었어요."

"누가 아이들한테 내가 못된 아저씨라고 그랬어요?"

"잭이요. 아침 먹을 때 아이들한테 그랬어요. '어제 집에 못된 아저
씨를 데려왔는데, 이제는 못된 짓을 안 할 거야.' 아이들은 잭에게 골
칫거리인 사람들 이름을 다 알고 있어요. 앵스트롬 씨는 '못된 아저
씨'. 알코올중독자 카슨 씨는 '어리석은 아저씨'. 맥밀런 부인은 '밤에
전화하는 여자'. 그 외에도 '풀죽은 부인' '보청기 아저씨' '옆문 부인'
'행복한 콩'도 있어요. '행복한 콩'은 아마 우리 눈에 보이는 사람들 가
운데 가장 행복하지 않은 사람일 거예요. 그 사람이 한번은 아이들한
테 안에 추가 든 셀룰로이드 캡슐을 몇 개 갖다줘서 아이들이 이리저
리 흔들며 놀았어요. 그다음부터 '행복한 콩'이 되었죠."

래빗은 웃음을 터뜨린다. 루시가 치리오스를 가져오며—우유가 너
무 많다. 그는 우유를 알아서 따르게 하는 루스와 함께 사는 데 익숙
하다. 그는 마른 기만 없앨 정도로 우유를 붓는 것을 좋아한다. 그래
야 우유와 시리얼이 균형을 이루기 때문이다—속을 털어놓듯이 말
한다. "가장 끔찍한 일이 뭐였는지 아세요? 잭이 무슨 위원회 관련 일
로 어떤 교구 위원과 전화를 하다가 그 사람에게 교회 일을 하나 주는

게 기운을 내는 데 도움이 될 거라고 생각해서 말했어요. '행복한 콩을 이런저런 의장으로 모시는 게 어떨까요?' 그러니까 상대방이 이랬대요. '행복한 누구요?' 그제야 잭은 자신이 한 말을 깨달았어요. 하지만 다른 사람처럼 거기서 그만두지 않고 아이들이 그 사람을 '행복한 콩'이라고 부르게 된 경위를 다 이야기한 거예요. 물론 답답한 늙은 교구위원은 그게 그렇게 재미있다고 생각하지 않았죠. 그 사람은 '행복한 콩'의 친구였거든요. 사업상의 동료 같은 건 아니었지만 브루어에서 자주 함께 점심을 먹는 사이였나봐요. 잭은 그게 문제예요. 늘 사람들한테 너무 말을 많이 해요. 아마 그 교구 위원은 지금쯤 모든 사람에게 교구 목사가 가엾고 비참한 '행복한 콩'을 놀림감으로 삼았다고 떠들고 다닐 거예요."

그는 다시 웃음을 터뜨린다. 금박으로 글자가 새겨진 얇고 얕은 컵에 커피가 담겨 나온다. 루시는 자기 컵을 들고 탁자 맞은편에 앉는다. "내가 못된 짓을 그만둘 거라고 얘기했다고요?" 래빗이 말한다.

"네. 잭은 아주 기분이 좋던데요. 노래를 부르다시피 하며 나갔어요. 마운트저지에 온 이래로 자기가 한 최초의 건설적인 일이라고 생각하나봐요."

래빗은 하품을 한다. "글쎄요, 나는 잭이 뭘 했는지 모르겠는데요."

"나도 모르겠어요." 그녀가 말한다. "하지만 그이가 말하는 걸 들으면, 모든 일이 그이 어깨에 올라가 있던데요."

그가 관리 대상이었다는 이런 암시는 래빗의 신경을 건드린다. 그는 자신의 미소가 삐걱삐걱대는 것을 느낀다. "정말이요? 그 이야기를 하던가요?"

"아, 늘 했죠. 그이는 앵스트롬 씨를 무척 좋아해요. 이유야 모르겠지만."

"그냥 사랑스러우니까요."

"나도 계속 그런 얘기를 듣고 있어요. 가엾은 스미스 부인이 앵스트롬 씨한테 푹 빠졌다면서요. 앵스트롬 씨를 훌륭한 사람이라고 생각한다던데."

"그런데 에클스 부인 눈에는 그것이 안 보인다?"

"어쩌면 내가 나이가 덜 들어서 그런지도 모르죠. 나도 일흔셋이 되면 그렇게 될까?" 그녀는 컵을 얼굴로 들어올려 기울인다. 김이 피어오르는 갈색 커피가 다가가자 좁고 하얀 코의 주근깨가 선명해진다. 못된 여자다. 그래, 대낮처럼 분명하다. 못된 여자 타입이다. 그녀는 컵을 내려놓고 조롱하는 동그란 눈으로 그를 본다. "자, 말 좀 해줘요. 어떤 기분이에요? 새사람이 된 게. 잭이 늘 내가 개심하기를 바라니까, 그렇게 되는 게 어떤 건지 알고 싶어요. 그래서, '거듭났나요'?"

"아, 대체로 예전과 똑같은 느낌인데요."

"행동은 똑같지 않잖아요."

그는 툴툴거린다. "글쎄요" 하면서 의자에서 몸을 움직인다. 왜 이렇게 어색한 걸까? 이 여자는 지금 그에게 멍청한 계집애 같다는 느낌이 들게 만들려고 한다. 그가 아내에게 돌아간다는 이유로. 그녀의 말이 맞다. 그의 행동은 똑같지 않다. 그녀에 대한 느낌도 똑같지 않다. 그날은 그녀의 엉덩이를 두드리는 동작으로 그렇게 가볍게 나아갈 수 있었는데, 이제 그런 민첩성을 잃어버렸다. 그가 말한다. "어젯밤에 차를 타고 여기로 오면서 내 앞에 직선 도로가 뻗어 있다는 느낌을 받았습니다. 그전에는 덤불 같은 곳에 들어가 있어서 어디로 가건 중요하지가 않았는데 말이죠."

수프 사발처럼 두 손으로 든 커피 컵 위에 얹힌 그녀의 조그만 얼굴이 기쁨으로 완벽하게 긴장되어 있다. 그는 그녀가 큰 소리로 웃음을 터뜨릴 것이라고 생각하지만, 그녀는 소리 없이 웃는다. 그는 생각한다. 이 여자는 나를 원해.

그러다 다리가 마비된 채 발가락과 사랑과 오렌지에이드 이야기를 하던 재니스가 기억난다. 그래서 그의 얼굴에서 뭔가가 꽉 닫혀버렸는지, 루시 에클스가 짜증스러운 듯 고개를 돌리며 말한다. "자, 그 멋진 직선 도로로 가시는 게 좋겠네요. 한시 이십 분 전이에요."

그는 양말과 구두를 신기 시작한다. "버스 정류장까지 걸어가는 데 얼마나 걸리죠?"

"얼마 안 걸려요. 애들만 없으면 내가 병원까지 태워다줄 텐데." 그녀는 층계 쪽으로 귀를 기울인다. "영락없네요. 한 명이 내려오네."

언니가 부엌을 몰래 들여다본다. 팬티만 입고 있다.

"조이스." 아이 어머니가 빈 컵을 들고 개수대로 가다 발을 멈춘다. "당장 침대로 올라가."

"안녕, 조이스." 래빗이 말한다. "못된 아저씨 보러 내려왔니?"

조이스는 그를 빤히 보며 어깨뼈로 벽을 끌어안는다. 긴 황금색 배가 생각에 잠긴 듯 튀어나와 있다.

"조이스," 루시가 말한다. "내 말 못 들었어?"

"왜 저 아저씨는 셔츠를 안 입고 있어?" 아이가 또박또박 묻는다.

"모르겠어." 어머니가 말한다. "아마 자기 가슴이 멋있다고 생각하나

보지."

"티셔츠를 입었잖아." 래빗이 항변한다. 모녀 모두 티셔츠는 보지 못하는 것 같다.

"저게 아저씨 저엊이야?" 조이스가 묻는다.

"아냐, 젖은 여자들만 있어. 그 얘기는 이미 했잖아."

"젠장, 이것 때문에 모두들 예민한 것 같네." 래빗이 말하며 셔츠를 입는다. 셔츠는 구깃구깃하고 칼라 안쪽은 회색이다. 클럽 캐스터네츠에 갈 때는 깨끗했다. 상의는 없었다. 루스한테서 너무 서둘러 나온 것이다. "자," 래빗이 뒷자락을 바지에 쑤셔넣으며 말한다. "정말 고맙습니다."

"천만에요," 루시가 말한다. "이제 착하게 사세요." 두 여성이 그와 함께 복도를 따라 걷는다. 루시의 하얀 다리가 아이의 벗은 가슴과 창백하게 섞인다. 어린 조이스는 계속 그를 말끄러미 쳐다본다. 도대체 뭘 궁금해하는지 모르겠다. 아이와 개는 눈에 보이지 않는 것을 느낀다. "이제 착하게 사세요" 하는 말이 얼마나 비꼬는 것인지, 의미가 있다면 어떤 의미가 있는 것인지 따져보려 한다. 루시가 태워다주었으면 좋겠다. 그녀와 함께 차에 타고 싶다. 정말 그러고 싶다. 그가 떠나기를 주저하는 바람에 그들 사이의 공기가 팽팽해진다.

그들은 문간에 서 있다. 그, 그리고 피부가 아기 같은 에클스의 아내. 두 사람 사이에서 아버지의 넓은 입과 아치 모양 눈썹을 물려받은 조이스의 얼굴이 올려다보고, 그들 모두의 아래쪽에 매니큐어를 칠한 루시의 발톱이 있다. 카펫에 한 줄로 늘어선 아주 작은 주홍색 조개껍데기. 그는 막연한 포기의 표현으로 손가락으로 현絃을 뜯듯이 허공을 뜯다가 단단한 문손잡이에 손을 올려놓는다. 멍청하게도 여자들만 젖이 있다는 생각이 뇌리를 떠나지 않는다. 그는 발톱에서 고개를 들어 조이스의 경계하는 얼굴을 보고, 거기에서 고개를 들어 아이 어머니의 젖을 본다. 단추가 달린 블라우스 너머 뾰족한 융기 두 개. 여름의 직물 너머로 하얀 브라가 흐릿하게 보인다. 그의 눈이 루시의 눈에 이르렀을 때, 놀라운 것이 정적 속으로 들어온다. 여자가 윙크를 한 것이다. 빛처럼 빠르게. 어쩌면 그가 상상한 것인지도 모른다. 래빗은 손잡이를 돌리고 햇빛이 비치는 보도를 따라 물러난다. 가슴속에서 현 하나가 끊어진 듯 웅웅거리는 소리가 들린다.

병원에 가니 재니스가 아기와 함께 있다면서 잠시 기다려달라고 한다. 크롬 팔걸이가 달린 의자에 앉아 〈우먼즈 데이〉를 뒤에서부터 넘기는데 잿빛 머리를 뒤로 쓸어넘기고 섬세하게 주름이 잡힌 피부가 묘하게 은색으로 보이는 키 큰 여인이 들어온다. 낯이 너무 익어 그녀를 물끄러미 바라본다. 그녀는 그것을 눈치채고 뭔가 말을 해야 한다고 생각한다. 하지만 그는 그녀가 그를 못 본 체할 수 있었기를 바랐다는 느낌을 받는다. 누구더라? 그녀가 낯익다는 느낌은 아주 먼 거리를 가로질러 다가왔다. 그녀가 내키지 않는 표정으로 그의 얼굴을 들여다보며 말한다. "마티가 옛날에 가르치던 학생이죠? 나는 해리엇 토세로예요. 저녁식사 때 한 번 부른 적이 있죠. 이름도 기억이 날 듯한데."

그래, 물론이다. 하지만 그가 그녀를 기억하는 것은 저녁식사 때문이 아니라, 길거리에서 그녀를 보았기 때문이다. 마운트저지고등학교 학생들은 대부분 토세로가 바람을 피우고 돌아다닌다는 것을 알고 있었다. 그들의 순진한 눈에 그의 부인은 검은 불길에 감싸여 있는 것처럼 보였다. 걸어다니는 순교자였고, 숨을 쉬는 죄의 그림자였다. 그녀가 그렇게 특별해 보였던 것은 동정심보다는 병적인 매혹 때문이었다. 토세로는 워낙 수다쟁이에 장광설을 늘어놓는 사람이었기 때문에 그의 행동의 오점은 오리에게서 기름이 미끄러지듯이 그에게서 미끄러졌다. 대신 키가 크고 은빛에 심각한 표정인 그의 부인이 남편의 비행의 전하電荷를 잔뜩 쌓아두고 있다가 어린 마음들을 향해 방출하여 전기적 충격을 주었다. 그래서 아이들은 그녀를 보면 당혹감도 당혹감이지만 공포 때문에 눈길을 얼른 돌렸다. 해리는 그녀가 걸어다니는 세상이 이제 그의 세상이 되었다는 느낌에 놀라 자리에서 일어선다. "해리 앵스트롬입니다." 그가 말한다.

　"맞아, 그 이름이었죠. 마티는 해리를 무척 자랑스러워했어요. 자주 이야기를 했죠. 심지어 최근에도."

　최근에도. 토세로가 부인한테 무슨 이야기를 했을까? 부인이 내 이야기를 알고 있을까? 나를 비난하고 있을까? 그녀의 여교사 같은 긴 얼굴은 평소와 마찬가지로 비밀을 안에 가두고 있다. "감독님이 아프다고 들었는데요."

　"그래요, 아파요, 해리. 많이 아파요. 뇌졸중이 두 번 있었는데, 한 번은 입원한 뒤에 일어났어요."

　"감독님이 여기 계시나요?"

"네. 한번 가볼래요? 마티가 틀림없이 무척 좋아할 거예요. 잠깐만이라도. 병문안 오는 사람이 거의 없거든. 선생 노릇의 비극이 이런 것 같아요. 본인은 아주 많은 사람을 기억하는데, 정작 본인을 기억하는 사람은 거의 없다는 거."

"뵙고 싶습니다, 물론이죠."

"그럼 같이 가요." 복도를 따라 걸어갈 때 그녀가 말한다. "안됐지만 마티는 아주 많이 변했어요." 래빗은 그 말을 제대로 받아들이지 못한다. 그녀의 피부에 관심을 집중하고 있기 때문이다. 정말로 작은 도마뱀 가죽들을 수도 없이 꿰매놓은 것처럼 보이는지 확인하려는 것이다. 지금은 그녀의 손과 목만 보인다.

토세로는 병실에 혼자 있다. 누군가를 기다리는 것처럼 침대 머리 둘레에는 하얀 커튼이 기대하는 표정으로 늘어져 있다. 창턱의 녹색 식물은 산소를 내쉰다. 바깥으로 내민 유리창이 여름의 냄새를 병실로 들어올린다. 밑에서 자갈을 밟는 발소리가 들린다.

"여보, 누굴 데려왔어요. 정말 기적처럼 밖에서 기다리고 있더라고요."

"안녕하세요, 토세로 감독님. 집사람이 아이를 낳았어요." 래빗은 그렇게 말하고 힘이 실리지 않은 걸음으로 침대로 다가간다. 쪼그라든 채 누워 비뚜름한 입 안에서 혀를 미끄러뜨리는 노인의 모습에 깜짝 놀랐기 때문이다. 하얀 수염 그루터기가 점점이 박혀 있는 토세로의 얼굴이 베개 속에서 노랗게 보인다. 야트막한 둔덕 같은 몸 양쪽 사탕 줄무늬 파자마 소매로부터 가는 팔목이 삐죽 튀어나와 있다. 래빗은 손을 내민다.

"팔을 올리지 못해요, 해리." 토세로 부인이 말한다. "무력하죠. 하지만 이야기를 해보세요. 보고 들을 수는 있으니까." 그녀의 친근하고 참을성 있는 발음은 노래를 하는 듯한데, 마치 혼자 콧노래를 부르는 것처럼 불길하기만 하다.

기왕 내민 손이기 때문에 해리는 토세로의 손등을 누른다. 바싹 마른 상태이기는 하지만, 손을 간질이는 양털 같은 느낌을 주는 털 밑의 손은 따뜻하다. 순간 해리는 깜짝 놀란다. 그 손이 움직이기 때문이다. 고집스럽게 한 바퀴 돌더니 손바닥이 해리의 손길을 받으려고 위를 향한다. 해리는 손을 거두어들이고 침대 옆 의자에 주저앉는다. 늙은 감독의 눈알이 산만한 느낌으로 빠르게 움직이지만, 머리는 방문객을 향하여 2, 3센티미터밖에 돌아가지 않는다. 눈 밑의 살이 워낙 움푹하게 들어가 있어 눈이 힘없이 튀어나온 것처럼 보인다. 말, 그는 말을 해야만 한다. "귀여운 딸이에요. 감독님한테 감사하고 싶어요." 그가 큰 소리로 말한다. "저하고 재니스가 다시 합쳐지게 도와주신 것 말이에요. 정말 저한테 잘해주셨어요."

토세로는 혀를 안으로 끌어넣더니 얼굴을 움직여 아내를 본다. 턱밑의 근육 하나가 불거지고 입술이 오므라들고 턱에 맥박이 치듯 연거푸 물결이 인다. 뭔가 말을 하려는 것이다. 질질 끄는 모음 몇 개가 튀어나온다. 혹시 토세로 부인은 그 말을 판독할 수 있는지 보려고 해리는 고개를 돌리지만 놀랍게도 그녀는 다른 곳을 보고 있다. 그녀는 창밖, 텅 빈 녹색 뜰을 보고 있다. 그녀의 얼굴은 사진 같다.

상관이 없다는 것인가? 그렇다면 토세로한테 마거릿 이야기를 해야 하나? 하지만 마거릿 이야기 가운데 토세로를 기쁘게 해줄 만한 것은 없다. "저는 이제 정리가 다 됐어요, 토세로 감독님. 얼른 병상에서 일어나시길 바라요."

　토세로의 머리가 짜증을 드러내며 빠르게 다시 돌아온다. 입은 다 물어져 있고 눈은 반쯤 사팔눈이 되었다. 이 순간만큼은 아주 정돈되어 보이기 때문에 해리는 그가 말을 할 것이라는, 지금 입을 다물고 있는 것은 학생들이 관심을 집중할 때까지 침묵하던 예전 감독 시절의 책략이라는 생각이 든다. 그러나 침묵은 길어지고 점점 부풀어오른다. 60년 동안 말을 밖으로 내보내기 위한 공간으로만 사용되다가 이제 마침내 그 나름의 암 같은 생명력을 얻어 말을 삼켜버린 듯하다. 하지만 침묵의 첫 순간 어떤 힘이 흘러나온다. 인간의 영혼이 눈에 보이지도 않고 냄새도 없는 광선을 다급하게 발산한다. 그러다 눈의 점이 희미해지고, 늘어진 눈까풀이 닫히고, 입술이 벌어지고, 혀끝이 나타난다.

　"가서 집사람을 좀 봐야겠어요." 해리가 소리친다. "바로 어젯밤에 아기를 낳았거든요. 딸이에요." 마치 토세로의 두개골 안에 들어와 있는 듯 폐소공포증이 생긴다. 일어서는데 위에 머리를 부딪칠 것 같아 겁이 난다. 하얀 천장은 몇 미터나 떨어져 있음에도.

　"정말 고마워요, 해리. 저이도 해리를 만난 걸 좋아하는 게 분명해요." 토세로 부인이 말한다. 그러나 그녀의 말투에서 해리는 방금 자신이 낙제를 했다고 느낀다. 그는 병실에서 풀려나 활기차게 복도를 걸어간다. 그의 건강, 새로워진 삶이 병실 복도에 여유, 심지어 살균된 여유를 만들어낸다. 달콤하다. 그러나 재니스 면회는 실망스럽다. 어쩌면 거의 죽은 것이나 다름없이 뻗어 있는 가엾은 토세로를 본 것 때문에 그가 아직 막혀 있는 것인지도 모른다. 어쩌면 에테르에서 벗어나면서 그가 한 짓이 떠오르는 바람에 재니스가 막혀 있는 것인지도 모른다. 그녀는 꿰맨 곳이 아프다고 잔뜩 불평을 늘어놓는다. 그는 다시 참회하는 마음을 표현하려 하지만, 그녀는 그것을 따분하게 여기는 것 같다. 사람 비위를 맞추는 일의 어려움에 그는 마음이 답답해진다. 재니스는 밤을 어떻게 보냈느냐고 묻더니, 아니나다를까, 에클스 부인이 어떻게 생겼느냐고 묻는다.

"키는 당신만해." 그가 조심스럽게 대답한다. "주근깨가 좀 있고."

"그 여자 남편은 훌륭했어." 그녀가 말한다. "모든 사람을 사랑하는 것 같더라고."

"괜찮은 사람이지." 래빗이 말한다. "하지만 옆에 있으면 나는 예민해져."

"아, 당신이야 누구 옆에 있어도 예민해지지."

"아니, 그건 사실이 아니야. 마티 토세로 옆에서는 예민해진 적이 없어. 방금 그 가엾은 늙은 새끼를 보고 왔어. 저 위쪽 침대에 뻗어 있더라고. 말도 한마디 못하고, 머리도 조금밖에 못 움직여."

"토세로 옆에서는 예민해지지 않는데, 내 옆에서는 그렇다는 거지? 그렇지?"

"그런 말은 안 했어."

"아, 이런. 아야. 이 염병할 꿰맨 데, 꼭 철조망 같아. 내 옆에 있으면 너무 예민해지는 바람에 당신은 두 달이나 날 버린 거잖아. 두 달 넘게."

"이런 맙소사, 재니스. 당신이 하는 일이라고는 종일 텔레비전을 보고 술을 마시는 것뿐이었어. 나는, 내가 잘못하지 않았다고 말하려는 게 아니야. 하지만 나로서는 어쩔 수 없다는 느낌이 들었어. 아직 내 피가 남아 있는데 벌써 관 속에 들어가 있는 듯한 느낌이 드는 거야. 그 첫날 밤에 당신 부모네 집 앞에서 차를 탔을 때, 그때 어쩌면 그냥 넬슨을 데리러 가서 집으로 돌아올 수도 있었을 거야. 하지만 브레이크에서 발을 떼는 순간—" 그녀의 얼굴이 다시 지루하다는 표정으로 바뀐다. 파리가 앉는 것을 막으려는 듯 머리가 좌우로 움직인다. 그가 말한다. "빌어먹을."

그러자 재니스는 발끈한다. "매춘부하고 살아서 그런지 입은 조금도 깨끗해지지 않은 것 같네."

"그 여자는 엄밀한 의미에서 매춘부가 아니야. 그냥 이 남자 저 남자하고 잘 뿐이야. 이 근처에는 그런 여자가 많은 것 같아. 내 말은 당신이 결혼하지 않은 모든 여자를 매춘부라고 부를 거라면—"

"당신 어디 있을 거야? 내가 퇴원할 때까지."

"넬슨하고 우리집으로 갈 생각이었는데."

"그럴 수 있을지 모르겠네. 지난 두 달 방세를 안 냈거든."

"뭐? 방세를 안 냈다고?"

"참 나, 해리. 당신은 너무 기대가 커. 우리 아빠한테 계속 집세를 내달라는 거야? 나는 돈이 한 푼도 없어."

"그래서, 집주인이 전화를 했어? 우리 가구는 어떻게 됐어? 집주인이 길거리에 내다놓았어?"

"모르겠어."

"모른다고? 그럼 아는 게 뭐야? 내내 뭘 하고 있었어? 자고 있었어?"

"당신 아기를 갖고 있었잖아."

"이런 젠장, 당신이 늘 거기에 온 마음을 쏟고 있어야 하는 줄은 몰랐는걸. 야, 네 문제는 도대체가 신경을 쓰지 않는다는 거야. 정말로."

"참 나, 말하는 것 좀 봐."

래빗은 그러잖아도 자신의 말이 어떻게 들리는지 귀를 기울이고 있다. 어젯밤에 어떤 느낌이었는지 기억이 난다. 잠깐 입을 다물고 나서, 처음부터 다시 시작해보려 한다. "여보," 그가 말한다. "사랑해."

"나도 사랑해." 그녀가 말한다. "25센트짜리 있어?"

"있는 것 같아. 찾아볼게. 그런데 왜?"

"저기에 25센트짜리를 넣으면," 그녀는 환자가 발 위로 볼 수 있도록 높은 스탠드 위에 설치해놓은 작은 텔레비전을 가리킨다. "한 시간 동안 나와. 집에 있을 때 어머니하고 함께 보던 한심한 프로그램이 두시에 시작하거든."

그래서 래빗은 30분 동안 그녀의 침대 옆에 앉아 상고머리 사회자가 오하이오주 애크런과 캘리포니아주 오클랜드에서 온 나이든 여자들을 놀리는 것을 지켜본다. 출연한 여자들이 자기가 겪은 비극을 이야기하고 관객에게 얼마나 박수를 받느냐에 따라 돈을 받는 프로그램이다. 그러나 광고를 마치고 사회자가 그들의 손자 이야기를 하거나 소녀 같은 머리 스타일을 두고 농담을 할 때쯤이면 비극이 들어설 여지는 별로 남지 않는다. 래빗은 유대인처럼 아무리 말을 빨리 해도 발음이 뭉개지지 않는 사회자가 당장이라도 매지필 필러 광고를 할 것 같다는 생각을 계속하지만, 그 제품은 아직 텔레비전에 나올 만큼 큰

310

성공을 거두지는 못한 것 같다. 그렇게 나쁜 쇼는 아니다. 머리를 과산화수소로 표백한 쌍둥이가 옷자락을 흔들며 의자에 앉은 여자들을 여러 마이크와 부스와 방청석으로 밀고 다닌다. 그 프로그램은 심지어 화해의 분위기를 촉진하기까지 하는지, 그와 재니스는 손을 잡는다. 래빗이 의자에 앉아 있으니 침대는 이제 그의 어깨 높이에 있다. 그는 여자와 이런 묘한 관계에 있는 것이 즐겁다. 마치 여자를 어깨에 올려놓고 있는데도 무게는 전혀 느끼지 못하는 것 같다. 그는 손잡이를 돌려 침대를 세우고 그녀에게 물을 따라준다. 이 작은 봉사가 그가 느끼는 어떤 욕구와 잘 어울린다. 프로그램이 아직 끝나지 않았는데 간호사가 들어와 말한다. "앵스트롬 씨, 아기를 보고 싶으시면 간호사가 유리창 건너에서 안아서 보여줄 거예요."

래빗은 간호사를 따라 복도를 내려간다. 풀을 먹인 흰옷 밑에서 그녀의 사각형 엉덩이가 흔들거린다. 목 굵기만 보아도 그녀가 꽤 탄탄한 몸일 것이라는 짐작이 간다. 엉덩이가 푸짐하다. 무릎 위쪽이 튼실하다. 그는 무릎 위쪽이 통통한 여자를 좋아한다. 그는 또 일리노이주 스프링필드에서 온 여자가 아들이 끔찍한 교통사고를 당하여 팔하나를 잃은 뒤에 어떻게 되었다고 이야기할지 궁금하다. 그래서 그는 오렌지 같은 머리가 달린 작은 꾸러미들이 슈퍼마켓 바구니에 담긴 채—몇 개는 기울어져 있었다—몇 줄로 늘어선 아기방에서 간호사가 그의 딸을 유리창으로 데려왔을 때 마음의 준비가 전혀 안 된 상태다. 마치 가슴속에서 축축한 천 하나가 뒤로 미끄러져내리는 느낌이다. 갑자기 강풍이 불어와 그의 숨을 얼린다. 사람들은 늘 갓난아기가 못생겼다고 말한다. 어쩌면 그래서 이렇게 놀라운 것인지도 모른다. 간호사가 안고 있어 옆모습만 보이는 아기는 단추가 달린 간호사 제복의 하얀 가슴을 배경으로 선명한 빨간색이다. 콧구멍 주위로 아주 작게 잡힌 주름들이 기적처럼 정확해 보인다. 닫힌 눈까풀이 꿰맨 자국 없이 얼굴과 맞닿은 부분은 대각선으로 길게 이어져, 눈까풀이 올라가면 눈이 아주 클 것 같다. 고요한 눈까풀이 암시하는 그 뒤의 압력에서, 튀어나온 윗입술의 기울기에서 그는 기분좋은 경멸의 느낌을 읽는다. 아이는 자기가 훌륭하다는 것을 알고 있다. 그는 아이에게서 여성적이라는 느낌을 받게 될 줄은, 마치 누가 얇고 난 검은 붕대를 감아놓은 것처럼 머리털이 덮인 긴 분홍색 두개골의 곡선에서 뭔가 섬세하면서도 지속적인 것을 느끼게 될 줄은 정말 몰랐다. 넬슨의 머리는 혹과 무시무시한 파란 핏줄이 가득했고, 목덜미를 제외하면 머리카락이 없었다. 유리창 너머로 아기를 굽어보는 래빗은 보는 행동 자체가 조심스럽다. 거칠게 보면 이 갑작스러운 생명의 섬세한 기계들이 부서지기라도 할 것 같다.

그의 눈과 아기의 코 사이에서 원근법 때문에 줄어들어 보이는 간호사는 귀엽게 깜빡거리는 미소로 그가 아버지임을 확인해준다. 유리 너머에서 그녀의 색을 칠한 입술이 주름을 잡으며 질문을 만들어내자 그는 소리친다. "됐어요, 네." 그러면서 손가락을 쫙 펼친 채 두 손을 귀 높이로 올린다. "아기가 훌륭하네." 유리 너머로 보내려고 목소리에 힘을 주어 그렇게 덧붙인다. 그러나 간호사는 벌써 딸을 슈퍼마켓 바구니로 데려가고 있다. 래빗은 방향을 잘못 틀어 뒤에 줄을 서 있던 어떤 아버지의 부스스한 얼굴과 마주치자 곧바로 웃음을 터뜨린다. 그는 재니스에게 돌아간다. 바람이 소용돌이치며 그를 통과해가고, 아기 피부의 붉은색으로 불이 타오른다. 비누 냄새가 나는 복도에서 생각이 떠오른다. 딸 이름을 준June이라고 불러야지. 지금은 6월이고, 아이는 6월에 태어났으니까. 그는 준이라는 이름의 여자를 알았던 적이 없다. 재니스도 좋아할 것이다. J로 시작하니까. 하지만 재니스도 아기 이름을 생각하고 있었으니, 자기 어머니 이름을 붙여주고 싶어할지도 모른다. 해리는 스프링어 부인을 이름이 있는 사람으로 생각해본 적이 없다. 그녀의 이름은 레베카다. 아이에 대한 그의 따뜻한 돌풍 같은 자부심에 재니스는 누그러진다. 그도 재니스의 딸다운 소망에 감동을 받는다. 사실 가끔 그녀가 자기 어머니를 사랑하는 것 같지 않아 걱정이 되곤 한다. 그들은 타협한다. 레베카 준 앵스트롬으로.

직선 도로는 평탄해지기까지 한다. 알고 보니 스프링어 씨가 그동안 집세를 쭉 내고 있었던 것이다. 집주인과 친구 사이라 딸을 귀찮게 하지 않고 처리해놓은 것이다. 그는 늘 해리가 돌아올 것이라 예감하고 있었지만, 혹시 틀릴 경우에 대비해서 광고를 하고 싶지는 않았다. 해리와 넬슨은 집에 가서 집안일을 하기 시작한다. 래빗은 집안일에 재능이 있다. 먼지가 진공청소기로 빨아들여져 천 호스를 따라가 종이봉투로 들어가고, 봉투가 작은 잿빛 보풀로 꽉 차면 신사가 모자를 벗듯이 일렉트로룩스 청소기의 뚜껑이 톡 튀어나오는 느낌이 좋다. 그가 매지필 필러의 여리꾼으로 일한 것이 완전히 실패한 캐스팅은 아니었던 것이다. 그는 작은 그라인더, 슬라이서, 홀더 같은 문명의 작은 장치에 본능적으로 끌린다. 집안의 첫째는 딸이어야 할 것 같다. 앵스트롬 집안에서 밈은 그의 뒤에 태어났기 때문에 부엌의 밝은 심장을 직접 접한 적이 없고, 늘 집안일에서 그의 그림자에 가려 있었다. 그래서 늘 자신이 맡아야 하는 일에 짜증을 부렸는데, 결국은 그녀가 맡는 일이 더 많아졌다. 그는 어쨌든 아들이었기 때문이다. 그는 넬슨과 레베카도 똑같아질 것이라고 생각한다.

넬슨은 도움을 준다. 이제 두 살보다는 세 살에 가깝기 때문에 집 밖으로 나가지 않는 간단한 심부름은 할 수 있고, 자기 장난감이 1부셸들이 바구니에 들어가야 한다는 것을 이해하며, 청결, 질서, 빛에서 행복을 느낀다. 6월의 산들바람이 오랫동안 닫혀 있던 창의 망에 대고 한숨을 쉰다. 해가 그물눈에 점을 찍어 반짝이는 T자와 L자를 수백 개 만든다. 창문 너머 윌버 스트리트가 경사를 그리며 내려간다. 비바람에 부드럽게 골이 파인, 아래 보이는 집들의 평평한 함석과 타르 지붕에서 불가사의한 자갈, 사탕껍질, 유릿조각들이 반짝거린다. 이 쓰레기는 구름에서 떨어진 것이거나 하늘의 새가 이 거리로 가지고 온 것이다. 지붕에는 텔레비전 안테나와 소화전만한 크기의, 두건을 쓴 굴뚝들이 박혀 있다. 아래쪽으로 이런 지붕 세 개가 있는데, 배수를 위해 테라스처럼 기울어져 있다. 이 널찍하고 더러운 계단 세 개를 지나면 가장자리에 이르고, 그 아래에서부터 좋은 집들이 시작된다. 치장 벽토와 벽돌로 이루어진 성채들로, 현관과 지붕창과 피뢰침을 갖추고 있고, 침엽수가 경비를 서고 있으며, 은행이나 법률회사와 맺은 조약으로 보호되고 있다. 그런 집들 위쪽으로 셋집들이 세로로 한 줄로 늘어서 있다는 것이 신기해 보였다. 주택지구의 확대가 그 정도에서 멈출지 몰랐던 것이다. 어쨌거나 산에 기대어 건설된 도시에서는 높은 곳이 너무 흔해 귀하게 여기지 않는다. 그 위쪽으로는 원시적인 산마루뿐이다. 이 어두운 슬럼 같은 숲은 띠처럼 이어지는 비포장도로들, 버려진 농가, 공동묘지, 조성된 지 얼마 되지 않아 아직 날것 그대로인 개발지구 몇 군데를 사이에 두고 도시의 품위 있는 지역과 떨어져 있다. 윌버 스트리트는 래빗의 집 문을 지나 위쪽으로 한 블록만 포장되어 있다. 그다음부터는 진창과 자갈이 덮인 길이 되어 다채로운 색깔의 랜치하우스들이 짧게 두 줄로 늘어선 곳을 통과한다. 이 집들은 1953년에 숲을 밀어내고, 지금도 얼룩처럼 불안하게 풀잎들이 꽂혀 있는 붉은 땅에 세운 것이다. 그래서 비가 많이 오면 윌버 스트리트를 따라 배수구의 물이 주황색으로 흘러내린다. 랜치하우스들을 지나면 땅이 점점 가팔라지면서 숲이 시작된다.

래빗은 창에서 직선 방향으로 도시 건너편, 농장과 골프장으로 이루어진 넓은 골짜기를 볼 수 있다. 그는 생각한다. 나의 계곡. 나의 고향. 녹색 벽지를 바른 흠이 많은 벽, 모퉁이가 계속 밑으로 말리는 작은 바닥깔개들, 텔레비전과 문이 부딪치는 옷장이 몇 달 동안 그의 감각에서 사라져 있다가 다시 돌아와 예상치 못했던 힘을 발휘하고 있다. 구석구석이 그가 머릿속에 기억하는 구석구석과 딱 맞아떨어진다. 모든 갈라진 틈, 페인트의 모든 불규칙한 곳이 그의 뇌 속에 이미 존재하는 흠과 딸깍 소리를 내며 맞아떨어진다.

소파와 의자 밑, 문 뒤, 부엌 찬장 밑의 얕은 공간에서 래빗은 오래된 장난감 조각들을 발견하고, 넬슨은 그것을 보고 좋아한다. 자신의 소유에 대한 아이의 기억은 완벽하다. "엄마엄마가 이거 조써." 아이는 바퀴가 사라진 플라스틱 오리를 들어올리고 있다.

"할머니가 줬어?"

"엉. 엄마엄마가 줬어."

"엄마엄마 참 고맙지?"

"엉."

"너 알아?"

"뭐?"

"엄마엄마가 엄마의 엄마라는 거!"

"엉. 엄마 어딨어?"

"병원에."

"병운? 금일에 와?"

"그래. 금요일에 올 거야. 우리가 다 깨끗이 치워놓으면 엄마가 보고 기뻐하지 않을까?"

"엉. 아빠도 병운?"

"아니. 아빠는 병원에 있지 않았어. 먼 데 갔었어."

"아빠 먼 데." 아이의 눈이 커지고 입이 떡 벌어진다. '먼 데'라는 익숙한 개념을 빤히 들여다보고 있다. 그 개념의 심각함 때문에 아이의 목소리가 낮아진다. "오래." 아이의 두 팔이 앞으로 나와 길이를 잰다. 너무 길어서 손가락이 뒤로 굽는다. 그가 잴 수 있는 가장 긴 길이다.

"하지만 아빠는 지금 먼 데 가 있지 않잖아, 안 그래?"

"엉."

그는 스미스 부인에게 정원 일을 그만둔다고 말하러 가는 날 넬슨을 차에 태워 데리고 간다. 장인이 그의 매장 한 곳에서 일을 하라고 제안했다. 바퀴 밑에서 저벅거리는 소리를 내는 진입로 옆의 철쭉나무들은 가지에 아직 갈색 꽃장식 몇 개가 달려 있어 먼지가 낀 듯 황량해 보인다. 스미스 부인이 문을 열어준다. "그래, 그래." 그녀가 노래를 부른다. 갈색 얼굴은 환하게 웃음을 짓는다.

"스미스 부인, 여기는 제 아들 넬슨입니다."

"그래, 그래, 처음 만나는구나, 넬슨. 머리가 아버지를 닮았네." 그녀는 담뱃잎처럼 시든 손으로 작은 머리를 쓰다듬는다. "어디 보자. 사탕이 든 단지를 어디에 뒀더라? 아이가 사탕은 먹을 수 있지, 그렇지?"

"조금은 먹을 수 있을 겁니다만, 찾으러 가지 마세요."

"내가 찾고 싶으면 찾는 게야. 이보게 젊은이, 젊은이의 문제는 나한테 어떤 능력이 있다는 걸 도무지 믿어주지 않는 거야." 그녀는 한 손으로 치마 앞자락을 잡고 다른 손으로 거미줄을 치우듯이 앞의 공기를 헤집으며 비틀비틀 걸어간다.

그녀가 방에서 나가 있는 동안 그와 넬슨은 그 자리에 서서 응접실의 높은 천장, 백묵으로 그어놓은 금처럼 가는 세로 틀이 있는 높은 창문들을 본다. 라벤더색으로 물들어 있는 몇 개의 유리창을 통해 정원의 먼 테두리를 지키는 느릅나무와 솔송나무가 보인다. 빛나는 벽에는 그림들이 걸려 있다. 그림 하나는 어두운 색깔들을 이용해, 좁은 비단으로 몸을 친친 감고 있는 여자의 모습을 보여준다. 두 팔을 휘젓고 있는 것으로 보아 앞으로 나아가려는 커다란 백조와 말다툼이라도 벌이는 듯하다. 다른 벽에는 검은 가운을 입고 초조한 표정으로 푹신푹신한 의자에 앉아 있는 젊은 여자의 초상화가 걸려 있다. 머리 모양 때문에 이마가 세모지게 보이는 여자의 네모난 얼굴은 잘 생겼다. 동글동글하고 흰 두 팔은 곡선을 그리며 허벅지로 내려간다. 래빗은 빗각에서 벗어나 그림을 보려고 몇 걸음 가까이 다가간다. 여자의 윗입술은 짧고 도톰하고 자그마하다. 젊은 여자의 그런 입술은 아주 멋져 보인다. 게다가 입술이 살짝 들려, 두 입술 사이로 약간의 어둠이 드러나 보인다. 이런 식으로 뭔가 할 준비를 마친 듯한 분위기가 그녀를 감싸고 있다. 그녀가 의자에서 일어나 세모진 이마에 주름을 잡고 그를 향해 다가올 것 같은 느낌이다. 와인잔처럼 줄기가 있는 심홍색 공 모양의 유리그릇을 들고 돌아온 스미스 부인이 그가 보고 있는 쪽을 보다가 말한다. "내가 늘 신경이 쓰이는 건, 왜 저 화가가 나를 저렇게 성마른 사람처럼 보이게 그려놓았느냐 하는 거야. 나는 그 화가가 조금도 마음에 들지 않았고, 그 화가도 그것을 알았어. 반지르르하고 자그마한 이탈리아 남자였지. 자기가 여자를 안다고 생각했어. 자." 그녀는 사탕 그릇을 들고 넬슨에게 가 있다. "하나 먹어봐라. 오래되기는 했지만 좋은 거야. 이 세상의 오래된 것들이 대개 그렇듯이." 그녀는 투명한 붉은 유리로 만든, 손잡이가 달린 반구 모양의 뚜껑을 열더니 그릇을 흔든다. 넬슨이 건너다보자 래빗은 먹으라고 고개를 끄덕인다. 넬슨은 색깔 있는 은종이에 싸인 것을 하나 고른다.

"그건 별로일걸." 래빗이 넬슨에게 말한다. "안에 체리가 있을 거야."

"쉬잇." 스미스 부인이 말한다. "아이가 원하는 걸 고르게 해줘요." 그래서 가엾은 아이는 은박지에 홀려 그대로 그것을 잡는다.

"스미스 부인." 래빗이 말을 꺼낸다. "에클스 목사님이 말씀을 하셨는지 모르겠지만 제가 상황이 좀 바뀌어서 다른 일을 하게 됐습니다. 그래서 이제 여기서 도움을 드릴 수 없을 것 같네요. 죄송합니다."

"그래, 그래." 그녀는 넬슨이 은박지를 벗기려고 애쓰는 모습을 주의 깊게 지켜보며 말한다.

"정말 즐거웠습니다." 래빗이 말을 이어간다. "마치 천국에 있는 것 같았습니다. 그 여자가 말한 것처럼요."

"아, 그 멍청한 여자 알마 포스터." 스미스 부인이 말한다. "립스틱이 코까지 반쯤 올라간 여자. 절대 못 잊지, 그 귀한 영혼을. 뇌라고는 없는 여자였어. 애야. 그걸 이 스미스 부인한테 줘봐라." 그녀는 모란이 가득한 동양 꽃병 하나만 놓여 있는 둥근 대리석 탁자에 그릇을 내려놓고 넬슨에게서 사탕을 받아들더니 바느질을 하듯이 필사적으로 손가락을 움직여 껍질을 벗긴다. 아이는 그대로 서서 입을 벌리고 쳐다보고 있다. 부인이 급한 동작으로 손을 아래로 내리더니 초콜릿 공을 아이의 입술 사이에 쏙 집어넣는다. 그녀는 한쪽 뺨에 만족스럽게 주름을 잡으며 돌아서서 은종이를 탁자에 던지고 래빗에게 말한다. "그래, 해리. 그래도 우리는 철쭉이 피게 했잖아요."

"맞습니다. 그랬지요."

"호러스도 틀림없이 만족했을 거예요, 어디에 있든지."

사탕을 깨물자 갑자기 체리 시럽이 나오는 바람에 당황한 넬슨의 입이 비틀리며 열린다. 갈색 침이 한쪽 구석에서 새어나오고 두 눈이 흠 하나 없는 궁정 같은 방을 빠르게 움직인다. 래빗이 옆구리 쪽에 손으로 컵 모양을 만들자 아이가 다가와 말없이 지저분한 것을, 초콜릿 껍질 조각과 끈끈하고 따뜻한 시럽과 부서진 체리를 그 안에 뱉어 낸다.

스미스 부인은 이것을 전혀 보지 못한다. 잔금이 간 수정 같은 투명한 홍채가 드러난 그녀의 눈은 해리의 눈을 똑바로 보고 있다. 그녀가 말한다. "나한테는 종교적인 의무였어요. 호루스의 정원을 유지하는 게 말이에요."

"틀림없이 다른 사람을 구하실 수 있을 겁니다. 방학이 시작되었으니까요. 고등학교 아이들한테 아주 좋은 일거리가 될 거예요."

"아냐," 그녀가 말한다. "아냐. 그런 생각은 안 해요. 나는 내년에 여기서 해리의 철쭉이 다시 피는 것을 보지 못할 거야. 해리가 나를 살아 있게 해줬어요. 사실이야. 정말 그랬어. 겨울 내내 나는 죽음과 싸웠거든. 그런데 4월에 창밖을 내다보니 키가 큰 젊은이가 낡은 줄기들을 태우는 게 보이지 않았겠어. 나는 아직 생명이 나를 떠나지 않은 것을 알았지. 해리는 그걸 갖고 있어요. 생명을. 그건 이상한 선물이야. 그걸 어떻게 이용해야 할지는 모르겠지만 그게 우리가 받은 유일한 선물이란 것, 그것도 좋은 선물이란 것은 알아요." 그녀의 수정 눈에 눈물보다 흐린 액체로 막이 덮였다. 그녀는 단단한 갈색 발톱 같은 손으로 그의 팔꿈치 위쪽을 움켜쥐었다. "훌륭하고 튼튼한 젊은이." 그녀가 중얼거린다. 그녀의 눈이 다시 초점이 맞는다. 그녀가 덧붙인다. "자랑스러운 아들이네. 잘 살펴요."

아들을 자랑할 만하니 잘 보살피라는 뜻이 분명하다. 그는 그녀의 포옹에 가슴이 뭉클하다. 그도 응답을 하고 싶어, 그녀가 자신의 죽음을 예언할 때는 "아니에요"라고 신음을 토하기도 했다. 그러나 오른손에 깨져서 녹아가는 캔디가 가득하여 무력하게 빳빳하게 선 채로 그녀가 떨리는 목소리로 이야기하는 것을 들을 수밖에 없다. "잘 가요. 행복을 빌어요. 행복을 빌어."

이 축복 뒤의 일주일 동안 래빗과 넬슨은 자주 행복하다. 그들은 도시 주변으로 산책을 나간다. 어느 날 그들은 번지르르한 펠트 천을 댄 플란넬 유니폼을 입은, 공장 노동자처럼 얼굴이 시커멓고 주름진 남자들이 고등학교 운동장에서 소프트볼 시합을 하는 것을 구경한다. 한 팀에는 브루어의 소방서 이름이 달려 있고, 다른 팀에는 선샤인 체육협회 이름이 달려 있다. 토세로의 방에서 잘 때 다락에 걸려 있던 유니폼인 것 같다. 조립된 외야석에 앉아 있는 구경꾼 숫자는 선수들 숫자와 비슷하다. 외야석에서, 또 철망과 파이프로 만든 백네트 뒤쪽 사방에서 스니커즈를 신은 아이들이 드잡이를 하고 뛰어다니고 말다툼을 한다. 래빗과 넬슨이 몇 이닝을 구경하는 동안 해가 나무들 속으로 진다. 오래된 종이 같은 온기가 큰물처럼 래빗을 삼킨다. 뺨에 비쳐 드는 비스듬한 햇살, 드문드문 앉아 별 관심을 보이지 않는 관중, 자극적인 말로 으르렁거리는 대화, 노란 내야에 피어오르는 먼지, 초콜릿 아이스케이크를 물고 어슬렁어슬렁 지나가는 반바지 차림의 소녀들. 사춘기 소녀들의 갈색 다리는 발목 근처는 굵고 허벅지 쪽은 매끄럽다. 그 아이들은 아주 많은 것을 안다. 적어도 피부는 알고 있다. 덩가리*와 케즈 운동화 차림의 앙상한 작대기 같은, 그들 나이 또래의 남자아이들은 야구선수 윌리엄스가 한물갔냐 아니냐를 놓고 미친듯이 싸

---

* 가슴 부위에 천을 덧대어 만든 작업복.

운다. 맨틀이 만 배 낫다. 윌리엄스가 천만 배 낫다. 해리와 넬슨은 그 늘에서 통을 놓고 장사를 하는, 부스터즈 클럽 앞치마를 두른 남자한 테서 산 오렌지 소다를 나누어 마신다. 아이스크림 파는 곳에서 피어 오르는 드라이아이스의 연기, 오렌지주스 캔의 따개를 잡아당기는 **폽** 하는 소리. 인공적인 단맛이 가슴을 채운다. 넬슨이 자기 입에도 갖다 대려다 몸에 조금 흘린다.

또 하루는 놀이터에 간다. 넬슨은 그네를 무서워한다. 래빗은 꽉 잡으라고 말하고 아이가 볼 수 있도록 앞에서 살살 밀어준다. 웃음 소리, 애원하는 소리, "나 내려." 울기 시작한다. "나 내려, 나 내려, 아 빠." 모래 상자에 들어가 장난을 치자 머리가 약간 아프다. 저 너머 건물에서 루프볼의 고무가 쿵쿵 하는 소리와 장기 말이 딱딱 하는 소 리에 기억이 살아난다. 팔찌나 호각줄을 만드는 재료로 삼던 가는 플 라스틱 리본, 풀, 운동 장비 손잡이에 묻은 땀의 냄새. 아이들이 웅얼 거리는 소리가 실린 바람을 타고 잊었던 냄새가 날아온다. 래빗은 진 실을 느낀다. 그의 삶을 떠난 것은 다시 돌이킬 수 없다는 것. 아무리 찾아 헤매도 되찾아올 수 없다는 것. 아무리 날아가도 거기에는 이를 수 없다는 것. 그것은 여기에 있었다. 도시 밑에, 이 냄새와 이 목소리 들 안에, 영원히 그의 뒤에. 우리가 자연에 몸값을 내면, 자연을 위해 아이들을 만들어내면, 충만함은 끝이 난다. 그러면 자연은 우리와 관 계를 끝낸다. 처음에는 우리의 안이, 다음에는 밖이 쓰레기가 된다. 꽃의 줄기들.

그들은 엄마엄마 스프링어를 찾아간다. 아이는 기뻐한다. 넬슨은 그 녀를 좋아하고, 그래서 래빗도 그녀를 좋아한다. 그녀는 그에게 싸움을 걸려고 하지만 그는 맞받아 싸우려 하지 않는다. 그냥 모든 것을 받아들인다. 그는 같잖은 놈이고, 멍청한 놈이고, 끔찍한 행동을 했다. 감옥에 가지 않은 게 다행이다. 사실 그녀의 공격에 진짜 아프게 물고 늘어지는 맛은 없다. 우선 넬슨이 그 자리에 있기 때문이고, 또 그녀 또한 그가 돌아온 것에 안도하여, 겁을 주면 다시 나가게 될까봐 두려워하고 있기 때문이다. 세번째로 아내의 부모가 친부모처럼 공격을 할 수는 없기 때문이다. 아무리 세게 부딪쳐 오더라도 그들은 늘 바깥에 있으며, 그들에게는 뭔가 긴장을 풀게 만드는 면, 심지어 희극적인 면이 있다. 래빗과 늙은 부인은 아이스티를 들고 망을 친 일광욕실에 앉아 있다. 붕대를 감은 그녀의 두 다리는 등받이 없는 의자에 올라가 있다. 그녀가 무게중심을 옮길 때마다 내는 작은 신음에 그는 미소를 짓는다. 고등학교 시절 사랑 같은 것은 생각해보지도 않고 그냥 좀 좋아했던 멍청한 여자애들 가운데 하나 같다는 느낌이 든다. 넬슨과 빌리 포스나트는 집안에서 조용히 놀고 있다. 너무 조용하다. 스프링어 부인은 무슨 일이 있는지 확인하고 싶지만 다리를 움직이고 싶지가 않다. 그녀는 통증을 느끼며 빌리 포스나트가 얼마나 상스러운 아이인지 불평을 늘어놓기 시작하더니, 불평은 곧 거기서 아이 엄마에게로 옮아간다. 스프링어 부인은 그녀를 별로 좋아하지 않고, 아주 작은 일도 맡기고 싶어하지 않는다. 단지 선글라스 때문이 아니다. 물론 그것도 우스꽝스러운 겉치레라고 생각하지만. 그 여자의 전체적인 태도, 무엇보다도 맛 좋은 뒷공론거리가 생겼다는 이유만으로 재니스에게 와서 친한 척하는 모습 때문이다. "나 원, 뻔질나게 여기를 드나드는 바람에 내가 재니스보다도 자주 넬슨을 돌봐야 했어. 어머니의 책임감 같은 것은 없는 여고생들처럼 둘이서 매일 영화를 보러 가는 바람에 말이야." 래빗은 학교 다닐 때부터 페기 포스나트―그때는 페기 그링―를 안다. 선글라스를 쓰는 것은 기형적일 정도로, 창피를 느낄 정도로 외사시이기 때문이다. 에클스는 그녀가 옆에 있는 것이 지금은 지나가버린 시련의 시절 동안 재니스에게 큰 위안이 되었다고 말한 적이 있었다. 그러나 래빗은 장모에게 그런 이야기를 하여 이의를 제기하지 않는다. 그냥 만족스럽게 귀를 기울이고 있다. 장모와 한편이 된 것이, 둘이서 함께 세상에 맞서는 것이 기분좋다. 아이스티의 얼음이 녹아 음료는 두 배로 심심해진다. 장모의 수다가 시냇물의 소용돌이치는 웅얼거림처럼 그의 귀를 씻는다. 그는 자장가를 듣듯이 눈까풀을 내린다. 얼굴에 미소가 스며든다. 밤에는 혼자라 잠을 잘 못 잔다. 그래서 이제 풀밭처럼 펼쳐진 낮에 존다. 느긋하고 행복하게, 마침내 제자리에서 아늑하게.

그의 부모 집에서는 완전히 다르다. 그곳에도 넬슨과 함께 한 번 간다. 어머니는 뭔가에 잔뜩 화가 나 있다. 문을 열고 들어서자마자 그녀의 분노가 모든 곳에 자리잡고 있는 오래된 냄새처럼 그의 콧구멍을 때린다. 스프링어 집에 갔다 온 뒤라 이 집은 초라하고 작아 보인다. 어머니는 뭘 괴로워하는 걸까? 그는 어머니가 늘 자기편이었다고 가정하고 질풍처럼 속이야기를 털어놓기 시작한다. 스프링어 사람들이 아주 좋다고, 스프링어 부인이 사실은 마음이 아주 따뜻한 사람이고 모든 것을 용서한 것 같다고, 스프링어 씨가 그동안 집세를 계속 냈고 이제 그의 매장 한 곳에서 차를 파는 일을 맡기겠다는 약속을 했다고. 그는 브루어와 그 주변에 중고차 매장 네 곳을 소유하고 있다. 래빗은 그가 그 정도의 수단꾼인지는 몰랐다. 그는 정말이지 좀 얼간이이기는 하지만 적어도 성공한 얼간이다. 어쨌든 장인은 그가, 해리 앵스트롬이 아주 편하게 지냈다고 생각한다. 어머니의 단단한 아치 모양의 코와 김이 낀 안경이 씁쓸하게 반짝인다. 그녀가 개수대에서 몸을 돌릴 때마다 그녀의 못마땅한 기색이 그에게 상처를 준다. 처음에는 어머니와 한 번도 연락을 안 했기 때문이라고 생각한다. 그렇다면 이제 찾아왔으니 더 화를 내는 것이 아니라 화를 가라앉혀야 한다. 그러다 자신이 루스와 잔 것을, 간음한 것을 어머니가 역겨워하는 것이라고 생각한다. 그러나 어머니는 맑은 하늘의 벼락처럼 갑자기 화를 터뜨리며 묻는다. "그럼 네가 브루어에서 함께 살았던 그 불쌍한 여자애는 어떻게 되는 거야?"

"그 여자요? 아, 그 여자는 혼자 알아서 할 수 있어요. 아무것도 안 바라요." 그러나 그렇게 말을 하면서도 그 말에서 거짓의 맛을 느낀다. 아무것도 안 바라는 사람은 아무도 없다. 루스 이야기가 어머니의 입에서 나올 수 있다는 것 때문에 그의 인생이 뒤틀려 보인다.

어머니는 입이 얇아지더니 점잔을 빼고 머리를 홱홱 움직이면서 말한다. "나는 아무 말도 안 할 거야, 해리. 한마디도 안 한다."

물론 그녀는 아주 많은 말을 하고 있다. 단지 그가 무슨 말인지 못 알아들을 뿐이다. 그녀가 넬슨을 대하는 태도에 어떤 실마리가 있다. 그녀는 넬슨을 무시하다시피 한다. 장난감을 주지도, 안아주지도 않는다. 그냥 고개를 약간 끄덕이며 "안녕, 넬슨" 하고 말할 뿐이다. 그녀의 안경이 번쩍 빛나며 하얀 원으로 바뀐다. 스프링어 부인의 따뜻함을 겪은 뒤라 이런 싸늘함이 가혹하게 느껴진다. 넬슨도 그것을 느끼고 풀이 죽어 겁먹은 아이처럼 아버지의 다리에 몸을 기댄다. 래빗은 어머니가 무엇 때문에 속이 상했는지 모르지만, 그렇다고 두 살짜리한테 화풀이를 한다는 것은 있을 수 없는 일이라고 생각한다. 할머니가 손자에게 그렇게 행동한다는 이야기는 들어본 적이 없다. 물론 그 가엾은 아이가 거기 있기 때문에 그들이 예전처럼 대화를 나누지 못하는 것은 사실이다. 예전에 어머니는 동네에서 일어난 아주 재미있는 일을 이야기하고, 이어 그들은 그의 이야기, 그의 어린 시절 이야기, 어두워질 때까지 오후 내내 농구공으로 드리블을 하고 늘 밈을 돌보았다는 이야기를 하곤 했다. 넬슨이 반은 스프링어라는 사실이 그 모든 것을 죽인 듯하다. 지금 그는 어머니가 마음에 들지 않는다. 이제 막 말을 배우기 시작한 어린아이를 이렇게 냉대하는 것은 심장이 굳은 사람이나 하는 짓이다. 그는 어머니에게 말하고 싶다. 이게 도대체 뭐예요? 내가 다른 편으로 넘어간 것처럼 행동하시잖아요. 이게 옳은 편이라는 것을 모르세요? 왜 저를 칭찬하지 않으시는 거예요?

그러나 그런 말을 하지는 않는다. 그에게도 어머니 못지않은 고집이 있다. 스프링어 사람들이 좋은 사람들이라는 이야기가 먹혀들지 않자 그뒤로는 아예 별 이야기를 하지 않는다. 그냥 뭉그적거리며 부엌에서 아이랑 이리저리 레몬을 굴린다. 레몬이 어머니의 발 쪽으로 뒤뚱뒤뚱 굴러갈 때마다 그가 가지러 가야 한다. 넬슨이 안 가려 하기 때문이다. 침묵 때문에 래빗은 얼굴이 붉어진다. 그 자신 때문인지 어머니 때문인지 그도 모른다. 아버지가 집에 와도 별로 나아지지 않는다. 노인은 화가 나 있지는 않지만 해리를 보면서도 거기에 아무것도 없는 것처럼 행동한다. 아버지의 지치고 구부정한 모습과 지저분한 손톱 때문에 아들은 짜증이 난다. 그 때문에 그들이 늙는다고 시위라도 하는 것 같기 때문이다. 왜 아버지는 잘 맞는 의치를 끼지 않는 것일까? 아버지 입은 꼭 노파의 입처럼 움직인다. 그래도 한 가지는 다르다. 아버지는 넬슨에게 관심을 가진다. 넬슨은 희망 섞인 표정으로 할아버지한테 레몬을 굴린다. 할아버지도 도로 굴려준다. "너도 네 아버지처럼 농구선수가 되겠구나?"

"그애는 안 돼요, 얼." 어머니가 끼어든다. 어머니의 목소리를 듣자 래빗은 반갑다. 긴장이 풀리는 느낌이다. 그러나 그것은 어머니 입에서 나온 다음 이야기를 듣기 전까지다. "그애는 스프링어 집안 사람들처럼 손이 작아요."

"맙소사, 엄마, 그만 좀 하세요." 그러나 말을 하면서 덫에 걸렸다는 생각이 들어 곧 후회한다. 넬슨의 손이 크든 작든 중요한 문제가 되어서는 안 된다. 그러나 이제 그것이 중요하다는 것을 알게 되었다. 그도 아들이 스프링어의 손을 가지기를 바라지 않는다. 만일 가졌다면─엄마가 그것을 봤다면 아마 맞을 것이다─아이가 조금은 덜 마음에 든다. 그는 아이를 조금 덜 좋아하게 되고, 자신을 그렇게 만든 것 때문에 어머니를 미워한다. 어머니는 모든 것을 무너뜨리려는 것 같다. 설사 그것이 자기 위로 무너지더라도. 래빗은 그것에 감탄한다. 그에게 메시지를 전달할 수만 있다면 그가 그녀를 미워하는 것도 기꺼이 감수하겠다는 태도에. 그러나 래빗은 어머니의 메시지를 거부한다. 그것이 그의 마음을 쿡쿡 쑤시는 것을 느끼지만 그럼에도 거부한다. 듣고 싶지가 않다. 어머니 말을 한마디도 더 듣고 싶지 않다. 그냥 어머니에 대한 그의 사랑을 조금이라도 남긴 채 떠나고 싶을 뿐이다.

문간에서 아버지에게 묻는다. "밈은 어디 있어요?"

"요새는 밈을 잘 못 봐." 아버지가 말한다. 흐릿한 눈이 가라앉는다. 아버지는 셔츠의 호주머니를 만진다. 호주머니 안에는 볼펜 두 자루와 더러운 명함과 도톰한 종이 뭉치가 있다. 지난 몇 년간 그의 아버지는 작게 꾸릴 수 있는 것들을 만들어왔다. 명함과 명단과 영수증과 작은 달력 같은 것들. 그런 것들을 고무줄로 묶어, 누가 노인 아니랄까 봐 깐깐하게 각기 다른 호주머니에 쑤셔 넣고 있다. 래빗은 우울한 마음으로 친가를 떠난다. 그의 심장이 중심에서 쑥 미끄러져내린 느낌이다.

넬슨이 깨어 있는 동안은 하루가 잘 간다. 그러나 아이가 잠이 들어 잠든 얼굴이 축 늘어지고 무력한 입술은 숨을 힘겹게 빨아들였다 내쉴 때, 입술이 아기 침대 시트에 여기저기 침을 적실 때, 머리카락은 가는 타래를 이루어 부채처럼 펼쳐지고 통통하게 늘어진 뺨의 완벽한 피부는 활기를 다 빼앗긴 채 무겁게 밀려든 잠 밑에 봉해져 있을 때, 그때 내부에서 죽은 곳이 열리고 해리는 공포를 느낀다. 아이의 잠이 너무 무거워 생명의 막을 뚫고 망각으로 툭 떨어지지나 않을까 두렵다. 가끔 래빗은 아기 침대 안으로 팔을 뻗어 아이의 몸을 들어낸다. 그냥 그 온기와 늘어진 팔다리의 서툰 저항의 몸부림을 확인하려는 것이다.

그는 소리를 내며 집안을 돌아다니면서 불을 다 켜고 텔레비전까지 켠 다음 진저에일을 마시고 낡은 〈라이프〉를 뒤적인다. 공허를 채울 수 있는 것이면 뭐든 움켜쥔다. 침대에 들어가기 전에 그는 넬슨을 변기 앞에 세워 수도꼭지를 틀어놓고 긴장된 벗은 엉덩이를 쓰다

듣는다. 그러다 보면 아이의 짜증스러운 잠으로부터 고추가 튀어나와 갑자기 움직이며 변기에 오줌을 갈긴다. 넬슨의 허리에 기저귀를 채우고 아기 침대로 돌려보낸 다음에는, 그때부터 아이가 다시 부활하여 축축하게 젖은 기저귀를 차고 큰 침대 옆에 나타나 시험삼아 아버지의 얼굴을 두드려보는 순간이 오기까지, 그사이의 깊은 간극을 뛰어넘을 마음의 준비를 한다. 가끔 침대에 들어가면 그 끈끈하고 차가운 천이 래빗의 피부에 닿는 충격 때문에 축축하고 단단한 물가에 다시 가닿은 듯한 느낌이 든다. 이사이의 시간은 해리에게는 아무 쓸모가 없다. 그러나 그 시간을 미끄러져 건너고자 하는 다급한 마음이 장애가 된다. 그는 발이 침대 밖에 대롱거리지 않도록 대각선으로 누워 그의 내부의 기우는 느낌과 싸운다. 키를 잡지 않은 보트처럼 똑같은 바위를 계속 긁는다. 어머니의 추한 행동, 아버지의 버린 듯한 눈길, 떠나오기 전 루스의 침묵, 어머니가 답답하게 아무 말도 안 하던 것, 도대체 어머니는 뭘 괴로워하는 걸까? 몸을 굴려 엎드리자 바닥 없는 바다를 굽어보는 것 같다. 아래로, 아래로 내려가, 앞이 보이지 않는 깊은 곳, 껍질이 딱딱하고 울퉁불퉁한 바위들이 꿈틀거리는 곳까지. 수영장의 그리운 루스. 아이비리그 스타일로 땀을 흘리며 애쓰는 가엾은 얼간이 해리슨, 그 제정신이 아닌 개새끼. 휙 날아가 토세로의 입을 때리던 마거릿의 약하고 작고 더러운 손과 빠르게 움직이는 젤리 같은 눈 밑에서 혀가 둥둥 떠다니는 모습으로 누워 있는 토세로. 싫다. 이런 생각을 하고 싶지 않다. 뜨겁고 건조한 침대에서 몸을 돌려 드러눕자 기우는 느낌이 다시 강하게 찾아온다. 뭔가 유쾌한 것을 생각하라. 저 아래 카운티 끝에 있는 그 조그만 학교, 오리올고등학교에서 벌어진 농구 시합과 사과술, 하지만 너무 오래된 일이라 사과술과 관중이 무대에 앉아 있던 모습밖에 기억이 나지 않는다. 수영장의 루스. 무게 없이 물속에 누워 물에 둘러싸인 채 물을 가르며 뒤로 미끄러지던 모습, 눈을 감고 타월을 두르고 물에서 나오고, 그녀의 다리 위쪽 은밀한 털을 보는 그, 다음 순간 그녀의 얼굴이 그의 옆에 눕는다. 아주 크고 광택이 나고 소리가 없는 얼굴이. 아니다. 토세로와 루스를 마음에서 지워야만 한다. 둘 다 죽음을 생각나게 한다. 한쪽에서는 그들이 죽음의 진공을 만들어내고, 다른 한쪽에서는 재니스가 집으로 온다는 공포가 점점 커진다. 그래서 그는 기울고, 균형이 안 잡히는 느낌이다. 혼자 누워 있지만 사람이 많은 느낌이다. 그들 모두가 그의 주위에서 그를 괴롭히고 있다. 얼굴이나 말보다는 입을 꾹 다문 밀도 높은 존재감으로. 어둠 속에서 밀려오고 있다. 물밑의 또 모든 것 밑의 울퉁불퉁한 바위들처럼 희미하고 높은 홍얼거림처럼. 에클스의 부인의 윙크. 그 윙크. 그건 뭐였을까? 문 앞의 뒤엉킴 속에서 벌어진 작은 장난에 불과했던 것일까? 팬티만 입고 내려온 아이. 어쩌면 그녀는 그가 그녀의 발톱을 보고 있는 것을 의식하고 있었는지도 모른다. 잘 가세요, 행운을 빌어요 하고 말하는 눈의 작은 깜빡거림이었을까, 아니면 어두운 복도에서 들어와요 하고 말하는 틈새의 빛이었을까? 재미있고 지혜롭고 주근깨가 많은 여자, 그 여자를 찍어눌렀어야 하는 건데. 그후로 그 윙크가 마음에서 사라지지 않았다. 그 여자는 정말로 자기를 찍어눌러주기를 바랐어. 흐릿하게 보이던 그녀의 브라. 뾰족한 융기. 빛이 가득한 방에서 어린아이 피부 같은 허벅지 위로 반바지가 미끄러져내리면 생기가 넘치는 엉덩이, 빛 속에 하얗게 매달린 두 개의 구球, 운하를 그린 수채화들이 걸린 하얗게 칠한 응접실의 프로이트. 이리 와요 이 원시적인 아버지 어머 정말 멋진 가슴이네 그리고 여기하고 여기하고 여기. 래빗은 몸을 굴린다. 건조한 시트는 그녀의 간절한 손길이다. 털이 무성한 곳에서 그의 끝이 가늘어지며 위로 우뚝 선다. 굵은 핏줄이 팽팽하게 긴장한 융기. 그는 높은 흥얼거림을 멈추기 위해, 긴장을 풀고 잠을 자기 위해 모든 것을 아는 꽉 움켜쥔 손으로 해야 할 일을 한다. 여자의 달콤한 거품. 그녀를 찍어누른다. 머리에 세워진 다이아몬드를 통과하여 밖으로 나오며 반대편을 적신다. 얼마나 멍청한가. 미안한 마음이다. 이상한 곳이 젖는다. 젖을 곳이라고 생각한 곳과는 전혀 가깝지도 않은, 시트의 아래쪽이 아닌 위쪽이다. 래빗은 베개에서 살이 닿지 않았던 부분에 뺨을 댄다. 이제 덜 기운다. 루시는 풀어냈다. 그녀의 하얀 선들이 풀린 실처럼 떠내려간다. 자야 한다. 그러나 먼 물가가 다가온다는 생각이 그의 미끄러짐을 방해하는 완강한 덩어리가 된다. 즐거운 것들을 생각해. 기억되는 그의 모든 삶에서 땅은 얼굴로 바뀌어 그는 얼굴을 밟고 서 있게 된다. 그렇지 않은 유일한 곳은 그가 차를 몰고 떠난 날 밤, 안으로 들어가 커피를 한 잔 마신 웨스트버지니아의 식당 밖 그 주차장이다. 그를 둘러싸고 있는 산들이 달에 표백된 파란색 밤하늘을 배경으로 오려낸 종이 테두리 같았던 기억이 난다. 식당도 기억이 난다. 그 황금색 창문들은 어린 시절 마운트저지에서 브루어로 달리던 전차의 창 같았다. 공기는 찼지만 막 시작된 봄으로 살아 있었다. 뒤의 아스팔트를 탁탁 딛는 발소리가 들린다. 손을 맞잡고 차를 향해 달려가는 한 쌍이 보인다. 머리카락을 꿈틀거리는 해초처럼 늘어뜨리고 식당 안에 앉아 있던 빨간 머리 여자아이들 가운데 하나. 바로 여기에서 그가 차를 돌리는 실수를 한 것 같다. 그냥 따라갔어야 하는 건데. 그들은 나를 이끌고 가려는 것이었으니, 나는 그들을 따라갔어야 했는데. 해체되는 상태에서 실제로 그들을 따라간 것 같은 느낌이 든다. 지금 따라가고 있는 듯한 느낌이 든다. 음이 유지되는 동안은 한곳에 그대로 머물러 있음에도 움직이는 것처럼 느껴지는 음표처럼. 이 음표 위에서 그는 잠으로 옮겨간다.

그러나 새벽 전에 깨어나 다시 기울어진다. 텅 빈 침대에서 겁을 집어먹는다. 넬슨이 죽었다는 공포에 사로잡힌다. 그는 꾸고 있던 꿈으로 살그머니 돌아가려고 하지만 공포가 그의 악몽을 희석시킨다. 마침내 그는 자리에서 일어나 아이가 숨쉬는 소리를 들으러 갔다가, 밤에 한 사정으로 인한 통증을 느끼며 오줌을 누고 침대로 돌아온다. 빛의 첫 흔들림에 침대의 주름이 검은 선으로 새겨져 있다. 그 그물에 드러누워 아들이 굶주리고 추운 몸으로 그를 찾아오기 전까지 남은 시간을 훔친다.

금요일에 재니스가 집에 온다. 처음 며칠 동안은 마치 조그만 상자에 든 향이 예배당을 채우듯 아기의 존재가 집을 채운다. 레베카 준은 골풀을 땋아 만들어 하얀색을 칠한 다음 바퀴를 단, 포장 덮개가 달린 요람에 누워 있다. 래빗이 아기가 요람에 잘 있는지 확인하러 갈 때면, 아기는 웬일인지 흐릿해 보인다. 마치 아직은 윤곽선을 만들어낼 힘을 모으지 못한 것 같다. 옆으로 돌린 뺨, 그가 병원에서 잠깐 보았던 밝은 빨간색이 빠져버린 뺨은 회색, 노란색, 파란색으로 얼룩덜룩하며, 속이 울렁거릴 때의 손바닥처럼 매끄럽다. 재니스가 레베카에게 젖을 빨릴 때면 마치 아기 피부에 남은 희미한 노란색 자취에 호응하듯 젖가슴에 노란 반점들이 부풀어오른다. 젖가슴과 아기의 얼굴이 공 모양의 대칭을 이루어 통일되면, 래빗과 넬슨 모두 거기에 달라붙고 싶어한다. 레베카가 젖을 먹을 때면 넬슨은 흥분하여 그들의 몸에 기어올라가 손가락으로 아기의 입술과 어머니의 젖통이 맞닿은 사이로 손가락을 찔러보다가 꾸중을 듣고 밀려나 침대를 돌아다니며 텔레비전에서 들은 말을 되뇐다. "마이티마우스가 오고 있다." 래빗도 그들 옆에 누워 재니스가 부풀어오른 젖가슴을, 그득 차서 빛나는 하얀 피부를 주무르는 것을 지켜본다. 그녀가 부풀어오른 맹목적인 입에 굵은 젖꼭지를 무기처럼 밀어넣으면, 입이 열리면서 새처럼 빠르게 그것을 문다. "아야!" 재니스는 움찔한다. 그러면 아기의 입술 안 신경들이 재니스의 젖을 만드는 샘들과 박자를 맞추어 일을 시작한다. 대칭이 이루어진다. 재니스의 얼굴에서 긴장이 풀리면서 아래쪽을 향해 웃음 짓는다. 그녀는 다른 젖가슴에 기저귀를 갖다댄다. 그쪽에서 동조하여 뿜어내는, 낭비되는 젖을 닦아내는 것이다. 병원에서 푹 쉬며 건강이 충만하게 회복된 첫 며칠 동안은 아기가 먹을 수 없을 만큼 젖이 많이 나온다. 바꿔 물리는 사이 젖이 새는 바람에 그녀의 잠옷마다 딱딱하게 굳은 두 개의 젖자국이 남는다. 그녀가 벗을 때, 모데스 생리대를 제자리에 고정하는 고무벨트만 빼고 다 벗을 때면, 털이 깎이고 부풀어오른 배에 어머니들만 갖는 수직의 갈색 줄이 그어져 있는 것이 보인다. 거친 자주색 꼭지가 달리고 녹색 핏줄을 드러낸 빛나는 과일처럼 그녀의 늘씬한 몸에서 툭 튀어나온, 안에 든 젖의 긴장 때문에 높이 치솟은 그녀의 젖가슴의 사나운 모습을 보면 위 전체가 꿈틀거린다. 상체가 무거운 재니스는 붕대를 두르고, 흔들면 쏟아질 것처럼 조심스럽게 움직인다. 아기와 있을 때는 아무 부끄러움 없이 젖가슴을 이용한다. 손처럼 연장 취급을 한다. 하지만 그의 눈앞에서 그녀는 여전히 수줍어, 그가 너무 노골적으로 바라보면 얼른 몸을 가린다. 그러나 그는 지금과 그들이 처음 사랑하던 때의 차이를 느낀다. 남의 침대에 나란히 누워, 그는 눈을 감고, 함께 막에 덮인 채 비스듬히 서로의 안으로 하강해 들어가던 때. 지금 그녀는 가끔 부주의하다. 벌거벗은 채 욕실에서 나오고, 아기에게 트림을 시키는 동안 끈이 밑으로 늘어져도 내버려두고, 아무렇지도 않게 고마워하는 마음으로 자신을 기계로, 씹하고, 부화하고, 먹이는 유순한 하얀 기계로 받아들이는 것 같다. 그도, 역시, 샌다. 걸쭉하고 달착지근한 사랑이 그의 가슴을 짓누르고 있어, 그는 그녀를 원한다. 딱 한 번만 닿을 수 있기를. 그녀가 피가 흐르는 상처라는 것을 그도 알고 있다. 하지만 딱 한 번만 닿기를. 그 자신의 젖을 없앨 수 있을 만큼만, 그것을 그녀에게 줄 수 있을 만큼만. 그녀는 에테르에 취한 상태에서는 사랑을 나누는 이야기를 했지만, 침대에서는 그에게 등을 돌린다. 접근을 금하며 무겁게 잔다. 그는 그녀가 너무 고맙고, 너무 자랑스러워 복종하지 않을 수 없다. 어떤 면에서는, 이 한 주 동안, 그녀를 섬긴다.

에클스가 심방을 와서 교회에서 볼 수 있기를 바란다고 말한다. 그들은 그에게 진 빚이 크기 때문에 적어도 한 명이라도 교회에 가는 것이 좋겠다는 데 동의한다. 그 한 사람은 해리가 될 수밖에 없다. 재니스는 갈 수 없다. 그녀는 이번 일요일이면 퇴원한 지 아흐레가 된다. 월요일부터 해리가 새 일자리로 출근을 했기 때문에 이제 지치고, 약해지고, 학대를 당한 기분이 들기 시작한다. 해리는 에클스의 교회에 가게 되어 행복하다. 에클스에 대한 불편한 애정 때문만은 아니다. 물론 그것도 있지만, 자신이 행복하고, 운이 좋고, 축복과 용서를 받았다고 생각하여, 감사를 드리고 싶기 때문이기도 하다. 눈에 보이지 않는 세계가 있다는 그의 느낌은 본능적인 것이다. 그의 행동은 사람들이 생각하는 것 이상으로 그 세계와 많이 접해 있다. 그는 차를 팔 때 입으려고 구입한 새 연회색 양복을 입고 열한시 십오 분 전에 하지를 하루 앞둔 환하고 파란 일요일 아침으로 나선다. 루스의 집에서 사람들이 건너편 교회로 줄지어 들어가는 광경을 늘 즐겁게 감상했는데, 이제 자신이 그 가운데 한 명이다. 이제 일주일 만에 스프링어 사람과 떨어져 있는 첫 시간을 맞이하게 된다. 집에서 재니스와 함께 있는 것도 아니고 직장에서 장인과 함께 있는 것도 아니다. 도소매를 위해 사실을 왜곡하는 것을 가볍게 볼 수만 있다면 중고차 판매점 일은 아주 쉬운 편이다. 그러나 래빗은 오후 중반이면 진이 다 빠진다. 13만 킬로미터를 넘게 달리는 바람에 피스톤이 헐렁헐렁하여 오일이 그냥 쏟아져나오는 고물 차가 들어와도, 세차를 하고 주행기록계를 뒤로 돌린 다음에 정말 싸게 파는 것이라고 말해야 한다. 그는 용서를 구할 것이다.

래빗은 더러운 평상복을 입고 돌아다니는 모든 사람이 싫다. 세상이 구덩이 위에 아치 모양으로 걸려 있고, 죽음이 모든 것의 끝이고, 감정들의 종잡을 수 없는 실들은 어디에도 이르지 못할 것이라는 그들의 믿음을 광고하기 때문이다. 그에 반비례하여 교회에 가려고 옷을 차려입은 사람들은 사랑한다. 풍채 좋은 남자들의 다려 입은 양복은 보이지 않는 것에 대한 그의 은밀한 느낌에 내용과 품위를 주며, 그들의 부인들이 모자에 꽂은 꽃 덕분에 그 세계가 눈에 보이기 시작하는 것 같다. 그들의 딸들은 그 자체로 모두 꽃이다. 몸 하나하나가 꽃이다. 거즈와 주름 장식이라는 꽃잎이 달려 있고, 신앙이 피어난다. 그래서 래빗의 눈에는 길을 걸어가는 아무리 못생긴 딸도 아름다움, 신앙의 아름다움으로 빛을 발하는 것으로 보인다. 그는 고마워서 그들의 발에 입을 맞출 수도 있을 것 같다. 그들은 그를 공포에서 해방시켜준다. 결국 교회에 들어설 무렵에는 너무 행복에 들뜬 나머지 용서를 구하지 못한다. 신도석에 앉아 빨간 받침대에 무릎을 꿇을 때도, 쿠션이 있기는 하지만 그의 무게를 감당하기에는 부족하여 무릎이 아픔에도 불구하고, 그의 머리는 기쁨으로 붕붕거리고 머리뼈 안에서는 피가 뛴다. 그가 간신히 만들어낼 수 있는 몇 마디, **하느님, 레베카, 감사합니다**가 미칠 것 같은 기쁨의 소용돌이 속에서 일관성 없이 고개를 쳐든다. 하느님을 아는 사람들이 그의 주위에서 바스락거리며 몸을 흔들어, 어둠 속에서 그를 지탱해준다. 다시 앉은 자세로 돌아오자 앞에 있는 머리가 그의 눈길을 붙든다. 넓은 밀짚모자를 쓴 여자다. 평균보다 작은 몸집에 좁은 어깨에는 주근깨가 가득하다. 아마 젊을 것이다. 비록 여자들은 뒤에서 보면 모두 젊어 보이는 경향이 있지만. 넓은 모자는 그녀의 머리가 아주 살짝 기울었음을 우아하게 알려주며, 목덜미의 꼬인 금발을 그 혼자만 엿볼 수 있는 비밀 같은 것으로 만들어준다. 결이 빛과 같은 방향일 때가 아니면 눈에 안 보이는 가늘고 빡빡한 흰 털들 때문에 그녀의 목과 어깨에 부드러운 빛이 희미하게 얼룩지며 번진다. 래빗은 웃음을 짓는다. 여자는 완전히 털로 덮여 있다고 한 토세로의 말이 기억났기 때문이다. 토세로가 죽었을까? 그는 얼른, 죽지 않았기를 기도한다. 여자가 고개를 돌렸으면 하는 마음에 안달이 난다. 그래야 모자의 테두리 밑으로 그녀의 옆모습이 보이기 때문이다. 모자는 짜서 만든 커다란 태양처럼 보이며, 종이 제비꽃이 호를 그리며 모자를 장식하고 있다. 그녀가 고개를 돌려 옆의 뭔가를 내려다본다. 래빗은 숨을 멈춘다. 뺨이 가늘디가는 초승달처럼 은은한 빛을 발하다가 다시 월식으로 사라진다. 그녀의 어깨 옆에서 분홍 리본을 묶은 뭔가가 툭 튀어나온다. 귀여운 조이스 에클스의 그을린 얼굴이 정면으로 눈에 들어온다. 오르간이 들썩이며 예배가 시작되자 그의 손가락들은 찬송가집을 더듬어 찾는다. 에클스의 부인이 그의 팔이 닿을 거리에서 일어선다.

에클스가 통로를 따라 걸어오고, 복사와 합창대원들이 큰물을 이루어 발을 끌며 뒤따라온다. 위의 제단 난간 뒤에 올라선 에클스는 멍하고 부루퉁해 보인다. 멀고 실체가 없는 듯하고 뻣뻣해 보인다. 제의를 입은 일본 인형 같다. 그가 기도문을 읊는 꾸민 목소리, 콧소리가 섞인 경건한 목소리에 래빗은 불쾌감을 느낀다. 열심히 일어났다 앉았다 하고, 미리 준비된 기도문을 읽고, 엉성하고 짧은 찬송을 부르는 성공회 예배 전체에 뭔가 불쾌한 것이 있다. 무릎을 꿇는 받침대가 마땅치 않다. 등허리가 아프다. 뒤로 쓰러지지 않으려고 앞에 있는 좌석의 등받이에 두 팔꿈치를 건다. 비바람에 흐려진 비문처럼 그의 심장에 새겨진 익숙한 루터파 전례가 그립다. 이 예배에서는 예배를 일부러 뒤죽박죽으로 만드는 것처럼 보이는 것들이 거치적거려 터무니없는 실수를 하게 된다. 너무 많은 부분이 돈을 모으는 데 소요된다고 느낀다.

설교에는 거의 귀를 기울이지 않는다.

설교는 광야의 40일과 그리스도와 사탄의 대화에 관한 것이다. 이런 이야기가 우리와, 지금 여기와 관련이 있을까? 20세기와, 미합중국과? 있다. 모든 기독교인이 사탄과 대화를 나누어보아야 하고, 그의 방식을 알아야 하고, 그의 목소리를 들어야 하기 때문에 관련이 있다. 이 전설을 낳은 전승은 아주 오래된 것으로, 초기 기독교인들에게는 입에서 입으로 전해졌다. 에클스는 이것의 더 중요한 점, 더 큰 의미는 고난, 박탈, 황폐, 곤경, 결핍이 전부 예수그리스도를 따르고자 하는 모든 사람들의 교육, 말하자면 입문에 불가결한 부분이라는 것을 보여주는 데 있다고 본다. 에클스는 설교단에서 그의 목소리의 빽빽거리는 경향과 씨름하고 있다. 그의 눈썹은 미늘에 걸린 듯 꿈틀거린다. 불쾌하고 긴장된 연기다. 어쨌든 뒤틀려 있다. 차라리 운전을 할 때 더 편안한 신앙심을 보여준다. 가운을 입으니 불길하게도 남자면서 동시에 여자처럼 보인다. 해리에게는 기독교의 어둡고, 복잡하고, 감정적인 면, 그 끝까지 견뎌내는 특징, 죽음과 고난 안으로 들어가 이런 것들을 구원하고 뒤집는 면, 바람에 뒤집힌 우산처럼 만들어버리는 면이 잘 맞지 않는다. 그에게는 정신 차리고 역설의 직선을 따라 걸어가보겠다는 의지가 없다. 그의 눈은 빛 쪽으로 돌아간다. 그 빛이 어떤 식으로 그의 망막에 걸리건.

밀짚이라는 방패 밑에서 루시 에클스의 밝은 뺨이 시야에 나타났다 사라지곤 한다. 신도석 등받이에 가려져 리본만 보이는 아이가 그녀에게 소곤거린다. 못된 아저씨가 그들 뒤에 있다고 말을 하나보다. 그래도 여자는 절대 고개를 돌려 직접 확인하지 않는다. 이 불필요한 냉대가 그를 자극한다. 그녀의 옆모습이 그가 얻을 수 있는 최대한이다. 옆에 있는 아이를 향해 고개를 숙이며 얼굴을 찌푸릴 때면 이중턱의 부드럽게 접힌 곳의 금이 더 깊어진다. 그녀가 입은 드레스의 좁고 파란 줄무늬들은 솔기에서 예각으로 만난다. 교회에서 고요한 그녀의 모습, 남자 중심의 엄격한 절차에 순종하는 모습에는 뭔가 관능적인데가 있다. 래빗은 그녀의 진짜 관심은 그를 향해 뒤쪽으로 발산되고 있다고 생각하며 우쭐해한다. 숙인 머리들, 스테인드글라스, 벽에 걸려 노랗게 변색되고 있는 기념 명판, 공들여 공과 구슬처럼 다듬은 목제품들이 음침한 패치워크를 이루고, 그것과 대비되어 그녀의 머리카락과 피부와 모자만 홀로 빛난다. 이들 색조의 차이는 하나의 불길 속의 밝기 차이와 같다.

그래서 설교가 찬송가로 바뀌고, 그녀가 축복을 받기 위해 밝은 목덜미를 구부리고, 초조한 침묵의 순간이 지나가고, 그녀가 일어서서 그를 마주했을 때, 작은 점들이 빼곡한 그녀의 얼굴을 보자, 눈과 콧구멍과 주근깨, 그리고 입꼬리에 비꼼이 섞인 긴장을 일으키는 희미하면서도 팽팽한 보조개들을 보자 외려 김이 새버린다. 그녀가 그를 보고 어떤 표정을 짓는다는 것 자체가 그에게는 약간 충격이다. 그가 한 시간 동안 누렸던 빛나는 광경이 이 작은 한 사람으로 빠르게 좁혀질 수 있을 것 같지 않았기 때문이다.

"이야. 안녕하세요." 래빗이 말한다.

"안녕하세요." 그녀가 말한다. "여기서 뵐 거라고는 꿈에도 생각지 못했네요."

"왜요?" 그는 그녀가 그를 최종적인 존재로 생각해주어 기쁘다.

"모르겠어요. 그냥 제도적인 사람은 아닌 것처럼 보여서 그랬나봐요."

그는 또 한번의 윙크를 기대하며 그녀의 눈을 살핀다. 몇 주 전의 첫번째 윙크에 대한 믿음은 잃어버렸다. 그녀는 그의 눈길을 똑바로 받아내고, 마침내 그가 눈길을 떨어뜨린다. "안녕, 조이스." 그가 말한다. "어떻게 지내니?"

어린 소녀는 동작을 멈추고 어머니 뒤에 숨는다. 어머니는 통로를 따라 쉬지 않고 요리조리 몸을 움직여 좁은 보폭으로 사뿐사뿐 걸어가며 양떼의 얼굴에 미소를 나누어준다. 래빗은 그녀의 사교적인 조정 솜씨에 감탄할 수밖에 없다.

교회 현관에서 에클스는 널찍한 손아귀로 해리의 손을 꽉 쥔다. 따뜻한 손아귀는 느슨해져야 할 순간에 오히려 힘이 더 들어간다. "여기서 보게 되니 기쁘기 짝이 없습니다." 에클스는 계속 매달린다. 래빗의 뒤에 줄을 선 사람 모두가 간격을 좁히며 밀어대는 느낌이다.

"여기 오니 좋네요." 래빗이 말한다. "재치 있는 설교였습니다."

열띤 미소를 지으며 사과하듯 얼굴을 붉히고 래빗을 살피던 에클스는 웃음을 터뜨린다. 입천장이 순간적으로 반짝이더니 손을 놓아준다.

해리의 귀에 에클스가 루시한테 말하는 소리가 들린다. "한 시간쯤 뒤에."

"곧 굽기 시작할 거예요. 식은 거 먹을래요, 아니면 탄 거 먹을래요?"

"탄 거." 에클스가 말한다. 그는 엄숙하게 조이스의 작은 손을 잡으며 말한다. "안녕하세요, 페티그루 부인? 오늘 아침에는 아주 좋아 보이시네요!"

래빗은 깜짝 놀라 돌아본다. 래빗의 뒤에 서 있던 뚱뚱한 여자도 깜짝 놀라는 것이 보인다. 에클스의 부인 말이 옳다. 에클스는 경솔하다. 루시가 조이스를 뒤에 끌고 래빗의 옆으로 다가온다. 그녀의 밀짚모자가 래빗의 어깨에 닿는다. "차 가져오셨어요?"

"아뇨. 부인은?"

"아뇨. 우리하고 같이 걸어가요."

"좋습니다." 워낙 대담한 제안이라 그 안에 뭐가 담겨 있을 수가 없다. 그럼에도 그녀를 향해 조율되어 있던 그의 가슴속 하프 현이 떨리기 시작한다. 햇살이 나무들 사이에서 떨린다. 거리와 보도의 그늘이지지 않은 곳을 따라 햇살은 널찍하고 건조한 무게를 실어 아래로 몸을 기대고 있다. 입자가 거친 우유 같은 아침해의 느낌은 사라졌다. 보도의 운모 조각들이 반짝거린다. 서둘러 움직이는 차의 후드와 창문이 하얗게 반사되어 공기에 스민다. 루시는 모자를 벗고 머리를 흔든다. 그들 뒤로 교회 회중이 성긴다. 보도와 갓돌 사이에 심은 단풍나무의 왁스를 칠한 듯한 잎들, 새로 도톰해진 잎들이 박자에 맞추어 그들을 가려준다. 해가 한참 나무에 가려져 있을 때면 그녀의 얼굴, 그의 셔츠가 하얗게, 하얗게 느껴진다. 자동차가 빠르게 달리는 소리, 세발자전거가 끽끽대는 소리, 집안에서 컵과 컵받침을 만지는 소리가 마치 밝은 강철 막대를 통해 전달되는 것 같다. 함께 걸어가면서 그는 빛 속에서, 그녀의 빛처럼 느껴지는 빛 속에서 몸을 떤다.

"부인하고 아기는 어때요?" 그녀가 묻는다.

"잘 있습니다. 아주 잘 있어요."

"잘됐네요. 새 일자리는 마음에 드세요?"

"별로요."

"아. 그건 나쁜 징조인데, 안 그래요?"

"모르겠습니다. 자기 일을 꼭 좋아해야 하는 건 아니잖아요. 좋아하면 그건 일이 아니겠죠."

"잭은 자기 일을 좋아해요."

"그럼 그건 일이 아니죠."

"잭도 그렇게 말해요. 그이는 그게 일이 아니라고 하죠. 나는 일로 대하려 하지만. 어쨌거나 남편이 하는 말은 앵스트롬 씨도 나만큼이나 잘 아실 테니까."

그는 그녀가 바늘로 찌르고 있음을 안다. 그러나 느낌이 없다. 그러잖아도 온몸이 따끔거린다. "목사님과 나는 어떤 면에서는 비슷한 것 같아요." 그가 말한다.

"알아요. 알아." 그녀가 묘하게도 빠르게 그런 식으로 대꾸를 하는 바람에 그의 심장은 더 빨리 뛴다. 그녀가 덧붙인다. "하지만 나한테는 당연히 차이가 눈에 띄어요." 그녀의 목소리는 그 문장의 끝 속으로 건조하게 말린다. 아랫입술이 옆으로 틀어진다.

이건 뭘까? 유리에 손을 대는 느낌이다. 그 말이 별 뜻 없는 이야기인지, 아니면 아주 깊은 의미가 담긴 암호인지 알 수가 없다. 그녀가 의식하며 추파를 던지는 것인지 무의식적으로 추파를 던지는 것인지 알 수가 없다. 그는 늘 다시 만나면 단호하게 말하겠다고, 그녀를 사랑한다고 말하겠다고, 또는 그 비슷한 솔직한 이야기를 하여 진실을 드러내겠다고 생각한다. 그러나 그녀가 옆에 있으면 마비가 된다. 그가 내쉬는 숨 때문에 유리에 김이 서리고, 뭔가 말할 것을 생각하기가 힘들고, 실제로 하는 말은 멍청하다. 그가 아는 것은 한 가지뿐이다. 모든 것 밑에서, 그들의 마음과 그들의 상황 밑에서, 멀리 있는 땅에 대한 유치권留置權을 상속받은 것처럼 그는 그녀에 대한 지배력을 소유하고 있다는 것, 그리고 그녀의 결은, 그녀의 털과 신경과 가는 핏줄의 놓임새는 이러한 지배를 받을 준비가 되어 있다는 것. 그러나 그 준비된 상태와 래빗 사이에 모든 이성적인 것이 끼어든다. 그가 묻는다.

"예를 들어 어떤 거요?"

"아, 앵스트롬 씨는 여자를 두려워하지 않는다는 점 같은 거요."

"누가 두려워하는데요?"

"잭이요."

"그렇게 생각하세요?"

"물론이죠. 나이든 여자, 또 십대 여자, 그런 경우는 괜찮아요. 칼라를 단 그이를 보는 사람들은 괜찮다는 거예요. 하지만 그렇지 않은 여자들은 아주 경계하죠. 그이는 그런 여자들을 좋아하지 않아요. 사실 그들이 교회에 오면 안 된다고까지 생각해요. 교회에 아기를 데려오거나 침대 냄새를 가져오니까요. 잭만 그런 게 아니에요. 기독교 자체가 그래요. 기독교는 사실 아주 신경증적인 종교예요."

어떻게 된 일인지 그녀가 심리학을 꺼낼 때면 너무 어리석어 보여 해리 자신에게서 느껴지는 어리석음이 사라지는 것 같다. 높은 갓돌에서 내려서면서 그는 그녀의 팔을 잡는다. 마운트저지는 저지산의 비탈에 건설되었기 때문에 키가 작은 여자가 우아하게 내려설 수 없는 높은 갓돌이 많다. 그녀의 벗은 팔은 그대로 그의 손에 서늘하게 남아 있다.

"교구민한테는 그런 얘기 하지 마세요." 그가 말한다.

"봐요. 꼭 잭처럼 말하잖아."

"좋다는 건가요, 나쁘다는 건가요?" 걸렸다. 이것이 그녀의 허세를 검증해줄 것 같다. 그녀는 좋다 나쁘다 둘 중의 하나를 말해야 하고, 그것이 갈림길이 될 것이다.

그러나 그녀는 아무 말도 하지 않는다. 자기 통제의 노력이 느껴진다. 그녀는 대답을 하는 데 익숙한 사람이기 때문이다. 반대편 갓돌에 올라서면서 그는 그녀의 팔을 어색하게 놓아준다. 어색하면서도, 여전히 자신을 받아들여주는 결에 편하게 기대고 있다는 느낌, 맞아들어 간다는 느낌이 있다.

"엄마?" 조이스가 부른다.

"왜?"

"경증이 뭐야?"

"경증? 아. 신경증. 머리가 좀 아픈 걸 말해."

"머리에 감기가 든 것*처럼?"

"어, 그래, 어떤 면에서는. 그 정도로 심각한 거지. 하지만 걱정할 것 없어. 다들 그것 때문에 아프니까. 우리 친구 앵스트롬 씨만 빼고."

어린 소녀는 어머니의 허벅지 건너로 그를 쳐다보다, 곧 자신의 입에서 나올 건방진 말을 생각하자 얼굴에 웃음이 번진다. "아저씨는 못됐잖아." 아이가 마침내 말한다.

_____

* 코감기를 가리키는 말.

"특별히 못된 건 아니야." 아이 어머니가 말한다.

목사관의 벽돌담 끝에 파란 세발자전거 한 대가 버려져 있다. 옥색 일요일 코트를 입고 분홍 머리 리본을 단 조이스는 앞으로 뛰어가 자전거를 타더니 그대로 달려나간다. 금속이 삐걱거리면서 복화술을 하듯이 허공에 소음의 실을 자아놓는다. 그들은 함께 잠시 아이를 지켜본다. 이윽고 루시가 묻는다. "들어오실래요?" 그녀는 대답을 기다리면서 그의 어깨를 본다. 그의 시각에서는 속눈썹 때문에 그녀의 눈이 안 보인다. 입술은 벌어져 있고, 턱의 움직임으로 판단하건대 혀는 입천장에 닿아 있다. 정오의 태양을 받은 그녀의 이목구비는 선이 분명하고 립스틱은 갈라져 보인다. 아랫입술의 안쪽이 촉촉하게 이에 닿은 것이 보인다. 뒤늦게 불어오는 설교의 질풍, 사막에서 불어오는 먼지바람처럼 흐느끼는 권고가 그의 속을 휩쓸고 지나가며, 괴상하게도 재니스의 젖가슴의 모습을 눈앞에 던져놓는다. 녹색 핏줄이 퍼진 부드러운 젖가슴. 사악한 가위질이 그를 그 젖가슴에서 잘라내고 싶어 한다.

"고맙지만 됐습니다, 정말로. 안 돼요."

"아, 왜 이러세요. 교회에 나오셨으니 상을 받아야지요. 커피 좀 드세요."

"아뇨, 보세요." 그의 말은 부드럽게 나오지만 어쩐지 크게 느껴진다. "부인은 귀엽고 매력적이지만, 저한테는 지금 집사람이 있어요." 그러면서 막연하게 뭔가를 설명하듯 그가 두 손을 위로 올리자 그녀는 뒤로 빠르게 한 걸음 물러난다.

"뭐라고요?"

그는 오로지 그녀의 검은 점 같은 눈동자 주위를 찢어진 티슈처럼 둘러싸고 있는 녹색 홍채의 얼룩덜룩한 작은 구역만 의식하고 있다. 이윽고 그는 그녀의 팽팽하고 둥근 엉덩이가 보도를 따라 심하게 흔들리며 움직여 가는 것을 지켜본다. "하지만 어쨌든 고맙습니다." 그는 패기 없는 텅 빈 목소리로 대꾸한다. 누가 자신을 싫어하는 것이 싫다. 그녀가 들어가면서 문을 하도 세게 닫는 바람에 물고기 모양의 노커가 텅 빈 현관에서 혼자 찰칵 소리를 낸다.

그는 눈이 먼 것처럼 햇빛을 보지 못한 채 집을 향해 걷는다. 그녀가 화가 난 것은 그가 제안을 거절했기 때문일까, 아니면 그녀에게서 제안을 받았다고 생각한다는 것을 있는 그대로 보여주었기 때문일까? 그것도 아니면 이 대립되는 것들이 섞여서, 어떤 식으로든 그녀를 그녀 자신에게 드러낸 것일까? 그의 어머니도 갑자기 그녀만의 어떤 혼란에 사로잡혀 그런 식으로 열을 내곤 했다. 어느 쪽이든, 일요일 양복을 입고 가로수들 밑을 활기차게 걷자니 키가 커지고 우아해지고 힘이 생긴 듯한 느낌이 든다. 차인 것이든 오해를 받은 것이든 어쨌거나 에클스의 부인은 그의 생기를 돋웠으며, 그는 욕정으로 영리하고 차가워진 상태로 집에 이른다.

재니스와 사랑을 나누고 싶다는 그의 소망은 작은 천사와 같지만, 오후 내내 그 천사에게 자그마한 납추들이 달라붙는다. 아기는 지칠 줄 모르고 끽끽댄다. 오후 내내 아기 침대에 누워 긴장된 소리로 화를 돋운다. 흔은은은은나 아 아 은은은흐. 내부의 어떤 문 하나를 약하지만 집요하게 긁어대는 소리. 뭘 원하는 걸까? 왜 자지 않으려는 걸까? 교회에 갔다가 재니스에게 주려고 귀중한 것을 가지고 왔는데 계속 방해를 받아 그것을 주지 못하고 있다. 그 소리는 집안 전체에 공포를 퍼뜨린다. 그 소리 때문에 그는 배가 아프다. 아기에게 트림을 시키려고 안으면 그 자신이 트림을 한다. 아기 속의 거품은 터지지 않고, 대신 그의 뱃속의 압력이 계속 팽팽한 거품을 터뜨렸다가 다시 만들어낸다. 아주 작고 부드러운 대리석 같은 몸은 종이처럼 가볍다가도, 그의 가슴에 닿으면 뻣뻣해졌다가 이윽고 흐물거린다. 뜨거운 머리가 목에서 빠질 것처럼 흔들거린다. "베키, 베키, 베키." 래빗이 말한다. "어서 자. 자, 자, 자."

아기 소리 때문에 넬슨은 안달을 하고 훌쩍거린다. 아기가 막 빠져나온 검은 문과 가장 가까이 있기 때문에 아기가 경고하는 위협에도 가장 민감한 것 같다. 레베카는 혼자 남겨지기만 하면 어떤 어둠, 형태가 잘 갖추어진 그들의 감각에는 보이지 않는 어둠에 사로잡히는 것 같다. 래빗은 아기를 내려놓고 뒤꿈치를 들고 거실로 간다. 그들은 숨을 죽인다. 이윽고 가차없이 긁어대는 소리와 함께 정적의 막이 찢어지고, 다시 불안정한 신음이 시작된다. 은은은, 아은은은은니이!

"맙소사," 래빗이 말한다. "빌어먹을. 빌어먹을."

오후 다섯시쯤 재니스가 울기 시작한다. 거무스름하게 여윈 얼굴에 눈물이 부글부글 거품을 일으키듯 흘러내린다. "말라버렸어." 그녀가 말한다. "다 말라버렸어. 이제 아기한테 먹일 게 없어." 아기가 그녀의 젖가슴에 연거푸 달라붙었던 것이다.

"괜찮아," 그가 말한다. "애는 곯아떨어질 거야. 한잔해. 부엌에 오래된 위스키가 조금 있어."

"어머. 한잔하라는 이야기를 몇 번이나 하다니, 어떻게 된 거야? 나는 술을 안 마시려고 노력했는데. 당신은 내가 술을 마시는 걸 싫어하는 줄 알았는데. 오후 내내 줄담배를 피우면서 '한잔해. 한잔해'라고 말하네."

"그럼 당신 긴장이 풀릴 것 같아서 그러지. 지금 엄청나게 긴장하고 있잖아."

"당신보다 긴장한 건 아니야. 당신은 무슨 고민이야? 무슨 생각을 하는 건데?"

"젖은 어떻게 된 거야? 왜 아이한테 젖을 충분히 줄 수 없어?"

"지난 네 시간 동안 세 번이나 먹였어. 이제 남은 게 없어." 그녀는 꾸밈없이 곤궁해 보이는 동작으로 옷에 덮인 젖가슴을 누른다.

"그럼 뭐라도 좀 마셔봐."

"어머, 교회에서 당신한테 도대체 뭐라고 한 거야? '집에 가서 마누라를 곤드레만드레 취하게 해라?' 당신이 마시고 싶은 거면 당신이나 마셔."

"나는 술 필요 없어."

"하지만 뭔가가 필요해. 당신이 베키를 불안하게 했잖아. 베키는 당신이 집에 오기 전까지는 아침 내내 잘 있었거든."

"됐어. 그만 됐어. 염병할 됐다니까."

"아기 울어!"

재니스가 넬슨을 끌어안는다. "나도 알아. 더워서 그런 거야. 곧 그칠 거야."

"아기 더워?"

잠시 귀를 기울이지만 아기는 울음을 그치지 않는다. 감질나는 짧은 침묵이 중간 중간 끼어드는, 약하지만 거친 경고가 계속 이어진다. 경고를 받지만 도대체 무엇에 대한 경고인지 모르는 그들은 아파트 안에서 뒤죽박죽이 된 일요판 신문을 불안하게 뒤적인다. 벽은 감옥의 벽처럼 땀을 흘린다. 바깥의 넓은 하늘은 높은 해를 대접하며 몇 시간 내내 파란빛을 유지하고 있다. 래빗은 이런 날에는 부모가 자신과 밈을 데리고 채석장까지 산책을 나가곤 했다는 생각이 들자 더 강한 공황에 사로잡힌다. 그들은 지금 아름다운 일요일을 낭비하고 있는 것이다. 하지만 그들은 외출을 할 만큼 정리가 되지 않는다. 넬슨과 둘이서는 나갈 수 있지만, 넬슨은 이상하게 겁을 먹어 엄마 곁을 떠나지 않으려 한다. 래빗은 결국에는 그녀를 소유하고 싶은 마음에 보물 옆을 떠나지 못하는 구두쇠처럼 그녀 곁에서 맴돈다. 그의 욕정이 풀처럼 그들을 붙여놓는다.

그녀는 이것을 느끼고, 그래서 답답해한다. "좀 나가. 당신 때문에 아기가 신경이 곤두서 있잖아. 나도 신경이 곤두서고."

"뭐 마시고 싶지 않아?"

"아니. 안 마시고 싶어. 그냥 당신이 앉아서, 담배 좀 그만 피우고 아기를 흔들어주거나 했으면 좋겠어. 그리고 나 좀 건드리지 마. 너무 더워. 병원으로 다시 가봐야 할 것 같아."

"아파? 아래쪽 말이야."

"글쎄, 아기가 울음을 그치면 안 아플 것 같아. 난 아기한테 젖을 세

번이나 먹였어. 그리고 이제 당신한테 저녁도 먹여야 해. 아. 일요일이
면 몸이 아파. 교회에서 무슨 짓을 하고 왔기에 이렇게 정신없게 구는
거야?"

"정신없게 구는 게 아냐. 도와주려는 거야."

"알아. 바로 그게 너무 부자연스럽다는 거지. 당신 피부에서도 이상
한 냄새가 나."

"어떤 냄새?"

"아, 모르겠어. 나 좀 귀찮게 하지 마."

"사랑해."

"그만해. 그럴 리가 없어. 나는 지금 사랑받을 만하지가 않단 말이
야."

"그냥 소파에 좀 누워 있어. 내가 수프를 좀 만들게."

"싫어 싫어 싫어. 넬슨 목욕이나 시켜. 나는 다시 아기한테 젖을 먹
여볼게. 가엾은 것, 젖이 하나도 없는데."

그들은 늦은 저녁을 먹지만 밖은 아직 환하다. 하긴 1년 가운데 가
장 긴 날로 꼽히는 날이니까. 그들은 깜빡거리는 불 같은 레베카의 다
급한 울음 옆에서 수프를 훌쩍인다. 아기의 가냘픈 목소리는 변덕스
러운 전기를 공급받으며 타오르는 가느다란 필라멘트 같다. 이윽고
개수대에 쌓인 접시들 사이에, 닳아빠진 눅눅한 가구 밑에, 엮어 만든
아기 침대의 관 같은 텅 빈 공간에 어둠이 짙어지기 시작한다. 베키가
오후 내내 붙들고 싸우던 것의 힘이 약해지고, 갑자기 아기가 조용해
지면서 엄숙하고 죄스러운 평화가 남는다. 그들은 베키를 실망시켰다.
말이 통하지 않는 외국인이 크고 고통스러운 걱정거리를 잔뜩 안고

그들 사이에 있었는데, 그들은 그녀를 실망시킨 것이다. 마침내 밤이 밀려와 그녀를 하찮은 쓰레기 조각처럼 쓸어가버렸다.

"배앓이는 아냐. 배앓이를 하기에는 너무 어려." 재니스가 말한다. "어쩌면 배가 고파서 그랬던 건지도 몰라. 어쩌면 내가 젖이 떨어져서."

"어떻게 그럴 수가 있지. 당신은 풋볼 공 같았는데."

그녀는 곁눈질로 그를 본다. 무슨 이야기를 하는 건지 느낀 것이다. "글쎄, 당신이 그 공을 갖고 놀 수 있을 거라고 생각하진 마셔." 그러나 래빗은 그 말에서 웃음을 훔쳐본 것 같다.

넬슨은 아플 때처럼 훌쩍이며 자진해서 자러 간다. 오늘 동생은 그의 힘을 다 빼앗았다. 베개에 푹 가라앉은 넬슨의 머리는 작고 단단하고 진지해 보인다. 넬슨이 굶주린 듯 입에 문 우유병을 쪽쪽 빠는 동안 래빗은 결코 구할 수 없는 것을 찾아 맴돈다. 마치 붓이 스치고 지나가는 것처럼 우리에게 놓였다가 금세 들어올려지는 그 덧없는 짐, 불길하면서도 애정어린 짐을 전달할 수 있는, 전이할 수 있는 표정을 찾아 맴돈다. 모호한 회한에 그의 입이 흐려진다. 시간이나 행위와 관계없는 회한. 어린 소년들의 황갈색 머리가 고무와 유리로 만든 병을 빨면서 고마운 마음으로 좁은 침대에 가라앉는 세상에 자신이 존재하고 있다는 그런 슬픔. 그는 넬슨의 튀어나온 이마에 손을 얹는다. 졸린 아이는 짜증이 나서 그의 손을 털어내려고 머리를 흔든다. 해리는 손을 거두고 다른 방으로 들어간다.

그는 재니스를 설득하여 술을 마시게 한다. 그가 만든다. 술을 잘 알지는 못하지만 위스키와 물을 반반씩 섞어본다. 재니스는 끔찍한 맛이 난다고 말하지만, 잠시 후 그것을 마신다.

침대에 누운 그는 그녀의 살에서 그 영향을 느낄 수 있다고 상상한다. 그녀의 몸이 그의 손 안에 들어온다는 느낌, 그의 손바닥에 딱 맞는다는 느낌이 있고, 그것이 관능적인 질감을 만들어낸다. 그녀의 잠옷 밑에서 목의 오목한 곳까지 그녀의 몸 전체가 그를 위해 고요하다. 그들은 서로 마주보고 모로 누워 있다. 그는 재니스의 등을 쓰다듬는다. 처음에는 가볍게, 이어 강하게. 그녀의 가슴을 자기 가슴으로 밀어붙인다. 그녀의 나긋나긋함에 힘이 모이는 느낌을 받자 팔꿈치에 기대고 몸을 일으켜 그녀의 위로 올라간다. 알코올 냄새가 나는 거무스름하고 단단한 얼굴에 입을 맞춘다. 그녀는 고개를 정면으로 돌려 호응하지 않지만, 그는 움직이지 않으려는 이 작은 행동에서 거부를 읽지는 않는다. 다만 어쩔 수 없이 어색하게 옆얼굴에 입을 맞춰나갈 뿐이다. 그는 분노의 물결이 밀려오는 것을 막으며, 그녀의 느림을 다시 학습한다. 자신의 인내심을 자랑스러워하며 다시 그녀의 등을 쓰다듬기 시작한다. 그녀의 피부 또한 그녀의 혀처럼 비밀을 감추고 있다. 그녀가 느끼고 있을까? 루스를 겪은 뒤라 재니스가 신비하다. 처녀 같은 불투명한 아내가 되었다. 내가 지금 불꽃을 피워 올리고 있는 것일까? 손목이 아프다. 용기를 내어 잠옷 앞자락의 단추 두 개를 풀고 얇은 천을 들어올리자 침대의 짙은 어둠 속에서 긴 호가 드러난다. 그녀의 따뜻한 젖가슴이 그의 가슴의 맨살 위에 닿아 납작해진다. 그녀는 그의 이런 움직임에 순순히 따른다. 그는 자신이 그녀를 이런 충만한 상태에 이르게 했다는 기쁜 생각에 사로잡힌다. 그는 멋지게 사랑해주는 사람이다. 그는 긴장을 풀고 침대의 온기 속으로 들어가며 자신의 파자마 허리의 매듭을 잡아당긴다. 그녀는 털을 깎아 까칠까칠하다. 그는 몸을 더 아래로, 면으로 만든 천 조각 위로 내려 자리를 잡는다. 이 부자연스러움, 그녀의 상처를 기억나게 하는 이곳 때문에 그의 자신감이 흔들린다. 그러다 그녀의 목소리, 가늘고 거칠고 멍청한 소녀의 목소리가 그의 귓전에 대고, "해리. 내가 그냥 자고 싶어하는 거 몰라?" 하고 말하자 완전히 박살나버린다.

"그럼 왜 미리 말 안 했어?"

"몰라. 몰랐어."

"뭘 몰랐어?"

"당신이 뭘 하는지 몰랐어. 그냥 날 기분좋게 해주려는 줄 알았어."

"그러니까 이건 기분좋은 게 아니고?"

"글쎄, 내가 아무것도 할 수 없을 때는 기분좋은 게 아니지."

"뭔가는 할 수 있어."

"아냐, 못해. 레베카가 하루종일 울어서 완전히 지치고 정신이 없기도 하지만, 그게 아니라도 못해. 여섯 주 동안은 못해. 당신도 알잖아."

"그래, 알아. 하지만 내 생각에는……" 그는 몹시 쑥스럽다.

"당신이 무슨 생각을 했는데?"

"어쨌든 당신이 나를 사랑해줄지도 모른다고 생각했어."

그녀가 잠시 입을 다물었다가 말한다. "당신을 **정말** 사랑해."

"그냥 만지는 것만, 잰. 그냥 만지게만 해줘."

"잠이 안 와?"

"응, 안 와. 잠이 안 와. 당신을 너무 사랑해. 그냥 가만히 안아줘."

1분 전만 해도 쉽게 끝내버릴 수 있었을 것이다. 그러나 이런 식의 이야기들이 예리한 날을 제거해버렸다. 이제 나쁜 접촉이 되었으며, 고집스럽게 늘어진 그녀의 상태가 더 나쁘게 만들고 있다. 그녀는 그가 그녀에게 미안함을 느끼게 하여, 부끄럽고 멍청한 인간이라고 느끼게 하여 이 접촉을 죽이고 있다. 달콤했던 모든 것이 그저 땀과 노력이 되어버렸다. 우스꽝스럽게도 그는 죽어버린 뜨거운 벽 같은 그녀의 배에 대고 마무리를 짓지 못한다. 그녀는 그를 밀어낸다. "당신은 그냥 날 이용하고 있어." 그녀가 말한다. "끔찍한 기분이야."

"제발, 여보. 거의 다 됐어."

"너무 싸구려 같다는 느낌이 들어."

그녀의 대담한 말에 그는 격분한다. 그는 그녀가 석 달 동안 하지 않았고, 그동안 섹스에 관해 비현실적인 생각을 하게 되었음을 깨닫는다. 그녀는 섹스를 뭔가 드물고 귀한 것, 자신이 반은 가질 자격이 있는 것으로 상상하게 되었다. 반면 그가 원하는 것은 오로지 해소를 해버리고 그다음으로, 잠으로, 직선 도로로 나아가는 것이다. 그녀를 위하여. 그래, 그녀를 위하여.

"돌아누워." 그가 말한다.

"사랑해." 그녀가 안도하며 말한다. 오해를 한 것이다. 그가 자신을 풀어준다고 생각한 것이다. 그녀는 작별인사로 그의 얼굴을 어루만지며 그에게 등을 돌린다.

그는 등을 구부리며 아래로 내려가 그녀의 엉덩이 사이에 세로로 자신을 끼운다. 두 엉덩이가 잡아주는 역할을 하게 하려는 것이다. 효과가 나기 시작한다. 안정되고 따뜻하다. 그때 그녀가 고개를 돌리며 어깨 너머로 말한다. "이게 그 창녀가 당신한테 가르쳐준 기술이야?"

그는 주먹으로 그녀의 어깨를 치고 침대에서 나온다. 파자마 아랫도리가 밑으로 떨어진다. 창문의 망으로 밤바람이 스며든다. 그녀는 침대 중앙에 등을 대고 눕더니 거무스름한 얼굴로 멍청하게 설명한다. "난 당신 창녀가 아니야, 해리."

"빌어먹을." 그가 말한다. "이건 당신이 집에 온 이후로 내가 처음 부탁한 거였어."

"당신은 그동안 훌륭했어." 그녀가 말한다.

"고맙네."

"어디 가?"

그는 옷을 입고 있다. "밖에 나가. 이 빌어먹을 구덩이에 하루종일 갇혀 있었잖아."

"아침에 나갔었잖아."

그는 군복을 찾아내 걸친다. 그녀가 말한다. "왜 내가 어떤 기분일지는 생각을 못하는 거야? 난 방금 아기를 낳았잖아."

"생각할 수 있어. 할 수 있지만 하고 싶지 않아. 중요한 건 그게 아냐. 중요한 건 내가 어떤 기분이냐는 거야. 나는 밖에 나가고 싶은 기분이야."

"가지 마. 해리. 가지 마."

"당신은 그 귀하신 엉덩짝이나 붙들고 거기 그냥 누워 있어. 나 대신 뽀뽀나 해주면서."

"아, 제발." 그녀는 운다. 이불 속에서 버둥거리다 얼굴로 베개를 때린다.

비록 늦기는 했지만 그녀가 그런 식으로 패배를 받아들이지 않았다

면 그는 그냥 집에 있었을지도 모른다. 그녀를 사랑하고자 하는 욕구
는 사라졌기 때문에 나갈 이유도 없다. 결국 그녀를 사랑하기를 그만
두었으므로, 차라리 그냥 그녀 곁에 누워 자는 것이 나을 것이다. 그러
나 그녀는 멍한 상태로 누워 흐느끼며 가지 말라고 요구한다. 그리고
밖에서는, 저 아래 시내에서는 자동차가 속도를 낸다. 래빗은 공기와
나무, 가로등 밑에 벌거벗은 채 쭉 뻗은 거리를 생각하며 문밖으로 나
간다.

　이상하게도 그녀는 그가 나간 뒤에 곧 잠이 든다. 그녀는 최근 혼
자 자는 데 익숙해졌다. 게다가 그가 침대에서 뜨거운 다리로 걷어차
거나 시트를 밧줄처럼 둘둘 말지 않는 것이 몸에 편하기도 하다. 그
가 그녀의 아래쪽을 그렇게 한 것 때문에 꿰맨 곳이 아프지만, 그녀는
그 작은 통증 위로 깃털이 달린 것처럼 가볍게 가라앉는다. 새벽 네시
쯤 베키가 우는 바람에 재니스는 잠을 깨고 일어난다. 잠옷이 몸을 가
볍게 두드린다. 걸어다니는 데 피부가 부자연스러울 정도로 민감하다.
그녀는 아기 기저귀를 갈아주고 젖을 먹이려고 침대에 눕는다. 베키
가 젖을 빨자 그녀의 몸에 텅 빈 곳이 생기는 것 같다. 해리는 돌아오
지 않았다.
　그녀가 아기에게 집중을 못하기 때문에 아기는 계속 젖꼭지에서 미
끄러진다. 그녀는 계속 해리의 열쇠가 문을 긁지나 않나 귀를 기울이
고 있다.

만일 그녀가 해리를 다시 잃으면 어머니의 이웃들이 포복절도할 것이다. 그녀도 왜 자기가 어머니의 이웃들 생각을 해야 하는지 모른다. 다만 그녀가 친정에 있는 동안 어머니가 계속 그들 이야기를 했을 뿐이다. 어머니와 함께 있으면 늘 자신이 둔하고 못생기고 실망스럽다는 느낌이 들었다. 그녀는 남편을 얻으면 그런 것들이 끝날 것이라고 생각했다. 그 모든 것이. 그녀는 자기 집을 가진 여자가 될 터였다. 그리고 이 아기에게 어머니의 이름을 주면 어머니도 진정할 것이라고 생각했다. 그러나 진정은커녕 어머니를, 그 맹목적인 입과 함께 젖가슴에 끌어안는 꼴이 되어버렸다. 가엾은 것. 그녀는 자신이 기둥 꼭대기에 누워 있어, 이곳 사람 모두 그녀가 혼자라는 것을 볼 수 있다는 느낌이 든다. 춥다. 아기는 젖꼭지에 붙어 있으려 하지 않는다. 그녀에게는 무엇도 붙어 있으려 하지 않는다.

그녀는 일어서서 아기를 어깨에 걸치고 트림이 올라오도록 등을 두드리며 방을 걸어다닌다. 아기는, 가엾은 것은 야무지지 못해 축 늘어지고 계속 미끄러져내리면서도 떨어지지 않으려고 뼈도 없는 듯한 작은 다리로 그녀의 몸을 파고든다. 바람에 펄럭이는 잠옷이 종아리를, 다리 뒤쪽을, 해리가 엉덩짝이라고 부른 곳을 계속 건드린다. 몸의 한 부분임에도 품위 있는 이름조차 없다니 내가 더러워진 느낌이야.

자물쇠를 긁는 소리가 들리고 그가 문으로 들어온다면 해리는 원했던 대로 나를 마음대로 할 수 있을 텐데 내 몸 어디라도 가질 수 있을 텐데 그가 원한다면 뭐가 대순가 그게 결혼인데. 하지만 그가 오늘밤에 하려고 했을 때 그것은 정말 불공평해 보였다. 그녀는 여전히 아팠고 그는 몇 주 동안이나 그 매춘부와 자다 왔는데도 그저 안달이 난 목소리로, 마치 간단하게 처리해버리고 싶은 일인 것처럼 돌아누워 하고 말하다니. 하지만 내가 뭔데 그가 나를 떠나게 한 주제에 이제 그것도 하지 못하게 했을까 나한테 무슨 오만한 권리가 있을까? 자존심을 가질 권리가. 하지만 그것이 바로 내가 약간이라도 자존심을 가져야 하는 이유야 내가 그를 떠나게 했으니 나는 감히 자존심을 가질 수 없다고 생각하는 것이 그의 생각이니까 웃기는 일이야 나쁜 짓을 한 것은 그인데 그 일이 끝나고 나니까 이제 내가 아무런 자존심도 갖지 못하고 그저 그의 더러운 것을 담는 단지나 되어야 한다니. 그녀의 엉덩이에 그렇게 하려고 했을 때 여러 번 해본 솜씨처럼 느껴져 그녀는 지난 몇 주를 떠올리게 되었다. 그는 달아나서 자기가 하고 싶은 대로 하며 살았고, 그녀는 그냥 무력했고, 어머니와 페기는 그녀를 안쓰러워했고 다른 사람들은 모두 조롱을 했고 그녀는 그것을 견딜 수 없었다.

그리고 그가 교회에 갔다가 기운이 넘쳐서 돌아온 것. 자기가 무슨 권리로 교회에 가는 거야? 서로 눈을 찡긋거리는 그 모든 여자들 등뒤에서 그와 하느님이 무슨 이야기를 했을까 그것이 신경이 쓰이는 부분이었다 남자들이 사랑을 나눌 때 과연 사랑을 생각하는 건지 아니면 뭔지 몰라도 남자들이 진짜로 생각하는 것을 생각하는 건지―뭔지 몰라도 남자들을 괴롭히는 그 작고 뜨거운 덩어리를 없애버렸을 때마다 하려고 하는 것을 생각하는 건지. 남자의 손가락에서 이 남자가 내 생각을 하는지 안 하는지 느낄 수 있는데, 오늘밤 해리는 처음에는 내 생각을 하고 있었고 그래서 나는 그냥 계속하게 내버려두었던 거야 마치 나는 욕조 안에 누워 있고 그의 손이 내 몸을 어루만지는 것 같았으니까. 하지만 해리는 거칠어지기 시작했고 단호해졌어. 그러자 나는 그가 자기 자신을 생각한다는 것이, 쭉쭉 빨며 비위를 맞춰주니 자기가 얼마나 훌륭한 일을 하고 있느냐 하는 생각을 한다는 것이 느껴져 화가 났던 거야. 어느 순간부터 내 기분이 어떤지는, 내가 얼마나 지치고 아픈지는 전혀 생각하지 않고, 팔꿈치로 옆구리를 찔러대듯이 자기 물건으로 내 배를 쑤셔대면서 말이야. 정말 **무례해**.

정말 무례하기 짝이 없어. 그러면서 나를 둔하대. 자기는 너무 둔해서 내 기분도 모르고 자기가 집을 나가서 내가 얼마나 바뀌었는지도 모르고, 안에 뭐가 있는지도 모르면서 그냥 내 피부를 뚫고 겅중겅중 들어올 것이 아니라 나를 회복시키기부터 해야 한다는 것도 모르면서 말이야. 나는 어릴 때부터 그런 것 때문에 전전긍긍했지. 아무도 내 기분이 어떤지 모른다는 것 때문에. 아무도 알 수가 없는 것인지 아니면 아무도 관심을 갖지 않는 것인지 나는 알 수가 없었어. 나는 내 피부가 싫었어. 좋아한 적이 없었어. 다른 몇몇 여자애들처럼 여드름이 난 적은 없었지만, 너무 검어서 이탈리아계처럼 보였거든. 그러다 둘이 크롤스에서 일하던 시절 내가 짭짤한 견과류를 팔던 시절, 그가 그렇게 좋아하던 은 벽지를 바른 린다 해내처의 방 침대에 나란히 누워, 눈을 감고 그냥 내가 옆에 있는 것만으로도 해리의 아래쪽에 그런 일이 벌어졌을 때에는 나도 뜨거워졌고 피부로 인한 고민 같은 것은 이제 다 끝났다고 생각했어. 나는 혼자가 아니었으니까. 그리고 결혼을 했지 (나는 결혼 전에 임신하는 것이 끔찍하다고 생각했지만 해리는 그전부터 한동안 결혼 이야기를 했었고 2월 초에 생리를 걸렀다고 말하자 어쨌든 웃음을 터뜨리며 잘됐다고 말했어 나는 무척 두려웠지만 해리는 잘됐다고 말하면서 내 엉덩이 밑을 받치고 안아올렸어 마치 내가 아이인 양 안아올렸어 해리는 전혀 예상치도 못했을 때 아주 멋질 수 있는 남자였어 어떤 면에서는 예상을 안 하는 것이 중요한 것 같았지 그에게는 남에게 설명할 수 없는 착한 면이 아주 많았어 나는 임신을 한 것이 너무 두려웠는데 해리 덕분에 자랑스러워할 수 있었지) 우리는 생리를 두번째 거른 3월에 결혼을 했지만 나는 여전히 자그맣고 꼴사납고 얼굴이 가무잡잡한 재니스 스프링어였고 남편은 아빠 말로는 세상 어떤 일에도 쓸모없는 자만심 강한 멍청이였어. 그래도 혼자라는 느낌은 술을 조금 마시면 조금은 녹아내렸지. 그 응어리를 완전히 없앤다기보다는 모서리를 멋지게 무지갯빛으로 만들어주었어.

재니스는 손목과 발목이 아플 때까지 아기를 토닥이며 돌아다녔다. 작고 가여운 레베카는 아직 젖이 그대로 다 들어 있는 젖가슴을 다리로 둘러싼 채 잠이 들었다. 재니스는 아기에게 젖을 좀 먹여볼까 하다가, 됐다, 잘 수 있을 때 자게 하자, 하고 생각한다. 그녀는 무게도 하나 없는 작고 가여운 것을 땀이 밴 어깨에서 들어올려 아기 침대의 서늘한 어둠 속에 내려놓는다. 이미 밤은 흐릿해졌다. 산비탈에 올라타 동쪽을 마주보는 도시라 새벽이 일찍 찾아온다. 재니스는 침대에 눕지만, 옆의 하얀 시트에 빛이 점점 커진다는 느낌에 잠이 오지 않는다. 처음에는 기분좋게 깨어 있다. 아침이 아주 부드럽게 찾아와 해리가 모습을 감추고 나서 두 달쨰 되었을 때의 느낌이 되살아난다. 창 밑으로 어머니가 아끼는 커다란 벚나무가 꽃을 피우고 풀이 올라오고 땅은 축축하고 따뜻한 재 냄새를 풍겼다. 그녀는 모든 것을 생각해본 뒤에 체념을 하고 결혼생활이 끝났음을 받아들였다. 아기를 낳고 이혼을 하고 다시는 결혼을 하지 않을 생각이었다. 그녀는 수녀 같은 사람이 될 것이다. 그녀는 그때 막 오드리 헵번이 나오는 아름다운 영화를 보았다. 만일 그가 돌아온다 해도 역시 마찬가지로 간단할 것 같았다. 그녀는 그의 모든 것을 용서하고 왜 화를 내는지는 모르겠지만 어쨌든 그가 그렇게 화를 내는 술도 끊을 것이다. 그들은 함께 아주 좋고 소박하고 깨끗할 것이다. 그는 그의 몸에서 모든 것을 끄집어냈을 것이고, 그녀가 그를 용서했으므로 그녀를 사랑할 것이기 때문이다. 그리고 그녀는 이제 좋은 아내가 되는 방법을 알기 때문이다. 그녀는 페기와 에클스 목사와 이야기를 하고 기도를 하여 결혼이 피난처가 아니라 나눔임을 알게 되었다. 이제 그녀와 해리는 모든 것을 나누기 시작할 것이다. 그리고 정말 기적이 일어났다. 지난 두 주는 정말 그랬던 것이다.

그랬는데 해리가 갑자기 창녀와 했던 더러운 짓을 끌어들여 그녀에게 그것을 사랑해주길 요구했다. 그 부당함 때문에 그녀는 작게 소리 내어 운다. 텅 빈 침대에 그녀와 함께 있는 뭔가에 깜짝 놀란 것처럼.

지난 몇 시간은 마치 파이프가 급하게 굴절하는 부분 같아 그녀는 생각을 끝까지 밀어낼 수가 없다. 계속 그가 **돌아누워** 하고 말하던 소리가 떠올라 그곳을 비집고 나갈 수가 없다. 공황에 사로잡히고 숨이 막히는 것을 도무지 피할 수가 없다. 그녀는 침대에서 일어나 한쪽 젖이 팽팽하고 젖꼭지가 따끔거리는 것을 느끼며 돌아다니다 맨발로 부엌으로 들어가 해리가 그녀에게 위스키를 마시게 하려고 주었던 잔의 냄새를 맡는다. 냄새는 어둡고 생생하고 아늑하고 깊다. 한 모금 마시면 어쩌면 불면증이 치료될지도 모른다는 생각이 든다. 자다가 문을 긁는 소리에 깨서 그의 크고 흰 몸이 수줍어하며 어슬렁어슬렁 들어오는 것을 보게 될지도 모른다. 그러면 그녀는 말할 수 있다. **이리로 와, 해리, 괜찮아, 해줘, 나도 그걸 나누고 싶어, 정말로 그걸 원해, 정말로.**

그녀는 위스키를 딱 2센티미터만 붓는다. 물은 많이 넣지 않는다. 마시는 데 시간이 너무 오래 걸리기 때문이다. 얼음도 넣지 않는다. 얼음 꺼내는 소리에 아이들이 깰지 모르기 때문이다. 그녀는 술을 창으로 가져가 타르 지붕 세 개 너머로 잠든 도시를 내려다본다. 벌써 여기저기서 부엌과 침실 불빛 몇 개가 창백하게 빛난다. 옅어지는 어둠에 대고 제대로 빛을 쏘지 못하는 바람에 전조등이 칙칙한 원반처럼 보이는 차 한 대가 윌버 스트리트를 따라 천천히 중심가로 향하고 있다. 나무가 우거진 둑 사이의 강처럼 집들의 실루엣에 반쯤 가려진 간선도로에는 이른 시간이라 차들이 획획 빠르게 지나간다. 그녀는 일할 시간이 빛의 군대처럼 다가오는 것을 느낀다. 그녀 아래로, 시커먼 능선을 이루고 있는 집들이 곧 꿈틀거리고 깨어나 성처럼 문을 열고 남자들을 내보내기 직전임을 느낀다. 그러나 이제 곧 다시 새로 쿵 하는 소리를 내려 하는 박자 속에 그녀의 남편은 자리를 잡을 수 없다는 것이 안타깝다. 왜 그랬을까? 그의 무엇이 그렇게 귀중했을까? 해리를 향한 분노가 피어나기 시작한다. 그것을 억누르려고 잔을 비운 다음 새벽의 빛 속에 몸을 돌려 자신이 사는 곳을 본다. 집안의 모든 것에 갈색 그림자가 드리워져 있다. 아기가 빨지 않은 젖의 압력이 그녀를 한쪽으로 끌어당긴다.

그녀는 부엌으로 들어가 술을 한 잔 더 만든다. 처음보다 강하게. 그러면서 어차피 이제 좀 놀 때도 되었다고 생각한다. 퇴원을 한 뒤로는 자신의 시간을 한순간도 갖지 못했다. 논다고 생각하자 동작이 빠르고 가벼워진다. 그녀는 맨발로 뛰다시피 모래 같은 카펫을 가로질러 창문으로 돌아간다. 오직 그녀만을 위해 준비된 쇼를 보러 가는 것 같다. 하얀 가운을 입은 채 모든 것 위에 앉아서 볼 수 있다. 그녀가 손으로 팽팽한 젖가슴을 어루만지자 젖이 새어나오기 시작하더니, 느린 온기로 하얀 천을 더럽힌다.

축축한 기운이 그녀의 앞쪽을 따라 미끄러져내려 창가의 공기 속에서 차가워진다. 서 있으니 정맥류에 걸린 핏줄이 아프다. 그녀는 곰팡내나는 갈색 팔걸이의자에 가서 앉는다. 얼룩덜룩한 벽이 창백한 천장과 만나는 각도만으로도 역겨움이 느껴진다. 그 각도에 그녀의 몸이 기울고, 정신이 아래위로 흔들린다. 벽지의 무늬가 떼를 지어 움직인다. 꽃들은 갈색 점이 되어 암흑 속으로 헤엄쳐 들어가 서로를 쫓고 굶주린 듯 몸을 합친다. 가증스럽다. 얼굴을 돌려 죽은 텔레비전의 차분한 녹색 눈알을 살핀다. 잠옷 앞자락이 마르고 있다. 껍질처럼 굳어 몸에 긁힌다. 육아 책에는 젖꼭지의 청결을 유지하라, 비누로 부드럽게 닦아라 하고 적혀 있다. 긁히면 세균이 들어간다는 것이다. 그녀는 술을 원형의 의자 팔걸이에 내려놓고 일어서서 잠옷을 머리 위로 벗은 다음 다시 앉는다. 의자가 벌거벗은 몸을 이끼처럼 끌어안는다. 그녀는 뭉친 잠옷을 허벅지에, 모데스 생리대와 띠 위에 놓고 나서 발받침대를 발가락으로 교묘하게 끌어당겨 그 위에 발목을 얹고 자신의 다리에 감탄한다. 늘 자기 다리가 멋지다고 생각했다. 곧고 작고 멋지고 균일한 허벅지. 정말이지 훌륭한 다리다. 끝으로 갈수록 가늘어지는 흔들리는 실루엣이 바닥깔개의 짙은 어둠을 배경으로 희게 보인다. 침침한 빛이 베키를 안고 다니느라 아직도 남아 있는 파란 핏줄을 지운다. 내 다리도 어머니 다리처럼 상태가 나빠질까? 무릎처럼 굵어진 발목을 상상해보려 하자 정말로 발목이 부어오르는 느낌이다. 발목의 단단하고 가는 뼈를 확인하려고 팔을 아래로 뻗다가 어깨로 의자 팔걸이의 위스키 잔을 쳐 떨어뜨린다. 그녀는 벌떡 일어나다가 공기가 그녀의 벗은 피부를 끌어안는 느낌에 깜짝 놀란다. 그녀의 부풀어오른 불안정한 몸 주위로 서늘한 공간이 밀려든다. 그녀는 깔깔 웃는다. 해리가 지금 나를 본다면. 다행히도 잔에는 술이 얼마 남지 않았다. 그녀는 대담하게 옷을 걸치지 않고 창녀처럼 부엌으로 들어가려 하지만, 누군가가 지켜보고 있다는 느낌, 창가에 서서 젖을 흐르게 했을 때부터 시작된 그 느낌이 너무 강하다. 그녀는 고개를 숙이고 침실로 들어가 파란 목욕 가운을 두른 다음 술을 섞는다. 아직도 병에는 3분의 1이 남았다. 피로 때문에 눈까풀 주위가 마르지만 다시 침대로 가고 싶은 마음은 없다. 해리가 거기 있어야만 하는데 없기 때문에 공포를 느낀다. 그의 부재는 넓어지는 구멍이다. 그녀는 그 안에 위스키를 조금 붓지만 그것으로는 충분치 않다. 세번째로 창으로 갔을 때는 모든 것이 우중충하다는 것을 충분히 알 수 있을 만큼 밝다. 누군가가 타르 지붕에 깨진 병을 얹어놓았다. 윌버 스트리트의 도랑에는 신개발지구에서 쓸려내려온 진흙이 가득하다. 그녀가 지켜보는 동안, 창백하게 커다란 띠를 이루고 있던 가로등이 군데군데 꺼진다. 그녀는 발전소에서 스위치를 당기는 사람을 그려본다. 작고 잿빛이고 등이 굽었고 아주 졸린 표정일 것이다. 그녀는 텔레비전에 다가

간다. 녹색 사각형에서 갑자기 피어오르는 빛의 띠가 그녀의 뇌에 불꽃 같은 기쁨을 일으키지만 아직 너무 이르다. 빛은 의미 없이 밝기만 한 점들일 뿐이고, 소리는 전기 잡음일 뿐이다. 텅 빈 발광체를 지켜보고 있다가 뒤에 다른 사람이 서 있다는 느낌 때문에 몇 번이나 고개를 휙 돌려보곤 한다. 그녀의 동작은 아주 빠르지만, 늘 그녀의 눈에는 보이지 않는 공간이 있어, 누가 있었다면 그 안으로 피해 들어갈 수 있었을 것이다. 그를 방안에 불러들인 것은 텔레비전이다. 그러나 텔레비전을 끄자 그녀는 바로 울기 시작한다. 그녀는 두 손에 얼굴을 묻고 앉아 있다. 눈물이 손가락들 사이로 기어나오고 흐느낌이 집안 전체를 흔든다. 그녀는 흐느낌을 억누르지 않는다. 누군가를 깨우고 싶기 때문이다. 혼자인 것이 지겹다. 표백하는 빛 속에서 벽과 가구가 또렷해지며 다시 자기 색을 얻는다. 합쳐지던 갈색 점들은 그녀 자신 속으로 사라졌다.

그녀는 가서 아기를 본다. 가엾은 것은 아기 침대의 시트에 코를 대고 누워 있다. 작은 두 손으로 귀를 잡아 비틀고 있다. 그녀는 손을 아래로 뻗어 애처로운 검은 머리카락이 조금씩 나 있는 뜨거운 막 같은 머리를 쓰다듬다가 아기를 들어올린다. 다리가 완전히 젖었다. 그녀는 젖을 먹이려고 창이 내다보이는 팔걸이의자로 아기를 데려간다. 그 너머의 하늘은 창백하고 부드러운 파란색이다. 마치 유리창에 색을 칠해놓은 것 같다. 이 의자에서는 하늘밖에 볼 것이 없다. 마치 커다란 기구를 타고 100킬로미터도 넘게 올라온 느낌이다. 파티션 너머의 문이 쾅 소리를 내는 바람에 그녀의 심장이 펄쩍 뛰지만, 물론 그것은 다른 세입자가 내는 소리다. 누구에게도 예의바른 소리를 한 적이 없는 늙은 카펠로 씨가 일하러 나가는 중일 것이다. 층계가 내키지 않는 듯 우당탕 소리를 낸다. 그 바람에 넬슨이 깨어 잠시 그녀는 바빠진다. 그들을 위해 아침을 만들려다 오렌지주스 잔을 깬다. 잔은 그냥 그녀의 엄지손가락에서 약해 보이는 개수대로 미끄러져내린다. 넬슨에게 라이스 크리스피를 주려고 허리를 굽히자 아이가 고개를 들어 그녀를 보며 코에 주름을 잡는다. 아이는 슬픔의 냄새를 맡고, 그 익숙한 냄새 때문에 그녀에게 거리를 둔다. "아빠 먼 데 갔어?" 그녀를 편하게 해주려고 그런 말을 하다니 정말 착하다. 그녀가 할 일은 '응' 하고 대답하는 것뿐이다.

"아니," 그녀가 말한다. "아빠는 오늘 아침에는 네가 일어나기 전에 일찍 출근하셨어. 평소처럼 저녁 먹으러 집에 오실 거야."

아이는 그녀를 향해 얼굴을 찌푸리더니 예리한 희망을 담아 앵무새처럼 말한다. "평소처럼?"

아이는 걱정 때문에 목을 길게 늘인다. 아이의 목이 가는 줄기처럼 보인다. 베개 때문에 머리카락이 나선형으로 뻗쳐 엉망이 된 공 같은 두개골을 지탱하기 힘겨울 것 같다. "아빠는 집에 오실 거야." 그녀가 되풀이한다. 거짓말이라는 짐을 졌기 때문에 자신을 지탱하려면 위스키가 조금 더 필요하다. 그녀 안에는 어둠이 있고 그것을 밝게 물들이지 않으면 쓰러질 것이다. 접시들을 부엌으로 내가지만 손에서 자꾸 미끄러지는 바람에 설거지를 하려고도 하지 않는다. 목욕 가운을 벗고 옷을 입어야겠다고 생각하지만 침실로 걸어가다가 목적을 잊어버리고 침대를 정리하기 시작한다. 그러나 주름진 침대에 뭔가가 존재한다는 느낌 때문에 겁을 먹고 뒤로 물러나 아이들과 함께 있으려고 다른 방으로 간다. 아이한테 해리가 평소처럼 돌아올 거라고 말하는 바람에 집으로 유령을 불러들인 것 같다. 그러나 그 다른 사람은 해리 같은 느낌이 들지 않는다. 강도 같은 느낌이다. 춤을 추듯이 그녀보다 앞서 방을 돌아다니며 그녀를 놀리는 강도.

아기를 다시 안았을 때 다리가 젖은 것을 알고 기저귀를 갈아주려다, 영리하게도 자신이 술에 취했기 때문에 핀으로 아기를 찌를지도 모른다는 사실을 깨닫는다. 그녀는 거기까지 생각을 한 자신을 매우 자랑스러워하며, 술병으로부터 떨어져 있자고, 그럼 한 시간 뒤면 기저귀를 갈아줄 수 있을 것이라고 혼잣말을 한다. 그녀는 착한 베키를 아기 침대에 내려놓는다. 놀랍게도 이번에는 우는 소리가 들리지 않는다. 그녀는 넬슨과 함께 앉아서 〈데이브 개러웨이〉의 맨 끝 부분을 보고, 엘리자베스와 그녀의 남편이 남편의 친구를 접대하는 프로그램을 본다. 그 친구는 독신남이기 때문에 늘 캠핑 여행을 다니므로 곧 엘리자베스보다 음식을 더 잘한다는 것이 드러난다. 어쩐 일인지 이 프로그램을 보자 그녀는 너무 불안해져서 텔레비전을 볼 때 늘 하던 습관대로 부엌으로 가서 술을 약간 만든다. 얼음조각이 대부분이다. 다시 그녀의 내부에서 열리려 하는 커다란 구멍을 닫아두려는 것이다. 그녀는 딱 한 모금만 마신다. 모든 것을 맑게 해주는 빛을 삼키는 것 같다. 이 작은 간극 하나만 넘어가면 된다. 그러면 하루가 끝나고 해리가 퇴근해 돌아올 것이고 아무도 모를 것이다. 아무도 '어머니'를 비웃지 않을 것이다. 그녀는 아치처럼 뜬 무지개가 되어 해리를 보호하는 느낌이다. 그녀 아래에서 해리는 한없이 작아 보인다. 그녀는 넬슨과 놀면 얼마나 좋을까 하는 생각을 한다. 넬슨이 아침 내내 텔레비전을 보는 것은 나쁜 일이다. 그녀는 텔레비전을 끄고 넬슨의 색칠책과 크레용을 찾는다. 그들은 바닥깔개에 앉아 책을 펼치고 각각 한 페이지씩 칠한다.

재니스는 넬슨을 끌어안고 아이를 웃기려고 연신 말을 건다. 진짜로 색칠을 해보니 기분이 아주 좋다. 고등학교 때 미술은 그녀가 무서워하지 않는 유일한 과목이었고 늘 B를 받았다. 그녀는 자기 페이지에 있는 농가의 안뜰을 자기가 그렇게 잘 칠하는 것에, 손에 쥔 조그만 색 막대가 그렇게 깔끔한 평행선을 그리는 것에, 아들의 작은 몸이 그녀의 몸 옆에서 열중하여 단단해진 것에 기쁨을 느끼며 미소를 짓는다. 목욕 가운이 넓게 펼쳐지며 바닥에 드리워지고, 그녀의 몸은 아름답고 넓어 보인다. 그녀는 자기 그림자로 페이지를 가리지 않으려고 움직이다가, 닭 한 마리의 일부를 녹색으로 칠했고 금을 넘어간 것도 너무 많아 그녀의 페이지가 추하다는 것을 알게 된다. 그녀는 울기 시작한다. 너무 부당하다. 누군가가 뒤에 서 있다가 아무것도 이해하지 못하면서 그녀의 색칠이 추하다고 말한 것 같다. 넬슨이 고개를 든다. 빠르게 반응하는 얼굴이 넓게 벌어지며 울음을 터뜨린다. "울지 마! 울지 마, 엄마!" 그녀는 넬슨이 그녀의 품으로 뛰어드는 것에 대비하지만, 넬슨은 벌떡 일어서서 한쪽으로 몸이 기운 채 거의 절름거리며 몇 걸음을 달려가 침실로 들어가더니 바닥에 쓰러져 발길질을 한다.

그녀는 차분하게 미소를 지으며 바닥에서 몸을 일으켜 부엌으로 들어간다. 그곳에 술을 두고 왔다고 생각하기 때문이다. 중요한 것은 하루가 끝날 때까지 아치를 완성하는 것, 해리를 위한 보호 장치가 되어

주는 것이다. 이럴 때 그녀를 유능하게 해주는 술을 한 모금 더 마시지 않는 것은 어리석은 일이다. 그녀는 부엌에서 나와 넬슨에게 말한다. "엄마 울음 그쳤어, 아가야. 장난이었어. 엄마 안 울어. 엄마 아주 행복해. 엄마는 널 무척 사랑해." 넬슨이 문질러 더러워진 얼굴로 그녀를 살핀다. 그때 뒤에서 칼로 찌르듯 전화벨이 울린다. 그녀는 여전히 차분함을 유지하며 전화를 받는다. "여보세요?"

"얘야? 아빠다."

"어머, 아빠!" 기쁨이 그녀의 입에서 흘러나온다.

아버지가 잠시 말을 멈춘다. "얘야, 해리가 아프냐? 열한시가 넘었는데 아직 매장에 안 나왔어."

"아뇨, 괜찮아요. 우리 다 괜찮아요."

다시 침묵이 흐른다. 소리 없는 선을 통해 아버지에 대한 그녀의 사랑이 흘러간다. 그녀는 이 대화가 영원히 이어지기를 바란다. 아빠는 정말 유능하다. 하지만 어머니는 전혀 고마운 줄 모른다. 아버지가 묻는다. "어, 해리는 어디 있니? 거기 있어? 좀 바꿔주렴, 재니스."

"아빠, 그이는 여기 없어요. 아침 일찍 나갔어요."

"어디로 갔어? 매장에 없는데." 그녀는 아버지의 입에서 '매장'이라는 말을 백만 번은 들은 것 같다. 아버지는 다른 사람과는 다르게 그 말을 한다. 그의 입에서 그 말은 마치 온 세상을 농축한 것처럼 밀도 있고 풍부하게 흘러나온다. 그녀가 성장하면서 얻은 모든 좋은 것, 옷, 장난감, 그들의 집이 '매장'에서 나왔다.

그녀는 거기에서 영감을 얻는다. 자동차 판매용 언어라면 그녀도 남 못지않게 할 줄 안다. "그이는 일찍 나갔어요, 아빠, 고객이 일하러 어디를 가야 한다나 뭐한다나 해서, 스테이션왜건을 보여주러요. 기다려보세요. 생각 좀 하게요. 그이는 그 고객이 오늘 아침 일찍 앨런타운에 가야 한다고 했어요. 그 사람은 앨런타운에 가야 했고, 해리는 그 사람한테 스테이션왜건을 한 대 보여주어야 한댔어요. 다 괜찮아요, 아빠. 해리는 그 일을 아주 좋아해요."

세번째 침묵이 가장 길다. "얘야. 해리가 거기 없는 게 확실하니?"

"아빠, 이상한 말씀을 하시네. 여기 없다니까. 보실래요?" 그녀는 수화기에 눈이 달리기라도 한 것처럼 텅 빈 방의 허공에 들이댄다. 아버지의 딸로 건방진 장난을 좀 치려던 거였지만, 팔을 쭉 뻗는 것만으로도 걸음까지 옆으로 따라 움직이는 바람에 깜짝 놀란다. 다시 수화기를 귀에 갖다대니 아버지가 멀리서 단조로운 목소리로 말하고 있다. "—얘야. 괜찮아. 아무 걱정 하지 마라. 애들은 거기 너하고 같이 있니?"

그녀는 어지러워서 전화를 끊는다. 이건 실수야. 하지만 그녀는 전체적으로 자기가 꽤 똑똑하게 굴었다고 생각한다. 따라서 술 한 잔을 마실 자격이 있다고 생각한다. 갈색 액체는 김이 피어오르는 얼음 위로 쏟아져내리고, 그녀가 그만두라고 해도 멈추지 않는다. 그녀가 화가 나서 병을 낚아채자 얼룩 모양의 방울들이 개수대 안으로 기울며 떨어진다. 그녀는 잔을 들고 욕실로 들어갔다가 빈손으로 나온다. 입에서 치약 맛이 난다. 그녀는 거울을 보며 머리카락을 다듬는 행동을 기억해냈고, 그러다가 내친김에 이를 닦게 되었다. 해리의 칫솔로.

그녀는 자기도 모르게 점심을 준비하고 있다. 잡지에서 음식 광고를 내려다보는 것 같다. 거대한 파란 팔 끝과 연결된 팬에서 베이컨

조각들이 지글거린다. 기름 비비탄이 공원 분수의 예쁜 물살처럼 허공에 튀는 것이 보인다. 그녀는 그것들이 무척 빠르게 호를 그리는 것에 놀란다. 기름 때문에 손잡이를 잡은 손이 따끔거리자 그녀는 자주색 가스 불을 줄인다. 그녀는 넬슨에게 우유 한 잔을 따라주고, 상추 머리에서 잎을 몇 장 뜯어내 노란 플라스틱 접시에 놓고 그녀 자신도 한 줌 먹는다. 그녀는 자기 먹을 것은 차리지 않으려 했지만, 차리는 쪽으로 생각을 바꾼다. 뱃속이 이렇게 떨리는 것이 어쩌면 배가 고파서인지도 모르기 때문이다. 접시를 하나 더 가져와 두 손으로 가슴 앞에 접시를 든 채 생각한다. 왜 아빠는 해리가 여기에 있을 것이라고 그렇게 자신했을까? 집안에 다른 사람이 있기는 하지만, 그 사람은 해리가 아니다. 그 사람은 어차피 여기에 볼일이 없다. 그녀는 그 사람을 무시하기로 마음먹고 계속 점심을 차린다. 몸의 움직임이 약간 뻣뻣하다. 식탁에 잘 내려놓을 때까지 놓치지 않도록 물건을 잡은 손에 힘을 꼭 준다.

넬슨은 베이컨에 기름이 많다면서 아빠가 먼 데 간 것이 아니냐고 다시 묻는다. 그녀가 베이컨을 만들었다는 것 자체가 무척 영리하고 용감한 일인데도 넬슨이 불평을 하자 그녀는 짜증이 난 나머지 아이가 상추를 조금도 안 먹겠다고 스무번째 이야기를 하는 순간 팔을 뻗어 아이의 무례한 얼굴을 때린다. 멍청한 아이는 바로 울지도 못한다. 그냥 앉아서 물끄러미 앞만 바라보며 숨만 되풀이해 빨아들이다가 마침내 울음을 터뜨린다. 그러나 다행히도 그녀는 상황을 감당할 수 있다. 아주 차분하게. 그녀는 아이의 모든 시도가 불합리하다고 판단하고 거기에 굴복하지 않으려 한다. 하나의 커다란 물결처럼 부드럽게 이어지는 동작으로 아이의 우유병을 준비하고, 아이의 손을 잡아 끌고, 오줌 누는 것을 감독하고, 침대에 누인다. 넬슨은 흐느낌의 뒤 끝이라 여전히 몸을 떨면서도 입에 우유병을 물고 빤다. 그녀는 아이의 지켜보는 눈의 박막薄膜을 보고 아이가 잠으로 가는 통로에 완전히 들어섰다고 확신한다. 그녀는 침대 옆에 서서 자신의 강고한 힘에 놀란다.

전화벨이 다시 울린다. 처음보다 화난 소리다. 그녀는 전화기로 달려간다. 넬슨이 잠을 깨는 것을 원치 않기 때문에 달려가는 것이다. 달려가면서 자신의 힘이 쓸려나가는 것을 느낀다. 갈색의 케케묵은 느낌이 목 뒤쪽을 밀고 올라온다. "여보세요."

"재니스." 어머니의 목소리다. 평탄하고 가혹하다. "브루어에 쇼핑을 하러 갔다가 방금 돌아왔는데, 네 아버지가 아침 내내 나하고 통화를 하려고 했다는구나. 네 아버지는 해리가 다시 사라졌다고 생각하더라. 그러니?"

재니스는 눈을 감고 말한다. "그이는 앨런타운에 갔어요."

"거기는 뭐하러 갔는데?"

"차를 팔러요."

"멍청한 소리 마. 재니스. 너 괜찮니?"

"무슨 뜻이에요?"

"술 마시고 있었어?"

"뭘 마셔요?"

"이제 걱정 마, 내가 바로 갈 테니까."

"아니에요, 어머니. 다 괜찮아요. 방금 넬슨을 낮잠 재웠어요."

"냉장고에 든 걸 조금 꺼내 먹고 바로 갈게. 누워 있어."

"어머니, **제발** 오지 마세요."

"재니스, 말대꾸하지 마. 그 녀석이 언제 나갔어?"

"그냥 계세요, 어머니. 그이는 오늘밤에 돌아올 거예요." 그녀는 귀를 기울이다 덧붙인다. "그리고 소리 좀 그만 지르시고요."

어머니가 말한다. "그래, 너는 우리 모두에게 계속 수치를 안겨주면서 그만하라고만 하더라. 처음에 나는 이게 다 그 녀석 잘못이라고 생각했지만, 이제는 정말 그런지 모르겠다. 내 말 듣고 있어? 정말 그런지 모르겠다고."

그 말을 듣자 그녀 속에서 미끄러지던 욕지기의 각도가 너무 가팔라지는 바람에 재니스는 계속 수화기를 붙들고 있을 수 있을지 자신이 없다. "오지 마세요, 어머니." 그녀는 간청한다. "제발."

"점심 좀 먹고 20분이면 갈 거야. 너는 누워 있어."

재니스는 수화기를 놓고 겁에 질려 주위를 둘러본다. 집안은 끔찍하다. 바닥의 색칠 책, 잔, 정리하지 않은 침대, 사방의 더러운 접시. 그녀는 넬슨과 함께 크레용 칠을 하던 곳으로 달려가 시험삼아 허리를 굽혀본다. 그녀가 무릎을 꿇자 아기가 울기 시작한다. 넬슨을 깨우면 안 된다는 생각과 해리의 부재를 감춰야 한다는 두 가지 생각이 한꺼번에 밀려드는 바람에 공황에 사로잡힌 그녀는 아기 침대로 달려간다. 마치 악몽처럼 침대에 주황색 오물이 스며 나온 것이 보인다. "빌어먹을 년, 빌어먹을 년." 그녀는 레베카에게 작은 소리로 내뱉고, 작고 더러운 것을 들어낸 다음 어디로 데려갈지 생각한다. 팔걸이의자로 데려가 입술을 깨물고 기저귀의 핀을 뽑는다. "아, 이 지저분한 년."

그녀는 중얼거리며, 자신의 목소리가 방에서 형체를 갖추고 있던 다른 사람을 밀어내고 있음을 느낀다. 그녀는 흠뻑 젖고 더러운 기저귀를 욕실로 가져가 변기에 던져 넣고, 무릎을 꿇은 다음 손으로 더듬어 욕조 배수구를 마개로 틀어막는다. 수도 손잡이 두 개를 모두 최대한 틀어놓는다. 그렇게 틀어놔야 적당히 미지근한 물이 만들어진다는 것을 경험으로 알기 때문이다. 물이 수도꼭지에서 주먹을 휘두르듯이 치고 나온다. 그녀는 아까 변기 위에 두고 나갔던, 물을 섞은 위스키 잔이 보이자, 묵은 맛이 나는 그것을 길게 들이켜고 나서 잔을 어떻게 손에서 떼어놓을지 몰라 어리벙벙한 표정을 짓는다. 그러는 동안 레베카는 생각을 할 줄 알아 자신이 더럽다는 것을 알기라도 하는 것처럼 비명을 질러댄다. 재니스는 잔을 들고 나와 아기의 잠옷과 스웨터를 벗기다가 무릎으로 건드려 술을 바닥깔개에 쏟는다. 그녀는 흠뻑 젖은 옷을 텔레비전으로 가져가 위에 올려놓고 나서 무릎을 꿇고 크레용을 다시 상자에 담으려 한다. 머리가 아래위로 심하게 흔들리며 아프다. 크레용을 부엌 식탁으로 가져갔다가 먹다 남긴 베이컨과 상추를 개수대 밑의 종이봉투에 쏟아 넣는다. 그러나 봉투의 아가리가 기울어 약간 닫혀 있기 때문에 상추가 통 뒤쪽 어둠 속으로 떨어진다. 그녀는 개수대 아래로 몸을 굽히고 들어가 머리를 부딪히며 상추를 찾아 손으로 잡으려 하지만 뜻대로 되지 않는다. 너무 오래 무릎을 꿇고 있자 무릎이 얼얼하다. 결국 포기하고 부엌 의자에 굼뜨게 앉는데 놀랍게도 크레용이 크레욜라 상자 밖으로 번지르르하고 부드러운 코를 쏙 내민 것이 보인다. 위스키를 감춰. 잠시 몸이 움직이지 않다가, 다시 움직이는 순간 손톱에 흐릿하게 더러운 줄이 생긴 두 손이 위스키 병을 진열장 아래 칸에 넣는 것이 보인다. 걸레로 쓰려고 모아 둔 해리의 낡은 셔츠 몇 장이 들어 있는 곳이다. 그녀에게 수선할 만한 솜씨가 있는 것도 아니지만, 해리는 수선한 셔츠는 절대 입지 않는다. 문을 닫는다. 쾅 소리는 나지만 완전히 닫히지는 않는다. 개수대 옆의 리놀륨 가장자리에서 위스키 병의 코르크 마개가 작은 중절모처럼 그녀를 노려보고 있다. 그녀는 그것을 쓰레기봉투에 넣는다. 이만 하면 부엌은 깨끗하다. 거실에는 레베카가 솜털이 덮인 팔걸이의자에 벌거벗은 채 누워 있다. 소리를 지르는 바람에 배가 옆으로 부풀어오르고, 살이 붉거져 곡선을 그리는 다리는 단단히 오그려 새빨갛다. 다른 아기가 사내이기 때문에, 아기의 두 다리 사이에 사내의 통통하고 몽톡한 것 대신 지방으로 만들어진 작고 동그란 빵 두 개가 달린 것이 그녀의 눈에는 여전히 부자연스러워 보인다. 의사가 넬슨에게 포경수술을 했을 때, 해리는 의사가 수술하지 않기를 바랐다며, 자기도 하지 않았고 그러는 것이 부자연스럽다고 말했다. 그녀는 그가 미쳤다며 비웃었다. 아기의 얼굴은 소리를 지를 때마다 빨개진다. 재니스는 눈을 감고 생각한다. 단지 그녀가 해리를 다시 잃어버렸다는 것을 확인하려고 어머니가 와서 그녀의 하루를 망쳐놓으면 얼마나 끔찍할까. 어머니는 그것을 확인하고 싶어 잠시도 기다리지 못하고, 이 끔찍한 아기도 잠시도 기다리지 못한다. 텔레비전 위에 옷이 있다. 그녀는 옷을 욕실로 가져가 변기 안의 기저귀 위에 던져 넣고 수도를 잠근다. 물의 흔들리는 회색 선은 거의 욕조 가장자리까지 올라와 있다. 물의 거죽에서는 주름들이 빠르게 배회하고, 그 밑에서 깊은 덩어리가 색깔 없이 기다린다. 목욕을 할 수 있었으면 좋겠다. 그녀는 다시 목까지

평온함이 차오른 상태로 거실로 돌아간다. 몸이 너무 기울어서 그 작고 고무 같은 것을 의자에서 파낼 수가 없다. 그래서 무릎을 꿇고 레베카를 퍼올려 두 팔에 안고 옆으로 뉘어 젖가슴으로 지탱하면서 욕실로 들어간다. 이 일을 제대로 해냈다는 것이 자랑스럽다. 어쨌든 어머니가 올 때면 아기는 깨끗할 것이다. 그녀는 크고 잔잔한 욕조 옆에 살며시 무릎을 꿇지만 소매가 젖을 것이라는 생각은 하지 못한다. 물이 커다란 두 손처럼 그녀의 팔뚝을 감싼다. 그녀의 눈 밑에서 분홍색 아기가 회색 돌처럼 가라앉는다.

그녀가 항의하듯이 흐느끼며 아이를 붙들려 하지만 물이 그녀의 손을 위로 밀어낸다. 목욕 가운은 물에 둥둥 뜨려 한다. 그 미끌미끌한 것이 갑자기 불투명해지면서 꿈틀꿈틀 움직인다. 손에 잡힌다. 엄지에 심장박동이 느껴진다. 그러나 다시 놓친다. 물의 거죽이 굴절된 창백한 타원형들로 뛰어오르는 바람에 단단한 것이 손에 쥐어지지 않는다. 한순간일 뿐이지만, 이 순간은 걸쭉한 시간 속에서 발을 질질 끌며 느릿느릿 나아간다. 이윽고 그녀는 베키를 두 손에 꽉 쥔다. 됐다.

그녀는 살아 있는 것을 허공에 들어올려 자신의 흠뻑 젖은 가슴에 끌어안는다. 물이 그들의 몸에서 욕실 타일로 쏟아져내린다. 작고 무게 없는 몸이 그녀의 목에 툭 떨어진다. 안도한 눈으로 얼른 아기의 얼굴을 보지만 환상 같은 응고된 인상만 돌아올 뿐이다. 인공호흡에 대한 왜곡된 기억이 재니스의 차갑게 젖은 팔을 움직여 미친 듯이 박자를 맞추어 끌어안게 한다. 그녀의 질끈 닫힌 눈까풀 밑에서 커다란 주홍색 기도가 피어오른다. 말이 없는, 단조로운 기도. 거대한 제삼자의 무릎을 부여안고 있는 것 같다. 그의 이름이, 하느님 아버지, 주먹으로 치듯이 그녀의 머리를 두들긴다. 그녀의 미칠 것 같은 심장이 우주를 붉게 물들이지만, 그녀의 두 팔 사이의 공간에 불은 붙지 않는다. 그녀가 쏟아내는 모든 기도에도 불구하고 그녀에게 기댄 어둠 속에서는 희미하게 떨리는 응답마저 들을 수 없다. 제삼자가 그들과 함께 있다는 느낌이 넓게, 엄청나게 넓게 퍼져나간다. 문을 두드리는 소리가 들리고, 그녀는 깨닫는다. 이 세상에서 여자에게 일어날 수 있는 최악의 일이 일어났다는 것을 깨닫는다.

잭은 전화를 받고는 충격받은 안색으로 돌아온다. "재니스 앵스트롬이 실수로 아기를 물에 빠뜨려 죽였다는데."

루시가 묻는다. "어떻게 그럴 수가?"

"모르겠어. 술에 취했지 싶어. 지금 정신을 잃고 있대."

"그 작자는 어디 있었고?"

"아무도 몰라. 내가 찾아봐야겠지. 스프링어 부인이 전화한 거였어."

잭은 아버지가 쓰던 커다란 호두나무 팔걸이의자에 앉는다. 루시는 남편이 중년임을 깨달으며 분개한다. 머리숱이 줄고, 피부는 마르고, 진이 다 빠진 표정이다. 그녀가 소리를 지른다. "왜 아무런 가치도 없는 그런 상스러운 놈을 쫓아다니며 당신 인생을 보내야 하는데?"

"가치 없지 않아. 나는 그 친구를 사랑해."

"당신이 그놈을 사랑한다고? 역겹네. 아, 나는 역겹다고 생각해, 잭. 나를 좀 사랑해보는 게 어때, 아니면 당신 자식들이나?"

"사랑하고 있어."

"그렇지 않아, 잭. 사실을 직시해. 당신은 사랑하지 않아. 당신은 당신의 사랑을 사랑으로 보답하는 사람들을 사랑하는 것을 못 견뎌해. 그걸 두려워하지. 안 그래? 두려워하지 않냐고."

그들은 전화벨이 울렸던 서재에서 차를 마시고 있었다. 그는 두 발 사이의 바닥에서 빈 컵을 집으며 그 중심을 들여다본다. "똑똑한 척하지 마, 루시." 그가 말한다. "너무 역겨워."

"당신 역겹지? 그래. 나도 역겨워. 당신이 그 짐승에게 말려든 이후로 쭉 역겨웠어. 그 짐승은 당신 교회에 나오는 사람도 아니잖아."

"기독교인은 모두 내 교회에 나오는 사람이나 다름없어."

"기독교인! 만일 그 인간이 기독교인이면, 맙소사, 난 기독교인 안 할래. 기독교인. 자기 새끼를 죽이는 인간을 기독교인이라고 부르다니."

"그 친구가 죽인 게 아니야. 그 친구는 거기에 없었어, 이건 사고야."

"그자가 죽인 거나 다름없지 뭐. 집을 나가 그 멍청한 마누라를 술꾼으로 만들었으니까. 애초에 당신이 두 사람이 다시 합치게 하지 말았어야지. 그 여자는 적응을 하고 있었고, 그냥 놔두었으면 이런 일은 절대 일어나지 않았을 거야."

에클스는 눈을 껌뻑인다. 충격 때문에 그와 상황 사이에 긴 분석적 거리가 생긴다. 그녀가 이랬어야 옳다며 재구성해놓은 것에 약간 감명을 받는다. 더불어 왜 그녀의 말에 이토록 복수심이 서려 있는 건지 약간 궁금하다. '상스러운 놈'이라는 말을 그녀가 사용하다니 이상하다. "그러니까, 사실은 내가 아기를 죽인 거란 얘기야?" 그가 말한다.

"물론 아니지. 그런 의도로 말한 건 전혀 아니야."

"아니. 당신 말이 옳을지도 모른다고 생각해." 그는 이렇게 말하고 의자에서 몸을 일으킨다. 그는 복도의 전화기로 가서 다시 지갑에서 루스 레너드라는 희미한 이름 밑에 연필로 적은 전화번호를 꺼낸다. 그 번호는 전에 한 번은 효과가 있었지만, 이번에는 전기의 쥐가 멀리 있는 금속판을 갉아먹기만 할 뿐 아무 소용이 없다. 그는 전화벨이 열두 번 울릴 때까지 기다리다 끊고 다시 번호를 돌린다. 이번에는 일곱 번 만에 끊는다. 서재로 돌아오자 루시가 기다리고 있다.

"잭, 미안해. 당신한테 책임이 있다고 말하려던 건 아니었어. 당연히 책임이 없지. 어리석은 생각 하지 마."

"괜찮아, 루시. 진실이 우리에게 상처를 줄 수는 없지." 이 말은 믿음이 진실이라면, 진실인 것은 어떤 것도 믿음과 대립하지 않는다는 그의 생각의 그림자다.

"어머, 이런, 순교자시네. 그래, 알겠어, 그게 당신 잘못이라는 게 당신 생각이고, 내가 무슨 말을 해도 당신 생각은 바뀌지 않는다, 이거지? 나는 말을 아끼는 게 낫겠네."

그는 그녀가 말을 아끼는 것을 돕기 위해 입을 다물고 있지만 잠시 후 그녀가 작아진 목소리로 부른다. "잭?"

"왜?"

"왜 그 두 사람을 다시 합치게 하려고 **그렇게 열심**이었어?"

그는 잔 받침에서 레몬 조각을 집어 눈을 가늘게 뜨고 그 조각을 통해 방을 본다. "결혼은 신성한 거야." 그가 말한다.

그는 은근히 그녀가 웃음을 터뜨릴 것이라고 예상하지만, 그녀는 진지하게 묻는다. "나쁜 결혼도?"

"응."

"하지만 그건 말도 안 돼. 그건 상식이 아니야."

"나는 상식을 안 믿어." 그가 말한다. "이게 당신을 행복하게 해줄지 모르겠지만, 나는 아무것도 안 믿어."

"그건 나를 행복하게 해주지 않아." 그녀가 말한다. "당신은 지금 영락없는 신경증 환자처럼 굴고 있어. 어쨌든 이런 일이 일어나서 안타까워. 정말 안타까워." 그녀가 컵을 치우고 부엌으로 획 들어가자 그만 혼자 남는다. 책이 둘러싸고 있는 벽 위로 오후의 그림자들이 거미줄처럼 모인다. 책 대부분은 그가 아니라 그에 앞서 목사관에 살던 사람, 많은 존경을 받던 랜돌프 랭혼의 것이다. 그는 멍하니 앉아 기다리지만, 오래 기다릴 필요는 없다. 전화벨이 울린다. 그는 루시가 받기 전에 얼른 달려간다. 전화기가 놓인 창턱 위의 창으로 이웃이 빨랫줄에서 빨래를 걷는 모습이 보인다.

"여보세요?"

"여보세요, 잭? 해리 앵스트롬입니다. 제가 방해나 한 게 아닌지 모르겠습니다."

"아니, 아니에요."

"주위에 늙은 부인들이 앉아서 바느질을 하거나 그런 거 아닌가요?"

"아니에요."

"어, 집으로 전화를 했는데 아무도 안 받아서 기분이 좀 이상해요. 어젯밤에 집에 없었는데, 왠지 신경이 곤두서서 말입니다. 집에 가고 싶지만 재니스가 경찰에 전화를 한다든가 하는 짓을 했는지 몰라 확인하고 싶어서요. 혹시 알고 계세요?"

"해리, 지금 어디에요?"

"아, 브루어의 약국이에요."

이웃은 마지막 시트를 품에 얹었고, 잭의 시야는 텅 빈 하얀 빨랫줄에 의지하고 있다. 사회에서 그의 쓸모 가운데 하나는 비극적인 소식을 전하는 것이지만, 이 익숙한 의무를 이행할 마음의 준비를 하려 하자 입안이 바싹 마른다. 손에 쟁기를 잡고 뒤를 돌아보는 자는⋯⋯* 그는 귀 옆의 존재에게 자신이 너무 가깝게 느껴지지 않도록 하려고 눈을 계속 크게 뜨고 있다. "시간을 아끼기 위해 전화로 이야기하는 게 나을 것 같네요." 그가 입을 연다. "해리. 우리한테 끔찍한 일이 일어났습니다."

밧줄을 계속해서 비틀면 밧줄은 직선 형태를 잃고 갑자기 꼬이며 고리가 나타난다. 에클스의 말을 다 듣고 난 뒤 해리의 내부에서 그

---

* 「누가복음」 9:62.

런 단단한 고리가 생긴다. 자기가 에클스에게 무슨 이야기를 하는지 알지 못한다. 그가 의식하는 것은 전화부스 문의 유리 너머로 보이는 야하게 포장한 상품 더미뿐이다. 약국 벽에는 **파라디클로로벤젠** PARADICHLOROBENZENE이라는 글자가 붉은색으로 적힌 현수막이 걸려 있다. 에클스의 말을 이해하려고 노력하는 동안 내내 그 단어를 되풀이해 읽지만, 어디서 끊어야 하는지, 도대체 발음은 할 수 있는 것인지 알 수가 없다. 마침내 그가 에클스의 말을 이해했을 때, 막 그의 삶의 구덩이 속에 빠졌을 때, 뚱뚱한 여자 하나가 카운터로 다가가 비타민 두 병을 산다. 그는 약국 바깥의 햇빛 속으로 들어가며 침을 삼킨다. 그의 몸안에서 고리가 솟아올라 그의 숨을 막는 것을 방지하려는 것이다. 더운 날이다. 여름의 첫날이다. 반짝이는 보도에서 열기가 행인들의 얼굴로 올라오고, 가게 진열장과 뜨거운 돌 전면으로 반사되어 옆에서도 공격을 한다. 하얀빛 속의 얼굴들은 미국인의 표정을 짓고 있다. 눈은 가늘게 뜨고 입은 으르렁거리듯이 축 늘어진 채 벌어져 있다. 당장이라도 뭔가 위협적이고 잔인한 말을 할 것만 같다. 거리의 빛을 반사하는 차 지붕 밑에서 운전자들이 교통 지체 때문에 해에 익고 있다. 그 위로, 너무 지쳐서 맑아질 수 없을 듯 보이는 하늘에 우유가 걸려 있다. 해리는 장을 보러 나와 이제 발도 아프고 땀도 나는 사람들 몇 명과 함께 마운트저지로 가는 16A 버스를 기다린다. 버스가 쉬익 소리를 내며 멈추지만 이미 만원이다. 그는 뒤쪽으로 들어가 강철봉을 잡고 매달려, 안의 비틀린 것 때문에 허리를 접지 않으려고 안간힘을 쓴다. 구부러진 포스터들이 필터가 달린 담배와 선탠로션과 C.A.R.E.*를 선전한다.

어젯밤, 이런 버스 한 대를 타고 브루어로 와서 루스의 집으로 갔지만 불이 꺼져 있고 초인종을 눌러도 대답이 없었다. 그러나 F. X. 펠리그리니라고 적힌 우윳빛 유리 뒤에는 침침하게 불이 밝혀져 있었다. 그는 층계에 앉아 빈둥거리며 식품점의 불이 꺼질 때까지 지켜보다가, 환한 교회 창을 보았다. 교회 창에서도 불이 꺼지자 외롭고 절망적인 느낌이 들어 집에 가야겠다는 생각을 했다. 그는 와이저 스트리트까지 어슬렁어슬렁 올라가 그 모든 빛과 커다란 해바라기를 굽어보았다. 하지만 버스가 보이지 않아 계속 걸어 남쪽까지 내려갔다. 그러다 혼자라는 두려움을 느껴 저렴해 보이는 호텔로 들어가 방을 하나 잡았다. 잠은 잘 자지 못했다. 테이프로 연결해놓은 네온관 하나가 창밖에서 쉭쉭 소리를 내고, 다른 방에서 어떤 여자가 계속 웃음을 터뜨렸기 때문이다. 그는 마운트저지로 돌아가 양복을 입고 출근할 수 있을 만큼 일찍 일어났지만 뭔가가 그를 붙들었다. 하루종일 뭔가가 그를 붙들었다. 그는 지금 그것이 무엇이었는지 생각해보려 한다. 무엇인지 몰라도 그것이 딸을 죽였기 때문이다. 루스를 다시 보고 싶다는 것도 그 일부였겠지. 아침에 그녀가 살던 곳으로 가보았지만, 그녀가 거기 없다는 것은 분명했다. 어떤 놈하고 애틀랜틱시티라도 간 모양이군. 그럼에도 그는 브루어를 돌아다니며 벽에서 음악이 흘러나오는 백화점을 들락거리고 싸구려 잡화점에서 핫도그를 먹었다. 영화관 밖에서 얼쩡거리며 들어가지는 않고 루스가 나오나 지켜보았다. 그는 그가 입을 맞추곤 하던 통통한 어깨가 사람들을 밀치며 나오고, 그가

＊ Cooperative for American Relief Everywhere. 미국 대외 원조물자 발송 협회.

제발 머리핀은 빼달라고 했던 생강빛 머리카락이 생일 카드가 꽂힌 진열대 뒤편에서 빛나는 것을 보게 되리라 기대했다. 그러나 브루어는 인구가 10만이 넘는 도시였으며, 확률은 그에게 전적으로 불리했다. 그래도 어차피 시간이야 흘러넘치니 다른 날 그녀를 보게 될 수도 있었다. 그러나 아니었다. 집에 뭔가 일이 있다고 이야기하는 내부의 뒤틀림이 계속 강해졌음에도 그가 이 도시에 묶여 있었던 것, 영화관 문에서 새어나오는 차가운 공기를 뚫고 지나가 향기가 나는 여성 속옷과 양철 같은 장신구와 짭짤한 견과류(가엾은 잰) 판매대 사이를 이리저리 걸은 것, 공원으로 들어가 전에 루스와 함께 산책하며 마로니에 나무 밑에서 지저분한 아이들 다섯 명이 테니스공과 빗자루로 고양이를 괴롭히던 광경을 보았던 길을 따라, 그리고 마지막으로 다시 와이저 스트리트를 따라가다 마침내 전화를 했던 약국까지 걸은 것, 그가 그렇게 계속 걸은 것은 어딘가에서 출구를 찾게 될 거라는 생각 때문이었다. 그가 재니스에게 미치도록 화가 났던 것은 그녀가 이번만은 옳고 그가 틀리고 멍청했다는 사실 때문이라기보다는 그 닫힌 느낌, 갇혀 있다는 느낌 때문이었다. 그는 교회에 가서 작은 불꽃을 가져왔지만 집안의 어둡고 눅눅한 벽에는 그것을 둘 곳이 없었다. 그래서 불꽃은 깜빡거리다 꺼지고 말았다. 그는 자신이 늘 그런 불꽃을 만들어낼 수 있는 것은 아님을 깨달았다. 그가 하루종일 이곳에 붙들려 있었던 것은 아기 울음소리에 귀를 기울이고 중고차 매장에서 사람들을 속이는 것보다 더 나은 뭔가가 어딘가에 있다는 느낌 때문이었다. 지금 버스에서 그가 죽이려고 하는 것이 바로 그 느낌이다. 그는 크롬 봉을 움켜쥐고, 주름진 하얀 블라우스 차림으로 허벅지에 짐을 올려놓은 두 여자 위로 깊숙이 몸을 기울인 채 눈을 감고 그 느낌을 죽이려 한다. 뱃속의 뒤틀림이 구역질의 형태를 갖추기 시작한다. 그는 흔들리며 산을 에둘러 가는 버스 안에서 얼음 같은 봉에 애타게 매달린다.

그는 땀을 흘리며 몇 블록 앞에서 미리 내린다. 여기 마운트저지는 그림자가 짙어지기 시작했다. 브루어를 달구는 해는 산꼭대기로 올라가고, 그는 땀이 응결되면서 숨이 짧아진다. 몸을 쓰려고, 정신을 흔들어 텅 빈 상태를 유지하려고 달리기 시작한다. 김을 쉭쉭 뿜어대는 작은 파이프가 달린 드라이클리닝가게를 지난다. 에소주유소의 빨간 주유기 주변 아스팔트 웅덩이 위 기름과 고무 냄새를 통과한다. 마운트저지 시청 잔디밭과 제2차세계대전 참전용사 기념비를 지난다. 유리 뒤의 명판은 부서지고 물집이 잡히듯 부풀었다. 가슴이 아파 속도를 늦추고 걷기 시작한다.

스프링어의 집에 이르자 부인이 문을 열러 나왔다가 면전에서 문을 닫아버린다. 그러나 그는 밖에 주차해 있는 전함처럼 커다란 회색 뷰익을 보았기 때문에 에클스가 안에 있다는 것을 안다. 조금 지나자 잭이 문으로 나와 그를 안으로 들인다. 그가 침침한 현관에서 음모를 꾸미듯이 말한다. "부인은 안정제를 먹고 자고 있어요."

"아기는……"

"장의사한테 가 있습니다." 그대로 묻어버린다는 것, 마치 새의 주검처럼 풀밭에 판 작은 구멍 안에 묻어버린다는 것이 아무래도 부당한 짓 같다. 그러나 고개를 끄덕인다. 이제 다시는 어떤 것에도 저항하지 못할 거라는 느낌이 든다.

에클스는 위층으로 올라가고 해리는 의자에 앉아 창으로 들어오는 빛이 고사리와 아프리카제비꽃과 아기 선인장이 놓인 철제 탁자를 가로지르며 장난을 치는 것을 지켜본다. 빛이 닿는 곳은 밝은 노란빛을 띤 녹색이다. 그들 앞쪽 그늘 속에 있는 잎은 황금빛을 오려내고 남은 검은 녹색 구멍처럼 보인다. 누가 불안정한 걸음으로 층계를 내려온다. 그는 누구인지 보기 위해 고개를 돌리지는 않는다. 누구든 얼굴을 마주보는 모험을 하고 싶지 않다. 팔뚝에 털북숭이가 닿는 느낌이 들고 넬슨의 눈과 마주친다. 아이의 얼굴이 호기심으로 환하게 팽창한다. "엄마 자." 아이는 지금까지 귀에 들리던, 비극에 휘말린 목소리들을 흉내내 낮은 목소리로 말한다.

래빗은 아이를 안아올려 허벅지에 앉힌다. 전보다 무거워지고 길어졌다. 아이의 몸이 덮개 역할을 한다. 그는 아이의 머리를 당겨 자기 목에 갖다댄다. 넬슨이 묻는다. "아기 아파?"

"아기 아파."

"욕조에 물, 물 많아." 넬슨은 두 팔로 설명을 하려고 허리를 곧추세운다. 두 팔이 넓게 벌어진다. "엄마엄마가 와서 엄마 데려갔어." 도대체 이 가엾은 아이가 뭘 본 걸까? 아이는 아버지의 품에서 벗어나고 싶어하지만 해리는 어떤 공포감에 사로잡혀 아이를 꼭 끌어안는다. 집에 슬픔이 우거져 아이를 위협하는 듯하다. 아이의 몸도 힘차게 꿈틀거리며 슬픔을 위협한다. 아이가 슬픔을 쓰러뜨려 집 전체를 무너뜨릴 것만 같다. 그가 아이를 가두어 그 자신을 보호하고 있는 셈이다.

에클스가 아래층으로 내려와 우두커니 서서 그들을 살핀다. "밖으로 데리고 나가지요." 그가 말한다. "악몽 같은 하루를 겪었을 텐데."

셋은 밖으로 나간다. 에클스는 오랫동안 조용히 해리의 손을 잡고 있다가 말한다. "여기 계속 있어요. 해리가 필요해요, 저 사람들이 말은 못해도." 에클스가 차를 타고 떠난 뒤, 해리와 넬슨은 진입로 옆의 풀밭에 앉아 보도 쪽으로 돌을 던진다. 아이가 흥분해서 웃고 떠들지만, 이곳 바깥에서는 소리가 그렇게 크지 않다. 해리는 이것이 에클스가 시킨 일이라는 사실에 약간 보호를 받는 느낌이다. 남자들이 보도를 따라 퇴근하고 있다. 넬슨이 던진 자갈이 발치에 떨어지자 한 남자가 고개를 든다. 그 미지의 얼굴이 다른 세계, 결백한 세계, 아기 베키의 죽음이라는 거품 바깥의 세계 깊은 곳에서 해리를 응시하는 듯하다. 해리와 넬슨은 과녁을 바꿔, 차고 벽에 기댄 녹색 잔디 파종기를 겨냥한다. 해리는 파종기를 연속 네 번 맞힌다. 대기는 아직 밝지만 햇빛은 우듬지 속으로 움츠러들어 몇 개의 조각으로 부서졌다. 풀이 축축해진다. 해리는 생각한다. 넬슨을 몰래 집안에 들여놓고 떠나버릴까.

그때 스프링어 씨가 문에 와서 부른다. "해리." 그들은 그쪽으로 걸어간다. "베키가 저녁 대신 샌드위치를 좀 만들었네." 그가 말한다. "아이하고 들어와." 그들은 부엌으로 들어간다. 넬슨이 샌드위치를 먹는다. 해리는 물 한 잔 외에는 모든 것을 거절한다. 스프링어 부인은 부엌에 없고, 해리는 그녀가 없는 것이 고맙다. "해리." 스프링어 씨가 부르더니 일어서서 두 손가락으로 콧수염을 두드린다. 이제 곧 돈 문제에서 양보를 하려는 사람 같다. "에클스 목사와 베키와 내가 이야기를 좀 했네. 자네를 탓하지 않는다고 말하지는 않겠네. 당연히 자네를 탓하고 있지. 하지만 탓할 사람은 자네만이 아니야. 아이 엄마와 나는 어찌되었든 그애에게 안정감을 준 적이 없네. 어쩌면 그애는 환영받는 다는 느낌을 받은 적이 없을지도 몰라. 모르겠네." 교활해 보이는 그의 작은 눈이 지금은 교활해 보이지 않는다. 뭔가에 쏠린 듯 흐릿해 보인다. "우리는 우리가 가진 것을 모두 주었다, 나는 그렇게 생각하고 싶네만. 어쨌든," 목소리가 거칠어지면서 금이 간다. 그는 목소리를 가라앉히려고 잠시 말을 끊는다. "인생은 계속되어야 하네. 내 말을 이해하고 있나?"

"네, 장인어른."

"인생은 계속되어야 해. 우리에게 남은 것을 가지고 계속 나아가야해. 베키도 지금은 너무 속이 상해 자네 얼굴을 보지 못하지만, 같은 생각이네. 우리는 상의를 했고, 이게 유일한 길이라는 데 동의했네. 내말은, 내가 하고자 하는 말은, 자네가 어리둥절해하는 게 보이지만, 우리가 자네를 우리 가족으로 생각한다는 걸세, 해리, 이……" 그는 팔하나를 막연하게 층계 쪽으로 들어올린다. "이," 그는 팔을 힘없이 떨어뜨리며 말을 맺는다. "사고에도 불구하고."

해리는 손을 들어 눈 위에 차일을 친다. 뜨거워진 눈이 빛을 견디지 못할 것 같다. "고맙습니다." 그가 늘 경멸하던 이 남자가 이렇게 관대한 말을 해준 것이 고마워 신음이 나올 것 같다. 그는 물처럼 슬픔이 들어찬 곳에서도 중단되지 않는 예절에 따라 장인의 말에 어울리는 말을 하려 한다. "이 거래에서 제가 지켜야 할 것을 지키겠다고 약속드립니다." 그는 말을 꺼내다 자신의 비굴한 목소리에 눌려 멈춘다. 왜 거래라는 말을 했을까?

"그럴 거라는 걸 알고 있네." 스프링어가 말한다. "에클스 목사도 자네가 그럴 거라고 장담하더군."

"후식." 넬슨이 또렷하게 말한다.

"넬리, 쿠키를 가지고 침대로 갈래?" 스프링어가 익숙한 듯 명랑한 목소리로 말한다. 비록 긴장된 목소리였지만, 그 말을 듣고 래빗은 아이가 여기서 몇 달을 살았다는 사실을 기억한다. "잘 시간이지? 엄마 엄마한테 침대에 데려다주라고 할까?"

"아빠." 넬슨은 의자에서 미끄러져내려와 자기 아버지에게로 온다.

두 남자 모두 당황한다. "그래." 래빗이 말한다. "네가 아빠한테 네 방을 보여줄래?"

스프링어가 식료품실에서 오레오 쿠키 두 개를 꺼내자, 갑자기 넬슨이 달려가 그를 껴안으려 한다. 스프링어는 포옹을 받아들이려고 허리를 굽힌다. 시들어버린 멋쟁이 얼굴이 아이의 뺨에 닿자 표정이 텅 비어버린다. 두 팔이 아이를 꼭 끌어안자, 얇은 테를 두르고 금으로 스프링어의 S를 새겨놓은 크고 검고 네모난 커프스단추가 상의 소매에서 기어나온다.

넬슨이 층계로 아버지를 이끌고 가다 스프링어 부인이 앉아 있는 방을 지난다. 눈물로 번들번들한 부은 얼굴이 래빗의 시야를 스쳐간다. 수술로 드러낸 내장 같다. 그 얼굴은 그의 눈길을 피한다. 그는 넬슨에게 그 방에 들어가 안녕히 주무시라고 인사하고 입을 맞추고 오라고 속삭인다. 아이가 돌아오자 둘은 위층으로 올라가 구식 자동차가 그려진 벽지를 바른, 바닥이 반들반들한 복도를 걸어, 바깥의 나무 때문에 흰 커튼이 녹색으로 물든 방으로 들어간다. 창의 양쪽에는 새끼 고양이를 그린 그림과 강아지를 그린 그림이 대칭으로 걸려 있다. 재니스가 어렸을 때 쓰던 방이었는지 궁금하다. 곰팡내나는 순수함이 있고, 몇 년 동안 비어 있었던 듯 어정쩡한 느낌이 있다. 망가진 아동용 흔들의자에는 털이 닳아 안감이 드러나고 한쪽 눈은 파인 낡은 곰인형이 앉아 있다. 누가 눈을 뽑았을까? 넬슨은 이 방에 들어오자 묘하게 수동적이 된다. 해리가 옷을 벗기자 아래 좁은 곳만 빼면 모두 갈색으로 탄 졸린 몸이 드러난다. 해리는 그 몸에 잠옷을 입히고 침대에 누인 뒤 이불을 덮어준다. 해리가 말한다. "너는 착한 아이야."

"응."

"아빠는 이제 갈게. 무서워하지 마."

"아빠 먼 데 가?"

"그래야 네가 자지. 아빠는 돌아올 거야."

"그래. 좋아."

"좋아."

"아빠?"

"왜?"

"아기 베키 죽었어?"

"응."

"무서웠어?"

"아, 아니야. 아니야. 베키는 무섭지 않았어."

"베키 기분좋아?"

"그럼, 지금은 아주 기분좋아."

"좋아."

"그 걱정은 하지 마."

"그래."

"코자."

"응."

"돌 던지던 거 생각해."

"크면 아주 **멀리** 던질 거야."

"그래. 지금도 꽤 멀리 던질 수 있어."

"알아."

"그래. 자."

아래층에 내려간 래빗은 부엌에서 설거지를 하던 스프링어에게 묻는다. "오늘밤에 제가 여기 있는 걸 바라시는 건 아니죠?"

"오늘밤에는 아닐세, 해리. 미안하네. 오늘밤에는 안 그러는 게 좋을 것 같아."

"알겠습니다. 좋아요. 집으로 돌아가겠습니다. 아침에 이리로 올까요?"

"그래 주게. 여기서 아침을 먹게."

"아뇨, 아무것도 필요 없습니다. 제 말은, 재니스가 깰 때 보고 싶다는 겁니다."

"그래, 물론이지."

"재니스가 밤에 쭉 잘까요?"

"그럴 것 같네."

"어, 오늘 출근 못해 죄송합니다."

"아, 그건 아무것도 아니야. 사소한 일이지."

"내일 출근하기를 바라시는 건 아니죠?"

"물론이지."

"제가 그 일을 계속하게 되는 건가요?"

"물론이지." 그의 말은 신중하고, 눈은 불안하다. 아내가 듣고 있다고 생각하는 것이다.

"저한테 정말 잘해주시네요."

스프링어는 대답하지 않는다. 해리는 일광욕실을 통해 밖으로 나간다. 그러면 스프링어 부인의 얼굴을 다시 스치지 않아도 된다. 그는 집을 빙 둘러 나가, 수프 같은 여름 어둠을 헤치며 걸어간다. 어둠은 설거지하는 소리로 덜그럭거린다. 해리는 윌버 스트리트를 올라가 문을 통과하여 위층으로 올라간다. 양배추를 요리하는 듯한 냄새가 여전히 희미하게 남아 있다. 열쇠로 그의 집 문을 열고 들어가 가능한 한 빨리 불을 모두 켠다. 욕실로 들어간다. 욕조에 여전히 물이 있다. 일부가 새어나가 수면이 도기의 희미한 회색 선에서 2, 3센티미터 내려가 있지만, 그래도 반 이상 차 있다. 냄새도 없고 맛도 없고 색깔도 없는 묵직하고 차분한 부피. 물은 충격을 준다. 마치 욕실에 입을 다문 사람이 있는 것 같다. 고요가 그 흔들림 없는 수면에 죽은 거죽을 입힌다. 심지어 먼지 같은 것도 덮여 있다. 그는 소매를 걷고 팔을 아래로 내려 마개를 뽑는다. 물이 흔들리고 배수구가 헐떡거린다. 그는 수면의 선이 욕조의 벽을 따라 천천히, 균일하게 아래로 미끄러지다가 이윽고 미친 듯한 소용돌이의 외침과 함께 마지막 남은 것마저 빨려나가는 것을 지켜본다. 그는 생각한다. 이 얼마나 쉬운가. 그런데도 하느님은 그 모든 힘을 갖고도 아무런 일을 하지 않았다. 저 작은 고무마개만 들어올리면 되는데.

침대에 누워 오늘 브루어에서 걸어다닌 탓에 다리가 아프다는 것을 깨닫는다. 정강이가 쪼개지는 느낌이다. 몸을 비틀어도 움직임 때문에 잠시 나아질 뿐 통증은 슬며시 되돌아온다. 고통을 덜려고 기도를 해보지만 소용이 없다. 둘 사이에는 관련이 없다. 눈을 뜨고 천장을 본다. 어둠은 핏줄 같은 불안한 그물로 얼룩덜룩하다. 그의 아기의 피부를 얼룩덜룩하게 만들었던 노란색과 파란색 그물과 비슷하다. 병원 유리 너머로 깔끔하고 빨간 옆모습을 봤던 기억이 되살아나면서 강한 질풍처럼 슬픔이 그를 뚫고 지나가는 바람에 그는 침대에서 억지로 몸을 일으켜 불을 켠다. 전기의 강한 빛이 엷게 느껴진다. 사타구니가 못 견디게 울고 싶어한다. 그러나 욕실로 손 하나를 집어넣는 것조차 두렵다. 불을 켜면 물이 빠진 욕조 바닥에 주름진 작고 파란 주검이 똑바로 드러누운 모습이 보일 것 같아 두렵다. 방광의 압박이 강해지는 바람에 마침내 어쩔 수 없이 용기를 낸다. 욕조의 어두운 바닥이 텅 빈 흰색으로 확 뛰어오른다.

절대 잠이 들지 않을 것이라고 생각하다, 비껴드는 햇살과 아래층에서 문을 쾅 닫는 소리에 잠을 깬 뒤 몸이 영혼을 배반했다고 느낀다. 어제의 그 어느 때보다 강한 공황에 사로잡혀 서둘러 옷을 입는다. 사건이 어제보다 더 현실감 있게 다가온다. 눈에 보이지 않는 쿠션들이 그의 목을 누르고 팔다리의 속도를 늦춘다. 가슴의 비틀린 것은 점점 두꺼워지고 딱딱해진다. **용서해주세요, 나를 용서해주세요.** 그는 누구에게랄 것 없이 계속 소리 없이 이야기한다.

스프링어의 집으로 간다. 집의 분위기가 바뀌었다. 모든 것이 약간 재배치되면서 공간이 생겨, 자신이 작게 줄어들기만 하면 들어가볼 수도 있겠다는 느낌을 받는다. 스프링어 부인이 오렌지주스와 커피를 내오고, 조심스럽게 말을 건네기까지 한다.

"크림 줄까?"

"아뇨. 아닙니다. 그냥 마시겠습니다."

"크림도 있어."

"아뇨, 정말입니다. 괜찮습니다."

재니스는 깨어 있다. 그는 위층으로 올라가 침대의 재니스 옆에 눕는다. 그녀는 그에게 달라붙어 그의 목과 턱과 시트가 만드는 오목한 공간에 대고 흐느낀다. 그새 얼굴이 오그라들었다. 몸도 아이의 몸처럼 작아진 듯하다. 뜨겁고 단단하다. 그녀가 그에게 말한다. "당신 말고는 아무도 볼 수가 없어. 다른 사람들을 보는 건 견딜 수가 없어."

"당신 잘못이 아냐." 그가 말한다. "내 잘못이야."

"다시 젖이 차올랐어." 재니스가 말한다. "젖이 아플 때마다 아기가 옆방에 있다는 생각이 들어."

그들은 공동의 어둠 속에 달라붙어 있다. 래빗은 그 홍수 같은 검음 속에서 둘 사이의 벽들이 녹는 것을 느낀다. 그러나 묵직한 매듭 같은 불안은 그의 가슴에 남아 있다. 그것은 그만의 것이다.

그는 그날 하루종일 그 집을 떠나지 않는다. 손님들이 와서 뒤꿈치를 들고 돌아다닌다. 위층의 재니스가 몹시 아프다는 것을 의식하고 있는 것이다. 그들은, 이 여자들은 부엌에서 스프링어 부인과 커피를 앞에 두고 앉는다. 스프링어 부인의 자그마하고 동글동글한 목소리, 그녀의 몸과는 유리된 듯한 묘하게 소녀 같은 목소리가 불분명하게 오르내리는 노랫가락처럼 작게 이어져 나간다. 페기 포스나트가 와서 선글라스를 벗어 사시를 세상에 활짝 드러내고 위층으로 올라간다. 그녀의 아들 빌리가 넬슨과 논다. 뒤뜰에서 분노와 고통의 비명이 울려퍼져도 누구 하나 말릴 생각을 하지 않지만, 내버려두면 시간이 흐르며 사그라진다. 심지어 해리에게도 손님이 온다. 초인종이 울려 스프링어 부인이 나가더니 해리가 앉아서 잡지를 읽고 있는 침침한 방으로 들어와 놀라고 상처받은 목소리로 말한다. "어떤 남자가 찾아왔는데."

스프링어 부인은 문간을 떠나고, 그는 일어서서 방안으로 들어오는 남자를 맞으러 몇 걸음 걸어나간다. 지팡이를 짚고 얼굴이 반은 마비된 토세로다. 그러나 말을 하고, 걸음을 걷고, 살아 있다. 그리고 아기는 죽었다. "안녕하세요! 이야, 어떠세요?"

"해리." 토세로는 지팡이를 잡지 않은 손으로 해리의 팔을 움켜쥔다. 해리의 얼굴을 짓누를 듯이 오랫동안 들여다본다. 입은 비틀려 한쪽이 아래로 내려갔고, 그쪽 눈 위의 피부는 대각선으로 아래로 당겨져 눈의 반짝임을 거의 가리고 있다. 살을 도려낼 듯이 꽉 쥔 손가락들이 떨린다.

"앉으세요." 래빗은 토세로가 안락의자에 앉도록 돕는다. 토세로는 두 팔을 정돈하다 장식용 덮개를 쳐 떨어뜨린다. 래빗은 평범한 의자를 하나 가져다, 그가 목소리를 높일 필요가 없도록 바싹 다가가 앉는다. "이렇게 돌아다니셔도 되는 거예요?" 토세로가 아무 말도 하지 않자 그가 묻는다.

"집사람이 데려다줬어. 차로. 밖에 있어. 해리. 네 끔찍한 소식을 들었어. 내가 경고했잖아." 그의 눈은 벌써 눈물로 붉어지고 있다.

"언제요?"

"언제?" 아마 의식적인 것이겠지만, 풍을 맞은 얼굴 쪽을 그림자 속으로 돌려놓고 있어, 그의 웃음은 온전히 살아 있는 것 같다. 지혜롭고 자신 있어 보인다. "그 첫날 밤에. 내가 돌아가라고 했잖아. 간청을 했잖아."

"그러셨던 것 같네요. 잊어버렸어요."

"아냐, 잊지 않았어. 아냐, 잊지 않았어, 해리." 그의 숨이 '해리'의 '해'에서 푹 새어나온다. "내 한마디 하지. 들을래?"

"그럼요."

"옳으냐 그르냐." 그가 말하다가 말을 끊는다. 그의 큰 머리가 움직이자 그의 입과 안 좋은 눈이 아래로 뻣뻣하게 처진 것이 확연하게 드러난다. "옳으냐 그르냐는 하늘에서 뚝 떨어지는 게 아니야. 우리. 우리가 만드는 거야. 불행을 막기 위해. 변함없이, 해리, 변함없이." 그는 점차 긴 단어를 발음하는 자신의 능력에 자신감을 갖는다. "불행은 그것을 따르지 않는 데서 나와. 우리 자신의 불행은 아니지. 처음에는 우리 자신의 불행이 아닌 경우가 많아. 그런데 이제 너도 너 자신의 인생에서 그런 예를 하나 본 거야." 래빗은 토세로의 두 뺨에 눈물자국이 나타나는 것에 놀란다. 달팽이가 기어간 자국처럼, 분명히 그곳에 있다. "내 말 믿어?"

"그럼요. 그럼요. 보세요, 저도 이게 제 잘못이란 걸 알아요. 그 일이 생긴 뒤로 꼭, 꼭 벌레가 된 느낌이에요."

토세로의 고요한 미소가 깊어진다. 그의 얼굴에서 희미하고 거칠게 가르랑거리는 소리가 나온다. "나는 경고를 했어." 그가 말한다. "너한 테 경고를 했어, 해리. 하지만 젊음은 귀머거리지. 젊음은 경솔해."

해리가 불쑥 말한다. "하지만 제가 뭘 할 수 있었겠어요?"

토세로는 듣는 것 같지 않다. "기억 안 나? 내가 너한테 돌아가라고 간청했던 거?"

"모르겠어요. 그랬던 것 같아요."

"좋아. 아. 너는 아직 훌륭한 사람이야, 해리. 건강한 몸을 갖고 있어. 내가 죽고 없으면, 네 늙은 감독이 고난을 피하라고 했다는 걸 기억해. 꼭 기억해." 마지막 말은 고개를 약간 흔들며 수줍어하듯이 읊조린다. 토세로는 자리에 어울리지 않는 명랑한 기분으로 내친김에 의자에서 일어나다 얼른 지팡이를 잡아 앞으로 고꾸라지는 것을 막는다. 해리 는 깜짝 놀라 벌떡 일어선다. 두 사람은 잠시 아주 가깝게 서 있다. 노 인의 큰 머리에서는 고약한 냄새가 뿜어져 나온다. 약 냄새라기보다 는 야채가 상한 냄새다. "너희 젊은 사람들은," 그가 올라가는 억양, 교 사의 말투, 야단을 치면서도 방심하지 않는 말투로 말한다. "잊는 경향 이 있어. 안 그래? 안 그러냔 말이야?"

토세로는 이상하게도 그 점을 인정할 것을 강하게 요구한다. "그럼 요." 래빗은 대답하며 그가 어서 가주기를 기도한다.

해리는 그가 차에 타는 것을 돕는다. 파란색과 크림색이 섞인 57년 형 닷지가 주황색 소화전 앞에서 기다리고 있다. 토세로 부인이 다소 쌀쌀맞게 그의 어린 딸의 죽음에 안타까움을 표시한다. 근심에 싸인 것 같지만 여전히 고상해 보인다. 잿빛 머리카락이 곱게 주름진 은빛 관자놀이를 무질서하게 가로지르며 내려오고 있다. 그녀는 이곳을 떠나고 싶어한다. 그녀의 상품을 갖고 떠나고 싶어한다. 그녀 옆에 앉은 토세로는 능글맞게 웃음 짓는 땅속 신령처럼 보인다. 아무 생각 없이 지팡이의 곡선을 쓰다듬고 있다. 래빗은 그의 방문 때문에 우울하고 더러워진 기분으로 집으로 돌아간다. 토세로의 계시에 마음이 차가워져버렸다. 모든 명령의 근원이 하늘임을 믿고 싶다.

에클스가 오후에 와서, 장례를 위한 준비를 마친다. 장례식은 내일, 수요일 오후에 열릴 예정이다. 에클스가 떠날 때 래빗이 그의 눈길을 잡아, 그들은 앞쪽 현관에서 잠시 이야기를 나눈다. "어떻게 생각하세요?" 래빗이 묻는다.

"뭘요?"

"내가 어떡해야 할까요?"

에클스가 긴장한 표정으로 위를 흘끔 본다. 잠을 충분히 못 잔 사람의 창백하고 아기 같은 표정이다. "지금 하고 있는 일을 해요." 그가 말한다. "좋은 남편이 되는 겁니다. 좋은 아버지가 되고요. 해리가 떠났던 것을 사랑하세요."

"그러면 되는 겁니까?"

"그러면 용서를 얻느냐는 건가요? 그렇다고 장담합니다. 평생 그렇게 한다면."

"내 말은," 그는 전에는 에클스에게 간청을 한다는 느낌을 받은 적이 없다. "우리가 이야기했던 그거 기억하세요? 모든 것 뒤에 있는 거요?"

"해리, 나는 해리가 생각하는 그런 식으로 그런 것이 존재한다고 생각하지 않는다는 걸 아시잖아요."

"알았습니다." 그는 에클스도 떠나고 싶어한다는 것을 깨닫는다. 그를 보는 것을 고통스러워하고, 역겨워한다는 것을.

에클스도 해리가 그 점을 느낀 걸 알았는지 무뚝뚝하게 자비를 그러모아 마지막으로 이야기한다. "해리, 용서를 하는 건 내가 아니에요. 해리는 나한테 용서받을 일을 한 게 없어요. 죄라면 나도 해리와 다를 바 없어요. 우리는 용서를 받기 위해 노력해야 해요. 노력을 해서 모든 것 뒤에 있는 것을 볼 권리를 얻어야 해요. 해리, 나는 사람들이 그리스도에게로 오게 된다는 걸 알아요. 내 눈으로 봤고 내 입으로 맛보았어요. 내가 생각하는 건 이런 거예요. 나는 결혼이 신성하다고 생각해요. 그리고 비록 끔찍하기는 하지만 이 비극이 마침내 해리와 재니스를 신성한 방식으로 결합시켰다고 생각해요."

그 믿음은 슬픔에 잠긴 이 커다란 집의 색깔이나 소리, 유리 탁자의 식물들이 이루는 작은 밀림에서 호를 그리는 빈약한 늦은 햇빛, 그가 재니스와 함께 그녀의 방에서 말없이 먹는 저녁과 아무런 관계가 없는 것 같지만, 그래도 래빗은 몇 시간 동안 그 믿음에 매달린다.

그는 스프링어 집에서 그날 밤을 보낸다. 재니스와 함께 잔다. 그녀의 잠은 아주 단단하다. 그녀의 검은 입에서 나오는 가는 숨소리가 달빛을 예리하게 만들어 그를 잠 못 들게 한다. 그는 팔꿈치에 기대 몸을 일으키고 그녀의 얼굴을 살핀다. 달빛을 받은 곳은 무시무시하고, 어둠에 잠긴 곳은 작고 흐릿하여 누구의 얼굴이라도 될 수 있다. 그녀의 잠에 화가 난다. 아침 첫 빛에 그녀의 무게가 흔들리다 침대에서 미끄러져나가는 것을 느끼지만, 그는 얼굴을 돌려 베개 속에 더 파묻고, 머리 반은 이불 밑으로 끌어내린 다음 완강하게 잠으로 돌아간다. 어떻게 된 일인지 오늘이 장례식 날이라는 것이 약처럼 그를 취하게 한다.

이 훔친 졸음 동안 그는 생생한 꿈을 꾼다. 그는 작은 자갈이 흩어진 커다란 들판, 또는 텅 빈 땅에 홀로 있다. 하늘에는 완벽한 원반이 두 개 있다. 둘이 크기는 똑같지만 하나는 밀도가 높고 흰색이며, 다른 하나는 약간 투명하다. 두 원반은 서로를 향해 천천히 움직인다. 창백한 원반이 밀도 높은 원반 바로 위쪽에 있다. 그 둘이 닿는 순간 그는 겁을 먹는다. 육상경기대회의 확성기에서 나오는 듯한 목소리가 알린다. "앵초가 엘더*를 삼킨다." 위에 있는 원반의 미끄러지는 듯한 하강은 쭉 계속되어 마침내 또하나의 원반은 더 강함에도 불구하고 완전히 가려진다. 그의 눈앞에는 이제 창백하고 순수한 원, 하나만 있다. 그는 이해한다. '앵초'는 달이고 '엘더'는 해이며, 그가 목격한 것은 죽음의 설명이다. 아름다운 죽음에 가려진 아름다운 삶. 그는 강렬한 안도감과 흥분을 느끼며, 이 들판에서 나가 새로운 종교를 만들어야 한다는 것을 깨닫는다. 원반들이 느껴진다. 목소리의 메아리가 들린다. 그의 몸 위로 허리를 굽히고 끈질기게 다그쳐댄다. 그는 눈을 뜬다. 재니스가 갈색 치마에 분홍색 소매 없는 블라우스 차림으로 침대 옆에 서 있다. 턱밑에 전에는 한 번도 보지 못했던 두툼하게 늘어진 지방이 보인

---

* 유럽, 아시아, 북아프리카 등지에서 자라는 허브의 한 종류로 신성한 나무로 여겨져 함부로 다루지 않는다.

다. 그는 자신이 누워 있는 것을 알고 깜짝 놀란다. 거의 언제나 엎드려 자기 때문이다. 그는 방금 그것이 꿈일 뿐, 세상에 할 말은 전혀 없다는 것을 깨닫는다. 가슴에서 매듭이 다시 뭉쳐진다. 침대에서 나오며 그녀의 손등에 입을 맞춘다. 그녀의 손은 옆구리 쪽으로 무력하게, 있는 그대로 늘어져 있다.

재니스가 아침을 준비해 준다. 우유를 잔뜩 넣은 시리얼, 그녀의 방식대로 펄펄 끓는 커피다. 그들은 넬슨과 함께 집으로 걸어가 장례식 때 입을 옷을 챙긴다. 래빗은 그녀가 걸을 수 있다는 것에 화가 난다. 그녀가 의식을 잃고 있을 때가 제일 좋았다. 어떤 이류급 슬픔이기에 그들은 걸을 수도 있단 말인가? 그들의 굵은 몸이 그렇게 계속움직이며 무감각과 작은 욕구들로 심장을 둘러싼다는 느낌에 그는 화가 난다. 그들은 아이와 함께 그들이 아이였을 때 걸었던 거리들을 걷는다. 얼음 공장 물이 양쪽 가장자리에 오니를 묻히며 흐르던 포터 애비뉴의 도랑은 말라 있다. 그가 알던 얼굴이 이제 거의 보이지 않는 집들은 기차에서 바라보는 작은 도시의 집들 같다. 이 집들의 벽돌 얼굴은 엄한 얼굴로 수수께끼를 내고 있다. 왜 어떤 사람은 여기 사는가? 왜 그는 여기에 자리를 잡았는가? 왜 이 평범한 도시가 그에게는 커다란 초원, 산, 사막, 숲, 대도시, 바다를 포함하는 우주의 중심이자 지표인가? 이런 유치한 수수께끼―'왜 나는 나인가?'라는 궁극적인 문제의 전주곡인 '어떤 장소'에 관한 수수께끼―가 그의 가슴에 다시 공황의 불을 붙인다. 그의 몸에 냉기가 퍼져나간다. 거리의 세세한 것들―보도와 풀이 다투는 들쭉날쭉한 가장자리, 전신주의 타르를 칠한 상처 많은 줄기―은 이제 그에게 말을 걸지 않는다.

그는 아무도 아니다. 마치 잠시 그의 몸과 뇌 밖으로 걸어나와 엔진이 움직이는 것을 지켜보다가, 무無로 걸어들어가는 것 같다. 이 '그'는 그저 엔진 내부의 굴절, 진동에 불과했으므로, 이제 다시 그 안으로 들어갈 수가 없기 때문이다. 그는 그들이 지나치는 집의 창 너머에 들어가, 그곳에서 이 3인 가족이 굳건하게 걸어가는 것을 지켜보는 느낌이다. 이들에게서는 그들의 우주가 여자의 조용한 눈물 말고도 다른 것을 자아냈다는 표시를 전혀 찾아볼 수 없다. 재니스의 눈물은 이슬처럼 살며시 내렸다. 아침의 신선한 거리를 보았기 때문에 솟아나온 눈물인 듯하다.

집안으로 들어가자 재니스는 날카롭게 한숨을 내쉬며 무너져 그에게 기댄다. 아마 집에 이렇게 햇빛이 가득할 것이라고는 예상을 못했을 것이다. 바닥 중앙으로부터 창의 꼭대기까지 비스듬하게 걸쳐 있는 우유 같은 빛 안에서 표류하는 먼지의 벽들. 그의 옷장 문은 현관문 근처에 있어 처음에는 모두 집안으로 깊이 들어가지 않는다. 래빗은 옷장 문을 텔레비전에 부딪히지 않을 만큼만 열고 손을 안으로 깊이 집어넣어 지퍼가 달린 비닐 커버를 벗긴 다음 파란 양복을 꺼낸다. 모직 겨울 양복이지만 그의 양복 가운데 짙은 색은 이것뿐이다. 자동차 영업사원용 회색 양복은 너무 엷다. 집에 돌아와서 행복한 넬슨은 집안을 돌아다니다 욕실에도 들어가고, 자기 방에서 낡은 고무 판다를 찾아내 들고 가고 싶어한다. 아이가 돌아다닌 덕분에 공간에서 위협이 많이 사라져 그들은 재니스의 옷이 걸린 침실로 들어갈 수 있다. 가는 길에 그녀가 의자를 가리킨다. "여기 앉아 있었어. 월요일 아침에. 해가 뜨는 것을 보면서." 그녀의 목소리에는 생기가 없다. 그는 그

녀가 무슨 말을 해주기를 바라는지 몰라 아무 말도 하지 않는다. 그냥
숨을 죽이고 있다.

　그러나 침실에서는 예쁜 순간이 있다. 그녀는 치마와 블라우스를
벗고 낡은 검은 양장을 입어본다. 그녀가 슬립 차림에 맨발로 카펫을
돌아다니자 그가 알았던 소녀, 발목과 손목이 가늘고 머리는 작고 수
줍던 소녀가 떠오른다. 고등학교 때 산 검은 양장은 맞지 않는다. 아기
를 낳은 지 얼마 안 되었기 때문에 배가 아직 너무 나왔다. 어쩌면 그
녀 어머니의 풍만함이 이제부터 드러나는 것인지도 모른다. 그녀는
거기 선 채로 양장 치마 옆구리 쪽의 허리 고리를 걸려 한다. 아기가
빨지 않아 부풀어오른 젖가슴 위쪽이 브라 너머로 밀고 올라온다. 정
말 풍만하다. 그를 부르는 충만함이다. 그는 생각한다. 내 거야, 내 여자
야. 그러나 그 순간 그녀가 고개를 돌리는 바람에 광기어린 더럽혀진
얼굴이 소유에서 생겨난 그의 자부심을 지워버린다. 그녀는 그의 가
슴 아래 매듭의 무게를 고통스럽게 가중시키는 부담이 된다. 그는 이
제 정신이 아닌 여자를 데리고 조심조심하면서 평생이 걸리는 길, 월
요일 아침으로부터 멀어지는 길을 따라가야 한다. "이건 안 돼!" 그녀
가 소리를 지르며 두 다리를 휙 빼내더니 치마를 내던진다. 치마는 빙
빙 도는 커다란 박쥐가 되어 방 건너편으로 날아간다.

　"다른 건 없어?"

　"어쩌면 좋아?"

　"자, 여기서 나가서 당신 집으로 가자. 여기 있으면 당신이 너무 예
민해져."

　"하지만 우리는 여기서 살아야 한단 말이야!"

"맞아, 하지만 오늘은 아니야. 자, 어서."

"우리는 여기서 살 수 없어." 그녀가 말한다.

"나도 알아."

"하지만 우리가 달리 어디서 살 수 있어?"

"생각해보자고. 어서."

그녀는 비틀거리며 치마를 입고 두 팔을 올려 블라우스를 입은 다음 유순하게 그에게 등을 돌리며 말한다. "단추 좀 채워줘." 고요한 척추를 따라 분홍색 블라우스의 단추를 채우는데 울음이 나온다. 눈이 뜨거워지면서 따끔거린다. 물빛으로 반짝이는 사과 꽃잎 같은 원반 한 송이 사이로 작고 귀여운 단추들이 보인다. 눈물이 눈까풀에서 머뭇거리다 뺨을 타고 흘러내린다. 축축한 느낌이 달콤하다. 몇 시간이고 울었으면 좋겠다. 이 작디작은 흘러넘침으로도 한결 가벼워졌기 때문이다. 그러나 남자의 눈물은 인색하여, 그의 눈물은 집을 나서기 전에 멈춰버린다. 문을 닫으면서 이 문을 열고 닫느라 평생을 보낸 느낌이 든다.

넬슨은 고무 판다를 가져간다. 아이가 그것으로 삑삑 소리를 낼 때마다 래빗은 배가 아프다. 작은 도시는 정오의 높이에 다가가는 태양에 표백되고 있다.

그뒤에 이어진 몇 시간은 너무 길어서 똑같은 사건들을 되풀이해 담아내고 있는 느낌이다. 집으로 돌아온 재니스와 그녀의 어머니는 이 방에서 저 방으로 돌아다니며 작고 조용한 대화 속에 몰입하고 또 몰입한다. 그들은 재니스가 무엇을 입을지 걱정하는 것 같다. 두 사람이 위층으로 올라가고 30분이 지나 재니스는 어머니의 검은 드레스에 핀을 꽂아 입고 내려온다. 그 옷을 입자 그녀의 어머니처럼 보인다. "해리. 괜찮아 보여?"

"도대체 이게 뭐라고 생각하는 거야? 패션쇼야?" 그는 후회하며 덧붙인다. "좋아 보여." 그러나 이미 상처는 주고 난 뒤다. 재니스는 깜짝 놀라 오랫동안 훌쩍이더니 위층으로 올라가 어머니에게 무너진다. 스프링어 부인은 그에게 베풀었던 약간의 용서를 거두어들인다. 집은 다시 그가 살인자라는, 입 밖으로는 내놓지 않는 생각으로 꽉 들어찬다. 그는 그 생각을 감사하며 받아들인다. 사실이다. 그는 살인자다, 살인자다. 증오가 용서보다 그에게 잘 어울린다. 증오에 잠겨 있으면 그는 어떤 일도 할 필요가 없다. 그는 마비될 수 있다. 증오의 경직성은 그에게 일종의 피난처가 되어준다.

한시가 된다. 스프링어 부인이 그가 앉아 있는 방으로 들어와 묻는다. "샌드위치 먹겠나?"

"고맙습니다만 아무것도 못 먹겠습니다."

"뭘 좀 먹는 게 좋을 거야." 그는 이런 강요가 이상하게 여겨져 부엌으로 들어가 뭐가 있나 본다. 넬슨 혼자 수프와 날당근과 레바논 볼로냐소시지 샌드위치를 먹고 있다. 아버지를 보고 웃음을 지어야 할지 말지 자신이 없는 표정이다. 스프링어 부인은 계속 등을 돌리고 있다.

해리가 묻는다. "애가 낮잠을 잤나요?"

"자네가 데리고 올라가는 게 좋겠네." 그녀가 돌아보지 않고 말한다.

눈이 하나뿐인 곰 인형이 있는 위층 방에서 해리는 아들에게 리틀 골 든 북 시리즈로 나온, 터널을 무서워하는 꼬마 기차 이야기를 읽어준 다. 꼬마 기차가 이제는 터널을 무서워하지 않는다는 것을 보여줄 때 쯤 넬슨은 아버지의 팔 밑에서 잠이 든다. 해리는 다시 아래층으로 내 려간다. 재니스는 자기 방에서 쉬고 있고 재니스가 입을 드레스를 줄 이는 스프링어 부인의 재봉틀 소리가 이른 오후의 새소리와 웅얼거림 속으로 풀려나간다.

앞쪽 문이 쾅 소리를 내더니 스프링어가 거실로 들어온다. 거실의 블라인드는 하나도 걷지 않았다. 그는 해리가 의자에 앉은 것을 보고 깜짝 놀란다. "해리! 여!"

"다녀오셨어요?"

"해리, 시청에 가서 앨 호스트하고 이야기를 했네. 검시관 말일세. 앨은 작은 주검을 살펴보고 만족하더군. 아무런 흔적이 없다고. 사고 로 익사한 것이라고. 살인으로 고발하는 일은 없을 거라고 약속했네. 검시관은 거의 모든 사람과 이야기를 했는데, 자네하고도 언젠가 이 야기를 하고 싶어하더군. 비공식적으로 말일세."

"알겠습니다." 스프링어는 무슨 축하 인사라도 기대하는 듯이 자리 를 뜨지 않는다. "왜 그냥 저를 가두지 않는 거죠?" 해리가 덧붙인다.

"해리, 그건 아주 부정적인 사고방식이야. 안 좋은 상황에 처했을 때 내가 늘 나 자신에게 던지는 질문은 이런 거라네. 이제부터 어떻게 손 실을 줄일 것인가?"

"맞습니다. 죄송합니다." 법망이 그에게서 미끄러져나간다고 생각하 자 역겹다. 나를 위해 그냥 이렇게 해주지는 않아. 그냥 나를 고리에서 풀어주지는 않아.

스프링어는 종종걸음으로 위층의 여자들에게 올라간다. 위에서 발소리가 들린다. 해리 뒤에 있는, 유리로 앞을 댄 찬장 속 예쁜 접시들이 진동한다. 가짜 벽난로의 선반에 있는 자그마한 은색 숫자판 시계를 보니 아직 두시가 되지 않았다.

뱃속의 통증이 지난 이틀 동안 너무 먹지 않았기 때문이 아닌가 싶어 부엌으로 가서 크래커 두 개를 먹는다. 한입 먹을 때마다 그것이 안의 닮힌 바닥을 때리는 것을 느낄 수 있다. 통증이 심해진다. 밝은 도기 비품과 금속 표면에 음극의 자력이 있어 그를 밀어내고 바싹 여위게 만드는 것 같다. 그는 어두운 거실로 들어가 앞 창문의 블라인드를 걷고, 꼭 끼는 반바지를 입은 십대 여자아이 둘이 해가 비치는 보도에서 발을 질질 끌며 걸어가는 것을 지켜본다. 그들의 몸은 이미 저쪽에 있지만, 얼굴은 여전히 이쪽, 착한 쪽에 있다. 열네 살쯤 된 여자아이들은 재미있다. 열렬하게 떼를 지어 달려들 것 같은 표정이다. 너무 많고 달큰한 사탕, 피부가 시큼하겠네. 그들은 장례식을 향해 흐르는 시간만큼이나 느리게 걷는다. 느리게 걸어가면 모퉁이를 돌았을 때 어떤 마법 같은 변신이 일어나기라도 하는 것 같다. 딸, 이들은 딸이다. 준도? 그는 그 생각을 막아버린다. 의기양양한 엉덩이에 티셔츠 두 군데가 뾰족하게 솟은 모습으로 지나가는 두 소녀가 맛없는 음식 같다. 창문 뒤에서 그들을 지켜보는 자신은 유리 위의 얼룩 같다. 이렇게 더럽고 작은 것을 우주가 왜 그냥 지워버리지 않는지 궁금하다. 두 손을 본다. 손들도 추해 보인다. 짐승의 발보다도 못나 보인다.

그는 위층으로 올라가 손과 얼굴과 목을 아주 열심히 씻는다. 감히

이 집의 예쁜 수건은 쓰지도 못한다. 젖은 손으로 나오다 조용한 복도에서 스프링어를 만나자 말한다. "깨끗한 셔츠가 없는데요." 스프링어가 작은 소리로 "기다리게"라고 말하더니, 셔츠와 검은색 커프스단추를 가져온다. 해리는 넬슨이 자는 방에서 옷을 입는다. 내려진 블라인드 밑으로 기어드는 햇빛이 아이의 묵직한 숨에 박자를 맞추어 부드럽게 앞뒤로 퍼덕인다. 옷을 입는 단계마다 신중하게 간격을 두고, 익숙하지 않은 커프스단추 때문에 잠시 더듬거렸음에도, 그가 바랐던 것만큼 시간이 걸리지 않는다. 모직 양복은 불편할 정도로 덥다. 게다가 그가 기억하는 만큼 잘 맞지도 않는다. 그러나 상의를 벗으려 하지는 않는다. 누군가에게, 누군지는 몰라도, 만족감을 주지 않으려는 것이다. 그는 셔츠가 너무 끼기는 하지만 흠 하나 없이 옷을 차려입은 모습으로 뒤꿈치를 들고 아래층으로 내려가, 거실에 앉아 유리 탁자 위의 열대 식물을 보며 머리를 움직인다. 이렇게 움직이면 이 잎이 저 잎을 가리고, 저렇게 움직이면 저 잎이 이 잎을 가린다. 이러다 구역질이 나올 것 같다. 그의 속은 공포가 꽉 뭉친 덩어리다. 찔러도 터지지 않는 단단한 거품이다. 시계는 이제 겨우 두시 이십오분을 가리킨다.

그가 두려워하는 것 중 첫째는 부모를 보는 것이다. 일이 벌어진 뒤 부모에게 전화를 하거나 부모를 보러 갈 용기를 내지 못했다. 스프링어 부인이 월요일에 어머니에게 전화를 해 장례식에 와달라고 부탁했다. 그후로 그의 집이 침묵을 지키고 있기 때문에 그는 겁을 먹었다. 다른 사람들에게 야단을 맞는 것과 자신의 부모에게 야단을 맞는 것은 완전히 다르다. 제대한 뒤 아빠는 그가 인쇄소에서 일을 하지 않으려 한다는 이유로 조금씩 적의를 드러냈으며, 그러면서 어떤 면에서는 해리의 마음에서 아버지 자신을 조금씩 아무것도 아닌 존재로 만들어버렸다. 아버지가 그전에 그에게 보여주었던 모든 부드럽고 친절한 면은 희미하게 사라져버렸다. 그러나 어머니는 달랐다. 어머니는 여전히 살아 있었으며, 어떤 끈으로 그의 삶에 연결되어 있었다. 어머니가 들어와 야단을 치면 그것을 듣고 있느니 차라리 죽는 것이 나을 것 같다. 물론 어머니로서는 그럴 수밖에 없다. 스프링어 부인이 무슨 말을 하든, 거기에서는 빠져나올 수가 있다. 결국 그녀는 그에게 달라붙을 수밖에 없을 테니까. 또 웬일인지 그를 좋아하고 싶어하는 것 같다는 느낌이 드니까. 하지만 어머니의 경우에는 좋아하고 말고는 문제가 되지도 않는다. 그들은 어떤 면에서는 나뉘어 있는 사람들이 아니다. 그가 어머니의 뱃속에서 시작되었기에, 그녀가 그에게 생명을 주었다면 그것을 가져갈 수도 있다. 만일 도로 거두어간다는 느낌이 든다면 그것은 바로 무덤이 될 것이다. 세상 모든 사람 가운데 어머니가 가장 보고 싶지 않다. 그는 거기 혼자 앉아, 자신과 어머니 둘 가운데 하나가 죽어야만 한다는 결론에 이른다. 괴상한 결론이지만, 되풀이하여 그런 결론에 이른다. 이윽고 위에서 부산을 떠는 소리, 스프링어 사람들이 옷을 입는 소리가 그의 마음을 그 자신에게서 약간 들어올린다.

위에 올라가야 하나 하고 생각을 해보지만, 아직 옷을 입지 않은 사람이 있으면 놀랄까봐 걱정이 된다. 잠시 후 한 사람씩 옷을 차려입고 내려온다. 스프링어 씨는 화강암 색깔의, 주름이 잡히지 않는 천으로 만든 말쑥한 양복 차림이고, 넬슨은 여자애 같은 느낌을 주는, 끈이 달린 코듀로이 양복 차림이고, 스프링어 부인은 베일과 뻣뻣한 인조 열매 한 줄기가 달린 검은 펠트 모자 차림이고, 재니스는 핀을 꽂아 줄인, 그래서 정신없고 볼품없는 느낌을 주는 그녀 어머니의 드레스 차림이다. "좋아 보이네." 그가 다시 그녀에게 말한다.

"큰 검정 차 어디써?" 넬슨이 큰 소리로 묻는다.

기다리는 일은 왠지 위엄이 없다. 은색 숫자판에서 시간이 흘러가는 것을 지켜보며 거실을 몰려다니던 그들은 불편한 의상을 입고 파티가 시작되기를 기다리며 안달하는 아이들이 된다. 그들이 모두 창문을 둘러싸고 다닥다닥 모여 있을 때 장의사의 캐딜락이 집 앞에 멈춘다. 그러나 기사가 걸어와 초인종을 누르자 마치 전염병 폭탄이라도 떨어진 것처럼 그들은 방의 여러 구석으로 흩어진다.

장례식장은 한때 보통 집이었으나, 지금은 어떤 집과도 다르게 꾸며져 있다. 결이 생생한 옅은 녹색 카펫이 발소리를 죽인다. 벽에 달린 작은 반쪽짜리 은색 관管들은 약한 빛을 가로막고 있다. 커튼과 벽은 무조無調의 반쪽 색깔, 아무도 함께 살지 않을 색깔이다. 연어색과 물색과 주유소의 변기 의자의 세균을 죽이는 보라색. 그들은 분홍색의 작은 옆방으로 안내된다. 해리는 거기에서 큰 방을 들여다볼 수 있다. 몇 줄의 강당 의자에는 여섯 명쯤 앉아 있는데, 그 가운데 다섯 명이 여자다. 그가 아는 사람은 페기 그링뿐이다. 그녀 옆에서 꿈틀거리는 작은 아이까지 합치면 일곱 명이 된다. 원래는 가족 외에 아무도 부르지 않을 생각이었으나, 스프링어 사람들은 생각을 바꾸어 가까운 친구 몇 명에게 와달라고 했다. 그의 부모는 거기에 없다. 눈에 보이지 않는, 뼈가 없는 듯한 손이 전기 오르간의 건반을 오르내린다. 실내의 부자연스러운 색깔은 작고 하얀 관棺 주위에 꽂아놓은 온실의 꽃들에서 격렬하게 절정에 이른다. 황금색으로 칠한 손잡이가 달린 관은 짙은 자주색 커튼을 드리운 단 위에 놓여 있다. 그는 커튼이 열리면 마법사가 마술을 부리듯이 그 밑에서 살아 있는 아기의 모습이 드러날지도 모른다고 생각한다. 재니스는 안을 보다가 훌쩍거린다. 금발에 부자연스러울 만큼 붉은 얼굴의 젊은 장의사 직원이 옆구리에 달린 호주머니에서 암모니아가 든 병을 꺼낸다. 재니스의 어머니가 그 병을 딸의 코밑에 갖다대자 재니스는 억지로 역겨운 표정을 억누른다. 두 눈썹이 팽팽하게 위로 올라가면서 그녀의 눈알이 얇은 막 밑에 만드는 융기가 드러난다. 해리는 그녀의 팔을 잡고 몸을 돌려 옆방을 보지 못하게 한다.

옆방 창문 밖으로 아이들과 차가 달려가는 거리가 내다보인다. "목사님이 잊어버린 게 아니면 좋겠는데." 얼굴이 붉은 젊은 직원이 말하고 낄낄거리다 당황한다. 이곳이 직장이니 긴장이 풀릴 수밖에 없다. 얼굴은 가볍게 연지를 바른 듯 불그스름하다.

"그런 일이 자주 있소?" 스프링어 씨가 묻는다. 그는 부인 뒤에 서 있다. 호기심 때문에 얼굴이 앞으로 기울어 있다. 모랫빛 콧수염 아래로 입이 새 모양으로 검게 찢어진 틈처럼 보인다. 스프링어 부인은 의자에 앉아 두 손바닥으로 베일로 덮인 얼굴을 누르고 있다. 자주색 열매가 철사로 만든 줄기 위에서 바르르 떨린다.

"1년에 두 번쯤이요" 하는 대답이 나온다.

눈에 익은 오래된 파란 플리머스가 바깥의 갓돌에 천천히 멈춘다. 래빗의 어머니가 차에서 내려 보도 아래위를 성난 얼굴로 두리번거린다. 그의 가슴이 쿵 뛰며 혀가 갑자기 움직인다. "저희 부모님이 오셨네요." 모든 시선이 쏠린다. 스프링어 부인이 일어서고, 해리는 그녀와 재니스 사이에 자리를 잡는다. 이렇게 스프링어 사람들과 함께 대오를 갖추고 서면 어머니에게 적어도 그가 개심했다는 것, 받아들여지고 있고 이미 받아들여졌다는 것은 보여줄 수 있다. 장의사 직원이 나가서 그들을 안내한다. 해리는 그들이 밝은 보도에 서서 어느 문으로 들어가느냐 하는 문제를 놓고 싸우는 모습을 본다. 밈은 약간 옆에 떨어져 있다. 교회 갈 때 입는 드레스를 입고 화장을 하지 않은 밈을 보자 예전의 어린 여동생이 떠오른다. 부모의 모습을 보자 왜 그들을 두려워했는지 의문이 생긴다.

어머니가 먼저 문으로 들어온다. 그녀는 눈으로 줄을 쓰윽 훑더니 그에게 다가와 구부린 두 팔을 내민다. "해시, 이 사람들이 너한테 무슨 짓을 한 거냐?" 그녀는 큰 소리로 그렇게 묻고 그들의 고향인 하늘로 그를 다시 데려가려는 듯이 포옹으로 그를 감싼다.

그렇게 빨리 열리는가 싶더니 이내 다시 꽉 닫혀버린다. 그는 창피를 느끼는 소년 같은 반사 행동으로 어머니를 밀어내고 똑바로 선다. 어머니는 자신이 한 말을 의식하지 못하는 것처럼 몸을 돌려 재니스를 끌어안는다. 아버지는 중얼거리며 스프링어와 악수를 한다. 밈은 다가와 해리의 어깨를 어루만진 다음 쭈그리고 앉아 넬슨에게 소곤거린다. 이들 둘이 가장 어리다. 해리는 그의 눈 밑으로 보이는 이 인간들이 모두 서로 긴밀하게 결합되어 있다는 느낌을 받는다. 아내와 어머니는 꼭 끌어안고 있다. 어머니는 별생각 없이 포옹을 시작했지만 그 포옹에 커다란 슬픔의 생명을 불어넣는다. 어머니의 얼굴이 고통으로 주름져 있다. 옷이 헝클어지고 숨쉬기도 힘들어하는 재니스도 반응을 한다. 자신에게 기대어 갈망하는 뼈대가 큰 몸체를 약하고 검은 두 팔로 감싸안으려 한다. 메리 앵스트롬은 그녀에게 두 마디를 꺼내놓는다. 다른 사람들은 어리둥절한 표정이지만, 해리만은 그 높고 서늘한 위치에서 그 말을 알아듣는다. 어머니는 상처를 주는 사람을 끌어안아야 한다는 본능에 내몰렸고, 그러다가 품에 안은 이 젊은 여자를 자신과 같은 여자로 느끼게 되었고, 이어 아들을 원래대로 회복시켜놓았으니 어머니인 자신 또한 틀림없이 버림받을 것임을 직감한 것이다.

해리는 어머니의 두 팔에 힘이 들어가면서 이런 슬픔의 단계들이 그녀 내부에서 펼쳐지는 것을 그 자신의 내부에서 느꼈다. 이제 어머니는 재니스를 풀어주고, 스프링어 사람들에게 슬픈 표정으로 적절한 이야기를 한다. 스프링어 사람들은 그녀가 처음 내지른 소리는 미친 소리로 넘겨버렸다. 그들은 물론 해리에게 아무 짓도 하지 않았다. 무슨 일을 했다면 해리가 그들에게 한 것이다. 그의 해방은 그들의 눈에는 보이지 않는다. 그들은 그의 옆에 있지만 멀어지고 있다. 어머니가 재니스에게 했던, "내 딸"이라는 말도 멀어지고 있다. 밈은 쪼그려앉은 자세에서 몸을 일으킨다. 아버지가 넬슨을 안는다. 그들의 움직임들이 부드럽게 그를 밀친다.

그러는 동안 그의 심장은 주기를 완성하고 다시 돌기 시작한다. 이번에는 바깥세상과 점점 단절되어가는 맑아지는 용액 속에서 더 넓게 돈다.

에클스가 다른 입구로 들어와 건너편 문간에서 그들에게 고갯짓을 한다. 그들 일곱 명은 넬슨과 함께 꽃들이 기다리는 방으로 들어가 앞 줄에 앉는다. 검은 에클스가 하얀 관 앞에서 낭독을 한다. 래빗은 에클스가 그와 그의 딸 사이에 서 있는 것이 짜증이 난다. 아무도 언급하지 않은 사실, 아이가 세례를 받지 않았다는 사실이 떠오른다. 에클스가 낭독한다. "예수께서 이르시되 나는 부활이요 생명이니 나를 믿는 자는 죽어도 살겠고 무릇 살아서 나를 믿는 자는 영원히 죽지 아니하리니."

각이 진 말들이 해리의 머릿속으로 꼴사나운 검은 새처럼 걸어들어온다. 그는 그 말들의 가능성을 느낀다. 에클스는 느끼지 못한다. 그의 얼굴은 밋밋하고 지쳐 보인다. 목소리는 가짜다. 여기 모인 모든 사람이 가짜다. 그의 죽은 딸, 금테를 두른 하얀 상자만 빼고.

"그는 목자같이 양떼를 먹이시며 어린양을 그 팔로 모아 품에 안으시며."

목자, 양, 품. 해리의 눈에 눈물이 고인다. 처음에는 눈물이 주위 어디에나 있는 것 같다. 바다 같다. 그러다 마침내 짠물이 그의 눈으로 들어온다. 그의 딸이 죽었다. 준이 그에게서 사라졌다. 그의 심장이 상실, 전에는 그냥 스쳐지나갔던 상실 속에서 헤엄친다. 상실의 가없는 부피 속으로 점점 깊이 내려간다. 결코 딸아이가 우는 소리를 다시 듣지 못하고, 결코 대리석 같은 그 피부를 다시 보지 못하고, 결코 그 희미한 무게를 다시 품에 품어보지 못하고, 파란 눈이 그의 목소리가 들리는 곳을 찾아 두리번거리는 것을 지켜보지 못한다. 결코, 이 결코라는 말은 결코 멈추지 않는다. 그 빽빽함에는 결코 틈이 없다.

그들은 묘지로 간다. 그와 그의 아버지와 재니스의 아버지와 장의사 직원이 하얀 상자를 영구차에 싣는다. 상자에는 무게가 있지만, 그 무게는 모두 나무의 무게다. 그들은 타고 온 차에 올라타 비탈을 올라가는 도로를 따라간다. 그들을 둘러싼 동네는 고요하다. 한 여자가 빨래 바구니를 들고 현관으로 나와 그대로 서서 기다린다. 한 소년이 공을 던지려다 말고 그들이 지나가는 것을 지켜본다. 그들은 주철 아치로 연결된 두 화강암 기둥 사이를 통과한다. 네시의 묘지는 아름답다. 잘 기른 녹색 식물이 보풀처럼 햇살과 대체로 평행을 이루어 비탈을 따라 내려간다. 묘석들은 길고 짙은 회색 그림자를 드리운다. 우지끈거리는 파란 자갈길에 이르자 행렬은 2단 기어로 움직인다. 목적지는 흙과 고사리 냄새가 나는 온순한 녹색 천막이다. 차가 멈춘다. 그들은 차에서 내린다. 그들 너머 멀리 초승달 모양으로 펼쳐진 검은 숲이 보인다. 묘지는 산 높은 곳, 도시와 숲 사이에 자리를 잡고 있다. 그들의 발밑에서 굴뚝이 연기를 피워 올린다. 잔디 깎는 기계를 탄 사람이 먼 산울타리 근처 닳아빠진 이빨들 같은 묘석 사이를 달린다. 제비들이 폭투暴投처럼 아래로 내려왔다가 갑자기 돌 오두막 위로 올라간다. 그곳은 납골당이다. 하얀 관은 울림이 큰 영구차의 몸통에서 나와 작은 바퀴에 실려, 작은 정사각형 모양에 가깝지만 꽤 깊이 판 묘혈 위에서 관을 받쳐주는 주홍색 띠들 위로 교묘하게 올라간다. 삐걱거리는 작은 소리와 일하는 사람들의 숨소리가 정적의 유리창을 긁어댄다. 정적. 기침소리. 꽃들이 그들을 따라왔다. 그들은 여기, 천막 안에 빽빽하게 줄지어 서 있다. 해리의 발 뒤에 네모난 떼가 덮인 단정한 흙무

더기가 제자리로 돌아가기를 기다리며 흙의 깊은 말을 소곤거린다. 장의사 직원들은 일이 거의 다 끝났기 때문에 흡족한 표정으로 장갑을 낀 손을 바지 앞자락 앞에 포개고 있다. 정적.

"여호와는 나의 목자시니 내게 부족함이 없으리로다."

밖에 나오니 에클스의 목소리가 약하다. 멀리서 윙윙거리던 잔디 깎는 기계가 예의를 지켜 동작을 멈춘다. 흥분과 힘 때문에 래빗의 가슴이 진동한다. 그는 딸이 천국으로 올라갔다고 믿는다. 살아 있는 몸이 거죽에 담기듯 그런 느낌이 에클스가 낭독하는 말에 담긴다. "오, 하느님, 당신의 가장 귀한 아들은 어린아이들을 품에 안고 축복하셨습니다. 간구하노니, 우리에게 은혜를 주셔서, 우리가 이 아이의 영혼을 당신의 흔들림 없는 돌봄과 사랑에 맡기게 하소서. 우리 모두를 하늘나라로 인도하소서. 당신의 아들, 우리 주 예수그리스도의 이름으로 기도합니다. 아멘."

"아멘." 스프링어 부인이 작은 소리로 말한다.

그래. 바로 이런 것이다. 그는 그들 모두가, 그의 주위에 묘석처럼 서 있는 고요한 머리들, 그들 모두가 하나라고, 모두가 풀과, 온실의 꽃과 하나라고 느낀다. 모두, 장의사 직원들, 잔디 깎는 기계를 멈춘 관리인, 모두가 여기서 하나가 되어 세례를 받지 못한 아기가 천국으로 뛰어오를 힘을 주고 있다.

전기 스위치를 켜자 띠들이 관을 묘혈로 내리다가 멈춘다. 에클스가 뚜껑에 모래로 십자가를 만든다. 길을 잃은 흙 알갱이들이 곡면인 뚜껑에서 한 알씩 구멍으로 흘러내린다. 장갑을 끼지 않은 손 하나가 구겨진 꽃잎들을 던진다. "당신께 기도하노니 애도하는 모든 사람에게 은혜를 베푸셔서, 모든 근심을 당신께 맡기고……" 띠들이 다시 삐 거거린다. 옆에 있는 재니스가 비틀거린다. 해리는 그녀의 팔을 잡는 다. 살이 천에 덮여 있음에도 뜨거운 느낌이 전해진다. 바람이 조금 불 자 천막이 바람을 안고 부풀어오른다. 꽃 냄새가 그들을 향해 올라온 다. "……성령이 지금부터 영원토록 여러분을 축복하고 여러분을 지 켜주실지어다. 아멘."

에클스는 책을 닫는다. 해리의 아버지와 재니스의 아버지는 나란히 서서 위를 쳐다보며 눈을 껌뻑인다. 장의사 직원들이 장비를 들고 바 쁘게 움직이며 구멍에서 띠를 꺼낸다. 조객들은 햇빛 속으로 움직인 다. 모든 근심을 당신께 맡기고…… 하늘이 그에게 인사를 한다. 이상 한 힘이 그의 안으로 내려앉는다. 동굴 안을 기다가 마침내 혼잡한 바 위들로 이루어진 어둡고 우묵한 곳 너머에서 빛 조각을 본 듯하다. 그 는 고개를 돌린다. 슬픔 때문에 멍한 재니스의 얼굴이 빛을 막는다. "날 보지 마." 그가 말한다. "내가 그애를 죽인 게 아냐."

그 말이 그의 입에서 또렷하게 나온다. 그가 지금 모든 것에서 느끼 는 단순성과 조화를 이루는 말이다. 그 갑작스럽고 잔인한 목소리에 작게 소곤거리던 머리들이 홱 돌아본다.

그들은 오해하고 있다. 그는 그저 한 가지를 분명히 하고 싶었을 뿐 이다. 그가 머리들을 향해 설명한다. "여러분은 모두 계속 내가 그런 것처럼 행동하고 있습니다. 하지만 나는 근처에 있지도 않았어요. 이 사람이 그런 겁니다." 그는 그녀를 돌아본다. 따귀를 맞은 듯 풀려버 린 그녀의 얼굴은 절망적일 정도로 그에게서 멀리 떨어져 있는 것처 럼 보인다. "야, 괜찮아." 그가 그녀에게 말한다. "그럴 의도는 아니었잖아." 그는 그녀의 손을 잡으려 하지만 그녀는 덫을 피하듯 얼른 손을 빼며 그녀의 부모 쪽을 본다. 부모가 그녀에게 다가간다.

그의 얼굴이 달아오른다. 무참한 당혹감이다. 용서가 그의 마음속에서 큰 자리를 차지했는데 이제 그것은 증오로 바뀌었다. 그는 아내의 얼굴을 미워한다. 그녀는 보지 않는다. 그녀는 그와 함께 진실, 그냥 아주 간단한 사실 속으로 들어갈 기회가 있었으나 외면해버렸다. 그는 머리들 사이에서 심지어 어머니의 머리도 경악하고 있음을 본다. 충격 때문에 표정이 텅 비어 있다. 그를 막아선 벽이다. 아까는 이 사람들이 그에게 무슨 짓을 했느냐고 묻더니, 이제는 어머니도 똑같다. 부당하다는 생각에 숨이 막혀 앞이 보이지 않는다. 그는 몸을 돌려 달린다.

기쁨에 젖어 비탈을 달려올라간다. 묘석을 요리조리 피해 간다. 민들레들이 무덤 사이에 버터처럼 밝게 자라고 있다. 뒤에서 그의 이름을 부르는 것은 에클스의 목소리다. "해리! 해리!" 에클스가 쫓아오는 것을 느끼지만 뒤돌아보지 않는다. 그는 묘석 사이로 풀밭을 대각선으로 가로질러 숲으로 간다. 어두운 초승달 모양의 나무들까지는 무덤 옆에서 생각했던 것보다 멀다. 몸의 움직임이 무거워진다. 비탈이 점점 가팔라진다. 그러나 매장터에는 그의 도주를 지탱해주는 탄력이 있다. 부드러우면서도 안정된 울퉁불퉁함이 혼란스러운 농구 코트에서 요리조리 피하며 힘차게 달려가던 기억으로 그의 몸을 띄워준다. 래빗은 숲의 품에 이르자 초승달의 중심을 목표로 잡는다. 안으로 들어가니 생각했던 것만큼 감추어진다는 느낌이 들지 않는다. 몸을 돌리자 잎들 사이로 아래 묘지의 작은 녹색 천막 옆에 그가 떠나온 인간들이 뭉쳐 있는 것이 보인다. 에클스는 그들과 그의 중간에 있다. 달리기를 멈추었다. 검은 가슴이 들썩인다. 사이가 넓은 두 눈은 숲 속에 초점을 맞추고 있다. 검은 옷을 걸친 굵은 줄기들 같은 다른 사람들은 가볍게 흔들린다. 책략을 쓰고, 계획을 하고, 서로의 힘을 시험하고, 서로 지탱해준다. 그들의 창백한 얼굴은 숲 쪽으로 소리 없는 신호를 번쩍 보낸 뒤 역겨움 또는 절망에 젖어 방향을 틀어버렸다가, 다시 기우는 해를 받아 매혹된 표정으로 환하게 번쩍인다. 오직 에클스의 시선만 꾸준하다. 다시 추적을 시작할 힘을 모으는 중인지도 모른다.

래빗은 몸을 웅크리고 숨을 헐떡이며 달린다. 숲의 가장자리에 자리잡은 덤불과 어린나무들을 헤치고 나아가느라 손과 얼굴을 긁힌다. 안으로 들어가자 공간이 생긴다. 소나무들이 다른 식물의 성장을 막고 있기 때문이다. 갈색 바늘잎들이 거친 땅 위에 미끌미끌한 담요를 덮고 있다. 햇빛이 좁은 틈으로 떨어져 이 죽은 바닥까지 내려온다. 여기 안쪽은 침침하지만 덥다. 다락방 같다. 보이지 않는 오후의 해가 머리 위 녹색의 어두운 지붕널을 뜨겁게 달구고 있다. 죽은 아래쪽 가지들은 그의 눈높이로 뻗어 있다. 손과 눈의 긁힌 곳이 뜨겁다. 사람들이 뒤에 그대로 있는지 확인하려고 돌아본다. 아무도 따라오지 않는다. 멀리, 그가 들어와 있는 소나무숲 사이로 난 좁은 길 끝 아래로 녹색이 빛난다. 묘지의 녹색인 것 같다. 그러나 우듬지들 사이에서 깜빡이는 하늘 조각만큼이나 멀게 느껴진다. 몸을 돌리다가 방향감각을 잃어버린다. 처음에는 나무줄기들이 단정하게 줄지어 서서 그 사이로 그를 데려간다. 그는 계속 비탈 위쪽으로 걷는다. 위로 한참 걷다보면 언젠가는 산마루를 따라 달리는 경치 좋은 도로에 이르겠지. 아래로 내려가지만 않으면 다른 사람들에게 되돌아가게 될 일은 없다.

나무들이 줄을 지어 행진하는 것을 중단하고 빽빽하게 함께 자란다. 오래된 나무들이다. 그들 밑의 어둠은 더 진하고 땅은 더 가파르다. 바늘 담요들을 뚫고 돌이 튀어나와 있다. 이끼가 덮인 채 울퉁불퉁하다. 쓰러진 줄기들이 좁은 길을 가로지르며 복잡한 발톱을 내밀고 있다. 상록의 지붕에 구멍이 뚫린 곳마다 가시 많은 덤불과 노란 풀이 성급하게 달콤한 냄새를 피우며 어지러이 뒹굴면서 자라고, 작은 곤충도 몰려다닌다. 간혹 산비탈을 비껴 내려오는 해를 조금이라도 잡을 만큼 넓은 곳이 생기면 그런 공간은 주위의 어둠을 더 어둡게 만든다. 그런 곳에서 발을 멈추면, 갑자기 소리가 끊기고, 그 때문에 그를 둘러싼 갈색 터널들을 가득 채운 소곤거림을 더욱 의식하게 된다. 주위를 둘러싼 나무들이 너무 커서 문명의 기미는 보이지 않는다. 멀리 정돈된 풍경조차도 보이지 않는다. 빛 속에 섬처럼 고립되자 두려워진다. 그는 두드러진 존재다. 곰이나 숲속에서 소곤거리는 이름 없는 위험들은 그를 분명히 볼 수 있다. 이런 빛의 우물들 속에 취약한 모습으로 있느니, 차라리 그 위험을 향해 달려간다. 바위와 썩는 줄기와 미끄덩거리는 바늘잎을 가로지른다. 벌레들이 해에서 나와 그를 따른다. 그의 땀은 강한 향수다. 위로 올라가다 바늘잎이 감추고 있는 구덩이에 빠지고 평평한 바위들에 부딪히며 충격을 받아 가슴이 옥죄고 정강이가 아프다. 그는 몸을 속박하는 덥고 파란 상의를 벗어, 비틀고 접어서 들고 간다. 뒤에 무엇이 있는지 보려고 계속 고개를 돌리고 싶은 충동에 저항한다. 절대 아무것도 없다. 숲의 조용한,

죽음 같은 삶이 있을 뿐이다. 그러나 그의 두려움은 나무줄기들 사이의 구불구불한 공간을 위험으로 채운다. 매번 빠르게 두리번거릴 때마다 위험은 그의 시야를 슬쩍 벗어나지만, 어느새 그렇게 공간을 다시 채운다. 머리를 고정시켜야 한다. 그가 그 자신에게 겁을 주고 있다. 어린 시절 그는 숲으로 자주 올라갔다. 어린 시절에는 보호를 받으며 걸었던 것 같은데, 지금은 그런 보호가 거두어졌다. 그때는 숲이 이렇게 어두웠을 것 같지 않다. 숲 또한 성장한 것이다. 그의 얼굴을 쉴새없이 손가락으로 긁어대는, 거미줄처럼 가는 잔가지들로 꽉 막힌 부자연스러운 어둠, 환한 낮빛에 도전하는 어둠. 하늘은 들쭉날쭉한 조각이 되어 머리 위의 우듬지에서 우듬지로 소리 없는 원숭이처럼 뛰어다닌다.

구부리고 걸어서 등허리가 아프다. 자신의 방법에 의심이 가기 시작한다. 어린 시절에는 묘지에서부터 숲에 들어간 적이 없다. 어쩌면 가장 가파른 비탈을 가로질러 걷는 것, 산마루 밑을 따라 움직이는 것이 어리석은지도 모른다. 왼쪽으로 바로 몇 미터 떨어진 곳에 도로가 달리고 있는데. 그는 왼쪽으로 방향을 틀어 직선으로 올라가려 한다. 숲의 소곤거리는 소리가 점점 부풀어오르고, 가슴은 희망으로 부풀어오른다. 그의 생각이 옳았다. 그는 도로 근처에 있다. 그는 서둘러 미친듯이 기어오른다. 한발 내디딜 때마다 바로 도로가 나타날 것만 같다. 하얀 기둥과 빠르게 움직이는 금속이 번쩍일 것 같다. 의식도 못하는 사이에 발밑에서 땅의 경사가 사라진다. 그는 어리둥절하여 가파른 골짜기 가장자리에서 발을 멈춘다. 골짜기의 이쪽 기슭에는 죽은 나무들의 털 많은 몸뚱어리들이 흩어져 있다. 이들과 엉킨 살아 있는 나무줄기들은 용케도 가파른 땅에 수직으로 달라붙어 골짜기 안으로 어스름 마지막 단계만큼이나 짙은 그림자를 던지고 있다. 그러나 어떤 사각형 모양의 형체가 이 어둠을 방해한다. 그 순간 골짜기 바닥에 버려진 집의 지하실 구덩이와 부서진 사암 벽이 있다는 생각이 떠오른다. 길을 잃고 다시 아래로 내려간다는 강렬한 불쾌감에, 쨍그랑 소리가 날 것 같은 공포가 보태진다. 눈먼 생명의 세계에 대한 인간의 침투가 완전히 실패했음을 보여주는 증거물인 그 폐허에서 들려오는 쨍그랑 소리가 우주 가장자리까지 울려퍼지는 듯하다. 그 장소에 한때 자의식이 있었고, 그 땅을 한때 누군가 밟고 치우고 알았다는 생각을 하자, 유령들이 허공을 시커멓게 덮는다. 유령들은 기어올라오는 아이들처럼 무덤에서 그를 향해 양치류가 덮인 비탈을 올라오고 있다. 아마 그곳에는 아이들도 있었을 것이다. 무명옷을 입은 뚱뚱한 여자애들이 샘에서 물을 길어오고, 아이들은 나무에 장난으로 자국을 내고, 지하실을 덮은 판자들 위에서 나이가 들다가, 창밖으로 래빗이 서 있는 비탈을 마지막으로 보면서 죽었을 것이다. 그는 햇빛이 드는 작은 빈터에 있을 때보다 더 눈에 띄고 더 무방비상태가 된 느낌이다. 왠지 커다란 불꽃이 그를 밝히고 있는 듯한 느낌이다. 눈이 멀고 뒤엉킨 물질이 스스로를 인식할 때 의지하던 불꽃, 무시무시한 하느님이 의도한 만남에서 켜지던 불꽃이다. 뱃속이 미끄러진다. 갑자기 어떤 목소리에 귀가 열리는 듯하다. 그는 다시 비탈을 기어올라간다. 그늘에 잠긴 나무에서 나무로 휙휙 움직이며 그에게 외치고 싶어하는 목소리를 덮어버리려고, 짙어가는 어둠 속에서 일부러 시끄럽게 두 팔을 휘두른다. 변덕스러운 빛 때문에 비탈이 요리조리 몸을 피하며 달아나는 생물처럼 보인다.

빛이 넓어지면서 오른쪽으로 조금 떨어진 곳에 바늘잎들 속에 박힌 낡은 깡통과 병들이 보인다. 이제 안전하다. 도로에 닿은 것이다. 그는 긴 다리로 가드레일을 타넘은 다음 허리를 편다. 그의 시야 구석에서 황금 점들이 켜졌다 꺼진다. 구두가 아스팔트와 마찰을 일으킨다. 숨을 헐떡이며, 새로운 삶에 진입한 느낌을 받는다. 쌀쌀한 공기가 어깨뼈를 쓰다듬는다. 저 숲속 어딘가에서 스프링어 장인의 셔츠는 등이 찢어졌다. 그는 피너클호텔에서 1킬로미터 정도 내려간 숲에서 나왔다. 파란 상의를 한 손가락에 걸어 어깨에 걸치고 흔들흔들 태평하게 걸어가자, 재니스와 에클스와 어머니, 그리고 그의 죄들은 뒤에 1000킬로미터 떨어져 있는 느낌이다. 그는 누군가에게 엽서를 보내듯이 에클스에게 전화를 걸기로 한다. 에클스는 그를 좋아하고 많이 믿어주었으니 적어도 전화 한 통 받을 자격은 있다. 래빗은 할말을 연습한다. 괜찮아요. 그는 에클스에게 말할 것이다. 길을 가는 중이에요. 그러니까, 여러 가지 길이 있는 것 같아요. 걱정 마세요. 여러 가지로 감사합니다. 그가 전달하고자 하는 메시지는 에클스가 낙담하지 말아야 한다는 것이다.

산꼭대기에 올라갔는데도 여전히 날은 환하다. 위로 하늘의 바다에는 조각난 비늘구름들이 호수를 이루어 물고기떼처럼 한 덩어리로 표류하고 있다. 호텔 주위에는 고물 자동차 두 대가 주차되어 있다. 스프링어 모터스가 지갑은 텅 비고 은행에는 잔고 100달러가 있는 부스럼투성이의 아이들에게 파는 52년형 폰티액과 51년형 메르세데스다. 카페테리아 안에서는 몇 사람이 **바운싱 벳시**라고 부르는 핀볼 머신을 갖고 놀고 있다. 그들이 래빗을 보더니 다 안다는 표정을 짓는다. 심지어 한 아이는 "여자가 셔츠를 찢었나요?" 하고 외친다. 이상한 일이다. 사실 그들은 그가 엉망으로 보인다는 것 외에는 그에 관해 아무것도 모른다. 내가 이런 짓을 하고 저런 짓을 해도 사실 아무도 모르는 것이다. 시계는 여섯시 이십 분 전을 가리킨다. 그는 겨자색 벽에 걸린 공중전화로 가서 전화번호부에서 에클스의 번호를 찾는다.

그의 부인이 건조한 목소리로 전화를 받는다. "여보세요?" 래빗은 눈을 감는다. 눈꺼풀의 빨간 곳에서 주근깨가 춤을 춘다.

"안녕하세요. 에클스 목사님 좀 바꾸어주시겠습니까?"

"누구시라고 전할까요?" 억세고 높은 말에 올라탄 것 같은 목소리다. 누군지 아는 것이다.

"안녕하세요, 해리 앵스트롬입니다. 잭 있나요?"

상대방은 수화기를 내려놓는다. 나쁜 년. 가엾은 에클스는 아마 내 소식을 듣고 싶어 심장에서 피를 흘릴 텐데 이년은 가서 잘못 걸려온 전화라고 이야기할 것이다. 그 가엾은 새끼는 이런 나쁜 년하고 결혼한 거야. 그가 수화기를 내려놓자 10센트짜리가 짤랑거리며 내려간다. 통화가 안 되자 외려 단순해진 느낌이다. 그는 밖으로 나가 주차장을 가로지른다.

그녀가 그 가엾고 피곤한 자의 귀에 똑똑 흘리고 있을 독을 전부 카페테리아에 두고 나오는 느낌이다. 그녀가 에클스에게 엉덩이를 찰싹 맞았다고 이야기하는 상상을 한다. 에클스가 웃음을 터뜨리는 소리가 들리는 듯하여 그도 웃음을 짓는다. 그는 에클스를 웃음을 터뜨리는 사람으로 기억할 것이다. 에클스의 안에는 다른 사람이 가까이 오지 못하게 막는 면, 닿을 수 없는 면, 콧소리를 내는 공식적이고 사무적인 면이 있다. 하지만 그 웃음을 통하여 에클스에게 이를 수 있다. 마치 우울하고 눅눅하고 들러붙는 앞면을 지나 몰래 그의 뒤로 들어가는 것 같다. 그의 앞면이 우울했던 것은 그가 자신이 없으면서도 그렇다는 이야기를 하지 못하고, 대신 눈썹에 걱정을 담아 말 한마디 한마디를 원래의 자기 목소리와는 다른 목소리로 전달했기 때문이다. 어쨌든 그에게서 벗어나니 안도감을 느끼게 된다.

주차장 끝에서 보니 브루어가 카펫처럼 펼쳐져 있다. 화분 같은 빨간색에 먼지가 낀 것 같다. 벌써 몇 군데 불이 켜졌다. 도시 중심의 커다란 네온 해바라기가 데이지처럼 작아 보인다. 낮은 구름들은 분홍색이지만, 둥근 하늘 위 높은 곳의 새털구름 꼬리들은 여전히 창백하고 순수하다. 그는 층계를 내려가며 의문을 품는다. 그 여자는 느낄까? 루시. 목사의 부인들은 불감증일까? 듀폰 같은 여자들처럼.

그는 통나무 층계로 산비탈을 내려가, 몇 사람이 여전히 테니스를 치고 있는 공원을 통과하여, 와이저 스트리트를 따라 걷는다. 양복 상의를 다시 입고 서머를 걸어올라간다. 그의 심장은 불안하게 웅얼거리고 있지만, 그래도 가슴의 중심에 있다. 베키에 관한 그 비뚜름한 비틀림은 사라지고 없다. 그는 아기를 천국에 보냈다. 아기가 가는 것을 느꼈다. 재니스도 그것을 느꼈다면 그는 그 자리에 남았을 것이다. 아니, 남았을까? 바깥문은 열려 있고, 폴란드식 머릿수건을 쓴 늙은 부인이 F. X. 펠리그리니라고 쓰인 문에서 중얼거리며 나온다. 그는 루스의 초인종을 누른다.

부저가 답을 하자, 그는 얼른 안쪽 문을 확 열고 계단을 오르기 시작한다. 루스가 난간으로 나와 아래를 내려다보며 말한다. "가."

"응? 나인 줄 어떻게 알았어?"

"네 부인한테 돌아가."

"못 가. 방금 떠나왔어."

그는 끝에서 두번째 계단까지 올라간다. 그들의 얼굴은 같은 높이다. "너는 늘 그 여자를 떠나네." 그녀가 말한다.

"아니, 이번은 달라. 정말 안 좋아."

"너는 언제나 안 좋아. 나한테도 안 좋아."

"왜?" 그는 마지막 계단을 올라가 그녀에게서 1미터 정도 거리를 두고 선다. 흥분 상태이지만 무력하다. 그는 그녀를 보면 본능이 어떻게 하라고 명령을 내려줄 것이라고 생각했다. 그러나 불과 몇 주밖에 안 되었지만 어떤 면에서 그녀는 완전히 새롭다. 그녀는 변했다. 동작이 더 무겁고, 허리는 굵어졌다. 그녀의 파란 눈동자는 이제 텅 비어 있지 않다.

그녀는 경멸의 눈으로 그를 보는데, 이것은 완전히 새로운 것이다. "왜?" 그녀가 믿을 수 없다는 단단한 목소리로 그의 말을 되풀이한다.

"어디 보자." 그가 말한다. "너 임신했구나."

놀라움이 단단함을 잠시 누그러뜨린다.

"멋져." 그는 그렇게 말하며 그녀의 부드러움을 이용하여 그녀를 앞세워 밀면서 방으로 들어간다. 그렇게 미는 것만으로도 루스가 그의 품에서 어떤 느낌인지 기억이 난다. "멋져." 그가 되풀이하며 문을 닫는다. 그는 그녀를 끌어안으려 하지만, 그녀는 그와 싸워 이겨 뒤로 물러나더니 의자 뒤에 선다. 진짜로 싸웠다. 그는 목을 긁혔다.

"가," 그녀가 말한다. "가란 말이야."

"내가 필요 없어?"

"네가 필요하냐고?" 그녀가 소리친다. 그는 히스테리가 섞인 긴장된 어조가 고통스러워 눈을 가늘게 뜬다. 그녀가 이 만남을 수도 없이 상상했고 이제 모든 것을 다 말하겠다고 결심하고 있다는 것이 느껴진다. 그러면 감당할 수 없을 것이다. 그는 안락의자에 앉는다. 다리가 아프다. 그녀가 말한다. "그날 밤에 여기서 네가 나갈 때 네가 필요했어. 네가 나한테 얼마나 필요했는지 기억나? 네가 나한테 뭘 하게 했는지 기억나?"

"재니스는 병원에 있었어." 그가 말한다. "가봐야 했어."

"맙소사, 귀엽네. 맙소사, 정말 거룩하시네. 가야 했다고? 너는 여기에도 있어야 했어, 안 그래? 알아, 내가 너무나 멍청한 나머지 네가 전화라도 한 통 해줄 거라고 생각했다는 거?"

"하고 싶었지만 깨끗하게 출발하려고 노력하고 있었어. 네가 임신한 줄도 몰랐고."

"몰랐어? 왜 몰라? 다른 사람이라면 누구라도 알았을 텐데. 내가 몸이 아주 안 좋았는데."

"언제? 나하고 있을 때?"

"맙소사, 그래. 가끔 네 예쁜 피부 바깥도 좀 보지 그래."

"어, 왜 얘기 안 했어?"

"왜 해야 돼? 그랬으면 뭐가 달라지는데? 너는 도움이 안 되잖아. 너는 아무것도 아니잖아. 내가 왜 안 했는지 알아? 너는 웃겠지만, 네가 알게 되면 나를 떠날 거라고 생각해서 안 했어. 너는 내가 임신을 피하는 어떤 방법도 쓰지 못하게 했지만, 막상 임신을 하면 네가 떠날 거라고 생각했어. 이거 봐, 어차피 나를 떠났잖아. 좀 나가주는 게 어때? 제발 나가줘. 처음으로 나가달라고 빌게. 염병할 처음으로 너한테 빈단 말이야. 여기는 왜 온 거야?"

"여기 오고 싶었어. 그게 옳으니까. 봐. 나는 네가 임신해서 행복해."

"행복하기에는 씨발 너무 늦었단 말이야."

"왜? 왜 너무 늦어?" 그는 전에 왔을 때 그녀가 없었다는 것을 기억하고 겁을 먹는다. 그녀는 지금 여기 있고, 전에는 없었다. 여자들은 그 일을 해치우려고 집을 비운다. 그도 알고 있었다. 필라델피아에서는 고등학교 다니는 애들도 아는 곳이 있었다.

"어떻게 거기 앉아 있을 수 있어?" 그녀가 묻는다. "이해를 못하겠어. 어떻게 거기 앉아 있을 수 있어? 방금 자기 아기를 죽여놓고 거기 앉아 있다니."

"누가 그 얘기를 했어?"

"네 목사 친구. 너와 같은 성자. 그 사람이 30분 전에 전화했어."

"맙소사. 그 사람은 여전히 애를 쓰는구나."

"나는 네가 여기 없다고 했어. 네가 절대 여기 오지 않을 거라고 했어."

"그 가엾은 애를 죽인 건 내가 아냐. 재니스야. 어느 날 밤 재니스한테 화가 나서 집을 나와 너를 찾으러 왔는데 재니스가 술에 취해 그 가엾은 아이를 욕조에 빠뜨렸어. 그 얘기는 하고 싶지 않아. 그런데 그때 너는 어디 있었어?"

그녀는 무디게 놀라움을 드러내며 그를 보더니 작은 소리로 말한다. "이야, 너 정말 죽음의 손이네, 안 그래?"

"야, 너 이상한 짓 한 거야?"

"가만히 있어. 거기 그냥 앉아 있어. 갑자기 네가 아주 분명하게 보여. 너는 다름 아닌 죽음이야. 너는 그냥 아무것도 아닌 게 아냐. 너는 아무것도 아닌 사람보다 더 나빠. 너는 쥐새끼 같은 놈이 아냐, 악취도 안 나, 악취가 날 만큼도 안 돼."

"야, 나는 아무 짓도 안 했어. 그 일이 있었을 때 나는 너를 보러 왔었단 말이야."

"맞아, 너는 아무 짓도 안 했어. 그냥 배회하며 죽음의 입맞춤을 할 뿐이야. 나가. 솔직히 말하는데, 래빗, 너를 보는 것만으로도 역겨워." 진심을 담아 그 말을 하는 바람에 그녀는 힘이 쭉 빠져 의자—그들이 뭘 먹을 때 앉곤 하던 의자—등받이 맨 위의 나무널을 움켜쥐고 몸을 기대더니, 의자 너머로 몸을 기울이며 입을 벌리고 노려본다.

늘 옷을 말쑥하게 입는 데 자부심을 느끼던 그, 늘 자신이 봐줄 만한 사람이라고 생각하던 그는 이 진지함에 얼굴을 붉힌다. 그가 의지하던 감각, 천성적으로 그가 그녀의 짝이고, 그녀를 지배한다는 감각은 찾아와주지 않는다. 그는 반달이 커다란 자신의 손톱을 바라본다. 그의 손과 다리에 현실의 느낌이 퍼지며 마비가 찾아온다. 그의 아이는 정말 죽었고, 그의 전성기는 정말로 끝이 났고, 이 여자는 그를 정말로 역겨워한다. 이만큼 깨닫게 되자 그는 끝장을 보고 싶은 마음, 이 방향으로 최대한 멀리 가보고 싶은 마음이 생긴다. 그는 그녀에게 단호하게 묻는다. "낙태했어?"

그녀는 능글맞게 웃으며 쉰 목소리로 대꾸한다. "너는 어떻게 생각하는데?"

그는 눈을 감는다. 의자 팔걸이의 꺼끌꺼끌한 질감의 모피가 그의 손끝으로 달려든다. 그는 기도한다. 하느님, 사랑하는 하느님, 안 됩니다, 하나 더는 안 됩니다, 이미 하나를 가지셨잖아요, 이 아이는 놔주세요. 그의 복잡한 내면의 어둠 속에서 더러운 칼이 돌아간다. 눈을 뜨자 그녀가 거기 서서 모호하게 얼쩡거리는 모습에서, 단단하게 허세를 부리는 그녀의 자세에서, 그녀가 그를 괴롭힐 생각임을 알게 된다. 그의 목소리가 희망으로 날카로워진다. "그랬어?"

그녀의 얼굴을 덮은 막이 부서진다. "아니," 그녀가 말한다. "안 했어. 해야 하지만, 안 하고 버티고 있어. 하고 싶지 않아."

그는 일어서서 두 팔로 그녀를 감싼다. 마법의 반지처럼 몸을 조이지는 않는다. 그녀는 그의 손길에 몸을 굳히고 하얀 근육질의 목을 외로 꼬지만, 그럼에도 그는 그 느낌, 지배한다는 느낌을 회복한다. "아," 그가 말한다. "잘됐어. 정말 잘됐어."

"너무 추했어." 그녀가 말한다. "마거릿이 절차를 다 밟았지만 나는 계속, 생각해보니……"

"그래," 그가 말한다. "그래. 너는 정말 착해. 나는 정말 기뻐." 그러면서 코로 그녀의 옆얼굴을 비비려 한다. 그의 코가 축축한 것에 닿는다. "낳아," 그가 달랜다. "낳아." 그녀는 잠시 가만히 있다가, 자신의 생각들을 응시하더니 그의 품에서 몸을 홱 빼내며 말한다. "손대지 마!" 그녀의 얼굴이 확 타오른다. 그녀의 몸이 위협을 당한 동물의 몸처럼 앞으로 굽는다. 그의 손길이 정말로 죽음의 손길인 것처럼.

"사랑해." 그가 말한다.

"그 말을 네가 하면 아무런 의미가 없어. 낳아, 낳아, 너는 그렇게 말하지. 하지만 어떻게? 나하고 결혼할래?"

"하고 싶어."

"너는 하고 싶겠지. 그뿐이겠어? 달에 가서 살고 싶기도 하겠지. 네 부인은 어떡하고? 이미 있는 아이는 어떡하고?"

"모르겠어."

"부인하고 이혼할 거야? 안 하지? 너는 네 부인과 결혼한 것도 좋지? 너는 누구하고든 결혼한 걸 좋아해. 네가 뭘 하고 싶은 건지 왜 마음을 정하지 못해?"

"그런 건가? 나도 모르겠어."

"나를 어떻게 먹여 살릴 거야? 네가 부인을 몇 명이나 먹여 살릴 수 있어? 네 일자리는 애들 장난이야. 너는 고용할 가치가 없는 사람이야. 한때는 농구를 할 수 있었는지 몰라도 지금은 아무것도 못해. 도대체 세상이 뭐라고 생각해?"

"제발 아기를 낳아." 그가 말한다. "낳아야 해."

"왜? 네가 왜 관심을 가지는데?"

"모르겠어. 어떤 질문에도 답을 모르겠어. 내가 아는 건 옳다는 느낌뿐이야. 너는 나에게 옳다고 느껴져. 가끔 재니스도 그랬어. 어떨 때는 아무것에도 그런 느낌이 안 들어."

"누가 상관하는데? 그게 문제야. 누가 네 느낌에 관심을 갖는데?"

"모르겠어." 그는 다시 말한다.

그녀는 신음을 토하고는—그는 그녀의 얼굴을 보다 자신에게 침을 뱉을까봐 걱정한다—고개를 돌려 벽을 본다. 칠한 것을 벗겨내고 다시 칠하는 일을 너무 자주 되풀이하여 사방이 울퉁불퉁하다.

그가 말한다. "나 배고파. 식품점에 가서 뭘 좀 사올게. 그다음에 생각하자."

그녀는 차분해진 모습으로 돌아본다. "난 쭉 생각했어." 그녀가 말한다. "며칠 전에 네가 여기 왔을 때 내가 어디 있었는지 알아? 부모님과함께 있었어. 알아? 나도 부모가 있어. 아주 가난한 부모지만 원래 그렇게 사시는 분들이야. 웨스트브루어에 사셔. 그분들도 알아. 내 말은, 그분들도 몇 가지는 아신단 말이야. 내가 임신했다는 걸 아셔. 임신은 좋은 말이야. 모든 사람에게 일어나는 일이지. 임신을 하기 위해서는 뭘 해야 하는지 많이 생각할 필요가 없거든. 그래, 나는 너하고 결혼하고 싶어. 하고 싶어. 내 말은, 내가 무슨 말을 했든, 우리가 결혼을하면 괜찮을 거란 얘기야. 자, 네가 해결을 해봐. 한 달에 한 번쯤 몹시 안됐다고 느끼는 부인과 이혼을 해. 부인과 이혼을 하든지 나를 잊든지 둘 중 하나야. 그걸 네가 해결 못하면 나는 너한테 죽은 거야. 나는 너한테 죽은 거고, 이 아기, 네 아기도 너한테 죽은 거야. 자, 나가고 싶으면 나가." 그 말을 다 하자 그녀는 안정을 잃고 운다. 하지만 울지 않는 척한다. 의자 등받이를 움켜쥔다. 코 양옆이 반짝거린다. 무슨말을 하려고 그를 본다. 그녀가 자신을 제어하려고 애쓰는 모습에 그는 역겨움을 느낀다. 그는 뭘 관리하는 사람들을 좋아하지 않는다. 그냥 저절로 벌어지는 일이 좋다.

그녀가 한 말에 영감을 받아 그에게 어떤 결단의 표시가 나타나지않나 지켜보는 느낌에 그는 신경이 곤두선다. 사실 그는 그녀의 말을거의 듣지 않았다. 너무 복잡할뿐더러 눈앞에 선한 샌드위치와 비교하면 너무 비현실적이다. 그는 군인 같은 느낌이 들기를 바라며 벌떡 일어서서 말한다. "옳은 얘기야. 내가 해결할게. 가게 가서 뭐 사올까?" 샌드위치에 우유 한 잔으로 배를 채운 다음 그녀의 옷을 벗기고, 함부로 입어서 쭈글쭈글해진 저 면 드레스를 벗기고, 창백하고 서늘한 피부에 덮인 차분한 굵은 허리를 보는 거야. 그는 임신 초기의 여자들을 사랑한다. 그들의 몸은 어떤 새벽 같은 것에 덮여 있다. 딱 한 번만 더 그녀 안에 자신을 묻을 수만 있다면, 다시 온 신경을 단정하게 빗고 나오게 될 것이 분명하다.

"나는 아무것도 필요 없어." 그녀가 말한다.

"아, 뭘 좀 먹어야 돼." 그가 말한다.

"먹었어." 그녀가 말한다.

그가 입을 맞추려 하지만 그녀는 "싫어" 하고 말한다. 사실 입을 맞춰주고 싶은 모습도 아니다. 뚱뚱하고, 벌겋게 화끈거리고, 여러 색깔의 머리는 흩어져 축축하다.

"금방 다녀올게." 그가 말한다.

층계를 내려가는데 걱정이 딱딱거리는 발소리만큼이나 빠르게 다가온다. 재니스, 돈, 에클스의 전화, 어머니의 표정이 한꺼번에 시끄럽게 부딪치며 날카롭고 어두운 파도를 일으킨다. 죄책감과 책임감이 그의 가슴 안에서 실체가 있는 두 그림자처럼 뒤엉켜 미끄러진다. 그것을 처리하는 일—대화, 전화, 변호사, 돈—이 그의 입 앞에서 물리적 실체를 갖고 복잡하게 얽히는 것 같다. 그래서 숨을 쉬는 노력을 비롯해 모든 동작을 의식하게 된다. 손잡이로 손을 뻗는 것조차 그의 심장과 불안하게 연결된 긴 기계적인 연속동작의 위태로운 연장처럼 느껴진다. 견고한 손잡이가 그의 손길에 답하여, 비단처럼 부드럽게 찰칵 소리를 내며 돌아간다.

바깥공기 속에서 그의 두려움이 응축된다. 에테르로 이루어진 구체, 순수한 불안이 다리를 타고 내려온다. 바깥 공간의 느낌이 그의 가슴을 파낸다. 그는 계단에 서서 걱정들을 정리해보려 한다. 두 가지 생각이 위안을 준다. 빽빽하게 들어찬 불가능한 대안들 사이로 작은 빛을 비춰주는 것 같다. 루스에게는 부모가 있다. 그리고 루스는 아기를 살릴 것이다. 두 생각은 어쩌면 똑같은 생각인지도 모른다. 부모라는 수직의 질서, 시간 속에 똑바로 세워놓은 일종의 가는 관. 안에 들어가면 우리의 고독이 약간은 희석되는 곳. 루스와 재니스 모두 부모가 있다. 이 평계로 그는 두 사람 다 해체해버린다. 넬슨이 남는다. 이것은 그가 지고 가야 할 어려움이다. 그는 이 작은 지렛목 위에서 나머지의 균형을 잡으려 한다. 맞서는 것들이 서로의 무게로 비기게 하려 한다. 재니스와 루스, 에클스와 어머니, 옳은 길과 좋은 길, 식품점—알전구에 반짝이는 과일들이 쌓여 있는 번지르르한 곳—으로 가는 길과 다른 길, 서머 스트리트를 따라가 도시 끝에 이르는 길. 그는 도시가 어떻게 끝나는지 머릿속에 그려보려 한다. 텅 빈 야구장, 어두운 공장, 그리고 개울 하나를 건너 더러운 도로. 그도 모른다. 재로 덮인 거대하고 텅 빈 들판이 떠오르자, 가슴이 텅 비어버린다.

두려워서, 정말 두려워서, 그는 전에 위로를 받았던 것을 떠올린다. 구멍을 하나 뚫고, 그 구멍을 통해 근원적인 밝음 속을 들여다보는 듯한 느낌을 받던 일. 그는 눈을 들어 교회 창문을 본다. 교회가 가난해서인지, 늦은 여름밤이어서인지, 아니면 그냥 잊은 것인지 불은 꺼져 있다. 석회석 전면에 뚫려 있는 검은 원일 뿐이다.

하지만 가로등에는 빛이 있다. 나무들 때문에 약해진 채로 섞이는 원뿔들은 서머 스트리트의 보이지 않는 끝을 향해 물러난다. 근처, 그의 왼쪽에 있는 가로등 바로 밑의 거친 아스팔트가 마치 우묵하게 꺼진 눈더미처럼 보인다. 그는 머리도 정리하고 갈 길도 정하기 위해 그 블록을 한 바퀴 돌기로 한다. 웃긴다. 아주 간단한 동기에서 움직이려 하는데, 움직여야 하는 공간은 이렇게 혼잡하다니. 그의 다리는 그 차이에서 힘을 얻어 가위처럼 균일하게 재깍재깍 움직인다. 선善은 안에 있는 것이다. 밖에는 아무것도 없다. 그가 균형을 잡으려던 것들은 무게가 없다. 갑자기 그의 내부가 아주 현실적으로 느껴진다. 빽빽한 그물 한가운데 있는 순수하고 텅 빈 공간이다. 모르겠어. 그는 루스에게 계속 그렇게 말했다. 그는 모른다. 뭘 해야 할지, 어디로 가야 할지, 무슨 일이 벌어질지. 그가 모른다는 생각이 그를 무한히 작게, 잡는 것이 불가능하게 만드는 것 같다. 그 작음이 광대함처럼 그를 채운다. 상대편이 그가 잘한다는 이야기를 듣고 수비 두 명을 붙이는 바람에 어느 쪽으로 돌든 둘 중 한 명과는 부딪치게 되어 있어 할 수 있는 일이라고는 패스하는 것밖에 없던 때와 비슷하다. 그래서 그는 패스를 했고 공은 다른 사람들에게 갔고 그의 손은 텅 비었고 그를 막던 사람들은 멍청해 보였다. 결과적으로 거기에는 아무도 없었으니까.

래빗은 갓돌에 이르러 오른쪽으로 가서 그 블록을 도는 대신 갓돌에서 내려선다. 그 작은 이면도로가 넓은 강이라도 되는 듯이 거창한 느낌으로 길을 건넌다. 다음 눈더미까지 가고 싶다. 벽돌로 지은 3층짜리 건물들로 이루어진 이 블록은 그가 떠나온 블록과 똑같지만, 그 안의 뭔가 때문에 그는 행복하다. 그의 시야 한쪽 구석에서 층계와 창턱이 꿈틀거리며 움직이는 것 같다. 살아 있는 것 같다. 그 착각 때문에 발을 헛디딘다. 두 손이 저절로 위로 올라간다. 귀에 닿는 바람은 그전부터 느끼고 있었다. 발이 처음에는 보도에 무겁게 부딪히지만, 어떤 달콤한 공황 같은 것으로부터 수월하게 속도를 얻어, 점점 가벼워지고 빨라지고 고요해지면서, 그는 달린다. 아, 달린다. 달린다.

래빗의 눈으로 본 세상의 동요와 불안

 존 업다이크는 20세기 미국문학을 대표하는 소설가를 이야기할 때, 몇 명을 꼽더라도 빠지지 않는 작가다. 공황기인 1932년에 태어난 업다이크는 1954년 하버드를 졸업하던 해에 『뉴요커』에 첫 단편을 발표한 이후 2009년 일흔여섯 살로 사망할 때까지 거의 매년 책을 냈으며 그 분야도 장편, 단편집, 평론집, 시집을 망라한다. 그가 평생 낸 책은 장편만 따져도 스무 권이 넘고 단편집은 열 권이 넘는다. 이것은 서른 살이 되기 전에 전업작가 생활을 시작하여 이 무렵부터 일주일에 6일, 아침에 몇 시간씩 글을 쓰는 습관을 평생 유지한 결과다. 이렇게 업다이크는 다작으로 유명하기도 하지만, 그가 다작의 능력으로 20세기 미국 대표소설가 반열에 오른 것은 물론 아니다.

 그는 1959년 첫 장편 『구빈원 축제』로 미국예술원 로젠탈상을 받왔고, 20대 말인 1960년에 『달려라, 토끼』를 출간하여 동시대 대표작가의 자리에 올라섰다. 그리고 30대 초반인 1963년에는 『켄타우로스』로 전미도서상을 받고, 1964년에는 최연소 미국예술원 회원으로 선출되었다. 이렇게 업다이크는 화려하게 조명을 받으며 작가 생활을 시작했다. 그렇다고 업다이크가 젊은 시절에 반짝 빛을 발하고, 그 빛을 평생 우려먹는 작가였다는 뜻은 아니다(업다이크 자신은 「불가리아 여성 시인」에서 '베크'의 입을 빌려 그런 자화상을 슬쩍 그려내기도 하지만). 상이 작가의 모든 것을 말해준다고 할 수는 없지만 50대에 들어선 1981년에는 『토끼는 부자다』로 퓰리처상, 60대에 들어선 1991년에는 『토끼 잠들다』로 다시 퓰리처상을 받았다. 미국에서 소설 부문에서 퓰리처상을 두 번 이상 수상한 작가는 업다이크를 포함하여 네 명뿐이다. 『토끼는 부자다』를 발표한 직후인 1982년에 『타임』지는 업다이크를 두번째로 커버스토리로 다루었는데, 이때 표제가 '50세에 위대해지다'였다.

그가 받은 이런저런 상은 헤아릴 수 없을 정도로 많지만, 그 가운데 특이하게 눈에 띄는 것은 1997년에 예수회 잡지 『아메리카』에서 '탁월한 기독교도 문인'에게 수여하는 캠피언상을 받은 사실이다. 업다이크와 종교를 연결시키는 것이 많은 사람에게 쉬운 일이 아닐지 모르지만 실제로 그는 평생 교회에 다녔고, 기독교 신학을 연구했다. 할아버지는 장로교 목사였고, 첫 부인의 아버지도 목사였다. 젊은 시절에 신앙의 위기를 겪으면서 키르케고르나 카를 바르트를 열심히 읽기도 했으며, 이 점은 그의 작품세계에 깊은 영향을 주었다.

업다이크는 상복도 많았지만 상업적인 면에서도 꽤 성공을 거두었다. 1968년에 발표한 『커플스』는 센세이션을 일으키면서 1년 동안 베스트셀러 자리에 올랐다. 또 젊은 시절 잠깐 시민권 운동 시위에 참여하기는 했지만, 국가기구와 대체로 사이가 나쁘지 않아 젊은 시절에는 국무부에서 파견한 미소 문화교류 문화사절로 동구를 순회하기도 했고, 말년에는 부시 대통령 부자에게 각각 훈장을 받았다. 이렇듯 업다이크는 작가로서 순조롭게 출발하여 큰 위기 없이 꾸준한 작품활동으로 많은 것을 누렸다. 그를 사랑하는 독자들에게는 노벨문학상을 받지 못했다는 것 정도가 혹시 아쉬움으로 남을지 모르겠다.

작가의 이런 삶은 그의 작품들과도 관련이 있어, 업다이크의 작품이 사회 전체와 대결하는 상황을 그렸다는 평은 들어보기 힘들다. 실제로 그는 어디까지나 미국 사회의 주류라고 할 수 있는 사람들이 그 내부에서 느끼는 문제를 다루었지 외부와의 관계를 진지하게 묻지는 않았다. 여기에서 그의 주제의 한계나 깊이의 문제를 이야기할 수도 있지만, 뒤집어 생각하면 바로 이 점이 업다이크가 젊은 시절부터 말년에 이르기까지 '미국인'들로부터 폭이나 깊이에서 어떤 작가에게도 뒤지지 않는 사랑을 받은 이유다. 무엇보다도 그의 작품들은 철저하게 주류를 자처하는 미국인의 삶에 밀착해 있다. 업다이크는 스스로 자신의 주제가 '미국의 소도시, 신교도 중간계급'이라고 말한 적이 있다. 실제로 그의 작품에는 그런 소도시에 사는 중간계급 출신의 평범한 주인공이 겪는, 누구나 공감할 만한 사건과 고민들이 담겨 있다. 그의 대표작인 '토끼 4부작'은 바로 그런 주인공의 20대부터 죽음에 이르는 과정을 그려내고 있으며, 이것은 작가 자신이 나이를 먹어가는 과정과 대체로 일치한다. 자신이 가장 잘 아는 공간, 자신이 가장 잘 아는 종교와 계급을 체현한 인물을 통해 자신이 살고 있는 미국의 축도를 그려낸 셈이며 이것이 독서 대중과 평단으로부터 강렬한 공감을 끌어낼 수 있었던 이유라고 할 수 있다.

이렇게 미국 중간계급의 삶에 밀착한 업다이크의 소설은 그 줄거리나 사건만 본다면 어떤 면에서는 지극히 통속적이라고 말할 수도 있다 (물론 후기로 가면 다양한 방식의 실험을 전개하기는 하지만). 게다가 그의 소설이 성적 묘사에 거리낌이 없다는 것도 널리 알려진 사실이다. 실제로 업다이크는 인간 경험 가운데 섹스, 예술, 종교가 '위대한 세 가지 비밀'이라고 말한 적이 있고, 이것이 곧 그가 평생 파고든 세 가지 주제이기도 했다. 이 가운데서도 섹스는 가장 눈에 띄는 특징이 될 수밖에 없다. 초기 소설들이 성공을 거둔 뒤 업다이크는 교외에 사는 미국인들의 불륜 등 결혼생활의 불안정성을 다루는 작가로 유명해졌으며, 사회적 관습의 붕괴에 내재한 혼란과 자유의 묘사는 많은 논란을 불러일으켰다. 『커플스』 같은 작품이 센세이션을 일으키고 오랫동안 베스트셀러 자리에 오른 데는 이런 요인이 중요한 역할을 했음을 부인할 수 없을 것이다.

그러나 지극히 통속적인 줄거리가 아름다운 음악과 노래에 실리면 빛나는 오페라가 되듯이 평범한 사람들의 속된 삶이 업다이크의 시 같은 산문에 실리는 순간 그의 소설은 시로 쓴 통속극으로 바뀐다. 독자들은 자신의 무미건조하고 때로는 지긋지긋한 삶에서 어떤 아름다움을 발견할 뿐 아니라, 통속과 등을 맞대고 있는 어떤 거룩한 세계로 진입하는 문이 잠깐 열린 듯한 느낌 또는 환각에 사로잡히게 된다. 업다이크 자신도 얄밉도록 정확하게, 자신의 문체가 '속된 것에 그것이 마땅히 누려야 할 아름다움을 부여하는 것'이라고 말한 적이 있다. 이 아름다운 '예술'을 통해 '섹스' 같은 가장 속된 것이 가장 넓은 의미에서 '종교'적인 저변과 이어지는 길이 열리고, 그 결과 서로 전혀 어울릴 것 같지 않은 통속성과 거룩한 느낌이 한 작품 안에 공존하는 느낌을 받게 되는 것이다. 이것이 독자들이 업다이크의 시적 통속극에서 매력과 깊이를 느끼는 이유인지도 모른다. 결국 업다이크에게 속된 세계란 그 자체로 완결된 것이 아니라, 종교적 믿음이 떠난 자리, 뭔가 중요하고 핵심적인 것이 부재하는 자리인 것이며, 그 핵심적인 것은 예술을 통해 언뜻언뜻 드러날 뿐이다. 이렇게 보면 업다이크의 통속극은 동시에 종교극이 될 수도 있다.

업다이크의 문학적 역량은 장편소설에만 한정된 것이 아니다. 그는 평생 꾸준히 시와 단편을 썼고, 비평가이자 에세이스트로서도 최고 수준에 이르렀다. 토니 모리슨과 더불어 생전에 가장 많은 평론이 나온 작가인 업다이크의 문학적 영향력은 20세기 미국의 대표작가를 거론할 때 늘 그와 함께 등장하는 필립 로스의 다음과 같은 찬사로 가늠해볼 수 있을 듯하다.

"존 업다이크는 우리 시대의 가장 위대한 문인이며 소설가이자 단편작가일 뿐 아니라 뛰어난 문학비평가이자 수필가다. 그는 19세기에 그와 비슷한 역할을 했던 너새니얼 호손에 비겨도 손색이 없는 미국의 국보이며, 앞으로도 영원히 그러할 것이다."

2002년 『북』이 선정한 1900년 이후 최고의 소설 속 인물 100명 가운데 5위권 안에 들어갔을 뿐 아니라, 업다이크 자신이 "나의 형제이자 나의 친한 친구"라고 부른 '래빗(토끼)'은 업다이크와 평생을 함께하는 중요한 인물—래빗 외에 또 한 명의 페르소나, 사실은 업다이크와 반대되는 면이 더 많은 페르소나는 소설가 '베크'—이다. 업다이크는 '토끼 4부작'을 대략 10년 간격을 두고 발표했다. 1960년에는 래빗의 청년기를 다룬『달려라, 토끼』, 1971년에는 업다이크가 1960년대를 바라보는 시선을 드러내는『돌아온 토끼』, 1981년에는 도요타 자동차 대리점 사장이 된 뚱뚱한 래빗을 그린『토끼는 부자다』, 1990년에는 래빗이 작품 속에서 죽는『토끼 잠들다』가 나온 것이다. 이 연작의 마지막은 단편집『사랑의 수고』에 실린 중편「기억 속의 토끼Rabbit Remembered」다. 1995년에는『래빗 앵스트롬』이라는 제목으로 장편네 편을 묶어냈는데, 여기에 붙인 머리말에서 업다이크는 "래빗의 눈으로 본 것이 내 눈으로 본 것보다 이야기할 가치가 더 크지만, 사실 둘사이의 차이는 미미하다"고 말했다.

그러나 이런 대단한 인물을 마주할 기대감에 책을 펼친 독자는 이래빗이라는 별명을 가진 해리 앵스트롬의 행적에, 또 독자에 따라서는 도무지 호감을 느끼기 힘든 면모에 당혹감을 느낄지도 모르겠다. 실제로 일반 독자만이 아니라 평론가들 사이에서도 래빗이라는 인물과 그의 행동을 어떻게 보느냐 하는 것이 업다이크에 대한 평가의 갈림길이 되기도 한다. 예를 들어 페미니즘 쪽에서는 이 소설에 드러나는 여성이나 성관계에 대한 묘사를 근거로 업다이크를 여성혐오자로 비난하기도 하며, 그의 아름다운 문장에 찬사를 보내는 비평가들조차도 래빗의 얄팍한 모험에는 그런 문장이 과분하다는 혹평을 서슴지 않는다. 반대로 래빗을 빼어난 인물로 인정하는 사람들은 그가 전후 미국의 불안이나 좌절이나 번영을 대표한다고 보기도 하고, 종교적 믿음이 빠져버린 세상의 동요와 불안—앵스트롬이라는 이름 자체에 불안을 뜻하는 세계어가 된 독일어 '앙스트angst'가 고스란히 들어 있다—을 체현한다고 보기도 한다.

그러나 아무래도 래빗은 그가 계속 달아나려는 현실과 함께 보아야만 래빗의 전모, 나아가서 작품의 전모가 어느 정도 드러날 듯하다. 하지만 전모가 드러난다는 말일 뿐이지, 전모가 한눈에 파악된다는 말은 아니다. 그만큼 래빗도, 래빗이 속한 세계도, 작품 자체도 간단히 정리가 되지 않을 만큼 넓고 복잡하고 정교하게 엮여 있기 때문이다. 그런 면에서 작가 존 치버가 한 이야기가 상당히 그럴듯하게 느껴진다.

"내가 이 책(『토끼는 부자다』)을 읽은 느낌은 다양하고 복잡하다…… 존 업다이크는 아마도 내가 아는 현대 작가 가운데 지금 우리가 살아가는 삶의 환경이, 우리 눈에는 잘 보이지 않지만, 사실은 웅장하고 숭고하다는 사실을 느끼게 해주는 유일한 사람일 것이다. 래빗은 사라진 낙원, 어쩌면 에로틱한 사랑……을 통해서만 스치듯 알게 되는 낙원에 깊이 빠져 있다…… 나는 바로 업다이크의 그 방대한 세계를 묘사하고 싶었다."

'토끼 4부작'은 앞서 말한 업다이크의 작품세계의 모든 면을 긴 세월에 걸쳐 집대성하고 개화시킨 연작이다. 그렇기 때문에 이 작품이 업다이크의 대표작이 될 수 있는 것이다. 또 단지 대표작만이 아니라 고전이 될 가능성도 높다고 보는데, 지금 읽어보아도 전혀 낡은 느낌이 들지 않기 때문이다. 그것은 우선 래빗의 독특한 모험이 오늘날에도 여전히 유효하고, 나아가 업다이크의 문장이 말 그대로 썩지 않는 생명력을 갖고 있기에 가능한 것이다.

앞서 말했듯이 1995년에 업다이크는 '토끼 4부작'을 한데 묶어 『래빗 앵스트롬』을 냈는데 이때 텍스트를 꽤 수정한 것으로 알려져 있다. 이 한국어 번역판은 밸런타인 북스의 판본(현재 시중에서 가장 쉽게 구할 수 있다)을 번역한 것이다.

정영목

1932년	3월 18일 미국 펜실베이니아주 레딩에서 태어남.
1950년	하버드대학 입학. 영문학 전공. 1학년 때부터『하버드 램푼』에 시, 산문, 그림, 만화를 기고.
1953년	『하버드 램푼』의 편집인이 됨. 메리 페닝턴과 결혼.
1954년	하버드대학을 수석으로 졸업.『뉴요커』에 첫 단편「필라델피아 친구들Friends from Philadelphia」게재.
1954~ 1955년	영국 옥스퍼드대학의 러스킨 미술학교에서 수학. 이때만 해도 화가를 꿈꾸고 있었음. 귀국 후 맨해튼에 정착하여『뉴요커』의 전속작가로 일함.
1957년	매사추세츠주로 이주하여 평생 거주. 전업작가 생활 시작.
1958년	첫 시집『손으로 만든 암탉과 다른 가축들The Carpentered Hen and Other Tame Creatures』출간.
1959년	첫 장편『구빈원 축제The Poorhouse Fair』(미국예술원 로젠탈상 수상), 첫 단편집『같은 문The Same Door』출간.
1960년	『달려라, 토끼Rabbit, Run』출간으로 그의 세대의 대표작가 지위 확립.
1963년	펜실베이니아에서 보낸 어린 시절에서 영감을 받아 쓴『켄타우로스The Centaur』로 전미도서상을 받음. 시민권 운동 시위에 참가.
1964년	시집『전봇대와 기타 시편Telephone Poles and Other Poems』출간. 최연소 미국예술원 회원으로 선출. 미국과 소련의 문화교류 프로그램의 일환으로 동유럽 방문.

1965년	『농장에 관하여 *Of the Farm*』 출간.
1966년	단편집 『음악학교 *The Music School*』 출간. 이 단편집 가운데 「불가리아 여성 시인 *The Bulgarian Poetess*」이 오헨리상을 수상.
1967년	소련 작가들에게 소련 정부의 공격을 받는 유대인 문화 제도를 방어할 것을 촉구하는 서신에 서명.
1968년	젊은 부부들의 복잡한 관계를 그린 『커플스 *Couples*』로 센세이션을 일으킴. 『타임』이 업다이크를 커버스토리로 다룸.
1969년	시집 『중간점과 기타 시편 *Midpoint and Other Poems*』 출간.
1970년	『베크: 한 권의 책 *Bech: A Book*』 출간. 서울 펜 대회 참석.
1971년	『달려라, 토끼』의 주인공 래빗 앵스트롬이 다시 등장하는 『돌아온 토끼 *Rabbit Redux*』 출간.
1972년	시집 『70편의 시 *Seventy Poems*』, 단편집 『박물관과 여자 *Museums and Women and Other Stories*』 출간.
1974년	희곡 『죽어가는 뷰캐넌 *Buchanan Dying*』 출간. 소련을 방문하여 솔제니친 박해를 중단할 것을 촉구.
1975년	『한 달간의 일요일 *A Month of Sundays*』 출간.
1976년	『결혼해줘요: 한 편의 로맨스 *Marry Me: A Romance*』 출간. 이혼.
1977년	시집 『전전반측 *Toss and Turn*』 출간. 마사 러글스 번하드와 재혼.
1978년	『일격 *The Coup*』 출간.
1979년	단편집 『문제들 *The Problems and Other Stories*』 『너무 멀어 갈 수 없는: 메이플스 이야기들 *Too far to go: Maples Stories*』 출간.
1981년	『토끼는 부자다 *Rabbit is Rich*』를 출간하여 전미도서비평가

협회상, 퓰리처상, 전미도서상을 받음.

1982년   『베크 돌아오다*Bech is Back*』 출간. 『타임』이 커버스토리로
         다룸.

1983년   산문집 『해안을 따라*Hugging the Shore*』를 출간하고 전미
         도서비평가협회 평론상 수상.

1984년   『이스트윅의 마녀들*The Witches of Eastwick*』 출간.

1985년   시집 『자연을 마주하고*Facing Nature*』 출간.

1986년   『로저의 판본*Roger's Version*』 출간.

1987년   단편집 『나를 믿어요*Trust Me*』 출간.

1988년   『S』 출간. 앞서 나온 『한 달간의 일요일』 『로저의 판본』과
         더불어 『주홍글씨』의 내용을 다른 시점에서 바라본 3부작
         을 완성함.

1989년   회고록 『자의식*Self-Consciousness*』 출간. 조지 H. W. 부시
         대통령으로부터 미국예술훈장을 받음.

1990년   『토끼 잠들다*Rabbit at Rest*』를 출간하고 다시 퓰리처상과
         전미도서비평가협회상 수상.

1993년   『시 전집, 1953~1993 *Collected Poems, 1953~1993*』 출간.

1994년   『브라질*Brazil*』과 단편집 『내세*The Afterlife and Other
         Stories*』 출간.

1996년   『백합의 아름다움 속에서*In the Beauty of Lilies*』 출간.

1997년   『시간의 끝 무렵*Toward the End of Time*』 출간. 예수회 잡
         지 『아메리카』가 '탁월한 기독교도 문인'에게 수여하는 캠피
         언상 수상.

1998년   『곤경에 처한 베크*Bech at Bay*』 출간.

2000년   『햄릿』의 앞 이야기인 『거트루드와 클로디어스*Gertrude
         and Claudius*』와 단편집 『사랑의 수고*Licks of Love*』 출간.

2001년   시집 『아메리카나*Americana*』 출간.

2002년	『내 얼굴을 찾아라 Seek My Face』 출간.
2003년	조지 W. 부시 대통령으로부터 미국인문훈장을 받음.
2004년	『마을들 Villages』 출간.
2006년	『테러리스트 Terrorist』 출간.
2008년	『이스트윅의 마녀들』의 속편인 『이스트윅의 과부들 The Widows of Eastwick』 출간.
2009년	단편집 『아버지의 눈물 Father's Tears』과 시집 『끝점 Endpoint』 출간. 1월 27일 폐암으로 사망.

문학동네 세계문학전집 발간에 부쳐

세계문학은 국민문학 혹은 지역문학을 떠나 존재하는 문학이 아니지만 그것들의 총합도 아니다. 세계문학이라는 용어에는 그 나름의 언어와 전통을 갖고 있는 국민문학이나 지역문학의 존재를 인정하면서 그것을 넘어서는 문학의 보편적 질서에 대한 관념이 새겨져 있다. 그 용어를 처음 고안한 19세기 유럽인들은 유럽문학을 중심으로 그 질서를 구축했지만 풍부한 국민문학의 전통을 가지고 있는 현대의 문학 강국들은 나름의 방식으로 세계문학을 이해하면서 정전(正典)의 목록을 작성하고 또 수정한다.

한국에서도 세계문학 관념은 우리 사회와 문화의 변화 속에서 거듭 수정돼왔다. 어느 시기에는 제국 일본의 교양주의를 반영한 세계문학 관념이, 어느 시기에는 제3세계 민족주의에 동조한 세계문학 관념이 출현했고, 그러한 관념을 실천한 전집물이 출판됐다. 21세기 한국에 새로운 세계문학전집이 필요하다는 것은 명백하다. 우리의 지성과 감성의 기준에 부합하는 세계문학을 다시 구상할 때가 되었다.

문학동네 세계문학전집은 범세계적으로 통용되는 고전에 대한 상식을 존중하면서도 지난 반세기 동안 해외 주요 언어권에서 창작과 연구의 진전에 따라 일어난 정전의 변동을 고려하여 편성되었다. 그래서 불멸의 명작은 물론 동시대 세계의 중요한 정치·문화적 실천에 영감을 준 새로운 작품들을 두루 포함시켰다.

창립 이후 지금까지 한국문학 및 번역문학 출판에서 가장 전문적이고 생산적인 그룹을 대표해온 문학동네가 그간 축적한 문학 출판 경험을 바탕으로 새로운 세계문학전집을 펴낸다. 인류가 무지와 몽매의 어둠 속을 방황하면서도 끝내 길을 잃지 않은 것은 세계문학사의 하늘에 떠 있는 빛나는 별들이 길잡이가 되어주었기 때문이다. 우리가 자부심과 사명감 속에서 그리게 될 이 새로운 별자리가 독자들의 관심과 애정에 힘입어 우리 모두의 뿌듯한 자산이 되기를 소망한다.

문학동네 세계문학전집 편집위원
민은경, 박유하, 변현태, 송병선, 이재룡, 홍길표, 남진우, 황종연

세계문학전집 077

달려라, 토끼

1판 1쇄 2011년 8월 22일
1판 10쇄 2025년 8월 20일

지은이 존 업다이크 | 옮긴이 정영목

책임편집 김수현 | 편집 김경은 오동규 | 독자 모니터 엄정현
디자인 김유진 최미영 | 저작권 박지영 형소진 주은수 오서영 조경은
마케팅 정민호 서지화 한민아 이민경 왕지경 정유진 정경주 김혜원 김예진 이서진
브랜딩 함유지 박민재 이송이 박다솔 조다현 김하연 이준희
제작 강신은 김동욱 이순호 | 제작처 영신사

펴낸곳 (주)문학동네 | 펴낸이 김소영
출판등록 1993년 10월 22일 제2003-000045호
주소 10881 경기도 파주시 회동길 210
전자우편 editor@munhak.com
대표전화 031)955-8888 | 팩스 031)955-8855
문학동네카페 http://cafe.naver.com/mhdn
인스타그램 @munhakdongne | 트위터 @munhakdongne
북클럽문학동네 http://bookclubmunhak.com

ISBN 978-89-546-1564-8 04840
      978-89-546-0901-2 (세트)

www.munhak.com

문학동네 세계문학전집

● 문학동네 세계문학전집은 계속 출간됩니다